心城

王铁藩◎著

作家出版社

目　录

自 序

上海自一八四三年开埠后，很快成为中国的领跑城市，在中国的现代化进程中，占据了举足轻重的地位。

北伐告成后，上海首次在中国人的主导下，开始了逾十年的虽则艰辛但也辉煌的建设与发展。无奈的是，半个多世纪以来，在流行于世的历史典籍、文学著作中，上海那段建设与发展史，无不被淹没被扭曲。正如著名教育和文化学者杨东平先生的感慨：“伴随着上海成为世界闻名的国际大都市的文学描写，大多是丑恶的、阴暗的。上海几乎成为荒淫无耻、邪恶堕落的同义语。”

正是怀着历史的责任感，我撷取了被遗忘的那段历史的一个片段，在波澜壮阔的背景前，为我的主人公重新搭建了舞台。让曾经活跃于那个时代的年轻人重出江湖，为我们现代的读者，展示他们怎样执著情爱于奔放，怎样挥洒才情于不羁；怎样思索种种现状，怎样放飞翩翩理想；怎样虔诚于报国情怀之中，怎样刚毅在声色犬马之前；怎样黄钟大吕般地叱咤风云，怎样涓涓细流似的浸润亲谊……

他们的展示，或许令我们现代读者不解甚至不安：我们本以为最时尚的情操，他们早已习以为常；我们本以为超前的意识，他们竟早已癫狂如斯。——我们真的应该反思：我们究竟比他们前进了多少？又比他们退步了几何？我们真的应当知晓，那时的上海滩，不仅仅是纸醉金迷的十里洋场，更是充满勃然生机的中国大地！那里并非是都市恶棍、黑帮老大、龌龊洋奴、妖冶荡妇、无良商人和帝国主义侵略者们的一统天下。那里有更多更多的我们的同胞繁衍生息于斯，竭尽劳力于斯，耗费才思于斯，奉献毕生于斯……

我不是一个依赖虚构和杜撰的写家，清华大学严格的、几近刻板的工科训练，使得我习惯性地拘泥于事实与数据。我研读了有关那段历史的大量典籍文献（感谢上海出版人，近年来出版了许多还原那段历史的著作与译著），原意是写一本科学著作。但我被那些文字感动了，被那些用词准确但难免枯燥干涩的文字叙述的事实、人物、事迹、思想感动了——我常被指认具有胆汁质的性格，我禁不住或掩卷叹息，或思绪奔腾，或嬉笑于心，或凄然流涕……我猛地觉得，我离那段历史不仅不遥远，而且很近很近。——原来，那正是我的父辈师辈们燃烧青春的时节，挥洒豪情的所在。

那段历史曾给国人以太大的希冀，也留下太多的伤痛和思索……我再也耐不住内心的潮起潮伏，日复一日地颤动着双手，敲击着电脑的键盘，把一场场恢弘的操演、一幕幕哀伤的场景；一张张天真的笑脸、一副副悲泣的颜容；一阵阵激昂的长嘶、一声声铭心的叹息；一波波澎湃的心潮、一缕缕缠绵的情思……记录到word文档里。

当我终于将这三十余万字奉献于读者眼前时，我内心充满安详与喜悦。我不敢指望我这双精于使用绘图笔的手，能够给读者以多么强烈的感官刺激，但我可以肯定地说：当你听着这个娓娓道来的故事，一幅历史长卷将展现在你眼前。那上面的一切细节都是经过我仔细考证过后绘制的，你会切切实实地觉得，在陶冶情操和获取知识两个方面，都是开卷有益的。——这就是我最希冀的。

二〇一〇暮春谨识于北京寓所

塞纳河妄论

一九二七年初夏，美国宾夕法尼亚大学送走了她第一百八十三届毕业生，来自中国上海的邱载慧是其中一员。他身材颀长，面色白皙，鼻梁笔直，虽然头发漆黑，眼球黑白分明，同学们多认为他有欧美血统。多亏同班同学江南才女林徽因送了他一个雅号“修竹”，并说他说起话来亦如雨打竹枝，风过叶梢，清脆而不失柔曼，全然不似粗壮的英美大汉，张口即如辩论。——邱载慧的上海川沙原籍才得到认可。

舅父蒲从周给外甥来信说，北伐军已顺利挺进上海，国民政府确定上海为特别市，市政府即将成立。并告知，已经为他在市政府工务局谋得一个处长职务，望他尽快返沪，以实现乃父尽忠报国的夙愿。

母亲蒲欣莲在信笺下面的空白处添了几行小楷：

慧儿，静安寺附近的新房子已经完工，全按你的设想建造。日前同你舅去看过，顿感开阔透亮，只是微觉奢靡。我为其取名“静庐”，取不张扬之意，你舅说好。你去欧洲游历我们赞同，但务必把回沪的确切日期告诉家里，你舅把他的六十五岁生日和新宅落成一并放在你回来那天庆贺。切记。

在信笺的边缘又挤下几个字：

小哥，你会带一个金发碧眼的漂亮表嫂回家吗？

邱载慧认出是表妹蒲瑶琴的笔迹。

邱载慧告别母校，深情回眸，镂刻在校门上的宾大校训：We will

find a way or we will make one（我们定会找到办法，否则就创造出办法）使他心头一亮——躲避仕途的办法不是现成的吗？他当下决定"先斩后奏"，自欧洲经苏俄直抵沈阳去谋就东北大学建筑系的教职。

邱载慧欧洲之行的第一站是巴黎。为了避免盲人摸象的尴尬，邱载慧想起了宾州大学老师所说："塞纳河乃连环巴黎珠翠的丝索，城市的主要建筑大都集中在塞纳河的沿岸，完满地体现了巴黎古往今来的建筑艺术风格。"果然事半功倍，沿着塞纳河，邱载慧尽览了巴黎圣母院、卢浮宫、埃菲尔铁塔这样一些历史杰作。

邱载慧结束巴黎之旅准备去意大利造访，在火车站遇到一位打听卢浮宫的青年同胞。

"你也是上海人?"邱载慧指明卢浮宫去向后随便问道，"而且，刚刚横渡过英吉利海峡。"

"你的听力和眼力都是上乘的，"青年同胞随手推了推黑边眼镜自报家门说，"姜立聪，刚从格拉斯哥大学毕业。"

"邱载慧，从费城漂洋过海而来。"邱载慧握住姜立聪伸过来的手回答道。

"你让我猜猜，"姜立聪说，"多半是出自宾州大学美术或者建筑系，对不对?"

"亏你一双慧眼，你我真真的是他乡遇故知了。"

二人拥抱之后，姜立聪问道："载慧，你怎么看出我是从英国来的?"邱载慧没有回答，伸手把姜立聪挎在臂弯处的西服上衣拿下来，随便搭在自己的肩头上说："要是这样，我就会说你是美国老粗而非英国绅士了。"

"载慧，我真十分羡慕你。"姜立聪端详着邱载慧说。

"为了我可以衣冠不整?"

"不是，"姜立聪说，"我本也想去宾州大学攻建筑学，无奈爹爹执意要我学经济，而且指定了格拉斯哥大学，说那里的土地经济是当今世界第一流的。"邱载慧随口答道："那么令尊一定是上海的地皮……地产大亨。"姜立聪赧然一笑，接过话说："不必讳言，地皮虫是也。"

邱载慧与姜立聪一见如故，决定留下来陪姜立聪再游巴黎。有了这样一位内行导游，姜立聪如获至宝，着实弥补了一点与建筑学失之交臂的遗憾。

兴许是去国这些年里难得听到乡音，两个人的话特别多，话题也是五花八门无所不包。

“立聪，你说说，一条塞纳河居然哺育出如此灿烂的巴黎建筑群体，为什么我们的黄浦江却只恩泽于外滩那一点点呢？”站在埃菲尔铁塔上俯瞰巴黎，邱载慧不禁大发感慨。姜立聪想了一阵后，讷讷地回答：“用西洋土地经济学是难以解释的，不过借助中国的风水说倒可以释惑。”邱载慧“啊”了一声，说：“载慧愿意聆听。”姜立聪指着波光潋滟的塞纳河说：“你没有看见，塞纳河西进东出横贯巴黎，而我们的黄浦江却由南至北竖穿上海，可以说是大相径庭吧，后果自然不一样了。”邱载慧听后哈哈大笑，连说：“有理，有理，正所谓西学东渐也，看来上海要发展必须黄浦江改道，西学才可以顺河而入。”姜立聪笑笑说：“我也是信口开河，其实我们的黄河长江不都是起自西域而倾入东洋吗？其涵养的土地岂止千万个巴黎，哪里有一方寸赶得上这里！”二人不禁摇头相视，苦笑不已。

几日的盘桓打乱了邱载慧的时间表，无法再去意大利，游览亚历山大三世桥时，想到何不邀请姜立聪一起直接乘东方快车经莫斯科横跨欧亚大陆回国。

“立聪，这是著名的亚历山大三世桥，”邱载慧轻轻地拍打着桥栏上镌刻有 Pont Alexandre Ⅲ的徽记说，“这位亚历山大三世的儿子沙皇尼古拉二世正是俄国的末代皇帝，与我们的溥仪同病相怜，你有没有兴趣路过那里看看。”

姜立聪面有难色地说：“兴趣固然是有，不过爹爹已经为我在上海特别市政府土地局谋了个差事，还要我顺便到香港把未婚妻接到上海。”邱载慧感叹道：“立业与成家是男人两桩大事，恭喜你毕其功于一役了。”姜立聪面露无奈地沉默了一会儿，说：“谨遵父命吧。”并反问道：“载慧，你舅舅不会对你的前程没有安排吧？”

邱载慧爽快地说：“怎么没有，工务局，还是处长。不过我执意抗命了，不是载慧不愿与仁兄同朝为官，只是觉得太耽误自己的前程了。”

姜立聪刚要往下问，一队穿着色彩艳丽服装的男女，在乐队吹吹打打的伴奏下从桥上走过。服装各式各样，有的裙子的下摆收窄，裙长及踝，着裙者无法迈出三英寸的步履，走起路来如蹒跚学步；有的着土耳其式灯笼裤，多褶的裤子与紧身腰带结合在一起，这对于从来不习惯穿裤子的西洋女子来说，令人新奇而吃惊；最使邱载慧、姜立聪注目的，是一袭宽袍大袖式的丝绸宽松女外套，宽袍大红，大袖淡紫，后身腰际以上镶青莲橙红团花，胸前明显处是两个刺绣的汉字：孔子。

“保罗·波烈!”邱载慧喊道。果然，队伍中一个小丑打扮的男子朝邱载慧做了个鬼脸，并转身背对他们，在他的彩条裤臀部的补丁上胡乱写有保罗·波烈的字样。

“保罗·波烈是哪路神仙?”姜立聪问道。

“服装界的幻想主义设计大师，”邱载慧回答道，“不过我们更乐于把他称为服装界的格罗皮乌斯。宾州大学的老师曾告诉我们说，二十世纪最令人晕眩的前进步伐，莫过于格罗皮乌斯和保罗·波烈了，前者抛弃繁多的赘饰和曲线，开创了建筑上以简约流畅为特色的 bauhaus（包豪斯）主义，后者丢掉了腰际的钢丝架，将妇女从紧身胸衣里解放出来，把服装变得简洁明快。”

姜立聪若有所思地说：“难得大师对孔子的关切。”邱载慧指着远去的游行队伍说：“那件大红袍服即便没有绣上圣人的名讳，谁也能一眼看出那上面的东方元素。这样看来，西学东渐之说也是片面的，交汇融合才是正道。”姜立聪打趣说：“那我们的黄浦江也免受改道之苦了。”说罢两个人又是一阵大笑。

“二位早上好。”

听到一口乡音，邱载慧、姜立聪立刻回过头来，见刚才那位小丑正向他们鞠躬问好。

“钟奇发，上海滩的京剧票友。”小丑自报家门后自我介绍说，“奇发原本工余派老生，进了此地的莫里哀戏剧学院，闲暇的时候找个地方凑凑趣，体会体会喜剧的感觉，自然也能捞点外快。”说到这里，钟奇发赧然一笑，怕被这两个衣着人时的同乡小看了，于是补充道，“奇发在上海滩也算得小有名气，蟾宫、丹桂第一台常闻奇发清音，奇发的老搭档，就是如今上海特别市政府的市长秘书蒲天枢。”

钟奇发的话音未落，邱载慧已经惊呼起来：“蒲天枢是我表哥——

不会同名同姓吧。”钟奇发忙问：“是原先住在八仙桥，如今搬到静安寺附近的那个蒲天枢，他家老爷子是蒲从周少将。”邱载慧连连说：“不错，不错，正是载慧的亲娘舅。”钟奇发再次握住邱载慧的手，目不转睛地望着邱载慧说：“怪不得天枢时常感叹说，‘我要有我兄弟那副好面孔，梅兰芳也是不能输给的’。”姜立聪也凑趣道：“这样说来，载慧还真的不要做官了。”邱载慧说：“倒也是，我这么人高马大的，若是上台唱《翠屏山》里的潘巧莲，不用像筱翠花筱老板那样踩跷了。”

三人说了一阵话，姜立聪问道：“钟大哥，我们不会耽误你的事吧？”钟奇发答道：“不会，游行已经完毕了，我是来这里等林妹妹，碰巧你们没有走，也是缘分。”

说话之间，顺着钟奇发手指，一位身穿蓝衣白裙的女士步履轻盈地朝这边走来。

“你怎么是这身打扮，怎么好去见爱丽丝老师呀？”林碧珠丝毫没有掩饰自己的不满，她把站在桥栏边的邱载慧姜立聪视为路人了。

“哥哥不是在同这二位小老乡小兄弟说说体己话嘛。”钟奇发说着把视线转向了邱载慧姜立聪。

林碧珠的脸微微红了，朝二位说了声“抱歉”。钟奇发介绍邱载慧、姜立聪是欧美留学生后，挽起林碧珠的手臂说：“我们两位呢，就是法国留学生咯。”林碧珠把手臂脱出钟奇发的臂弯，说：“我可担待不起留学生的名分。”

邱载慧说：“留学生哪里有什么特殊的名分，踏入异国即可谓‘留’，见习技艺即可谓‘学’，至于‘生’嘛，不耻下问就算做足了。”林碧珠笑笑说：“邱先生真是会说话，我们算得了什么呀。”

姜立聪插话道：“林小姐太客气了，家父家母最佩服林小姐的医道，舍妹杏儿还把林小姐的护理称为艺术呢。——刚才钟大哥说起小姐的大名，我一时还没有认出来，载慧，林小姐是仁济医院最得人心的护士长。”

林碧珠仔细端详着姜立聪说：“我太眼拙了，竟没有认出先生就是姜家花园的大公子。”

转来转去都是熟人，钟奇发大发感慨说：“林妹妹真个广开人缘。”随后又指着邱载慧对林碧珠说：“碧珠，这位俊俏小生妹妹也应该认识。”

林碧珠重新打量了一番邱载慧，觉得与巴里摩尔、范朋克、张石川这些明星们有几分相似，却没有想起来在哪个熟悉的家庭中见过。钟奇发拍手说：“他正是天枢的小表弟!”林碧珠“啊”了一声，说：“真的是百闻不如一见，怪不得天枢总是自叹弗如呢。”

没有想到大家早有渊源，邱载慧提议到拉丁广场的 Dod Begot（上帝赐予）餐厅落落脚，叙叙旧谊新交。林碧珠歉然道：“抱歉，今天已经约好向爱丽丝老师辞行了，她有一位亲戚要同我们一起回上海，如果二位方便就定在明天吧。”邱载慧姜立聪欣然允诺。

第二天，姜立聪来到 Dod Begot（上帝赐予）时，邱载慧迎了过来说：“钟大哥和林小姐还没有到，我们边喝边等。”姜立聪见桌上摆有四只饰有苏格兰图纹的平底酒杯和一瓶皇室敬礼牌的威士忌，再看看金碧辉煌的大厅，禁不住说：“地也华贵，酒更尊贵，价钱不菲吧。”

“我也是慕名而来，不晓得竟是这样昂贵，只得选了最廉价的酒。”邱载慧笑笑说，“不过有这瓶‘皇室敬礼’也算值得——你我在外多年，何曾受过外国人的敬礼?”

两个人闲谈一阵，邱载慧问道：“你们格拉斯哥大学是不是有位叫丁文江的毕业生?”

姜立聪说：“有哇，动物学及地质学双博士学位，我们常引以为自豪呢。”

“那你们晓得最令他内心遏塞的是什么事吗?”

邱载慧见姜立聪一时语塞，就接着说：“就是不幸在淞沪商埠督办公署做了八个月的总办。”

“嗬，我还真是孤陋寡闻了，你往细里说说。”

“丁总办在任时，关于上海城市建设有一段血泪诉：‘从租界到中国城就像跨过阴和阳之间的分界线。租界是阳间世界；中国城是阴间世界。中国城的道路、房屋和公共卫生，完全不能与租界的相比。这是我们最大的民族耻辱，比丧失主权更加可耻得多。’随后，丁总办拟定了合并南市、闸北、浦东以及周围区域的大上海计划，可谓雄心勃勃。然而，仅在任八个月，丁先生深为政界人士的自私颟顸所困扰，借着一次车祸身伤，凄然而去了。”

姜立聪默默地叹了口气说：“真是够遏塞的。”邱载慧不失时机地说：“所以说呢，仕途可畏呀。”

“不过，如今北伐已成，会不会另是一个天地?”

“立聪，你该读过《歇浦潮》吧，开篇是怎么说的?”

姜立聪想了想说：“我记不准了，是不是有这么几句：‘据说春申江畔，自辛亥光复以来，便换了一番气象。表面上似乎进化，暗地里却更腐败。上自官绅学界，下至贩夫走卒，人人蒙上一副假面具，虚伪之习，递演递进。’”

“好记性!”邱载慧赞了一声接着说，“立聪，学而优则仕只是一条路而已——我散淡惯了，无法适应官场习俗，不如到大学徜徉学海，或许有扬帆远航的那一天。”

姜立聪无奈地说：“我怕是没有你这样的勇气呢。”

瓶中的酒不知不觉被喝光了，酒助诗兴，邱载慧建议说：“你我这些天所谈既深且广，颇有意义，为什么不附庸一遭吟诗作赋的风雅，联袂一篇，以资纪念呢。”姜立聪当即赞同，“好呀，立聪在家曾陪小妹玩过，也还不算生疏，请仁兄开篇。”邱载慧忙说：“我属于‘小热昏’，抓来能唱，但登不得大雅之堂，你可得担待着点。”

“浦江少年……”

邱载慧口出四字，姜立聪弄不清楚依照什么格律来联，于是问道：“邱兄请明示格律，立聪好来凑字。”

“我最怕局限，你我干脆信口联来，通顺上口即可，其它不必拘泥，如若落入先人巢窠，就顺水而去；或许我等才艺雄伟，谱成另类曲牌留世也未可知呢。”

姜立聪也觉新鲜，于是信口接上：“漂洋海，悉意汇习西技。”

“呀，‘悉意汇习西技’，六字叠韵，幸好衣七辙为宽韵，否则不坏了我的脑筋。”

“我也觉得这叠韵十分拗口，而且‘衣七’过于细柔，邱兄抒怀非洪钟大吕之声不可，容立聪再想想。”

“此韵抑扬顿挫曲折婉转，是我极爱；至于叠韵嘛，有通押的‘汇’字作为转折，并不拗口；而且，唯此六字叠韵的咬文嚼字，方可显示我等肚腹中的那点墨水。”

二人相视笑过。邱载慧顺韵而下：“回望故国情难抑，倒清光复大义。”

“北伐功成，百废待兴……”姜立聪接上。

“寒士喜来归。”

姜立聪称好道：“我正苦于如何转接到我们身上，兄却全不费工夫，特别是所用‘寒士’，形神具备。”邱载慧自嘲道：“我正为今日酒资忐忑不安呢，非寒士若何？”姜立聪说：“不妨，‘皇帝敬礼’让我也分享尊荣。”邱载慧立刻说，“有你分担酒钱，我自然是‘胸臆顿开，唤来云开雾霁’了。”

姜立聪笑道：“了不得，我掏了腰包不说，还助你得来这样的佳句。”邱载慧说：“且慢得意，谁知你我所言是否成章呢。”

两人回过头来按句吟诵，接续完毕，姜立聪大笑不已，说：“你我怀创新之意，结果还是没有跳出‘念奴娇’的旧辙。”邱载慧不无遗憾地说：“只怨我辈自不量力——革故鼎新看来绝非朝夕之功。”

姜立聪说：“下阕立聪先来献拙：姐妹兄弟同谊……”

邱载慧接道：“相帮相衬，心系泾浜地。”

姜立聪稍想后说：“上海此地为泾浜纵横所组成自是不错，但词中这一句讲的应是，姐妹兄弟之间的心心相系，不如令这‘泾浜地’人格化。”邱载慧说：“依你所言，则为‘泾浜心永系’，姐妹兄弟如同水土相依，共生共荣，真是情景交融的妙语，好，依你。”

“敬业乐群伸正义……”姜立聪紧扣规范自我的主题。邱载慧接道：“你已然表达了对外处世待人的原则，我自然该说说洁身之道，那就‘声色犬马远避’吧。”

姜立聪沉吟片刻，说：“我所想恐怕太琐碎了，说来请邱兄斧正吧，‘大事争先，小事不拒……’”

姜立聪话音没有落定，邱载慧已经“啊”出声来，称赞道：“仁兄真是渐入佳境，语虽平实，但意境深邃，既突显了我姐妹兄弟自强不息的大气，又抒发了脚踏实地的至诚，成事之道不过此两端，对我等今后的行径有提纲挈领之功——这样的佳句，我怎敢贸然接续……”

邱载慧起身，踯躅于大厅。这边的姜立聪也沉浸于苦思冥想之中。突然间，邱载慧回到桌前，说：“立聪，难题有了破解，你听听，‘趣成填海志'，怎么样，可用不可用?”姜立聪请邱载慧复读一遍，大喜过望地说:“妙，妙，‘填海志’这等雄伟鸿鹄之举竟用‘趣成’带之，何等的大手笔，大气魄，杨慎的‘古今多少事，全在笑谈中’也不过如此。”

邱载慧暗自喜悦，口中却说:“你我先不要相互卖瓜，即便是偶有佳句，也多属瞎猫逮着死耗子之类，没有什么可资庆幸的，岂敢自比先哲。易安居士有‘险陨成诗，扶头酒醒’之句，还是趁着酒劲，完结我们的联篇。”

姜立聪听后，即说:“让我再占一先机，春风揽翠，如何?”邱载慧说:“收篇之处自应如此，我实在是江郎才尽，来个狗尾续貂吧，五月花开飞絮。”

姜立聪默诵一遍说:“待我找来纸笔，录以备忘好吗?”邱载慧想了想，摇摇头说:“我看通篇只有‘大事争先，小事不拒，趣成填海志’尚可回味，其余皆味同嚼蜡，何必再糟蹋纸张。”

二人说话间，耳边响起温柔的女声:“Sorry，train behind schedule (对不起，火车晚点了)。”

邱载慧侧过身来，见钟奇发林碧珠前站着一位西洋女子拂起掉落在额角的一绺堇色的头发，朝自己抱歉地说，白皙的腮边泛起了嫣红，澄如蓝天的眼珠里透出几分羞涩。

“安妮!”邱载慧惊讶地喊了一声，举起双臂起身说，“你这只小鹦鹉真的是羽翼丰满了，居然从约克郡飞来巴黎了。”

“邱，怎么是你，太幸运了，太幸运了……”安妮扑向邱载慧，口里喃喃不断。

邱载慧告诉大家说，安妮的哥哥托尼是上海英商新大陆洋行的雇员，工余常以音乐自娱。一日自己正在大华饭店临摹窗户的券花，被巡捕纠缠，指他有攀窗入室之嫌。此时托尼率领乐队到大华饭店演出，看到自己画架上的碳素画，两人有了这样一段对话:

“你是做什么生活的?”

“罗、宾、汉。”

“你……不够力量吧?”

“上海拳击冠军。”

“中学联赛?”

“对，你们麦伦中学的米歇尔在这次联赛中荣获季军。”

“除了拳击和美术，还有其它爱好吗?”

“不是美术，是建筑。”

“啊，那就除了拳击和建筑。”

“铜管，小号。”

“也是上海冠军?”

“没有参赛过，不过工部局有位梅百器，他听了我的《海顿降 E 大调协奏曲》后，给了一个字的评语：sweet。”

“中规中矩。”

“承蒙溢美。”

“好，成交。”

“你代替我享受巡捕房的干面包?”

“不，你代替我们一位缺席的小号手。”

从此两人成了密友。邱载慧出洋前，安妮曾来上海小住，那时还是个不经事的黄毛丫头。听了邱载慧的故事，林碧珠感叹道：“真是有缘千里来相会。”

“而且，”钟奇发操起蹩脚的英语笑眯眯地说，“安妮小姐随后要同我们载慧兄弟一起漂洋过海，那就叫：‘千年修得同船渡’了。”

安妮发自内心地惊讶道：“Very marvellous（太奇妙了）!”

“最奇妙的当是万年修得……”

邱载慧猜测钟奇发要说“万年修得共枕眠”，忙拦过话说自己要去沈阳应聘，必须走陆路，并对安妮表示了歉意。

安妮并不沮丧，她爽快地站到邱载慧身边说：“I follow you to walk only（我只随你走）。”

千年修得同船渡

数日后，送别新交，邱载慧同安妮踏上东行的列车。在柏林换乘往莫斯科的火车时，遇到两位中国年轻人陈北章和芦毓琴，他们是德累斯顿大学的毕业生，正准备乘火车去法国转搭远洋客轮回国。

“那里你们也敢去？”芦毓琴听说邱载慧他们要经苏俄回国，立刻闪烁着疑虑的目光惊讶地问。陈北章从提箱里取出一个小册子递给邱载慧说：“先看看，她有些危言耸听。”芦毓琴瞥了陈北章一眼，说：“那是饥饿之乡，明白什么是饿肚子吗？”

小册子是商务印书馆出版的《新俄国游记》，作者是瞿秋白。扉页上有一行标注——《饿乡纪程》。邱载慧翻开边看边议：“‘赤塔一带……革命以来，常常闹乱子，有钱的人——资产阶级——都已经逃走了’。是有点可怕，‘长蛇蜿蜒的火车在乌拉尔岭上游行，山色清新时时投入车窗，成飞掠转折翠白相间的画影’，太诗情画意了，哪来的饿乡呀……啊，在这里，‘饿乡！饿乡！你这是在磨练我的心志，还是亏蚀我的精力呢？’”邱载慧的目光离开书本问道：“瞿秋白是何等人物？写得这么有意思。”

芦毓琴说：“听说是北平《晨报》的记者，搭乘的是中国驻俄领事陈广平的专车，即便这样，他们还自带了三百斤面粉，供旅途嚼用呢，这些书上都写得有。”陈北章从邱载慧手里拿过小册子，翻开一页指给邱载慧看：“‘我总想为大家辟一条光明的路。我愿去，我不得不去。我现在挣扎起来，我往饿乡去了’，我真很佩服这位瞿先生的勇气，况且那边已经不强制征集农民的粮食，自带面粉是没有必要了。”芦毓琴乜斜着陈北章说：“嘀，你可找到伙伴了，告诉你，无论如何我不跟你走！”陈北章瞪大眼睛，手指芦毓琴说：“要赖，要赖，‘有伙伴就随你走陆路'是你亲口说的，再说我们一共四个人，真到了饿肚子的地步，我们打桥牌也可以充饥呀。"

邱载慧虽是桥牌迷，但也不好立刻附和，想了想，从口袋里拿出一个银币袁大头说："这样吧，此人曾谦称自己'上无裨于国计，下无济于生民'，就封他个指路神仙吧，若是大头朝上二位随我们奔陆路而去，管它饿乡饱乡；若是一圆朝上，袁大头嘴啃黄泥，你们二位就去坐洋船。"

芦毓琴张口便说："这个办法公平，要得。"陈北章则矢口反对道："我最恨的莫过此人，我才不听他的。"芦毓琴说："北章，你不是最爱民主吗？好，我们四个人，一人一票如何？"

形势是明摆着的，邱载慧出的主意，他不会出尔反尔。至于安妮呢，从她对邱载慧的神情举止一颦一笑就可以看出来——绝对地言听计从。想到这里，陈北章笑了笑说："卢梭在《社会契约论》里说的是，社会的公约，必须要有全体一致的同意，因此呢……"

"断章取义，"芦毓琴打断陈北章的话说，"卢梭在《社会契约论》所要表达的核心意思，是公共意志，是权力的基础，而公共意志是根据个人意志投票产生的——个人意志，晓得不。"

"不能说北章是断章取义，算不求甚解吧。"邱载慧居中打了圆场。

在众目睽睽下，邱载慧把袁大头高高扔起。

"大头，大头……"陈北章喊。

"一圆，一圆……"芦毓琴喊。

邱载慧安妮在一边拍手助兴。

袁大头滴溜溜转了不晓得多少圈后终于瘫倒在地，一个头颈肥硕的秃老头张开大嘴在那里喘息。

火车穿越波兰，越过布格河进入边境城市布雷斯特。带有拱形门廊的布雷斯特火车站富于英国新哥特复古主义色彩，门廊上沿依稀可见用红色油漆涂上的标语：Все права кантуют к советскому。

"意思是'一切权力归苏维埃'。"粗通俄语的陈北章解释说。

"这里应该是波兰的领土呀？"邱载慧提出疑问。

"说来也惨，"陈北章语气沉重地说，"从十八世纪以来，波兰曾三度被俄国、普鲁士和奥地利瓜分，布雷斯特就此被划入俄国疆土。一九一九年二月，趁布尔什维克革命，布雷斯特被波兰重新夺回。随后两年里，布雷斯特在波兰与苏俄间两易其手，目前虽为波兰占据，但也是鞭长莫及，连这些标语也没有清除。”

“听你这么一说我倒想起来一件事，”邱载慧接过话说，“好多年前，汪笑侬……汪笑侬你们晓得吧？”陈北章摇头不知。芦毓琴边想边说：“汪笑侬……好像是位京剧名伶。”

“岂止是名伶，誉之为伶圣也不为过，”邱载慧答话时言语神情颇为敬慕，“汪笑侬过人之处在于他不仅擅长自编自演，而且他编演的戏往往借古喻今，隐刺时政，抨击社会，抒发情怀，晚年常说自己唱戏是‘唱歌代哭’。”

“哦，这倒真的很少见，载慧，到了上海一定带我们去见识见识哟。”陈北章兴致盎然地说。

“可惜我们都没有那个福分了，”邱载慧遗憾地说，“早在十年前我们这位伶圣已经过世了。”

几人沉静了一会儿，安妮侧脸看着邱载慧问道：“你怎么又想起……伶圣来了呢？”

邱载慧回答说：“刚才北章不是说到波兰三次被列强瓜分的事吗？我联想到汪笑侬曾排演过一出时事新戏《瓜种兰因》，另一个剧名就是《波兰亡国惨》。”

“不得了，不仅是伶圣，简直堪称史圣了——我和北章坐了三个月的图书馆才大致弄清楚这段历史。”芦毓琴感叹道。

“载慧，能不能说说大致的剧情，”陈北章再次提出请求说，“我觉得波兰这个民族有许多值得我们学习之处。”

邱载慧说：“《波兰亡国惨》一九〇四年首演于春仙茶园，我刚刚一岁，后来听家父说，汪笑侬是为纪念甲午战争十周年特意排演的，剧情我真的是知之甚少，只晓得共计一十六本之多！不过，汪笑侬为这次演出自题了一首七律，我至今只字未忘，你们听听：多少人才难救国，却因众志未成城。一家犹自分门户，无怪强邻界线争。——怎么样，多少可以体会出点什么吧？”

“前事不忘后事之师呀。”陈北章慨叹道。

“载慧，听说上海又出了点事，是吗？”芦毓琴问道。

“听说了，”邱载慧说，“那阵正忙于毕业，没有顾得上跑图书馆去了解，似乎已经平息了。”

“只怕事情没有那么简单。”陈北章忧心忡忡地说，随即一挥手，口气换过，说，“那些事交给政治家吧，载慧，你不是说在巴黎联了一篇诗文吗？朗读出来我们鉴赏鉴赏。”

邱载慧赧然一笑说：“情之所至随便吟哦了几句，当时也没有记下来，这样吧，我边想边说，劳毓琴帮忙记录下来，也算是没有枉费了那天的酒钱。”

芦毓琴备好纸笔。邱载慧一句一句读来。陈北章在一边闭目聆听。安妮听不大懂，索性准备下午茶去了。

邱载慧读过“春风揽翠，五月花开飞絮”一句。芦毓琴觉得已经完结，随即把记录稿递过去校勘。陈北章睁开眼睛问道：“完了？”邱载慧回答说：“完了——有何感慨？”

陈北章坐直身子，笑了笑，说：“感慨良多，不过我要先奉送仁兄八个字：咬文嚼字，陈腔……这个旧调。”

邱载慧虽然已经猜到会得来这样的评语，还是面染红云。陈北章接着说：“仁兄先莫着急，其中有一句足可扭转乾坤。”说着，从邱载慧手里拿过稿纸，吟咏有声：“大事争先，小事不拒，趣成填海志——你们是怎样想起来的？前边通篇情不可谓不真，意不可谓不切，可总是不着边际，没有想到精华劲力全凝聚在这里了。”

芦毓琴瞥了一眼陈北章对邱载慧说：“载慧，不必与他计较，他这个人最是吹毛求疵，依我看，这篇满是珠玑的诗词，怕在全唐诗、全宋词中也是找不到的。”

“毓琴说得很是，”陈北章实心实意地说，“载慧，这一句就是我后半辈子的座右铭了。”说罢，起身和邱载慧热情拥抱。

“你们是怎么啦？”安妮手举托盘走过来。

“庆贺……我们喝下午茶。”邱载慧随便说着笑话。

“只可惜这是最后的……下午茶了。”

安妮说着，在每人面前放下一杯咖啡，又用镊子夹起方糖一一往杯子里放，每杯一块，放到最后一块，安妮没有放进自己杯中，而是放进邱载慧的杯子里。邱载慧看了看空空如也的糖罐，连忙拿起安妮的茶杯，将咖啡倾倒在自己的杯中，“好在都只有半杯，中和中和正好。”

列车离开布雷斯特经明斯克朝莫斯科驶去。六月的俄罗斯正值初春，山坡、原野、小溪、池塘充满了跃跃欲试的朝气，各类各色的树木花草竞相向碧澄如洗的天空飞越而起，唯恐错过阳光的恩泽。

“快、快看，好、好大的洋——葱头！”芦毓琴坐在迎风的座位上，迎面扑来的气流把她的话音噎得断断续续的。安妮也拍手笑道：“真好看，还是蓝色的。”正在同邱载慧下棋的陈北章看了看窗外说：“哪有蓝色的洋葱头呀？”并瞟了一眼芦毓琴说：“神经病！”

邱载慧正琢磨如何化解陈北章沉底炮的威胁，顾不得理会安妮要他看看蓝色洋葱头的请求，随口重复了一句陈北章的话：“神经病！”

芦毓琴气不过，伸手把棋盘上的棋子搅乱了：“你们绅士点好不好。”

“好好好，北章，我们舍命陪君子了。”邱载慧、陈北章瞪大眼睛，眼珠一转不转地看着窗外，直到眼睛发涩，映入眼帘的净是绿色的草、黄色的花和赭石色的风化岩石……

“洋葱头又出现了！”车厢的另一侧有人喊道。

果然在离铁路不远的小山坡上出现一组白色的建筑物，它的一端是一座尖塔，顶端是一个类似洋葱头式的穹顶，绿色的；另一端是五个高高耸起呈田字排列的圆柱体，每个圆柱体都有一个硕大的蓝色洋葱头式穹顶，尤以中间的穹顶最为高大。

“什么洋葱头，这是帐篷顶。”邱载慧洒笑道，“可不要小看这个帐篷顶，它形成了俄罗斯建筑的独特风格。”芦毓琴问道：“不会是因为俄罗斯人喜爱洋葱头吧？”陈北章好容易支持了一次芦毓琴，说：“这话有谱，罗宋汤里洋葱头是必备的。”

谈到本行，邱载慧来了兴致，滔滔不绝地说：“十三世纪与十四世纪之交，俄罗斯曾被蒙古人征服过，因此游牧民族的帐篷成了至高无上的图腾。可是俄罗斯是个不服输的民族，两百年后，伊凡雷帝洗雪了被奴役的屈辱，班师回朝后，在莫斯科兴建了瓦西里·伯拉仁诺教堂，教堂有九座高低错落、大小各异的穹顶，整体以赭红色为主，犹如一团熊熊燃烧的烈火，穹顶则像火苗一样争着向上跳跃，令人为之惊心动魄，而那些穹顶依然有蒙古人留下的帐篷顶印记——所谓铭记屈辱方得自强。”

邱载慧高谈阔论时，芦毓琴间或给安妮翻译几句。见邱载慧眉飞色舞，安妮插话说：“听说伊莎多拉·邓肯正在莫斯科演出呢。”邱载慧惊呼道：“是那位当之无愧的舞蹈皇后吗？我在纽约看过她的《前进吧，奴隶》，她的舞姿，啊，不对，应该说是她的舞魂只可以用飘飘欲仙来形容。”

“看来在莫斯科要多逗留几日了。”陈北章忘乎所以地说。归心似箭的芦毓琴居然没有反对，眨眨眼默认了。

明斯克、斯摩棱斯克……莫斯科越来越近了，车厢里那四个青年人如同掉进兔子洞的爱丽丝猜度下落了多少英里那样计算到莫斯科的距离，并不断怂恿陈北章询问已经被他们问得烦不胜烦的火车乘务员。当那位有着一头火红头发的乘务员朝他们喊道：“Приезжает（到了）！”安妮情不自禁地亲吻了他。

火车驶进莫斯科的白俄罗斯站。四人早已打点好行囊，走到车门急于踏上莫斯科的土地。红头发乘务员礼貌地要他们回到自己的座位上去，并告诉他们：下车前要接受检查。

火车刚刚停稳，两位边防警察上了车。男警察身着绿色上装，裤子镶有金色裤线；女警察绿衣蓝裙，蓝裙以金色条纹收边；他们的帽子上缀有苏俄国徽：麦穗拱围中的斧头镰刀。边防警察的举止彬彬有礼，每到一个座位前，总是先行举手礼，然后才索要证件。男警察操俄语，女警察则说一口纯熟的英语。

邱载慧陈北章芦毓琴都顺利通过检查，女警察还笑容可掬地对邱载慧说：“愿你在莫斯科愉快。”但是轮到安妮时出了问题。

“女士，你不可以进入我们的国家。”男警察面色阴沉地说。

“鉴于贵国与我国断交，你不应该再选择访问我们的国家。”女警察面色稍稍和蔼些，语气依然是严厉的。

安妮申辩说：“我的证件是合法取得的呀。”女警察浅浅一笑说：“遗憾的是，我们的总领事已经被你们无理地限期离境了，他此刻正在返回莫斯科的途中。”

男警察把安妮的证件放进自己的皮包，然后以不容申辩的口气告知安妮："您可以于明日凌晨乘坐我们总领事所乘坐的火车返回，这期间我们会保证您的安全和必要的生活方便。"

安妮无助地左顾右盼，眼眶里泪光闪闪。邱载慧更是十分懊恼，悔恨自己不该轻易同意安妮随自己经陆路回国。就在无计可施之际，陈北章在邱载慧耳边悄悄地说："你对警察说，安妮是你的太太，兴许他们会照顾的。"邱载慧犹豫了片刻，只得硬着头皮去应承。

"警察先生，安妮是我的未婚妻，我们正要回中国去结婚。"为了加强语气，邱载慧顺手揽过安妮的肩。

"未婚妻?"男警察满脸疑惑，把邱载慧和安妮一一看过。邱载慧急忙从皮包里取出那封家信，指给警察看，并一边用英语解释道："这里是我母亲写的：'务必把回沪的确切日期告诉家里'；还有这里，是我的表妹写的：'小哥，你会带个金发碧眼的漂亮表嫂回家吗?'"

男警察听了女警察的翻译后依然面色严肃地说："我们的工作只涉及国事，家事不在我们的管辖之内。"说罢，转身往下检查去了。

极度失望的安妮靠在邱载慧胸前，无奈地吟咏着："无法摆脱的忧愁将我纠缠，纷扰空虚的生活令人不安。但是我久久难忘你温柔的声音，梦中常看到你可爱的倩影。"

邱载慧还没有弄明白安妮吟咏的是哪家的诗文，女警察已经情不自禁地引用起来："岁月的流逝，暴风骤雨的逞狂，驱散了昔日种种的梦想。于是我忘记了你温柔的声音，也忘记了你天仙似的倩影。"

女警察是用俄语朗读的，但从她的音韵和情绪，特别是她那凝视安妮的眼神，人们猜得出来她是在回应安妮。果然，女警察走到安妮面前，用温和的声调说："没有想到你能记诵普希金的《致凯恩》，我想你对我们也是友好的。"说罢，她把男同事拉到车门那边，经过一番商议似乎还有争议之后，她步履轻盈地走了回来。

"女士，您被允许随同您的未婚夫去中国……"

女警察的话还没有说完，安妮已经朝她扑了过去，准备和她拥抱。女警察扶住扑来的安妮说："但是，您和您的未婚夫都不能在莫斯科停留。"此时男警察把收去的证件还给安妮，带着幸灾乐祸的表情说："为了等待去中国的火车，你们必须在车站度过两个寒冷的夜晚，或许还是露天。”

“露天？会把人冻坏的。”陈北章听懂了他的警告。

女警察轻轻一笑，说：“他是在吓唬他们，不过，有了普希金般炙热的爱情，即便是冰天雪地也是温暖如春的。”

因为搅了大家游览莫斯科的兴致，安妮十分愧疚，好几天小声小气不敢多说。陈北章安慰说：“我们中国有句谚语，看景不如听景，听了载慧绘声绘影地描述已经足够了。”芦毓琴也说：“我们中国有首古诗，‘横看成岭侧成峰，远近高低各不同。不识庐山真面目，只缘身在此山中’。好的景致只能远眺，不可近看。”

安妮将信将疑，把哀怨目光转向邱载慧。

“他们说得不错。”邱载慧笑眯眯地看着安妮说，“要是身临其境，怎么会把帐篷顶想象成可以饱腹的洋葱头呢？”

“快不要说了，你们没有闻到餐车传来的洋葱味？”陈北章深吸了一口空气说。

餐车里果然有人在吃洋葱煎鸡蛋，在弥漫着香气的车厢里，黄澄澄的蛋黄犹如满月卧在白云里，几片洋葱头闪耀着亮亮的紫色，又似虹霓。

“Кельнер！”陈北章招来乘务员，朝他伸出四个手指，又指了指邻桌的碟子。乘务员歉然地笑笑说：“我们是来料加工，鸡蛋是他们自己带来的。”并且好意地提示说：“明日清晨列车停靠克拉斯诺亚尔斯克，运气好的话，你们或许能买到鸡蛋。”

经过半夜无眠后，邱载慧和陈北章没有等火车停稳，就纵身跳到站台上。天刚刚亮，弥漫着薄雾的站台空落落的，除了摇动红绿小旗的站长，举目望去竟是渺无人迹。

“见鬼，哪来的鸡蛋！”

陈北章的话音未落，一群人呼啦啦涌上站台，犹如从地里冒出来的一般。卖咸肉的、卖猪油的、卖衣物的、卖黑色大列巴的，五花八门眼花缭乱。

邱载慧和陈北章找来找去，却没有见到一个卖鸡蛋的。无奈之下，邱载慧走到卖咸肉的小贩前，指了指他身前的木桶。小贩打开木桶，一股浓浓的腥膻味袭入鼻孔。小贩用一个油腻腻的夹子夹起一块咸肉，白花花肉膘上沾满了灰色的如豆大的盐粒。邱载慧朝陈北章做了个不寒而栗的鬼脸，还是挑了一块红色稍多的——这些天来摄入的蛋白质与脂肪实在太少了。

陈北章开始同小贩讨价还价，从一千卢布增加到十万卢布，小贩却始终竖起一根手指，而且不断地念念有词——соль（盐）。一个从东北来此地做劳工的同胞告诉他们说："卢布在这里只能给小孩子当洋画玩耍，他们要的是 продукт（产品）——盐、糖、香烟，有布匹、钟表什么的就更值钱了。不过，要是碰到白俄，只要带他们走，一切就妥了。"

"Яичко，Яичко！"

邱载慧和陈北章正拖着疲惫的脚板返回列车时，身后传来清脆的叫卖声。

"卖鸡蛋的！"

陈北章拉住邱载慧转过身去，一个十六七岁的俄国姑娘，携着一筐鸡蛋朝他们走来。

"Китай（中国人）？"俄国姑娘朝他们高兴地喊了一声。

"不错，我是湖北人，他是上海……"

"上——海？"陈北章的话没有说完，姑娘生硬地喊了一声，立刻把装鸡蛋的筐子交给陈北章，然后一只手抓住陈北章，另一只手抓住邱载慧，拉着他们朝列车走去。

就在这时，站台突然骚乱起来，小贩们争先恐后夺路而逃，桶被碰倒了，筐被撞翻了，口袋绽开了，满站台滚着土豆，淌着盐水，几只鸡鸭扑棱棱飞到列车顶上……

眼见警察从站台两端合围过来，姑娘松开抓紧二人的手，慌不择路地跳下站台，打算从车厢下钻过去。邱载慧眼疾手快，把姑娘拉上站台，顺手摘下自己腕上的手表塞给姑娘，又把她推进散开的人群……

"柳芭，柳芭——记住我的名字……"姑娘一边跑，一边不断回头朝邱载慧喊道。

邱载慧一行在满洲里换车到了沈阳，当即去了东北大学。校方称，建筑系要到明年才招生，并说梁思成、林徽因日前也来函应聘。邱载慧听出校方更属意那二位名门之后，于是怏怏然道别而去。

“一起去北平吧，那里是中国的六朝古都，风貌绝对独特。”邱载慧打起精神对安妮说。安妮闪动着眼睛问道：“去北平要坐船吗？”

邱载慧和陈北章正疑惑不解，芦毓琴拉过安妮的手放在邱载慧的掌心说：“路上耽搁这么久了，载慧、安妮你们还是经大连乘船回上海吧——故都已经绵延六朝了，今后有的是观光的机会。”陈北章明白芦毓琴的用意，也附和道：“你们二位同船渡海却是机会难得。”说罢朝邱载慧睐了睐眼睛。

邱载慧和安妮经由大连乘英轮普利茅斯水手号回上海，由于吨位较小，一路航线虽未远离陆地，船体依然颠簸剧烈，先是安妮呕吐不止茶水不进，后来邱载慧也吃不消了，只得躺在卧榻上辗转反侧，直到普利茅斯水手号驶进长江口，他们才稍感适意。

安妮唤醒邱载慧后，执意要他去打理杂乱无章的头发，说是托尼将率领乐队来码头欢迎。邱载慧无法拂逆好意，随安妮来到理发室时，理发师已经把所有的器械消毒完毕，正面对梳妆镜小心翼翼地修整他那双翼翘起的胡须。为说服理发师为自己的中国朋友打理头发，安妮使尽全身解数，最后，善良的胖老头只好叹息道：“The amatory strength has no way to resist（爱情的力量无法抗拒）。”并把邱载慧请上理发椅，去忍受着热水、洗发剂和吹风机的轮番袭击。

小船为大船让道，普利茅斯水手号没有按预计停靠十六铺，而是停靠到了公平路码头。接船的人大多没有到，只有托尼率领的乐队已整齐地排列开来。

安妮同邱载慧踏着拉德斯基进行曲的节奏携手走上舷梯，一路款款行来。

“完璧归赵。”邱载慧牵手将安妮送到托尼身前，趁着兄妹相拥的时节，自己赶紧离开了码头。

世家·高朋满座

蒲从周一大早起来在静庐四处巡视一遍，把家人召集到一起，再次吩咐说，今天是外甥回国、新宅落成和自己六十五岁生日，大家要各司其职，不许有些许差错。等家人各个回复了各自所事，他又详加指点后才回房盥洗换装准备待客。

蒲从周原在北洋军中领上校加少将衔，护法战争中投湘西护法军，一九一八年的湘北岳阳攻防战极其惨烈，是役蒲从周受伤，副将邱子光捐躯，对蒲从周的肉体和心灵都造成了极大的伤害，留下难以忘怀的创痛。从此，他决定隐退养伤，回到原籍上海，过起优游的日子。

蒲从周无子嗣，早年过继一子蒲天枢，续弦夫人林倩云也只生养一女蒲瑶琴。邱子光既是沙场上的得力助手，又是亲妹妹蒲欣莲的夫君，夫妇膝下一子邱载徽乖巧过人，蒲从周早怀过继之心，与邱子光言语间也常有探询，只是邱子光太过专心军务，在生儿养女上面少有关注。妹妹蒲欣莲对兄长的心事虽多有察觉，也着实想弥补蒲家的这一大遗憾，只是孤掌难鸣。如今邱子光离世，蒲从周再不敢提过继之事，但于公于私，于情于理，蒲从周理应把子光留下的唯一血脉邱载徽视为至亲。

邱载徽即是前文中的邱载慧——说起这“徽”、“慧”二字，邱载慧与舅父还有过一番争论。

大约是十岁那年，外甥突发奇想，要把“徽”字更改为“慧”，说是大智大慧方男儿，而且把父亲“不图功名徽史册，只求无愧慧后生”的诗句作为依据。舅舅听后哑然失笑道：“你父生前曾与舅舅多次研议过此诗，这慧字应是惠的笔误，意思是征战一生不求给后代留下可因袭的爵位，只要有些薄赋使后人不虑生计就满足了。”外甥并不服气，争辩说：“舅舅所说是一家之言，惠慧二字在这里都是有解的，只是从父亲不重功名利禄的志向看，用慧字更贴切些，不信，舅舅再听听前两句：‘生死须臾征战中，主义撑得铁汉铮。’”母亲蒲欣莲虽然呵斥道：“这里是你嚼舌的地方吗？”但转对哥哥却说：“徽儿的想法倒也清新，由他去吧。”每每提及此事，都让这位曾经号令千军的加衔少将气也气不得，恼也恼不得。

幼年邱载慧虽也时有顽劣之举，但天性极其灵动，远在蒲家继子天枢之上，因此蒲从周加意培养，执意送载慧出洋深造。不过在所学艺技方面，外甥与舅舅又是争议颇酣。在舅父心目中，外甥今后必然要走仕宦之路，政治经济之道自是必通之理。但外甥却倾心迷恋沿外滩鳞次栉比的那些石头块垒——邱载慧自小把建筑称为“块垒”。酣争良久，最后舅舅做了让步，一则他认为所学与所走之路并非必须一致——自己与子光在乡里也算是文士，但自己是军旅半生，子光竟然终于枪林弹雨。此外，这小子继承于乃父的固执与倔强，也着实不能小觑。

贺寿贺喜的客人从清晨起就络绎不绝。先来的照例是那些级别较低的旧部或者乡下佃户，因为租界工部局派了维持秩序的巡捕，所有衣衫不够光鲜的均被挡在弄堂外。每逢这时，蒲从周总是要继子天枢去迎接。他是个喜欢热闹的人，特别是那些至诚至信的恭维，能唤回他发号施令时的威风，而这样的恭维如今也只能从这些旧部或者佃户口中听到。

一波过后，轮到现职官员出场，他们亲自到场不多，除非是近有所求的，其它多派秘书随员送来贺喜名帖，自然礼金是不可缺的。对于这些礼仪上的酬酢，蒲从周多以简短的寒暄应对。

令蒲从周脸面光辉的名帖，是市长黄郛、党部潘公展等人所送；而唐生智、程潜等早日长官所遣，则使他感激涕零。每逢这样的名帖到场，司仪都会喊得山响。

租界工部局也有贺帖到——不晓得他们是入乡随俗呢还是主随客便。

市政府公安局副局长马钟晓的到来掀起了贺喜的第一波热闹。马钟晓是蒲从周的旧部，也是蒲家的常客，不用家人通报，径直走到大门口，将身后的几位男女客人让进门来。

“老师长，姜老板到了。”马钟晓站在天井里朝客堂大喊一声——

马钟晓祖籍河南，人高马大，说起话来瓮声瓮气。

客堂的门立刻开了，蒲从周从里面走出，拱手迎接客人。马钟晓也把姜老板、姜夫人、姜小姐一一作了介绍。

姜亨飞，是第二代沪籍潮州人，祖上经营鸦片贸易，父亲改营竹木，传至姜亨飞，正值上海地价房价双双飙升，于是当了一名房地产掮客，且多有斩获，因此被犹太人哈同看中，给了地产部管事的职位。多少年下来，虽成绩斐然，但不仅没有得到姜亨飞所渴望的“大班”之位，连个“大班协理”也难有指望。姜亨飞决心自立门户，打出了亨飞地产的招牌。凭借他在哈同那里学到的本领和敏锐的商业嗅觉，屡次圈地，屡次获利，不出三年，居然在上海滩有了立足之地。

姜亨飞的儿子姜立聪在巴黎与邱载慧相遇后，在随后的家信中便有提及，并着实把邱载慧夸赞一番。姜亨飞觉得机不可失，立即请来好友马钟晓，求他到蒲家为小女提亲。事有凑巧，马钟晓正与蒲从周商议邱载慧的婚事，而且马钟晓看中的正是姜家女儿姜立颖，于是二人一拍即合。

不过姜亨飞在女儿姜立颖那里遇到了麻烦。

“爹爹，我是最腻歪提亲、相亲一类事情的。”女儿听后不耐烦地说。

“‘泥歪’？泥巴有什么正呀歪的？”姜立颖正在北京大学读书，话中带出的京腔“腻歪”姜亨飞听不明白。

“闺女，”坐在一旁的马钟晓搭话说，“你知道这‘腻歪’两个字是怎么来的吗？听马叔叔告诉你：这男女在世，天生的要往一处腻，说是亲密无间也好，说是相亲相爱也行，可是，若有一方或貌如歪瓜裂枣，或品行狗屁不如，那么必然腻后带歪，接着而来的自然就是烦恼难耐，痛苦不堪了。”

“只听过马叔叔立马横刀的故事，没有想到马叔叔对世间儿女情事也讲得这样鞭辟入里。”姜立颖半是笑话，半是恭维。

“闺女，你先别给我戴高帽子，要紧的在后头，”马钟晓品了口茶接着说，“就凭我家载慧的文才品貌，哪家闺女若是没有挨得上同他腻上一腻，怎么说呢……后悔三辈子还得拐上一个弯儿。”

姜亨飞和李晴钊听后相视一笑，说："杏儿，你哥哥也有这个意思，你也莫自视过高了。"

姜立颖顺便朝客厅侧面的玻璃砖镜面上觑了一眼，里面映出的是一个虽则素面朝天，可是优雅有致的女子。姜立颖抿嘴一笑说："依马叔叔所说，杏儿有高攀之嫌，既然这样，杏儿心有不甘，不晓得可不可以借道贺的机会，见识见识这位蒲家宠儿？"

"当然可以……"马钟晓话已出口，才觉出姜立颖话有玄机，忙说，"说的是相亲，道贺怕是……"

李晴钊晓得女儿执拗惯了，便说："只要见面便好，名分倒也无关紧要。"马钟晓、姜亨飞勉强点头同意了。姜立颖怕不扎实，还特意对马钟晓说："马叔叔，咱们可是君子一言……"马钟晓接上说："驷马难追。"

马钟晓是个急性子，蒲从周刚把客人让进客堂，他就插话说："你们先说着话，我这就去把载慧唤来，哪能让杏姑娘净陪我们这些人弹老腔唱老调呀！"

蒲从周挥手要马钟晓坐下，说："载慧还没有到家呢。"

"船期变了？"马钟晓着急地问。

"船期没有变，停靠的码头变了，李安在十六铺白白等了小半天。"

"李安就是个死脑筋，鼻子下没有嘴？"马钟晓埋怨道，并说，"要不我派俩人找找去。"

蒲从周哈哈一笑，说："放心，我们这只白脚花狸猫呀，脚是野点，好玩，家还是找得着的。"

大家笑过，马钟晓说："姜老板和老师长海阔天空着，我这就请嫂夫人去。"马钟晓与邱子光有同僚之谊，自然尊蒲欣莲为嫂嫂。

李晴钊急忙站起身来说："还是我带杏儿去见夫人，哪有夫人来见的道理。"马钟晓笑笑说："马上就是一家人了，何必这么多的客套。"蒲从周说："既然这样，就由姜夫人的便吧。"

不经意间，马钟晓把来这里的主题变回相亲，姜立颖无法再同马钟晓矫情，只得顺其自然，心想：见识见识也无不可。

后厅里，蒲欣莲正与蒲从周的续弦夫人林倩云陪着几位女客说话，透过玻璃窗见马钟晓引领着一位贵妇与少女朝后厅走来，立刻明白了，忙起身迎到门前的廊檐下。林倩云则招呼其它客人别处打牌去，只留下女儿蒲瑶琴作陪。

待主宾谦让着就座后，马钟晓将宾客主人互相作了介绍，其间，在蒲欣莲如何教子有方、如何待人谦和上做了铺陈。李晴钊听后内心十分满意，觉得女儿有这样的人家也是福分。马钟晓朝姜立颖一扬眉，意思是，你马叔叔从不乱点鸳鸯谱，随后就到客堂陪姜老板去了。

双方长辈的直接见面，印证了媒人的传话，也加深了了解，蒲欣莲与姜夫人李晴钊有了更多的姐妹情——她们曾先后就读于维新人士经元善创办的经正女学。李晴钊自然是师妹了。

“杏妹妹可是在北京读书？”蒲欣莲同李晴钊寒暄后，朝少女发问道。

“是的。”杏儿回答时，两粒眼球飞快翻起，看了蒲欣莲一眼，随即又垂下了。

“我和她父亲都觉得路途遥远，生活上会有诸多不便，可杏儿执意要去，说是对北京大学心仪已久。”母亲李晴钊解释说。

“是的，我觉得那才是做学问的地方。”这次少女的目光再没有闪躲。

“啊，好见解。”蒲欣莲对姜立颖的见解颇有好感。

“你能做什么学问，女子无才便是德，也不怕夫人笑话。”母亲李晴钊嗔怪女儿道，她怕杏儿不知深浅，招来蒲家不好的看法。李晴钊深知丈夫姜亨飞极其看中这桩婚事。

“夫人，您不觉得我母亲的见解有些陈腐吗？”

没有想到杏儿将自己送上仲裁的位置，蒲欣莲一时间倒不知道怎样应答，沉吟片刻说：“我与你母亲在经正女学的时候，最为赞叹的，自然是鉴湖女侠秋瑾的名句‘休言女子非英物，夜夜龙泉壁上鸣’，那志向那气魄，几乎成了我们这些小女子集体的座右铭；至于‘女子无才便是德’，至今出处不明，有说是出自明代陈眉公，有说可溯源到周代……但有一点杏妹妹可曾想过，为什么此话历数千年而不衰？”

蒲欣莲话音未落，李晴钊即随声觑着杏儿说：“碰了一鼻子灰吧。”

“夫人是不是说存在即真理？对于黑格尔这个哲学命题，杏儿是不敢苟同的。”姜立颖爽快地回答，并无一点胆怯。

李晴钊见杏儿如此放肆，急忙向蒲欣莲赔罪道：“杏儿这孩子被我们娇宠惯了，把半瓶子水当成学富五车了。”

“母亲说得对，杏儿是攻读法律的，对于哲学本是一知半解，还望夫人原谅杏儿的鲁莽。”姜立颖也觉得自己有些失礼。

蒲瑶琴怕姜立颖脸上挂不住，出面打圆场说：“姑母在我们家一向善辩，只是小哥出国后就没有了对手，今日有杏姐姐来交手，姑母高兴都来不及呢。”

蒲欣莲笑道：“不是我和你母亲倚老卖老，就能说善辩而言，我们经正女学在上海是数一数二的，是不是，姜夫人？”

“可不是，当年那针对满清的惊人之语——‘万世霸道，永永铲除’，就是出于我们经正一个小女生新妹之口呢。”李晴钊每每说及这事，总是眉飞色舞的。

姜立颖紧接着发问道：“那新妹一直是杏儿心中偶像，但母亲却始终不知其详，还望夫人解杏儿之惑。”

在姜立颖企盼目光的凝视下，蒲欣莲稍事沉吟，说道：“新妹原就是我家小妹欣梅……”

“姑母，小姑姑原来有这样的壮举，您怎么从来没有对琴儿说起？”蒲瑶琴先坐不住了，她对小姑姑的了解只是诸如乖巧、孱弱、任性这样一些并不搭界的只言片语。

“净是伤心事，不说也罢。”

没想到本是贺喜，却勾起主人的伤心之事，李晴钊一时不知如何抱歉才恰如其分。一向崇拜巾帼英豪的姜立颖，虽也十分歉疚，但心仪已久的新妹已经出现于眼前，自然也不能失之交臂，于是与瑶琴交头接耳，想点什么小女儿无伤大雅的把戏，让夫人开口。

蒲欣莲看在眼里，心想琴儿已大，也应该让她知晓点前人的心胸；至于杏儿，如果与载慧有缘，结合之前，则必须使她熟知邱蒲两家的渊源；她向李晴钊浅然一笑，转对小女儿们说：“你们不必在那里嘁嘁喳喳，我讲给你们听就是了。”杏、琴二人喜出望外，立刻正襟危坐，洗耳恭听。

“小妹入学经正的第二年，清朝颁布了《钦定宪法大纲》。那时载慧年幼，我外出不便，小妹常来家一叙。记得那天大雨刚过，小妹不顾雨湿遍体，进门就从怀里抽出一卷报纸，高声朗读起来。那是太炎先生的《虏宪疾废六条》，其间读至‘满清帝国全然沦落成帝国主义的买办走狗，对外丧权辱国，对内残民以逞，为我不共戴天之世仇，早已恶贯满盈、人神共愤，万死不足以赦余辜，哪里还有资格奢谈立宪？’时，或大笑淋漓，或泪流湿面。小妹读毕，大呼‘载慧小儿，取朱笔来’。慧儿一时惊吓，不知所措。一旁照料的李阿婆，取过朱笔，放在慧儿手里，小妹拿过慧儿捧上的朱笔，在《钦定宪法大纲》第一条‘大清皇帝统治大清帝国，万世一系，永永尊戴’上连画数笔，并奋力疾书，写下‘万世霸道，永永铲除’八个大红字……当时慧儿还在一边咿呀拍手呢。”

如此大气磅礴的故事把姜立颖听得如醉如痴，她全然没有想到，这女儿中的英杰，竟然就出现在蒲家——父母给自己安排的未来的新巢，而那个载慧小儿，或许还是自己要陪伴终身的人……

席间听者忍不住唏嘘起来。李晴钊嘱咐女儿道：“乱世本是英雄辈出的时节，杏儿要好生记着，千万不要于安宁时稍有懈怠。”她的话既有感叹，也有拦阻女儿再问的意思，从师姐的言语神情，她已经猜测到新妹亦悲亦壮的结局。

蒲欣莲已是久经沧海难为水的人了，此时并没有过多的伤悲，她告诉大家：自那以后，小妹毅然辍学，为反满事业不顾饥寒劳顿，奔走呼号，本已孱弱的身子终积劳成疾，过早离世……

“欣梅的结局既不悲也不壮，留下的仅仅是无终无结的遗憾。”

蒲欣莲的话极其平淡，姜立颖却再也无法抵御袭来的酸楚，哭倒在母亲的怀里。

后厅的动静传到了客堂，第一个着急的是媒人马钟晓，他疾步来到后厅，听了蒲瑶琴的叙说，又急忙往回走，把心神不定的蒲从周拦在游廊，二人嘴耳相接地热闹了一阵。

“杏儿如此重情重义，真是慧儿的福分呀。”蒲从周感叹道，内心更是无比的欣慰，紧紧握住马钟晓的手，说：“钟晓，你这一功，从周和子光当永记不忘。”马钟晓“嗨”了一声，说：“钟晓本是为老师长和子光兄牵马坠镫之辈，如今做点牵线搭桥的事，也是应当应分的，哪敢妄言什么功呀劳的。”

静庐里欢声笑语，急坏了被挡在弄堂口的邵鸿运。

苏北盐城人邵鸿运于清朝立宪那年来到上海，进入川沙籍人杨斯胜的水木作，从泥水工匠做起，“小包头”、“档手”、“作头”一路下来，经过多少个寒暑的含辛茹苦，从被人盘剥到盘剥别人，居然也拉起一支营造队伍，积攒起一笔可观的资产，举家由闸北的棚屋，迁入平凉路一处三底两楼的石库门。他膝下一双儿女，儿子邵建业毕业于同济大学土木系，父亲本指望他子承父业，运用专业知识把家业着实光大一番，可是儿子却热中于社会事务，偏偏在望平街上的《新闻报》谋了个记者的差事；女儿邵琉锦天生丽质，又得清心女校的良好教育，找个好人家是指日可待的事，也许是受了叛逆哥哥的影响，邵琉锦竟然背着父母，从清心女校辍学，进了美术专科学校，学习那些移情别性的玩意儿。邵鸿运是一路摔打过来的人，儿女的不听话不省心虽然使他极为沮丧，但他从不怀疑自己走过的路。今日邵鸿运是不请自到——他是在同羽春茶楼得知蒲家表少爷荣就工务局要职的，虽然没有蒲家的请柬，也自告奋勇而来。

到了静庐所在的弄堂口，邵鸿运乘坐的汽车被看守人拦住索要请柬。为了来此道贺，邵鸿运特地要来出租汽车，怕的就是遭人小看，没有想到还是难以蒙混过关。

这时一辆跟进的小汽车频频鸣笛。当差人示意邵鸿运的汽车让路，邵鸿运多有不满的表示。那当差人指着后面的汽车对邵鸿运说：“伊拉福特新款，侬比得了？”

邵鸿运吩咐汽车司机将车靠边。新款福特擦身而过。邵鸿运看清楚福特车中坐的是姜亨飞一家，不由得心头一紧。

来前，邵鸿运曾打算要女儿邵琉锦随行，可是儿子邵建业竭力反对说：“阿爸自家不嫌丢人也就罢了，何苦带妹妹去跟阿爸一起现眼。”邵鸿运瞪眼看着儿子说：“没有请柬怕什么？皇帝还不打送礼人呢。”儿子毫不示弱，反唇相讥道：“唔，阿爸显见是要把妹妹当礼，送拨人家表少爷了！”邵妈妈听儿子把话说得这么难听，瞪了儿子一眼，说：“哪有这样跟阿爸说话的，阿爸还不是为了你们好。”邵建业不再和父母争论，三步两步来到妹妹的房间，一手拿起绘画夹，一手拉住妹妹的手说："你不要去公家花园写生吗？今日风和日丽，快去快去。"待邵鸿运赶来女儿房间时，早已是人去屋空。

想到这里，邵鸿运恨得自己跺脚，急忙催促汽车司机跟进。但当差的眼疾手快，立刻张臂叉腿，在邵鸿运的汽车前摆开一个大字，而且兀自不动，任邵鸿运好说歹说。

手持大红请柬的客人进去一拨，又出来一批，个个喜笑颜开，人人谈说开怀，把个邵鸿运眼馋得头冒青烟。正自无奈，只见弄堂里一阵骚动后，一辆警车和一辆奥斯汀小轿车相继驶出，车后还尾随着四五个警察。挤在弄堂口看热闹的人纷纷闪开，待汽车驶去，又麇集在一起议论纷纷。邵鸿运凑近听了一耳朵，立刻幸灾乐祸起来——蒲家表少爷出了状况，现在还没有回到静庐，他姜家终也没有占到先机！

邱载慧跑出码头，拦了一辆出租汽车，吩咐往静安寺去。车过外白渡桥，远处一幢尚未竣工的大楼映入眼帘，它那金字塔般的屋顶，在烈日的炙烤下，正熠熠地闪着绿色的光芒。

"哟，这是哪家的建筑？"邱载慧惊讶地自言自语起来，"汇中饭店与德国总会之间，原本是仁记洋行的三层楼呀。"

司机不问自答道："是跷脚沙逊盖的新楼，六千五百洋佃的地价，如今飙升到三十万，犹太人赚钱辣辣叫！"

邱载慧要司机把车停到南京路口，付了车资后，径自下了车。

过去的岁月里，伴着朝阳初起的清晨，随着晚霞未尽的黄昏，浦江之滨的这些神奇块垒们——邱载慧习惯用 Stone is piled up 而不是 Building 来称谓这些建筑物——曾经让邱载慧有过多少次的流连忘返，驰骋过多少次的无尽遐思。在他去国的这些年里，在更广的范围内涉猎到这些块垒们的发祥与发展，在更深层次上了解到这些块垒们的来龙去脉；在对这些块垒们从廊柱墙体到花饰图纹的解剖解析中，他认识到它们发生发展的历史渊源和时代印记。

在喀犹葛湖畔宾州大学幽静的校园里，和同学们经常讨论的问题，是块垒们的精髓是什么？表达是五花八门的，如 Masses temperament and interest expressing（大众情趣的表达），如 Release that life runs after（人生追求的释放），这些被大家归纳为个人主义派别，而 The public wealth symbol（社会财富的象征）和 The roaring of breakers of national spirit（民族精神的澎湃），则更多的虑及社会功能，可以归宗于社会功能学派。邱载慧的内心，常常缠绕着这些表达。他觉得，这些各不相同的表达，对于金发碧眼的同窗们只是语汇的不同，任何表达都率直地显示着他们自身的创造与获取；任何的表达都可以为他们的家人友人族人乃至先人所拥戴……然而，林立于上海 bund（外滩）上的这些块垒们，数十年来，将分属各类派别所表达的内涵抒发得淋漓尽致，但是，它们表达的情趣，释放的追求，象征的财富和澎湃的精神，却始终难以为祖辈繁衍生息于斯的人们所认同，尽管他们也为这些块垒的问世舍弃了土地，竭尽了劳力，耗费了才思！

去国四年，今日终又回来，神思遐想犹如泉涌，邱载慧不知不觉将静庐的礼仪忘到了脑后。

邂逅·惊鸿一瞥

邱载慧边看边想，信步来到公家花园门前，见一位肩挎绘画夹的女学生，被花园门卫拒之门外——这个花园虽有 Public Park（公共花园）之称，但是华人是不属于 Public 的。放在过去，邱载慧也许只是悻然而去，但刚才的思绪在他心中焕发起了难以压抑的表达的欲望，使得他不能不为这位孱弱的女学生伸张一点什么。

“请尊重女士。”邱载慧语气决然地面对门卫。后者木然地看着这位突然出现在眼前的中国年轻人，只是迟缓地眨了眨眼皮。

“Please respect the President。”邱载慧改说英语。门卫的反应依然如故。

“Sil vous plait respecter le President。”邱载慧又换了生硬的法语，说话时，还把随身携带的提包朝门卫举起，那上面贴满了世界各地的旅行标签。

这一次门卫居然有了反应，他打量了一下邱载慧，用呆滞的语气回答：“Desole，c'est le patron des dispositions de la（对不起，这是上司的规定）。”显然，邱载慧变换语言的能力并没有使得门卫将他归入 public 之列。

“一个安南人。”邱载慧想，他觉得自己已经是无计可施了，自己还不具备用法语进行长篇论述的能力，比如你脚下这三十亩四分七厘三毫土地，虽是英国人出钱填滩而成的，但依然属中国官家所有，只是中国的皇帝爷开恩才豁免了你主子钱粮；又比如，这些填滩造地、设亭建阁、栽树种草等等也是动用了中国人的捐税……

邱载慧朝女学生做了个无奈的手势，正准备离开时，身着和服的一男一女从花园里走出来。男的与女的比肩，一身素衣，显得温文尔雅；

女的身材修长，眉眼间透着豪爽，是邱载慧留洋前在青年会体育馆结识的沈晓花。

“怎么，几年不见，出阁东洋了?”邱载慧惊讶地问，语气稍带揶揄。

沈晓花先是惊呼了一声“邱载慧，什么时候回国的”，然后朗朗一笑说，“我还没有那么迫不及待。”接着告诉邱载慧，自启明女中毕业后，到东京大学读了两年专科，本想攻建筑学，无奈笔上功夫稍欠，就修了城市规划。身边的这位日本朋友是东大的助教纹藏，新近来沪加盟了平野勇造的设计事务所。

沈晓花介绍时，纹藏一边回礼，一边不住地将目光投向邱载慧身边的女学生。因邱载慧没有主动介绍，沈晓花也不便问及，于是尽量简说其要，并对门卫说了几句日语，然后对邱载慧解嘲地说：“不管西洋还是东洋，总要借点洋气才得以优游此地。”

不管借什么气吧，总算得以让女学生入园一游了。邱载慧忍着脸热，告别沈晓花，领着女学生走进了花园。

二人还没有走上几步，沈晓花风风火火地追上来说：“你决定去向了吗?”邱载慧以为她是为日本人平野勇造的事务所做说客，就说：“大致定了，去倍高洋行。”倍高洋行是邱载慧最喜爱的德国总会的设计商，就信口开河地说了出来，他本是个散漫之人，随心所欲地挥毫才是他的所求，根本不打算去寄人篱下。

倍高洋行向来以高薪著称于沪，因此沈晓花说：“要不人家说华尔街是罪恶之源呢，你这等特立独行的人也难逃此劫呀。”

邱载慧、沈晓花早已惯熟，话轻话重本也无妨，不过当着一个陌生的女生受此抢白，邱载慧觉得颇伤自尊，于是反唇相讥道：“要说恶之渊薮，那东京银座也可名列三甲吧?”沈晓花听后不禁大笑，说：“你还是嘴不饶人，那平野勇造之辈岂是你我看得上眼的。”邱载慧说：“那就奇了，晓花，你是痛快之人，有什么康庄大道，就请明示小兄吧。”沈晓花说：“工务局。”

邱载慧瞪圆了眼珠说：“你没有发热吧，东洋人的事务所不在你考虑之列，却要效忠西洋人工部局，亏你想得出来。”沈晓花说：“谁说租界工部局了？是上海特别市政府的工——务——局。”

邱载慧心想："原来和舅舅为自己铺就的仕途不谋而合。"于是故意以不屑的口气说："沈小姐，远离官府之事尚可探讨，否则就免谈了吧。"

沈晓花本想再说，见邱载慧板板六十四的模样，气不忿儿地转身走了。

"对不起，耽误你的时间了。"邱载慧望着沈晓花的背影无奈地耸耸肩，转而对女学生道歉。

"是我不好，耽误了你的时间，还让你被那位小姐抢白。"女学生低着头，怯生生地说，当抬起的目光与邱载慧接视时，莞尔一笑，脸就绯红了。

也许是与沈晓花的大声大气形成对比，女学生的话是那样的细语轻柔，那声之波带着微温，颤抖着他的耳膜，渐渐地浸润到他全身，再难抵御那娇羞的笑，淡淡的红袭来，以至心跳有声，周身燥热。他觉得此时自己的脸色一定比她更红，他想极力控制这种失态，反而是欲盖弥彰。

她窥见他的慌乱，认为自己提及那位小姐的抢白伤害了他的自尊心，短短的时间里，他的正义、爽快、直白、幽默和洁身自好给她留下了深刻的印象，她不能对他有丝毫哪怕是无意的伤害，但她不知道怎样弥补，她想到的，是从最细微处去关心他。

"看你脸上的汗水，天太热了，我去买一杯冰水吧。"她看见那边有一个凉亭。

他听说自己脸上有汗水，一时更觉难堪，不知道怎样应对才是，于是急忙转换话题说："你不是要去公园吗？我们走吧。"

女学生说："不急，我是想去写生。"

"哦，你要写生，我有个好的去处。"

他告诉她，自己常和乐队到这里演出，对这里算得熟悉。路过凉亭时，他从提包里摸出两个一先令的硬币，买了两瓶并不冰的冰水，递过一瓶给她。她怯生生地不敢去接。他说："你要买的是冰水，这水既然不冰，当然应该由我付钱了。"

她接过去了，又给了他一次莞尔一笑和一张绯红的脸。

她对他选择的地点称赞不已，这里视野十分开阔，从这里望出去，黄浦江与苏州河汇流的旋涡、外白渡桥彩虹般的钢架和远处的礼查饭店的异国古香古色尽收眼底，更有航船穿梭来往，帆影联翩……此时他们该彼此道别了，但是谁也没有开口。

他帮助女学生慢条斯理地打开画夹，一丝不苟地把画架支起，在宾州大学建筑学中，美术课占了很大的份额，这些事情他做起来得心应手，很快就完成了。

“还有什么要做的事情吗？”他问道，心里埋怨自己为什么今天手下这么利索。

女学生正在以欣赏的目光注视着他的动作——不仅熟练而且优美，被他这么一问，顿时有些慌乱，赶紧一件件整理起画笔颜料来，忘记了回答。

他站在那里颇为尴尬，他想：“一般说来，女孩子总是用沉默来拒绝殷勤。”于是拎起提包，又说了一句：“若没有什么事……”

“啊，”女学生恍然悟及他在问话，忙问，“你是要走吗？”

“我……”他一时语迟。

她觉得心里十分慌张，明明他已经拎起提包，自己还这么问，而且自己又明明不愿他离去。

“如果有事情……”

“事情……”她突然灵机一动说，“我想为你画一幅素描，感谢你的帮助，假若你没有更重要的事情。”

“当然没有。”他爽快地答应了，并且朝江边走了几步，在一个合适的位置站下，然后转过身来问她，“可以吗？”

她眯起眼睛看了看，说：“恰到好处，不过你手中的提包……”说着，她走到他面前，拎过提包说：“如果画上它，这幅画就得命名为《漂泊归来》了。”

在两个人的笑声中，她将他的提包小心翼翼地放在自己脚下，站在画作前，又笑吟吟地提醒他说：“你千万莫把提包忘记了，沉甸甸的，我可搬运它不动。”

她的提醒都没有拨动他记忆的神经，使得他记起家人和宾客正在静庐等待他的归来。此时的他正沉浸在交织着幸福与苦恼的情绪中，除了眼角的余光，他不敢正视她——她屡屡告诫他：“模特不允许与画师交流。”不过他知道自己正在被她凝视，自己将通过她笔笔勾画，刻入她的心扉，但是，他忽而又会想到，她心扉上所汇集的也许仅仅是线条、符号和各种特质的元素，它们将被应用到她今后所创作的各式各色的图画中去——隔水可望的礼查饭店，不就是由诸如半圆拱券、三角窗顶、爱奥尼克柱这些元素，来体现英国古典建筑风格吗？这种思绪上的变换与缠绕，让邱载慧时而兴奋时而沮丧，时而感受到合和的喜悦，时而又遭遇到被分割的痛苦……

“当——当——当——”

不晓得是第几次海关传来的钟声把邱载慧惊醒了，他抬头一看，日头快要拔直，突然想起家中今日的庆贺，急忙朝女学生喊道：“快了吗?”

“再坚持一分钟，我正在圆润两腮呢。”女学生回答道，并不抬头。

邱载慧伸开五指，开始在心中计数，六十下刚到，就朝女学生大喊了一声“对不起，我忘记大事了”，随即飞奔般地跑走了。

邱载慧出了公园，跳上一辆路过的黄包车，急火火地催促车夫快走。

不知是邱载慧急于赶路说错了目的地，还是黄包车夫忙着挣钱走差了路线，黄包车来到西藏路口，竟然斜刺里往新闸路而去。等到邱载慧疑惑路径有误时，黄包车已经沿成都路北上，远处可以看见大王庙正殿的屋顶了。

“不是静安寺吗？怎么跑大王庙来了?”邱载慧大声诘问。

“是呀，是静安寺……”车夫说着张望了一下周边，跌足道：“昨晚来这庙里抢羹饭抢昏了头，今朝又奔了这里……把庙当成寺了。”

黄包车夫调转车把，还没有走上几步，黄包车越行越慢，任凭邱载慧怎么催促，座下车轮却只是吱吱作响，不见前行。

邱载慧觉得蹊跷，侧面看去，见车夫气喘急促，汗如豆大，脚步也开始踉跄起来。邱载慧赶紧跳下车来，一把扶住即将倾倒的车夫。

黄包车夫双眼紧闭，嘴唇虽在微微翕动，但发不出声来。邱载慧看看天空，骄阳似火，再看看自己，白色汗衫的前胸也被汗水浸湿了，显然黄包车夫受不了高温的炙烤中了暑。

正值中午时分，路上人少车稀，店铺也多歇午躲暑去了，这车这人，一时竟无法处置。邱载慧思索片刻，连拖带抱，将昏昏然的车夫安置在座位上，自己提起车把，由成都路南下，转入爱文义路西奔而去。

一路之上，所到之处，人们无不以惊奇的目光驻足观看，他们怀疑着议论着："乖乖隆地冬，韭菜炒大葱……这拉车的……看来是富家少爷呀……怎么坐车的倒成了车夫？"

已经到了正午时分，还是不见邱载慧回家，蒲家上下无人不着急。

蒲天枢从码头回来禀告说："载慧乘坐的肯定是这条普利茅斯水手号，行李我都替他取回来了，据船员说，载慧一路上都和一位名唤安妮的西洋女子在一起。"

"安妮，怕是表嫂吧，"蒲瑶琴插话说，"我说嘛，小哥肯定要娶个金发碧眼的……"

"乱说什么，"林倩云狠狠地瞪了女儿一眼，"这里有你说话的份儿吗?!"

"琴儿真有想象力，"蒲欣莲温和地说，"或许慧儿送安妮去了，他那个热心肠，没有少耽误自己的事情。"

蒲从周不忍拂逆妹妹的好心情，就接着话说："既然这样，我们就不必等他了，安排宾客去杏花楼吧。"

离开静庐前，蒲欣莲要姜立颖与自己同车，走在车队最后，她说自己最怕夹在车队中间，前呼后拥，煞有介事似的。

汽车上路不久，停在红灯前，一个男子气喘吁吁地跑过来，朝车里的姜立颖问道："小姐，附近有诊所吗？"

"载慧！"坐在另一侧的蒲欣莲一眼认出是儿子邱载慧。

"母亲……怎么在这里？"

蒲欣莲见儿子衣衫不整，热汗淋漓，不禁又心惊，又心疼，忙问："你怎么啦，这么狼狈？"

"我没有什么，是黄包车夫中暑了，要赶紧送他去诊所。"邱载慧说话时，随手朝街那边指了指。

蒲欣莲顺着邱载慧所指看过去，果然见街边停着一辆黄包车，急着推开车门要下去。姜立颖忙拦住说："载慧兄弟既已回来，夫人就不必担心了，外面暑气大，还是杏儿去看看究竟吧。"

姜立颖来到黄包车前，仔细看了看车夫的面孔，说：“这不是阿贵吗?”

“你认识?”邱载慧问。

“林阿贵，在夜校听过我的课，蛮用功的人——前边福熙路上有一家法国人开的诊所，与我家蛮熟的，把阿贵送那里吧。”说毕，姜立颖回到汽车前，说明了意思。蒲欣莲见她办事利落也就放了心，当下还吩咐司机把自己送到杏花楼后立即到诊所侍候。

邱载慧驾车，姜立颖跟随，二人一路小跑把林阿贵送到诊所。医生诊治后说是中暑，没有大碍，在风凉处休息一下就会恢复，当然能输点葡萄糖更好，因为病人营养不良，只是要破费一些。姜立颖故意板着面孔用法语说：“我家没有欠过你们的钱吧。”医生连忙抱歉，并向护士下了医嘱。

护士给林阿贵输液的时候，邱载慧喝下姜立颖递过的第三杯水后，看着姜立颖问道：“你是……”话到此处，他不知道该怎么问了——是我家下人？衣着、气质俨然大家闺秀。是我家亲戚？有这么妙龄标致的亲戚，怎么从没有听谁提起过呀?

姜立颖看出对方的疑惑，朗朗地自报了家门：“我叫姜立颖，是到你们家道贺的。”

“原来是立聪的妹妹!”

“听说你同我哥在巴黎好有一游。”

“不错。”

邱载慧兴致勃勃地谈起了在巴黎的游览，有塞纳河和黄浦江的风水之说，有幻想主义设计大师保罗·波烈设计的孔子装，有丁文江的大上海计划……说到最后，邱载慧问道：“立聪说他有一位妹妹名唤美杏，是你姐姐还是你的妹妹?”

姜立颖莞尔一笑说：“我原本名唤美杏，可是我执意要改成立颖——当时我刚读过韩愈的《听颖师弹琴》，对琴艺感动韩昌黎的颖师佩服得五体投地，而且立聪、立颖顺理成章，还可以鱼目混珠，与哥哥平起平坐，免得人们一听，就晓得是个丫头片子。”

“有见地，”邱载慧赞赏后又说，“不过在长辈眼里，难免有顽劣之嫌。”

“不错，看来仁兄先我有了感受。”

接着此话，姜立颖把蒲欣莲与自己所谈叙述了一遍。邱载慧呵呵笑道：“我那只不过是小儿游戏而已，我听立聪说，杏姑娘进入北京大学也是同父母相争来的——这才称得上桀骜之士。”

“哥哥什么事都跟你说，”姜立颖微微撅了一下嘴，说，“我原本也想谨遵父命，步入杏林，做一个称职的护士，那时南丁格尔是我的偶像，我特别喜欢她誓言中的这一句：‘To pass my life in purity and to practice my profession faithfully。’”

“‘终身纯洁，忠贞职守’，说得太好了，正是我们要追求的。”邱载慧感叹道，随后接着问，“后来怎么改弦更张了？是胡适之白话文的诱惑，还是不挡红楼的魅力——据说站在二楼上，恢弘的皇城历历在目！”

“其实很偶然，”姜立颖平静地说，“一天和同学到她大姨妈家中玩耍——这位关大姨不仅精通风水，还有一位大名鼎鼎的弟弟关䌹之……”

“会审公廨中的中国主审，真格的大名鼎鼎！”邱载慧忍不住说，“在黎黄氏案中，不畏强暴，伸张正义，大长了国人的威风。”

“当我了解关䌹之的事迹之后，觉得南丁格尔固然伟大，但救死扶伤毕竟被动，因此动了心思涉身法界。”

“好气派，好决断力。”邱载慧朝姜立颖竖起拇指。

姜立颖笑着说：“哥哥不服气呢，说爹爹和妈咪娇惯我——我哥本应和你同行，可自主权被爹爹强制剥夺了。”

“立聪虽憨厚有加，可是妄谈起来也颇见功夫。”邱载慧笑笑说。

“说到妄谈，你们关于黄浦江改道之说当数首屈一指！”

“立聪也同你说了？”邱载慧手抚下颏说，“我倒要洗耳恭听你的高论。”

姜立颖呵呵一笑，说：“不是我的高论，是听关大姨说，黄浦江自西南方流来为‘之玄水’，折过陆家嘴成‘乙字水’，向东北流入大海，象征财源茂盛达三江，是上吉之地。——风水这门学问过于玄秘，姑妄听之吧。”

邱载慧点头笑笑，起身到医疗室看看，回来说：“阿贵睡着了，我们还得再等等。”姜立颖说：“要不你先去杏花楼，车子已经等在外边了。”

邱载慧说：“既晚之，则安之吧——我们刚才说到哪了?”姜立颖说了句“妄谈”。邱载慧接着说：“我和你哥在巴黎的妄谈非此一桩，我们还在上帝赐予餐厅妄联了一阕念奴娇，我读出来请你指正。”

“‘浦江少年’，”邱载慧读了开头，忙说：“实在不好意思献丑了，你还是自己看看吧。”说着，邱载慧去摸自己的上衣口袋，没有摸到，这才想起来把芦毓琴记录词章的那张纸夹在拍纸簿里，放进提包了。

“劳你先在这里等等，我把提包忘在公家花园里了。”

姜立颖望着邱载慧匆匆而去的背影，心中冒出四个字——“癫狂少年!”不过，她觉得自己不虚静庐之行。

邱载慧乘车赶到公家花园，站在画像的地方等了一阵，又找遍了公园的各个角落，也没有见到女学生的踪影。花园管理人员告诉他，刚才这里遭了一场粗风暴雨，人全跑脱了。

邱载慧回到诊所时，姜立颖正和林阿贵往外走。林阿贵立刻迎上前来感谢救命之恩。邱载慧忙说：“我还要感谢你呢，给了我这么好的一个锻炼身体的机会。”

挥手告别了林阿贵，邱载慧拉开车门，待姜立颖上车后，吩咐司机去杏花楼。姜立颖忙说：“不行，你这身打扮怎么见人!”

姜立颖要司机把车开到荣昌祥西服店，为邱载慧选了一身月白色夏布西服。店家啧啧称赞说：“姜小姐好眼力，这是红帮裁缝今年的新款式，用的是四川隆昌的夏布，所用麻线全是手工捻成，一匹布仅用一根，布成匹后，要在金鹅江中漂洗三六一十八天……”

“不错，量身定制的一般。”邱载慧站在穿衣镜前颇为自得。

“价钱也公道，”店家在邱载慧身后竖食指说，“仅仅一百大洋。”

邱载慧急着要解衣扣。姜立颖“啪”地把他的手打开，然后对店家说：“记在亨飞地产的账上。”

蒲从周得知外甥有了下落，虽然少了一分担心，但也多了一分气恼，当蒲天枢在他耳边说：“载慧兄弟来了，唤他上楼?”蒲从周气呼呼地哼了一声“嗯”，他想：“今日不可给他留面子，非当众告诫一番。”

邱载慧、姜立颖相跟着进了大厅。蒲从周觉得眼前一亮，站在面前的再不是那个调皮的大男孩，而是一个气宇轩昂的男子汉了，他一只手下垂，随便牵着气质淑雅的姜家女公子。蒲从周顿时火气尽消，喜眉笑眼地招呼说：“快过来，快过来，坐在我的两边，金童玉女，一边一个。”

重新酒过三巡，马钟晓举杯说道：“众位宾朋已经看在眼里，这蒲家表少爷和姜家女公子本是天造地设的一对，我马钟晓有幸沾这个光，充当了他们的月老，当众用红绳把他们系上，也算我马钟晓对老师长、嫂夫人和我子光哥哥尽了一点忠心。”说罢泪水纵横，仰头干了杯中之酒。

在一片掌声中，邱载慧满脸愕然，姜立颖下颏低到前胸。

哪里寻他?

邵琉锦从公家花园回家时，浑身都被雨水浇透了，她急忙打开搂在胸前的油布包，见提包和图画完好无缺才放下心来。她换好衣衫，随手把湿衣服洗过，晾在廊下，回到房间，打开刚才画的画，仔细端详起来。

这幅素描画得异乎寻常的顺利，不论是五官还是面部整体，他都极其符合完美人体的标准结构，画笔就势随形，极其流畅，但此刻端详起来总觉得有许多不足。想到这里，邵琉锦微微有些脸热，在绘画的过程中，每每与他的回眸相遇时，总会有刹那间的走神，他在动态中才表现得最充分的神态、神情没有被自己捕捉到，以至画上的人物虽形似，可是他内蕴神采则表现不足。

邵琉锦在画前站立良久，从见到他的第一刻想起，一直想到他的突然走开，再将于每个瞬间捕捉到的神情举止升华为线条，一丝不苟地丰富着画面……

邵琉锦自觉满意，外面雨水已停，立刻拎起提包，到《夜报》登了一则“寻人启事”。

过了两天，邵琉锦再次来到夜报馆，见提包还放在那里。报馆职员说：“有人来过，面相不是本人，报馆又没有你的地址，无法征得你的同意。”邵琉锦无法责怪报馆——那天报馆职员要她留下姓名住址时，她说：“物归原主就好。”

从夜报馆出来，邵琉锦心事重重地走往四马路，想去书坊看看有没有新到的画册。没走多远，有熟人呼唤，她转头过去，见姜立颖骑着自行车向这边驶来。——姜立颖到北大读书后，每逢寒暑假回上海时，都去设在南洋公学的工人夜校兼课，认识了同是兼课老师的《新闻报》记者邵建业，两个人颇谈得来；姜立颖常随邵建业四处采访，也到报馆帮忙，认识了邵琉锦。

姜立颖放假回沪，两人还没有见过，自有一番寒暄。两人边说边走，来到丽人美容院。姜立颖说自己是特意来的，并不由分说，把邵琉锦也拉了进去，一边说：“听蒲瑶琴讲，你正在中西女校排演的《第十二夜》中客串薇奥拉，正好收拾收拾头发。”

姜立颖是熟客，自有专门的美容师上来伺候，姜立颖说你去伺候邵小姐，她可是要上台演戏的。美容师把邵琉锦请上座位，散开她那浓黑柔顺的头发时，不禁啧啧称赞道：“好头发，如墨染的一般，乌黑柔顺。”姜立颖说：“那好，你们‘丽人’今后对邵小姐一律免费。”老板娘笑哈哈地说：“求之不得，求之不得，我们还求邵小姐把照片留下……”姜立颖打断老板娘说：“我们姐妹也犯不上给你做招牌，今后凡邵小姐来，你们实在给个折扣就好。”

姜立颖邵琉锦半年没见面，头上没闲着，嘴上更闲不住。姜立颖把北平要闻说了个够，邵琉锦将沪间逸事也说了个尽。说着说着，姜立颖突发奇想，说：“锦儿，我提供你一个漫画题材。”于是将邱载慧拉黄包车的事叙说一遍，并说：“标题我都替你想好了——‘富哥拖车’怎么样?”邵琉锦也觉得有趣，答应试试。

姜立颖立刻要老板娘取来白纸板，顺手拿起镜台上一支眉笔，递给了邵琉锦，说：“收拾头发还要时间，你就即兴挥毫吧。”邵琉锦接过眉笔，稍作思索，龙飞凤舞般地在纸上涂抹起来，没过多久，邵琉锦画毕，给姜立颖递过去。姜立颖看过，说：“亏你想得出，那两只翻飞的大脚板真够有劲道的，传神，传神。”并接过眉笔，随手写下了一首类竹枝词——《题富哥小试身手》：

上海本是安乐窝，
穷儿啼饥富骄奢。
今朝小哥试身手，
是爱普罗是蹉跎?

漫画在美容师间传递，大家嬉笑有声，“普罗”一词虽已时兴，多数还是认为公子落难的时候居多。

二人出了丽人美容院，姜立颖说：“不如把漫画就近送《新闻报》去，逼着你哥哥采用了。”邵琉锦说：“阿爸前些天从盐城接了个嫂嫂回来，哥哥容不得，怕是正在家里怄气呢，杏姐姐正好去劝劝。”话一出口，邵琉锦后悔不该说“嫂嫂”二字，于是忙解释说：“我说‘嫂嫂’是絮话简说，她叫顾阿娇，她家和我们家是近邻又是亲戚，我们自小一起长大，我家来上海后，我家的房子归她家住用，我们之间也常有走动。后来阿爸听说阿娇是顾竹轩的一个远房侄孙女，于是动了……照哥哥的说法是‘趋炎附势’的心思，哥哥自然不从。”

哥哥心仪姜立颖的事邵琉锦心知肚明，也曾鼓励哥哥大胆表白，可是哥哥总是另有心思似的，这才弄得哥哥同阿爸几乎成了路人。

“杏姐姐，锦儿想说句冒昧的话，姐姐允许吗？”

邵琉锦严肃的面容令姜立颖讶异——这张面孔从来只有明媚温柔的笑。

“锦儿要说什么呀，还冒昧？”姜立颖故作惊愕地说。

“杏姐姐和我哥相处已久，想必早已感觉到我哥的情之所钟，杏姐姐准备答应还是拒绝？”邵琉锦也为自己的煞有介事感到好笑，但此话不得不说。

姜立颖本可以回答“你哥什么也没有求过，自然也谈不到我答应或者拒绝”。可是有了日前在静庐的经历，她无法再这样坦然地回答，只是浅浅一笑，把目光从邵琉锦的脸上挪到眼下的弹格路面上。

“真够聚精会神的，也不怕撞上电灯杆。”

姜立颖、邵琉锦沉默着走在街边，突然有人说话，抬头一看，原来是邵建业迎面朝她们走来。

“哥，你不是在家里吗？”

“我一个人待在家里做什么？”邵建业回答说，脸微微有点红。邵琉锦接过话说：“杏姐姐正要看你去呢。”邵建业说：“那好，一起走吧。”说着，挥手招来出租汽车。

姜立颖一时找不到推辞的话，汽车已经来到面前。邵建业推过姜立颖的自行车说：“你们坐车先走。”邵琉锦立刻握住自行车把说：“我还要买画册去，哥同杏姐姐走吧。”

姜立颖上车后等着邵建业问长问短——每逢自己放假回来，在见面的第一时间里，邵建业一定要把发生在北平的新闻轶事问个够，但是今天邵建业却迟迟没有开口。

“建业，北平又多了一所辅仁大学，你晓得吗？”汽车驶上外白渡桥，姜立颖找了个无关紧要的话题打破沉默，“这下有好戏看了，原本北大、清华、燕京的三分天下，现在要四分五裂了。”

“我们到沈家本的府上参观去了，”姜立颖又换了个话题说，“据说这位中国的法学先哲曾被慈禧太后请去为王公大臣们讲法，老佛爷听得津津有味，最后还认真地问沈家本：‘依你看，我比那些议长、总统谁的官大？’”

邵建业笑了笑，依旧木然地望着窗外，偶尔用眼角打量一下姜立颖。

“建业，锦儿把阿娇的事情告诉我了。”姜立颖打破难耐的沉默，她晓得邵建业有口难言。

邵建业侧身看着姜立颖，讷讷地问：“锦儿说了我的态度吗？”

“说了。”

“那就好。”

邵建业如释重负地嘘了口气，轻轻握了握姜立颖的手。

到了邵家，开门的是一个少女，一身蔚蓝裤褂，滚着紫绿相间的花边，衬得白皙的皮肤越发鲜亮。

“阿娇。”姜立颖想着，口里也发出低低的声音。

顾阿娇点了点头，以眼神与嘴角灵动的配合，向客人表示了欢迎，没有说话。

“这位是姜小姐，刚从北平回来。”邵建业介绍说。

顾阿娇又点了点头，朝姜立颖笑了笑，回身朝房后走去。姜立颖举起手指，朝邵建业指了指自己的耳朵。

“她才不聋呢，”邵建业对姜立颖说，“她是不愿在外人面前说家乡话，怕人家笑话。”说着，特意用家乡话对顾阿娇说：“我同姜小姐楼上拉呱去，难为你哦弄点子茶水，嗯呢？”

见顾阿娇的脸红到耳根，姜立颖不满地瞥了邵建业一眼，说：“我先洗洗脸。”其实姜立颖刚从美容院出来，何须再洗脸，只不过她觉得此时随邵建业上楼有些不妥。

顾阿娇打来洗脸水，把姜立颖让进邵琉锦的房里。姜立颖拧了把手巾，站在镜子前，稍稍擦拭了一下额角。

“亲妈妈唉，姐姐头发上做的花真的好看死了。”顾阿娇看着姜立颖烫过的鬓发忍不住发出了赞叹。

“你的也不错呀。”

“不好，一头的球毛子。”顾阿娇说话时，双手遮住自己的头发。

姜立颖知道“球毛子”的意思是自然卷，她轻轻地把顾阿娇手拿开，又把别在脑后的发卡取下，立刻，乌黑浓密的头发一泻而下，直到腰际，从下而上，波纹般的弯曲使得头发更显得绰约有致。

“阿娇，千万不要学姐姐，”姜立颖抚摩着顾阿娇的头发爱不释手地说，“姐姐的头发怎么也长不长，不得已才做的花，像你这样美的头发，全上海未必找得到呢。”

顾阿娇骄吟吟地说：“有一回到我叔公府上，叔公也赞我说，府上姑娘婆姨成群，没有一个比得上阿娇——姐姐晓得我叔公哦？”

姜立颖猜想顾阿娇说的是顾竹轩，可是没有说出来。顾阿娇怕别人不晓得那样，连忙说：“我叔公是顾竹轩，在上海滩神气六国的嘞！”

“又在夸你叔公，”房外传来邵建业的声音，“人家姜小姐的叔公曾经是六省巡抚呢，小小顾竹轩算得什么？”

顾阿娇听后，朝姜立颖一伸舌头，端起洗脸盆走了。

“你可真抬举我们姜家，”姜立颖走出房门，对站在天井里的邵建业说，“我们祖上都是做小本生意的草民。”

“我最讨厌的就是趋炎附势。”邵建业恨恨地说道。

“哪个又趋炎附势？”

进来的是邵琉锦，见哥哥面带愠色，以为他和姜立颖闹别扭，忙拉过姜立颖的手说：“勿要与我哥一般见识，到我房里说话。”

姜立颖朝后边指了指，悄声说：“说阿娇呢。”邵琉锦转身对邵建业说：“哥不喜欢人家就是了，总挖苦人家做什么，阿娇好歹也是我们家的客人呀。”

“行，你们都有理。”邵建业说罢，气哼哼地径直走向楼梯。

“建业，怎么跟小孩子一样，”姜立颖笑着说，“我和锦儿还有事求你呢。”

邵建业走回来坐在石桌前说：“有什么事说吧，不过有一条，看电影、下馆子就免了。”

邵琉锦一笑，说：“晓得哥把这个月的薪水都捐了，即便看电影、下馆子也该杏姐姐付账了。”

姜立颖并不搭话，从邵琉锦手里接过在美容院画的漫画，摊开在石桌上说：“这幅漫画的稿费我们贡献了，怎么样？”

邵建业仔细看过，又双手将画举起端详了一番，念念有词地说：“‘是爱普罗是蹉跎？’不错，知识分子的两种归属，很有现实意义——登在哪家报刊上了？”

姜立颖朝邵琉锦睒了睒眼，说：“《新闻报》。”

邵建业“哦”了一声说：“可恨，你们找李浩然李主编了。”

邵琉锦嘻嘻一笑，说：“怎么敢越过哥哥呢，这不求哥来了嘛。”

邵建业站起身来说：“你们先等着，我上楼为这幅画写个时评去。”

邵建业上楼去了，邵琉锦让姜立颖回到房里。姜立颖问：“这半年又有什么佳作？”邵琉锦说：“一般般，有几幅水粉老师说还不错，可是昨天送去参加暑期画展去了。”说到这里，邵琉锦突然想起来在公家花园画的那幅人物写生，立刻说：“前两天偶尔画了一幅人物肖像，正好请杏姐姐帮我看看呢。”说话间，邵琉锦走到画架前，揭开蒙在画幅上的画布。

“邱载慧！”姜立颖心里想着，几乎说出声来。

“三天前在公家花园画的。”邵琉锦介绍说。

“不仅在形象上惟妙惟肖，连他特有的那种自信与谐趣也表现得淋漓尽致。”姜立颖内心充满讶异地想，“至于三天前，不正是邱载慧留洋回来的那天吗……他们以前就熟识，凭记忆画的？”

“杏姐姐以为如何？”

“哦，”邵琉锦的话声中断了姜立颖的寻思，忙回答说，“活灵活现，很见功底。”

邵琉锦喜滋滋地说：“虽然时间有些匆忙，我也觉得是学画以来，画得最好的一幅人物肖像。”

此时顾阿娇来说：“邮差送来挂号信，建业哥哥要锦姐姐去收。”

邵琉锦走后，顾阿娇问姜立颖说："姐姐，你说这个人是锦姐姐想出来的，还是真的有这样的人?"

"阿娇怎么这样问?"姜立颖觉得顾阿娇的问话很奇怪。

"反正阿娇从来没有见过这么漂亮的男人。"顾阿娇说完，不等姜立颖搭话，又接着说，"锦姐姐这些天来，整日子画一阵，看一阵，想一阵，接着又画呀画。"

姜立颖笑笑说："那是你锦姐姐用功。"

"不单用功，"顾阿娇往窗外看了看，压低声音说，"锦姐姐喜欢上那个画中人了，这个瞒不住我，锦姐姐自小就是这样，她要喜欢上什么了，你问她，她不说话，只是红着脸笑。"

说话间邵琉锦进来了，把一沓信封放在顾阿娇手里说："全是哥哥的，该你送去了。"顾阿娇接过信件，一溜烟走了。

"杏姐姐，阿娇说我脸红什么笑什么?"邵琉锦问道，她在门外听到半句话。

听了顾阿娇所说，姜立颖正自内心纷扰，只得随意打岔说："画上这位是你们美专的模特?"

邵琉锦听到"模特"二字，立刻脸色绯红。姜立颖知道她误会了自己所问。忙说："我说的不是裸体的那种，其实，那也是敢为人先的创举，在我们北大早传开了。"

邵琉锦从书桌抽屉里翻出一张剪报，是一幅男女学生在画室里临摹裸体模特的照片，并配有竹枝词："赤精条条不挂丝，女郎曲线美如斯。北方男丐权充任，一样称为模特儿。"题跋是，"世风日下，物欲横流，误人子弟，罪大当诛"。

姜立颖感叹道："这么一点点应有之举，不仅学校要遭谤议，还要累及学生，这恐怕也是你们刘海粟刘校长始料不及的吧。"说话间，目光无意间落在邱载慧的素描像上，于是逗趣说："不知道这位有没有勇气来冒这个天下大不韪?"邵琉锦忍着笑意说："哪有这么标准的模特，我们所画呀，正如竹枝词所说：北方男丐权充任，一样称为模特儿。照他们来画，中国男人除了大脑壳就只剩下肋条骨了。"

"该死，你们学美术的真会抓目标的形象特征。"说着，两个女孩笑成了一团。

两人正在说笑，邵建业敲门说："稿件写好了，放在石桌上，你们先看，我处理几封信件去。"

姜立颖出来，拿起稿纸，标题是《知识分子的归宿》，开明宗义的一段是：

> 自光复成功到北伐胜利，人们惊讶于知识分子在社会变革中的作用，甚或一度感佩其犀利的目光、睿智的行止。然而，如古语所云——成也萧何，败也萧何，至此，知识分子之社会作用亦常致大众于困惑。实在说，其真违好恶辨之甚易，即视其于普罗大众之态度也！

随文下去，芝兰之香可嗅，铿锵之声可闻，姜立颖不禁赞叹有声："扎劲，果真是目光如炬。"邵琉锦说："杏姐姐快不要夸他，我哥又该飘飘然了。"

"哪个飘飘然了，不过，得到杏姑娘的褒奖确属不易。"邵建业在楼上插了话。姜立颖笑着说："说话不凭良心，我有那么刻薄吗？"楼上传来"呵呵"一阵笑声。

姜立颖和邵琉锦坐在天井说话，邵琉锦想起画中人留下的提包，并将事情的经过对姜立颖说了。姜立颖听后，一时不知道怎么应对好，她把自己的思绪飞快地梳理了一遍，发觉自己的迟疑就在顾阿娇所说"锦姐姐喜欢上那个画中人了"，她立刻在心里责备自己："怎么啦，不讲fairness（公平）了？"于是忙作惊讶说："太巧了，我认识他们家，我就带你去。"

姜立颖、邵琉锦到晚报馆取了提包，就往静庐去了。到了门口，邵琉锦怯生生地说："杏姐姐把提包送进去吧，我就不进去了。"姜立颖回头问道："你不见那位画中人了？"邵琉锦笑笑，脸也微微红起来。姜立颖心想："正如阿娇所说。"

开门的是李安，见是姜立颖，忙让到后厅。隔了一会儿，赵筱凤迎了出来。赵筱凤是蒲天枢的妻子，姜立颖见过，忙站起身来唤了一声"嫂嫂"，并介绍了邵琉锦。

赵筱凤招呼姜立颖、邵琉锦坐下并吩咐家人上茶后说："真不巧，爹爹和姑母去川沙老宅了，要过几天才回来。”姜立颖说：“天气热，那边凉快些——载慧在家吗?”

赵筱凤竖起食指，指了指楼上说：“在他房里闭门思过哩。”

“闭门思过，为什么呀?”姜立颖忙问。

“嗨，还不是为了去市政府工务局任职的事情，”赵筱凤无奈地摇摇头说，“载慧的任性你也见识了，说什么也不去，不去就不去吧，还说什么学而优则仕最迂腐，远不如学而优则商、则教、则工，最不济还可以则农——我说的都是他的原话。老爷子满心的好意，没有想到被外甥抢白为‘迂腐’，能不生气吗?”

邵琉锦想起那天在公家花园门前邱载慧与沈晓花的对话，觉得这样的话他是说得出口的，心里暗自为他叫苦。姜立颖心想：“真的够顽劣的，连话也说得这么奇巧。”但还是为邱载慧辩解道：“其实载慧所说也有道理，人各有志趣，商、教、工、农尽可发挥才智聪明。”赵筱凤说：“可不是嘛，我同你天枢哥哥也是这么想的，可是爹爹是指挥过千军万马的人，哪里容得下晚辈当面顶撞自己，再说……”说到这里，赵筱凤要家人把前日的晚报拿来。

家人送来晚报，赵筱凤递在姜立颖手里，说：“杏姑娘和邵小姐还不晓得吧，有人登报寻载慧，说是他回来那天，把一个提包丢在公家花园了。”

姜立颖和邵琉锦面面相觑，不知道说什么好。又听赵筱凤说：“甥舅两个争得不可开交，偏偏又来了这么档子事，不是火上浇油吗？老爷子指着载慧说：‘你不去工务局，算你清高；你拖着黄包车夫穿街过巷，算你体恤民众；可是你青天白日里把提包丢在公家花园算你什么？只得算你心不在焉，算你不拘小节，就凭这两点，你还则商，则教，则工，则农呢，怕是一事无成……’老爷子越说越气，当下要载慧回自己房里闭门思过，什么时候想通了去工务局上班，什么时候下楼。”

赵筱凤说完，邵琉锦急急地说：“提包的事都是我不好，我不好……”

赵筱凤见邵琉锦泪水婆娑，觉得事有蹊跷，一时不晓得说什么好。姜立颖作了解释后说：“实则是载慧出于正义感帮助锦儿，这事还得求嫂嫂向长辈们解释清楚。”说罢把提包拎到赵筱凤身前。赵筱凤看了看提包，安慰邵琉锦说：“我们感谢不尽呢，哪能怪邵小姐，要怪也只能怪载慧兄弟毛手毛脚。”邵琉锦窘迫无言，只是低头垂泪。

赵筱凤偷偷朝姜立颖示意：提包的事不要再提。姜立颖会意，随即问赵筱凤道：“凭载慧的性格，他能困在房里吗?”赵筱凤笑笑说：“人毕竟长大了些，这两天还算安静，要琴儿借了好多书——喏，那里刚送来一摞，还没来得及送上去呢。”

姜立颖过去随手翻翻，有线装的《营造法式》和《工程做法则例》，还有外文原版的《The Ten Books on Architecture》、《建筑十书》、《A History of Architecture Development》、《建筑发展史》，不下十几本。

“我看外甥会顺遂舅舅的。”姜立颖说的是宽心话。

“未必，舅舅怕是拗不过外甥。”说到这里，赵筱凤对邵琉锦说：“邵小姐真对不起，我绣了个枕头，想求杏姑娘过去看看——他们甥舅的事由他们去吧。”邵琉锦忙说：“不要紧，我等着就是。”

赵筱凤领着姜立颖来到自己卧房的外间，随手把门关好，才开口说：“杏姑娘，这事我本不该说，可是我们家上下无人不喜欢你，你我也是一见如故，我更盼着同你做妯娌呢，可是……爹爹的气也是从这里来的。”

听到这里，姜立颖已经明白七八分，于是说：“我明白，是载慧不同意我们的婚事——其实，我也没有想好。”

赵筱凤以为姜立颖在说气话，忙说：“杏姑娘千万莫这样想，儿女婚事不同其它，总是要爹爹和姑母做主的，我告诉杏姑娘的意思，无非是要杏姑娘心里有数。”

“杏儿明白。”姜立颖淡淡地说，“我们先过去吧，免得邵小姐多心。”

回到后厅，姜立颖笑呵呵地说：“嫂嫂绣花技艺真到了炉火纯青的境界，哪日再来领教——物归原主了，我们也不再打扰了，邵小姐说呢?”邵琉锦早已如坐针毡，急忙起身告别。

在回去的路上，见邵琉锦还在不时垂泪，姜立颖握着邵琉锦的手说：“何必这么自责，你没有做错什么呀。”

遭巡捕“绑架”

自邱载慧匆匆离开码头后，安妮天天催促哥哥托尼去寻找邱载慧。托尼说：“这家伙搬了家，我问遍了熟人，都不知道他家的新址。”安妮端走托尼面前的菜碟说：“自此以后我们开始绝食，直到我再见到邱。”托尼苦笑道：“安妮，在码头上他只对我说了一句‘完璧归赵’就匆匆离开了，他要对你有丝毫的眷恋，为什么不来找我？”

“我不信，邱说了要同我结婚的。”安妮说话时目光充满希冀。托尼哑然而笑道：“那是应景的话，懂吗？‘应景’就是敷衍的意思。安妮，忘了邱，不要在你短短的假期中充满烦恼，你和邱仅仅是 to meet by chance（萍水相逢）而已。”

“不是，”安妮当即反驳道，“我们是同船共渡，至少要修炼一千年呢——北章哥哥、毓琴姐姐，还有在巴黎的钟大哥都这么说。”

“安妮，”托尼耐心地开导说，“你刚刚开始同中国人相处，不深知他们的习惯：他们待人和睦婉转，更愿意说些令你心情愉快的话，特别是初次见面。”

无论托尼如何苦口婆心，安妮自有一定之规，弄得托尼只得应了尽快寻到邱载慧。托尼想来想去，带着妹妹来到霞飞路上的涅瓦河之夜咖啡厅，那里的少东家叶菲姆同邱载慧也是惯熟的，而且咖啡厅里人来人往，或许能找到线索。说来也巧，兄妹两人刚走进咖啡厅，安妮就看见钟奇发正在那里高谈阔论法国戏剧家雅格·科波和他的老鸽笼剧院。

“立聪，你晓得为什么叫‘老鸽笼剧院’吗？”

“剧院的房子像鸽笼？”姜立聪将信将疑地说，“从上到下一个圆筒，够古怪的。”

“望文生义了吧，”钟奇发兴致勃勃地说，“所谓‘老鸽笼’，说的是台上台下不分彼此，观众同演员打成一片，像一个笼子的鸽群，观众看得兴起，随时可以插科打诨——我呀，只亏法语太不纯熟，要不然也露他一手，哈哈哈……”

“钟，你让我站得太久了。”安妮过去和钟奇发拥抱，一边埋怨道。

“啊，是安妮妹妹，”钟奇发说着话，看了一眼托尼，故作讶异地问安妮，“同你‘同船渡’的邱呢？”

“码头匆匆一别，再也无缘相见……”

安妮自怨自艾时，托尼和钟奇发、姜立聪一一握手，并自我介绍说：“安妮的兄长托尼，载慧的老朋友，不知哪位晓得他家的新址，安妮急着要见他。”

姜立聪当即安慰安妮说：“等一下我妹妹要来这里，她已经见过载慧了。”

“今天有……无产阶级吗？”柜台后传来含混的问话，声音微微有些颤抖。

“啊，老叶菲姆，你好吗？”托尼走过去，隔着柜台向里面的老人问好。

“叶菲姆，托尼来了。”

随着老叶菲姆的喊声，红头发的叶菲走了出来，他举着沾满面粉的双手对托尼说：“我正在为客人准备罗宋大餐——啊，是安妮吗？涅瓦河欢迎你。”说着，把脸颊伸过来，安妮迎上去说：“叶菲姆，我常听哥哥说起你。”

三人寒暄后，叶菲姆操起本地话对钟奇发说：“先生，侬辩客人啥辰光到齐？”钟奇发看着大门说：“快啦，快啦——你看，来了不是！”

林碧珠、姜立颖、沈晓花边说笑，边往里走。沈晓花不等互相介绍寒暄就朝姜立聪抱怨道：“立聪大哥，你那位没有过门的夫人介武腔，陪她转了先施转永安，一路上只顾自己买这买那，旁若无人，到了新新更出格，买了两双皮鞋，一股脑儿丢在我手里，要我拎着走……我成姜家丫环了？”姜立颖连忙安抚说：“算了，算了，不就委屈你这一回嘛，下次我给你拎鞋。”姜立聪也连连赔不是。沈晓花气不忿儿地说：“不是我小肚鸡肠，我是怕你立聪大哥受一辈子床下气！”

“这位小姐请息怒，按照中医的说法，喜怒于五脏六腑都不好。”托尼让沈晓花坐下，随手倒上一杯咖啡。

沈晓花转眼看看，心想：“常说洋人最会为女人献殷勤，果不其然。”

林碧珠忙介绍说：“这位是托尼，载慧的好朋友，这位是安妮妹妹，同载慧坐同一条船回来的。”

沈晓花朝托尼一抱拳说：“幸会，幸会。”托尼稍一愣怔，也抱起拳头回敬道：“一见如故。”托尼多年居留上海，又酷爱成语俗话，说起话来颇有点中腔汉韵。

在大家的一片笑声中，托尼白皙的面孔飞起红晕，低声问沈晓花说：“我的成语用得不合适吗？”

沈晓花沉吟不语。姜立颖插话说：“没有什么不合适，恰如其分。”

随后在寒暄中，姜立聪说安妮急着见邱载慧。见在座的都是邱载慧的朋友，姜立颖就把邱载慧在家闭门思过的事说了一遍，当然舍掉婚事那一节。

“咎由自取，”沈晓花第一个发话说，“那天在公家花园门前，我说服他去工务局，他那个神态，那个说辞，能把人气晕了。”

“沈小姐，这样不好，”托尼憨直地说，“君子成人之美，对吗？”沈晓花哭笑不得，只得求助于姜立颖。

“托尼，你对朋友的好意我明白，”姜立颖若有所思地说，“可是怎样成他之美呢？是劝说他谨遵舅父之命，还是帮他从商，任教或者务工务农呢？”

“凭他的聪明，行行出状元没有问题。”托尼不假思索地说。沈晓花心直口快，说：“这位先生说得有理……”说到这里，自己也笑了起来。托尼说：“在下托尼·李，都唤我托尼。”沈晓花对托尼微微一笑说：“托尼说得对，那家伙绝顶聪明，想做的事，一定能做成；眼下北伐初成，百废待兴，我们工务局首当其冲，对他这样的人才更是虚位以待，求贤若渴。”

沈晓花说罢，托尼拍起手来，说：“沈小姐一口气说了四五个成语，就凭这一点，我纵然黔驴技穷……不，我纵然竭尽全力，五花大绑也要把邱载慧绑到沈小姐那里。”

在哄堂大笑中，大家频频点头，表示赞成。唯独钟奇发哼了一句西皮慢板“我本是卧龙岗散淡的人”，接着说：“我在巴黎就看出苗头，载慧这个人，‘论阴阳如反掌’倒是不假，可要他去‘保定乾坤’，难呀！”姜立聪当即连连说不，并以他与邱载慧在巴黎上帝赐予餐厅的吟和为证。

姜立聪讲述完毕。姜立颖问大家说：“你们听见‘大事争先，小事不拒，趣成填海志’了吧？钟大哥听到了吗？”钟奇发说：“听到了，檀板吟唱是当不了真的——要能当真，我早做皇上了。”

“不管当得了真，当不了真，反正他吟唱来着，就凭这一句，”姜立颖说到这里沉吟了片刻后，扑哧一笑说，“我们就能像托尼所说……”沈晓花瞪大眼珠说：“把他绑到我们那里？——这家伙可是练过拳脚的！”姜立颖笑笑说：“绑分文绑与武绑——词是我杜撰的，意思大家肯定明白，不过难在怎么把他请出静庐……钟大哥，你见多识广，你来出出主意。”钟奇发果真不负众望，随口就说：“唱他一出《赵子龙计取桂阳》不就得了——杏姑娘，我先在一边想着怎么安排，你们想想载慧出了静庐后的去处。”

林碧珠接过钟奇发的话说：“接载慧兄弟出来，是为了解解他的心烦，顺便相机行事，劝解劝解他，总要找个轻松的地方才好，因此呢，去丽娃栗妲村最好，那里高木参天，绿草如茵，既可荡舟于碧水，又得翩然在舞池，你们说好不好？”

沈晓花和安妮均表赞同，托尼却瓮声瓮气地反对说：“这家伙终日在静庐养尊处优，不可再让他优哉游哉了，要不然不晓得世事艰辛，更不听大家的劝说了。”姜立聪晓得英国人讲究青年励志，于是建议说：“为磨练励志之功，我看以沪西的真如寺最为适宜，那里曾是韩士忠当年屯兵的处所，不仅可领略忠烈气概，又有铜弥陀一尊可资顶礼膜拜，深蕤内省。”

在场男士拍手称好，钟奇发还助兴说：“若是运气好挖出几只宋朝年间盛酒的‘韩瓶’，那可是撞上一笔大财了。”女士们则多有疑虑，怕碰上盘踞古庙的神蛇神龟什么的。最后大家听从了姜立颖的建议，到高桥海滨野营，既有安营扎寨的艰辛，又可有饱览月夜星空的浪漫。

去处已定，大家自然瞩目于钟奇发。钟奇发故弄玄虚地说：“兹事体大，不便公诸于众，这样吧，托尼，你和那个堂倌，就是 waiter 一同留下，我们从长计议。”托尼说：“你说的是叶菲姆，人家是这里的少东家，哪里是什么 waiter!”

叶菲姆应声而出，满口答应。钟奇发说：“事已谈毕，开饭。”大家早已饿极，饭菜上桌，就狼吞虎咽起来。忽然，大家听到一个人用苍凉的声音朗诵着什么，回过头去，见老叶菲姆正在念念有词。

叶菲姆解释说：“那是马雅可夫斯基的诗，翻译成中文是：

今天，
无产阶级啊，
让呼声
像雷一般
轰鸣吧。”

钟奇发问道：“你老爹怕我们白吃吧?”叶菲姆腼腆一笑说：“我告诉他了，我们是朋友，不收钱。”姜立聪忙说：“那怎么可以，饭钱是要付的。”叶菲姆说：“他是触景生情，想到在喀山被没收的财产，不是为了这一餐饭钱。”

老叶菲姆颤颤巍巍地走到桌前，用生硬的中国话问道：“在上海，我们的涅瓦河可以留得长久吗?”大家你看看我，我看看你，没有听明白老叶菲姆是什么意思。姜立颖猜度他是怕涅瓦河之夜咖啡厅被没收，于是说：“我们有黄浦江、苏州河，不在乎涅瓦河，你尽情流去吧。”

这本是句宽心话，老叶菲姆当了真，顿时满脸通红，胡须不断地颤动，握住姜立颖的手说：“你们随时可以来‘像雷一般轰鸣’，分文不取。”

对于邱载慧来说，最初的几日里，与其说是闭门思过，不如说是得了个恶补中国建筑的机会。可是，当表哥蒲天枢把他遗忘在公家花园的提包放在他面前，他心慌意乱，心猿意马了。

“她的姓氏……”邱载慧问道。

蒲天枢摇摇头。

“住址呢?”邱载慧仍抱有希望。

蒲天枢依然如故。

“天枢哥哥，你不会是开玩笑吧?”邱载慧禁不住站起身来，声音几乎是吼了。

“报馆职员说，登启事的人只留下一句话：‘物归原主就好。’”蒲天枢不动声色地看着表弟说，“载慧，既然人家不留踪迹，就说明人家于你无意，你就不要自作多情、一厢情愿了。”——那天妻子赵筱凤将姜立颖、邵琉锦送来提包的事情对丈夫说后，蒲天枢想了想说：“载慧这些天紧着问我提包的事情，想必是对邵小姐心有好感，我看这样，只将提包给载慧送去，说是直接从报馆取回来的。”赵筱凤无可奈何地说：“这样做有些对不起载慧，可是不这么做，爹爹怪罪下来，我们也吃不消。”

眼下见邱载慧站在那里如木人一般，蒲天枢看着既心疼更着急，于是劝慰道：“兄弟，杏姑娘人品相貌、学识家世那是百里挑一，而且为人爽快大气，你还有什么不满意的?纵然邵……”

“邵”字出口，蒲天枢急忙打住，转而接上去说，“纵然少有遗憾，世间哪有十全十美的?是呀，当红明星蝴蝶、阮玲玉人见人爱，可是你我兄弟消受得起吗?”说到这里，蒲天枢怕与邱载慧纠缠太久露了马脚，于是说：“凡事现实点，提包放这里了，有时间打开看看，差了重要的东西赶紧说。”

蒲天枢走后，邱载慧呆呆地发愣，突然想到蒲天枢所说“打开看看”，立刻把提包拎到桌子上，准备打开。

“莫非里面有字条，”邱载慧心跳突突地想，“不，一定是那幅画，画幅的下缘必有落款。”

邱载慧拉开提包上的黄铜拉链，把里面的物件一一拿了出来。一台柯达牌照相机、三本拍纸簿、厚厚一沓用蓝色丝带扎好的家信、三五本马克·吐温文集；散落在提包底部的，是数十枚图案各异的硬币和十几只胶卷。物品一件不少，而且放置的位置也没有变化——显然她没有打开，或许根本没有兴趣打开。

邱载慧颓然倒在床上，彻夜辗转，思索着心底那片朝阳为什么悠然而现又悠然而失……直到大地被另一片朝阳染亮，才蒙眬睡去。

就在邱载慧入睡不久，一个卖馄饨的骆驼摊很早就出现在静庐所在的那条弄堂口，摊主像个落魄的文人，做起买卖来手法生涩，言语却文绉绉地类乎京剧的韵白——“大嫂，这馄饨味道可好?”“有劳夸奖!”他就是钟奇发。

到了日上三竿，馄饨卖得差不多了，从静庐里相跟着开走了两辆小汽车。头一辆是奥斯汀，车号1001，所谓的一千零一夜，是蒲天枢的座驾——就为了这个车号，蒲天枢花了三十个大洋还舍了一堆面子。第二辆是车身宽阔的斯蒂庞克，自然是蒲家老爷子的了。每当车从摊边驶过，钟奇发头一低，用破了边的草帽遮住面孔，连开车的蒲天枢在摊旁和一辆独轮手推车相错，都没有认出来。

钟奇发待汽车走远，挑起骆驼摊来到静庐门前。摊未落地，站在门里的家人李安连连挥手，要他离开。钟奇发假装耳聋，径直来到门前作了个揖，说:“蒲家的爷要我送两碗馄饨来，有烦大人通报一声。”李安没有给钟奇发一个正眼，说:“爷们儿都公干去了，哪个要什么馄饨。”

钟奇发挨到门边，顺手向楼上指了指，说:“奥斯汀上的爷吩咐的，说是表少爷病了，想吃。”李安着实把钟奇发打量了一番，又到摊前上下查看了查看，说:“只有夫人在家，我得先禀报一声，你先到那边候着。”

李安前脚跨进门槛，钟奇发飞也似的奔出弄堂，向停在马路对面的那辆黑色雪佛兰轿车挥了挥手。车上久等的托尼和叶菲姆立刻兴奋起来，车也一溜烟似的来到静庐门前，发出刺耳的刹车声。

正在门前张望的家人急忙退后了一步，不知道应该作出什么反应——恭迎还是斥骂，已经被从车上下来的两个巡捕模样的男子一左一右地架住了胳膊。

“把馄饨摊……藏到哪里了?”叶菲姆故意把中国话说得生涩些。

“我……刚才……不知道……”李安被突如其来的事故惊吓得有些语无伦次了。

托尼和叶菲姆将家人推进门后，叶菲姆站在天井中央，用一大串夹杂着中文的英语，发出了以下警告:“那摊贩是巡捕房通缉的要犯，有人举报该贩已经潜入了这里，你们应该以社会治安为重，即刻交出该贩，否则我们只好搜查，并带主人到巡捕房问话。”

在客堂门后的林倩云听了个似懂非懂，但“搜查”和“带人”却是听明白了。她战战兢兢地吩咐家人给蒲天枢打电话求救，可那端始终没有应接。林倩云把平日里胆大的家人派出去支应，作为缓兵之计，自己急着搜肠刮肚，一一打电话求援，无奈应声的竟是一色爱莫能助的女子。

里外僵持了不到一刻钟，巡捕们似乎失去了耐性，用警棍敲打着客堂的窗棂。

林倩云穿过门缝，见那两个巡捕凶神恶煞一般，墨镜发出的黑瘆瘆的冷光令她寒战不已。身边的女佣小声建议说："让表少爷下来应付应付吧，只有他懂番话呀。"林倩云未多思索，说："事关紧急，也只得这样了，快去请慧少爷下楼吧。"

石库门式的楼梯都是一跑到上层的，中间没有休息的地方，加上蒲家的楼层又高，女佣急匆匆来到二层回廊时，已是喘作一团，差点与推门而出的邱载慧撞了个满怀。

邱载慧睡梦中蒙蒙眬眬听到人声，好像有些熟悉，再一细听，听出是托尼和叶菲姆的声音，而且很快明白这两个家伙的恶作剧。

邱载慧从回廊栏杆探出半个身子，煞有介事地朝下喊道："没有舅父之命，这楼是断断不能下的。"林倩云急忙把客厅的门打开一条缝隙，大声说道："慧儿听话，下来，这是救急的事，你舅舅不会责怪你的。"

有了林倩云的话，邱载慧三步两脚下到天井，指着托尼和叶菲姆，一阵叽里咕噜，意思是，多年不见，思念得几乎肝肠寸断，实在是可悲可叹。那日在码头上更是有拂盛情，实在该死该死，还望二位海涵海涵……对于邱载慧的幽默，托尼和叶菲姆虽然早有领教，殊不知他竟能将这些全然是致歉的话语，说得如此的声色俱厉，以致二人几乎咬断了舌头，才忍住喷薄欲出的捧腹大笑。

林倩云见邱载慧这般狂放，手心不免捏出汗来，一迭声地埋怨身边的女佣出的主意太馊。看来巡捕被邱载慧的话激怒了，在几番对喊后，他们竟然一左一右将邱载慧押出门去，就在迈出门槛的当口，林倩云才听见外甥用中文呼喊着"我的拖鞋，拖鞋——"

出了静庐大门，托尼和叶菲姆不由分说，把邱载慧往汽车里塞。邱载慧挣扎着说："伙计们，我光着脚板呢！"

叶菲姆说了声："快进去，要露马脚了。"用力将邱载慧的头往下一按，托尼顺势推了一把邱载慧的屁股，整个人栽进汽车里。

托尼、叶菲姆坐进汽车前排，禁不住捧腹大笑起来。此时李安正站在门前，张开大嘴，惊愕地望着这一幕。托尼急忙将车倒出弄堂，飞驰而去。

李安把看到的情景禀报夫人，说表少爷看来要吃大亏。林倩云情急中想到马钟晓。

马钟晓接到报信，火冒三丈，立即赶往工部局警务处。处长巴雷特见这位尊神驾到，忙礼遇有加地往客厅让。马钟晓大手一挥，瓮声瓮气地说："别来这些虚情假意，我侄儿犯了你们哪条哪款?"巴雷特想了想，问道："马兄的侄儿大名是什么?"马钟晓不耐烦地说："是我的世侄——邱载慧。"巴雷特连忙拱手作了个中国揖，"抱歉，抱歉，是我们的几个娃娃想念您的侄儿了，从巡捕房借了两套警服……不过，家长限制子女的自由，在我们英国可是违法的哟。"马钟晓哈哈一笑，把手一挥，"咸吃萝卜淡操心。"

"托尼停车，我不能光着脚板呀。"

"你不忙穿鞋，"托尼头也不回地说，"先说说安妮的事情你打算怎么办?"

"安妮怎么啦，在公平路码头我不是交到你手里了吗?"邱载慧随手指着叶菲姆说，"他当时也在旁边。"叶菲姆瞪眼问道："你不是说要同安妮结婚吗? 怎么黑白不提了?"邱载慧愣怔了一下，手指叶菲姆说："还说呢，还不是你们的警察要安妮打道回英国，我才好心说了回谎。"

托尼从反光镜里看了一眼邱载慧说："你呀，当时真不如由她打道回府好了，安妮是个死心眼，自她来到上海，除了去圣三一堂礼拜，就在家里等着你来接她——我也管不了了，解铃还须系铃人呀。"

邱载慧急急地说："我系什么铃了，我?"

叶菲姆回过身拍拍邱载慧的肩头说："安妮的事情可以先放放，你只要成全了托尼和沈晓花小姐的好事，解铃就是他们兄妹之间的家事了。"

"沈晓花，那可是我的出窠兄弟，"邱载慧洋洋自得地说，"托尼，既然你有求于我，我这脚下的问题……"

“载慧，办成了沈小姐的事情，你自是有恩于我，可是鞋子的问题我和叶菲姆真的无能为力。”托尼憨憨地说，“姜立颖小姐要我们必须在十二时以前到达海滨营地。”

几天不出家门，竟然发生了这么多不可思议的事情，邱载慧想到这里，不禁说了一句“由你们摆布吧”，就闭上眼睛，靠在座位上，故意发出鼾声。

汽车停在黄浦江边，三人乘轮渡到了对岸。邱载慧远远地看见在暗红色大岩石上站着一个人朝这边挥起双臂。走得稍近些，邱载慧看清楚了，从岩石上跳下来的是安妮。

“亲爱的，没有受什么苦吧?”安妮跑过来和邱载慧拥抱后，上下打量着邱载慧。

“没有，没有，只是他们两个把我的鞋子剥夺了!”

托尼和叶菲姆听后一左一右将邱载慧抬了起来，“安妮放心，我和叶菲姆会把他抬到营地的。”

谈笑过后，安妮唤来羊角车，一个少年车夫笑容可掬地说：“我们等待先生多时了，请上车吧。”安妮和邱载慧坐在车的两侧，少年车夫说：“二位请坐稳，阿鱼起步了。”

宝山城下浪滔滔

到了营地，邱载慧把安妮扶下独轮车，朝四处张望，见姜立聪正在近处掘土挖坑，旁边是一个小女子，双手举着一口铁锅比比试试地往已经砌好的灶台上安装。

“立聪！”邱载慧喊了一声，朝那边走了过去。姜立聪立刻放下铁锹拍打拍打了身上的泥土，迎了上来。

二人拥抱问好后，邱载慧指了指那女子问道：“那位标致的小女子可是你从香港接过来的未婚媳妇?”姜立聪顿时红了脸，说：“快不要张冠李戴，李菁今日没有来，那位是顾阿娇，立颖的朋友。”

“这位先生我好像在哪里见过……”顾阿娇也走过来大方地说，“对，在锦姐姐的房里。”

邱载慧讶异地问：“锦姐姐？哪个是锦姐姐?”说罢还四处张望。顾阿娇说：“锦姐姐没有来这里——刚才我说错了，不是在锦姐姐房里见到先生，是在锦姐姐房里一幅画上见到先生的。”

“画?”邱载慧敏锐地断定这位锦姐姐一定是在公家花园给自己画像的那位女学生了，于是追问道：“你锦姐姐是在美专读书吗?”

此时姜立颖、沈晓花匆匆走来。沈晓花不等顾阿娇回答就大声朝邱载慧说：“好大的架子，非请不来呀。”邱载慧一脸的无奈说：“你们这也算是请!”此时邵建业过来为邱载慧抱屈说：“你们也太霸道了，看把富哥弄成什么模样了!”经邵建业指点，大家才看见邱载慧没有穿鞋，光着两只白白的脚板。姜立颖忙说：“古人有割裾藏拙的美谈，我们何不效仿，把各自的鞋也脱掉，免得人家难堪。”顾阿娇忙制止道：“使不得，你们的脚细皮嫩肉，要伤的，我去找些蒲草鞋来吧。”

“这位顾小姐，我先问你点事情。”邱载慧见顾阿娇要走，忙着打听她说的“锦姐姐”的下落。沈晓花却拦过邱载慧说：“你忙的是什么，你是大玩家，先看看我们的营盘去。”邱载慧没有办法，只得无奈地随姜立颖、沈晓花看营盘去了。

营盘设在距海边不远一个缓坡上，从这里往下看去，沙滩上遮阳伞五彩纷呈，红男绿女嬉笑喧闹其间。海的远处有点点白帆，安适悠闲地亲吻细浪。邱载慧指点说：“沧海桑田方为大美，此处俗媚有余，气势不足，不如我带你们另找一个去处。”邵建业说：“据我所知，上海淤积成地不过千余年，怕是难找可资凭吊的地方。”邱载慧摇头说：“就中华而言，上海虽不敢称古，但古迹也不少，距此数里的宝山城——上海发祥之地，就足以让我们发怀古之幽思了。”

大家听后无不称好，等顾阿娇找来蒲草鞋后，姜立颖当即招呼独轮车队将辎重重新装车出发。一个驾驭独轮车的小女子说：“我晓得近路，我当头车。”邱载慧见她的相貌和声音极似阿鱼，于是问道：“你可是阿鱼的姐妹？”那小女子嫣然一笑没有回答。在她身边的顾阿娇说：“她就是阿鱼。”邱载慧恍然大悟——这一带常有女扮男装者外出谋生，一时大为慨叹她竟有这般力量，把自己和安妮载运了这么远。想到这里，他从阿鱼手中接过独轮车把，想一试身手，但摇摇晃晃不出三五步，独轮车就在大家嬉笑声中栽倒在地。

托尼、叶菲姆自仗膀大腰圆，讥笑邱载慧太过文弱，不想均以栽倒告终。

大家说说闹闹，路也显得近了。不久，前方隐约出现一片黑森森的岩障，再走近点，果然见卧龙般的城墙盘桓于沙丘之中。

沿着坍塌之处登上制高点，人们不禁为之屏息：城墙围合呈矩形，每边远达三百余米，高过丈余的拱形城门洞开，通行无阻。城内纵横井然的市街依稀可见，密集两侧的房屋虽多已成为残垣断壁，往日鳞次栉比的胜景尚可想象。时值正午，可见寥寥炊烟升起，但人声却不可闻，海风吹过，唯有瓦片坠地之声，令人倍感凄凉。

邱载慧边指点边介绍说：“此城原是临海的灯塔——‘昼则举烟，夜则明火。海洋空阔，遥见千里。’曾指引万千沙船经由这里将南国丝米运往京都，更有‘土筑孤峰作表准，舳舻弥望风帆收’的胜景。由此说它是上海发育壮大的第一个细胞也不为过吧。”

托尼看着眼下颓败的景象不禁生疑，“不会是你杜撰吧？邱！”

邱载慧瞟了托尼一眼，说：“你以为没有你们洋人就没有上海，大错特错——此处唐代成陆，北宋时已有黄姓人家在此定居，这城南的法昌寺始建于宋淳熙十六年，寺内高楼殿庑一千余间哪，而我们脚下的城府则是明永乐年间所建，我粗略算了算，在此期间，你们英国人从罗马人的铁蹄下挣扎出来，又开始了与法国人百年战争的穷兵黩武。”

托尼悻悻然道：“我们的历史竟是这般野蛮血腥，你太不公允了！”姜立聪以安慰的口吻说：“托尼，载慧不过是摘其所要，即我们中国文人所说的春秋之笔，你不要认真。”邵建业则说：“托尼，那法昌寺确实是被你们的官兵焚毁的。”邱载慧急忙附和，“我在美国国会图书馆还真看到了有关记载。”托尼势单力薄，看看这位，瞧瞧那个，无奈地冒出了句英国谚语：“Many hands provide great strength（人多势众）！”

正和姜立颖一起清点辎重的沈晓花说：“几个人欺负人家一个，我得打抱不平去。”姜立颖一把拉住沈晓花说：“我们可说好了，今天首要的事，是把邱载慧‘绑’到你们工务局去，你可别太专注于托尼误了正事。”沈晓花脸红红地说：“晓得。”

清点完辎重，姜立颖向叶菲姆、安妮和顾阿娇商议完膳食的事，才同沈晓花爬上城头。

“诸位的嘴仗打到什么时候才尽兴呀？”沈晓花上来兜头便问。邱载慧说：“此言差矣，我们是在纵论千古，点评中西，哪能有止境呢？”沈晓花不屑地说：“空谈误国。”

“这么说来，沈小姐是在实干兴邦了？”邱载慧反唇相讥道。

沈晓花不正面回答，而是对姜立颖说：“立颖，你来评说评说，我沈晓花整日里，查勘几个里弄，督察几条道路，规划几片土地，编报几宗文书，这些算得上是空谈吗？”

“你那不过是炒冷饭而已，不过烹饪技术恐怕还不及丁文江，因此命运嘛，也好不到哪里去。”邱载慧不等姜立颖评说，先回驳了。

沈晓花并不气恼，还是刚才的口气，“立颖，你再评说评说，卖弄几句‘宝山乃上海发祥壮大第一细胞’，我们的上海真的就同吹气泡似的发祥壮大了？”

这次姜立颖也不急于回答，为的是给邱载慧留下空当。

沈晓花见邱载慧语迟，于是乘胜追击说：“立颖，你再评说评说，一个人深居简出，以翻检古籍度日，此人是善于空谈呢？还是善于实……”话没有说完，沈晓花自己已经笑出声来。

邱载慧情急中说：“我同立聪在巴黎即有‘大事争先，小事不拒，趣成填海志’之约，眼下我不过是……蓄势待发。”

来前大家正是要用这一句将邱载慧“绑”往工务局，此刻他自投罗网，当然不会放过。姜立颖立刻一脸正经地问：“载慧仁兄，刚才晓花所列几宗事情，是大事？小事？抑或是无事？”

姜立颖从逻辑上杜绝了否定的回答，邱载慧自然无话可答。姜立聪为解脱邱载慧的尴尬，说：“载慧，上海建设百废待兴，最忙的就是我所在的土地局和晓花在的工务局，你绝对有用武之地。”沈晓花也诚恳地说：“确实不假，局长沈怡挂在嘴边的话就是，上海建设百废待举，只是苦于无粮为炊，无米下锅，粮者钱财也，米者人才也！”

邱载慧一时讷讷不知作何回答，白皙的脸微微有些发红。

“锅之不存，米将焉下？众位也太难为邱先生了。”在一边观战良久的邵建业此时发了话。

大家听了这句语焉不详的话，不约而同地将目光投了过去。姜立颖则对邵建业报以埋怨之色——眼看邱载慧已经入套，殊不知邵建业又横生枝节。

“邵先生刚才说的可是‘皮之不存，毛将焉附’？是在说我留恋满清王朝吧。”邱载慧神色迷茫地看着邵建业问道。姜立颖忙解释说：“建业说的是‘锅之不存，米将焉下’？与满清王朝没有关系，倒是与租界多了关联。”

听了姜立颖的解释，邱载慧、姜立聪、沈晓花、托尼依旧面面相觑。或许由于近来收回租界的呼声甚高，托尼有了预感，把手架到自己脖项上说：“多半是拿我们开刀！”

邵建业笑而不语。姜立颖看看几个人不知所云的模样，忙说：“建业，你同大家讲讲明白吧。”

“慢，我有点想明白了，”邱载慧赶在邵建业前开口说，“邵先生是将大上海比喻为一口锅，是吧？”

“不错。”邵建业说。

“而这口锅非同一般，是吧？”

邵建业微微点头。

“这口锅之所以非同一般……”

沈晓花急得插话说：“邱载慧，你想明白没有？”姜立颖碰了她一下，说：“不要打断人家的思路！”

“稍安毋躁，”邱载慧深出了一口气，接着说，“邵先生的意思是，大上海如今是三分天下，精华之地多在公共租界和法租界辖内，于是乎，大上海这口铁锅对国人而言已不复存在矣！你我这些黍米无处可盛矣！沈小姐说的那些头等大事、二等大事、头等小事、二等小事、芝麻绿豆小事尽皆无处施展矣！”邱载慧一口气说下来，不禁声衰力竭，内心发痛。

“照这么说，我们只能无所事事了，是这样吗？建业？”姜立聪怯生生地问。

邵建业语气温和地说：“怎么会呢，正如哲人所言：‘与其改造这个世界，不如破坏这个世界’。”

邱载慧的面色恐惧，语气茫然地似问似语，“把这口锅砸碎？一市三界，玉石俱焚？那些耸峙云霄的八面窗棂、玻璃五色、铁栏铅瓦、玉扇铜环也随之分崩离析？”

“不是我等所愿，是大势所趋也。”邵建业感叹道。

“我等只得坐以待毙了？！”邱载慧慨叹道，茫然不知所措。

“邱先生不至于此，”邵建业语气轻松地说，“你不是已经开始了普罗之路。”

同志们！

　　工人

　　　　和广州部队

占领了

上海！

鼓掌吧，雅罗斯拉夫人，

　　　　　　　榨油工和纺织工，

向着陌生的

而亲如骨肉的

中国苦力！

正在这时，叶菲姆伸开两臂，捧着一锅红菜汤颤颤巍巍地走来，口里还读着马雅可夫斯基的阶梯诗。

跟在叶菲姆后面的顾阿娇、安妮各自手中捧着托盘，被叶菲姆的举动弄得目瞪口呆，不知进退。

香喷喷的面包和肉肠的气味扑面而来，姜立颖赶紧支起还没有打开的折叠桌，沈晓花则把餐巾分发给每一个人。

“且慢，”邵建业喊道，“我要用普罗诗人的语言，对邱先生再说几句：

苦力们，
与其拉着他们这批草包，
让他们乘着黄包车
游乐——
不如挺起你们的胸膛，
不准
干涉中国！
他们想把你们
当作殖民地
磨得粉碎。
是时候啦，
赶走这批混蛋，
把他们
摔下
中国的城墙。

——邱先生，这就是你、我、我们应该走的路！”

邵建业朗读时，挥舞起餐巾以加强感情的抒发，他浑厚的男中音更增添了诗情的悲壮。

午餐后，搭设完帐篷，大家喊累就地休息了。唯有邱载慧拍了拍身上的灰土，出了帐篷。

“邱先生怎么不歇着？”迎面而来的阿鱼问道。邱载慧说要去找顾阿娇。阿鱼指着独轮车说：“阿娇身子不舒服，我刚送她到东沟搭船过江了。——不过不要紧的，就是头有点痛。”

邱载慧无奈，信步走向海边，看见离海岸不远有一条小船——他晓得每逢汛期，常有脱锚的小船漂出河口，大多数渺无踪迹，少数受水流影响，得以在近岸的海域漂浮，当即解衣下水，朝小船游去，打算摇它回来，供大家嬉戏。

邱载慧快要接近小船时，觉得身后有游弋动物相随，他加紧划了几划，翻身上了小船，回身看去，惊讶地喊道：“安妮，原来是你！”

邱载慧重新跳入水里，将安妮推上了小船，从身后拢住安妮的头发，轻轻捋去上面的海水。

“你是怎样找到这只诺亚方舟的？”安妮喘息稍平，拍打着结实的船帮问道。

“哦，不是方舟，是从我家乡漂来的小船。”

“你的家乡？”

“距这里不远的地方有一个唐镇，镇边流过一条小河，河岸立着一溜白色的院墙，墙里围有一间间青色砖屋，屋内是一个 baby 在啼哭……”邱载慧似乎也沉浸于对老宅的眷恋。

“那就是我可怜的邱，”安妮动情地抱住邱载慧，细语绵绵地说，“你自上海滩漂入太平洋，我从约克郡流进大西洋，洋流相汇，我们也相会了，邱，你不觉得这是上天在冥冥中的安排，是中国人所说的缘分吗？”

来自西边的风阵阵掠过，小船开始向着背离海岸的方向漂移，那里黑黢黢的海水向小船张开了大口……邱载慧意识到自己莽撞下水遇到了麻烦。

“安妮，要退潮了，我们回去吧。”邱载慧将安妮推起，迅速握住船桨。

安妮紧紧地把握住船桨，不许邱载慧将它放进水里，双目充满期望地看着邱载慧说：“邱，去告诉托尼……你要与安妮结婚，你要娶安妮……你要安妮留下来……”在越来越紧的风声中，安妮的声音听起来若断若续。

邱载慧抓住安妮双手，声音颤抖地说：“我要你，要你在船桨还用得上的时候，使出我们浑身的力气！”安妮向邱载慧喊道：“邱，你不正面回答，sly（狡猾）！”

风声浪声在刹那间光临了，小船在浪头的推托下，向外海漂浮。两人握紧船桨，奋力划动起来，邱载慧呼喊起号子来：“努力，加油，加油，努力……”安妮则回应道：“sly，sly，sly，sly……”

阿鱼发现了海中的邱载慧和安妮，急忙唤来救援的人。姜立聪、邵建业、托尼、叶菲姆刚要扑进海水，阿鱼的爷爷把他们拦住了，他比画着告诉托尼，要他把双脚踩进泥沙里，死死地站稳，然后伸出双臂，搂住前面一人的腰，前面一人也伸出双臂。大家很快明白，是要组成一条人链，但是，即便独轮车夫加入进来，依然是可望而不可即。这时，一支队伍列队走过，沈晓花一眼认出来，领队的正是纹藏。

人链终于延伸到距离小船约十米的海里，邱载慧和安妮的面孔清晰可见。为首的邵建业尽可能向前伸展双臂，人链发出有节奏的呼喊：“邱载慧，加油！安妮，努力！”

人链的接近带来的希望，人们的呼声鼓舞起斗志，邱载慧和安妮呈弓步各站一侧，随着呼喊的节奏拼命地划水。这边，在阿鱼爷爷的指挥下，随着海水的下退，整条人链徐徐向小船移动……有几次，邵建业的手指已经碰到了邱载慧伸来的桨梢，由于失去一个桨手的动力，小船又被退潮的浪拖了回去。

一片浓黑的云从海的深处飞快地向陆地涌动，一股股潮热的雾气也扑面而来，正当大家揪紧心弦时，阿鱼的爷爷兴奋地喊道：“东风，东风来了！”在他的指挥下，人链大幅度向海里滑行……突然，邵建业奋力向咫尺之遥的小船扑去，叶菲姆搂在他腰间的手被挣开，叶菲姆的猛力向前，又挣脱了身后另一人的手……人链的前端刹那间溃散了，人们几乎是下意识地扑向小船的方向！

潮水退去了，只剩下热雨狂风肆虐。海滩上留下一片瘫倒的人和那只搁浅的小船，人们的手或握着同伴的手，或抓住他人的衣衫。邱载慧和邵建业各执船桨的两端，呈一字俯卧在海滩上，邱载慧的另一只手被安妮攥住……

当晚半夜，瓢泼大雨袭来，从帐篷上的小窗，斜刺里冲到邱载慧的脸上。他翻身爬了起来，唤醒了姜立聪。二人披上雨衣走出帐篷，迎面扑来的雨水让他们睁不开眼睛，往前蹒跚几步，脚下才算立稳。他们蹚着泥水把营地巡查了一番，由于地势够高，没有积水之忧，帐篷也都完好，只有姜立聪和顾阿娇辛苦搭设的土灶已经被雨水毁坏殆尽，几只没有收起的碗盏浸泡在了泥汤里。巡查完毕往回走时，借着闪电，看见不远的海滩上整齐地排列着一队人马，他们人手一剑，做着砍刺劈杀的动作。随着整齐划一的举动，口里还高声呼喊，由于雨声雷声交加，听不清楚喊些什么。

“什么人呀?”姜立聪问道，“你家的老宅距这里不远，有类似这样的乡俗吗?”

“我看是日本人，”邱载慧抹了抹脸上的雨水说，“我去过闸北的一所日本的国民学校，演练的就是这套动作，他们的文部省规定柔道、剑道为必修课。”

姜立聪听了邱载慧的叙述后感叹不已，“大和是个十分自奋的民族，他们被美国的‘黑船’撞开国门后，同样被列强套上了《安政五国条约》的枷锁，可他们因势应变，励志图强，不仅没有为列强所长久欺负，而且大有凌驾列强之上的趋势!”

邱载慧深深地叹了口气说：“是呀，一八六二年他们曾派遣千岁丸访问上海，为的是拜师学艺，据说还在苏州路上开了一爿小店，卖点东洋小妾所需的木梳、镜子之类的小物件，以实践商业运作之工。可是今天怎样，虹口闸北一带已经成了他们的工商茂盛之地!”

“其自强倒也罢了，可畏的是，对我虎视眈眈，他们那位明治三杰之一的福泽谕吉，曾屡发倡议：‘对待中国、朝鲜之办法，不必因其为邻邦而稍有顾虑，只能按西洋人对待此类国家之办法对待之。’亡我之忧尽在大和呀!”说话的是邵建业，他也是担心大雨毁营，出来查看的。

说着，三人稍稍走近，邱载慧认出领头的正是沈晓花的日本友人纹藏。队列除纹藏外清一色的光头赤脚，人人不为风雨所动，更不关注是否有人旁观。

看到这个场景，三人禁不住频频举臂伸腿，随后索性将雨衣脱下丢在一边，伫立片刻，举拳移步，口咏《满江红》曲牌，练起了拳脚——这套依《满江红》节奏编排的长拳，早已普及于上海各个学校，练起来有板有眼，颇为壮观。

“怒发冲冠，凭栏处，潇潇雨歇……”只见：拳影脚影雨影闪影，影影交汇，影随意扬；雨水泪水泥水汗水，水水交融，水花飞溅……三人练得有声有色，直到相继滑倒在地，才在大笑中酣畅淋漓地收场。三人回到营地，略加冲洗后，就倒在地铺上酣畅淋漓地睡去。

第二日清晨，营地举行了升旗仪式，口号就是“大事争先，小事不拒，趣成填海志”。

邱载慧明白这些话都是对自己来的，依了他昔日的顽劣，定要戏耍一番，但念及日夜以来的经历，他实实在在体验到大家的苦心，特别是城垣上“锅”与“米”的思辨和夜半大雨中的操练，使得他不得不重新思考先哲关于“天下兴亡，匹夫有责”的训教……

邱载慧一反往常的潇洒自如，战战兢兢地站起身来说：“载慧今日面对城垣大海，面对兄弟姐妹，诚言相告，载慧与立聪君所言‘大事争先，小事不拒，趣成填海志’必将践诺。虽则如邵先生说，如今‘锅’已不存，但载慧这把‘米’，也不能轻易变成糟糠而丝毫无益于世……”

“说句利索话，”沈晓花故意用不耐烦的口吻问，“工务局那边的差事你是担当还是不担当?”大家随之也跟在沈晓花的话后鼓噪催促起来。

邱载慧一时语塞，随后讷讷地说：“工务局既有事情可做，载慧自然没有推辞的道理，不过……”姜立颖听邱载慧话有松动，朝沈晓花使了个眼色。沈晓花一把将邱载慧拉到一边，轻声说：“只要你去工务局就职，我一定带你晋见于你于锦妹妹都是一言九鼎的人物。”

《点石斋画报》新用

头一天到工务局上班，蒲从周一定要用自己的斯蒂庞克轿车送外甥到任，邱载慧执意不从，说自己已将兰苓自行车收拾好了，想重温一番当年上学的感觉。舅舅无奈，只得挥手说：“去吧，你总有理由，路上小心，如今的各色车辆，比你留洋前多了许多。”

邱载慧出了静庐，调好兰苓的三飞，迎着朝阳急驰而去，把路上的各式车辆一一抛在身后，心中真有一种飞腾的快感。

毛家弄的狭窄与曲折并不令邱载慧惊异，但目光所及，竟然没有一幢他心目中的政府building（建筑），直到沈晓花大声呼叫他的名字，才发现堂堂上海特别市政府的工务局竟是数间河浜栈房。

“哟，还是当年的兰苓，你怎么也下里巴人起来了，”沈晓花迎上来说，“我一直盯着外马路的新款汽车呢。”

沈晓花引领邱载慧来到设计处办公室，两组相对的办公桌占去了大半，一个面色略显黝黑的青年男子主动站立起来。沈晓花介绍说：“本处工程师陈道堤，道德的道，堤防的堤。”

邱载慧说：“好，道德的堤防，大有警世之意。”沈晓花讪笑一声说：“可惜十里洋场，世风日下，岂容我辈书生汗牛充栋，于是大家慨然奉送了道堤一个绰号——沉到底。”陈道堤面色通红地说：“都是他们编排的。”邱载慧笑笑说：“不要紧，这叫物极必反，否极泰来——我听道堤口音，好像是来自天津卫？”陈道堤说：“我是祖籍山东的辽宁人，大概是在北洋大学读书时，染上了点天津卫的口音。”邱载慧“啊”了一声，说：“北洋是我国第一所大学，尤以土木工程著称，成绩堪与美国康乃尔大学看齐，在我就读的宾州大学之上，晓花，看来我辈书生都不是‘汗牛’。”

寒暄完毕，沈晓花将邱载慧引入里间。房间略显局促，迎面的墙壁上，挂着一幅中国地图，它的右上角印有隶书体的五个大字：建国方略图，图前摆放一个大写字台，写字台的左侧是临街的玻璃窗，嘈杂的市声不绝于耳。

邱载慧把皮包往写字台上一放，随即问道："晓花，你说的那位一言九鼎的人物呢——你不是诓我吧？"沈晓花说："你急什么，我是那种不守信用的人吗？你总得先见见局长吧。"邱载慧觉得也是，转身就往外走，迎面与怀抱图纸的陈道堤碰上。

"邱处长，不忙去，这是局长办公室送来的。"陈道堤说。

邱载慧从陈道堤手指缝里取下一张便条，见是局长沈怡所写：

载慧老弟，小兄去南京公干，未得迎迓，憾甚。小兄深知弟高才大志，一应事体请弟斟酌办理即可。

沈怡即日

"好滑头。"沈晓花把嘴一撇说。

"依我看，局长是指望邱处长来打开局面的。"陈道堤一边往写字台上放图纸一边说。邱载慧翻检着图纸，随口问道："我们不是还有一位同仁吗，怎么没见来？"沈晓花撇撇嘴说："李慕新，人家只做上峰交办的事体，从不告诉我们行止。"陈道堤接着说："李慕新的谱可大了，今儿个又带领风水先生为哪位政府要员迁宅看风水去了！"

陈道堤说罢，展开图纸，准备向邱载慧报告工作。沈晓花拦住说："忙什么，处长急着要见一言九鼎的人物呢！"陈道堤看了看邱载慧，对沈晓花说："介事……"

邱载慧见陈道堤支吾其词，又见沈晓花捂住嘴窃笑，晓得自己上当，于是假装气急败坏地说："沈晓花，我同托尼可是出窠兄弟，得罪了我，有你好果子吃。"沈晓花"嘁"一声说："狗咬吕洞宾——你问问道堤，鸿运营造的老板邵鸿运是不是有个女儿叫邵琉锦？就是阿娇喊锦姐姐的那位。"

陈道堤点了点头接着报告说："眼下工务局的头一宗事体，是普查华界建筑物，以摸清家底，为今后建设发展和城市规划收集资料，其间，凡失修者督促其妥加修缮，凡危旧者或协助重建或劝令拆除，但实施月余，阻力重重，步履维艰。邵鸿运正是其间的“桩户”，他名下的一幢三层楼房“四德里”属必须拆除重建之列，可是发了三次通告，邵鸿运死不履行，先说房契系民国颁发，充其量不过十五六年，后谈此楼是从荷国人手里买来的，人家的建筑技术岂不比你们工务局高超，最后又哭诉自家出身穷苦，眼下携儿带女，全靠此楼维系生活，除非在苏州河南侧补偿一块地皮，此事万难照办。”

邱载慧听后不晓得说什么好，只是伸出手指指点着沈晓花摇头叹息。沈晓花笑道：“邱载慧，于公于私，邵老板这一关你总是要过的，不如毕其功于一役来得痛快，道堤，你说呢？”说罢，朝陈道堤眨了一下眼。陈道堤当即痛快地说：“介事是有点崴泥，但俗话说得好，废物点心上不得席呀——邱处长不要误会，咱爷们儿可不是废物点心。再说，邵老板的闺女我有幸见过一面，咱爷们儿崴多大的泥也值！”沈晓花也推波助澜道：“邱载慧，那天在公家花园我是没认出锦儿来，要不我早介绍给纹藏了——这些天纹藏紧着打听呢。”

听了两人一席话，邱载慧心中顿时升起跃跃欲试的激动，从大海捞针的失望到近在咫尺的悸动，上天太眷顾自己了。他当下请陈道堤与邵老板约定见面日期。沈晓花和陈道堤都觉得兹事体大，还是多想想好。邱载慧说：“拿天津话说，眼前这两件事全是急茬儿，耽误不得。”

两天后，邱载慧西服革履，借了表哥的奥斯汀来到海勒路欧嘉路口鸿运营造的店面。邱载慧在车里按响三声喇叭，待店里走出伙计，他才下车一本正经地向伙计通报姓氏官衔。伙计恭敬地把邱载慧让到后面的天井，指着正面两扇玻璃砖大门说：“我们董事长恭候多时了。”

邱载慧踏上台阶时，房里传来一口话剧腔的女声朗读：“我知道你是什么样人了，你太骄傲了。不过，你即使是恶魔，你还是美。”

“这不是莎士比亚《第十二夜》中的台词吗？”邱载慧想。

朗读声反反复复，声音很像黄柳霞。这黄柳霞是活跃于美国银幕的华裔女伶，多饰演下层华人女子，演来形神放肆，常受在美华人诟病，宋美龄曾欲封杀。但邱载慧却颇为追捧，说她是难得的以肢体表达灵魂的人。

邱载慧正踯躅不前，刚才那伙计在天井另一端问：“先生怎么不进去?”

“小三子，有事进来说，净在天井里喊咕什么?”

随着话音，玻璃砖大门打开了，邱载慧看见的正是那天在公家花园为自己画像的那个女学生。

“怎么是你!”邱载慧惊喜地惊呼。

邵琉锦也没有想到，出现在自己眼前的竟然是那张频频翩翩于视野，滚动在心扉的面孔，一时不晓得说什么好，只得实话实说：“阿爸今天有事，要我代他招呼一下店面——快进来吧。”

邱载慧着了慌。他事先曾想过如何与邵老板对答，比如晓以大义，动以人情，条分利害，缕析得失等等，而且自以为周密，却万没有想到……

见邱载慧迟疑廊下，邵琉锦上前拉了一把，说：“进来呀。”

进到房里，邱载慧为掩饰内心不安随便问道：“你怎么改行话剧了?”邵琉锦莞尔一笑说：“哪里，我在为中西女校排演的《第十二夜》画布景，导演老师邀我客串剧中的薇奥拉，我真的怕演不好呢。”

就在这一刹那，邱载慧已经将来此使命忘诸脑后，此刻只顾鼓励对方说，你的声音不错，很像一个在美国颇有名气的明星，只是音调语气的表达力稍嫌不足；接着便分析与这段台词有关的三个人物——薇奥拉、奥西诺和奥利维拉的关系，进而说到薇奥拉即时的心情有不平，有憎恶，也有些许庆幸——复杂的内心形诸于语言自然就是立体的而不再是平铺直叙……

邵琉锦听后十分佩服，她走到邱载慧身边，几乎要拉着他的手说：“我惹的祸要你受了那么多委屈，你还帮助我。”邱载慧着实地拉住邵琉锦的手说：“那算得上什么委屈，只不过你那个没有地址的《寻人启事》着实让我受了几天几夜的折磨。”邵琉锦抬起眼皮嗔怪道：“怪我?那天你突然跑掉时，也没有留下地址呀!”

玻璃砖大门突然被推开，邵鸿运风风火火地走了进来——邵鸿运是从顾阿娇那里得知邱载慧爱恋自己的女儿的，当下心中不禁慨叹一声“天助我也”。当陈道堤来约邱处长将造访时，邵鸿运决定要女儿先露一面。

邵鸿运装作没有看见闪在两边的小儿女，朝邱载慧一拱手说：“大叔开了这么一爿小店真是遭了罪了，整日里忙前忙后……锦儿，怎么也不给载慧上茶?”邵琉锦说：“没来得及呢。”邵鸿运眼睛稍瞪，说：“快去，你们年轻人在一起总是忙着说话。”

邵琉锦去后，邵鸿运在八仙桌的左端坐下，把邱载慧让在另一端，然后滔滔不绝，叙述起自己在上海滩如何从泥水工匠做起的打拼史；其间邵琉锦招呼小三子端上茶水时，邵鸿运侧目说道：“锦儿，可以回家了。”——他要在邱载慧眼前摆足做父亲的权威。

谈话进入正题，邱载慧也按照事先准备的开讲，可是类似“革命尚未成功，同志仍须努力”的话没有讲上几句，邵鸿运哈哈一笑说：“贤侄说的这些大叔哪里不明白，可陈工程师毕竟是外人，大叔当然不敢轻易松口。”说罢喊来小三子吩咐道：“去把张有财唤来。”

不多时间，一个身材奇瘦的男子来了。邵鸿运呷一口茶，吩咐道：“有财，你听好了，立刻派人往四德里查明租户情况，三日内安排他们迁走，五日内备齐所需材料器具，七日内务必开工拆建。”

邱载慧出师告捷，沈晓花说是爱情的力量，陈道堤认定邱载慧是福将。邱载慧虽有疑惑，但四德里住户确实接到不日拆建的通知，砖瓦沙石也陆续运到，因此越来越感到欢欣鼓舞。

到了七日头上，邱载慧带领沈晓花、陈道堤去看看开工盛况，三个人骑上自行车穿街过市有说有笑。沈晓花说：“邱载慧，我和道堤帮你烧着了这把旺火，你该犒劳犒劳我们吧。”邱载慧痛快地说：“没问题，中午就请你们到德兴馆吃红焖猪大肠去。”说罢，信口吟咏了起来：“到口速溶真糯软，舌端所留是浓香。申江三日不成趣，唯思红焖猪大肠。”陈道堤插话说：“邱处长，红焖猪大肠还是先放放，一会儿还不得讲几句应景的鼓励的话。”邱载慧胸有成竹地说：“我早想了几句，干脆读出来你们听听：今天，我们同仁看到四德里开工重建，内心十分高兴，我们感谢鸿运营造深明大义，行善施惠于民。四德里的重建，也垂范于士农工商各界，势必成为建设新上海的楷模……”邱载慧撒开双把，边骑行边挥手，沈晓花、陈道堤紧紧跟上。招来过往行人的注目……

三人兴致勃勃来到四德里那一刹那，犹如自炎阳炙烤之下蓦地坠入冰窟严寒之中——四德里照旧熙来攘往，几个小孩在那不起眼的砂石堆上撒尿和泥巴玩耍，全然没有开工的迹象。

在回工务局的路上，陈道堤悻悻然地说："姜还是老的辣。"沈晓花气不忿儿地接着说："邱载慧，大义灭亲吧。"邱载慧苦笑道："亲还没有攀上呢，拿什么灭呀。"

路过小东门，德兴馆里飘出阵阵菜香，但大家都没有了食欲。邱载慧还是拉着两人走了进去，落座后点了生煸草头、虾子乌参、酱爆樱桃和红焖猪大肠，并说："这里的厨师有变腐朽为神奇的本事，我们也来借借仙气。"

猪大肠落肚，果然有了主意。邱载慧说："我们以保证四德里全体住户安全为名，在楼房四周搭起脚手架，断了商家的财路，也给鸿运营造来个釜底抽薪。"沈晓花啧啧咂舌说："你这一手够狠。"陈道堤想了想说："办法是个好办法，搭脚手架也就是一两天的事，可是几百根竹竿、麻绳往那里堆放——张有财他们还不先把它们釜底抽薪了才怪。"

想来想去没有其它办法，邱载慧只得硬着头皮找邵鸿运交涉。伙计小三子没有向前次那样毕恭毕敬，而是站在柜台后低头不语。邱载慧心想："显见是先礼后兵了。"邱载慧向前走了几步，看见柜台上摆着一盘象棋，小三子正聚精会神于此。

邱载慧轻轻叩了叩台面。小三子见是来过的那位先生，忙问："先生会下象棋吗?"看见邱载慧轻轻点头后，小三子打躬作揖地求教。邱载慧瞥了一眼棋盘，上面摆着"野马躁田"的残局，随口告诉小三子一个制胜歌诀："红方先走车沉底，上马再挂士角地，步步将军不可歇，一鼓作气必擒敌；若主黑方沉住气，暂且回象保平局，巧用残兵避将帅，见机行事再克敌。"小三子听后拉住邱载慧，恳求指点一局。邱载慧推辞说找董事长有要事。小三子随口说："找也没有用，董事长回老家了。"

"小三子，太没有礼貌了。"邵琉锦进门便看见小三子拉扯邱载慧，忙呵斥了一声。

"不怪他，"邱载慧为小三子开脱道，"是我输了残局不肯罢休。"

邵琉锦含情脉脉地看了邱载慧一眼，低声说："争强好胜。"

二人相跟着进了玻璃砖大门，邵琉锦一边把纸卷往写字台上放，一边说："阿爸一早回老家了。"邱载慧顿足道："糟糕。"邵琉锦转身过来看见邱载慧眉心紧蹙，立刻安慰说："急什么呢，阿爸要我带话给你，说是河南侧那块地皮有着落了，四德里立马开工，而且……”邱载慧忙问：“而且什么?”邵琉锦欲说又止，见邱载慧眼睛瞪得圆溜溜的，于是忍俊不禁地说：“没有什么，只不过阿爸说，新四德里的房契过在我的名下。”

邱载慧躲开邵琉锦的凝视，心里盘算着，苏州河南侧倒是有一块地皮，可是已有包括地产大佬哈同在内的三家竞买，市政府即便以公共利益征用，也不可用于四德里的补偿呀！这些苦衷不便对邵琉锦说，他只得淡淡一声“告辞了”，拔腿要走。

“我能帮你什么吗?”

邱载慧停下脚步，摇了摇头。邵琉锦第一次看到邱载慧带有凄然的眼神，心头微微有些发痛。她不能让他就这样走了，她要他在自己身边哪怕是再留一会儿，于是接着说：“那——你能帮我做点什么吗?”

邱载慧留下了。邵琉锦告诉说，他们要办一个街头画展，希望他能为画展设计一个画廊。这对于邱载慧来说，是手到擒来的事，他要邵琉锦找来纸笔，当即龙飞凤舞，画廊的轮廓已经显现出来。

“骨架用竹……”

话没有说完，如闪电般的思绪从邱载慧脑际掠过，四德里搭设脚手架的竹篙，岂不是可以藏匿在画廊里！

“画廊可以搭设在四德里旁吗?”邱载慧问道。

邵琉锦又看到他自信的神采奕奕的眼神，舒了口气，说：“当然可以，那里也是人来人往，不愁没有观众。”

根据邵琉锦说的画幅数量，邱载慧估算画廊所用竹篙足够搭设脚手架的了，他十分开心，手舞龙蛇时，嘴里哼起了儿歌：“吹泡泡，泡泡向天升，清风带你上天去，停在云中莫动身。他望望，我嚷嚷，天空出了个小太阳，太阳彤彤放红光……”邵琉锦坐在一边，静静地望着听着……

这样一人画着，一人听着，接近收笔邱载慧的心情沉重起来，他怯生生地瞥了邵琉锦一眼，见她是那样的专注那样的温存，他不能瞒哄她欺骗她。在画廊画成时，邱载慧对邵琉锦和盘托出了。

邵琉锦沉吟了片刻，随即苦涩地笑了笑。邱载慧似乎感应到她要说什么，忙开口道：“你阿爸是很严厉的。”随后一个侧目，又说：“锦儿，你可以回家了！”邱载慧惟妙惟肖的模仿把邵琉锦逗笑了，她深情地望着邱载慧说：“我晓得，可是我更觉得你是对的。”同时建议说，这些年她临摹有许多《点石斋画报》，里面有不少寓意颇深，拿来就可以用。

邵琉锦吩咐伙计搬来两大捆邵琉锦收集的画报和这些年来陆续临摹的画稿。邱载慧展开临摹稿看了看，说：“这些《春郊放马》、《八旗武备》之类的，与世事无大关系，起不到警世喻人的作用，也缺乏趣味。”邵琉锦说：“没有关系，可用的留下，不可用的挑出去，不敷应用时，再从原稿里选，临摹还是快的。”

那几日，邱载慧与邵琉锦整日里在一起，虽然难有闲暇，但三言两语、一颦一笑都传递着无限的情丝爱缕。

一日，二人因选画发生争执。邱载慧选中《姻缘美满》，说：“锦儿，你看这幅，明装艳服，花轿骏马，十分的喜庆热烈，正展示四德里拆建是为民造福。”邵琉锦抿着嘴笑了笑，说：“意思尚可，但画不可用，你看，这幅画的中央，悬有一个‘元济当’的幌子，无论新郎新娘哪个被送进当铺，都是鸳鸯离分的结局，哪里还有什么福分？你要选温馨美满的，不如用《萍水良缘》。”说着，邵琉锦翻拣出一幅碧波渔舟的图画，并一本正经地说：“这上面或许还有你的画像。”

邱载慧十分好奇，仔细看过两遍，又走到窗前，对着阳光端详起来，心想：画上两女一男，自然是指男的像我，可是……瓜皮小帽，补丁马甲，俨然一介匠人呀。邱载慧正详索其解，突然听见“咯咯”的笑声，转过身去，见邵琉锦双手捂嘴，笑得身子微微颤动。邱载慧知道自己上当，放下图画，跑了过去，胳肢起邵琉锦来。邵琉锦被胳肢不过，笑倒在邱载慧怀里，连连求饶：“饶了锦儿，锦儿再不敢了。”邱载慧说：“饶你可以，你要先说个究竟。”邵琉锦语不连音地说：“不用锦儿说什么究竟……”邱载慧又轻轻地胳肢两下，说：“叫你再啰嗦……”邵琉锦说：“真不是锦儿啰嗦，只要读过题文就一目了然了。”邱载慧松开邵琉锦，重新拿起图画逐行看来，不觉念出了声：“有木工赵某，年才十六七，因失业无依，欲归故里，行经是处，仓皇迷路……”邱载慧看罢高呼“可恨”，说：“你可晓得，我是美利坚宾州大学的留学生，居然被你贬为一介木匠，失业无依，还仓皇迷路……看我怎么收拾你。”邵琉锦笑不可支，眼眶里闪动着泪光，娇喘吁吁地蜷缩在太师椅上，眼珠追随着邱载慧，时刻防备他的来袭。邱载慧转到太师椅后。邵琉锦也仰起头，把一双媚眼盯紧了邱载慧。二目相接的那一瞬间，邱载慧被嬉笑开启的心田泛起一股热流，他伸出手，从颈后捧起她的两腮，轻柔地问："木匠的手可是厚茧嶙峋，锦儿不怕？"邵琉锦凝视着他那越来越近的眼珠，呢喃道："锦儿喜欢。"

数日之后，新闸桥北堍的苏州河边，竖立起一座画廊，上面的图画从风格、手法和内容看，是临摹《点石斋画报》所得，只是画幅放大了许多，驻足观看，清晰入目。其《前言》有云："《点石斋画报》是光复前世事之写照，心态之发挥，虽数十载已去，然时过而境不迁，习画之余，尽心临摹，选其妙者，以飨大众。"画中内容荟萃中西，有光怪陆离的，如《鱼身人首》、《飞鸟牵人》；有言说道义的，如《孝妇苦衷》、《镜圆结发》；有奇闻异趣的，如《轮车赛会》，《西女蹴踘》；有警惕不仁的，如《花油造孽》、《坍屋伤人》。

图画展出后，观看的人络绎不绝，四德里的住户、商家们稍有闲暇，就聚集在图画前指手画脚，说东道西，特别是《坍屋伤人》，因为就发生在距此不远的缫丝厂，稍有年纪的人，依稀还能记得，自然成了话题的重心。这样一来，租户人心动摇，几乎天天有搬走的。

画展人气正旺，又有海报告知："周日中午，名票钟奇发、蒲天枢、林碧珠偕托尼、安妮等在小世界游乐场演出京昆越剧及西洋歌舞，凭画廊所发入场券免费观赏。"钟奇发、蒲天枢小有名气不说，更有女角和洋人联袂，以致发票当时，画廊险些遭倾覆之灾。

演出当日，日头远未当头，四德里已是人去楼空，底层商家也纷纷关门歇业。数日来没有动静，张有财未免有些懈怠，心想："不过半日工夫，谅他工务局也施展不出什么招数。"于是也率众而去。

在苏州河对岸观察的陈道堤见时机已到，率领队伍呼啸而来，他们就地取材，将画廊的竹篙拆下，仅仅不到两个时辰，密密匝匝的脚手架已经搭设到第三层。

那边的演出由姜立颖担任串场的主持，张有财觉得有些面熟，但想不起来何时何地见过。演出压轴戏是钟奇发和蒲天枢的《平贵别窑》，钟奇发扮演的薛平贵插科打诨，来了一句："三姐纵是经不得寒窑之苦，万不可到四德里去避风寒呀——不晓得啥辰光就被台风吹倒了！"看到这里，张有财不敢迟疑，即刻率队赶回四德里。

眼看大功告成，沈晓花和陈道堤在河边树阴下歇凉，被突兀的一声“给我拆”吓了一跳。沈晓花转眼看去，张有财正带领手下一干人涌向脚手架。沈晓花心想：“这脚手架一旦被拆除，我们颜面扫地不说，工务局这块招牌必将蒙尘。”于是大吼一声：“站住！”

张有财回头一看，见是女流一个，把手一挥，率队再度攀缘。沈晓花疾步赶了过去，飞起一脚，迎面将张有财头上的毡帽踢落在地，趁众人惊讶之间，沈晓花把脚手架权当了体操器械，连续几个眼花缭乱的翻身上杠，转眼间已经站到了三层之上。

一个娇小的女子三跳两跃，到了两丈开外的楼上，岂能没有飞檐走壁的功夫？张有财心怀恐惧，连忙把自己手下的兄弟吆喝到一起，惊魂不定地仰望上空，生怕她纵身而下，再给他们什么苦头。沈晓花见下面人众再不敢蠢动，于是居高临下，再次申明了一番大义，并声言要么回去向你们的老板转达，要么上来与姑娘过上几招，试试身手。

狭路相逢勇者胜，虽则沈晓花这几个体操动作，连花拳绣腿也谈不上，但娇威并施，居然奏效。张有财只得吩咐手下就地看守，自己悻悻然去了。

当天夜晚台风过境，四德里有了脚手架的支撑幸免于难，但一处楼角坍塌下来，好在住在那里的住户看了《坍屋伤人》图画后，惶惶不可终日，早已搬到别处才免于遭难。

邵鸿运无奈，只得开工重建，事后热着脸跑到工务局去申领重建的补贴。沈晓花一本正经地说：“你逾期不拆不建，依规是要罚款的，看在邱处长的面子上两相抵偿就罢了，哪来的补贴！”

后来沈晓花向邱载慧说起此事，邱载慧苦笑道：“沈晓花，你可记好了，往后我和锦儿的事情有个三长两短的，托尼那边我也不说好话。”陈道堤从中调和说：“依照原先规定，晓花没有错，援引鼓励条款，网开一面也在理，哪天把张有财唤来，算个细账，扣除脚手架费用，剩余的补贴给了他，也算邱处长给的面子。”沈晓花立刻插嘴说：“道堤，那日我的出台费照扣不误，我不能白在脚手架上表演拳脚！”说罢自己也笑了。

“占断春光是此花”

四德里一役旗开得胜，其它危旧房产的业主迫于形势，也纷纷效法，一时间华界建筑大有耳目一新之势。局长沈怡为他们请下一笔奖金，虽然沈怡都说羞于出手，毕竟有奖掖之意，大家还是十分珍惜。几经讨论，觉得举办一次庆贺 party 最好，但盘算过用度后，又觉资金太过捉襟见肘。沈晓花最喜热闹，当然不愿放弃，说自己去找姜亨飞商议，借他的姜家花园，可以省去一大笔费用。

姜亨飞听了沈晓花的请求，喜出望外，说：“快把你们的奖金拿回去，一应事体包在姜伯伯身上。”沈晓花说：“那可不行，我们长官说了，一切开销我们自掏腰包。”说着，拿出一百元来放在茶几上。

说到 party 的女主人，姜亨飞说：“现成的人选就在眼前。”沈晓花涨红了脸说：“不可，不可，邱载慧是何等人才，除了伯伯家的杏姑娘谁敢同他匹配。”此话说到姜亨飞心里，便说：“也好，就让杏儿滥竽充数吧。”

沈晓花满心欢喜地告诉了姜立颖，没有想到姜立颖提不起兴致，说：“爹爹笃定要邀请政界要人，业内大佬，如再约上一支菲人 big-band，实在是一个 ball 了。那些脑满肠肥的暴发户们，猜拳行令吆三喝四不说，再附庸风雅，请我这个女主人跳上一曲，不仅糟蹋我一双鞋子，我还得调动瑜伽之功，凝神屏气，避其令人恶心的酒气。”

“缺德鬼，真会糟践人……”沈晓花笑得无法再说，接过阿珍递过来的毛巾，抹了抹眼角，才继续说，“因有庆贺之意，姜伯伯这样安排也有道理，好在上海时兴的是洋泾浜，你们家花园够大，把 ball 放在那里，我们则偏安客厅，自娱自乐。”

姜立颖说：“就你鬼主意多。”沈晓花说：“既然你这么奉承我，我再出一则不算鬼的主意。”姜立颖见沈晓花笑而不语，说：“不用卖关子，有话则说。”沈晓花叫道：“哎哟，有话则说，无话则滚，太不够朋友了吧。”姜立颖也笑了，说：“我知道你也没有什么正经的了，还是先说说夹 band 吧，这可是 party 的灵魂呢。”沈晓花说：“你真是多此一虑，这乐队是现成的，托尼的贝斯，立聪大哥的吉他，叶菲姆的鼓，我们长官的小号兼萨克斯风，不过还缺一位钢琴手，总不能烦劳你这个女主人吧。”

二人想了想，沈晓花说：“把建业请来呀，如此组合在当今的上海滩恐怕也是独一无二的了。”姜立颖摇头说：“建业把现今流行的歌舞曲概称之‘绞死猫叫’，说是‘歇斯底里诱发剂’，他才请不动呢。”沈晓花慨叹道：“这也许就是你始终不能将就他的原因。”姜立颖未置是否，把话题转到曲目上说：“曲目不限，华尔兹、勃鲁斯、伦巴、探戈总是要有的，像《In the lamplight》（《在街灯下》）、《When the dawn comes》（《当黎明到来》）就不错。”沈晓花说：“那是自然，另外，一定要加上 Louis Armstrong 的《When The Saints Go March in》（《当圣徒来临》），那是一首 swing（摇摆舞曲），热火到了极点，真的。”姜立颖面带微笑并不言语，沈晓花自己沉不住气，傻傻一笑，说：“是在托尼朋友的一次 party 上见识的。”姜立颖伸出手指，戳了一下沈晓花的额头说：“又在背地里吃独食！”

不出姜立颖所料，当邵琉锦、顾阿娇兴致勃勃地把 party 的请柬拿给邵建业看时，他随便一瞟，说：“何苦去听那些绞死猫叫。”随即告诫顾阿娇说：“那地方不比高桥海滩，穿双蒲草鞋也是取乐，莫自讨没趣！”

邵鸿运瞪了一眼儿子，说：“有什么自讨没趣的，没有我们四德里带个头，有他工务局的功吗？”邵建业差点没有笑出声来，觉得爹爹太自不量力，不过没有直说，而是望着别处，不阴不阳地自言自语道：“敬酒不吃吃罚酒呀。”邵鸿运并不发火，不紧不慢地说：“敬酒是酒，罚酒也是酒，你们尽管喝去。建业，回头你带着锦儿和阿娇去荣昌祥，各人定制两身行头，料子、式样已经和老师傅谈好了，连夜赶工还来得及。听说那姜亨飞请了政界要人，业内大佬，说不定顾竹轩顾老板也去，他也算是你岳父，你和阿娇的礼数一定要尽到了，让姜家看看我们邵家也是有根有底的。”

父亲的话触到儿子痛处，邵建业耸耸肩，假装苦笑地说：“儿子才疏学浅，不晓得对岳丈应该是何样的礼数，不如爹爹自己去尽吧。”邵鸿运听了这话把脸气了个煞白，跌坐在椅子上，一时说不出话来。

顾阿娇眼泪汪汪地看看这位又看看那位，她是太想去了。她在家乡见过请人的帖子，红纸上写着稀疏的几个黑字，散发着淡淡的墨臭味。长辈们总是把它放在八仙桌正中靠墙的地方，并告诫小人不许乱动。阿娇和小伙伴们常常把它们偷出来，在红纸上沾点吐沫或水，涂在指甲上，腮上。现在这张请柬是淡淡的粉红色，纸边齐齐的，硬硬的，可以扇风。字是金黄色的，不仅没有臭味，还有那么点清香。最令阿娇激动的，是字行里有顾阿娇三个字。顾阿娇想象不出这张请柬会带来什么样的热闹，但一定不会比野营少。自从来到上海，顾阿娇从来没有像野营那几日开心，她可以毫无顾忌地说笑，完全不必在话音出口前刻意选词择字，免得带出家乡的口音，遭人白眼。

邵琉锦觉得爹爹和哥哥把事情看得太严肃了，party 就是开心，就是随意，于是说：“我与蒲家琴儿已经商量好了，就穿《第十二夜》的戏装，她扮她的奥利维亚，我扮我的薇奥拉，还有公爵奥西诺，我们想请哥哥扮演。”邵建业打断妹妹的话说：“你们勿要打我的主意，我还没有答应去呢。”邵琉锦急忙说：“那好，我们就请阿娇女扮男装了，走，阿娇到我房里试装去。”邵鸿运把邵琉锦和顾阿娇喝住，“回来，穿戏装成什么体统！”邵琉锦嬉笑着说：“爹爹真想花钱，就去绿屋夫人给我和阿娇做两件旗袍，杏姐姐一次就定做了三件呢，翠绿的、殷红的还有杏黄的，件件都那么好看——对了，哥哥也该去亨生定做两套西服才好。”

邵鸿运晓得女儿与邱载慧已结情缘，就依了女儿，只把眼睛恨恨地瞪了瞪邵建业。

想到装扮穿戴的麻烦，party 当日过午，邵琉锦、顾阿娇和蒲瑶琴已经来到姜家花园，她们是坐阿鱼的羊角车来的，还带有两个大大的包袱。门房隔着铁栅栏对她们说，这里是姜公馆，老爷新开的缫丝厂在苏州河里厢，并指着阿鱼说：“你这个小赤佬晓得的呀，把妹妹们带这里来做什么?”

蒲瑶琴把四张请柬送过去，门房仔细看过，心里有些拿不准，传进话去请示。一会儿李菁来到门口，拿过请柬随便看过，对门房说：“放她们进来吧。”李菁有广东口音，顾阿娇听不大明白，隔着栅栏对李菁说：“这位姐姐，立聪哥哥和杏姐姐与我们都是熟人，立聪哥哥说这里阿伯阿妈爱吃我们家乡的‘安乐菜’，阿娇今日也带来了。”李菁不待顾阿娇把话说完，将请柬扔给门房，转身去了。

门房打开栅栏，笑眯眯地说：“蒲小姐请进，邵小姐请进，顾小姐请进。”待阿鱼推车欲进时，门房提下车上的包袱，把车拦在栅栏外，说：“羊角车勿要进来了。”蒲瑶琴哭笑不得，指了指门房手中写有杨阿鱼的请柬，又指了指阿鱼。门房的目光从请柬到阿鱼来回看过，说：“侬的化妆老好猗。”又把栅栏开大，让阿鱼推车进来。

因为停电耽误了时间，姜立颖在丽人美容院刚把头发做完，没等勾眉涂腮，就招呼阿珍备车回姜家花园。车沿熙福路行至亚尔培路口正要左转，迎面来了两辆黄包车，姜立颖眼尖，看出头一辆坐的是钟奇发，忙要司机转弯后停车，自己下车去迎候。黄包车还没有到跟前，姜立颖已经笑不成声，原来二人均是短打扮：林碧珠紫花滚亮蓝边裤褂，脚下是翠绿锦花绣鞋；钟奇发则是对襟月白衫配绛紫灯笼裤，以皂面白底布鞋垫底，俨然一对江湖艺人。姜立颖要阿珍坐黄包车回去，把钟奇发和林碧珠接上车来。

林碧珠上车后连声埋怨钟奇发，“都是他的馊主意，这成戏班子赶场了，哪里是参加 party 呀。”姜立颖说：“这样更有趣，听说锦儿她们穿的也是正儿八经的戏装呢。”钟奇发回头笑道：“杏姑娘没在北平白待，京片子倍儿溜!”

说话间车到姜家花园，姜立颖领着二人来到客厅，见叶菲姆正往墙壁上张挂壁饰，阿鱼扶持着木梯，安妮则站在远处，左高右低地把握位置。叶菲姆见是姜立颖，朝下喊道：“托尼有事去了，邵先生没有到，连邱也不见踪影，今晚的 band 怕是夹不成了。”姜立颖问安妮道：“托尼做什么去了?”安妮笑了笑，悄声说：“一早晓花姐姐就把哥哥叫走了。”姜立颖双臂上举，扭摆了一下身子说：“放心，他们练习 swing

去了。”

顾阿娇正与邵琉锦、蒲瑶琴在楼上小客厅换服装，听见楼下人声，急忙跑了下来，请林碧珠为自己化妆。钟奇发一脸正经地说：“千万莫找你林姐姐。”林碧珠虎了他一眼，说：“胡说什么，你！”此情此景，顾阿娇想到邵建业所说自讨没趣的话，顿然满面绯红，不知所措。姜立颖明白钟奇发不过是笑话——林碧珠在医院曾为尸体做过整容，于是连忙接过话说：“钟先生是说碧珠姐擅长男装，怕误了我们几个俏佳人，阿娇今晚不是女扮男装吗？正巧是林姐姐的拿手呢。”

姜立聪为联络爹爹所请宾客，直到日头偏西才回到姜家花园，见爹爹公司主管仲伯通正招呼员工从汽车上往下卸带有双喜字花饰的绶带，就过去问道：“今晚的 party 还用这些东西？”仲伯通含糊应了一声就走了。

姜立聪在爹爹的公司向来以厚道亲和著称，员工有什么难事，常找少东家分解。主管仲伯通离开后，几个员工尾随着姜立聪，说了今晚老东家安排了一段情节：在杏小姐和邱先生出场时，将带有双喜字花饰的绶带给他们披上，同时音乐奏响结婚进行曲，仲主管特别嘱咐此事不可泄漏，可难的是东家小姐、局里先生穿戴怎样，长相如何大家都不清楚，临时手忙脚乱，张冠李戴了，可不是闹着玩的！——员工把这些一一讲述给了少东家，像往常那样，想求个妥帖的办法。

姜立聪晓得父亲是想用这么一个噱头来暗示工务局处长已是姜家乘龙快婿，于是吩咐员工不要轻举妄动，自己直奔大书房而去，听见里面人多语杂，只好折返到母亲房里。

李晴钊听了儿子的诉说后，浅浅一笑说：“party 上弄点小玩意，不算什么。”姜立聪情急地说：“怎么不算什么？邵家锦儿也在，人家会作何感想？”

坐在一旁的李菁轻描淡写地说：“没有三媒六证，谁追谁都不为过。”姜立聪反驳道：“谁追谁也要讲究 fairness（公平）呀，我得找爹爹去，好端端的 party，决计弄得丢人现眼不成。”李菁把姜立聪喊住数落道：“不是我当着姑姑的面说你，你就是太死心眼，你没有看见，羊角车车夫、咖啡厅 boy，还有卖唱的，三教九流应有尽有了，还有什么可丢人现眼的了?!”

姜立聪无话，回到自己房间里，独自生了一阵子闷气，觉得应该知会妹妹一声。在去妹妹房间路过小客厅时，里面传出笑语欢声，原来是邱载慧和钟奇发正在品评穿戏装的姑娘们。

“立聪哥哥，快来评评我。”顾阿娇眼尖，望见姜立聪路过，欢喜连天地叫道。

“你来得正好，我与钟大哥分别给了锦儿和琴儿评语，此刻该轮到你了。”邱载慧站到姜立聪身后，将他向顾阿娇推了一步。

“立聪，载慧兄弟吟了一首诗送给锦姑娘，我老钟自然是以戏文相赠琴小姐，你最是学究，总不能随便用两句白话吧。”钟奇发一唱三吟地说。

因为心里有事，姜立聪有些心不在焉，说：“你们可不可以把评语透露一些?”林碧珠立刻拦过话说：“不可，不可，必须是发自内心才有趣，立聪兄弟，你看看阿娇这头金黄色的披肩鬈发，是我用火钳所做，并以黄芩汁液染就，我的大拇指还被烫出一个泡呢。”

就着林碧珠的话，姜立聪仔细端详起阿娇来，只见她海蓝色华服裹身，长靴落地，一条金线银丝编织的腰带，勒出婀娜的身材，英武不失娇媚，娇憨不却爱怜，本就粉白细嫩的脸越发娇艳，一双清澈的双眸，笑吟吟地望着自己。姜立聪顿觉心神摇弋，诗句不禁流吟而出：“千朵浓艳依树斜，一枝枝缀乱红霞。凭君莫厌临风看，占断春光是此花!”

“好个占断春光是此花!”邱载慧与钟奇发不约而同地拍手叫好。

“谁个占断春光是此花?我倒要见识见识这位花魁。”

随着一阵高跟鞋敲击地板的清脆声，姜立颖出现在小客厅门口，一头漆黑的云卷，是当下最时兴的发型；身着杏黄旗袍，以苏绣绝技之暗挑手法，绣以绽放杏花，虽色无二致，但花须珠蕊均清晰可见；脚下的一双纯白滚金高跟鞋，使得姜立颖越发颀长可人亭亭玉立。顾阿娇跑过去，挽住姜立颖的胳臂说：“和杏姐姐比，阿娇丑死了，可当不起立聪哥哥的诗文。”

邱载慧说：“不要紧的，我们中国什么都缺，唯独诗文不缺，‘粉薄红轻掩敛羞，花中占断得风流。’把这一句送给你杏姐姐如何?”

蒲瑶琴此时站出来抗议道：“我们人人都被他们男士品评过了，不兴我们也评评他们。”姜立颖立刻说：“你小哥不说中国唯独不缺诗文吗？我们也回敬他一首，‘蠹树高枝茁茁稠，嫩苞开破雪搓球，梨花本是末路神，散入长安卖酒楼。’”大家开始尚有不解，待上下打量邱载慧后，皆开心大笑。原来邱载慧穿了一身凡力丁西服，结紫红领结，脚下是一双白色滚边香槟鞋，粉面白衣，俨然一支梨花。邱载慧涨红了脸说：“金人张健的《咏梨花》就没有‘末路神’一词，杏姑娘纯系杜撰。”钟奇发说：“杜撰不杜撰怕什么，你白白进了卖酒楼，怎么也是便宜你了。”邵琉锦和蒲瑶琴听后，相扶着笑弯了腰。钟奇发站到邱载慧身边说：“我还真羡慕你这身行头，咱俩身量差不多，一会儿换换，我好陪你林妹妹跳两曲。”邵琉锦忙说：“那碧珠姐也得穿上杏姐姐这身旗袍，要不都以为钟大哥拐带民女了。”

此时，叶菲姆风风火火地跑来说：“到现在托尼和邵建业还没有露面，今晚的乐队怎么办？”姜立颖说：“建业不会来了，我刚才已经和道堤说好，由他充任钢琴手。”邱载慧跌足道：“没有贝司也不成乐呀！”

大家正在着急，门房来报，有一位日本人纹藏要见。邱载慧和姜立颖来到花园。纹藏毕恭毕敬地递上一封信，说是沈晓花嘱托送上的。

> 长官暨立颖：我带托尼去苏州了，去为爱情一搏——我已经告诉父母，今生非托尼不嫁！（托尼此前已表白：今生非沈晓花不娶！）如若父母不允，我们（我和托尼）将私奔异乡。
>
> 十分向往我们的 party！我特别举荐纹藏代替托尼，他是东京大学的第一贝司手，会像托尼一样给大家愉快。我和托尼亲吻大家。

邱载慧看后自嘲道：“我这个媒人还没有开始例行公事，他们已经私定终身了。”

来了纹藏，叶菲姆兴高采烈，立刻召集大家去合乐。姜立聪悄悄对叶菲姆说：“你们先合着，我跟载慧有点事情。”

姜立聪拉着邱载慧来到自己房间，把爹爹的打算叙述了一遍，并说：“我本想知会给杏儿，怕她担不了事，全是我家的错，委屈你担待周旋了。”邱载慧觉得十分棘手，若是应承下来，肯定为花边新闻凑数，锦儿那边更是有口难辩。当场解释，不仅画蛇添足，也驳了姜家面子。姜立聪见他面露难色，忙说："要不我向爹爹挑明去，只怕已经来不及了。"邱载慧淡然一笑，拍拍姜立聪的肩膀说："到时候再说吧，相信兄弟们的机灵。"

华灯怒放，来宾陆续光临，在花园里寒暄品茗。海关钟声传来八击，姜亨飞出现在门廊下。

"承蒙各位垂爱，莅临邱载慧先生与姜立颖小姐的晚会。载慧与小女立颖暨诸同志同仁，在四德里的拆除重建中，智勇双全，寻机而作，为我上海特别市之建设大业开创了崭新的局面。亨飞以家长暨同业公会筹备会主席之名义，请出晚会男女主人与各位见面。"

随着乐声，着杏黄旗袍与白色西服的一双男女，并肩款款走出。大家正在奇怪伴奏音乐为何是《结婚进行曲》时，突然出来两男两女，两两各挑有一袭大红绣花双喜字绶带，不由分说地披在男女主人身上；与此同时，一辆花车，推出一只硕大的蛋糕，上面镶嵌着用红樱桃组成的双喜字。懵懂了片刻的人们突然明白，今日 party 的主题，是介绍乘龙快婿，于是欢呼声起，议论纷纷：有别开生面之说，有不伦不类之评，有独出心裁之赞，也有哗众取宠之讥……

姜立聪的房间与小客厅分左右凸出门廊之外，从窗口望下去，门廊的动静一览无余。正在窗口观望的姜立聪见到这一幕，连忙转过身去不敢再看，他不知道邱载慧拿什么样的机灵来应对。

邵琉锦、蒲瑶琴和顾阿娇本在小客厅排练她们的出场式，听到异样的乐曲，蒲瑶琴和顾阿娇都挤到窗口去看热闹。

"阿娇，过来，你的那两句词还没有记住呢！"邵琉锦呵斥道，但当她看见转过身来的顾阿娇和蒲瑶琴同样惊慌的面孔时，她也跑向窗户，只见身披双喜大红绶带的杏姐姐和她的慧，正向满花园的宾客打躬致谢——邵琉锦顿时觉得天旋地转，眼前黑蒙蒙一片，浑身软绵绵地从蒲瑶琴和顾阿娇的臂膀中溜坐到地毯上。

听到顾阿娇闷声尖叫的姜立聪，急忙来到小客厅，帮着把邵琉锦扶到沙发上，要她们看护好，自己立刻去找林碧珠。正在这时，林碧珠已经站在小客厅门口，但大家瞬即就惊呆了：身着紫花滚边亮蓝裤褂的竟是姜立颖，脚下那双翠绿绣花鞋尤为显眼。不等大家询问，姜立颖忙对哥哥说：“快去把载慧叫来，他正在客厅与叶菲姆他们合乐呢。”

邱载慧到来时，见他也是一身短打扮，大家才恍然大悟——原来他们与钟奇发、林碧珠调换了穿戴，躲过了尴尬。大家忍住笑，把邱载慧让到沙发旁。

“锦儿，锦儿，是我，载慧。”邱载慧握住邵琉锦的手，轻声唤道。

邵琉锦稍稍撑开眼皮，很快又合上了。邱载慧示意姜立颖站到自己身边，再次唤道：“锦儿，杏姐姐看你来了。”邵琉锦没有再睁开眼睛，只是眼皮蠕动了几下，滚出一串泪珠……

则见这红鸾娇娃，倾城倾国，那答儿心房辍，把相思蹉跎。只仗着两情和，飞过了红墙了得，到头来鸾落尘怀做……

小客厅里寂静无声，窗外传来钟奇发、林碧珠演唱的昆曲，悠扬婉转，如空山莺鸣，声声入耳……

邵琉锦睁开双目，凝神停了片刻，突然站起身来走到窗前，往下望去，只见钟奇发和林碧珠身披双喜绶带，在那里表演。她回身看了邱载慧一眼，双手捂脸，扑在姜立颖胸前，低声嗫嚅着：“都是锦儿不好——”姜立颖长长地嘘了一口气说：“真难为钟大哥和碧珠姐了。”

在 party 上看到时装《红鸾喜》，而且二位现代学府出身的学生把昆曲唱得如此字正腔圆，宾客们无不觉得新奇。谢场后，记者们纷纷前去采访。钟奇发意外得喜，侃侃而谈，并对林碧珠累做亲昵之态，倒把林碧珠羞得红晕满面。爱热闹的宾客簇拥着男女主人来到客厅，大家热情不减，轮番求舞，钟奇发与林碧珠先是过瘾，再是兴奋，到头来是精疲力竭，直到《第十二夜》的丽人登场，二人才得以喘息。

第一个出场的是女扮男装的顾阿娇，由于容貌靓丽，刚露面就得了个碰头好，激动之中，顾阿娇忘记了为她安排的台词：音乐若即是爱情的粮食，那么就演奏下去吧。这本是剧中公爵奥西诺的第一句台词，为的是指示乐队转入轻快的《波利斯舞曲》，以便随后上场的奥利维亚和薇奥拉翩然起舞。

顾阿娇一时哑了口，慌乱之间，即兴发挥起来："小究子们，我公爵大人五更头子就起来等你们，上了灯了你还不来，身子咋这重呀?"这几句乡土气十足的开场白虽然引起一阵哄笑，但宾客们都以为是刻意安排，加之莎士比亚笔下的精灵们个个俏丽动人，宾客们蜂拥而上，争先恐后地与她们翩翩起舞。顾阿娇的舞技还适应不了《波利斯舞曲》的快节奏，步履难免乱了方寸，很快成了孤家寡人。

今晚心里最觉遏塞的一个人，是姜立聪的未婚妻李菁。——没有当上 party 的女主人本就气不顺，party 的风头还让两个卖唱的抢了去，此刻几个小妮子又成了舞厅的宠儿，自己反倒被冷落了。

姜立聪看出了李菁的情绪，放下吉他，来到李菁身边，准备陪她跳上一曲。也是注定顾阿娇要触霉头，她见姜立聪走下乐台，抢先一步，拉住姜立聪的手说："立聪哥哥，教教阿娇吧。"

李菁此时真是忍无可忍，上前一步，把顾阿娇拉着姜立聪的手狠狠地摔开，然后一字一句地说："我家立聪没有你这个乡下佬的妹子!"

这声叱喝把满客厅的宾客震了个目瞪口呆。李菁用鄙夷的眼光将顾阿娇上下打量了一番，挽起姜立聪的胳膊转身走上楼去，高跟鞋底撞击踏步，发出爆竹般清脆的声响。

顾阿娇被李菁一股脑儿喷发出来的怒气吓呆了，她无助地环顾四周——宾客的双目无不凝视着自己，如同向自己投来的闪电，接踵而来是阵阵霹雳声：乡下佬、乡下佬、乡下佬……

顾阿娇渐渐觉得眼前旋转起万花筒似的五色图案，越旋转越快，脚底如踏棉团，身体随时会翻滚在地……

"不能丢这个丑，不能!"

阿娇手捂脸面，紧咬牙关，踉踉跄跄跑出了客厅……

假家虚纹

第二日天亮，顾阿娇还没有回到邵家。等了一夜的邵建业准备去报馆登寻人启事。邵鸿运拦阻说："勿要去，这事万不可张扬！"邵妈妈神色恐慌地跟着说："顾老板晓得了会不依不饶的。"

第三日中午，邵建业回到家里，一进门就大声呼喊"锦儿"。邵琉锦闻声从邵妈妈房里出来。邵建业把一份报纸扔在天井的石桌上，愤愤地上楼去了。

邵琉锦忐忑不安地盯着那份报纸，过了好一阵才小心翼翼地拿起来，又诚惶诚恐地展开。

是一份当天出版的小报《金刚钻》，通版是"领带大王周年纪念大减价"、"华佗再世包治肾病阳痿"的广告；翻过来，一幅照片赫然入目：一对身披双喜绶带的男女，衣着与party上邱载慧、姜立颖穿着的一模一样，细看面孔有些模糊不清。照片配文的标题是"新贵结缘，乡女轻生"。

邵琉锦虽已亲临其境，此刻草草过目，许多段落词语依然有钻心之痛："地产大佬姜亨飞隆重介绍乘龙快婿"、"官场新贵与富家千金喜结良缘"、"留洋奇人配名校才女，天造地设"、"天仙容颜，昆乱不挡，才艺非凡"……当她看到"旧欢不忿新贵始乱终弃，当场搅局被逐，据悉已轻生，哀哉，痛也"时，完全不能自持，站在天井里痛哭起来。

"哭吧，泪水是心灵的清洁剂！"

哥哥的话出于热烈激励，妹妹听来则觉得凉风飕飕——邵琉锦以报纸掩面，跑回自己房里。这一幕正好被刚进门的邵鸿运看见。

"锦儿，这是怎么了？"邵鸿运关好大门问道。

邵琉锦没有回答。邵鸿运朝楼上喊道："建业，你给我下来。"喊罢，气呼呼地坐在石凳上，见满桌子树叶，拿起蒲扇一边扫荡一边抱怨：“人都死哪里去了，满院子快没有下脚的地方了。”

“阿爸忘记了，”邵建业站在楼梯口说，“阿娇被你打发走了，哪个来收拾院子？”

“你在说什么？”邵鸿运紧盯住儿子问，“阿娇怎么是我打发走的？”

邵建业斜倚在楼梯扶栏上，用漫不经心的语气说：“我早就说过，不要阿娇去自讨没趣，可你老人家热心肠呀，又是定行头，又是讲礼仪的，只差没有手牵手地送她去姜家花园。”

邵鸿运被儿子的话噎得上气不接下气。邵琉锦气不过，开门出来对邵建业说：“哥，你太过分了。”

邵建业在鼻腔里哼了一声说，“我连去都不敢去，我有什么过分之处？”

“这些全是八卦，胡说，”邵琉锦恨恨地朝邵建业举起报纸说，“party上除了李菁说了句‘乡下佬’，没有人对阿娇不好，立聪哥哥还夸赞阿娇‘占断春光是此花’呢！”

邵建业听后浑身颤抖了一下，暗自咬了咬嘴唇说：“锦儿，你太让哥失望了，那是真心的夸赞吗？不，那是欢笑场上公子哥对交际花的狎戏！”说罢，径直转身上楼。

“阿爸你看，”邵琉锦向父亲求援说，“我哥太不讲道理了。”

“建业，你下来。”邵鸿运威严地说。

“建业，你听到没有，”儿子不听，老子反倒放缓语气说，“我不再怪你没有去，那天你即便去了，也没有大用，姜亨飞太老奸巨猾了，你下来，我们一起听听锦儿说说那天的事情，我们不能眼看着吃亏呀。”

邵建业转身往楼下走了几步，在半截楼梯处坐下，有气无力地说：“有什么请讲。”

姜立颖一连几天，正襟危坐在小客厅里，等着邵家的电话——邵建业说一旦有消息，会马上告诉她。

这天姜立颖正坐在那里胡思乱想，沈晓花和托尼来了，没有等问，沈晓花就告诉她：父母顺水推舟，许了自己和托尼的婚事。姜立颖惊讶不已，说：“载慧说他那个媒人还没有履职，你们已经私定终身了。”沈晓花、托尼同时红了脸。

三人再顾不得说笑，话题马上转到顾阿娇身上。姜立颖没有说两句，沈晓花“呀”的惊呼起来：“阿娇那么漂亮，又穿得珠光宝气的，莫不是遭人背了娘舅。”

此话一出，姜立颖惊出一身冷汗，说：“我们怎么没有想到呢。”接着立刻打电话告诉邱载慧，但始终没有接通。

姜立颖打电话时，托尼问沈晓花，“背娘舅”是什么意思？沈晓花低声说：“就是半夜拦路打劫。”托尼听后忙说：“赶紧到工部局报案呀！”姜立颖想了想说：“也是，事不宜迟。”

三人乘车出门，见邱载慧踏着自行车迎面而来。沈晓花从车窗伸出头来说明准备去工部局报案。邱载慧忙摆手说：“不好，我们报案无名，应该先去邵家说明情况。”说罢，将自行车放在路边，对托尼说：“劳你送晓花去工务局，这些天局里事情特别的多，道堤一人不堪应付。”

邱载慧、姜立颖乘车到了邵家所在弄堂口，见林阿贵拖着黄包车往外走。姜立颖唤了一声“阿贵”。林阿贵笑嘻嘻地迎上来说：“真巧，大先生、小先生还有锦小姐都在家。”姜立颖说：“好的，你忙去吧。”

“大先生、小先生……”邱载慧疑惑地自语道。

“大先生就是邵伯伯，小先生自然是建业了，至于锦小姐就不用我解释了吧。”姜立颖笑着说。

两人走到门前，邱载慧刚要举手敲门，又犹豫了。

“人家不会不见吧？”

“难说。”

“既来之则安之。”说着，邱载慧叩响了门环。果真迟迟无人应声。

邱载慧再要举手，姜立颖说：“等等，怕是建业不愿见我们，敲也没有用，自讨没趣，刚才阿贵没有说邵伯母在，一定是出门了，我们先等在这里，邵伯母敲门，他不敢不开吧。”

邱载慧放下手，叹息道：“依你的，我们就程门立雪吧。”

院里，邵琉锦叙说了当日发生的一切后，不住地把目光投向邵建业，她不在意阿爸说什么，她在意哥哥的看法想法——邵琉锦感觉到，自己讲述时，哥哥虽然没有像往常那样，问这问那，而是望着越过墙头的树梢，一动不动，这正表明哥哥是在细心品评着流入心田的字字句句。

邵建业一直闭口不开。邵鸿运急不可耐，又无法撬开儿子的嘴巴，悻悻然回房去了。

“哥，锦儿晓得哥最心疼锦儿，”邵琉锦幽幽地说，“可……哥总得给锦儿指一条路呀，哥。”

邵建业不能不动情了——兄妹幼小的时候，父母为生计奔波终日，无暇照看儿女，哥哥自然成了妹妹的保护神，在当时居住的棚户区里，哥哥常为卫护身子孱弱的妹妹吃尽苦头，离开棚户搬进石库门，兄妹二人也是手携手一路长大的。

邵建业刚要启齿，眼圈不禁红了，稍稍顿了顿才说：

“锦儿，你结交的那些人也是哥的朋友，我们可以一起谈天说地，一起玩耍嬉戏。我一度以为——其实你也晓得，我对你杏姐姐一直心存爱慕，她的大方随和、她的不嗜骄奢也鼓励了哥，我以为我这个出自棚户的小江北佬，有朝一日也可以成为姜家花园的乘龙快婿……可是我错了，从阿娇出走的那一刻起。

“锦儿，看了你和你杏姐姐合作的《富哥拖车》后，我以为载慧极有可能走上普罗知识分子的道路——哥正试着在这条路上趔趄前行。载慧不同于纨绔子弟，他有足够的智慧，他不愿同流合污，他对世事极度敏锐，我们本可以同路……可是哥又错了，他从没有脱出学而优则仕的故例。”

此时，房里传来邵鸿运的声音：“建业，有人敲门，你去看看。”

“有人敲门吗?”邵建业问邵琉锦。

“没有注意。”邵琉锦回答时侧脸看了看大门。

“不去管它，”邵建业刚要接着说，可是被打断的思绪一时接不起来，于是问道，“我说到哪了?”

“哥说载慧没有脱出学而优则仕。”邵琉锦提示道。

“锦儿，哥说得太远了，还是回到姜家花园来，哥相信那天 party 上不乏纯真与至诚，可是彰显于世的，则正如《金刚钻》所报道的那样。那或许是八卦，哥甚至宁肯相信，载慧和你杏姐姐也不情愿看到，可是，如我们一般，他们也没有力量阻止。哥还说不清楚为什么，哥只能套用现今说法：他们上只角的人家，我们下只角的人家，我们与他们中间隔着一条没有桥的吴淞江！”

邱载慧、姜立颖站立良久也没有等来邵妈妈，邱载慧说：“这季节哪来的雪呀，还是敲吧。”姜立颖说：“不过，我们都得做好自取其辱的准备。”

“笃笃笃”，敲门声再度响起，邵鸿运走到廊下手指邵建业说：“你是聋子，还不看看去！”

邵建业起身打开一扇门，见是邱载慧和姜立颖，迈出一步，随手把门带上，朝他们浅浅一笑说：“很抱歉，家里来客了，二位等等，我拿样东西你们看。”

邵建业回身进门，拿起石桌上的《金刚钻》，迅即转身出门，把报纸递给邱载慧，做了个抱歉的手势，随即转身推门进去了。

“哪个？”邵鸿运问，“我看是载慧，还有姜家小姐……”

邵建业站在门里没有回答。

“是不是？”邵鸿运喊道，“你这又哑巴了，是不是呀？”

“阿爸自己心里在想是这个，是那个，并没有问我什么，要我怎么回答呀。”邵建业说话时并不离开大门，明显是在耽误时间。

“锦儿，”邵鸿运朝女儿说，“你出去看看，要是载慧或者杏小姐，你只管请人家进来，说阿爸有话要找他们说。”

邵建业开门出去时，邵琉锦已经看见邱载慧了，但不好贸然去见，后来哥哥的举止言行，使得她更难以挺身而出。此刻有了阿爸的吩咐，邵琉锦挪动了一下脚步，但在哥哥严肃目光逼视下，又望而却步了。

邵鸿运气不过，“噔噔噔”，三步并作两步走向大门。邵建业挡在那里，并没有离开的意思。

“走开！”邵鸿运朝儿子喝道。

“阿爸，你要做什么我管不了，”邵建业铁铮铮地说，“可是我不能眼睁睁看着锦儿步阿娇的后尘，成为又一个轻生的乡下女！”

“放屁！”邵鸿运大喝一声，随手给了儿子一记耳光。

邵鸿运是泥水匠出身，那是何等的手力，邵建业顿时口鼻流血。邵鸿运也不顾，随手把邵建业拽到一边，起手拉开两个门扇，洞开了大门。

门外是白花花的路，渺无一人。邵鸿运步出大门，朝弄堂口望去，看见邱载慧和姜立颖并肩而行，很快进了汽车。

邱载慧听见墙内的吵闹声，本想进去。姜立颖说不好，这样会让人家难堪的。二人只得先行告退。

在车上，邱载慧草草瞄了一眼《金刚钻》，随手给了姜立颖，说："我们也不能任其八卦，是不是应该采取点法律行动?"

"人家又没有点名道姓。"

"地产大佬姜亨飞——名姓齐全。"

姜立颖苦笑道："那不正是爹爹的本意吗? 要不是钟大哥、碧珠姐相助，勉强演变成一个小噱头，我真不晓得怎样面对世人呢。"

邱载慧自嘲道："我这个人向来是厚脸皮，不打紧。"姜立颖接着说："是呀，此刻打紧的是找到阿娇——这样吧，我去你那里，顺便把我哥也接去。"

姜立颖吩咐司机安和到土地局接上姜立聪，一起往工务局去，会同沈晓花、陈道堤商量如何寻找顾阿娇。商量来商量去，商量出两个办法：一是找马钟晓马叔叔，求他寻访；一是到顾阿娇的家乡去看看——大家认为她回家的可能性极大。

说办就办，邱载慧领命去找马钟晓。姜立聪则要去顾阿娇家乡。姜立颖说："哥去不合适，李菁正为阿娇的事与你生气呢，还是我去，我知道她家的地址，也比你们了解她来上海后的情况。"姜立聪说："这样也好，要安和开车随你同去，又便捷，又可靠。"

事不宜迟，姜立颖到南京路亨飞地产账房取了三百大洋后，直往江北小镇秦南仓。到了那里问起来，才知道顾阿娇的家距这里还有十余里路，只有马道，没有车路。安和说："小姐，还是回去吧，那边人生地不熟的，怕出什么岔子。"姜立颖干脆地说："不行，你雇辆马车去。"

安和雇来一辆马车，送姜立颖上了路，说："我在这里等小姐。"

姜立颖来到顾家，见到了顾阿娇的父母，说自己是阿娇在上海的小姐妹，路过此地顺便看看，还送上了一堆礼物。顾阿娇失明的母亲，把姜立颖的手握在手心，揉搓了许久，重复着一句问话，"阿娇还好吧?"

姜立颖忍着泪水，装出笑脸应答道："阿娇人漂亮，脾气秉性也好，我们小姐妹人人喜欢她呢。"临走时，姜立颖把三百元大洋塞给阿娇的母亲，说是阿娇特意要自己捎带回来的。

从顾阿娇家出来，一个年轻女子正和马车夫说话，等姜立颖走近，她笑呵呵地同姜立颖搭腔。姜立颖听不明白，经马车夫解释才知道，她说顾阿娇难得在家住，自小多住在邵家，若是回来，多半也住在那里，并愿意带她前去。

姜立颖喜出望外，觉得又有了希望，立刻邀她同行。马车沿来的路回去，在离秦南仓不远的路边停下。姜立颖和年轻女子下了马车，走上一条泥土小路，转过一片荷塘，看见缓坡上的一排瓦屋。走上缓坡回望来路，已经隐蔽在两旁茂密的荷叶之中，微风拂过，飘来阵阵淡雅的荷香和几声蛙鸣。

置身天成美景之中，姜立颖心想："毕生悠闲于此也是福分，何苦在纷繁嚣闹的上海滩苦苦挣扎，阿娇真的比我们聪明。"

希望很快破灭了，年轻女子唤来长年在此为邵家看屋的小厮，小厮说有两三个月没有从上海来人了。

回到秦南仓，天色已经朦胧，姜立颖注意来往行人车辆，没有发现阿娇的踪迹，心想："也许阿娇没有我们脚快。"于是对司机安和说："我要在这里住两夜。"

这秦南仓是古时囤粮重镇，也是兵家必争之地。当年多尔衮率清军南下，与镇守秦南仓的明军激战了七天七夜。清军死伤过千，明军及周边百姓也死伤无数，但所存粮草俱被守军焚毁，清军无一所得。据说多尔衮恼怒于此，才导致了"扬州十日嘉定三屠"的报复。

一天两夜，姜立颖几乎未眠，眼睛直勾勾地望着窗前那条白花花的大路，除了幻想出来的憧憧鬼影，就是几只失群的猫狗，竟没有见到一个人影。

马钟晓到苏州出公差，直到姜立颖回来的第二天，邱载慧才见上，此刻心情又比往日更加忐忑不安。

马钟晓没有带家眷，公所私所全在公安局。邱载慧和姜立聪来的时候，马钟晓正在廊下与下属下象棋，一手摇着蒲扇，一手高举棋子，每落一子，都伴随着一声呐喊和对棋盘重重的一击。邱载慧心里虽急，也没敢贸然打断马钟晓的兴头，直到围观的一位警员认出了邱载慧，悄悄知会了局长。

“哎呀，是慧儿，你叔叔被这个孽障兵临城下了，快来救援一把。”马钟晓大嗓高声地求起援来。见邱载慧面有难色，知道有事相告，于是顺手将棋盘一推说，“我有公事，没工夫陪你们了。”棋局对手不情愿地指着马钟晓说：“这么大的局长也跟我们要赖，人家好不容易才赢你一盘。”

来到马钟晓的办公兼卧室落座。马钟晓看了一眼姜立聪说：“你可是姜亨飞姜老板的大公子？”姜立聪起身回答后，马钟晓哈哈大笑，“你们兄弟两个一起来见马叔叔，是不是奉各自家长之命，来谢我这个大媒人来了？这就对了，慧儿，你说实话，如今世上你见过比杏姑娘强的姑娘吗？”邱载慧涨红着脸说：“我们都急死了，叔叔还打岔。”并要姜立聪赶紧禀告事情的原委。

马钟晓并不特别在意，对一个公安局长来说，这样的事情实在是司空见惯了。待姜立聪叙说完毕，马钟晓边摇蒲扇边说：“你们哥儿俩不必急成这样，那顾阿娇不兴赌气回老家了？”姜立聪忙说：“杏儿在秦南仓住了两夜，也没见阿娇的影子。”马钟晓此刻来了精神，说：“那秦南仓可是鬼推车的地方，载慧，看看杏姑娘的胆量，真有穆桂英、花木兰之风——行啦，你们先回去，有什么情况叔叔随时通知你们；工部局警务处那方面嘛，让你们洋人朋友也去知会一声，这些日子，你叔叔与他娘的有点顶牛。”

邱载慧们如坐针毡地又等了两天，马钟晓派警员将邱载慧、姜立聪唤到公安局。一见面，马钟晓铁青着脸说：“跟我去见一个人，没见面前，你们什么也别问我。”

汽车出了老城厢，沿西藏路，越过垃圾桥，一直往沪北驶去。越走房屋越稀疏，人烟越冷落，邱载慧与姜立聪的心揪得越紧。因为马钟晓有话在先，谁也不敢启齿。

西斜的太阳即将在地平线上消失，不远的路边一座牌楼在落日余晖里显得格外的突兀与刺目，姜立聪一下子屏住了呼吸，手不由自主地抓住了自己的衣服，此时他唯一的思绪，是汽车千万不要在牌楼处停下——他同父亲一起来过许多次，那是在清明谒灵的时节，每次来这里后，都会在噩梦里重复白日里凄凉与落寞的情景。

汽车没有在牌楼处停下，而是一个转弯，穿过牌楼，驶进栅栏，邱载慧看清了牌楼上四个斗大的字：广肇山庄。院子里已是夜幕笼罩，坟场那边茔火闪现，如同倒悬的苍穹；有阵阵晚风吹来，虽然是夏夜，却是那么的阴森寒冷。

“立聪，你怎么啦?”邱载慧握住姜立聪冰凉的手，惊恐地问。此时的姜立聪已经瘫在座位上。马钟晓摸了摸姜立聪的脉，又轻轻拍了拍脸颊，说：“有点吓着了，没事的。”

车停后，马钟晓吩咐司机照看姜立聪，自己带领邱载慧来到山庄厝柩的处所。

看守人打开房门，室内漆黑一片，邱载慧耳边响起了类似自行车打气时发出的嘶嘶声，他正在猜想此地是个什么处所，突然亮起了汽灯。待邱载慧在明晃晃的灯光中恢复视觉时，眼前的台子上躺着一个人。

在刺目灯光的照射下，最惹眼的是闪着金银光泽的腰带和海蓝衣服上的五彩镶边；整个面孔因浮肿，已难以辨认眉眼，但轮廓依稀是清秀的鹅卵形；披散的黄色长发中夹杂有几绺黑丝。

邱载慧浑身冰凉，瑟瑟抖颤地问：“阿娇是怎么死的?”

“死于溺水。”

“溺水，在什么地方?”

“今日上午在新闸桥下水面发现，死亡时间大约是五日前。”

“是投河自尽?”

“没有发现被侵犯的痕迹。”马钟晓始终以专业的口吻回答。

马钟晓吩咐看守人盖好裹尸布，领着邱载慧刚要走出厝柩间，姜立聪跌跌撞撞地冲了进来，邱载慧一把没有拦住，他已经冲到停尸台前，呆滞了好一阵，猛地俯身在阿娇的尸体上，失声痛哭起来……

姜立聪由痛哭转为抽泣时，马钟晓拍了拍姜立聪的肩头，要他和邱载慧一起站到自己面前。

“你们兄弟给我听好了，马叔叔相信你们说的，可是人命关天呀，你们要有一点亏心，世人能饶你们，马叔叔能饶你们，老天爷早晚饶不了你们呀!”

马钟晓低沉的声音此刻如空谷回声，久旋不绝，邱载慧与姜立聪“扑通”一声跪在马钟晓面前，异口同声地说：“请马叔叔放心。”马钟晓深叹一口气，说：“起来吧，七日后没有其它人来认领，你们可以通知家属。”

顾阿娇被安葬在离龙华寺不远的张家坟山，坟茔用青石砌成，同样是青石的墓碑上镌刻着：爱妻顾阿娇之墓，落款是邵建业。对这样的丧事，邵鸿运和邵妈妈都极力反对，说这样既不合礼仪，也有误儿子的前程。邵建业执意如此，说阿娇已去，所定之亲也不得再退，自当以夫妻相待。顾阿娇的父母起初也不尽赞同，念及女儿向往大上海已久，冥居在那里，也算了了女儿一世的心愿。

邵家兄妹和顾家兄弟四人参加阿娇的下葬仪式，没有通知任何其它人，邵建业还特意叮嘱妹妹，不许告诉姜家的人，邱载慧那边也不要说。

葬礼简单而肃穆，只有近亲送的几副幡帐，其中邵建业所送，上联是“为夫不仁”，下联是“为妻无爱”，落款是“建业愧挽阿娇”。顾家兄弟见到幡帐所写时，连说不可。说阿娇已去，妹夫以家人相待也尽够了，何必如此自责，这样妹妹地下也要不安的。几经争执，兄弟们相拥而泣后，邵建业恳求道：“既然我与阿娇是夫妻，就让我对阿娇做最后的表白吧。”

期待《第十二夜》

看到《金刚钻》上的报道，姜亨飞对夫人李晴钊说：“影响既然出去了，我们要趁热打铁，把杏儿的亲事定了，免得节外生枝。”

李晴钊本不屑丈夫做这样的事，但事已至此，也没有办法，只怕委屈女儿，于是说：“杏儿到底是什么心思，我们还得问问才好，不要一错再错，弄巧成拙。”

姜亨飞不假思索地说：“来不及了，你不是不知道，那邱载慧已经钟情邵家锦儿了。”

“我说过多少次了，生意归生意，不要把生意和儿女亲事缠在一起好不好？——人总得有点真情！”李晴钊的话中带有明显的不满。

“陈腐之见！”姜亨飞不屑一顾地说，“商家商家，先商后家，晓得不？——你先准备着，我这就去找钟晓。”

姜亨飞找到公安局，马钟晓正在吃饭。

“老兄，你这是晚餐还是宵夜？”姜亨飞问道。

“怎么说都中，”马钟晓吞下半个包子，又往嘴里塞了瓣大蒜说，“姜老板何事造访请讲，不过，若是臭水巷那片工棚的事情，老兄真帮不了你。”

“老兄放心，小弟已派仲伯通去处理，保证做到墙不漏风顶不漏雨，工人得以安居，再不四处游荡，扰乱治安。”

姜亨飞说完，马钟晓笑笑说：“你那位仲伯通我最信不过，听其言观其行吧——老弟，讲今天的事，你边说，我边吃，两不耽误。”

随即，姜亨飞讲了自己所想。

自那天领着邱载慧、姜立聪到广肇山庄认尸后，马钟晓心里一直惴惴不安，虽说他们已经信誓旦旦声言不亏心，但马钟晓还存有几分担心。听了姜亨飞的话，马钟晓草草吃完，招呼人收拾碗筷，打洗脸漱口水。

“事不宜迟，我这就见老师长去，”马钟晓边擦脸边说，“载慧和杏姑娘的亲事一天不办妥，我一天不安心，对不起老师长和子光呀。”说罢，大口大口地漱了口，边穿衣戴帽边说：“你们南方人最腻歪大蒜味道，老师长也是，我若是带着一嘴大蒜味去，老师长的第一句话就是，‘立正，向后转，齐步走！’”

时令正值暑期，虽已近晚上十点，马钟晓来到静庐时，蒲从周正同夫人林倩云和儿媳赵筱凤、女儿蒲瑶琴在廊下乘凉。

“多日不见，老师长又年轻了。”马钟晓进门便说。

“不像话，”蒲从周手指马钟晓说，“你忘记了，就在半个月前，我还被你拉差去给你那些新警察讲课呢。”林倩云说：“一天两天算刚见，三天五日算常见，十天半月自然算多日不见了。”

寒暄后，林倩云说：“你们兄弟客堂谈公事吧，我们也该进屋了。”马钟晓说：“家事，家事，就这里吧，凉快。”

马钟晓坐定，把刚才姜亨飞找自己的事情说了，也谈了自己尽快促成这门亲事的想法。蒲从周这些日子对外甥在工务局的业绩颇感欣慰，也常鼓励外甥多把精力放在刚刚起步的事业上，对外甥的婚事的关注则难免有些放松，一时不好说什么。见儿媳和女儿在马钟晓叙说时一直小声说着什么，想必与此有关，于是说：“你们两个嘁咕个不停，有什么事情就说。”

赵筱凤、蒲瑶琴没有想到一开始就问到自己，一时不晓得从何说起。林倩云点名说：“筱凤，你是嫂嫂，你先说，你们同载慧是平辈的，比我们晓得他的心思。”

“这事本没有我们插嘴的份，”赵筱凤怕被怪罪，先打个底再说，“既然问起，我们也不敢隐瞒。”接着，赵筱凤把姜立颖、邵琉锦来静庐送提包的事情以及此前邵琉锦如何为邱载慧画像，如何作漫画《富哥拖车》，如何登寻人启事的前前后后，都详细作了禀告。

蒲从周听后皱起眉头责问道：“这么要紧的事体你们怎么瞒着我？”赵筱凤说：“爹爹从没有问过，我们哪里敢随便打扰爹爹。”蒲从周眼珠一瞪说：“怕打扰爹爹，不怕出了事气死爹爹，是不？”林倩云忙说：

“现在说也不迟——筱凤，你再说说这位邵姑娘的人品家世。”

不等赵筱凤搭话，蒲瑶琴抢先说：“锦儿在学校排演的《第十二夜》中饰演主角，相貌能错得了吗?”林倩云随口问：“女主角不是你吗——不称职被换掉了?”蒲瑶琴急急地说：“哪个被换掉了？锦儿饰演的是女扮男装的薇奥拉，晓得吗？是整台戏的主角!”

“照你这么说，你那锦姐姐不在杏姐姐之下?”马钟晓问道。蒲瑶琴随口答道：“马叔叔，不是之下的问题。”马钟晓说：“那就是之上的问题了，邪了。”林倩云说：“小孩子，还不是跟哪个好就说哪个好呗，认不得真。”

蒲瑶琴刚要辩解，赵筱凤插话说：“我们这里，把杏姑娘锦姑娘放在一处比过的也就是我了，我对天枢说过一句话：‘两个姑娘都称得上秀丽，于杏姑娘来说，秀丽前边应该加上端庄二字，于锦姑娘呢，则须在秀丽后面缀上可人二字。’至于哪个占先，只得自己品评了。”

蒲从周把“端庄秀丽”、“秀丽可人”念来念去，琢磨其中滋味。马钟晓等不及，打断蒲从周的思路说：“老师长，这不是我们这把年纪的人能咂品出来的，不过依我看，慧儿更喜欢‘可人’，你们想呢，凭慧儿那任性，他愿意找个整日里端架子的媳妇辖制自己?”林倩云拍着巴掌说：“钟晓说的虽不那么真确，也有几分意思，这或许就是慧儿不情愿杏姑娘的原因。”赵筱凤也插话说：“天枢把提包送去慧兄弟房里时，没敢说出送提包的人，看把慧兄弟急的，据我们猜测，慧兄弟一准钟情锦姑娘了。”

“你们看，我就晓得有事，”蒲从周气呼呼地站起身来说，“你们看怎么办吧，那边已经应了人家姜老板了，这不，媒人也在，我们两个老家伙的老脸往哪里放?”马钟晓说：“我没接姜老板的银子，倒也一身轻——我先敷衍着吧。”

蒲从周神情肃穆地在廊下踱来踱去，大家猜不透他的心思，心里也都惴惴不安——舅舅和外甥都是直头犟脑，争闹起了也是家宅不安。马钟晓朝林倩云做了个手势，意思是要她赶紧说和——马钟晓晓得蒲从周的习惯，来回踱步是他作出决断的前奏，这时候还有转寰的余地，一旦决断作出，那是五头牛也拉不回头了。

“我说，”林倩云虽没有想好也只得试探着先说，“既然慧儿已经遵照你的意思到工务局任职，而且口碑也不错，我看婚事……就依了他。”

林倩云话音刚落，蒲从周转身看了她一眼，虽没有说话，那严厉的眼神已经表明：绝对不行。

眼看事情要糟，赵筱凤在林倩云耳边说了几句。林倩云接着建议说：“要不这样，我们找机会看看锦姑娘，顺便也了解了解家境，觉得不行，驳回慧儿也有个实打实的说法，让他心服口服。”

“是天枢的主意吧？”蒲从周坐下说，“他们两个自小是穿连裆裤长大的，还不是互相庇护。”

“老师长，这就不对了，”马钟晓插话说，“说句犯上的话，你我不也是哥儿俩好吗？谁往歪处庇护过谁？”蒲瑶琴也趁机说：“杏姐姐来自然好，我唤她姐姐，我们是姐妹；锦儿来更好，她唤我琴儿，我唤她锦儿，我们是姐妹加朋友。”赵筱凤也附和道：“我打心里愿意同杏姑娘做妯娌，我们帮衬着，再不怕长辈挑理，可这些怎么也大不过人家夫妻和美亲热呀。”

“既然你们都向着慧儿，”蒲从周无奈地说，“看看吧，有一条，不以相亲的名义。”

蒲瑶琴兴冲冲说：“好办，我们排演的《第十二夜》就要公演了，大家去看不就得了，保你们割舍不下锦儿了。”

主意已定，门外响起汽车声。林倩云刚说：“我们两只白脚花狸猫回来了。”蒲天枢、邱载慧相跟着走了进来。

“慧儿，过来，舅舅有大事跟你说。”

邱载慧一看马钟晓在场，晓得一定是为杏姑娘的事，忙说：“舅舅，我现在一身撕掳不清的事体，缓些日子再说那事吧——不信问我哥。”蒲天枢接着说：“确实，我们刚从市府开会回来，慧兄弟这回做的可是大事——领衔大上海计划规划小组了。”蒲从周指着邱载慧温和地说：“国事自然重要，家事也不可荒废，要你坐下，你就坐下。”

林倩云在邱载慧耳边低声说了几句，邱载慧才无奈地坐在蒲从周身边。

“慧儿，你的婚事我们不强求，但是你也应该尊重我们的意见，舅舅已经想好了，不论是杏姑娘还是锦姑娘，我们几个——我、你马叔叔、你母亲加上你舅母，按照时兴的做法，少数服从多数，提出我们的意见——这样做你同意还是不同意?”

“这不公平,”邱载慧当即抗议道,“你们从来没有见过锦儿,怎么能作出决断?”蒲瑶琴兴冲冲地说:“小哥,他们答应去看《第十二夜》的首演了。”邱载慧这才露出笑容说:“这还差不多。”蒲天枢却问道:“爹爹,你们四个人若是二对二,我兄弟怎么办呀?”林倩云笑着说:“是呀,我们打架不要紧,岂不耽误了孩子。”蒲从周一笑,说:“我早想好了,欣莲两票,一票代表她自己,另一票代表子光。”

邱载慧满心欢喜——他对锦儿有绝对的信心,不过事情往往出乎预料。

这天,邱载慧正同大家商讨大上海计划新的市中心选址——经无数次的筛选后,确定了沪北与浦东这两处作为备选。沈晓花和自土地局借入的姜立聪推荐浦东,邱载慧、陈道堤赞成沪北。浦东派认为:浦东面临海洋,出入进退裕如,地域未受列强染指利于全新图谋,而且浦东地处中国海岸线中央,亦曾出现过宝山古城的胜景——“昼则举烟,夜则明火。海洋空阔,遥见千里”,新上海在此崛起势必带动我中华的振兴。沪北派则宣称:沪北既占有黄浦江入海的先机,又便于与现有区域联系互济,而其地处长江入海口,腹地辽阔丰饶,中国龙必然起飞于此,实则是“千古兴亡多少事,悠悠,不尽长江滚滚流”。

两派各执己见,僵持不下时,蒲瑶琴突然破门而入。

“琴儿,没长眼睛呀,出去!”

在邱载慧的呵斥声中,蒲瑶琴后退一步,看见门上贴有“非请勿入,谢谢”的告示;再看室内,确实有些异常,桌案上、墙壁上的图纸,全用布幔遮盖上了。蒲瑶琴满脸通红不知所措。陈道堤忙上前将蒲瑶琴让进室内,一边说:“琴姑娘准有急事,说吧。”蒲瑶琴怯生生地说:“小哥,锦儿好几天没有去排练了,说是病了,其实是她哥不许她出门。”

邱载慧一阵心悸,但强作镇定说:“晓得了,你先回去吧。”

蒲瑶琴满心委屈扭头就走。刚把门拉开,姜立颖怀抱一叠书籍在那里——原来姜立颖看见门上的告示正在进退维谷之中。

“琴儿是怎么啦,嘴撅得这么高?”说着,姜立颖往门里看了看,“哟,我们来得不是时候。”

沈晓花起身接过姜立颖怀抱的书籍，把二人请进屋里，一边抱歉道："我们的规划干系几千亩土地，这秘密要是走漏风声，有人大发不义之财不说，政府也担待不起土地征用费呀。"陈道堤也附和道："当年犹太人哈同不就是得知越界筑路的消息后，在涌泉浜花了不足十万先占了三十六亩三分地，一夜之间，六十万两白花花的银子收入囊中。"此时邱载慧起身说："琴儿明白了吧，不是小哥拨委屈你受——杏姑娘，你先坐，我去弄点咖啡去。"姜立聪急忙说："我去吧，琴儿还有话呢。"

蒲瑶琴从衣服口袋里取出一张字纸，说："同学们拟了一副对联，准备送到锦儿哥哥的报馆去——都是为他好，他还把人家赶出门去！"说罢，余怨未消地看了邱载慧一眼。

姜立颖接过字纸看过，不禁哑然失笑，说："有这么严重吗？"

沈晓花拿过字纸读出声来："'亵渎人权自以为是无理，囫囵小妹以强凌弱霸道'。——我看呀，恰如其分。琴儿，你等着，我去隔壁找个师爷写了，随你送去。"邱载慧拦阻说："晓花，你还怕事情不够乱呀！"姜立聪愧然道："阿娇得了那么个下场，建业有些想法也是可以理解的——立颖，你说呢？"姜立颖说："由她们送吧，不过建业去北平出公事了——还要待上一段时间。"

蒲瑶琴听说邵建业去了北平，恨不得一跳三丈，在姜立颖腮上亲一口，转身就走。邱载慧问："去哪儿？急成这样！"蒲瑶琴头也不回地说："去平凉路接锦儿去。"陈道堤忙说："琴姑娘等等，我送送你呀。"沈晓花洒然一笑，说："这殷勤献得多是时候。"

蒲瑶琴走后，姜立颖也要走，并要哥哥帮她把这些书籍带回家，说自己实在是搬不动了。邱载慧挽留说："杏姑娘留一下，我们正为两个方案争执不下，旁观者清，你帮我们疏解疏解。"姜立颖左右看看有点为难。沈晓花说："放心，我们长官信得过你。"

邱载慧扯开墙壁上的布幔，面对上海全图，把沪北和浦东两个方案作了介绍。姜立颖听后爽快地说："两个方案都挺不错，可是，在大上海的版图上不过是两个孤零零的小岛。"沈晓花不服，说："怎么会，浦东地幅那么辽阔。"邱载慧反驳沈晓花道："浦东虽大，但与浦西的租界不搭界。"沈晓花当即回应："与那破锅搭界做什么？避之犹恐不及呢！"

邱载慧一时语迟。姜立聪站到图前仔细看过说："避之不是办法，洋人若是肆无忌惮地向西扩展，浦东再大也无法与之抗衡呀！”

此时姜立颖从书堆里抽出一个小册子递给邱载慧说：“我正在撰写关于上海会审公廨的论文，才知道会审公廨对我国的影响远在法律之外，一九二三年上海拟建的环租界马路之所以流产，其主要原因就在于列强以不归还会审公廨为要挟。——这或许对你们的规划有所启示。”

邱载慧接过书本，见是《环租界建筑马路理由书及其它》，翻检两页，不觉念出声来：“上海自开放租界之始，即应建筑环租界马路，则近今推广租界之事自不致发生，乃国人漫不觉察，而当局尤属如聋如瞽，听租界之自如展拓，于是霞飞路直筑至徐家汇，而北四川路亦直筑至江湾……迨至路既延长，而警察遂沿路添岗，于是电灯、自来水种种利权以及房捐、警捐，无不为外人侵夺。”

姜立聪叹息道：“笨伯，我们真是笨伯——在我们另起炉灶的同时，为什么没有想到要钳制住租界的越界扩充呢？”邱载慧面对地图，思忖良久，说：“好在还不算晚。”说罢，邱载慧举手在地图上，自南市开始，沿沪西向北画了一个弧线，终结于拟建的沪北新城。

“你们看，这条路像不像一把弓，南北两市为弓之箫，马路为弓之臂？”邱载慧画完，目光炯炯地看着大家问道。

悟及这一点，两派很快统一，决定以沪北新城规划方案为基础，并以修建环租界马路为前提。大计已定，邱载慧把工作分解到个人后说：“大家手头都抓点紧，三日后上报，千万莫误了。”

“立颖，你又帮了他的大忙！”沈晓花感叹道。

邱载慧情不自禁地拥抱了姜立颖，“杏姑娘，多谢你的雪中送炭！”姜立颖淡然一笑说：“你们不忙谢我，要紧的是另寻一处办公场所，像这样短巷浅屋的，往后泄露了秘密，可不要拿我是问。”

邱载慧又得意起来，说：“这一点我与杏姑娘英雄所见略同——晓花，你去要托尼把他的大客厅腾出来。”陈道堤大声说好道：“托尼的居所在孟德兰路，既处租界中心，又收闹中取静之利。”姜立聪说：“最为重要的是灯下黑——难得为人所注意。”

大家你一言我一语，似乎事情就这么定了，沈晓花忿忿地说：“邱载慧，你自己说去，我可没有这本事。”大家一哄而起说：“晓花，我们相信你！”

果真，第二天托尼就开车迎接来了。到了托尼的住处，大客厅已经收拾停当。一应安排就绪，邱载慧向托尼兄妹一再道谢后，指着镶嵌在客厅大门地面上的黄铜压条说："这是界线，往外还是租界，往里是华界，非华人，华界勿入。"

安妮没有听明白邱载慧所说，用讶异的目光看着托尼。哥哥朝妹妹耸了耸肩膀，说："正所谓，以其人之道还治其人之身。"

安妮从此恪守约法，每到喝下午茶的时候，她会轻轻推开大客厅的门，细声细气地说："喝茶了！"沈晓花若是扭过身子说："好妹妹，给我送一杯咖啡来好吗？我快渴死了，可是我这张图还有好多没有画呢。"安妮就摆摆手，再指一指脚下镶嵌的铜条。

四人小组安营扎寨之后，按部就班各司其职：沈晓花负责制订路线的来去走向，一应桥梁涵洞由陈道堤设计，沿路土地房屋评估作价则归到姜立聪处。邱载慧安排自己"打杂"，比如骑自行车载着沈晓花去现场勘察，把绘图用纸张工具化整为零往托尼家运，稍有空闲，还要伏案为三个人所绘图纸书写说明，因为大家一致公认他的仿宋体最佳。

邱载慧每周两次到工务局支应日常事务，晚间不加班，必到中新女校去看《第十二夜》的排练。学校管理甚严，一应闲杂人等不得进入排演场，邱载慧每次都是以蒲瑶琴哥哥的名义去看望，蒲瑶琴自然会叫上邵琉锦一起说几句话。

"我今晚的表演又有进步吧？"邵琉锦每次总是这样问邱载慧。

"当然，特别是掩饰忘词的能力大有提高。"邱载慧总能找句开心的话说。

蒲瑶琴怕导演老师挑理，就说自己的表兄在美国专攻喜剧。于是，从来不苟言笑的导演老师也朝邱载慧笑笑，并说上一句"请指教"。过了几天，导演老师突发灵感，对邱载慧说："先生若是扮演男主角奥西诺，那我们的薇奥拉就真正有了一位珠联璧合的对手，只可惜我无权使用男角。"邱载慧哈哈一笑回答道："不不，我来扮演马伏里奥大概还可以胜任。"此话出口，邵琉锦、蒲瑶琴都忍俊不禁——马伏里奥是莎翁讽刺嘲弄的清教徒。自此，邱载慧可以堂而皇之地出入排演场。

总听不到马钟晓确实的回话，姜亨飞本就心有不安，又接到仲伯通的报告，说蒲家要看过邵家锦儿的演出才做定夺，更是心烦意乱；当下回家与夫人商议对策。

姜亨飞乘车回到花园，见女儿单手抱着一叠书籍往外走，忙要司机停车，招呼女儿到客厅问话。

姜立颖随父亲来到二楼起居室，站在一边等着询问。姜亨飞挥手示意女儿坐下。姜立颖坐到姜亨飞身旁的沙发上，那一叠书还在怀里。

“把书放下，心不在焉。”

“这是收集的有关上海商会的资料，同学写论文等着用呢。”话虽这么说，姜立颖还是将书籍放在茶几上。

“近来常见载慧吗?”姜亨飞看着女儿问道。

“哦，是……前几天好像见过。”姜立颖漫不经心地回答。

“好像见过，什么话——自己的事情自己不经心!”

“人家已经情有所钟，我怎么办?”姜立颖低眉耷眼地说。

“‘我怎么办’，这不像是你说的话。”姜亨飞弄不明白一向要强的女儿为什么如此萎靡。

“金簪掉在井里，是你的自是你的。”姜立颖信口回答，接着说了声“同学怕等不及了”，收拾书籍准备起身。

“坐下，”姜亨飞轻轻呵斥了一声，接着说，“你晓得载慧的舅舅和母亲要去看邵家锦儿演的戏吗？他们这是去相亲，相亲。”姜亨飞稍稍顿了一下接着说：“可是蒲从周当着众多亲友的面，答应过你和载慧的亲事。”

起居室里一片寂静，看着女儿无助的眼神，姜亨飞颇为心痛，无奈地挥挥手说：“你先去吧。”

姜亨飞独自靠在沙发上心乱如麻，不晓得该如何破蒲邵两家的局。兴师问罪吧？人家说是饭后戏言，了不得换来几句赔罪的话；托人说项吧？那蒲家娘舅对外甥溺爱有加言听计从，况且邵家女孩确实是天生丽质……渐渐，姜亨飞觉得浑身酸痛，准备到卧室躺躺。在他起身时，瞥见茶几下有一本书，想是女儿掉落的，捡拾起来随手翻翻。是一本剪报，搜集有上海商会的资料，从早期的会馆公所、前清的上海商务总会到民国的上海总商会应有尽有，其中还有洋人成立的和明商会的沿革架构等等。姜亨飞为女儿的敬业慎思甚感欣慰，内心不禁又有些酸楚。姜亨飞临阖上书本时，看见一则上海总商会会长朱葆三致美术专科学校校长刘海粟的公开信，草草看过，有这些言辞引起他的注目：

> 上海风俗之淫靡……推原祸首，实上海美专创行裸体画之作俑也。
>
> 我中国乃礼教之邦……必欲以夷狄之恶习俗，坏我中国男女之大防，是诚何心哉！
>
> 妇女白昼献形，寸丝不挂，任人摹写……人而禽兽之不若矣。

姜亨飞掩卷沉思片刻，要人把阿珍唤来问道："邵家锦儿是不是上海美专的学生。"阿珍说："是的，听小姐说，锦小姐还是高才生呢。"姜亨飞浅浅一笑说："晓得了。"

阿珍走后，姜亨飞把朱葆三的信再通读一遍，渐渐，一种难以压抑的兴奋在心中泛起。

飞来谤议

演出临近，《第十二夜》即将公演的消息见诸上海大小报纸，广告词极富轰动性："莎翁心中的东方女神即将驾临上海滩！"

导演老师对邱载慧感激有加地说："学校囊中羞涩，要先生破费这么许多，我们绝对以第一流的演出回报先生的苦心。"蒲瑶琴也说："我们生怕只有家长来看，这下好了，轰动上海滩了。"邱载慧一再声言不是自己所为，但换来的是加倍的赞扬。

沈晓花觉得事情蹊跷，提醒说："邱载慧，这不是好苗头。"陈道堤也说："是呀，介事真的不寻常。"姜立聪若有所思地说："晓花是说追捧锦儿的另有其人。"

邱载慧却不以为然，说："晓花，中西女校校友里不乏富翁，为母校作脸的事情何乐不为呢？"沈晓花撇撇嘴说："你不要以为自己稳操胜券，我可以告诉你纹藏早有此心，邱载慧，此人比你不弱吧！"

大家虽将信将疑，还是觉得不可掉以轻心。沈晓花建议组成助威团以壮声威，邱载慧摇头说："何苦搞这些花样劲。"陈道堤说："非搞不可，东洋人你是知道的，一呼百应，他们要是吼起来，我们这边悄无声息那怎么成。"沈晓花说："长官，这事你不用操心，我去联络钟大哥、碧珠姐，把托尼、叶菲姆他们也唤来，再拉上些朋友，人虽不多，个个是金刚钻。"陈道堤举手同沈晓花击了一掌，说："邱处长，你就睛好吧！"

演出当晚，青年会小剧场早已座无虚席，向隅门前的人们依然不肯离去，他们希冀着散场后一睹莎翁心中这位东方女神的芳容。

大幕拉开，主角奥西诺公爵登上华丽的殿堂，以略带女声的朗读腔，道出第一句台词："音乐若即是爱情的食量，那么就奏演下去吧。"

台下虽有散落的掌声，但没有止住窃窃私语——人们等待着女神的降临。

灯光渐渐暗去，台上响起了海浪的声音，聚光灯投出的光束中，一个长发披肩，衣衫落拓的女子出现在舞台深处。此时，台下有人低声窃语，“薇奥拉——我们的女神!”

邵琉锦踏上舞台的一刹那，被一片炫光刺激得睁不开眼睛——排演时从没有用过这样强烈的照明。她竭力不让眼睛完全闭上，试探着稍稍转动一下平视的角度，这短暂的停顿带来了戏曲演员亮相的效果，台下爆发出一片掌声和几声犀利的叫好——听得出是钟奇发在引领。

灯光通明，邵琉锦按照熟悉的调度走到前台，但思绪还是被刚才的掌声和叫好所牵连。

“薇奥拉——”扮演船长的导演老师悄声提醒道。

邵琉锦慌忙转过身来，启齿说她第一句台词，“朋友，这是——”

“糟糕，她忘词了!”邱载慧情不自禁地攥紧了拳头。坐在一边的蒲欣莲抚摩着儿子的手说：“不要紧，刚才她调整得多得体。”

“朋友，这是什么地方?”邵琉锦还是把“什么国土”说成了“什么地方”。

“这个地方是伊里利亚，伊、里、利、亚，小姐。”扮演船长的导演老师一字一顿地重复了一遍，给邵琉锦一个提示——如果忘记伊里利亚，下面的台词就难以接续了。

邵琉锦终于镇定下来，一路演去，得心应手。当第四场邵琉锦女扮男装出现在舞台上时，那略带娇柔的俊朗，那稍显狡黠的伶俐完全征服了观众，他们屏息静气，目不旁视，心境随着剧情起伏跌宕。

幕间休息时，蒲天枢过来请示父亲和姑母：“若是累了，我们陪爹爹和姑姑回家歇息。”林倩云也说：“平日不常看戏，怕是腰背吃不住劲了。”蒲从周笑笑说：“腰背倒不打紧，只是眼睛和耳朵不够用了，哪里晓得几个小妮子竟有这般功夫，欣莲，你说呢?”蒲欣莲忍住笑意说：“我倒没有看出有多少功夫，只是觉得锦儿和琴儿都不脱‘童孙未解供耕织，也傍桑阴学种瓜’的稚气。”蒲从周听后哈哈笑道：“想当初你同欣梅扮演《仲夏夜之梦》中的小精灵，散场后，子光说你们一个是‘大儿锄豆溪东’，一个是‘中儿正织鸡笼’，欣梅险些恼了，你指着子光说

‘最喜小儿亡赖，溪头卧剥莲蓬’，欣梅才破涕为笑。”蒲从周的话说得蒲欣莲掩面而笑。林倩云忙说：“难得你们兄妹这么好的心情，还是看下去吧。”

开演的头遍铃声响过，邱载慧才匆匆就座。蒲从周问道：“这么一歇歇你跑哪里去了？”蒲天枢说：“台上不急，台下急，跑后台助威去了吧。”蒲从周再问：“台上的布景也是锦儿画的？”邱载慧忙说：“是呀，她用的是写意的手法，既简约又传神，不错吧。”蒲从周连说：“不错，不错。”接着对蒲天枢说：“明天你去见邵老板，约个见面的时间。”邱载慧插话说：“他们就在后边第二排的那头，散场后我带你去。”坐在蒲天枢身边的赵筱凤嬉笑道：“慧兄弟，急什么，你许的愿……”邱载慧说：“不就是法国大菜吗？今晚我们就去，不信我同嫂嫂拉钩。”林倩云“啪”地打了一下邱载慧伸过来的手，说：“还没有长大呢，着的什么急！”蒲从周和蒲欣莲都被逗笑了。

大幕再度拉开，是一场薇奥拉和小丑插科打诨的戏。扮演小丑的演员不晓得是紧张还是不熟练，一上来就把莎翁故作拗口的台词读得颠三倒四，好在邵琉锦已然驾轻就熟，其间虽有些磕绊，总算把莎翁的寓于风趣中的警示之意传达了出来。当那句脍炙人口的“傻事只要他做的聪明就行，聪明人干傻事便玷污了聪明”从薇奥拉口里说出，台下一片叹息，为了对台词的感悟，也为了女学生的努力。

就在这时，剧场后边发生了骚动，有人向观众抛撒纸片，当人们以为是剧照之类的宣传品而争相捡拾时，两个人登上舞台，把手中的横幅面向观众展开了，上面是斗大的十二个字：“男女裸视，忍心害理，有乖人道”。

舞台上下霎时间一片寂静，人们看见演员转到横幅前，面面相觑了一阵，薇奥拉突然跑向后台，陶贝、安德鲁也跟了下去，大幕随即被拉上。

这时，剧场里有人大声读起了捡拾到的传单：

上海风俗之淫靡，青年女子濡耳染目，即无人为之引导，已难遏止其欲念。乃观今日中西女校演绎西剧《第十二夜》借以陶冶情操虽属无可厚非，然其延聘校外女生出演主角薇奥拉则实属不当。查该女生系上海美专学生，曾以临摹寸丝不挂之男女为趣事，其情性操守若何洞若观火。当此人欲横流时代，提倡礼教修养廉耻，犹虑不及，再以此类人等，蛊惑青年，势将不可救药矣。本社主张正俗，对于社会上风化，有维持之责，历请华洋官厅，严禁淫画春册，不止一次。今观女校之蔑弃礼教若此，谨先申其劝告，从违与否，是在足下。但本社发言纠正，并随时见覆，以定进行之步骤，唯校方察之。

一时间剧场内乱声四起，有大声呵斥散发传单者，谓之小题大做，蛊惑人心，唯恐天下不乱；有犀利非议学校老师者，责其听之任之，误人子弟，必须严查不贷；更有好事之徒，大喊要撕下美貌妖女的假面具当场示众！

邱载慧急忙招呼蒲天枢掩护舅舅、舅母、母亲和嫂嫂撤离剧场，自己不顾表兄表嫂阻拦飞身往后台奔去。

沈晓花组织的助威团本为呐喊助威而来，没有想到会遇见这般混乱，好在大家已有应付事端的心理准备，在沈晓花的指挥下呼啦一声奔向舞台，把一帮好事之徒死死拦在舞台之下。

“晓花，纹藏过来了。”钟奇发一眼瞥见纹藏正向舞台走来，急忙向沈晓花喊了一声。站在台口的沈晓花朝纹藏一指，大声喊道：“纹藏，站住，你太过分了。”纹藏愣怔了一下，止住了脚步，随即用日语对沈晓花说：“沈小姐，你误会纹藏了，对邵小姐纹藏只有敬爱之心，哪里敢亵渎，我是有话要对大家说。”

纹藏上得台来，双手卷成喇叭，朝台下大声疾呼：“我们看到的薇奥拉无论容貌、形体、气质、谈吐都显示出无以伦比的美丽与优雅，这些得益于她的天赋，更得益于她的美术素养，对人体美的揣摩和体味亦功不可没。纵观当今世界，无不将研究人体美作为美校的必备学科，米开朗基罗的《最后之审判》、拉斐尔所绘《西斯庭圣母》亦皆裸体赤足，其圣洁之象征，有如无垢之天光，自空而招吾人向上，与诲淫诲盗差若天壤。今日薇奥拉的扮演者不过美校一女生，以其稚嫩大美飨以大众，何恶之有？何恨之有？何罪之有？竟招人摧残至此，实在令人大不忍也，还望大家辨明是非，万勿谬种流传。在此新文化初进贵国，美育尤在萌芽之际，尤不容如此盲目戕害。”

纹藏的慷慨陈词虽博得不少掌声，台下骚乱也慢慢平息，可是众多学生家长还是要求校方改弦更张，他们怕自己的女儿沾染不洁的名声。

邱载慧奔入后台，迎面撞上蒲瑶琴。

“这是怎么回事?”蒲瑶琴问。

“先不要管这些，我问你，锦儿到哪里去了?”

此时的后台已经乱作一团，演员和司职道具、布景、灯光的人员散落在角落里议论纷纷，或大声大气，或交头接耳。

邱载慧没有找到邵琉锦，转身跑上舞台，沈晓花、纹藏一干人正在议论，台下已经空空落落的了。

“见到锦儿了吗?”沈晓花一眼看到邱载慧，忙过去问道。邱载慧摇摇头，焦急地问道：“锦儿会去哪里呢?”

邱载慧的问话既是询问也是自问，此时他的脑海里浮现出躺在广肇山庄厝柩间里的顾阿娇，同样是一身闪光的五彩缤纷的戏装。邱载慧浑身打了个冷战，随即发号施令道：“托尼，你从外白渡桥沿黄浦江往里去找，纹藏你沿黄浦江往下去找，苏州河沿线我去，清晨在托尼家碰面。”说罢，他走到钟奇发面前，嘱托道：“钟大哥，烦你去邵家，说我邱载慧永世不忘锦儿……”沈晓花矢口打断说：“糊涂了吧，这是什么话!”林碧珠说：“载慧兄弟急的，奇发，我随你去，兴许锦儿回家去了呢。”

事情发生后邵琉锦顷刻想到的是立即离开后台，她迅速来到化妆间换下戏装，抹去脸上的油彩，急急地走出后台的侧门，跑上大街，一路走一路想：

开演前，蒲瑶琴曾向邵琉锦透露说：“第三排中间一连六个座位是我们一家子的。”邵琉锦曾几次想到幕后往下偷看一眼，又怕蒲瑶琴看见取笑，一直不好意思去。因此一登场，眼神和心思不由自主地往三排中央而去，以致第一句就忘记了台词。

当她情绪放松，自如驾驭角色时，她得以把余光投向台下：邱载慧像一个被娇宠的孩子，坐在母亲和舅舅的中间，时而向左时而朝右地说着什么。她听不清他们的话语，从他们关注的目光和彼此交流时的神情，她看出来他们认可了自己对角色的演绎，他们得到了欣赏的快慰。这些使她感受到了莫大的鼓舞，她把更加充沛的感情倾入角色，注入台词。当她道出“他爱慕得山盟海誓，洒着相思泪，迸发出爱的呻吟，烈火一般的叹息”时，她看见同她演对手戏的蒲瑶琴以那样惊异的眼神看着自己。最令邵琉锦感到有趣又些许有点羞意的是那句旁白：“不管向谁求婚，我要做他的妻。”这本是薇奥拉接受奥西诺嘱托代为向奥利维拉求婚时的内心独白，当邵琉锦读出时，心里的那个“他”正是台下的邱载慧。

想到这里，邵琉锦停下脚步，觉得自己不应该离开他。但是刚要往回走时，邵琉锦犹豫了——“我从没有告诉过他美专模特的事，他和他的家人能接受吗？”邵琉锦这样反反复复边走边想，不知不觉已经到了自家所在的弄堂口。

“锦小姐，快上车。”林阿贵拖着黄包车来到邵琉锦身后，是邵妈妈要他去找女儿的。邵琉锦说：“没有几步路，不用了。”

林阿贵紧走几步前去叫门，没有想到门是虚掩着的，稍经推动，咿呀一声打开了。

“啥人？”邵鸿运在天井里朝外大喝一声，见是林阿贵，便呵斥道，“你是鬼呀，一点子声气也没有！”

“阿爸，是我，锦儿。”此时邵琉锦已经踏上台阶。

邵鸿运看也不看，朝门口一挥蒲扇说：“你还有脸回家，走，走到天边也不要再回来！”说罢将蒲扇狠狠地掷在地上，转身而去。

邵妈妈听到外面的动静，急忙起床披衣，走了出来。

“是锦儿吗？”邵妈妈问了一声。

邵鸿运喘着粗气看了妻子一眼，径直走向客堂。邵妈妈指了指门外，低声吩咐林阿贵，“你还不快去追。”

“站住！”邵鸿运又是一声大喝，“阿贵，你要敢去追那个不要脸的我打折你的腿！”邵妈妈也恨恨地回了一句：“我去，你也打折我的腿。”说着，边穿衣服，边往门外走。

林阿贵搀扶着邵妈妈走出大门，走到弄堂口，又走上大街，路灯惨白，灯光下是惨白的路面，连人影也没有。

钟奇发、林碧珠来到邵家时，见大门开着，朝里看看，黑黢黢的没有光亮。钟奇发踏上台阶，轻轻地敲着门。敲了好一阵子，里边没有回音。林碧珠说："怕是找锦儿去了，正好，我们帮着看看家。"

"邵家的人还没有死绝呢，用得着你们看家。"

突然传来一声瓮声瓮气的声音，把钟奇发、林碧珠吓得打了个寒战。

"建业，这是何苦呢，如今都什么时代了，锦妹妹这点事情算得了什么。"钟奇发说着跨进大门，他以为是邵建业在生妹妹的气。

邵鸿运听了这话浑身气得打颤，"啪"的打开客堂的门灯，一步跨了出来，指着钟奇发、林碧珠大声斥责道："你们好大的胆子，跑这里来教训起老爷来了。"

钟奇发一看是个留着八字须的莽汉，晓得自己听错了声音，忙向前赔着笑说："是邵家伯伯吧，说话的底气真足，我还听成是建业兄弟呢。"林碧珠也趋上前去说："我们同邵老伯的二位公子都是朋友，出了今天这样的事情大家心里都不安生，所以过来看望看望。"

邵鸿运觉得那个男人说起话来油腔滑调，他一步跨下客堂台阶，朝钟奇发逼了过来说："有劳二位栽培，我家孽障才落得今日下场。"钟奇发边退边说："邵老伯，锦妹妹洁身自好，不是老伯想的那样。"邵鸿运听这个男人口里左一个锦妹妹，右一个锦妹妹，更是火冒三丈，朝钟奇发大声吼道："我看出来了，没有你们这些亲哥哥热姐姐，我家孽障或许还安分些，趁我还有点耐性，你们给我请出吧！"

沿苏州河逡巡到天色放亮，路上已有车来人往，邱载慧确信锦儿不会在这一带发生意外才赶往托尼住所，心里企盼着在花园小径上与迎面扑来的锦儿紧相拥抱。

第一个听见车声的安妮跑了出来，小客厅的人也随即倾室而出。

"纹藏那边还没有消息来？"邱载慧目光所及没有锦儿的身影，急忙问道——那里还保有一线希望。

大家只是摇摇头，邱载慧的问话破碎了大家的希望，没有人再有开口的力量。安妮过去，悄没声地握住邱载慧的手，轻轻地摩挲。

寂静中沈晓花突然喊了一声“哎呀”，说：“我没有告诉纹藏这里的地址，哪个开车随我去?”

陈道堤自告奋勇。沈晓花说：“开到我那里去，我估计纹藏等在那里呢。”

车到弄堂口，陈道堤把车停在另一辆汽车旁边。沈晓花下车后领着陈道堤刚要走进弄堂，发现旁边的汽车竟是纹藏的太古里。

“纹藏，醒醒。”沈晓花轻轻地敲击着车窗。

纹藏下车，伸展着身子，“总算把你等来了。”

“锦儿，锦儿找到了吗?”沈晓花急急地问。

“邵小姐、邵小姐……”纹藏耐不住袭来的哈欠，说了两遍邵小姐才道出三个字，“找到了。”

沈晓花惊喜万分，拉开太古里的车门跨了进去，探出头来对陈道堤说：“道堤赶紧回去报信，我同纹藏去锦儿那里。”陈道堤答应了一声，又朝纹藏说了声谢谢，开车走了。

“晓花，你也一夜没有阖眼了吧?”纹藏双臂搁在方向盘上，不住地眨眼。

“一夜算得了什么，打起精神来。”沈晓花拍拍纹藏的肩头说。

纹藏索性俯身在方向盘上，似乎就要睡去。沈晓花心急，不客气地在纹藏背上捶了几下。纹藏缓缓地侧过脸说：“晓花，我实在是支撑不住了。”沈晓花随口说：“不信，你纹藏历来是以苦行著称的，怎么会经不起一晚的折磨。”

“晓花，是邵小姐不想见人。”纹藏无奈，道出了实情：

纹藏同托尼在外白渡桥北堍分手后，沿百老汇路开行不久，将车停在日本邮船会社码头旁。从这里往西望去，隔岸的公家花园历历在目，正是在那里纹藏第一次遇见邵琉锦，自此，她的倩影印入了他的心扉。后来，他得知邵琉锦在日本学校辅导美术，他几乎每次必到，站在不为人注意的地方，默默地看着，心里发酵着醉意。每到清风明月的夜晚，纹藏都会踯躅水边，遐想心中的月亮女神。

纹藏不敢多想，他目不转睛地盯住街口，在络绎不绝的行人中搜寻，直到公家花园那边偃旗息鼓，行人由稀疏到零落，他才开车前行。

在与黄浦江平行的百老汇路、杨树浦路上有许多通往黄浦江的街道，如百花街、公平路、秦皇岛路，每到街口，纹藏都要下车步行，特别是看到人头簇拥的地方，他立刻就分开众人挤了进去，直到从军工路调转车头往回开，一路再无行人他才平静下来。

“也许嫦娥已经回宫安息了。”

纹藏悠然想着，突然邵琉锦的身影出现在眼睛的余光中，他极轻极轻地揿了一下喇叭，将汽车缓缓停在路边。

“邵小姐。”纹藏的唤声也是极轻极轻的。

邵琉锦停下脚步，朝汽车看了一眼，泪水禁不住滚出眼眶。纹藏迅即下车，扶住向前倾俯的邵琉锦，任其把泪水抛洒在自己胸前。

“对不起，把你的衣服弄湿了。”随着泪水的倾泻，邵琉锦郁积的悲苦稍稍舒缓了些，她抹着腮边的泪水，边啜泣边说。

“不要紧的。”纹藏柔声细语地说着，顿觉鼻酸眼涩，忙转过脸去，怕邵琉锦看见自己的眼睛。

“这么晚了，你去哪里？”

纹藏摇摇头，“我哪里也不去，我一直在找你……”

邵琉锦看着纹藏闪动的泪光，想起他在舞台上的慷慨陈词，又禁不住垂起泪来。纹藏啜泣了，情不自禁地伸出手指，轻轻拂去邵琉锦滚到腮边的泪水……

“夜深了，有点冷了，我们走吧。”邵琉锦轻声说。

纹藏坐到司机的位置上，侧过脸轻柔地问：“我送你回家，怎么走？”邵琉锦幽幽地说：“我已经无家可归了。”纹藏立刻说：“那就去日本学校，那里的女教师有的回国了。”邵琉锦摇摇头说：“不麻烦她们了，送我去小君那里吧。”

到了叶小君家，邵琉锦温婉地看着纹藏道了谢，转身刚走了两步，又转过身来说：“纹藏先生，请不要告诉旁人我在这里，我想独自安静些日子。”

“纹藏，你不会是要掠人之美吧？”听完纹藏的叙述，沈晓花心中陡起疑问。纹藏淡然笑笑说：“看你那眼神，好像我真是乘人之危的小人了。”沈晓花一笑，“我可没有说，不过自从在公家花园看见锦儿你就从没有忘记过，我说的是不是事实？”

“晓花，我怕邱先生和邵小姐不会有好的结局。”纹藏直截了当地说。

“纹藏，你这话是什么意思？”

“我毫不怀疑邱先生对邵小姐的挚爱，”纹藏顿了顿，稍稍舒了口气说，“不过他的家庭不会允许的，中国人的贞洁观无所不包，而且只针对女人。”

沈晓花说：“也不尽然，我看邱载慧这点勇气还是有的。”

“纵使邱先生勇气十足，此事也难以成全呀，”纹藏变换了坐姿，面对沈晓花说，“你注意到没有，你在东大读书那年，上海这边正在闹人体模特事件，美专校长刘海粟被称为‘文妖’、‘叛徒’，美专被诬为‘妓院’，如今虽早已平息，为什么又旧话重提？”

“你是说有人借题发挥？”沈晓花说到这里，想起了演出前大肆刊出广告的事情，觉得实在是令人不解，于是接着说，“为了一个小女生这么大动干戈？晓花不敢苟同。”纹藏笑笑说：“晓花，恕我直言，你缺的就是慎思，他们矛头所指是邱先生，更确切地说，是邱先生同邵小姐的这宗亲事。”

娶妻娶德纳妾纳色

蒲家在与邵家结亲的事情上确实为了难。

邵琉锦在容貌、气质、才艺上的惊人出众使得他们难以割舍。可蒲家毕竟是“礼仪传家久，诗书继世长”的人家，出了这样被指称为“风俗淫靡”的事体又不得不慎重取舍。

客堂里沉寂良久，蒲天枢耐不住说：“其实我看那天的事情可大可小……”蒲从周横了儿子一眼，问道：“可大可小总是个事，你说是大还是小呀?”

蒲天枢本想照直说“依我看就不是个事”，又怕当众挨骂，就把到嘴边的话吞了回去。

“这件事情本不是什么大事。”蒲欣莲若有所思地说。

蒲天枢听姑母如是说，立刻接过话来说道：“就是，美专学生画模特是学画的应有之义，算得了什么。既然慧兄弟可心，依我看就依了他算了。”蒲从周手指蒲天枢说：“今天干系你兄弟的人生大事，你就好生在一旁听着吧。”

“这事虽不大，”蒲欣莲接着刚才的话说，“可是我想，既然有人拿来做文章，就有可能变成一件麻烦事。”

林倩云“啊”了一声，问道：“你说的麻烦是什么?”

蒲欣莲面有难色地说：“慧儿若是一生赋闲，比如当个寓公什么的倒也无妨，今天一条花边新闻，明日一则闲人轶事只当是下酒菜或者闲谈的引子。可是我们还是希望慧儿能有自己的事业，慧儿自己也是做不来寓公的人，这就难免会被麻烦缠身，分了他的心。”

蒲从周立刻表示赞同说：“你们听听，还是欣莲想得周到，我就觉得事有不妥，总没有想到关节上。”

此时蒲天枢觉得反正自己也没有说话的份儿，不如就此撇清自己，免得做出个令小兄弟不得意的决定，自己也落埋怨，于是说：“马叔叔怕是被公事缠住了身子，我去帮着解脱，免得马叔叔来不了，误了大事。”并示意赵筱凤跟自己出去。

蒲从周说：“你不用无事忙，钟晓已经来过电话，最多半小时准到。”蒲欣莲对蒲天枢说：“虽然你没有表决权，但你有发言权，决定年轻人的事体，我们还得听听年轻人的意见。”

说话间，马钟晓果真到了，他把一叠报纸放在八仙桌上，说：“他娘的，肯定有人暗中捣鬼，要不然不会闹出这么大的响动，老师长发话吧，查出来怎么整治？”

蒲欣莲从八仙桌边站起身来让座。马钟晓示意不敢，在蒲欣莲下手，蒲天枢的座位上坐下。

“钟晓，此事查都不要查，白白再送报纸几则新闻而已。”蒲从周呷了口茶说，“倩云，把我们刚才议论的说拨钟晓听听。”

马钟晓听完，感慨尤深地说：“还是嫂夫人英明，虽说我们这个家足够慧儿体面一辈子，可慧儿真的这样，我们也对不起子光呀！”

“这么说，你还是属意杏姑娘了？”林倩云问道。

“我虽是姜家的媒人，为慧儿的事，我老马也得凭心说话，”马钟晓先作了声明继续说，“那天看戏我虽迟到了，但也用心看了几眼，邵家锦儿貌美多情可人心疼是没有人能及的，可是在相夫教子料理家务上我看就不及姜家杏姑娘了。”蒲从周听马钟晓也是两可的话，就说：“欣莲，你是母亲，你做主吧。”蒲欣莲说：“刚才你一言我一语的多好，紧说慢说就说出明道来了。”

蒲天枢最是不耐烦，他晓得爹爹、姑母早晚要中意杏姑娘，而自己那小兄弟又绝对离舍不开锦儿，这长幼两辈若是僵持不下，自己这个幼辈中的大哥就遭了罪了：传言递话，左劝右哄，把犀利的话弄柔和了再说，把忤逆的话变顺耳了再讲，最后前辈责你不尽力，同辈怨你不体恤，陪绑挨骂则是避免不了的。想到这里，他了结心切，不揣冒昧地说：“姑姑，何必紧说慢说，眼下就有两全之策：姜家杏姑娘作为慧兄弟的夫人大气得体，家里家外无可挑剔，至于邵家锦姑娘，天生就是载慧兄弟的如夫人。”

“是慧兄弟想娶如夫人，还是你自己想，哼，小人之意！”此话一出先急了自己的夫人赵筱凤。蒲天枢回嘴道：“这不是说慧兄弟的亲事吗，你扯上我做什么？我是想，啥人敢进静庐的门呀！”

听了小夫妻的斗嘴，长辈们忍俊不禁。林倩云拉过赵筱凤的手边摩挲边说：“我们筱凤要相貌有相貌，要心计有心计，早就是合二而一了，哪容他多想。”说着，手指蒲天枢说：“天枢，你记好了，即便你爹爹、姑姑准了慧儿，此事也到此为止，不许你效法。”蒲天枢乜斜了赵筱凤一眼，连点了两下头，又把大家逗了个好乐。

大家笑过。林倩云见兄妹两人沉默不语，猜度他们心里不反对蒲天枢的建议，但碍于礼数情面——蒲邱两家三代以来没有纳妾先例，一时不好决断，于是打圆场说：“古来就有个说法：娶妻娶德，纳妾纳色，如今偏偏应在杏姑娘和锦姑娘身上了，也是天意呢！”

蒲欣莲依然有所顾忌地说：“只怕这样委屈了两位姑娘。”

外甥的亲事一直是蒲从周心之所急，一天不落定一日不安宁，此时听妹妹话里有了松动的意思，就顺水推舟地说：“天枢所说虽然有悖于蒲邱两家祖辈惯例，但于世间伦理并不忤逆，我看就这么办亦无不可，只是欣莲所说，千万不可勉强人家姑娘。”马钟晓笑着说：“依我看，勉强的不是人家的姑娘，倒是你那个犟外甥！”

事情就这么定下，蒲从周说：“钟晓，你也尽到力了，慧儿与杏姑娘订婚的事情就让天枢跟他们周旋去吧。”

邵建业是从报纸上得知妹妹的遭遇，立刻赶往北平前门的火车站，但当日开往上海的火车已经开出，随后最早一次也要等到明日清晨。邵建业当即往上海《新闻报》发了电报：

李主编，请查舍妹去处，并请即刻回复。建业于北京饭店

京沪两地来往电报少则半日，但邵建业并不到客房休息，而是在大堂坐等。入夜，北京饭店灯火通明，门前车水马龙，有奔波一日的旅客回店歇息的，有邀上三朋四友的本地人来店消遣的……

过了子夜，客人渐渐稀少，邵建业靠浓咖啡支撑眼皮。忽然，饭店

大门被撞开，一个背包客急急地走了进来。邵建业立刻迎了上去。

“侬选个辰光——还在搿搭白相?”

背包客原来是《申报》的一个记者，急着要去办理住宿。邵建业跟在后面问他晓不晓得中西女校演出事情。那记者回头说：“哪有不晓得的，好端端一个东方女神没了，可惜。”

邵建业再无力追赶匆匆而去的记者，晃晃悠悠地走了几步，跌坐在沙发里，似睡似醒地坐着，直到电报生把他唤醒。邵建业双手颤抖着拆开电报：“令妹安好，现住叶小君家。”

第三天，邵建业回到上海后直接往叶小君处去了。兄妹相见十分动情，邵琉锦靠在哥哥宽阔的胸前更是泪眼婆娑。邵建业把妹妹推起，替她抹去泪水，又从提包里取出一个锦盒。邵琉锦打开，见是一匣北平特产毛猴，欣喜异常，终于止住哭泣露出笑容。

“这是哥在北平琉璃厂特地为锦儿定制的，现在不忙看，”邵建业让妹妹坐下，端详着妹妹问道，“在这里还好吗?”

“小君父母去青岛避暑去了，我们两个正好看家。”

“这回你们可以肆无忌惮地彻夜叽叽喳喳了吧，”随即问道，“载慧来过吗?”语气十分随便，好像并不经意。

邵琉锦摇摇头，没有说话。

“你以为他能来吗?”邵建业再问。

邵琉锦点点头，依然没有说话。

“锦儿，哥担心的就是这个，”邵建业忧心忡忡地说，“锦儿，你太单纯了，经历了那天晚上的事，你应该明白了，你一个与世无争的女学生，哪能招来这些人刻意和你作对呢?搜罗不到现成的东西，还把多少年前的陈词滥调翻出来搬弄，够苦心孤诣的了!”

“哥说为什么?”邵琉锦认真地问道，“这些天我一直在想，但总不得要领。”

“很简单，有人不喜欢你和载慧接近。”邵建业直截了当地回答说。

“能是啥人呢?哥不是吓唬锦儿吧。”

邵建业惨然一笑说：“傻妹子，我不是对你说过吗，载慧有母亲，有舅舅，还有许许多多亲戚，他是属于蒲邱两个家族的，是这些人不喜欢你。”

“那很重要吗?”

“当然,”邵建业肯定地回答,“锦儿,我们是小门小户,门下的产业不过是两楼两底的石库门和四德里的小楼,即便我们被扫地出门,我们还可以回归秦南仓那几间瓦屋,或者再回闸北的棚户——我们本就是从那里来的;可是载慧呢,他家是上海望族,不算静庐,他们在租界的房产还有三四处,川沙老宅那边,据说占地千顷,载慧能轻易弃之不顾,真的心甘情愿像你描绘的那样去拖黄包车吗?”

见妹妹紧蹙眉头,沉默不语,邵建业不想过分刺激妹妹,就笑着说:“锦儿,哥同你打个赌怎样?”

“打赌,赌什么?”邵琉锦讶异地问。

“你不是说载慧能来这里吗,哥说不会。”

邵琉锦想了想说,“好,载慧要是来了呢?”

“哥——就促成你们,若是不来呢?”

“不会。”

“万一呢?”

“没有万一……”邵琉锦迟疑了片刻说,“载慧若是不来,锦儿听哥的。”

邵建业伸出手掌说:“拍拍手心手背吧。”

拍手心手背是小时候的小把戏,两个人伸出右手掌,先是手心相击,再接手背相击,同时口里念念有词:“拍手心,心连心,拍手背,背靠背,拍来拍去不反悔,哪个反悔吃口水。”

邵建业是左撇子,右手不灵活,儿时每拍必乱,每逢这时候顾阿娇就出面帮忙拍。这时邵建业又拍乱了,不免想起阿娇,想到阿娇的下场,邵建业心头骤然抑郁不安起来,连说:“不拍了,不拍了。”

邵琉锦停下问道:“打的赌还算数吗?”

邵建业本想说“不算了”,可是看见邵琉锦充满祈望的眼神,不忍说出口,于是伸出左手掌说:“拿左手拍,你再赢就算数。”

哪晓得邵琉锦十分伶俐,一蹴而就,邵建业只得认账,但是说:“载慧若不来,哥可不认眼泪。”

邵琉锦毅然地点点头。

精神稍一松懈,邵建业打起了哈欠。邵琉锦说:“哥,到客房歇歇去吧。”邵建业说：“不啦，喝完这杯茶就走，哥还没有回家呢。”

听了兄嫂既是传达亲长指令又是规劝的话，邱载慧辗转反侧，无法安眠。

“‘娶妻娶德，纳妾纳色’，既秉承了亲长的意旨，又保全了自己同锦儿的情爱，何尝不是一个良策。可是日复一日，年复一年，总有一双眼睛在注视着自己和锦儿，从这双美丽的眼睛投注出来的目光不含嫉妒，也没有憎恶，有的也许只是淡淡的哀怨、幽幽的落寞，然而，它足以陷自己和锦儿于冷冰冰的畏怯之中。

“舌头底下压死人，一针见血呀！锦儿，都是载慧的罪过，从开始就不应该答应舅舅、母亲看什么演出。载慧无能，载慧在这里保护不了你，不如我们远走高飞，闯关东上漠北，即便在冰天雪地里造一个小屋，在黄沙遍野中搭一个窝棚，总比陷在这里的冷冰冰的畏怯中要强上百倍呢。”

这种思绪反复了千百遍，终于等来了天亮。邱载慧立刻起身去找邵琉锦，要带她远走高飞。出了大门，邱载慧犯了难，叶小君家住何处呢？想来想去，拦了一辆黄包车决定去美专打听。

来到乍浦路的美术专门学校，向老师说明来意。老师面有难色地说：“按照我们的校规，陌生男子打听女学生的住址我是断然不敢告诉的，请先生谅解。”邱载慧刚想多说，觉得这样的校规确实不应违背，于是道了声谢就转身想别的办法去了。

“先生请留步。”

邱载慧应声站住。老师快步追上，抱歉道：“怪我眼拙，先生原来是那位拖车的富哥——先生可认识那位画家？”邱载慧说：“怎么不认识，我正要去小君家看她呢。”

老师惨然一笑说：“看来事情先生已经晓得了，我们美专早因模特之事屡遭诟病，没有想到是我们最优秀的学生再被牵连。”说到这里，老师有潸然泪下之势。邱载慧急忙安慰道：“正如竹枝词所云：‘人正何虑影子斜？我行我素是正经。’”老师感谢道：“难得先生的理解，见到琉锦也代为问候。”

从美专老师处讨得叶小君的住址，邱载慧匆匆来到叶家，刚要举手叩门，门开了，邵建业跨出门来。

“建业，你也在这里……”

邱载慧刚刚打招呼，一眼瞥见邵建业身后的邵琉锦，立刻走过去拉起邵琉锦的手，边打量边说：“锦儿，好吗？晓花说，你想自己安静几天，所以一直不敢来看你，今天实在是……”说到这里，突然想到邵建业，忙转过身来对邵建业说：“建业，里边坐，里边坐。”俨然是这里的主人。

“我刚从北平回来，实在是……困得不得了了，你们谈吧。”说罢，随手拉过门扇，把大门关好，走下台阶。

邵建业走到弄堂口，遇见匆匆而来的叶小君。

“建业哥哥，怎么刚来就走？”叶小君问道。

“我也困了，也来人了。”邵建业怏怏地说。

叶小君听说来人了，急忙和邵建业道了别，匆匆而去。邵建业望着叶小君的背影，摇头叹息道：“这些小女生！”

叶小君走到门口本想推门而入，犹豫一下，还是敲了门。很快，里面传来邵琉锦的声音：“请进，门没有上栓。”

“你是邱载慧吧？准是。”叶小君看着邱载慧，自问自答。邱载慧还没有应答，叶小君把一篮蔬果放在廊下，对邵琉锦说：“你先拿厨房去，我再去买点鱼虾什么的，好招待客人。”说罢，拿了门锁，很快走出门去，随后传来“咔嚓”的上锁声。

“她这是怎么啦？”邱载慧忙问。

“她心细着哩，不用管她，”邵琉锦把邱载慧拉到自己身前，摩挲着邱载慧的面颊说，“让我看看你，把眉头绽开了，嘴角提起来……”

“小君为什么把门锁上？”

邵琉锦笑了笑说：“嗨，纹藏先生差不多每天来这里坐坐，来也准时，去也准时，小君摸到规律了，这些天到时候就把我锁在家里——怕是嫌人家喝了她家的茶吧。”

“小君有这么吝啬吗？”邱载慧认真地问。

“有，不过比你好一些些。”

“我，吝啬？”邱载慧惊愕了。

“就是，”邵琉锦双目凝视邱载慧说，“这么久不来看我，来了也不……"

邱载慧不禁歉然，忙把邵琉锦拥入怀里。很快，他们唇舌相交，身心相接，这是他们相识后第一次相吻，等待、思念、惶遽、煎熬……那些恶意的中伤，那些善意的说教，如同酵母一般，使得他们孕育中的情爱蓬发起来……

二人相拥热吻后，邵琉锦问道："舅舅、母亲他们那晚受惊吓了吧?"

邱载慧尽可能平淡地说："舅舅久经沙场，母亲也曾随军征战，那点事算得了什么。"邵琉锦深深地松了口气说："那就好，我一直担着心呢。"邱载慧面色变得黧黑，抚摩着邵琉锦的手惨然地说："阿爸委屈锦儿了。"邵琉锦淡然一笑说："全过去了——等我给你看样东西。"

邵琉锦跑上楼去，当她重回天井时，把一个锦盒放在石桌上。邱载慧揭开盒盖不觉惊讶异常，忙问："北平的毛猴，哪里得来的?"邵琉锦说："哥哥刚才送来的呀。"

锦盒里亮出来的简直就是一条毛猴市街，有拉黄包车的毛猴，有卖梨膏糖的，有挑担子的毛猴，有的毛猴高举幌子招摇过市，有的毛猴敲锣打鼓地叫卖……一辆黄包车颠颠地过来了，拉车的毛猴身穿红色坎肩，坐车的毛猴金发披肩，脖颈上挂着一条五彩宝石项链；在街的一端，站着一个红头阿三模样的毛猴，腆胸凸腹，腰悬警棍，似乎在说："小心了！各位乡亲。"二人越看越喜爱，越喜爱越觉得各色市声充耳可闻。

"这俨然一幅上海滩的风情画，看来北平艺人也关注起上海滩来了。"邱载慧边看边评论。

"哪里，这是建业哥哥特意为我定制的礼物。"邵琉锦得意之情溢于言表。

"哥哥再不介意我们……"

"哥笃定不敢了……"

"不敢? 还笃定?"邱载慧觉得不可想象。

"你不晓得，我和哥刚才打了赌，还拍了手心手背——你想想，哥输了，他还敢反悔吗?"

邵琉锦说了一阵，也没有说明白赌的是什么，把邱载慧急得连连追问：“你倒是说你们打的什么赌呀，哥又不敢反悔什么呀?”

邵琉锦把脸凑到邱载慧近前，用额头轻轻地触碰邱载慧的鼻尖，一边喃喃道：“‘当月亮女神的额头触及那个牧羊童的鼻尖时，湖面波光粼粼，庆贺牧羊童终于得到了挚爱。’——我们赌的是你来——不——来!”

看着邵琉锦天真烂漫的样子，邱载慧感动了：“她的心底里总是阳光遍洒，清泉荡漾，飘来的飞尘、涌过的阴霾都无法长久在这里驻足。”看到邵琉锦有这么好的心情，邱载慧实在不忍心说那些令人沮丧的话，决定只将比翼远飞的想法告诉她。

“锦儿，我想去东北大学教书。”邱载慧尽可能把话说得随便些。

“东北?”邵琉锦张大了嘴，稍稍蹙了一下眉毛说，“晓得了，在万里长城的外边，听说那里终年飘着雪花，慧，你见过雪花吗?晶莹洁白一尘不染。”邱载慧摇了摇头，他怕自己的声音会带着哽咽。邵琉锦并没有察觉，顺着自己的想象接着说：“我只在梦里见过雪，是在观摩了国画《雪滩双鹭》的那天晚上，雪雾朦胧，白崖枯枝，芦竹寒汀，寒气逼人，滩旁白鹭瑟缩而立——”说到这里，邵琉锦问道：“慧，我可以随你去吗?”邱载慧凝视着邵琉锦的眼睛，点了点头。邵琉锦立刻嬉笑着说：“那我们成了‘雪滩双鹭’了。”说罢，邵琉锦耸肩曲腰，双臂垂在胸前，摆出白鹭瑟缩而立的样子。

“好调皮，你。”

“慧，为什么想起来去沈阳教书?”邵琉锦放下架势问道。

邱载慧有些慌乱，忙信口回答道：“梁思成、林徽因他们都去了，他们是我在宾州大学的同学，画得一手好画，作得一手好诗，而且呀，一位是烹饪西湖醋鱼的好手，一位的红茶肥鸭脍炙人口。”

“不会是因为这些去的吧?”邵琉锦疑惑地看着邱载慧说，“这里，你有做不完的事情呢。”

邱载慧无法自圆其说，眨了眨眼睛，避开邵琉锦的目光。

“慧，你一定有什么难处。”邵琉锦扶过邱载慧的脸，看着他的眼睛问道，“是舅舅和母亲嫌弃……”

“没有。”邱载慧忙拦过邵琉锦的话。

“那就是朋友们不接受锦儿。”

“不是，大家都在为你着急，为你鸣不平呢。”

"那……"

"锦儿，你不要胡乱猜疑了，我要去教书是、是因为我……从小就想做一名教师。"

但是，邵琉锦清澈的目光使他无法遮蔽内心的隐晦，在几次躲闪后，只得把舅舅和母亲的意旨说了出来。

"锦儿，我们去沈阳吧，去吧，那里虽然是冰天雪地，但我们的小窠是温暖的呀。"邱载慧紧紧地握住邵琉锦的手，眼角闪动起泪光。邵琉锦脱出一只手，替邱载慧擦拭着额角的汗珠，安慰道："慧，看你急的，锦儿会随你去的。"

邱载慧轻轻嘘了口气，将锦儿拥在胸前说："谢谢锦儿，到了那边，我们永远这样，永远。"邵琉锦轻轻叹了口气说："可是，我不愿意我的慧为了锦儿，离开他的姐妹兄弟，放弃他大事争先、小事不拒的践诺。"

"锦儿，只要心里有梦，哪里都可以实现。"

"慧，在这里你已经倾注了心血。"

"锦儿，还有立聪、晓花他们。"

"慧，你付出的代价太高！"

"锦儿，可我所得到的也最珍贵——没有委屈锦儿。"

"慧，只要慧喜欢锦儿，要锦儿陪伴身边，什么名分锦儿都不在意。"

邱载慧感觉到邵琉锦的手在微微颤抖，但是目光依旧是那样清澈无垠。

"锦儿，我晓得应该怎样做了，晓得了。"

道德大逃亡

邱载慧见过锦儿后，觉得远走高飞不仅有违光明磊落之道，还有可能结下不解之怨，寸草春晖的亲情或将撕裂，清交素谊的友情或将泯灭。几经思虑，邱载慧决定借订婚仪式之机，开诚布公自己所爱所思，即便得不到谅解与同情，自己已申明在先。邱载慧回到静庐，在案上铺了一张白纸，抽出自来水笔，伏案疾书起来：

载慧思之良久，甘冒不孝、不礼之大不韪，面对至爱亲朋郑重祈告如下：

载慧才疏学浅，世事纷繁复杂，非载慧可详解；但凭亲长教诲，朋辈提携，载慧深明人情世故虽良莠不齐，但挚爱情亲切不可亵渎些许，必得载慧倾心以待，方可不辱家风试训。

邵家锦儿是载慧所挚爱，在锦儿横遭诽谤迫害之际，载慧呵护犹恐不及，岂敢稍有离弃之心？近日亲朋苦口婆心规劝载慧，载慧心领神会，顿首致谢，但万难听命。

载慧特别申明，此举绝非针对杏姑娘——姑娘温文淑雅，才情过人，载慧早已心存敬慕，实在是载慧之心已有归属，实难随意长亲所指，方出此下策，望姑娘海涵。

日人纹藏君有言：“美校一女生，以其稚嫩大美飨以大众，竟招人摧残至此，实在令人大不忍也！”外人尚且如此申明大义，还愿我至亲至好解载慧之意，明载慧之心……

邱载慧写到这里，蒲天枢敲门进来，见窗明几净，往日随意堆积的图纸纸片井井有条地排列在一角，不禁大吃一惊！

“兄弟，你不是要远走高飞吧?”蒲天枢急赤白脸地说，“若是那样，兄弟务必先知会哥哥一声，兄弟假如在订婚礼前来个临阵脱逃，哥哥真有死的心了。”

“哥哥放心，兄弟此生何曾有过临阵脱逃的记录?”邱载慧淡然一笑，尽可能把话说得幽默些。

“那哥哥就放心了，”蒲天枢总算松了口气，“昨晚哥和你嫂嫂又同你谈了一宿，哥此刻求兄弟一个准话——你是回心转意还是执意不从都没有关系，哥实在是耐不住这夹板之罪了。”

“我也实在是筋疲力尽了，”邱载慧靠在沙发背上，有气无力地说，“依了舅舅和母亲的意旨吧。”

蒲天枢终于听到邱载慧应允的话，随即到亨飞地产见姜亨飞，商量改变订婚仪式从张园到大华饭店的事。张园在清末也曾显赫一时，自民初以来已经是瘦死的骆驼，虽比马大，也徒有其名了。蒲天枢深知自己的小兄弟性情倔强，姜亨飞也了解膝下这个女儿极有主见，选择张园作为举行订婚的场所，场面上说得过去，万一新人不遂心，闹出什么事故，也不至于满城风雨，尽人皆知。

姜亨飞听了蒲天枢所说自然极力赞成，说：“天枢，答应锦儿做如夫人本已委屈我家杏儿了，多大的风光也不为过。”蒲天枢抱歉道：“那是自然，不过锦儿的事情千万莫让杏姑娘察觉了，以后他们小夫妻自己商量着办就关系不到我们了。”

蒲天枢走后，姜亨飞回到姜家花园，同李晴钊说了改变场地的事，李晴钊听后说：“这还体面些，要不然太委屈我们杏儿了。”并要家人把女儿唤来。

“哎哟，人家还有一大堆资料要看，又把人家叫来。”姜立颖进门就撒起娇来。

姜亨飞把女儿唤到身边，柔声细语地说：“爹爹这些日子忙于商务，把你同载慧的事情耽搁了，刚才我同你天枢哥哥商议好了，后天在大华饭店，我、你妈咪同载慧的舅父、母亲见面，把你同载慧的亲事定下来。”

李晴钊接着说：“你穿的戴的妈咪已经为你准备好了，你只需做做头发就行了。”

姜亨飞又接着说："这次顺便举行个简单的仪式，你马钟晓叔叔主持，其它一应繁文缛节就都免了。"李晴钊立刻补充说："互赠礼物是免不了的，当然也不讲什么'小盘'、'大盘'的，由你们思想对方喜欢的采办一件就行了。"

父母亲你一句我一句把姜立颖说得来不及开心，也来不及伤感，心中一团乱麻似的又不晓得该从哪里牵出头绪，不晓得从哪里问起，只得把充满讶异的目光从爹爹转向妈咪又从妈咪转回爹爹，最后说了句："爹爹、妈咪，你们怎么也不事先同我商量一下呀。"

姜亨飞笑着说："此刻也不是事后呀，我女儿有什么想法尽管说。"李晴钊接过话说："哎哟，你就不要难为杏儿了。"随后唤来佣人李妈吩咐道："你拿着老凤祥和绿夫人送来的首饰、衣服，再叫上阿珍，陪小姐试试去，不合适的还来得及改。"

试衣服的时候姜立颖想着心思任凭摆布。李妈同阿珍一个接一个地好话连篇，一句接一句地啧啧称赞。姜立颖偶尔看一眼镜子，自己也觉得十分惊讶，几袭丝绸靓衫，几样珠宝翠钻竟使得自己变得曼妙妩媚，比起平日里布衣素服带给自己的洒脱不羁，更是一番绰约多姿的风韵。

好容易完成了衣服首饰的试穿试戴，门房传话来，车行的汽车已经到了。姜立颖对阿珍说："你在家把衣服首饰整理好了，不用随我去。"

车出姜家花园，姜立颖吩咐司机往毛家弄工务局，她要找邱载慧把来龙去脉问个明白。到了工务局，沈晓花正往外送客人，待客人出门，沈晓花拉住姜立颖的手说："你来得正好，今天轮到我值班，一个人正闷得慌呢。"

"值班不是归载慧吗?"姜立颖惊讶地问。

"他？他整日里魂不守舍的。"沈晓花边斟茶便说。

"为什么呀?"姜立颖追问道。

"还不是为锦儿的事……唉，你哪能不晓得呢!"

"我这阵子埋头故纸堆里，快不晓得如今是民国还是满清了。"

见姜立颖确实不知情，沈晓花把《第十二夜》演出时发生的意外和邱载慧这些日子如何魂不守舍大体说了一遍，最后还说自己忍无可忍，对邱载慧击了一猛掌。

"你胆子越来越大了，连长官也敢击一猛掌。"

“还不是为了你们！”

姜立颖着了急，逼着沈晓花说个端详。快人快语的沈晓花立刻绘声绘影地说了起来：“那天我把他叫到小客厅，劈头问他一句话，邱载慧，你趁早断了和锦儿相亲相爱的念头！”

“你疯啦！——这不是落井下石吗？”

“那天邱载慧震惊的眼神跟你现在一样，只是烈焰喷薄。”沈晓花做了个双手比拟喷火的手势接着说，“我说，你钟情锦儿啥人也不怀疑，但你们蒲邱两家容锦儿进门吗？即便你舅舅、母亲一时心软勉强接纳，可是天长地久家里家外，今天这个风言风语，明日那个旁敲侧击，舌头底下压死人，锦儿还不陷于万劫不复的水深火热之中吗？你猜怎么着，往日伶牙俐齿的邱载慧无语了。我话锋一转说，姜立颖……”

“你这死妮子，怎么扯到我身上！”

“莫打岔——我说姜立颖哪点配不上你？论容貌，从中学到大学都是校花级的；论学识，中国天字第一号学府的高才生；论品行，侠肝义胆宽厚大度；论前景，胡适之以及类胡适之不断向她投寄情书。可看看你自己，不过面皮不那么骇人，咀嚼过几天洋面包，偶尔玩两把小号，仅此而已！”说到这里沈晓花自己都禁不住要笑。

“晓花，你这不是胡闹吗?!”姜立颖听后急火火地说。

“胡闹？自那以后，邱载慧真有点魂归舍里的模样，”沈晓花洋洋自得地说，“昨天还帮我画了一张图呢。”

从沈晓花所说到爹爹和妈咪所讲，姜立颖心想：“莫非载慧已经接受了现实？如果真是这样，对锦儿岂不是很残酷？如果真是这样，自己能心安理得吗？会不会是乘人之危呢？”想到这些，姜立颖无法三缄其口，禁不住对挚友和盘托出此刻心境。

沈晓花听后惨然一笑说：“说到锦儿我何尝不为之伤感，不过……立颖，你觉出了没有，邱载慧虽说是性情中人，但这人有一分傻气两分憨气，对于像锦儿这样非得细心呵护的花朵，我觉得纹藏倒是最佳落花之处……你先不忙否定，纹藏对锦儿的一往情深绝不亚于邱载慧，此前我也觉得此人是异想天开，演出前我们还组织‘助威团’打算与他抗衡哩；哪里晓得，要没有纹藏的那一通慷慨陈词，剧场还不晓得乱成什么样子呢。”

“晓花，即便锦儿有更好的归宿，我也觉得……我还没有做好接受这种结果的准备。”姜立颖若有所思地说——事情来得太突然，她难免有无所适从之感。

“哎哟，你们那样的家庭，还要你操什么心？”

“啥人说聘礼嫁妆了，我是说感情，”姜立颖看了一眼沈晓花，把脸转到别处，接着说，“晓花，我真的做不来那些卿卿我我撒娇示爱的事体。”

沈晓花听后扑哧一笑，说：“我的才女，远有《红楼梦》，近有《玉梨魂》，随便选出一章两节就足够运用了，再说，此等事体是无师自通。”

姜立颖“嘁”了一声，说：“什么无师自通，你们当初不偷窥那本《性史》，如今怕也同我一般的懵里懵懂！”

沈晓花捂住嘴笑了一阵，说：“你也太记仇了，多少年的事了，还这么耿耿于怀。”

姜立颖瞪圆眼珠说：“废话，当时你们看够了，刚刚传到我的手里，连篇也没来得及翻就被赵舍监抓住，罚我背诵了《千字文》的‘女慕贞洁，男效才良’。还不算，又背了《天封观将军柏》的‘千年抱贞操，劲节无屈曲。不为岁寒凋，守此万仞绿’。才算勉强脱了大难。可是事后问起你们，你们一个个跟贞洁烈女似的，哪个也不开口，自私自利！”

沈晓花大呼冤枉说：“你可没有问过我。”姜立颖说：“是呀，我没有问你，你不是体会深刻，回苏州结婚去了吗?!”

沈晓花听后手指姜立颖说：“好呀，把我抗婚说成是结婚，原来嚼舌头的也有你！”姜立颖挡住沈晓花伸来的手说：“你也不过遭赵舍监盘问盘问而已。”沈晓花说：“说得轻巧，我今后嫁不出去哪个管我？”姜立颖笑着说：“你不已经嫁出去了吗？”沈晓花不由分说，将双手伸向姜立颖肋下。

姜立颖被沈晓花胳肢得连连求饶，沈晓花也有些累了，放开了姜立颖，坐到一边喝茶。姜立颖整理好凌乱的衣服，走到沈晓花身旁，把嘴凑到沈晓花耳边悄声说：“当初听你们窃窃私议，说什么男女行人道是如何的美妙，确实如此吗？”沈晓花想了想，说：“无法描绘，只能告诉你，上天给予众生的眷顾莫过于此了。”姜立颖随口说：“可是你同托尼的体验？”沈晓花一听，大呼上当说：“你个坏东西，又拿我们嚼用。”

两个人又打闹了一阵，姜立颖说：“下班到我家吃饭，晚上就住我那里，我还有好些心事呢。”沈晓花说：“今天不行，晚上要到托尼那里加班。”姜立颖问：“我去那里等你行吗？”沈晓花说：“当然可以，不过你只能待在小客厅里。”

沈晓花开始收拾文件什物送往其它办公室，临出门时随手递给姜立颖一张纸说：“立颖，这是那天演出时散发的传单，我们正要寻找是啥人干的，你先看看，晚上正要商量这事，你主意最多。”

姜立颖看过一遍觉得有些面熟，再逐字逐行看过，不禁疑窦骤生：“怪哉，这立意行文那么熟悉，我好像在哪里看见过。”姜立颖想来想去，突然想到自己曾为同学收集过上海商会的资料，那里面收有当年上海总商会的会长并兼上海正俗社董事长朱葆三致美专校长刘海粟的信，词语与传单多有雷同。姜立颖的心收紧了，她想起来，自己与爹爹谈话那天，正是把一本贴有这封信的剪报遗忘在起居室。

“莫不是爹爹看过，并以此为把柄唆使了那晚演出的闹剧？”想到这里，姜立颖浑身打起了寒战，把传单死死地攥在手心里出了办公室。在走廊里，姜立颖对沈晓花说：“晓花，我忘记点事，不随你去了。”

举行订婚仪式那天，天刚蒙蒙亮，邱载慧就被唤醒，在舅母林倩云和嫂嫂赵筱凤的招呼下，从美容院请来的师傅把邱载慧装扮停当。此时表兄蒲天枢已经等在门外。

到了大华饭店，邱载慧被带到厅堂，眼前猛地一亮，才彻底清醒。所有装饰已经焕然一新，迎面高悬一幅壁画，双崖之间，瀑布飞垂，题有王安石《千丈岩瀑布》一首：“拔地万重青嶂立，悬空千丈素流分；共看玉女机丝挂，映日还成五色文。”左侧大厅的门楣上是“椰风海韵”匾额，字色明紫，以淡影状嫩绿椰树和浅蓝海水衬底，尽展温柔缱绻之风情。

“这就是为总司令同宋三小姐结婚准备的厅堂吧？”邱载慧问。

“你怎么晓得的？”

“你看，奉化的千丈岩和海南岛的椰林都搬来了。”

“对了，你先以建筑师的眼光评论评论，饭店的总管正想听听兄弟的见解呢。”

邱载慧环顾一周说：“应时应景嘛，说得过去，只是‘椰风海韵’四个字左秀而右枯大煞风景，显然是浅学苏轼，得其形而忘精髓，其实东坡先生拙中藏巧，最讲究笔圆韵胜，肉丰骨劲。”

蒲天枢说：“兄弟重写一幅怎么样?”邱载慧大言不惭地说：“那是现成的。”

蒲天枢随即要使役拿来文房四宝，并对邱载慧说：“哥还真是打着你的名号，说兄弟是著名建筑师，事先体验一番，便于饭店藏拙弄巧，他们才肯借出这个厅堂，兄弟正好给他们露一手，等司仪来后我们再走场。”

邱载慧这边写字，蒲天枢在饭店门前翘首等待司仪的到来。在今天的仪式上，司仪的作用非同小可，不仅要满口珠玑，出口成章，把气氛烘托得喜庆热烈，而且要善于随机应变，大小纰漏全靠他圆场托底。

等了一阵子没有等到，蒲天枢急于到后厨看看餐饮，见姜立聪正从一辆汽车里出来。

“立聪，来得正好，帮我在这里等等司仪——你一定认识，王献斋，《四月蔷薇处处开》的男主角。”蒲天枢说罢要走。

“载慧在里面吗？我得先见他。”

见姜立聪神情急急的，忙说：“在大厅里，随我去。”

两人来到大厅，邱载慧正悬腕运气，突然听到急急的脚步声，不免有些不快。

“今日又不是总司令的婚礼，哪能在这里操练正步呢?”

放在往日，邱载慧的诙谐早令姜立聪捧腹，但今天他一点闲暇的心思也没有，三步两步走过去，把邱载慧手中的毛笔取下，塞过一卷报纸。

邱载慧满腹狐疑地接过报纸，是当日出版的《时报》。姜立聪随手指了指一篇题为《道德大逃亡》的文章，署名杏林小囡。

“大致是什么内容?”邱载慧随口问道，此时他无心细看。

“你先看看，杏林小囡就是杏儿的笔名。”

听了姜立聪的回答，邱载慧十分讶异，立刻聚精会神，逐字逐句看了起来：

人们提起逃亡，大多不屑，常与胆小怕事，生性懦弱，甚或不道德连在一起。譬如，邻家小囡因课文尚未背熟，惧怕老师责备而逃学，严厉的家长常斥骂道："像你这般怯弱，将来能成什么大事，不过临阵脱逃而已。"临阵脱逃！那可是事关民族繁衍，国家兴亡的呀，如此顶天大事，竟凭些许小事，即可盖棺论定，可见世人对逃亡之厌恶畏惧到了何种地步。

其实不然，逃亡有时也是独善其身乃至维护正义的手段，正如那句俗话——惹不起，躲得起。近有好友赋诗明志，有"声色犬马远避"之句，如若深究，亦难避"逃亡"之嫌，然而芸芸众生者，谁有能力炸平跑马场，烧毁四马路？唯远避而已。

阅读过半，从旁观看的蒲天枢说："杏姑娘文笔犀利，立意颇新，载慧你留下仔细拜读，酝酿一下与杏姑娘相会的情绪也好，我同立聪还有好些事情要急着办呢。"

"天枢莫忙，"姜立聪说，"等载慧读完，我们就成无事忙了。"

蒲天枢一听话里有话，忙拿过报纸读出声来：

笔者曾在报纸《糊里糊涂》上读得一则题为"香的抢亲，臭的逃亡"的短文，说的是富家女看中如意郎君而郎君并不如意于她，于是富家驱马匹车辆来到那郎君处，以黑布蒙头，麻绳勒臂，将郎君挟持到车上。途中，郎君趁挟持者不备，猪突狼奔窜入一粪坑中，挟持者喊之求之，均不能动。编者"糊里糊涂"叹曰："舍香粉温柔之逃亡，怨哉，臭哉！"

笔者曾以为该《糊里糊涂》存活不足一个月，所报新闻纯属子虚乌有。不想这等天方夜谭式的奇迹却降临于笔者这个小女子身上，不同的是，抢亲所用不是马匹车辆，亦不用麻绳勒臂，而是以语言文字，蛊惑中伤。

笔者无奈，只得做一次逃亡了，为的是被抢郎君不再遭受怨哉，臭哉之苦！小女子此举可誉为道德大逃亡吧——见笑。

邱载慧听完，不禁挥毫狂书，须臾之间，白白的宣纸上留下一行俊秀的大字："风住尘香花已尽"。邱载慧随即掩面而泣——李清照的一阕载不动许多愁的《武陵春》竟然催出邱载慧行行清泪。

蒲天枢此时顾不得兄弟的感受，抓住姜立聪的手急急问道："杏姑娘果真离开上海了?"

"不晓得，我一见到报纸立刻去了静庐，随后就找到这里来了。"

"真够急人的，"蒲天枢火急火燎地说，"我们赶紧分头去找吧，或许杏姑娘还没有出上海……"

"哥，早报的截稿时间是头天下午，你还到哪里找杏姑娘去，其实，杏姑娘的逃亡不过是抢了我的戏——本来我应该是主角的。"邱载慧此刻心情轻松了许多，以惯有的幽默语气说，"算了，不如我请你们吃早餐去，这里的火腿吐司和酒酿鸡蛋可是远近闻名的。"

蒲天枢听了邱载慧的话，气得一时语塞，用手指朝邱载慧点了几点，转身走了。

订婚风波过去后，大客厅里忙则繁忙，但气氛却十分沉闷，人们心里惦记着姜立颖的下落，虽然明知她是理性出走，在没有音信之前还是有几分惴惴不安。

沈晓花耐不住心烦，禁不住埋怨几句："邱载慧，立颖要有个三差两错，我得拿你是问。"姜立聪说："晓花，这事怨不得载慧。"沈晓花眉梢一挑，说："立颖还不是为了他不再遭受怨哉、臭哉之苦才逃亡的。"

锦儿没有见到，杏姑娘又离群而去，邱载慧本就心乱如麻，听了沈晓花的饶舌，呵斥道："沈晓花，你是不是闲得无聊，帮道堤勘测桥涵地基去!"沈晓花见邱载慧面色黧黑，朝姜立聪一伸舌头，低头画图去了。

过了两天，邱载慧把一张信笺放在沈晓花眼前说："你不是包打听吗？拿去看看——从最末一行看起。"

沈晓花好生奇怪，拿起信笺，见信末有这样一行字：

PS，请把这封信读给大家听，但不许晓花饶舌。

沈晓花自嘲道："这妮子，真没有忘记我。"接着朗读起来：

载慧仁兄大鉴，自《富哥拖车》识君以来，立颖羡艳仁兄才情，君亦视立颖为知己，彼此厮抬厮敬。但立颖生性疏懒，常因此罹祸并殃及仁兄，愧杀，愧杀！不得不落荒而逃，所谓"道德"不过掩人耳目，聊以自慰罢了。

我到北平已经三天了，宿舍空落落的，窗外那棵老榆树也不复存在——被突如其来的狂风刮倒的，这样，连个说话的鸟都没有了。今天也不知道是怎么啦，懒懒地躺在床上，看着从窗外天空飘过的白云，兀地突发异想，去煤山看看那棵歪脖儿树——北平人是这样称呼崇祯皇帝自缢的那株树木的。

从煤山回来的路上，我想起了"逃亡"途中的大明湖之游，那里的景色较之这里清一色的红墙黄瓦和那棵灰扑扑、蔫耷耷的歪脖儿树丰富多了。千佛山上，铁公祠前那红的火红，白的雪白，青的靛青，绿的碧绿令人目不暇接；黑妞白妞大珠小珠落玉盘般的新莺出谷之声，乳燕归巢之语更使人无酒自醉。可惜的是，刘鹗老先生却发诸："棋局已残，吾人将老，欲不哭泣也得乎？"之叹，实在是有愧江山。

歪脖儿树和大明湖给我的启示是，世事如斯，人心在我，于是将刘鹗老先生之叹特篡改如下："棋局已始，吾人正少，如不张扬实冤乎？"你以为如何？

沈晓花的读声刚落，大客厅里响起了掌声，大家无不感叹姜立颖的豁达乐观。沈晓花装出愤愤然的模样说："大明秀色，黑白声韵，杏儿岂可独享乎？邱载慧，你得放我们几天逃亡假！"

“夏令配克”遭遇战

“伯通，你手下的人，是人脑子还是猪脑子，朱葆三的信怎么可以照本宣科呢。”姜亨飞为姜立颖的出走大为光火。

“董事长歇歇气，”仲伯通唯唯诺诺地说，“塞翁失马……”

“胡说，”姜亨飞听了仲伯通的话更为恼火，把一张信笺扔给仲伯通说，“你看看，我失去的不是马，是女儿!”

仲伯通接过信笺，上面是字体娟秀的两行字：

爹爹已陷女儿于不仁不义，女儿再无颜见亲朋好友，只得掩面避之。——爹爹若指女儿不孝，女儿亦无言以答。

仲伯通扶姜亨飞在沙发上坐下，站立在一旁说：“董事长听伯通一言，过去因杏小姐的关系，我们投鼠忌器，许多手段无法施展，如今杏小姐既已远走，我们就可以放开手脚……”

“算了，算了，邱载慧立马就是邵鸿运的乘龙快婿了，你那些美人计只怕无用武之地了!”说到气处，姜亨飞把半截雪茄扔在脚下狂踩一阵。

仲伯通再点燃一支雪茄，毕恭毕敬地捧给姜亨飞，随后微微一笑说：“董事长放心，事在人为。”

姜亨飞想了想说：“我们不是和李慕新的关系不错吗？何必在邱载慧这一棵树上吊死？”仲伯通唉声叹气地说：“自从邱载慧到任，沈怡就把李慕新‘另有任用’了，大上海计划的事体根本不让他过问。”

姜亨飞无计可施，只得说：“伯通，若没有万全的办法，就那么办吧，不过邱载慧不是一般的声色之徒，你要谨慎从事。”

几天之后，邱载慧接到由工务局秘书室转交的请柬：

邱处长载慧先生大鉴：

上海营造业同业公会（筹）于民国十六年十月二十一日午后三时，假座夏令配克大戏院举行特别演讲会，业界同仁吁请公会，力邀处长先生率部莅临指导，以海外饱学之阅历、经纶满腹之学识、肌劈理解之透析、胼手胝足之精神，着我同仁顿开茅塞，齐心努力于上海特别市之建设。万望赐教。

落款是同业公会（筹）秘书长仲伯通。

姜立聪说："那次party上立颖与载慧的喜带加身，和这次演出的传单全是仲伯通筹划运作的，此回必有圈套，还是不去为好。"

陈道堤也赞同说："仲伯通在业内有小诸葛之称，显然发现邱处长回避与他们酒肉声色的交往，因此变换了手法。"

沈晓花却不以为然地说："回避不是长久之计，既然我们身处其位，就少不了与他们打交道，我看不仅应该去，而且要堂而皇之地去。"

邱载慧思虑良久后说："晓花说得对，我们是干这一行的，不论筑路建屋都得借助他们，他送给我们一个抒讲主张的机会，我们求之不得呢。我看这样，姜伯伯还不晓得立聪在这里，立聪就找个边边沿沿的地方看热闹，我、晓花、道堤抛头露面。到时候，该说的大讲不吝，不该说的只字不吐——有一点记住了，余兴节目我们一概婉言谢绝。"沈晓花撇撇嘴说："不用对我说，你们两个多点自制力吧。"

讲演会那天，三人来到夏令配克大戏院，场内已是座无虚席，与会人员纷纷起身鼓掌欢迎，一些人伸过手臂，争着与他们握手；近不得身的，则呼喊着邱载慧的官称，以示自己到会聆听。

姜亨飞宣布讲演会隆重开始，仲伯通谦恭地将邱载慧让到讲演台前。迎着聚光灯的光柱，下面一片漆黑，只听人声，不见人影，这样的场面邱载慧并不陌生，他微笑着朝下面挥了挥手，待人声安静下来，以一个优雅的动作，像当今政要们那样，从衣袋里掏出讲演稿。可是伸进衣袋里的手指已经触底，却什么也没有触及，他忽然想起来，昨晚换衣服时忘记把讲演稿装进衣袋了。

“晓花看，长官怎么啦?”陈道堤悄声问道。

“怕是忘记带讲演稿了，”沈晓花咬住嘴唇说，“麻烦了，今天的讲演稿是按照局里新闻稿的规格写的，晓得他背下来没有呀!”

局长秘书送来讲演稿时，邱载慧心想反正是照本宣科，所以草草看过就放在一边了，此刻搜肠刮肚只搜刮出个题目：“以新思维改造旧上海”。

根据邱载慧自身经验，在众目睽睽之下，唯有将错就错，万不可拘泥于旧章，于是在宣告“本人今天讲演的题目是：以新思维改造旧上海”后，从夏令配克大剧院的铁架大雨篷、爱奥尼克柱，讲到新古典主义风格、文艺复兴建筑三段式处理手法，进而讲述以颠地洋行、Mard Nickle住宅为滥觞的洋建筑，如江海泛滥，势不可挡。其间，虽有江海关，以其两层歇山顶式的官府衙门力顶狂澜，但终究难成大事，在短短的七十年内，已经两易其身，逐渐向欧风折腰。说到这里，邱载慧朝台下问道：“新仁记的泉通兄到场没有?”

“小兄在此洗耳恭听呢。”台下一位中年男子操着宁波腔回答道。竺泉通出身学徒，刻苦进学，终成新仁记营造厂的台柱，去美国参访时，在建筑技术和英文上多得益于邱载慧，因此两人称兄道弟，相当亲近。

“宾州大学一别不过半载，泉通兄又带领新仁记抢占了外滩的制高点，厉害!”没有等竺泉通客套谦虚，邱载慧就接着问下去，“听说新仁记正在建造的第三代江海关里，有世界上最好的时钟，最长的柜台，不晓得在建筑上有没有一点中国元素?”

“载慧，不必问了，设计师Wilson完全是从雅典巴特农神殿获得的灵感。”插话的范文照是邱载慧的学长，被称为最执著的复古主义者，他主持设计的八仙桥青年会采用了传统的中国式大屋顶。

“正如文照兄所言，”竺泉通接过话说，“镶嵌在大厅穹窿顶边沿的虽是各式中国帆船，但入口大门上最显赫处的海船和海神的浮雕，还是古希腊人向往的——几条用马赛克粘贴的中国帆船只能是聊胜于无吧。”

听了竺泉通自嘲的话，剧场顿时雅静无声，片刻沉寂后，响起了邱载慧如空谷回音般的声音：“上海滩成为万国建筑博览会并无不好，我们自当以兼容并包之心态，本开阔视野、启迪思维、取长补短、完善自我之原则欣然接纳。但于千百幢幢中，富中华气派、扬汉家风范者如凤毛麟角，难免令国人发蒙羞之慨！载慧此刻站在这里，就是要同各位业界精英、社会贤达共同圆一个梦，一个美妙的梦，一个兴奋的梦，一个永远不会忘记的梦——在浦江上下、淞江两岸建造一座我们自己的新城！”

剧场又恢复了活跃的气氛，刚才答话的竺泉通、范文照齐声应和；也有迫不及待的人大声喊道：“邱处长，我们个个摩拳擦掌呢，说点实在的。”也有人问得更具体：“听说市政府的方针是先筑路后建屋，请问路是怎么走向，屋又建在何处？”更有的问话令人捧腹：“邱处长只说同我们圆梦，不说同我们做梦，岂不是同床异梦了？”

刚才邱载慧这一段煽情的话，把沈晓花听得热血沸腾，但又怕他情之所至，泄露点什么。沈晓花、陈道堤正提心吊胆，台前的邱载慧倒是应付自如，本想以李白《梦游天姥吟留别》中的“千岩万壑路不定，迷花倚石忽已暝”来打趣，可是又觉得以诚相待才是上策，于是直言道：“筑路建屋本是光天化地之下所为的事体，否则不要耗费诸位多少冤枉的电灯费。”

此话一出，台下笑声一片，有人高喊：“还是邱处长体恤民情。”邱载慧随即接应道：“载慧既然将此事体比喻为‘梦’自有载慧的苦衷，也渴求诸位体恤。”说到这里，邱载慧以低沉的声音发问道：“大家晓得，自民国以来，我们曾多少次筑路的计议，但都成泡影，无一实现，这是为什么？”

“列强的干涉！”声音来自台上台下。

“是呀，如今列强觊觎犹在，我们怎么能把一应细节拱手相奉？”邱载慧应和了大家，继续说道，“再者，在场诸位多是业界的行家里手，不会不晓得当年哈同利用作为工部局董事之便，获得筑路信息，从而大发横财的故事——怕不是哪位老举也想效法那位犹太佬？”

随着台下又发出的轻松笑声，有人喊道：“难得邱处长的公平，我们拭目以待了！”

听到场内频频发出的笑语欢声，站在剧院大门台阶上的仲伯通心如火燎，他并不在意邱载慧讲什么，更不在意听众对邱载慧讲演的反映如何，他在意的是节目的女主角迟迟没有到场。

仲伯通心中的女主角，是他在四马路新会乐里无忧坊寻到一个芳名忧悠的小先生。仲伯通惊鸿一瞥所得到的印象是，天仙不及其艳丽，尤物不如其风骚，董事长门中的大家闺秀和邵鸿运家的小家碧玉加在一起也不及忧悠的半个脸蛋、半副腰身，他邱载慧纵有金钟罩铁布衫也耐不住忧悠那勾魂摄魄的一瞥所发出的热度——当下仲伯通花了三倍的价钱叫了忧悠的堂差。

姜立聪一改往日的西服革履，穿了一件浅灰丝葛长衫，眼镜也换成宽边玳瑁式样，进场后坐在倒数第二排，整个剧场尽收眼底。他见仲伯通早早就出去了，一直也没有回来，想看看究竟，也悄悄离开座来到门庭，隐在大门旁向外观察。

不一会儿，四辆黄包车相跟而来，车到剧院门前停住，头一辆车上下来的中年妇女招呼后面三辆车上的年轻女子下车。姜立聪见那年轻女子分别着红、绿、蓝三色旗袍，青丝蓬松，珠翠闪亮，莲步轻移，袅袅婷婷。

“忧悠怎么没有来?”仲伯通急火火地问那中年妇女，并不看那三个花枝招展的女子一眼。

“杜老板家有一场花酒，忧悠应酬去了。”

“亏你有脸说，我定的是满天!”仲伯通气得浑身发抖。中年妇女涎着脸笑道：“哎哟哟，仲老板是贵人多忘事，按规矩，满天是下半天加过夜呢。”

仲伯通无奈，只得叫人把三个女子引到门厅一侧屋里歇息，自己和那中年妇女一同站在门外台阶上翘首以待。

“仲伯通为什么这么在意忧悠?这忧悠又是哪个?”姜立聪边想边走到侧屋门前，想打听一下来历。

侧屋里的三个女子见这位文质彬彬的先生迟迟疑疑，有话又不敢明说，想进又不敢迈步，禁不住互相挤眉弄眼哧哧笑个不停。

“进来呀，我们又不吃人，”红旗袍先发了话，“她叫翠竹，她是兰花，我嘛，你也看出来了——玫瑰。”

翠竹想说话，兰花抢先说：“先生定是急火了，先说说吧，我们三个人哪个同你打捆呀?”

打捆是断缠的意思，姜立聪听不明白，但从她们猥亵的目光里看出来了，急忙避开她们的目光问道："我是想问忧悠……"姜立聪的话一出口，三个女子又互相挤弄了一阵眉眼，翠竹蓦地走到姜立聪身前，伸出两条光滑柔软的胳膊揽在姜立聪腰际。

"忧悠有什么好?"翠竹仰起脸问道，"忧悠是小先生，我们呢是去了骨头的肉!"在淫邪的笑声中，姜立聪感觉到两只肉团正在压迫自己的胸膛，自己快窒息了。

"哎哟，可把你盼来了，我的忧悠小姐。"

外面传来仲伯通的声音。姜立聪急忙挣脱出来，跑到大门后。

一辆黄包车刚停下，黑漆车厢镶有锃亮的铜饰，两旁还挂有玻璃电石灯，湖绿色遮阳篷叠放在车后，坐在上面的年轻女子随意地撑着一把粉色阳伞。

"忧悠是这样?"姜立聪看着下车的忧悠惊呆了，在他的想象中，忧悠应该比玫瑰、翠竹和兰花更加花团锦簇，更加妖冶艳丽，更加风骚惹眼……但是，眼前这个素面朝天的忧悠，简直就是杏儿三五年前的装束打扮：齐耳黑发，运动装——白色短袖上衣束在黑色短裤里，脚下一双白色网球鞋袜，唯一为黑白二色添彩的是，印在上衣胸前的亮紫色号码515。

"她是女校的学生，为什么与玫瑰她们混在一起？翠竹说她是小先生，小先生是什么样的人物？是学校里的小老师？小老师怎么会有应酬?"姜立聪正在胡乱想着，忧悠已经在仲伯通的陪同下走进剧院大厅，他急忙退到人群后面。当他从人们颈项交搭的空隙望过去，正好与忧悠左顾右盼的眼神相遇，那闪亮的眸子投出的目光交织着天真与狡黠、灵动与犀利，它飞快地传递和捕捉着什么。就在它转瞬即逝的那一刻，一种似曾相识的感觉涌上姜立聪的心头，这种感觉曾伴随着心的悸动。他想再看忧悠一眼，但她已经消失在攒动的人头里。

舞台上的邱载慧从犹太人哈同谈回夏令配克大剧院，由大剧院谈到在此上演过的影片《玉梨魂》，由此及彼，又谈及戏中主角王献斋。邱载慧谈起王献斋的履历如数家珍，说他如何就学于上海沪江大学医科，如何弃医从影，报考了明星影戏学校，又如何在《滑稽大王游沪记》中，把个卓别林模仿得惟妙惟肖而一举成名。当下自怨自艾道："如果在场的前辈老东家、同龄少东家，莘莘学人、衮衮诸公懒于捧载慧的场，勤于拆载慧的台，载慧只得效法王献斋，投笔从艺，再不与劳什子的砖瓦灰砂石为伍。”邱载慧的这些话倒也博得不少同情。

忧悠的进场转移了大家关注的视线，声声喝彩也朝忧悠倾泻而来。舞台上的人在聚光灯下，看不清剧场发生了什么，沈晓花、陈道堤站起身来提醒邱载慧多加注意。邱载慧手搭凉棚朝下一看，惊喜交加，禁不住喊出声来，“锦儿!”随后把沈晓花、陈道堤拉到台前，指着款款走来的忧悠说：“你们看，是不是锦儿?”沈晓花屏住气说：“是呀，锦儿怎么来了?”

邱载慧的一声“锦儿”没有引起人们的注意，忧悠似乎听得真真的，她停住脚步，朝舞台看去……突然，她扭转身子，迅速地朝舞台一侧的出口走去。大家被刹那间发生的事情惊呆了，直到忧悠走出剧场，仲伯通才招呼手下追了出去。

站在剧场后边的姜立聪听不清邱载慧的声音，但他看清邱载慧、沈晓花他们异常的动作，当忧悠转身走向出口那一刹那，即刻触发了他的记忆：刚才在剧场门厅泛起的那种似曾相识的、伴随着心的悸动的感觉，曾在姜家花园的 party 上感受过——即对顾阿娇发出占断春光是此花赞叹的时刻。

姜立聪飞快地跑出剧院大门，只见忧悠正从剧院侧面的出口朝这边跑来。姜立聪奋身迎上，拦腰把忧悠抱住。

“阿娇，是我，立聪!”

“先生，放尊重些，我不认识你，我也不认识阿娇。”忧悠把脸转到一边，冷冷地说。

这卵圆白皙的面孔，这玲珑姣好的口鼻，这眉眼间时时流溢的妩媚，自高桥海滨初次见面，已经作为温馨的记忆钤印于心。而在广肇山庄的诀别也曾使姜立聪摧心裂胆——姜立聪自信绝不会认错。

“阿娇，我们都想着你，载慧、晓花、建业、杏儿、锦儿还有钟大哥、碧珠姐、托尼、安妮、叶菲姆……”

“先生，再不松手，我喊巡捕了!”

姜立聪无奈地松开手。忧悠唤来一辆出租车上车走了，头也不回。

“杏儿，哥哥告诉你一个惊天动地的消息，哥哥看见阿娇了，哥面对面地看见了阿娇。可是载慧、晓花他们全说我看花了眼。哥哥虽然近视，可是面对面还能看花眼吗？况且，阿娇的音容笑貌在哥哥的心里埋得实在是太深太深了。”

看着哥哥的来信，姜立颖边摇头叹息，她晓得哥哥喜欢阿娇，可是，这不是自讨苦吃吗？但不管怎么说，如果阿娇真的失而复得，也是天大的庆幸，姜家的罪愆多少也可以减轻一点。

姜立颖晓得系主任不会因为这个理由准她的假，想来想去，想起来自己毕业论文的选题有关上海会审公廨，于是提出回上海作一番先期研究，果然获准了。

回到上海一走出火车站，姜立颖直接去了金神父路上的姜家旧宅——从哥哥的信里得知，夏令配克大剧院的讲演会是仲伯通筹办的，那个忧悠一定是仲伯通请来的。

“大小姐什么时候从北平回来的，怎么也不知会伯通一声，伯通好派人去接。”仲伯通满脸堆笑地搭讪。

“仲先生，那位忧悠现在在哪里？”姜立颖话不绕弯，直奔主题。

“大小姐问忧悠？忧——悠，是有个忧悠，那是下边……”仲伯通试探着回话。

“有就好，”姜立颖干脆利落地说，“仲先生，走吧，带我去见忧悠。”

在无忧坊没有见到忧悠，那天陪同的妇人答应去忧悠的住处看看。临走时，姜立颖对仲伯通说：“仲先生先回吧。”仲伯通有些不放心地说：“还是伯通陪着吧。”那妇人笑着说：“仲老板常来常往的有什么不放心呀。”一句话说得仲伯通脸红筋涨，忙点头去了。

车过老关桥，上北福建路，再左弯右拐，来到弄堂里的一个小院落。进门之前，妇人说：“大小姐，这里看门的呀，是个老公，懂吗？就是早年皇宫里侍候娘娘的太监，兴许是在脂粉堆里惯了，见着有点姿色的女人就小猫抓心似的，千万不可搭理他。”姜立颖不禁一惊，可是事已至此，不能因此却步，于是说了声“晓得”，就随妇人进到院里。

“谁呀，大晌午的。”

听到正对天井的正房里传出苍老的女人声，姜立颖忐忑的心稍稍安定了一点。随着“吱呀”的开门声，一个粉面老汉踱出房门，姜立颖立刻把自己掩在妇人的后面。

“哟，樊妈妈，你真有本事呀，又从哪家抓来这么只小雏呀。”粉面老汉说着，朝姜立颖走了几步，“来，过来，让咱家香香腮……哟，胆怯什么呀，咱家跟你一样，也是个雌儿。”

姜立颖哪里见过这样的世面，紧紧攥住妇人的胳膊，把脸藏在妇人肩后。妇人在姜立颖耳边小声说：“看见那边的楼梯了吗？你只管上去。老东西也是有心无力，不用怕他。”姜立颖松开手走向楼梯，听见身后妇人的声音：“大总管，这是忧悠新近从乡下来的小姐妹，碧青果子，不晓风情，明天呀，我送个熟果子你团弄，好不，我的大总管。”

姜立颖踏着吱呀作响的木楼梯一口气跑到楼上，见过道里尽头的一扇门，急忙走了过去轻轻一推，迎面扑来的浊气夹杂着烟气的刺鼻和脂粉的腥臊，令姜立颖顿时恶心阵阵，急忙捂住口鼻。

“忧悠，快醒醒，看谁来了。”

没有听到回应，妇人走了进去，一边摸索着开灯，一边不住地埋怨：“你真是造孽呀你，不要你抽烟你就是不听，这房间没窗没缝的，着了火还不成了活棺材。”

就着昏暗的灯光，姜立颖看见那张床上凌乱地扔满了衣衫裤褂，却空无人影。

妇人纳闷地说：“昨晚过了子时才收的局……院里那老东西也没有说什么呀。大小姐，你先在这里等等，我去问问他。”姜立颖拦住妇人说：“先别去，你再想想，这忧悠还有别的住处吗？”妇人立刻回答说：“没有，忧悠就怕招人才窝在这里呢。”

刚待了一会儿的工夫，姜立颖已经觉得热汗淋漓了，她随便捡起几件衣物，看不出自己所熟见的。她开始怀疑住在这里的那个忧悠是不是阿娇了。妇人翻弄了一阵，说：“还是问问老东西吧，他呀是个夜猫子，多小的动静都瞒不过他的耳朵。”

姜立颖正要说“不用问了，我们先走吧”，突然，摆在角落的脸盆引起了她的注意。脸盆里像是烧剩的纸片，姜立颖过去摸了摸，还是温温的。

“你看，忧悠肯定没有离开多久。”

“要死，一定是抽烟引着了火，多亏在脸盆里。”

姜立颖说：“不对，你想呀，怎么这么多纸片都跑到脸盆里去了？”妇人猛然警醒道：“还是大小姐想得周到，这忧悠怕不是又要寻短见吧——青楼的姑娘总要留个青白的身子走呀。”

说着话，妇人就急火火地去脸盆里刨弄起来。刨去表面的灰烬，下面有一些没有完全过火的纸片。妇人顺手递过几张，姜立颖翻来覆去地看过，净是些香粉胭脂绸布衣衫之类的账单，有些红绿纸上剩有半个忧悠，或留有几日几时的小楷，妇人说：“这是局票，在我们无忧坊最数忧悠的多。”

刨弄到最后，姜立颖也没有发现什么有价值的文字。此刻，姜立颖松了口气，但愿忧悠不是阿娇。妇人却长长地出了口气说：“完了，我早就同忧悠说过，莫看一时的大红大紫，早晚也是悠悠来，悠悠去呀！”

姜立颖扶着妇人走下楼梯，蹑手蹑脚地出了院门，拿出十元钱塞给妇人。妇人边推谢边说：“不行，不行，我可是无功不受禄的。”姜立颖说：“见着没见着总是辛苦你了。”妇人说：“大小姐太客气了，听大小姐使唤就是我的福分……小心，路不平，莫伤了大小姐的脚。”

说话间，妇人踏进一个凹坑，身子一歪，多亏姜立颖扶住没有跌倒。妇人从凹坑里提起脚，看见一张纸片粘在绣花鞋底上，立刻念叨起来：“忧悠，你爽爽快快地走吧，勿要跟着姨娘了，到那边少抽点烟，少喝点酒，来世勿要做烟花女了。”妇人一边说，一边弯下腰去扯那纸片。姜立颖看她颤颤巍巍地，随手帮她撕扯了下来。

那是被烧得残缺的纸片，纸片上留下三个完整的字：“争先，小”，前后还有两个被烧得模模糊糊，经仔细辨认，是两个“事”字，姜立颖立刻意识到完整的句子正是“大事争先，小事不拒”！想到这里，突然一阵晕眩袭来……妇人扶住将要倾倒的姜立颖急急地道：“怎么啦，大小姐！”姜立颖憋了好长的一口气，才吐出话来，“不要紧，我有些累了。”

跌入陷阱

忧悠是顾阿娇的艺名。

那天顾阿娇一气之下跑出姜家花园，觉得自己的过去已经死掉。她急不择路，唯愿尽快离开这伤心绝望之地。虽已深夜，好在顾阿娇有那一身金发华服的官人打扮，倒也没有引起特别的注意，间或有踯躅街头的醉汉，朝她打个酒嗝，喷她一脸的恶臭。

不知道跌跌撞撞地跑了多久，顾阿娇脚下发起飘来。举目四望，在雾气的笼罩下，市街茫茫一片，无路可走……

突然，手臂被人紧紧地攥住。顾阿娇激灵一下，起了周身的鸡皮疙瘩。她早在家乡就听过上海滩夜间背娘舅是多么的厉害，与小朋友斗气吵架，最出气的就是咒对方遭人背了娘舅，没有想到自己竟然了结在这上面。顾阿娇正战战兢兢地等着那要命的绳索勒上自己的脖颈，一股浓郁的脂粉气伴着柔声细语喷向耳际："小哥，半夜三更的，快活快活去。"顾阿娇感觉说话的是个女人，瞟了一眼，目光正碰上那人高高隆起的胸脯——犹如鬼门关上的两扇大门，顾阿娇才庆幸自己兴许有了生机。女人用胸脯撞了一下顾阿娇说："小哥，没见下雨了吗？鸟要回笼，船要入港，随小姐姐走吧。"没有了去处的顾阿娇恍恍惚惚，脚下不由自主地随着那女人挪动。

转过两条昏暗的弄堂，女人把顾阿娇引到一个院落前，轻轻推开了大门，说了声小心门槛，待阿娇进去后，自己回身将门关好。

"大门关好了？"正对天井的正房里传出苍老的女人声。

女人双唇紧闭，朝正房发了个类似屁声的摩擦音，再嘻嘻一笑，算是回答，随手牵起顾阿娇，爬上天井旁陡峭的木楼梯。

吱扭一声门响，一股混合着霉味的潮气扑面而来，眼前黑咕隆咚不知所在。

“娘希屁，又停电了！”女人一边抱怨一边说，“小心撞翻了灯盏，那我们真的要小鬼作乐了。”

就在女人窸窸窣窣寻找什么时，电灯陡然放亮了。顾阿娇看见自己坐下的床占去房间的一多半，房间的另少一半，一头是一张小桌，桌面上是女人怕打翻的煤油灯，另一头支有一个脸盆架和一只水桶，剩下的空间，仅够一两个人勉强活动。

“哎呀，老天有眼。”女人把手中的火柴扔下，从旗袍的领口开始，转眼间已经脱得赤条条的了。

自从懵懂晓事以来，顾阿娇从没有面对过如此一丝不挂的女人，一时间从脸颊热到耳根。女人朝顾阿娇嘻嘻地笑着说：“眼里跑兔子了吧，姐姐也支撑不住了。”说话间，女人坐到顾阿娇身边，拿起顾阿娇的手，搭在自己粉嘟嘟的奶子上。顾阿娇正要侧脸避开那女人喷来的热气，只觉得一只热乎乎的手已经顺着大腿摸到了自己的小腹。顾阿娇使劲推开那女人，急忙站起身来。

“娘希屁，也是只母的。”那女人一脸的失望，眼盯盯地望着刚刚令她动心动欲的漂亮小哥，困惑地问，“你搭的是哪家班子，怎么打扮得跟爵爷一般？”

“我没有搭班子，是到朋友家跳舞，走迷了路。”顾阿娇半真半假地回答道。那女人瞪大眼睛说：“算你运气，要是撞到只公狗，不把你爬烂了才怪。”

那女人随手点燃了支烟，递了过来。顾阿娇摆摆手。那女人深深地吸了一口，“噗”地把烟气喷到顾阿娇脸上说：“爵爷起驾吧，小妇人本想做个风流鬼，没想到撞到了你这个女煞星。”

那女人打开房门，外面传来清晰的雨声，顾阿娇才发现这房间原来没有窗户。

“下楼梯小心点，出去把大门带上就好。”那女人叮咛道。

顾阿娇走到楼梯口就迟疑了，心想半夜三更的往哪里去呀？那女人没有听见下楼的动静，探出半个身子说：“一点雨怕什么，姐姐哪月不被浇透几回！”顾阿娇在农村长大，多大雨也经验过，只是女人那公狗母狗的话使得她不敢举步下楼。那女人“嗨嗨”两声，说：“回来吧，娇气呢。”

顾阿娇回到房间，坐回原先的地方。那女人一侧身躺上了床。见顾阿娇坐在那里闷不出声，顺势蹬了一脚说：“你这身打扮不是惹人火吗？脱了睡吧，姐姐还要赶路去鬼门关呢。”

第二天，顾阿娇被急促的敲门声惊醒。她坐起身来，眼前一片漆黑，左右摸索，空无一人，正在不知所以的时候，门被撞开了，一股强烈的阳光照射进来，顾阿娇急忙将双臂抱在胸前——昨晚睡下时只穿了个肚兜。

“忧悠呢？”

听声音是昨晚那个苍老的女人声，顾阿娇摇摇头，她不知道谁是忧悠。

“昨晚是忧悠带你回来的，你会不知道忧悠，鬼才信你……咦，怎么也是一个雌儿？”

听说嫖客是个女人，房间外面的男人想挤进来看看新鲜，被苍老的女人声拦阻了：“行行好，让人家把衣服穿好了再说吧。”

随着房门被关上，顾阿娇翻身下床，床里床外摸索了个够，只有那女人昨晚穿过的旗袍，剩下的是几件短衣短裤，自己那身袍服已不知去向。楼下传来苍老女人的吆喝声：“楼上的，别磨叽个没够，脂呀粉的就免了，有人等你问话，没人等你上花轿。”

顾阿娇出现在楼梯上时，站在天井的三个男人眼睛一亮，不约而同地发出了惊叹声——眼前的这个身裹红花旗袍的女子，不仅身段婀娜妖冶，金发蓬松下的那张脸素面无脂，目色惺忪，更有一种摄人心魄的慵艳。

“哎哟，我的娘娘，您还没睡醒吧，当心闪了您的脚。”一个弓背男人上前几步，搀扶着顾阿娇下了楼梯。顾阿娇觉得奇怪，还是那个苍老女人的声音，怎么会是个老男人？

“你个太监爷眼馋什么！”一个留有八字胡的男子说道。

“太监怎么的，比你们的见识多了去了，嘁！”太监爷不屑地瞟了八字胡一眼说，“要说这雌儿的模样，够上贵妃娘娘了，你见过娘娘吗？嘁！”

八字胡打量了顾阿娇一番，摇着头说：“模样没的挑，就是命不济，忧悠养着这么一个尤物，不说是暴殄天物，也算是荒废人生吧。”

“我说太监爷，你不是说忧悠带来的是位爵爷吗？怎么这会子又……你是老眼昏花，还是谎报军情？”另一个光头男人问道，他的脑袋溜光锃亮，太阳穴上盘着的几条紫红色血管不住地跳动。

“昨晚忧悠进门的时候正好打闪，忧悠穿的就是这么个颜色的旗袍，跟着的那位穿的是海蓝色爵爷袍服，浑身上下还闪着毫光，不信，你们问这位娘娘。再说，我是老佛爷跟前当差的，说话办事，循规蹈矩，能满嘴的胡吣乱说，自毁我这一世英名吗？”

两个男人胡乱取笑了一阵太监爷，八字胡顺着太监爷的话对顾阿娇说：“忧悠是我们堂子里的幺二，诓了堂主的押银跑了，有劳娘娘跟我们走一趟，去跟我们堂主说说清楚。”随后八字胡叫来了黄包车，与光脑袋一前一后，把顾阿娇押回了四马路新会乐里的堂子。

顾阿娇被带进天井，从左右厢房里出来几个穿红着绿的年轻女子，对顾阿娇评头论足；有人拉住八字胡和光头男人问长问短。八字胡吆喝道：“关你们屁事，该干什么干什么去！”顾阿娇不知道这是什么处所，唯愿赶紧见到堂主，说明是非，把自己的衣服要回，裹着这身旗袍浑身的不自在。

八字胡把顾阿娇带到二楼左边的厢房，迎面的八仙桌旁坐着一个女人，约莫四十上下，穿一身镶花滚边黑缎子裤褂，戴有金戒指的白皙的手捧着一只水烟袋吞云吐雾。

“锦姨，忧悠带到。”八字胡朝女人打了个躬说，并扯了一下顾阿娇的手臂，让她站到前面。

锦姨把水烟袋从嘴边拿开，朝顾阿娇扫了一眼，用手中冒烟的纸捻指着八字胡笑骂道：“背你娘的时，你怕是在混堂里孵昏了头！”随手指着坐在八仙桌另一端穿得花团锦簇的女子说：“荷春姑娘，你和忧悠姐妹了多少年，你说说，这是忧悠的姐，还是忧悠的妹？”

荷春也斜了一眼八字胡，他正朝自己递着要死要活的眼色，于是假模假式地打量了一番顾阿娇，笑着说：“锦姨，依荷春看，穿上忧悠这身衣服，忧悠可没法子跟人家比，看这前凸后翘的，连荷春也眼馋，再莫说这小模样了，活脱脱一勾魂摄魄的小花魁。”八字胡见锦姨喜形于色，知道她已经不再计较找没有找到忧悠了，于是将在太监爷那里发生的事情回禀了一遍。

“这位姑娘，你姓什么，叫什么？”锦姨起身，一边端详，一边问顾阿娇。

“我叫阿娇，顾阿娇，”顾阿娇回答道，“我不认识忧悠，我们是在大街上碰见的，后来她要我走，可是下雨了，我们就睡了，等我醒过来，我的衣服就找不到了。”

“你们没有说过什么，做过什么？”锦姨关切地问。

“没有……只听她说风流鬼、鬼门关什么的，说的时候阿娇的汗毛都立起来了。”说到这里，顾阿娇双目充满了希望注视着锦姨央求道，“堂主，要她把衣服还给我吧，我要回家，我好怕。”

“你家住哪儿？”锦姨不动声色地问道。

“我……上海没有家。”顾阿娇迟疑了一下说，“我，我要回秦南仓的老家。”

锦姨脸上浮过一丝不易察觉的微笑，坐回了太师椅，慢条斯理地说：“锦姨不是难为阿娇，忧悠昨晚跟阿娇同的床，眼下忧悠没有了下落，巡捕房能不四处查询你吗？”说着，锦姨朝八字胡递了个眼色。

八字胡会意，忙说：“才刚太监爷说了，他不敢知情不举，说不定这阵街头巷尾早布满了巡捕。”荷春“嘁”了一声说：“你们莫吓唬阿娇姑娘了，锦姨这里哪个有胆子来查。”见顾阿娇双目迷离地看着自己，荷春当即怂恿道：“阿娇，先住锦姨这里再说吧，也算没有白跟忧悠亲昵一夜。”

三个人你一句我一语，说得顾阿娇没有了主意，只得低头默许。

自此，顾阿娇在锦姨的长三堂子做了小先生，锦姨把忧悠的花名给了她，一来忧悠已经小有名气，二来忧悠已然有了照会，不必花钱再领。顾阿娇挂牌不久，仗着相貌俊俏，嗓音甜蜜，堂差、茶围、花酒不断，不多几日就蹿红起来。

邵建业从姜立颖那里知道顾阿娇再度出现的消息后，在报上登了寻人启事，承诺给提供确实信息者以重奖。几天来邵家的电话不断，经核实均属子虚乌有。第三天上，邵琉锦接到一个报信的电话，对方说在六三花园附近发现了顾阿娇，并设法把她诓进园里。

六三花园是日本人白石六三郎建造的一座日本式庭院，泉石清雅、百花四时、禽鸟和鸣、景致美妙，不仅成为日本居留民思乡的地方，也吸引了不少中国的文人墨客，如吴昌硕大师就是这里的常客，大师的公开画展就开始于这里。邵琉锦曾多次到六三花园参观过画展，对那里并不生疏，接到电话后立刻叫上林阿贵奔六三花园去。

林阿贵拖着黄包车沿北四川路下去，到了施高塔路往江湾路的拐弯处，停下脚说："前边就是日本人的辖地了，平日我们都不敢随便去的，锦小姐是不是……"邵琉锦一心惦记着阿娇，不耐烦地说："阿娇在那里等着呢，尽快走吧。"

到了六三花园，两个身穿和服的男子恭敬地迎上前来。其中一位上前一步，朝邵琉锦深深地鞠了一个躬说："欢迎邵小姐，吉野在此恭候多时了。"并伸出手来，扶着邵琉锦跨下黄包车。另一位站在原来的地方，垂头笔立，双目注视自己脚下说："吉野君本与平原护送阿娇小姐到府上，无奈阿娇小姐十分中意此处花木，执意要在此处迎候邵小姐。"邵琉锦并不认识这两个日本人，只因寻找阿娇心切，就随他们进入六三花园。

吉野和平原恭敬地把邵琉锦让到茶屋的客位，二人跪坐在主位上。主人面前陈设着各种精美的茶具，有盛茶叶的小瓷罐，盛水的大瓷缸，碾茶叶的小石磨和煎茶的铜炊等一应什物。因有求于人，邵琉锦只得耐着性子，看他们演绎茶道。好在二位没有从碾茶开始，直接舀泉煮水。按照惯例，自煮水到煎茶到茶成最快也得三刻钟，而且此间宾主是不可交谈的。邵琉锦耐了一会儿，还是硬着头皮提问："阿娇妹妹现在在哪里？"

吉野上体直立，目光平视邵琉锦双乳上缘，轻言细语道："春卧秋眠，正是少女多愁善感的季节，还是让阿娇妹妹歇息歇息，吉野也好再侍奉小姐一时。"

铜炊中响起沸水声，平原投入茶末，慢而有节奏地搅拌，伴随如琴似瑟的水声，茶室里弥漫起茶的清香，淡淡的、幽幽的，沁人心脾。想到与阿娇相处时欢欣和离开后的思虑，邵琉锦盈眶的泪珠，禁不住滚落两腮。

"难得小姐如此柔情似海，吉野离乡背井多年，从来没有享有过如此关爱，阿娇妹妹真的是洪福齐天呢。”听到吉野的话，邵琉锦才觉察到自己的失态，急忙拿出手绢，沾去腮边的泪水。

茶终于成了。吉野盛入碗中，用双手给邵琉锦捧上说：“吉野的茶道属有乐流，有幸得武野绍鸥宗师后人的真传，在上海滩也属极品，请小姐赏光。”

邵琉锦朝吉野看了一眼，见吉野手捧茶碗，双眼直勾勾地看着自己时，心中不禁一惊——日本人是不与人直目对视的，随着手的颤抖，一碗茶水泼洒在裙子上。

吉野“啊”了一声，倾身问道：“这滚烫的茶水该没有烫伤小姐粉嫩的肌肤……”听到这话，邵琉锦下意识地扯住自己的裙裾，惊恐地注视着吉野。跪在榻榻米上的吉野朝邵琉锦匍匐过去，如呓语般说道：“吉野十分羡艳小姐，万望小姐垂爱吉野……”邵琉锦明白了自己的处境，立刻站起身来，朝门口走去。吉野一个饿虎扑食没有扑到猎物。门被邵琉锦猛地拉开了。

“吉野君是真心爱慕小姐的。”平原满脸堆笑把撞出门来的邵琉锦紧紧地搂在怀里。

姜立颖在家中坐立不安，往邵家打电话询问情况时得知邵琉锦往六三花园去接顾阿娇了，立刻坐车往六三花园去，不想半路上遇到跑得气喘吁吁的林阿贵。听了林阿贵在六三花园久等和敲门不开的叙述，姜立颖二话不说，要林阿贵上了汽车。

车到托尼住处，姜立颖把邱载慧叫出大客厅，说明情况。邱载慧立刻招呼姜立聪、陈道堤上了自己的车，吩咐沈晓花留下看家，并要姜立颖去向马钟晓通报。姜立颖不放心地说：“六三花园是日本人的辖地，你们可要小心。”邱载慧应了一声“顾不得那么多了”，开车便走。

话虽如此，大家也不敢掉以轻心。陈道堤说：“六三花园门禁森严，怕不是容易进去的。”林阿贵说：“是的，我捶过门，就开那么个小窗口，像碉堡的枪眼似的。”邱载慧说：“来者不善，善者不来，或者道堤翻墙进入，或者我撞开大门，先给他们个下马威再说。”

姜立聪安慰邱载慧道：“其实六三花园是东洋人的文化圈，未必如我们想象的那样——吴昌硕曾形容那里樱花抒藻，趺坐吟啸，阳春烟景，其乐何如？何况照阿贵所说，锦儿似乎对那里并不陌生，也许锦儿与阿娇是喜极忘了时间呢?”邱载慧叹了口气说：“但愿如此，不过我对东洋人总有些放心不下，你看纹藏，多么的文质彬彬，可是，高桥海滨那场夜练你也见识过吧，杀气腾腾的。”陈道堤说：“往坏处着想，往好处努力吧，我看进到六三花园里不是难事，只是里边会不会有八卦阵一类的陷阱呀?”姜立聪说：“这你就放心，我同爹爹到里边的六三亭吃过日本料理，与不远的叶家花园相仿。”

临近六三花园，陈道堤说：“汽车停得远些，好观察一下地形。”因为车速甚快，邱载慧稍一犹豫，汽车已经驶近。邱载慧干脆一不做二不休，再踏油门，让汽车向六三花园冲去，快到门前，再猛地打轮刹车，一声犀利的嘶鸣，车稳稳地停在六三花园门前。

汽车上的四个大男人相继走下车来，一字排开朝大门走去。漆黑的大门打开了，园内寂静无声息，门两侧也未见人，只有一条林木葳蕤阴暗幽深的小径在迎接来人。邱载慧悄声说：“我和道堤走在前边，立聪和阿贵殿后，拉开点距离。”

四人正要向前迈步，从幽巷传来邵琉锦的声音：“慧，是你!”随着话音，邵琉锦跑出幽巷招呼大家说：“陈先生，立聪哥哥，还有阿贵，你们等着急了吧?”林阿贵看见邵琉锦和来时一模一样，觉得自己有点多事了。邱载慧握住邵琉锦的双肩，往后推了推，上下打量了一阵，关切地问：“锦儿，你没事吧。”

这时纹藏从幽巷走了过来，朝邱载慧一行一一行了屈体礼，然后说：“先生们，十分抱歉，是两个浪人惊吓了邵小姐，不过，一切安然无恙。”邵琉锦说：“多亏纹藏先生搭救。”纹藏赧然笑笑说：“哪里，拔刀相助罢了，邵小姐临危不惧，令纹藏佩服得五体投地。”本来已经喜形于色的邵琉锦听了纹藏的话，郁积心中的恐惧与委屈之火重新被点燃，不顾在场众人，扑在邱载慧胸前嘤嘤地哭泣起来。

邵琉锦的逢凶化吉令大家松了口气。待邵琉锦哭泣稍缓，邱载慧在她耳边轻轻地提醒道：“锦儿，该说说阿娇的事啦。”邵琉锦想到自己轻信轻率，不仅于事无补，还让这么多人为自己担惊受怕，不禁痛哭失声。此情此景，众人无不叹息。姜立聪走到纹藏身边问道：“纹藏君可知道一些?”纹藏恨恨地说：“是那两个浪人诓骗邵小姐来的，他们根本不知道阿娇的踪迹。”

姜立颖和马钟晓赶来时，风波已经平静。邱载慧说明来龙去脉后，马钟晓依旧脸色黧黑。邱载慧忙着再赔不是。马钟晓气呼呼地说：“你马叔叔犯不着跟你们这些后生生气，回去告诉你们局长，从南市往这边来再没有我们自己的路，我马钟晓一准在市长面前奏他一本，告他延误军政大事！慧儿，你去帮我把警队拦回去，领队的你认识，他们正跑步来这里。”说罢吩咐司机回南市公安局去了。

邱载慧在虬江路共和路口拦住了奔六三花园来的警队。领队见邱载慧招手示意停止，立刻发出“踏步走，立正”的命令。

邱载慧传达了马钟晓的意思，并拿出十块钱，要他们在回去的路上找个地方喝碗凉茶。领队不敢接，说军令不许。邱载慧说：“有近路人家不许你们走，走远路我们又没有为你们修，当然应该怪我们了，这点钱算我给你们赔不是了。”

领队接过钱，发出跑步回局的口令，随即伴着整齐的步伐响起了朗朗的口号声：“地有石头，脚板有铁，路有坑洼，脚板有铁，行程漫漫，脚板有铁，脚板有铁，走到天边！”听着听着，邱载慧的眼睛湿润了。

“慧，你怎么啦？”

“锦儿，在我蹒跚学步那阵，爹爹鼓励我的口号就是这‘脚板有铁，走到天边’，”邱载慧望着警队身后扬起的尘土感慨万千地说，“此刻我虽已不是蹒跚学步，但却是步履蹒跚，大事小事一件也没有做出来！”

“慧，你不要太自责了，”邵琉锦劝慰道：“你做的是在大地上画画的大事情，比起我们的纸面丹青要难上千万倍，打个比方说，我们画成十幅长卷，还不及你们磨墨的工夫呢！”

在邵琉锦的鼓励下，邱载慧的心境变得好了些，开车上路又习惯地哼起了黎锦辉的那首《努力》：

走！走！走！努力向前走！你要什么，前面都有。
肚子饿了，你吃的饱不饱？
身体倦了，你睡的好不好？

你的生活苦恼不苦恼？假如苦恼，你就向前跑！
向前奋斗！努力奋斗！一直向前走，不要退后！
走！走！走！努力向前走！你要什么，前面都有！

邱载慧哼了第一遍，邵琉锦也加入进来，于是由哼变唱，时不时地还手舞足蹈。可是到了第三遍，邵琉锦有些跟不上了，朝邱载慧问道："你篡改歌词了，是不是？"邱载慧笑着说："没有呀，不信你仔细听听。"

走！走！走！努力向前走！你要什么，前面都有。
锦儿来了，我们见面拥抱，
图纸好了，你听开路放炮。
从此生活再无苦与恼，再无苦恼，再无苦——恼！

两个人开开心心地唱了一阵，邱载慧突然问："锦儿，你会用鸭嘴笔吗？"邵琉锦说："当然会，阿爸那里的许多翻样的图纸都是我描的，阿爸说比打样间的还好呢。"邱载慧开心地说："这个沈晓花整天唠叨使不来鸭嘴笔，送到打样间去描又怕弄得尽人皆知了，这下好了，你来当我们的描图员，搞不好我还可以为你请一份俸禄呢。"邵琉锦忙说："俸禄我不要，只要能天天和你在一起就行。"

邱载慧说得开心，手脚又痒痒了，情不自禁地加大了油门。他向来飙车有术，加之此刻心情愉悦开朗，飙起车来更是得心应手，连连闯过红灯，竟然没有一处的巡捕不是目瞪口呆，以致任其飙过，谁也没有记下车型车号。

陌路咖啡厅

自从顾阿娇在姜家花园的 party 上出走后，邵建业痛下决心与那些富家子弟们决绝。可是，随即而来的一连串事情又让他陷于困惑与思考之中。

这天，邵建业没有在报馆加夜班，收拾起未完的稿件回到家里。进门踏入天井，从妹妹的房里又传出了低吟：“锦儿来了，我们见面拥抱。图纸好了，你听开路放炮。从此生活再无苦与恼，再无苦与恼，再无苦与恼！”

“锦儿，忙什么哩？”邵建业站在廊下轻声问道。

“没忙什么，哥进来吧。”房门打开了，邵琉锦站在门里。

邵建业进门，把皮包往写字台上放时，看见一本摊开的书，低头仔细看了一眼，页眉上的一行字是“工程图一般规定”。

“我们学校不是迁建嘛，我去帮忙描描工程图。”邵琉锦掩饰说，她不愿意让哥哥晓得自己在邱载慧那里。

“啊，学校迁建还要开路放炮吗？”邵建业笑着问道。

邵琉锦无言以对，只是红着脸对邵建业笑了笑。邵建业接着说：“哥哥打赌已经输了，自然不会再管你和载慧的事情。”邵琉锦立刻纠正道：“不是不管，是促成。”

“对，是促成，”邵建业哈哈一笑说，“可是，你们的事情锦儿一些些都不告诉哥，哥怎么促呀？促什么呀？”

“哥，锦儿是和载慧在一起，可是在哪里、做什么锦儿不能说；真的，安妮送杯咖啡也只能送到大客厅门口，喊我们过去接呢。”

邵建业看着妹妹认真的模样禁不住笑了。邵琉锦以为哥哥不相信，忙说：“锦儿什么时候骗过哥哥？”

“哥当然晓得锦儿说的是实话，”邵建业神态轻松地说，“锦儿把‘在哪里’，‘做什么’都告诉了哥，哥还不相信吗?”

“我说了吗?”邵琉锦紧张起来。

“是呀，你说安妮往大客厅送咖啡，自然是在托尼家中了，托尼的家在孟德兰路对吧？至于做什么——”说到这里，邵建业拿起写字台上那本书说，“无疑是帮载慧他们描工程图了。”

邵琉锦紧张起来，觉得自己大不应该，一时竟要落泪。邵建业忙说：“放心，你们的事，哥一定对任何人都不说，你先不要笑，你得答应哥一个条件——哥想请载慧和他的同事们喝咖啡，你帮哥去请?”

“杏姐姐还在上海，请吗?”

“当然。”

“好，”邵琉锦爽快地说，“除了杏姐姐之外，锦儿一定请到。”

“杏姐姐还不一并请了。”邵建业祈求道——他最想见而又最怕请的就是姜立颖。

“不行，”邵琉锦摇着头说，“我要去请，杏姐姐一定会说‘是你哥的意思吗？你哥自己为什么不来请?’”

邵建业想了想，无奈地说：“好吧。”

听了邵琉锦转达的邀请，邱载慧十分高兴，带大家答应下来。

姜立聪说：“建业是很有见地的，不妨就我们的这些设想听听他的意见。”沈晓花则心有余悸地说：“算了，他再来个‘锅之不存，米将焉下’——我不去听他糟践。”陈道堤说：“真金不怕火炼，听听意见无损于我们。”邱载慧一竖拇指说：“看道堤这气派，不枉是练霍氏八极拳的!”沈晓花说：“邱载慧，我去是没问题，可是我心直口快，不怕我得罪了谁?”说到这里，沈晓花四周看看，接着问道：“锦儿呢？——他哥请立颖了吗?”姜立聪忙说：“请了，锦儿刚把建业给杏儿的邀请信交给我。”

沈晓花听后嘻嘻一笑，走到姜立聪身边说：“立聪大哥，信在哪里?”顺着姜立聪的手指，图案上果然有一个信封，上面写着：“烦交姜立颖小姐”。

“文理不通呀，”沈晓花拿起信封评论说，“第一，要妹妹做事，不必用‘烦’，第二，‘姜立颖小姐’——老朋友了，如此客套，未免……我看，还是打开看看，免得招立颖生气。”

邱载慧说：“晓花的分析我觉得有道理，假如仅仅是一张请柬，我们就口头传达了。”沈晓花特意捻了捻信封说：“软软的、薄薄的，我看呀，即便是请柬也不够规格，还是打开吧。”

“请注意：信笺的软硬薄厚均构不成私拆信件的免责要件，依然是违法行为。”大客厅门外传来姜立颖的声音。

沈晓花立刻把信封藏在身后，然后对门外说：“进来吧，立颖。”

“不敢破坏规矩。”

沈晓花一伸舌头说：“怎么好，立颖真生气了。”

邱载慧过去把门打开。姜立颖笑眯眯地伸出手说：“把信给我吧。”

邱载慧回身找沈晓花要信。沈晓花走过来，一把拉住姜立颖，两人一起往小客厅去了。

“立颖，不要跟他一般见识。”沈晓花把信交给姜立颖时说。姜立颖不动声色地打开信封抽出信纸——果然是薄薄的一张，上面稀疏的写着几行字：

立颖小姐：建业于明日假座望平街陌路咖啡厅，恭请小姐及载慧诸君光临。企盼之情不再赘述。

邵建业即日

沈晓花当即发威道：“立颖，不去，自从阿娇出走，他就把你，把我们当仇人看，凭这薄薄的一张纸、两句话就恩仇泯灭了？我们也不去，我告诉邱载慧去……”

大客厅里的人听见这么大的响动，急忙赶过来。沈晓花把邵建业的邀请信给每个人过目后说：“我们都不去，邵建业太气人了，这回非得要塌他的台不可！”

邱载慧指着信说：“晓花，你且息怒，这里的‘企盼之情不再赘述’尽在不言中了，杏姑娘，你说呢？”陈道堤说：“长官说得对，我们与杏姑娘共进退。”

“那就依晓花的，你们说呢？”姜立颖若无其事地说。

“杏儿，”姜立聪看了妹妹一眼说，“不可意气用事，我们还想向他讨教呢。”

“那怎么办呢？”姜立颖为难地说，“晓花，还是去吧，女人总得给男人点面子。”

“佩服，”陈道堤竖起拇指说，“难得杏姑娘这么大度——邱长官，你说呢？”

邱载慧听了“女人总得给男人点面子”的话大感惭愧，要不是姜立颖的“大逃亡”给了自己面子，否则大华饭店的那戏还不晓得是怎么样的收场，自己或许早已成为遭人非议的小丑。

姜立颖是个知足常乐的人，她已经从邱载慧面孔上泛起的红晕和闪视自己一下又赶紧离开的目光中，得到足够的报偿，何况邵建业也对自己做出了远比那一张纸、两句话多得多的表白。

今天早晨，姜立颖正潜心自己的论文时，阿珍来说：“报馆一位先生来电话找小姐，口音有些熟悉，可是忘记问他贵姓了。”姜立颖用手指戳了一下阿珍的额头说了一声“粗心”，推开书本，接电话去了。

“喂，哪位？”姜立颖漫不经心地问。

“是我，建业，近来好吗？”

“唔。”

“立颖，我今天做了件不该做的事……”

“难得。”姜立颖语意双关地说——自与邵建业交往以来，这是头一回从邵建业口中听到“我……不该”这样的句式。

“立颖，你不该取笑我。”

“看看，刚破天荒地听到一句‘我……不该’，马上又成了‘你……不该’——江山易改……”

“立颖，你听我说，这次确实是我不该，我早晨要锦儿给你带去一封信……”

“你是说不该早晨带信，还是说不该带信，抑或说不该要锦儿带信，或者不该带信给我？”姜立颖一连问了几个不该——多日的怨气终于找到发泄的机会。

“你听我说呀，你说的那些不该其实都该。”

“那‘不该’从何而来呀？”姜立颖故意刁难道，说罢立刻捂住话筒，怕对方听见自己的笑声。

“你听我说呀，我说的不该，是那封信就一张纸、两句话。”

“言简意赅，好文章。”姜立颖随口说道。

“立颖，你不该……”邵建业即刻纠正道：“是我不该，不该那么三言两语，其实我有好多好多的话要对你说。”

“哦，说吧，我听着哩。”

“现在不行，李主编要到了。”

“那就……”

“我先拣紧要的说，阿娇的事我真不该怪罪你，阿娇本人也有责任……”

“阿娇还没有找到，就不要说了吧。”

“还有锦儿，你们对她都这么好……”

“建业，载慧他们对锦儿真是难得的好，我就领受不起了，你先不要插话，听我说……”

“李主编马上到了，我没有时间听了，我也不听了，那些是你的家庭所为，不怨你——我明天请载慧他们喝咖啡，杏儿，你千万要去，千万。”

第二天，邵建业在新闻报馆门前礼貌地接待了他们，并引他们到报馆对面的咖啡厅。

“是咖啡厅吗？名字怪怪的。”邱载慧指着门楣上用霓虹灯编出“陌路”两个美术字问道。

邵建业说：“店主是随容闳出洋的首批留学生，随张之洞办过洋务，不晓得此人是不识时务，还是命途多舛，官场商场都不得志，只得开了这么一家咖啡厅糊口。你们想，一个‘师夷长技以制夷’的信徒如今在上海滩这个夷场讨生活，岂不要生发出‘陌路’的幽思吗？”

姜立聪笑道：“怪不得载慧说你观察世相最为深邃，对一个咖啡厅也有这么多可说的。”邵建业说：“见笑，见笑。”随即问道：“怎么不见晓花呢？”邱载慧忙说：“她案头的图纸堆积如山，留下锦儿帮她的忙呢。”姜立颖接着说：“你是不是想听她几句刻薄话？”邵建业哈哈一笑说："我今天本是来接受讨伐的，越一针见血越好。"

咖啡厅小巧精致，环境清幽。几人坐定，邱载慧把大上海计划向邵建业作了简要的介绍，并且诚意有加地征询意见。陈道堤说："邵先生，我们虽然初次见面，可说对先生的'补锅'说极为欣赏，其实我们现在所为，也不过是在修补上海这口'锅'而已。"邱载慧当即说："道堤，你与建业的主张南辕北辙了，还是听听建业原汁原味的解说吧。"

邵建业苦笑道："载慧，你这下可是把我推到风口浪尖上了，我怕是要前衍未赎，又添新过了；不过不用忙，你们那桩事体不是三句五句谈得清楚的，这里新近来了一种饮料，生津解渴，清心提神，我们一边喝，一边说，也正好应了清谈的美称。"说罢，邵建业招呼侍者过来，点了新来的饮料。

"又好为人师。"姜立颖说着瞟了一眼邵建业。

邵建业抱歉地看了看姜立颖，立刻纠正道："对了，你们那事已经到了'图纸好了，你听开路放炮'的火候了，远远不是清谈了，诸位不要误会，这句话是我偷听来的，而且我绝对三缄其口。"大家听了莫名其妙，唯独邱载慧涨红了脸，只得坦白了自己篡改《努力》的事，招来大家开心的笑声。

说笑间，侍者送来邵建业所说的饮料，色泽比咖啡浅而且透亮，偌大的玻璃容器里不断有气泡泛起。侍者为每位客人斟上一小杯。

"它什么时候舶来上海了?"邱载慧问道。

姜立颖端起来闻了闻，说："舶来品? 一股十滴水味，不会是老板骗人吧?"

邵建业说："你尽管喝，反正十滴水于人无害。"

邱载慧说："这是大名鼎鼎的 Coca - Cola，味道绝对不一般。"随后，把自己的一杯一饮而尽。

姜立聪端起杯子闻了闻，又放下了。陈道堤将杯子端起来，像分辨化学品那样，用手掌在杯口上向自己方向扇了扇说："介是嘛味儿呀，甜不甜辣不辣的。"唯有姜立颖浅浅品了一小口，咂摸了一下滋味说："有紫苏叶和陈皮的味道，又像饴糖，甜甜的，真的不错。"

邱载慧唤来侍者询问此物的来路。侍者说："是我们老板从一艘美国邮轮上买来的，说是叫什么可可……"侍者一时说不清楚，从后面拿来一只呈棒槌状的玻璃瓶子，瓶身果然如邱载慧所说，凸显出几个书写体的英文字母：Coca－Cola。

“Coca，是古柯，Cola，是可可。”邱载慧解释说。

“哈，兴奋剂加巧克力，怪不得即提神又味美。”邵建业笑道并对侍者说，“伙计，告诉你们老板，这东西就命名为——巧克力古柯，生意笃定兴隆。”

侍者说：“我们老板正悬赏征集它的中国名字呢，先生不如也来应征。”邱载慧忙问：“有奖励吗？”侍者说：“当然有，三百英镑呢。”

这一来大家兴致勃然。姜立聪说：“建业的‘巧克力古柯’算一个。”陈道堤接上说：“‘古柯巧克力’更有号召力，这样一来就有两个应征的名字了。”姜立聪说：“载慧、杏儿，你们两个也想想，今天这三百镑非我们莫属了。”

姜立颖摇头说：“巧克力古柯，古柯巧克力，不仅语意重复，而且原形毕露，没有留下想象空间，也就失去了诱惑力，这是商品名称之大忌。”

“真知灼见，”邵建业说，“载慧，你的意思哩。”

邱载慧说：“我远没有像杏姑娘那样由表及里的能力，我正停留在形式上的思考——你们看呀，人家以两个Co开头，重叠使用，不仅加强了语气，而且字形互为呼应，视觉上有一种韵律感，极其富有诗意。”

“这才是真知灼见，”姜立颖兴奋地说，“不仅在视觉上，在音韵上也是如此，不信大家听听：Co—ca，Co—la，可—卡，可—拉……”

重复数遍后，邱载慧似乎找到了什么——他边想边说：“可—口，即可口，好味道也；可—拉、拉……”大家随着邱载慧，心中口上都集于“拉”上，但始终没有找到一个与“可口”匹配的字眼。

陈道堤一向不热衷于咬文嚼字捡韵拾腔，大家搜肠刮肚时，他在一边慢斟慢饮，享受着这五味杂陈的新鲜味道，此时见大家苦思冥想实在不忍心，于是说：“你们介是做嘛，三百英镑不是好挣的，趁早学我，苦—中—作—乐。”

“你说什么哩？”邱载慧忙问。

“苦—中—作—乐。”陈道堤重复一遍。

“道堤，你这个‘乐’字太哏了。”邱载慧特意用天津话赞扬了一句。

此时邵建业和姜立聪兄妹都不约而同地说："用这个'乐'最好！"

"可口可乐，太妙了，太妙了！"邱载慧连声高呼。姜立颖说："岂止是'太妙'，简直是绝妙——可口者，鲜美、适意、爽口；可乐者，高兴、喜欢、惬意，二者的结合岂不是仙境少有，人间绝无的旷世佳品！"

几人不约而同的欢呼，招来四座皆惊，一位精神矍铄的老者忙从柜台里边走了出来。侍者悄悄地说了一声："我们老板来了。"

老者走到桌前，毕恭毕敬地拱手说："小姐先生，为了便于推销，鄙人一直想为这个舶来品起一个中国名字，鄙人自以为博学中西，以为是轻而易举之事，可是数月来，苦思冥想推敲无数，竟是一无所获。如此难题，小姐先生却在谈笑间迎刃而解，鄙人实在是自愧弗如，自愧弗如。如蒙小姐先生垂顾，鄙人愿出三百英镑购买此名称。"说话间连连打躬致意。

邵建业立起身来说："不敢当，不敢当，我们是兴之所至，玩玩文字游戏而已，前辈千万不可当真，以免误了贵店的生意。"老者忙说："鄙人是意诚心诚，出资数目也是好商量的。"邱载慧哈哈一笑说："前辈何苦拘泥英镑，往后我们来此，老板许我们可口可乐牛饮足矣！"

老者欣然答应道："只要'陌路'在上海滩有一席之地，几位自可任意来此，本店倾情效劳，不取分文。"并当即唤侍者取来十余瓶，亲自开瓶侍候。

"饮用此物时，宜嘴对瓶口。"说着打开一瓶，亲自示范，喝了约半瓶，老者放下瓶子，轻轻打了个嗝，说，"吃相虽有些不雅，但感觉极佳，如果倾倒在杯子里，因其碳酸气尽泄，就索然无味了。"

邱载慧晓得这是美国人的喝法，忙赞誉老者说："前辈果然经商有道，凡事精于专研。"老者笑道："哪里是什么精于专研，当年我们留洋美利坚时，每用此饮料，随行管教必倾入杯中，后来是我们东方人棒球队的邝咏钟见当地对手用嘴对瓶口的喝法，仿效后觉得口味意趣绝妙无比，很快就在我们中间风靡开来，而且取名为'灌注'。"

"想必那位管教也屡试不爽吧？"邱载慧风趣地问。

"他人前依然故作旧态，可是人后则是屡试不爽，有人见他一连灌注了两瓶，哈……”说到这里老者流露出小儿般的憨态，令大家对当时的情致感同身受。

大家笑过，老者说：“今天谈起‘灌注’大家一笑了之，殊不知这些屑屑小事，被清廷总理衙门作为撤回留学生的口实，即所谓：‘外洋之长技尚未周知，彼族之浇风早经习染。’”

“说到这里，晚生有一事想求教前辈，”邱载慧毕恭毕敬地说，“据说当年留学生回国，朝廷即授顶戴官阶，人人皆为国家之栋梁，确有此事吗?”

听了邱载慧的发问老者来了兴致，当场灌注一瓶可口可乐后说：

“先生说的顶戴花翎我也是听说——或许我们这批人命运不济，从美利坚回到上海就被关进一个学堂里等待分派，连中秋节都不许外出。随之而来的分派更是岂有此理，全然不顾本人所学，比如毕业于耶鲁土木系的詹天佑，竟被派往广州教习英语。不过鄙人却幸运地被香帅张之洞看中，投了汉阳铁厂。

“在汉阳铁厂那几年，英雄有了用武之地，着实风光了一阵。记得铁厂建成出铁后，几个友好登上对岸的黄鹤楼，越过浩渺江波极目望去，焰火腾空，烟云缭绕，机器轰鸣之声充耳可闻，情之所至，鄙人斗胆将崔颢的《黄鹤楼》篡改为：‘晴川历历汉阳铁，芳草不复鹦鹉洲。烟囱高耸何处是，热血少年志已酬’。——见笑，见笑。

“可是好景不长，汉阳铁厂终因五百八十三万两的巨额靡费而难以为继，其实，用于厂地、厂房、机炉、水电等一应设施的开销不过二百余万两。用香帅的话说：余皆系浮费，于毫无利益。香帅一生清廉，虽官居要位，每日过手银两不下千万，可是居家生活拮据，常与当铺为伍，然而偌大官场贪腐成风，个人岂可撼动。

“为洁身自好，鄙人应学长唐国安之请，去了清华学堂。哪晓得命途多舛，国安在任一年即病逝。国安病逝后不久，清华园又大兴土木——清华学校是用美利坚所退庚款兴办，钱财十分丰裕。因有前车之鉴，鄙人只得惜别宁静清幽的水木清华，几经周折，踏上这人生陌路。哈哈，仅此而已。”

老者回答完毕，拱手告别，随后送来名帖，上面仅有三个隶书体大字——黄亦诚，背面用楷书写就：免费招待，恭请光临。老者还随手拍拍邱载慧的肩膀说：“欢迎再来，可口可乐尽管铆足了劲喝，本店管够!”

老者已是曾经沧海难为水，除却巫山不是云之人，所叙事情轻描淡写一带而过，却足以令在座晚生内心震撼不已。

大家再无心灌注，姜立聪说：“建业，黄老前辈这一章已然翻了过去，还是谈谈眼下的事情怎样?”

邵建业面带愧色地说：“建业请大家来，本是为了向大家赔罪道谢的，怎么反倒要我……万万使不得。”

邱载慧说：“建业，你我交往虽浅，言语之间还难免碰撞，可是我们一直敬重你的人品，佩服你的见识，如今我们自认为在做大事——在你眼里或许正是歧途，唯其如此才求你指点迷津呢。”

邱载慧的一番至诚之言令邵建业感念不已，他握住邱载慧的手说：“载慧，其实你心中的我，也就是我心中的你，当然，于在座诸位也都如此，正因为如此，建业才诚邀诸位来此，建业当面道歉致谢，与诸位捐弃前嫌。”

姜立颖忙说：“建业，你那些什么歉呀谢的话到此为止，既然载慧他们诚信求教，你不能说点实在的呀。”邵建业支吾良久才说：“有了黄老前辈的现身说法，毋庸建业置喙了吧？载慧，我真担心你们重蹈覆辙，可是要我说路在何方，我也是懵里懵懂的——唉，我们都好自为之吧。”

洋拉车的

沈晓花和邵琉锦在大客厅忙了一阵，把上报的两张图纸做完。邵琉锦到打样间去晒图，沈晓花把图案收拾了收拾打算出去散散心。刚出大门，见一个洋人在园子栅栏门外向里探头探脑。

“你找哪个?”沈晓花上前问道。

“这是托尼家吗?”

沈晓花听他的汉语还算流利，怕是卖野人头的洋骗子，于是故作讶异地反问：“托尼，哪个托尼?”

那洋人从衣袋里拿出一个信封，边看边说：“托尼写得清清楚楚呀，中国，上海，孟德兰路。女士，我名唤马丁，是托尼妹妹安妮的 fiance (未婚夫)，抱歉，我不晓得中国话该怎么说。”

沈晓花这才想起来，托尼曾说过，有个叫马丁的出窠兄弟，对安妮一往情深，双方父母有过谈婚论嫁。托尼还说，这个马丁除了犟头倔脑外，堪称正人君子，因此对他与安妮的婚事是乐观其成的，只是安妮总是冷冷淡淡——安妮来上海度假也有回避马丁的意思。

“我是托尼的未婚妻。”沈晓花爽快地说着，打开了栅栏门请马丁进来。

“哦，怪不得托尼不想再回英国，原来上海有这样漂亮的女士相伴。”马丁由衷地赞誉道，并和沈晓花拥抱致意。

“马丁，在上海你会寻到更漂亮的女士。”

沈晓花的一句笑话使得马丁认了真，忙说：“不不，安妮是马丁的爱之神，马丁只有终身陪伴她的义务，没有另寻新欢的权利。”

沈晓花把马丁让进小客厅，寒暄几句后，说自己马上去唤托尼回来，临走时找来一堆英文报刊让马丁解闷。

沈晓花出了栅栏门，见安妮一手挽着菜篮，一手比画着与邻居金发玛丽聊天。沈晓花过去向玛丽致歉说："修理煤气灶的工人来了，我们都不明白，必须请安妮回去。"玛丽用娴熟的中国话说："异国他乡的，难得有相知，见面就聊不够，也没有什么重要的，还是修理煤气灶要紧，一顿不吃饿得慌嘛。"玛丽说完，又拉住沈晓花的手爱不释手地说："中国的漂亮女孩子大半是多愁善感的，唯独这位沈小姐，模样又俊，什么时候看到她呀，什么时候都是笑眯眯的——难怪托尼要让我这个职业媒人失业了。"这句话把个沈晓花说得红晕满面。

告别了玛丽，沈晓花拉着安妮走了几步，小声说："马丁来了，说是你的未婚夫，见吗？"安妮当即愤愤地说："什么未婚夫，我没有收他的戒指算什么未婚夫，我不要见他！"说完，安妮把菜篮交给沈晓花，"晓花，晚餐就拜托你了。"沈晓花问："你怎么办呀，去找托尼？"安妮想了想说："我先到叶菲姆那里住些天。"沈晓花说："那你还不如去姜家花园哩，那里院子大房子多，正好立颖也在家。"安妮担心地问："李菁会不会不高兴呀？"沈晓花说："她算什么，她看阿娇是乡下人，好欺负。走吧，我这就陪你去。"安妮说："我自己去吧，邱他们等着你做晚餐呢。"沈晓花挽起安妮的手臂说："走吧，都什么时候了你还心疼他。"

出了陌路咖啡厅，姜立聪、陈道堤说顺便到现场看看。邱载慧一人独自回到托尼住处，路过小客厅时，听到里面有翻阅报纸的声音。

邱载慧就顺手敲了敲小客厅的门。里面没有应声，邱载慧刚要推门，马丁把门打开了。

"哦！"两个人的面孔几乎碰到一起，不约而同地发出声来。

马丁退后一步，两个人同时说出相同的话："先生，你是……"邱载慧和马丁忍俊不禁，不再急于问话，都坐到沙发上，互相打量起来。

"先生是来找托尼的？"

"确切地说，是找托尼和安妮。"

邱载慧刚要答话，楼上响起了电话铃声。邱载慧抱歉道："对不起，我去接听电话可以吗？"马丁笑笑说："当然。"

电话是沈晓花打来的，她急火火地说："小客厅里那个洋人叫马丁，是托尼的出窠兄弟，自称是安妮的未婚夫，但安妮不承认也不愿意见他，正在立颖这里躲避呢。”邱载慧问她怎么应付？她说：“我也不晓得，你随机应变吧。”说罢挂断了电话。

“马——”邱载慧回到小客厅刚要称呼对方，突然意识到两人见面还没有自我介绍呢，于是赶紧住口，在“马”的后边加了个后缀“烦”。

“麻烦，麻烦。”邱载慧边摇头边说，“我叫邱载慧，是托尼的房客，总是叨扰托尼，叨扰用中国话说就是麻烦。”

“我是马丁，刚从英国来，也是来‘麻烦’托尼的。”

马丁竟然把“麻烦”二字说得近乎字正腔圆，令邱载慧赞叹不已。马丁也回报说：“听了邱先生地道的牛津腔，马丁仿佛又回到了故土。邱先生可是在英国留学？”邱载慧谦逊地说：“我哪里有那个福分，不过我在美国宾州大学的老师墨菲……”

马丁听到墨菲立刻兴奋起来，“墨菲、墨菲，他也是马丁的恩师!”邱载慧立刻起身和马丁重行拥抱礼，并亲热地以师兄弟相称。

“邱师弟，见过我的未婚妻安妮吗?”一番关于墨菲的叙旧后，马丁问道。

“安妮是师兄的未婚妻?”邱载慧故作惊讶，也不忘夸赞，“多么好的姑娘，用我们中国话来说，是百里挑一呀。”

“邱师弟，今天见过安妮吗?”马丁直视邱载慧问道，目光充满着渴求和祈望。

从这短暂的接触，邱载慧觉得马丁与安妮应该是十分般配的一对情侣，但他不深知内情，自然也不敢拂逆安妮的意愿，只得穷于应付。

“安妮，好像有些天没有见到了。”邱载慧装出思索的样子，想了一阵，突然说，“安妮游览去了。”

“游览，到哪里游览?”

“好像是去了苏州，还有南京。”邱载慧随便说来。

马丁似乎松了口气，“我来这里前，研究过中国地图，南京距离上海大约是三百公里——我很快就会见到我的安妮了。”

看着马丁天真无邪的表情，邱载慧真的同情这位英国大男人了，但又不能不对他施予点痛苦。

“不过，安妮说过，她有溯扬子江而上的打算。”

“扬子江?”马丁惊呆了，“五千八百公里呀!”

“扬子江迷人之处不仅仅在于她的长度，还有她沿途的非凡的景致。”邱载慧顺水推舟地说，“下游有九华山黄山争奇斗艳，出没其间的大侠远比罗宾汉神勇。中游则有三国赤壁鏖兵的遗迹，千余战船，谈笑间樯橹灰飞烟灭——你们英国的那场内斯比村战役与之相比，简直是小巫见大巫!”

“啊，克伦威尔的‘铁骑军’也是十分骁勇的。”马丁为心目中的英雄鸣起了不平。

“当然，克伦威尔在智谋上虽稍逊周瑜，在忠勇上也不及黄盖，但也算得上是一个大英雄。”在顾及了一下马丁的自尊心后，邱载慧继续说，“到此，扬子江仅仅走五分之一，再往上行，有既是人间仙境也是猿猴天堂的三峡，再再往上，则到了白帝古城，酆都鬼城，重庆山城，再再再往上，更有三江相汇，岷江、沱江、金沙江……”

马丁脑子里对中国地图的追踪远远赶不上邱载慧的叙说，只得放弃，无奈地问道：“邱师弟，请告诉我结论吧——安妮什么时候可以回到上海?”

邱载慧心想：“要说服安妮怕需要一两个月吧。”于是宽打窄用，说道：“短则三个月，长则半年。”

马丁虽然暂时被打发走了，邱载慧还是一直催促托尼说：“我们中国人对出窠兄弟可是不惜两肋插刀的，况且马丁确实是个汉子，赶紧劝说安妮和马丁言归于好才是。”托尼叹了口气说：“我何尝不想这样，可是安妮同马丁一样，也是个犟头倔脑的人，不好办——载慧，还是你出面吧——解铃还须系铃人嘛。”邱载慧脖颈一直说：“啥人是系铃人呀?”每次都在一边听着的沈晓花终于说了话：“邱载慧出面很可能适得其反，这样吧，我和立颖同安妮谈谈，托尼，你坐在一边，我们两个人的英文都是野路子。”

“安妮，你喜欢邱载慧，想做他的妻子，我和你哥哥不认为有什么不好。”沈晓花抚摩着安妮堇色的长发说。

“我们也认为你这样的感情十分美好，邱是个很善良、很幽默、很睿智的人，大家都很喜欢他。”姜立颖接着沈晓花的话说。

“杏姐姐说的是真心话，姜伯伯、姜伯母也想把你杏姐姐嫁给邱做妻子呢。”沈晓花接着说。

在安妮异样的眼光下，姜立颖点点头说：“我曾经希望成就这门婚事。”安妮讶异地问：“为什么是曾经？”姜立颖直截了当地回答道：“你看，邱不是已经有了锦儿了吗？”

安妮沉吟了片刻，说：“锦儿和邱不是萍水相逢吗？”

姜立颖惊讶了，一时弄不清楚安妮的意思。沈晓花无奈地摇了摇头，对姜立颖说：“嗨，这事也怪我，有一次，我和托尼谈起邱载慧同安妮的事，安妮进来了，托尼就说安妮与邱载慧不过是萍水相逢而已，并做了一番解说，安妮当即抗议说，自己同邱载慧是‘千年修得同船渡’——是钟大哥他们在巴黎开玩笑时说的。”

“安妮，‘千年修得同船渡’确实在我们这里流传很久了，可是她只说了半句。”姜立颖看着安妮明澈的眼睛说。

“已经一千年了，还有更长的修炼吗？”安妮眼睛里闪动着疑问和惊讶。姜立颖认真地说：“当然，千年修得同船渡，万年才能修得共枕眠呀。”

安妮霎时间一脸的失望，“我的天，人类都快终结了！”姜立颖揽过安妮的肩说：“亲爱的安妮，在我们中国，爱情的终点是海枯石烂，不比人类终结更为久远吗？”

看着安妮凄惶无助的眼神，姜立颖倍觉心酸，不由自主地吟咏起来，“柔情似水，佳期如梦，忍顾鹊桥归路，两情若是久长时，又岂在朝朝暮暮。”从姜立颖吟咏的韵律，安妮听出来是一首诗词，她泪水婆娑地问道：“姐姐，这首诗是什么意思呀？”姜立颖摇着头说：“姐姐实在是没有能力翻译给安妮听了。”

“安妮，我也无法用英语向你转达它的含义，”托尼接过话说，“但它使我想起了我们的老祖母的话：Just because someone doesn't love you the way you want them to，doesn't mean they don't love you with all they have（爱你的人如果没有按你所希望的方式爱你，那并不代表他们没有全心全意地爱你）。安妮，好妹妹，Don't cry because it is over，smile because it happened（不要因为结束而哭泣，微笑吧，为你的曾经拥有）。”

安妮伏身在姜立颖的怀里嘤嘤地哭泣，像小孩一般嘟囔着：“我耳朵聋了，什么也听不进去！”

时隔多日，大家以为马丁回了英国，他却拖着一辆锃光瓦亮的黄包车出现了。

“大家请看看，我像不像上海滩的黄包车夫？”马丁摆出一个拉车起步的架势问道。

沈晓花一脸的讶异。邵琉锦捂住嘴忍俊不禁。姜立聪、陈道堤上下打量一番后，啧啧称奇。只有邱载慧发表了评论说：“马丁，你这仅仅是形似，距神似相去甚远，就说这身香云纱衣裤，少则花去二十个大洋，是黄包车夫四五个月的车资呢。”

“邱先生的意见非常中肯，我立刻去换成棉布的。”

“而且不是来自曼彻斯特的那种。”姜立聪作了补充。

沈晓花扯开邱载慧直面马丁问道：“马丁，香云纱还是棉布无关紧要，你先说说这一切所为何来呀？”

听了沈晓花的问话，马丁屏气凝神，脸上也演变出严肃的神情，接着朗声说道：“我马丁谨面对上天，向众人宣布我的神圣的决定：自今日起，马丁要做一名苦行僧，在上海滩披星戴月，栉风沐雨，日复一日、年复一年地等待我的安妮！”

马丁此话一出，邱载慧平添了对马丁的许多敬佩，说：“若能坚持，真称得上是条汉子。”陈道堤对姜立聪说：“有人坐他的车吗？不成西洋景了。”邵琉锦则对镶嵌在车辆后挡板上的徽记发生了兴趣——那是一枚盾徽，盾面左上角和右下角为红底上三只金狮，右上角为金底上半站立的红狮，左下角为蓝底上金黄色竖琴；盾徽两侧各由一只头戴王冠的狮子和一只独角兽支扶着。马丁见邵琉锦端详车厢上的徽记，十分自得地说：“这位小姐真有眼力，这枚徽记是我们大英帝国的国徽，马丁谨以此表达我的诚心！”

邱载慧刚要答话，沈晓花见他露出赞许的样子，忙扯了一把说：“他留下有你的好果子吃，不信你等着。”邱载慧指着国徽对沈晓花说：

“你没有看见那上面写的有天有上帝，我有权利吗？哪个拦得住他！”

马丁让大家见识了黄包车后，来到工部局执照科申办执照。执照科的科长是苏菲女士。苏菲的表妹辛德是工业社会处的处长，不仅是工部局中唯一一名女性高级职员，而且芳容甚佳，在上海滩的洋女人中可以算是独领风骚。苏菲虽然被戏称为工部局中的姐妹花之一，但无论职位还是容颜都与表妹相差甚远，因此常感叹自己怀貌不遇。

马丁拉着他的天字第一号黄包车前往申领执照时，苏菲看看眼前这辆琳琅满目的黄包车，再看看临门而立的气度非凡的马丁，心灵不禁为之一震。

“先生请去验看公所验看体格，如果合格再来这里办理手续。”苏菲煞有介事地说。验看公所的职责，是为洋人雇佣的仆人进行登记，以便雇主了解雇员以往的品行，后因经费不足，早已撤销，苏菲是想对眼前这个美男子出个难题。

“我还需要验看？”马丁做了个健美动作，显示了自己硕壮的二头肌。

苏菲开心一笑说：“依我看当然没有必要，不过那是例行公事。”苏菲见马丁颇有些急不可耐便趁机说：“要不然你先为我拉包月，懂吗？就是固定为我拉车，这样我就可以亲自验看先生；当然，我每月会支付你二百元，相当于这里日本巡官的月薪了。”她要借这么一位体面的车夫，来抗衡那些傲慢绅士的冷眼。

马丁自然不从。苏菲则低垂眼皮，任马丁如何叫嚣，再不理会了。马丁心想：“只要是拉车，管他坐客是美是丑呢？”于是最终同意了，并说车资可以分文不取。苏菲误以为马丁在自己的芳容的感召下心回意转，当即批发了执照。

没有几天，马丁拉着苏菲招摇过市的西洋景传到工部局总办爱德华的耳朵里，总办立刻下令把苏菲和那个洋车夫召到办公室。

爱德华见到马丁那身穿戴——毡帽加黑色粗布裤褂，与高鼻深眼白皙皮肤形成的鲜明对比，不禁昂头大笑起来，他上上下下地很打量了马丁一阵，突然想起了什么。

“马丁，我半年前好像在伦敦的建筑展览会上见过你。”

“很可能，”马丁毕恭毕敬地回答，“马丁的作品曾有幸入选那次展览会。”

“我们这里的工务处正急需先生这样的人才，你何必——”说到这里，爱德华突然转变语调说，“马丁先生，你拉黄包车是来感受乡土之情还是另有隐情？可以告诉我吗？”

马丁苦笑道：“我是以苦行来祈求我的未婚妻安妮平安归来，她溯扬子江而上游览去了。”

爱德华有些动容了，说：“其情可堪，其情可堪。”

送马丁和苏菲离开时，爱德华说：“马丁，背负着大英帝国太沉重了，把国徽取下来吧。”

走出工部局大门，苏菲问马丁说：“安妮，她的哥哥是托尼，住在孟德兰路，是吗？”当她得到肯定的答复时，即刻要马丁把她拖到金发玛丽家。

听了马丁的叙述，金发玛丽疑惑地连连摇头说：“不会吧，安妮若是有这样的计划一定会告诉我的，再说，前不久我们还见过面呀。”

马丁想起了邱载慧关于安妮溯江而上神乎其神的叙述，突然觉得自己受骗上当了，当下要去找邱载慧算账。金发玛丽拦住马丁说：“中国人十分狡猾，而且碍于托尼的面子，不可动粗。”苏菲则说：“亲自出面也有失身份。”马丁苦笑道：“我一个黄包车夫还有什么身份可言！”苏菲安抚说：“我带你去找布朗巡官，先把那个狡猾的中国佬拘留几天，怕他不说实话。”

布朗开着警车来到托尼住所时，邱载慧、姜立聪、沈晓花和邵琉锦在花园草地上排列成一行，双臂向身体两侧平举，按间隔站好。陈道堤站在队前，发出“立正，稍息，立正”的口号后，带领四人高呼：“霍氏八极，绳锯木断，水滴石穿，坚持不懈。”陈道堤每呼四字，四人就同声接应重复，虽都是白面书生，呼喊之声也不够粗犷有力，但整齐划一，其精气神也颇有点震撼力。

隔着栅栏看见男男女女在练中国拳脚，布朗心想，“莫非这里隐匿着一个什么教派？”

沈晓花见往里探视的是一位巡官，忙迎了上去，“长官，这里平安无事，多谢关照。”布朗习惯性地敬了个礼，说：“我可以见见你们的——负责人吗?”他险些说出了教主二字。沈晓花应了一声“当然”,朝邱载慧喊道:“长官,这位长官要见你。”

邱载慧擦了擦脸上的汗,三蹦两跳地到了栅栏边,打了个立正说:“报告长官,霍元甲麾下八极拳教习邱载慧在此有礼了。”说着,朝布朗打了个躬。

布朗打量邱载慧一眼,笑着说:“先生不是小号手吗?怎么又变成拳脚教习了?”邱载慧这才认出,眼前这位巡官是自己的忠实听众布朗,忙打开栅栏门说:“请布朗先生园里说话。”

布朗进园刚要与邱载慧握手,突然止住了,用讶异的目光看着邱载慧问道:“先生的姓名是邱、载、慧?”说着,打开皮包,取出一件公文,指着姓名一栏让邱载慧看。

邱载慧看见姓名一栏写着:Chiu Tzai Hui,说:“按照韦氏音标,正是我的姓名:邱载慧。”

听了邱载慧的回答,布朗苦笑道:“邱先生,你可遇见了大麻烦。”说罢,将公文递给邱载慧说:“邱先生看看吧,我就不宣布了。”

邱载慧仔细看过,原来是一张拘捕令:“兹有大英帝国忠诚臣民比尔·马丁控称:华人邱载慧谎言惑众,暗藏其未婚妻安妮·李,致使爱侣不得相见,惶惶然不可终日。言辞恳切,事实充分,警务处饬令老闸捕房羁押该涉案嫌疑人邱载慧候查。”

大家正无计可施,姜立颖来了,她一下自行车就说:“安妮今天……”沈晓花听她说安妮,赶紧把姜立颖拉到一边,把眼下的事情大致说了。姜立颖说:“不要着急,我来对付。”

“布朗巡官,我是邱先生的律师,你不认为你不可以当着我的面,带走我的当事人吗?!”姜立颖用了个反问的句式,显得不那么直白。

布朗脸上稍露歉意说:“我也是公事公办。”姜立颖说:“既然巡官先生与邱先生是旧交,本律师想提醒巡官先生,我国政府与在沪公使团已经签署《收回上海会审公廨暂行章程》,你们不再享有审判权,还谈何‘羁押’、‘候查’?至于治安事例,你们的巡捕章程也有明文规定,非具实时危害者不得强制之。”

布朗听得如坐针毡,邱载慧出面了结道:“这样吧,反正马丁不出了这口恶气,决不会善罢甘休,与其无味纠缠,不如避其锋芒。布朗,我到你们那里住几天去，给马丁个安慰，你这个老朋友也好有个交代。”

沈晓花急火火地说：“那怎么可以，不是自认有过了吗？”

邱载慧想起那天对马丁说的那些顺水推舟的话确实心有愧疚，于是说：“冤家宜解不宜结，气也得让人家出不是。”陈道堤竖起拇指说：“邱处长，道堤今天真认识了你的大气，佩服，佩服！”邱载慧拍拍陈道堤的肩膀说：“多亏霍家八极拳的陶冶。”

姜立颖觉得邱载慧太过心软，于是说：“此宗事体本是他马丁无理，男女婚恋自主如今在此间已为众多国人赞同，我不信在他们自誉的自由王国里，能由他这般妄行。”布朗赞同说：“那是自然，不过与情敌决斗的陋俗在大英帝国依然偶有发生，邱先生要当心才是。”

邱载慧坦然道：“决斗确实是必须诅咒的，丹特士的剑刺倒了俄罗斯一代诗坛巨星普希金，伯尔的一枪，致使华盛顿的得力助手汉弥尔顿命丧黄泉，后人只能在美钞上寻找记忆，幸运的是，我同马丁并非情敌。”姜立聪急急地说：“他那个堂吉诃德可把你当成风车了，不能不认真对待。”邱载慧淡淡一笑说：“布朗，开车去，我还真想体验体验坐洋班房是什么滋味呢。”布朗犹豫了一下说：“里边的滋味真不怎么好受，这样吧，邱先生离开这里几天，也不要在街上露面，我嘛就谎称邱先生已经被羁押了，反正那些海阔天空的顺水话也构不成暗藏安妮的证据，过几天自然就不了了之了。”

汽车临出门时，姜立颖严肃地说：“今天的事情对外人千万不可泄露。布朗先生，对新闻界一定要守口如瓶，这可是花边新闻的好材料。”

哪里是归处

为了避免被洋拉车的马丁撞见，安妮住在姜家花园不能出栅栏门，除了弹琴阅读，就是陪李晴钊说闲话，觉得生活十分单调，免不了闷闷不乐。姜立颖时常打趣说："在那边，除了上街采买，就是做饭烧茶，岂不比这里更没有意思。"每逢这时，安妮总是淡然一笑，说："那不一样。"

后来，安妮终于找到了排遣寂寞的方式——到厨下跟厨娘学做中国菜，而且很快就取得了成效：姜亨飞品尝了安妮亲手烹制的西湖醋鱼后，说杭州知味观的味道也不过如此。这一来安妮兴趣大增，整日价在厨房里忍受烟熏火燎也乐此不疲。

这天，沈晓花来这里吃饭，厨娘做了一碟油盐炒枸杞头。沈晓花吃后啧啧称赞说："好吃，好吃！"姜立颖也附和说："那是当然，我家厨娘是比照《红楼梦》中油盐炒枸杞芽儿的做法做的，那还有错儿。"

安妮一听居然有这样深奥的出处，拉住姜立颖要讨做法。姜立颖本是随口而说，哪里招架得起。李晴钊笑笑说："安妮，勿要听你杏姐姐的，《红楼梦》里就说了一句话，哪来的这么详细。"姜立颖立刻将《茹草编》中的几句挪到这里逗趣，"哪个说就一句，你们听听：'紫芝瑶草不足贵，丘中枸杞生芊芊。摘以莹玉无瑕之手，濯以悬流瀑布之泉，但能细嚼辨深味，何以勾漏求神仙？'"

姜立颖拿腔带调令安妮十分兴奋，立刻说："我这就去学着做一碟，求晓花姐姐给邱带回去。"说罢，起身离位。沈晓花一把拉住安妮说，"他一个大男人喜爱的是膏粱厚味，哪里吃得来这么清淡的菜肴。"安妮信心十足地说："我做的西湖醋鱼、红茶肥鸭也是脍炙人口的，不信晓花姐姐可以问伯母。"沈晓花随口说："安妮，你不用忙，这辰光邱没有口福，往后有的是时间。”

这本是普普通通一句托词，安妮听后却大惊失色，反过来抓住沈晓花的手急急地问：“邱怎么啦？生病了还是……被马丁骚扰了？”

在安妮的追问下，沈晓花难以敷衍，就把马丁如何到工部局状告邱载慧的事情说了，并特意说明，邱载慧并没有真的去坐班房，而是在家中稍许避几天。

安妮绯红着脸说马丁欺人太甚，自己必须立即去工部局说明原委，还邱一个清白，并给马丁以惩戒。姜立颖、沈晓花好说歹说，安妮执意要去。姜立颖沉下脸来说：“你这样不听劝只能是欲益反损——你明白什么是欲益反损吗？”姜立颖一时不知道如何恰如其分地翻译成英语，拣了个近似的说了，“Be hoist with one's own petard（搬起石头砸自己的脚）。”安妮才安静下来。

第二天清晨，姜立颖晨跑回来，见安妮在花园里独自徘徊，知道她还是为邱载慧的事郁郁于怀。

“我的天，一夜没有睡？”姜立颖忙问——安妮的眼泡肿肿的。

“杏姐姐，我已经决定随马丁回英国了。”安妮眨了眨眼，平静地说。

这句话是姜立颖所盼的，但当安妮说出来又觉得依依不舍了，搂过安妮的肩头说：“我们会想念你的。”

按照安妮所求，送行的只有托尼和沈晓花两人。托尼和马丁握别时，一再嘱咐马丁万事不可强求。安妮那不悲不喜不悦不愠的面孔令沈晓花不敢正视，与安妮吻别时，她盼望着同安妮相拥痛哭一场，但从安妮的眼眶里却看不到一点点泪光。安妮在马丁的搀扶下踏上了跳板，一步步向船舷走去，只在踩到船舷那一刻转过身来，招了招手，就消失了。沈晓花再也忍不住了，俯身在托尼胸前痛哭失声了。

约克郡号邮轮鸣响三声汽笛，缓缓驶离十六铺码头。安妮强忍的眼泪终于夺眶而出，她急忙闭住眼睛。

与邱载慧相处的那些画面一幅幅映在心帘上：巴黎惊喜的相逢，东去列车上的缱绻，千里海船的共渡，下午茶的深情相对……画面一一过去，她突发异想：“如果普利茅斯水手号当时准时停靠在刚刚离开的那个码头，一切或许就是另外的样子——邱会直接被接回家中，而不会在公家花园与锦儿相遇。”可是转念一想，“家中还有杏姐姐等着呢！”

安妮轻轻咬了咬嘴唇，偷偷看看身边，马丁已经不在了，才想起来，马丁告诉她有几个朋友在咖啡厅里等着他。

太阳升高了，甲板上没有了阴凉，安妮回到船舱。昨晚一夜未眠，此时觉得身子懒懒的，安妮就势歪在卧铺上，倾听着黄浦江水拍打舷窗发出的响声，渐渐睡去……

人生在世若浮云，
来无影，去无踪。
天空地空万物空，
昭昭日月在心中。
生如梦，死如梦，
悲欢离合化清风。

在水声的伴随下，安妮的耳际响起人声，一种只能感知韵律的人声，它有着老汉的苍凉，又不时夹进女子的犀利，它在宣示昭昭天理，又在倾诉人生的遭际。那人声如泣如诉、如吟如唱、若断若续、若存若无……忽地，人声被突如其来的风声所替代，风势越来越强，携带着水珠迎面向安妮扑打而来，随之，出现一幅令人惊心的画面：一只蓝色的蜻蜓随风而至，翅膀已是孱弱无力，只能勉强支撑着细小的身子，免于灭顶之灾；但风的势头并不因此而有些微的减弱，带着呼啸不断压向蜻蜓；在狂风的翻卷下，腾起阵阵昏黄的浊浪几度将蜻蜓吞噬。安妮不顾一切，奋力扑身过去，手指几乎触及蜻蜓了，一阵狂风又将蜻蜓吹离……

“安妮，安妮。”

安妮睁开眼，见马丁站在卧铺前，从舱门照射进来的一缕阳光令人炫目。

“安妮，邮轮要在这里停一个小时呢，来了许多卖东西的小舢板，不去甲板上看看？”马丁俯身问道，顺手将安妮垂在额边的一绺头发拂开。

“甲板上太热，我不想去。”

马丁走后，安妮回到刚才的梦境，思前想后，弄不清梦的寓意和来由。她烦恼地侧转身体，脸几乎贴近舷窗，不经意地远望着岸边的景色：石阶、瓦屋、蒿草、芦苇、暗红色大岩石……

“这不是东沟渡口吗?!”

安妮迅速起身，好歹拢了拢头发就跑出了船舱。甲板的一侧站了许多乘客，安妮跑前跑后，没有看见马丁，也没有找到立足之地。她正要往上一层去，看见一只蜻蜓站立在驾驶舱的窗楣上，晶莹碧绿，同梦境里那只别无二致。安妮惊喜地“呀”了一声，就在这时，她想起来，梦境里的那只蜻蜓是“玉蜻蜓”!

——邱载慧为了让安妮见识最具乡土色彩的艺术，曾带安妮听过一次宣卷调，曲目是《玉蜻蜓·后游庵》。情节是荣耀儿子凭借信物“玉蜻蜓”与落难老母相认，在戏曲中是屡见不鲜的。许多人对这种宣教佛门善行的艺术形式并不看好，曾有竹枝词曰：非僧非道亦非尼，宣卷先生老面皮。经卷高宣法器响，当当齐当齐当齐。宣卷宣到结缘好，妇女同声并喊妙。卷中夹杂唱滩簧，其名叫啥大四套。邱载慧是出于好奇才涉猎一二。

那天观赏的是所谓丝弦宣卷，乐器有七档之多，三弦、胡琴、扬琴、琵琶、笛子、木鱼、铜磬等等应有尽有。主唱老汉的嗓音苍凉浑厚，附卷女子则尖厉柔美兼备。邱载慧只就剧情作了简单扼要的介绍，安妮很快就进入其中，继而如醉如痴了。安妮一路听来，一路陪出了许多泪水。其间，唱词中出现“解元”、“琉璃灯”、“伽蓝殿”时，邱载慧都要不厌其烦地解释一番，安妮则多是轻轻地压一压邱载慧的手背，示意他不要打断自己享受那历经磨难后重逢的悲喜。

玉蜻蜓入梦，安妮觉得预兆着自己与邱载慧的重逢——她眼望那只在窗楣上悠闲自得的蜻蜓，顿时陷入了沉思。

“是安妮姐姐吗?”安妮身后传来一声问话。安妮转过身去，面对自己的是一只偌大的竹编斗笠。安妮正在奇怪，“是谁呢，声音这么柔媚，这么亲切?”斗笠倏地挪开了，一张黝黑的娃娃脸闪现出来。

“阿鱼，怎么是你？你一直在船上?”安妮惊讶地问。

阿鱼嘻嘻笑着说：“阿鱼是同爷爷来卖柳叶鱼的，阿鱼看船上好玩，就顺着楼梯爬上来了。”阿鱼把安妮拉到船舷，指给她看正在舢板上交易的爷爷。

与阿鱼的意外相逢使得安妮十分兴奋，手指岸边的渡口问阿鱼道："那是东沟吗?"阿鱼说："是呀，安妮姐姐还记得?"安妮随即拉起阿鱼说："我们过去看看，好吗?"阿鱼说："当然可以了，只不过……洋船开了怎么办?"安妮说："不要紧，要停一个小时呢。"

当安妮在阿鱼的搀扶下，从晃动的舢板踏上渡口的土地时，被那只玉蜻蜓搅扰得忐忑不安的心刹那间就平定下来。

"阿鱼，你记得到海滨野营那天，我们在这里等邱吗?"

"怎么不记得，邱先生光着两只脚板。"

安妮和阿鱼坐上暗红色的岩石，远远望去，约克郡号邮轮的烟囱吐出一团团白色烟雾，随后传来"突突"的声音。

"安妮姐姐，你是要回英国去吗?"阿鱼问道。安妮只是轻轻地"嗯"了一声，目光没有离开那些化入薄云的烟雾。"安妮姐姐，你什么时候再回这里来呢?"阿鱼再问。安妮沉默着没有回答。这时爷爷走过来说："阿鱼，送安妮小姐回洋船去吧，要下雨了。"

安妮说："爷爷，不忙，要停一个小时呢。"

果真下雨了，越下越大，不一会儿的工夫，约克郡号就被雨幕遮掩起来，连轮廓也看不见了。

安妮和阿鱼站在瓦屋的屋檐下，鞋子裤管被雨水浇得透湿，冷气不断从下袭来，两人都不由自主地颤抖起来。

"不要紧的，爷爷很快就会找来一只大船，送姐姐回洋船去。"阿鱼握住安妮的手，安慰道。

"阿鱼，你家附近有一处福音堂，是吗?"安妮问道，并没有专注于大船与洋船。

"有哇，那棵大黄果树旁边就是，听说原本是艾家的宅院，阿鱼记事那年就是福音堂。阿鱼常在黄果树下歇脚，常听福音堂里唱歌，听来听去也会唱了。"阿鱼说得高兴，哼起了听来的歌，"阿门……"

"阿鱼，那是《阿门颂》呀！是对我主之恩至诚的赞美呢。"安妮搂过阿鱼，心里再没有此前的不安。

雨依然是一阵紧似一阵。阿鱼爷爷回来了，脱下蓑衣，护在安妮腰下，说："雨太大了，没有船敢过江。"阿鱼接过爷爷的话说："我们的船不敢开，洋船也不敢开，安妮姐姐放心等等吧。”

洋船并没有如阿鱼的愿，它的鸣笛声穿过雨幕传到了岸边，很快，它鼓动起的涌浪，也一波波地向岸边涌来……

阿鱼爷爷着了慌，情急里丢下旱烟杆朝岸边跑去。安妮解下蓑衣，披在爷爷肩上，安详地说：“爷爷，主耶稣基督的恩惠、上帝的慈爱、圣灵的感动与我们同在，何处何地都是安妮的归宿。”

安妮同马丁离开上海后的第二天，邱载慧回到大客厅，同大家稍稍点头示意，立刻伏案工作起来。沈晓花是这里面唯一到码头为安妮送行的人，平时有话就说、无话找话说的沈晓花此刻最为寂然，生怕有谁问起送行的情况。

喝下午茶时，邱载慧端起杯子抿了一口，又搁下了，随即问道：“怎么不是毛尖？”姜立聪、陈道堤相继进来，端起杯子也都露出异样的表情。沈晓花说：“毛尖没有了。”邵琉锦脸一红说：“我去买过，可是买成了春尖。”

大家心照不宣地相互看了看，低头各喝各的春尖，谁也不再说什么——原来自邱载慧们在此安营扎寨以来，每天的下午茶都是安妮亲自打点。邱载慧觉得准备咖啡太过烦劳，于是建议改用中国茶毛尖。为了说服安妮，还有过一段风趣的对话：

“毛尖色泽嫩绿隐翠，给人以清幽阴凉的感觉，你只要看看，立刻就可以生津止渴。”姜立聪听了邱载慧的建议当即附和。陈道堤补充说：“它的味道更是独特，不仅香气清高，而且带有熟栗子香味，可以兼收提神醒脑，充饥解馋的功效。”

沈晓花事先没有得到邱载慧的知会，因此说：“好好好，立聪大哥，往后你呀，无论如何的口干舌燥，只可远观不可入口。道堤，你每日清茶三杯，什么面包牛排南翔馒头之类的就通通免掉！”邱载慧忙出面说和，“用人时刻，岂能损我两员大将，我之所以对毛尖情有独钟，是它滋味浓厚经久耐泡，我们的异国朋友也可以享受一点中国情调。”坐在一边倾听的托尼问道：“你们中国话中的‘毛’似乎多有贬义，比如毛病、毛躁、毛手毛脚、毛焦火辣等等，毛尖、毛尖，不会是劣品中之最劣吧？”

托尼此话一出，邱载慧大笑不止，并不住地瞟视沈晓花。姜立聪、陈道堤也都会意，捂住嘴暗笑不已。

沈晓花见此情景，瞪圆眼珠嗔怪托尼说："傻话！"托尼讶异地看看这个看看那个问道："这是傻话？"

邱载慧止住笑说："晓花，看来托尼对你真是洞若观火明察秋毫，毛尖之所以被称之为毛尖，是因为它条索细圆，紧直有锋芒，大家说说，她沈晓花是否有此神韵？"

大家都为邱载慧的传神勾勒忍俊不禁，向来不苟言笑的姜立聪也焕发起幽默来，"自古以来，信阳毛尖、都匀毛尖、黄山毛尖三足并立，如今再添姑苏毛尖，毛尖家族可望四面出击了。"

大家议论纷纷时，安妮一直静静地坐在那里，她觉得这里真是个驰骋遐想的神秘王国，就这么小小的几片茶叶，竟然会引发出如此多的说辞与联想。爱屋及乌，安妮从此喜爱上了毛尖，毛尖成了下午茶必备的茶品，每每邱载慧们回到大客厅后，安妮依然独坐在这里，品味着毛尖，沉浸于遐想。

眼见大家郁郁寡欢，邱载慧明白是怀念安妮离去，于是提出建议：

"这些日子来大家忙忙碌碌，身心有些疲惫了，晚上我请大家看场电影，松懈松懈。"

放在往日，绝对是欢声雷动，可是此刻却没有人响应。邱载慧说："晓花，你最爱热闹，出个新鲜点的主意。"沈晓花想了想说："阿娇没有找到，安妮又走了，大家都觉得心里空落落的，坐到电影院里谁也不理谁，更形单影只的了。"姜立聪说："晓花说得对，不如约上碧珠姐、钟大哥他们，找个合适的地点散散心。"经沈晓花、姜立聪提醒，邱载慧说："大家去丽娃栗妲村划船谈心好不好？"

姜立颖是接到通知第一个来的。沈晓花迎上前去，拉住姜立颖的手说："立颖，你想想怎么提提大家的兴致。"姜立颖似乎对此并没有兴致，而是说："刚才有一个人在栅栏外边徘徊，我看了他一眼，他立刻转过身走了。"陈道堤说："我去见识见识。"起身就往外走。

邱载慧一把拉住陈道堤，"你先别忙着去，杏姑娘，大致是个什么模样？"姜立颖说："礼帽长衫，约莫有五十岁，下颏……"沈晓花没有等姜立颖的话说完，急急地问："下颏是不是尖尖的？"姜立颖刚一点头，沈晓花陈道堤几乎是异口同声："李慕新！"

邱载慧的目光扫视过沈晓花和陈道堤，问道："李慕新来这里做什么？你们是不是神经过敏了？"姜立颖说："不管是不是神经过敏，谁先出去看看。"邱载慧说："不忙，大家随我上楼，这里就留下杏姑娘，他若真要进来，就在小客厅里接待他，探探他的意图。"

李慕新找到邱载慧们的藏身之地也是煞费了一番苦心。开始是探口风，每逢沈晓花陈道堤到局值守，李慕新总是殷勤备至，嘘寒问暖，旁敲侧击。接下来自然是跟踪，可是这几位好像是久经训练的一般，没有一次是成功的。唯其如此，李慕新更锲而不舍了，而且不久机会就来了。一次托尼去接沈晓花，李慕新记下了汽车的牌号，由此顺藤摸瓜，很快就找到了托尼的住所，令他喜出望外的是，此处竟然就是自己踏破铁鞋打算寻觅的处所。

事有凑巧，没过几天，工务局营造处的一个工程师与李慕新闲聊，说在一张英文小报上看到邱载慧因暗藏西洋女子被巡捕房羁押的报道。李慕新听后心跳如擂鼓，要他拿报纸来。那位工程师说："那是张包糕团的报纸，我早扔掉了，不过名字我是记得很清楚的。"说着写下了Chiu Tzai Hui，并说："当然同名同姓也有可能。"李慕新如获至宝，心想："这样最好，至于此邱载慧是不是彼邱载慧，就无关紧要了。"不过李慕新还是决定去探个虚实——要局长袒护无词。

姜立颖刚在小客厅里坐下，就听见有人敲门，来人果然是栅栏外看见的那位先生。

姜立颖唤人打开栅栏门，把李慕新让进小客厅。

"鄙姓李，李慕新，在市政府工务局任职。"李慕新自报家门，并谦恭地说："假若不是慕新眼拙，小姐正是亨飞地产姜董事长亨飞老的女公子吧。"在此地碰见姜亨飞的女儿，李慕新不禁忧心忡忡，看来姜亨飞已然捷足先登了。

"李先生来这里有什么事吗？"姜立颖淡然对待，没有接李慕新攀亲带故的话。

李慕新瞥了一眼姜立颖，心想："你以为攀上邱载慧就万事笃定了，休想。"于是坐正了身子，拿出公事公办的模样说："我工务局邱载慧因暗藏西洋女子事遭巡捕房羁押，慕新临危受命前来查看我处诸同仁在此地工作的情况，并酌情处理，不知姜小姐方便指引不?"

姜立颖暗自啊了一声，她来不及思想在哪个环节上出了纰漏，只得强作镇定地支应道："我是代家人来此地收取房佃的，至于房客是如何的背景，我是一无所知的。"

李慕新想："既来之，必取之，狭路相逢狠者胜。"当下站起身来，说："姜小姐也是知情晓法的，不要妨碍公务伤了大家的和气!"说着，径直走出了小客厅。

邱载慧听到这里，"噔噔噔"走下楼来，打招呼说："原来是李工程师，请上楼到陋室一坐。"邱载慧一边礼让李慕新上楼，一边对姜立颖说："姜小姐，陋室一间，就那么点点房佃，何劳小姐月月亲自来收取。"姜立颖接过话说："君子之交淡如水，你处长大人和家父都奉为箴言，我一个小女子也只得恭敬不如从命，月月来做这个尴尬人了。"

李慕新有点畏缩了，心想："这个优哉游哉的邱载慧果不是那个身陷囹圄的邱载慧?一个大老板，一个大处长竟然认真于那么一丁点不起眼的房钱，其迂腐可想而知!"想到此处，李慕新忙说："顺便路过，顺便路过，不打扰了。"

英国有句谚语：The devil is kind to his own（恶人好运气）。就在李慕新刚要转身出去，随着一声呐喊："The devil lurks behind the cross!(魔鬼躲在十字架后面!)"马丁破门而入，冲到大客厅门前，一面捶打着门，一面一迭声喊叫着："Chiu Tzai Hui，Chiu Tzai Hui……come out!(邱载慧，邱载慧，给我出来!)"

大家被这一场景弄得惊慌失措，唯有陈道堤眼疾动作快，从楼上直奔而下，将邱载慧推进了小客厅。

这时巡官布朗气喘吁吁地赶到。

"安妮从船上走脱了，走脱了!"布朗上气不接下气地说，"马丁和安妮乘坐的约克郡号邮轮出港后，行驶到东沟附近，不晓得是补给出了问题，还是机械出了故障，停了很久，等约克郡号再度起锚，安妮不知去向了，马丁认定是邱先生把安妮接走藏起来了。"

事到这个地步，容不得邱载慧躲避了，他摆脱开陈道堤的拉扯，走出了小客厅。

马丁断定，安妮爽快答应随自己回英国，忙不迭地订下离开上海的日期以及借机逃离约克郡号，完全是出自邱载慧的预谋。此刻见到了邱载慧，真是仇人相见分外眼红，猛地腾身跃起，扑向邱载慧。

邱载慧刚一出门，一只巨大的拳头已经从侧面击来，他急忙往后闪躲，马丁的拳头从鼻头划过，登时一阵火辣辣地疼痛，鲜血喷涌而出。邱载慧抹了一把鲜血，随即握紧双拳，目光炯炯地捕捉着对手。

马丁第一拳没有完全中的，身体不由得向前倾去。待马丁转过身来再度面对邱载慧的时候，邱载慧不容分说，忽地击出一记直拳。马丁一则没有想到对手出拳如此之快，二则认为凭邱载慧那样纤细的身材，即便挨上一击也无关紧要，可是拳到近处，马丁觉得风声不对时，已经太迟了，挨了饱满一击，马丁向后趔趄了两步才站稳脚跟。

此时布朗、陈道堤冲了上去，把伺机反扑的马丁和蓄势以待的邱载慧分开。

马丁和邱载慧相互摆着架势怒目而视，鼻下腮边衬衫前胸，到处是点点血渍。布朗把姜立颖请到前面，指着二位斗殴者说："律师小姐，两位流了这许多血，可否认定为实时危害者？小姐要是没有意见的话，我就公事公办了。"

暗度陈仓

李慕新没有想到自己能亲眼目睹这一幕全武行，庆幸之余赶紧跑回工务局。局长沈怡当晚同未婚妻应懿凝小姐有约，刚走出办公室，李慕新迎面上来说："局长，卑职有重要的事情报告。"

"在这里说说吧。"

"这干系到……"李慕新露出一脸的为难。沈怡无奈，只得回到办公室去。

李慕新绘声绘影的描述使得沈怡无以质疑，只得说："我知道了，你回去吧。"

李慕新走后，沈怡当即要通市政府秘书处的电话，找蒲天枢秘书。对方说："蒲秘书到杭州公干去了，啥辰光回来还说不准。"

沈怡正在办公室思忖如何处理，心想："出点桃色事件倒也无伤大雅，若是荒废了大事则是过不可恕呀。"这时，司机来提醒说："局长说好六时到卡尔登饭店，现在已是六时三刻了。"沈怡急忙起身说："快走，快走。"

汽车开出毛家弄，飞驰而去，沿熙福路到了哈同花园，沈怡才想到此时已晚，忙吩咐司机直接去丹桂第一楼。

开锣戏《石秀探庄》刚开唱。沈怡先致歉，然后低声问道："大哥呢?"应小姐说："陪我吃完饭就走了，说是压轴戏前必到，还要我向你道对不起呢。"沈怡忙说："说对不起的该是我，让大哥和你等得着急。"应小姐说："没有什么，只是你还饿着吧。"沈怡说："哪能呢，我是常备不懈的。"应小姐笑了，她晓得沈怡皮包里总是备有各色饼干以备急需。

此时离梅兰芳和王凤卿的大轴戏《二堂舍子》还早，剧场里观众很稀疏，给了他们说话的机会。沈怡问应小姐道：“还记得我们局的邱处长吗?”应小姐说：“怎么不记得，不就是表妹生日 party 上的那位小号手吗?那天表妹同他说，我们圣玛丽女校的一个同学想同他认识，看他那个拘束腼腆的样子，与演奏时的灵动与激情判若两人。”沈怡说：“也怪了，这个邱载慧怎么就这么讨女孩子喜欢。”应小姐觉得话外有音，于是问道：“怎么，他有别的女孩子了?”沈怡摇头说：“不是。”并将李慕新所见说了个大概，有让她帮着出出主意的意思。应小姐沉吟片刻说：“莫非真有其事他才推三阻四的?不过细想起来，他还很本色的，不至于这么居心叵测地夺人之爱吧。”

随着台上越来越热闹，台下观众也渐渐多了起来。中轴《审头刺汤》末了，应大哥果然到场。沈怡问：“看来大哥对今天的压轴戏情有独钟，又是哪家武生?”应大哥说：“你们没有看戏单?”此时沈怡才发现，戏单早已被自己不经意地揉搓得皱皱巴巴。应大哥说：“是李万春的《林冲夜奔》呀，李万春七岁那年，首次在荀慧生主演的《三戏白牡丹》里饰演仙童，表演五子夺魁，以客串李的艺名，在上海获得超凡童伶的美誉，因此在上海颇有人缘。这次得梅老板提携来沪，那功夫与当年自然是不可同日而语了。”说起李万春，应大哥赞不绝口，直到在一阵小锣声里，林冲登台。

当年李万春仅一十五岁，穿起行头来，虽比杨小楼短了半截，但小模样也气宇非凡，特别是眉眼间透露出的那种略带稚气的哀伤，令人心酸。一声点绛唇，“数尽更筹，听残银漏”，台下一片寂然，呼吸之声可闻，待“逃秦寇，哎呀，好叫俺有国难投，哪搭儿相求救”出口，应小姐眼含的泪珠已经滚落香腮。沈怡不知所措，应小姐哀婉地看了看沈怡，把手轻轻地放在他掌心里。

从《林冲夜奔》的悲壮，到《二堂舍子》的悲泣，沈怡陪了不少叹息，但始终没有进入剧中。终场后，应小姐嗔怪说：“净为你那个吹小号的发愁了。”

第二天一早，沈怡吩咐秘书唤李慕新来办公室。

“局长，有事请吩咐。”李慕新来到局长办公室，不像往常那样先在门外发问，而是径直站到沈怡的写字台前。

“李工程师，请你署理一下设计处的工作。”

“知道了。”

见李慕新依然站在那里，沈怡说：“若是没有什么问题，可以回去了。”

李慕新说：“慕新没有问题了，不知局长有没有具体的示下。”沈怡为把邱载慧那边的工作撇开，于是回答道：“工作都明摆着，具体事务酌情办理吧。”

像马丁与邱载慧斗殴的事，在租界本是司空见惯的，由于牵扯到前前后后这些事情，巡捕房不敢轻易了结。蒲天枢又去找马钟晓求援。马钟晓一听又是这等事情，气就不打一处来，说：“这样的事情我就不应该管，几天前，为个中国妞惹事，这又添了个洋妞！”蒲天枢笑笑说：“这事呀，马叔叔真埋怨不到载慧。”马钟晓瞪圆眼珠说：“怪不得你爹爹说你们两个是穿一条连裆裤长大的。”蒲天枢说：“马叔叔误会了，我是说哪个叫姑夫姑母给了载慧一副好面孔呢？”马钟晓听后大笑不止，指着蒲天枢好一会儿才说出话来：“这话我明天就告诉你爹去，看不捶你个够！”

叔侄二人说话时，工部局警务处长巴雷特的电话打过来了。

“马老兄呀，听布朗巡官说，你那个侄儿和我们这个马丁，个个身手不凡，是先让他们在我这里收收心，还是老兄领回去，我们各自教训呢？”马钟晓当即回答道：“巴老弟，谢谢你的好意，你我都是过来人了，小儿女之间那点破事，老天爷都不爱管，依我看呀，由他们去。”“二虎相争，要出人命的！”对方显然发急了。马钟晓干脆地说：“你又是咸吃萝卜淡操心，听我的没错！”

电话挂断，马钟晓起身指着蒲天枢说：“别倒茶了，快起来！”蒲天枢捧着茶壶问：“不是已经同意放人了吗？”马钟晓说：“快去接慧儿呀，真让他们再打起来！”

布朗接到巴雷特放人的电话，把邱载慧和马丁叫到一起，告知了决定，顺便说和道：“二位拉拉手，算是前嫌尽弃了——告诉你们，如果再度造访我们这里，就没有牛乳面包招待了呀。”

邱载慧和马丁几乎是同时向对方伸出手去，在握手的同时又几乎是异口同声，“为了牛乳和面包！”

二人走出巡捕房，邱载慧觉得自己是本地人，应该大气些，于是问马丁道："能帮助你什么吗?"马丁沉吟一下接着说："托尼告诉我说，你们有句格言——强扭的瓜不甜，和我们英国人的谚语差不多——love can not be forced，所以，以后我不会再纠缠安妮了，但是对于邱先生，马丁不能 make your enemy your frend（化敌为友）。"马丁说完，朝邱载慧淡淡地笑了笑。邱载慧以苦笑作答："悉听尊便。"

马钟晓和蒲天枢正好赶上这一幕，叔侄相视一笑，掉转车头走了。

邱载慧出了巡捕房立刻回到大客厅，姜立聪、沈晓花各自伏案，佯装什么也没有听见。邱载慧觉得事有蹊跷，故意加重脚步。沈晓花依旧若无其事地翻看《晶报》，并隔着半个屋子朝姜立聪举起一幅插图说："立聪大哥，你看，当年杜月笙竟然是靠举世无双的削苹果技艺，取得黄金荣老婆的青睐，从此飞黄腾达的，你说好笑不好笑?"邱载慧气哼哼地说："你沈晓花拙劣的表演让人哭笑不得!"

沈晓花听是邱载慧的声音，急忙转身说："怎么会是你?"邱载慧反问道："你以为我该把提篮桥的牢底坐穿呀?"

一直伏案埋头的姜立聪此时抬起头来说："嗨，我们都以为是李慕新又来视察了。"沈晓花接着说："你不晓得，李慕新署理此地了。"

听了沈晓花所说，邱载慧忽地走到自己座位前，掀开了覆盖在图板上的绸布，顿时惊呼起来："我那张道路总平面图呢?"姜立聪、沈晓花立刻凑上前去，图案上果然空空如也，大家立刻紧张起来。

"不会是陈道堤拿走了吧?"沈晓花未置可否地说。邱载慧紧接着问："道堤去哪里了?"沈晓花恨恨地说："不要再提什么道堤了，纯粹一个懦夫——被李慕新招安了!"姜立聪急忙说："晓花，言之过重了。"沈晓花不服气地说："我才言之凿凿呢——那天李慕新在这里当众宣布，要我们全体撤回毛家弄。我沈晓花二话没有，当场表示，辞职可以，毛家弄不回；立聪和锦儿不在编制，他本来就管不着，只要他陈道堤不言不语，李慕新整个就要塌台。可就在这节骨眼儿，他陈道堤偏偏说那没骨气的话：'回就回去吧。'邱载慧，这不明明是替李慕新扎台型吗？立聪大哥，你说呢?"姜立聪说："道堤不是已经解释过了吗？他家小门小户，离不开那几十块钱的薪俸。"

沈晓花还要争辩，邱载慧拦过说："道堤如何往后再说，眼下最重要是找到总平面图的下落，那张图可是总览全局的，若让李慕新得到，不说我们几个人白躲躲藏藏了这一阵子，整个工程没准就这么付诸东流了。”

三人翻箱倒柜找了个遍，图纸没有下落，显然已经落入李慕新之手。事已至此，邱载慧说必须向局长报告。他同沈晓花先到工务局，秘书说局长在市政府开会，二人又向市政府奔去。

邱载慧沈晓花来到枫林桥市政府时，蒲天枢正同沈怡在会客室喝咖啡，见二人匆匆而来，立刻站起身来，几乎是异口同声地问道：“怎么样，没有出乱子吧？”邱载慧神色黯然地说：“总平面图被李慕新拿走了。”沈怡跌足道：“你们一个个蛮机灵的嘛，即便李慕新打着我的旗号去了，你们不会拿几张桥涵图搪塞他，为什么偏偏把总平面图给了他。”沈晓花涨红着脸说：“你不晓得，那天他和那个马丁上演全武行时，李慕新浑水摸鱼，趁乱拿走的。”

此时，会客室使役报告市长即刻接见。蒲天枢对沈怡说：“我先去搪塞一阵，你们快想办法。”

沈怡一时作了难。邱载慧被自责所缠，也没有了主意。倒是沈晓花提醒说：“邱载慧，我们原先不是拟定了三条路线吗？为了借用勘测结果，免得兴师动众，就沿用了一九二三年所拟的走向——为这事我们两个还争红了脸呢。”沈怡听后大喜，说：“那就好办了，现在更换到另一走向还为时不晚，一会儿见到市长我就拖延一下时间，反正他手头的银子也不那么凑手——至于李慕新那边，正好为你们暗度陈仓打掩护。”

李慕新深知局长沈怡并不倚重自己，因此一朝权在手便把令来行，当即给邵鸿运下了请帖。——三年前李慕新妻子染疾撒手人寰以来，虽不断有女人陪伴，但毕竟无家庭之谐，他早就耳闻邵鸿运家藏碧玉，也曾在鸿运店面偶有所见，并即刻纳入心田，此次终于来了机会，自然是机不可失。

邵鸿运拿到请帖如久旱盼得甘霖。张有财说那孵混堂可是谈大生意成就大买卖的地方，邵鸿运更是欣喜若狂，回家时口里还哼着小调：“听说方卿又上门，不由我心中胆惊惊，他那日与我打下赌，没得好处不上门。”见邵妈妈正以不屑的眼神望着自己，邵鸿运悄悄地说：“老婆子，我就去把那珍珠塔搬回家，快去做它三大碗，吃了好陪李慕新孵混堂去。”

邵鸿运酒足饭饱，坐上林阿贵的车，说了声，“去大观园!”林阿贵问道：“大先生去哪个大观园，一家在杀猪弄，是卖汤团的，一个在北京路是汏浴的混堂。”邵鸿运呵斥道：“杀猪弄？晦气晦气!”

到了混堂大观园，邵鸿运拿出请帖。堂倌说：“李先生已经来了多时。”堂倌带领邵鸿运上了二楼，来到一个包厢，见李慕新正裹着浴巾，靠在榻上与对面的男子谈话。李慕新见是邵鸿运，欠起身说：“邵老板先去汏浴，我在这里候你。”

邵鸿运先在大池里泡了泡，觉得不够热。见旁边有一个小池，水面冒着热气，而且没有人，于是起身跨了过去。邵鸿运没有来过这样的大混堂，不晓得这小池也称焦池，意思是其热度足以烧焦皮肤，是供浴客泡脚用的。邵鸿运贸然将一条腿插入水面，当即觉得火烧火燎，大呼一声“哎哟”，急着往外拔腿，可是此时身体中心已经倾向那边，完全用不上力气了。幸亏大池里的浴客眼疾手快，一把拉住邵鸿运另一条腿，算是救了急。

闻讯跑过来的堂倌，把邵鸿运拽出来，又拎来一桶凉水，猛地朝邵鸿运被烫的腿浇了过去，邵鸿运毛焦火燎的感觉才稍稍减轻了些。此时堂倌来说：“李先生问先生呢，说若是汏惬意了，就请过去。”

邵鸿运回到包厢，刚才同李慕新说话的男子已经不在了。“真没有办法，这上海滩没有我躲清静的地方，刚才那人认识吗？仲伯通呀，姜亨飞姜董事长的大管家，这阵子躲的就是他，没想到在混堂里碰上了。”李慕新一边招呼堂倌撤换榻上的铺垫，重新冲泡茶水，一边对邵鸿运诉说苦衷。“那是，先生官高位重，求先生的人当然是如蚂蚁搬家，你出我进。”邵鸿运随口逢迎道。

堂倌摆弄停当，邵鸿运靠在榻上，把那条被烫的腿放在舒服的位置，端起茶杯正要喝茶。李慕新从榻上翻身落地，跪在邵鸿运的榻前，拱手说道：“老泰山在上，请受小婿一拜。”

邵鸿运不算没有经过世面的人了，突如其来的这一幕可是没有见过没有听过甚至没有想过，顿时把他惊了个不知所措，两只眼睛目不转睛地盯住跪在榻下的人，两只耳朵也不停地回味刚才进入耳蜗的声音，怎么就突然冒出来了泰山女婿的称呼呢？李慕新见邵鸿运愣怔在那里，以为他没有听清楚，立刻又重复一遍，语气更加虔诚，神情愈加恳切。邵鸿运左右为难了——起身相扶不是，难道就这么应了？置之不理也不是，难道就这么绝了？邵鸿运毕竟也是见过些世面的，随手将茶杯掷在地上，翻身滚下榻来，与李慕新相对而跪，并一连声地说："先生折杀鸿运了，折杀鸿运了！"

李慕新早已将邵鸿运的如此反应列入预计之中，此时不慌不忙地把邵鸿运搀扶起来，安置在榻上，自己也在榻上靠好，然后朝邵鸿运拱了拱手说："不是慕新要强娶妹妹，实在是眼下慕新奉命修筑道路五千六百三十丈、大小桥梁十余座，预算需银六百一十六万三千三百大洋，尚有应贴地价并拆除房屋以及附属设施等项工料所需银两无从预计列入。如此重任，岂是慕新可以承担的？慕新想来想去，如要不辱政府使命，唯有投靠世伯。"

李慕新言辞恳切的一番话把邵鸿运听得耳热心燥，心里一遍遍打起小算盘："哦哟，大数就是六百万，再算上例行超支，只怕要七八百万呀，乖乖隆地冬，顶上两个多汇丰银行的大楼了，在那里做清工不是还有一万五六千的赚头吗?!"

邵鸿运净顾心里的小九九了，没有及时作出反应。李慕新有些耐不住，品了口茶，瞟了一眼邵鸿运，问道："世伯见过姜家小姐吧?"邵鸿运听到李慕新的问话，急忙转出自己的小九九，说："见过，小名杏儿，同我家建业是朋友，先生也认识?"李慕新说："见过几面，容貌气质都相当不错，其实慕新也没有什么印象，只是刚才仲伯通提起，说姜董事长执意要招慕新为婿。"听到这里，邵鸿运有些心慌了，忙说："他姜亨飞早就一门心思把杏儿嫁给邱载慧，到如今怎么样，人家连正眼也不给她——先生千万沉住气。"

李慕新心头暗想，"沉不住气的怕不是我。"口头则说："慕新已年过四旬，姑娘俊丑已不在话下，只怕有辱政府使命，才执意要投靠一位有根有底的业界大佬。"邵鸿运逢迎说："哎呀，先生面相不过二十出头，正是享受温柔的好时候。"李慕新哈哈笑道："是呀，慕新同妹妹大喜之后，岂不终日倾倒在妹妹石榴裙下，醉倒在佳人温柔乡里，哪里有心思旁骛其它，我那五千六百三十丈外加大小桥梁十余座的工程，还不得全权委托给你老人家操办了？”

邵鸿运听后大喜大惊，喜的是李慕新竟然如此痛快，惊的是自己竟然如此幸运。此时邵鸿运虽尚有疑虑，但凭他在上海滩打拼多年的经验——有利不贪是兔子，出手要快像豹子，当即大气洪声地说：“先生，不，慕新，这事就这么定了。”当然，此时的邵鸿运并没有忘记“讨价还价比狮子，探听虚实似猴子”的机巧，因此接着说道：“出嫁女儿是当妈的大事，得容你岳母准备；你那边呢，也把工程的一应事体梳理清爽了，哪天我们爷儿俩找个僻静的地方好好盘算盘算。”

李慕新晓得邵鸿运是不见兔子不撒鹰，于是朝邵鸿运看了一眼，语气诚恳地说：“不是小婿花心，这来往实在太多……”

似乎是为李慕新的话做注解，堂倌来报：“外面有几位先生要见李先生。”并双手奉上名帖。李慕新默默看过，随手放在榻间的茶几上，对堂倌说：“要他先汏浴去，我同这位老爷说完该说的事情，我再唤你传他。”李慕新说话时，邵鸿运斜眼看了看名帖，见有顾兰记、馥记、江裕记这样的营造业的名门大户，心中不免有些惊慌。李慕新若无其事地说：“都是多年的老朋友，总得走走过场，是吧？”邵鸿运又是连连点头说：“那是，那是。”李慕新说：“岳父放心，小婿不是无情无义之辈，再者，小婿不把你这位老泰山当成主心骨，还不被这帮恶狼们吃得连骨头都剩不下，哈——是吧？”李慕新说话时，用手指狠狠地戳了戳那几张名片。邵鸿运趁机拿起名片，塞进自己袖笼里，讪讪地笑道：“既是走过场，这些也就用不着了。”

李慕新忙于寻美纳财。邱载慧忙于找个落脚的场所——既是暗度陈仓，托尼的大客厅是不能容身了。可是寻来寻去，没有适合的。沈晓花一脸无奈地说：“看来只得去碧珠姐那里了，一想到去医院安身我头皮就发麻。”

邱载慧说：“看看去吧，置之死地而后生！”

一行人来到仁济医院，林碧珠把他们带到后院的一幢二层楼房前，指着楼上的两个窗户说：“就这一处了，一共是两间，你们看行吗？”

邱载慧四处看过问：“这里的环境比托尼那里倒是不差，不晓得有没有灶间？”林碧珠回答说：“有，我们一位外科医生原先就住在这里。”

“啊，是这个行当，”沈晓花平举四指放在自己脖颈前颤声问道，“不会有血腥味吧？”姜立颖压下沈晓花平举的手臂说：“你是姑苏侠女，蝎蝎螯螯的不怕人笑话。”

上到二楼，两间并列，宽敞明亮，从窗户望出去，树木扶疏，绿草如茵，在大理石砌筑的花坛上立有一尊希腊神像，神像面对着一所装饰有雕花石券大门的建筑。

“不错，一个工作间，一个饮茶室。”邵琉锦心满意足了。

“那就定下这里吧，”邱载慧说，“那边还有一间卧室，打夜做太晚了正好有个歇息的地方。”

大家正庆幸找到了安身之地，一阵低回婉转的乐声传来，令人顿时肃然。

邱载慧听出来是肖邦的降B小调鸣奏曲，通常作为丧葬仪式的哀乐。循着声音找去，发现乐声是从神像对面的建筑里传出来的。

“碧珠姐，那是什么地方？”邱载慧把林碧珠拉到一边轻声问道。

“太平间呀，”林碧珠随口回答道，“那神像不是冥王哈德斯吗？”

两人正在窃窃私议，乐声突然增大，由哀婉转为凄厉。雕花石券下的大门打开了，一队黑衣人士簇拥着黑色灵柩从大门里缓缓走出来，蜂拥而来的记者争先恐后地记录下队列中政要名人的哀容哀思。

“生老病死是人之常情呀，你们不会在乎吧？”林碧珠面对这几位留学生不宁的面色有些讶异了。

“我们需要的正是置之死地而后生，只怕记者不慎把我们捎带到报纸上就麻烦了。”邱载慧无奈地笑了。

走出医院大门，姜立聪问邱载慧说：“下一站到哪里去？”

邱载慧四处看看，倍感无奈，只得自嘲道：“脚下踩的，是我们的‘四塞称天府，三河建洛都’，眼前看的，是我们的‘阛阓开三市，旗亭起百寻’，你的脚下踩到哪里就是哪里呗。”

沈晓花看了邱载慧一眼，说：“长官，我们已然惨到无立锥之地了，还有说笑话的心思。”姜立颖鼓励沈晓花说：“晓花，何苦这么悲观，真到了走投无路，租条渔船到黄浦江里‘独钓寒江雪’去，看还有谁管得着？”沈晓花当即抗议道：“不行，不行，我们这些花容月貌的女子才不可经那样的风霜雨雪，不出半载，必成个蓑笠婆！”

越是郁闷，越要作乐，几个人边说边笑，旁若无人，引来街上许多人的注目。一个红布包头的印籍巡捕也频频朝他们投过警惕的目光。沈晓花小声对大家说：“快想想，我们一起唱支什么歌，等那个红头阿三疯魔似的追我们时，我们就四处奔跑，要他浑身乱颤首尾不接！”邱载慧说歌是现成的，随即带领大家唱了起来：

努力！努力！努力向前，
走！走！走！努力！努力！
打倒旧的，努力！努力！建设新的，
有事大家动手！努力向前奋斗！
向前走！向前走！努力向前走！
一！二！三！开步走！
……

那巡捕果然挥起警棍前来制止。大家忽地四散而去，还不断回头看那巡捕头布散落、气急败坏的狼狈模样。

不平静的“涅瓦河之夜”

邱载慧找来找去还是没有找到合适的安身之地，情急之下，突发奇想说：“我们何不化整为零，个人在个人家中完成自己那一部分，然后在一起到叶菲姆的‘涅瓦河之夜’去交换整合。”姜立聪、沈晓花都说可行。邵琉锦说大卷大卷的图纸出出进进，怕阿爸察觉。沈晓花说：“好办，你到我那里住几日，我的房间比托尼的大客厅小不了多少。”

说走就走，四人拦了三辆黄包车，等了一阵也不见车来，沈晓花说：“我同锦儿一辆，走吧。”黄包车夫面有难色地说：“小姐，根据工部局规定，双人乘坐有碍观瞻，撞到巡捕要罚款的。”沈晓花说：“我们都是女子有碍什么观瞻，车资加倍就是了，真要撞见巡捕我同他理论。”

四人到了“涅瓦河之夜”，老叶菲姆颤巍巍地迎了过来，来不及同邱载慧拥抱就问道：“先生，听说你刚从苏俄来，什么是托拉斯呀？斯大林是说过五年后整个俄罗斯都是托拉斯了吗？”

邱载慧完全没有听说过托拉斯这个名词，只得实话实说：“我是从你的家乡路过，只下过一次火车，还是为了买鸡蛋。”

老叶菲姆不甘心，又转问姜立聪。姜立聪虽然听妹妹同邵建业议论过，大体是苏俄领导人斯大林新近推行的一种经济形态，较之列宁宽松的新经济政策更为集中，但也说不清楚，只好以一副倾听的样子，不时发出“啊、哟”的声音应付着，直到叶菲姆走来安慰父亲。

“放心，斯大林的托拉斯离上海有上万公里，柳芭不是说了吗？西伯利亚大铁路也不通了，斯大林想来也来不了。”叶菲姆大声对父亲喊了一阵，老叶菲姆才安静下来。

叶菲姆安顿好父亲，把大家让到后厅，说：“我这里新近从家乡来了一位厨师，想请大家品尝品尝地道的家乡菜，殊不知踏破铁鞋也找不着你们，没想到你们倒是不请自来了。”

“哪个不请自来了？”

说话的是钟奇发，后边跟着林碧珠，一见高朋满座，钟奇发喜笑颜开地说：“总算把你们盼来了，我和碧珠馋这顿家乡菜已经快罹患馋痨了。”林碧珠推了钟奇发一把，“就你嘴馋。”随后对大家说：“你们这一阵子忙什么啦，找到安身之地了吗？”

“我们这一阵子呀，用四个字可以形容：狼狈不堪！”邱载慧说话的语气确有几分狼狈，“这不，走投无路，投奔叶菲姆来了。”随即说明来意。叶菲姆满口应承了。钟奇发悄声问道：“你家老爷子不会对我们‘无产阶级啊，像雷一般轰鸣吧’。”叶菲姆说：“不会，你只要说‘西伯利亚大铁路不通了，斯大林不来了’，他就会安静地闭目养神去了。”姜立聪当即说：“我们已经商量了，每日照单付钱——否则我们只好去沦落街头了。”叶菲姆只得支支吾吾地答应下来，并说：“今天家乡菜是来不及了，大家勉强饱腹吧。”钟奇发说：“没问题，只是新来的厨师得请出来和大家见见面吧。”钟奇发说话时向大家眨了眨眼，叶菲姆脸颊也飞起稍许红晕，大家猜到内中隐情，禁不住叫起好来。

叶菲姆去后不久，回来时身后跟来一位俄罗斯少女，发顶与叶菲姆上耳轮相齐，脸蛋红扑扑的，脑后拖着一条金黄色粗大的发辫。

“她就是新来的厨师。”叶菲姆话还没有出口，自己先红了脸。

“Здравствуйте！（大家好！）”新厨师用俄语问好，腮上立刻现出两个浅浅的酒窝，十分妩媚。钟奇发朝叶菲姆问道：“真的是厨师？”叶菲姆说：“钟大哥若是不信，问她自己。”沈晓花插话说：“你连个姓甚名谁也不肯告诉，我们怎么好问人家呀。”

“柳芭。”邱载慧先轻轻地唤了一声。

新厨师的目光转向邱载慧，没有应声。邱载慧站起身来，举起右臂，朝远处指了指，不停地说：“克拉斯诺亚尔斯克、亚契克，克拉斯诺亚尔斯克、亚契克……”

新厨师如梦方醒，举起双臂朝邱载慧走去，嘴里不断地发出“柯达依”的声音。

大家被眼前的这一幕惊呆了，沈晓花和林碧珠耳语道：“莫非又是一场艳遇？”

邱载慧和柳芭拥抱后，看看叶菲姆说："柳芭，我终于明白你为什么要到中国来了。"

"柳芭，柳芭。"门外传来老叶菲姆的声音。

柳芭说了一声"Отец，Іздесь（父亲，我在这里）"，迎了上去，把老叶菲姆扶进门来。

老叶菲姆怜爱地抚摩着柳芭的金发对大家说："刚来不久，爱玩，我怕她跑出去找不回来。"邱载慧大声对老叶菲姆道喜说："恭喜你有这么一位漂亮的儿媳妇。"老叶菲姆指着邱载慧说："柳芭一直说自己做了笔赚钱的大生意—— 一篓鸡蛋换来一只手表，真没有想到手表是邱先生的。"说到这里，要柳芭把手表取来物归原主。邱载慧忙说："不用了，有了那篓鸡蛋，我们当了一路的富翁呢。"

这时林碧珠插话说："我看不必还了，就算是载慧兄弟代叶菲姆送的聘礼吧。"叶菲姆立刻朝林碧珠摆手说："千万勿要再提聘礼什么的了，柳芭这就吵着要坐八抬大轿才肯结婚呢！"邱载慧说："这不是现成的，包在我身上了。"钟奇发也附和说："吹鼓手的事我来办，准定是上海滩一流的。"沈晓花来了兴致，说："只叶菲姆、柳芭一对不太冷清了吗？干脆把在座的几对都算上，碧珠姐你说呢？"林碧珠没有回答，而是指了指邵琉锦。邵琉锦立刻涨红了脸，看着邱载慧，讷讷不语。

邱载慧乘兴说道："晓花的建议太好了，我看结婚的日子就定在道路开工之日，来他个双喜临门怎么样？"大家随声称是。唯独钟奇发神色严肃地问邱载慧："兄弟，不会是牛年马月吧——你们现在还没有个落脚之处！"邱载慧也认真地回答说："放心，钟大哥，保你和碧珠姐唱《红鸾喜》而不是《黄粱梦》！"

姜立聪粗通俄语，就结结巴巴地翻译给柳芭听了。

"Ула，Китай，Китай，Ула……"柳芭喊着中国万岁，和在座的人一一拥抱……

欢喜之后，大家感到饥肠辘辘，叶菲姆说大菜是来不及了，请大家各点一道菜，要柳芭去做，也算是考考她的手艺。

"洋葱煎鸡蛋！"

大家还在议论纷纷，邱载慧第一个点了。紧接着邵琉锦也点了洋葱煎鸡蛋。大家眉目传意，也都竞相效法。

叶菲姆明白大家的好意，忙说：“洋葱煎鸡蛋在火车上是美味佳肴，在这里就是粗茶淡饭了——大家可不要跟着载慧后悔。”邱载慧说：“叶菲姆，亏你在上海住了这些年，吃在我们这里是一种文化，不仅讲究色香味，更要讲究情意雅—— 一盘洋葱煎鸡蛋带来多少回忆，你晓得吗?”

不知道是感受到大家的眷顾，还是回忆起往日的辛苦，柳芭眼泪汪汪地向大家一再致谢。

午餐的菜品虽不丰富，大家吃得却分外开心，特别是餐后甜品冰激凌，引起了大家的兴趣。

“先勿要忙着吃，你们看这是什么?”邵琉锦用叉子小心翼翼地挑起浮在冰激凌上的花朵对大家说。

花瓣殷红，花蕊鹅黄，带着露珠。姜立聪说：“锦儿是学画的，眼光总是那么敏锐——这花分明是刚从园子采摘来的。”沈晓花闻了闻说：“既有花香，又有酒气，怪。”林碧珠用舌尖稍稍舔了一下花瓣，“甜甜的带着辛辣味。”

人们纷纷品味，并各有所得。有的说：“像鲜花，又比鲜花艳。”有的问：“是吃的还是看的?”有的则说：“看样子是用红菜头雕出来的，真个是巧夺天工。”

邱载慧看出大家的惊异，解释道：“这种花像是萝扎，就是一种小玫瑰，初夏的时候，在俄罗斯几乎遍地可见——柳芭，如今已是初冬时节，这是哪里采来的?”钟奇发大发奇想地说：“莫不是用飞机空运而来——叶菲姆，你也太为我们破费了。”

柳芭哧哧地笑着。老叶菲姆向大家解释说：“这是早春时采的鲜花，用糖水腌渍七天，风干后放在罐内密封保存，用时取出，洒上伏特加，配各种甜品都好——这次柳芭带来一些，但很少待客，正如邱先生所说，品尝着萝扎，我就回到了俄罗斯大地的怀抱!”

随后在这安营扎寨的日子里，常有萝扎品尝。姜立聪诚恳地对柳芭说我们不是客人，还是留着老叶菲姆怀旧吧。柳芭笑笑说：“上海暖和，四季都有鲜花，这已经不是俄罗斯的萝扎了。”

邱载慧们在“涅瓦河之夜”三日一聚，工作效率倒也不低。

这天又是聚会的日子，邵琉锦迟迟没有来。邱载慧问沈晓花：“锦儿到哪里去了?”沈晓花正与姜立聪交谈，没有注意听，等邱载慧再问，她才仰起头，迷惘地看着邱载慧说：“上次聚会后锦儿说回家看看，从此再没有到我那里去——我还以为你晓得呢。”邱载慧说：“我晓得什么，她跟你住在一起的呀。”见邱载慧有些心急，姜立聪说：“或许锦儿家里、学校有事，耽误几天也是常情，我回家时问问杏儿吧。”

再下去一个聚会日，邵琉锦仍没有来。姜立聪说：“听杏儿说，锦儿阿妈的老毛病犯了，终日不可离人。”邱载慧、沈晓花才稍微放心。

这天下午，三人互相交代的事情办完，刚要分手时，姜立颖匆匆而来，后面跟着林阿贵。

“你们先别忙走，听阿贵说点事情。”姜立颖见面便说。

林阿贵先是抱歉道：“锦小姐前好些天就嘱托阿贵带话，可阿贵一直没有找到邱先生还有沈小姐，阿贵正着急呢，在麦根路撞见了杏小姐……”姜立颖打断林阿贵说：“那些事情没什么重要的了，还是尽快把那两段小曲唱来听听。”

林阿贵的脸变得红扑扑的，“阿贵不会唱，是听我们大先生唱，阿贵学来的。”说罢，嗽了嗽嗓子，低声唱了起来：

听说方卿又上门，不由我心中胆惊惊，他那日与我打下赌，没得好处不上门。

慕新贤婿好人品，岂可将他比那方卿，珍珠宝塔搬进家门，定把锦儿许他人。

唱罢，林阿贵解释说：“这头几句，是阿贵拉大先生去大观楼混堂的路上唱的，那日有一位姓李的先生请我们大先生孵混堂；这后几句呢，是约莫七八天以前，在去店面的路上听来的。”

“阿贵，你再说说你们锦小姐。”姜立聪急急地问。

“锦小姐看来是不晓得，整日里侍候大阿妈。”林阿贵语气无奈地说，“大阿妈倒是每年这时节犯病，可那时不过要阿贵多跑几次药铺，锦小姐夜里陪伴几日——这回，兴许是病沉了，可阿贵并没看出来!”

邱载慧和姜立颖兄妹交换了一个眼神，意思是明白林阿贵所说，随后要了一杯红茶和两个大列巴给了林阿贵，说：“谢谢你阿贵，见着锦小姐就说我们都念着她呢。”

林阿贵喝完红茶拿起列巴准备告辞。姜立颖说我这就到望平街找建业去，要大家先商量对策。

大家正在你一言我一语地商议，外边传来姜立颖的声音：“哟，这不是陈先生吗？少见。”姜立颖的声音很大，听得出是在提示大家。果然外边传来陈道堤的声音：“姜小姐好，真是幸会。”沈晓花立刻说：“大家莫出声，准是来打探什么。”邱载慧说：“沈晓花，你嫉恶如仇是好事，可也不必赶尽杀绝呀。”说着不顾沈晓花阻拦，站起身来朝外走去。

“哦哟，邱处长——”

“快进来，道堤。”

“啊，大家都在呢。”陈道堤稍稍有点发窘。

沈晓花头也不抬地说：“大家失业在家，无聊得慌，喝杯咖啡解解闷呗。”

陈道堤依然站在门边说：“我找邱处长有点私事……”沈晓花揶揄道：“几天不见，天津卫涨了行市了，跟头头脑脑也有悄悄话说了，再说，处长也在毛家弄呀。”

“道堤你坐，”姜立聪站起身来边让座边说，“晓花的脾气你还不晓得，刀子嘴豆腐心。”邱载慧也说：“大家都能理解你，有什么事说吧。”

“李慕新要娶锦小姐了！”

陈道堤的话并没有令大家震惊，姜立聪语气平和地问：“道堤，李慕新要娶锦儿的事，你是听李慕新说的，还是听其它什么人说的。”

“哪里是听说呀，李慕新都在准备新房了，就在新闸路的东斯文里，三开间两层，带后天井。”陈道堤急急地说，“我不是懂得房屋结构嘛，李慕新要我去帮他改造楼梯，就给了十天的时间。我听他对包工的说：‘我第十一天上接不了新人，不仅分文不给，我还要砸了你的庙，轰出上海滩！’邱处长，今天已经过了三天了。”

邵鸿运把女儿嫁给李慕新的事，大家原以为仅仅是一种打算，离真正成事还有些日子，听了李慕新准备新房的话，大家的心一下子提到了喉咙，眼睁睁看着邱载慧，等他拿主意。

陈道堤喝干杯里的咖啡，又要了一杯红茶也喝了，随着起身告辞道："我得走了，那边待会儿该上梁了。"这时候大家才发现陈道堤衣服鞋子上沾有不少尘土木屑。

大家把陈道堤送到门口。邱载慧道了谢。沈晓花也抱歉说："道堤，包涵点呀。"陈道堤反倒不好意思了，忙说："都是同事，介是干吗呀。"

送走陈道堤回来，叶菲姆迫不及待地说："我看也来不及商议了，干脆照晓花说的，我和托尼再借身巡捕的衣服，把锦儿接出来算了。"邱载慧想了想说："等杏姑娘回来再说吧。"

姜立颖在报馆等了许久，邵建业才从外面回来。

"到'陌路'去牛饮可……可口可乐去？"邵建业建议道。

"不啦，随便走走吧——我有件事，挺急的。"

"啊，你先说，我也有事呢。"

"锦儿的事情你知道吗？"

"锦儿有什么事让你这么急，她不是和载慧忙他们的大事小事吗？"邵建业语气中带有戏谑。

"你这个做哥哥的真不称职，"姜立颖面色严肃地说，"你阿爸要把锦儿嫁给李慕新了！"

邵建业听后并不惊讶，而是苦笑道："这种事情随时都可能发生，这或许就是命运使然吧——锦儿真是命苦，生在我们邵家！"

姜立颖禁不住杵了邵建业一拳，"你是算命先生——锦儿不是你亲妹妹！"随即将林阿贵所说原原本本告诉了邵建业。

邵建业面色稍显严峻，很快又坦然了，"近来我回家不多，真没有觉察到什么，不过你放心，我既然和锦儿打过赌，我一定会促成锦儿和载慧的事。——唉，你该听听我的事了。"

姜立颖知道邵建业一向是言而有信的，于是半仰起头做出倾听状。

"我要到江西湖南一带采访，是我向报馆要求的。"

"听说那边有战事，你为什么还要求去，是记者职业性的猎奇？"由于关注，姜立颖停下了脚步。

"不完全是，"邵建业拉了一下姜立颖的手，要她边走边听，"在上海做了这些年的记者，新闻都成了旧闻，尽管事实各异，但结局大体相同——富有者依然骄奢淫逸，贫困者照旧啼饥号寒；十里洋场我自岿然不动，百里华界支离破碎如故；公平正义呻吟于褊狭邪气的脚下，真善美被假恶丑不断地玷污蒙羞；无论你怎样虔诚地热衷于大事争先，小事不拒，大结局跳不出陌路老人售卖舶来辛辣饮料的巢窠——立颖，哪个希图清醒的人在如此混沌的空间里不窒息而死，除非他本就热恋昏聩，偏爱自残。”

邵建业的话实实在在地触动了姜立颖的内心世界，使她本已充满自信阳光的人生，密集起阴霾，并陷入前所未有的彷徨，她不愿意苟同，但又无法反对，她设身处地想象，如果自己走过与邵建业相同的人生轨迹，也会得出相同的人生逻辑。

“走出去看看也好，开阔开阔眼界吧。”姜立颖暂时放下寻思。

“岂止的开阔眼界，或许能寻找到一条崭新的人生道路呢。”邵建业说话时，目光充满希冀。

“哦。”姜立颖惊讶后，随即嘱咐道，“你要多注意安全，有同行的伙伴吗?”

“暂时还没有，”邵建业说着把希冀的目光落在姜立颖的脸上，“我想会有的。”

姜立颖从邵建业的目光中敏锐地觉察出他的所指，但如此巨大的转折太突如其来了，她避开他追随的目光，说：“你给我时间想想。”

“你是要想想关于会审公廨的论文该不该放弃？想想‘趣成填海志’的游戏能不能进行?”邵建业依然语锋犀利，“立颖，那个会审公廨本是洋人在我们肌体上栽下毒瘤痈患，弃之犹恐不及，避之犹嫌不远，有什么值得咀嚼的？至于那场游戏，你这位以逻辑推理为本业的法科生，真的相信几句‘大事争先，小事不拒’的吟和，就足以在昏聩国人和虎视洋人的两面夹击下，造出一个新的大上海?”

“建业，我听明白了——得理不让人!”姜立颖撅起嘴，看着邵建业，“往回走吧，我又冷又渴了。”

在陌路咖啡厅，姜立颖要了两杯咖啡后悄悄对邵建业说：“我兜里可是镚子儿没有。”见邵建业迷惘的眼神，接着解释说：“‘镚子儿没有’就是一文不名——我要了句京片子。”姜立颖的好心情使得邵建业大受鼓舞，接着姜立颖的话痛快地说：“不要紧，喝了盘缠钱，我们路上再节衣缩食也不迟。”

喝过咖啡，邵建业起身说，出访前还有许多事要办，只得先走一步，有话留在路上再说。并郑重地承诺：“烦你告诉载慧，在我们出发之前，我一定把锦儿托付于他——让他们醉心于他们的大事小事去吧，毕竟是善莫大焉的事体，成与不成无关紧要。”

姜立颖示意邵建业坐下，“阿娇的事情呢——我哥总有些牵牵挂挂的。”

“我真的无能为力了，”邵建业惨然一笑说，“我于阿娇已经是自作多情了，立聪又何必呢——这样吧，你再掏一个镚儿……我把阿娇的事同你原原本本说一遍。”

姜立颖回到“涅瓦河之夜”天色已晚，翘首以待的人们听了姜立颖所说才松了一口气。大家高兴地散去后，在出租汽车上，姜立颖说：“载慧、哥，我要随建业去江——南采访去。”她在江字上拖了个长音，把“西”字改成了南。邱载慧赞同道：“随建业出去见识见识也好。”姜立聪忧心忡忡地说，“只不过，锦儿的事有了着落，寻找阿娇的事怎么办？——你们全都走了！”

姜立颖沉吟了一下接着说：“我们先去个地方看看——哥你千万不要神经过敏，与阿娇生死毫无关系。”随后吩咐司机去张家坟山。

“这辰光，外面冷飕飕，去勿得。”司机摆摆手说。

司机不肯再往前开。邱载慧说了一声“多把银佃”才赎买了司机畏惧的心。

到了张家坟山，姜立颖领着邱载慧、姜立聪来到顾阿娇的假冢虚坟前。

“这是怎么回事？”姜立聪被镌刻在墓碑上的字撞击得头晕目眩，紧紧地抓住妹妹的手问道。

“杏姑娘，你不是说与阿娇的生死无关吗？”邱载慧也大惑不解地发问。

“建业刚才领我来时，我也同你们一样。”说罢，姜立颖指了指墓碑上“丁卯年暑月初九”的字样——已经是三四个月以前的事了。

踯躅于墓前的邱载慧发问道：“‘爱妻顾阿娇之墓’，如果阿娇真的长眠于此了，建业怎么背得起这样的名声呀——那时的阿娇可不是寿终正寝!”姜立聪也觉得有些匪夷所思:“是呀,建业起初对这门亲事不是深恶痛绝,从来没有认可吗?”

姜立颖说:“这是建业宽厚的一面,其实,家人对建业之于阿娇多有误解:阿娇初来时,家人无不埋怨建业不愿陪阿娇上街,其实建业另有隐情——阿娇对建业定了两条规矩,一是必须穿皮鞋,二是不可说家乡话。可是建业天生的落拓不羁,不愿照阿娇的意思把脚板塞进他阿爸的皮鞋,又舍不得去买一双合脚的;至于家乡话,你们都晓得,建业从不认真学上海话,连我有时也唤他一声‘江北佬’!

“建业常说,他和我们相比,不过是一介寒儒,可我们从不挑剔他什么,阿娇却不同,不是说他的办公室比不得顾竹轩大堂的一个角角,就是说李主编的大褂与顾竹轩手下人的差不多。建业说与我们相处要比与阿娇相处轻松自如得多,他甚至觉得,要是整日与阿娇相处,久而久之,会一点自信都没有了。即便如此,后来失而复得时,建业决心与阿娇相守终生。可是随后的得而复失,使他思前想后,困惑不已,他说他甚至觉得他所做的这些实在是自作多情。”

“我不敢苟同建业的看法。”一向温暾的姜立聪当即悻悻然说。

姜立颖求助地看了邱载慧一眼。邱载慧会意说:“虚荣心人皆有之,不必苛责。”殊不知姜立聪依然愤愤不平:“什么虚荣心,这是本色、天性,有什么不好?”

一本万利

李慕新的得势令仲伯通欣喜若狂，他急忙赶往姜家花园晋见姜亨飞。仲伯通进了花园，见阿珍在晾晒衣物，走过去搭讪道："阿珍，小姐要出门?"

"你不许?"阿珍脸也不转地说。

仲伯通后悔自己多事，只得怏怏地说："阿珍，这话太重了，可不敢乱说。"

仲伯通上到二楼，起居室里传出姜亨飞打电话的声音，仲伯通立刻停下脚步。

"……多谢梁翁知会，好的，好的……梁翁是晓得的，那些桥梁涵洞的工程，我们亨飞地产向来没有兴趣，只要李慕新手中有那张道路总平面图，代价多少报酬几许都是小事……对，对……"

仲伯通听出点眉目，急忙进了起居室。姜亨飞示意他不要声张，继续与对方通话："梁翁，你我可是两代世交，彼此也是心心相印……唔，亨飞晓得了……梁翁放心，此事再不能让邵鸿运抢了我们的先手。"

"伯通有事?"姜亨飞问道，但并没有放下话筒。

"董事长不必操心了，李慕新现已在伯通掌握之中。"仲伯通语气笃定地说。

"哦，有这样的事，"姜亨飞将信将疑地说，"怡林记梁老板说李慕新已经被邵鸿运拿锦儿笼络到手了，伯通，你不要掉以轻心呀，我们输给哪个也不能再输给邵鸿运了。"

仲伯通听后如闷雷轰顶，但还是强作镇定地说："董事长放心，那李慕新是个嗜色如命的人，邵鸿运那个锦儿，青果子一个，未必能得到李慕新的欢心。"

姜亨飞恼怒地说："刚才梁翁已经说了，李慕新三五日内就要娶亲，新房还是怡林记奉送的呢——伯通，你是不是太过自信了？"

仲伯通晓得此举若是失败，再也不用想得到姜亨飞的信任，于是拿出一不做二不休的气概说："即便那锦儿同李慕新入了洞房，伯通也要他们同床异梦——李慕新照样对我们言听计从。"

"伯通，你的杀手锏还是那个忧悠？"

"不错，"仲伯通得意地说，"如今忧悠那容颜身段越发与众不同了——伯通无言形容，但勾引起男人来，真个犹如关老爷过五关斩六将一般，那李慕新只不过是衰将蔡阳而已，手到擒来。"

姜亨飞说："凡是那样的人，十之八九是水性杨花心猿意马，伯通能拿得稳她？"

"拿稳她并不难，"仲伯通说，"只是她如今身价不是几百上千大洋拿得下来的。"

"不会是无价之宝吧？"姜亨飞淡淡一笑说，"只要能拿得到李慕新手中的那张道路总平面图，我把金神父路那所宅院给了她作陪嫁。"

姜亨飞所说正是仲伯通所想，但他没有马上附和，而是说："聪少爷夫人不是看中那所宅院了吗？这样好吗？"

姜亨飞说："菁儿何等精明，她不会算不过来这笔账——那所宅院是经你手买的，不过五六万吧，可是得了那张总平面图，那是几万？"

仲伯通眉飞色舞地说："董事长英明，那岂止是几万几十万的事，不过百万，算我仲伯通无能。"

仲伯通得了姜亨飞的示下，径直找到忧悠的住处。开门的是一个中年娘姨，把仲伯通上下打量了一番后说："小妇人没有听说过忧悠这么个人，先生怕是找错门了吧。"说着就要关门。仲伯通忙伸手将门扇挡住说："是无忧坊的锦姨要我来的。"顺手塞过十元钱去。娘姨把钱捏在手心里，故作惊异地说："哟，是锦姨要先生来的。"

"锦姨怎么啦？让他回去！"

娘姨的话刚出口，正对天井的正房里传出女子娇嗔的声音。仲伯通一听正是忧悠，忙大声说道："忧悠小姐，是伯通特意问安求见来了。"

房里再没有声音，娘姨朝仲伯通做了个无奈的表情，悄悄说："要不先生改天再来，这些天小姐心情不好。"

“哪个说我心情不好？”随着话音，房门打开了，顾阿娇披着一袭锦缎面的斗篷，随便倚在门框上说，“有什么话说吧——停停，要还是上回夏令配克大戏院那样的事体，先生就莫开尊口了。”

仲伯通打躬作揖地说：“再不能了，再不能了。”顾阿娇这才说：“请进吧。”

房里的家具摆设虽不算阔绰，但也得体适用，仲伯通心里算计道：“这女子的身价果真看涨，光是这两楼两底的半新石库门，即便是租赁，算来不是一笔小的开销。”

主宾分别就位，顾阿娇喊了一声“上茶”。不一会儿，一个眉清目秀，约莫七八岁的小厮端着茶盘上来，毕恭毕敬地把茶盅放在仲伯通面前的桌面上，倒退到门边，面朝顾阿娇问道：“小娘还有什么事情吩咐清儿。”顾阿娇笑眯眯地看着小厮说：“没有了，玩去吧。”小厮转身刚要出门，顾阿娇又说：“清儿莫走，拿一块钱去，自己玩自己的，不要和弄堂那些小赤佬打吵。”

“这清儿是小姐的什么人？”仲伯通问道。

“儿子，怎么，我不兴有这个福分？”顾阿娇说罢“咯咯”地笑了起来。

“福分虽是福分，”仲伯通以一种推心置腹的语气说，“只是放在台面上，怕对小姐今后的发展不好。”

顾阿娇听后很是笑了一阵，说：“仲先生，如今我不愁吃，不愁穿的，堂差、花酒之类的营生早烦得要死了，特别是那些个整日里睁着个色迷迷的眼睛，专挑嫩草吃的老牛们离我越远越好。”

“小姐的话伯通已然心领神会，只是不晓得小姐容不容伯通说出小姐另外的心思？”仲伯通摆出一副煞有介事的模样。

“哦，居然有人晓得我的心思，有趣，有趣，我倒是想洗耳恭听。”顾阿娇换了个坐姿倾身向前，眼珠瞪得圆圆的。

仲伯通笑了笑，说：“正如戏文里唱的，‘小娇人花容月貌不称心，只缺个知冷知热，知情知爱的贴心人’，是不？”

顾阿娇听后啐了一口，把脸扭到另一边说：“我本以为先生有什么高见，原来也是个俗人，罢了，罢了，既然先生把我看成只叫春的猫，我只得回窝做我的春梦去了，娘娘，送客！”

仲伯通忙站起身来赔笑道："算伯通胡诌，伯通胡诌。"

等顾阿娇重新坐下，仲伯通面带涎笑说："不过，话又说回来了……"

"又回哪里了？"顾阿娇乜斜着眼睛看着仲伯通问。

仲伯通走到顾阿娇身边说："是这么回事，市政府的一位处长，不晓得在哪里一睹小姐芳颜，从此茶饭不思，夜不成寐，心里呀整日整夜全是小姐的影子。"

"怕是你家董事长心眼里，整日整夜是那位处长的影子吧。"顾阿娇讥诮地回了一句。

"忧悠小姐真真的明察秋毫，不过那位处长大人整日整夜思念忧悠小姐也是真真的——而且人家还一门心思要明媒正娶，接小姐回家做处长夫人呢。"

听了仲伯通所说，顾阿娇笑得东倒西歪，朝门外喊道："娘娘快来，我、要做处长夫人了……"

顾阿娇笑过，接过娘姨递上的毛巾轻轻擦拭了一下眼角，把毛巾扔回娘姨，坐正了身子对仲伯通说："说吧，要我做什么事情？"

仲伯通讷讷地说："就是刚才说的处长夫人呀。"

"不应，娘娘送客。"说罢，顾阿娇起身要走。

"恼了不是，"仲伯通兀自怨天尤人地说，"娘娘，你评评理，我仲伯通一片诚心，你们小姐还是恼了。"

"小姐，我在外边听了这一阵子，小姐愿意不愿意，也难为仲先生诚心诚意不是。"娘姨忙替仲伯通说和——得人钱财替人消灾。

"你们真够啰嗦的，"顾阿娇打断娘姨的话说，"你们地产公司领的也不是婚姻介绍所的执照，何苦抢人家的生意——仲师爷，你我认识不是一天两天了，在我面前实话实说最好。"

仲伯通连连说了两声"痛快"，接着道出了原委，最后说："伯通才说的那档子事体，小姐若称心就顺水推舟，若是看不上，只要你我把那张道路总平面图拿到手，伯通出面圆场，不用小姐费心。"

顾阿娇一笑，懒洋洋地说："先见见吧。"

仲伯通刚要启齿，看了看站在一边的娘姨，又把话打住了。顾阿娇看出仲伯通的心思，就对娘姨说："娘娘，帮我往云髻坊打个电话，问问做头发的事体。”

娘姨出了房门。仲伯通说：“忧悠小姐，我们在商言商，把价码说在前头。”

顾阿娇舒展了一下腰背说：“我不是说了嘛，先见见，我不讨厌，是一个价，我喜欢，又是一个价，我若是动心，或许我分文不取，当然，若是我恶心，那——就对不起了，仲师爷另请高明。”

仲伯通心想：“八成是恶心了。”可事到如今，一时难有更笃定的办法，只得硬着头皮答应下来。

新房如期完成，李慕新甚是高兴，请老泰山邵鸿运偕女儿邵琉锦一同来查验。这天一早，李慕新等在东斯文里新宅前翘首以望，他只是在鸿运营造的店面见过邵琉锦一面，当时就觉得，能与此佳丽共枕同眠真真的不枉今生。

等到日上三竿却不见人来。陪同的陈道堤说：“李署理，我手头还有好些图纸呢，我先回局吧。”

“你喊我什么？”李慕新讶异地问。

“李署理呀。”

“我说过不止一次了，署理不是官衔，”李慕新恼怒地说，“局长是要我署理设计处事务，也就是管理的意思，既然要我管理设计处，我的官衔自然是处长——我也不计较你，毕竟你是工科出身，对社会情理不太明白，不过，你今天要守在这里，那邵鸿运是老营造出身，要是问我几个专门的问题，还得靠你老弟不是。”

说话间，邵鸿运坐着林阿贵的黄包车来了。李慕新上前把邵鸿运搀扶下黄包车，眼睛不断往邵鸿运身后张望。林阿贵看在眼里，不紧不慢地说：“李先生，后边没有车，也没有人了。”

李慕新大为失望，忙问道：“老泰山，不是说锦儿一同来的吗？”

“锦儿是要跟来的，可是临出门，你那岳母又犯了哮喘的老毛病，要死要活的，你这边又没办法推辞，只好留锦儿在家侍候她阿妈了。”

邵鸿运在黄包车上已经编造好了这番话——他晓得女儿难以同意这门亲事，因此一面要邵妈妈装病，把锦儿留在家中，使得女儿与邱载慧无法见面；一面从侧面向女儿传递现任处长的仰慕之情，待自己与李慕新的交易到了一定的火候，一抬轿子抬去了事。

李慕新不好发作，只得迎合说：“是的，人以孝为先，人以孝为先。”

邵鸿运楼上楼下草草看过说：“不错，安家过日子，图的就是清静悠闲，舒适方便，锦儿一准满意。”

“好嘛，介是怡林记奉——”说到这里，陈道堤拉了个长腔，接着再说，“奉我们李处长之命重新翻修的，那还有错。”

“怡林记……”邵鸿运稍稍一顿，接着说，“慕新，这就你见外了，放着鸿运不用，你做什么用怡林记。”

李慕新笑道：“老泰山先不要责怪慕新，慕新若是用了鸿运，老泰山决然是分文不取，慕新心里过不去呀。”

邵鸿运呵呵一笑说：“你这个人呀，就算锦儿的陪嫁嘛。”李慕新赶紧打躬作揖地说：“老泰山将锦儿下嫁慕新，慕新已经是感恩戴德了，哪里还敢希图其它。”

翁婿两人说了些婚期如何、礼仪怎样的话，李慕新送走了邵鸿运。

“道堤，下来。”李慕新站在天井里朝楼上喊道。

“吗事?”陈道堤从二楼窗户探出身子问道。

“你提怡林记做什么，毁我?”李慕新厉声问道。

“怎么是毁你呢，抬举呀，”陈道堤装出一副委屈的模样说，“你看邵鸿运那个趾高气扬，处长真做了他的女婿，不等着受罪，我是抬出怡林记来压压他，免得日后处长抬不起头来。”李慕新依旧气呼呼地说：“你少同我油腔滑调，你再是这样，小心我砸你的饭碗!”

邵琉锦没有来自然令李慕新遗憾，看来邵鸿运还算满意，李慕新心里也踏实许多，唯一令他放心不下的是，陈道堤提到的怡林记，若是那位爱好炫耀的梁老板在邵鸿运面前不小心说漏了嘴，或许干脆就是夸夸其谈，岂不误了自己的大事。想到这里，李慕新对看门人吩咐了看紧门户小心火烛之类的话后，匆匆去怡林记找梁老板。

李慕新走出斯文东里到新闸路等出租汽车时，见一辆福特轿车停在弄堂口。

“李处长久违了。”仲伯通从车里钻出来打招呼。

“幸会，伯通老。”李慕新应酬道。

“老泰山查验过新房了，满意吧。”

“哪里什么新房，居家小宅而已。”李慕新掩饰说。

“小宅，哈，怡林记奉送，鸿运营造查验，在上海滩怕也是首屈一指吧。”仲伯通满脸堆笑地恭维道。

李慕新哈哈笑过说：“伯通老堪称上海滩的千里眼顺风耳，大事小情没有瞒得过伯通老的！”

仲伯通不再打趣，打开车门说：“李处长上车吧。”

李慕新想到自己此次得势，那姜亨飞当作不知，不理不问，简直是目中无人，于是说：“贵府少爷小姐与邱载慧是连裆密友，一应事体自有邱大处长照应，此时找我区区一介寒士做什么？”

仲伯通抚慰道：“我仲伯通虽是姜家走卒，可是对姜家那种目中无人的做派早已深恶痛绝，今天伯通来请老弟，纯粹是小兄私下为老弟的高升贺喜。”

李慕新深知仲伯通是那种败事有余的人，因此不敢太驳他的面子，于是应酬道：“是孵混堂还是吃法式大餐？今天小弟做东。”仲伯通说：“哪里有这个规矩，你就随小兄走吧，包你一辈子不后悔。”

仲伯通领着李慕新来到金神父路姜家宅院，餐厅已经准备就绪，是从天鹅阁西菜馆要来的意大利菜。

“老兄，小弟从何处下刀叉呀？”李慕新问道，他面对多半桌子的通心粉、比萨饼、红花米饭一时无所措手足。

仲伯通笑笑说：“这是意大利菜，以听音为主，以看色为辅，至于口福嘛，吃饱肚子就可以的啦。”李慕新讶异地问：“这是什么意思？”仲伯通说：“若叫法式菜，‘法’与‘罚’谐音；若要美式菜，‘美’与‘没’混同，唯独意大利，心想事成，大吉大利！”

李慕新哈哈大笑，指着仲伯通说：“老兄真的是一通百通。”仲伯通朝桌上一指说：“动手吧，在弄堂口等老弟这半天，我早已前胸贴后脊梁了。”

就在两人各举刀叉准备大快朵颐时，餐厅外响起清脆的高跟鞋的声音，转眼间，顾阿娇一阵风似的飘进来，今天她穿的还是薇奥拉式样的蓝色袍服，只是色泽较 party 那晚稍淡，因此更加光鲜，一头金色秀发，微波荡漾，远比林碧珠用火钳、黄芩汁烫染的飘逸洒脱生动活泼。

仲伯通快步走到顾阿娇身前，躬身行了一个吻手礼。李慕新紧着赶上去效法时，顾阿娇将手收回，只是用眼角瞥了一眼李慕新。这点稍含妩媚的眼波令李慕新怦然心动。

“仲师爷，如此佳肴怎么也不知会一声。”顾阿娇说着随便拉开一张椅子坐在李慕新对面，并招呼使役再拿一副杯碟。

席间，各自低头用膳，仲伯通并不介绍。李慕新实在耐不住了，只得自己问道：“敢问这位小姐……”仲伯通随意挥挥手说：“她是董事长的小表妹，初到上海，爱凑热闹。”说罢，对顾阿娇说：“我说得对吗?你看，今天又不请自来了，不过李处长是老朋友，你尽管吃你的，李处长是不会挑理的。”

顾阿娇强忍住没有笑出声来，抬眼看了一眼李慕新，随后将使役唤来，说羊肉太膻，牛肉过老，红花米饭一股子红药水的气味……说罢，丢下刀叉扬长而去。

李慕新眼睁睁看着这位佳人像只色彩缤纷的孔雀飞一般来又飞一般去了，心里不用说是多么的惆怅、失落……哪晓得佳人走到餐厅门口站住了，并回过身来朝自己招手，他一时不知所措。

“小姐招呼你呢。”

经仲伯通提醒，李慕新起身忽悠间来到顾阿娇身前。

“处长的官有多大?”顾阿娇仰起头，笑眯眯地问道。

“多大?”李慕新想了想说，“比市长小一屑屑。”

“一屑屑是多少?”顾阿娇张口再问。

“也就芝麻绿豆……”仲伯通代为回答道。

“啊，处长的官蛮大的嘛。”顾阿娇小口一张，故作惊讶之态。

李慕新刚要谦虚几句，顾阿娇一个旋子，飘然而去，衣裾间散发出的浓郁的芳香，令李慕新陶然如醉，而转身时那随意的一瞥，则是勾魂摄魄了。

李慕新回到席上再也无心吃喝。仲伯通正言警告说：“老弟，我已经说过了，她是姜董事长的表亲，你千万不要想入非非。”

李慕新起身走到仲伯通身边，唉声央求道：“小弟丧偶一年多了，伯通兄是晓得的，即便是姜董事长的表亲，慕新明媒正娶也不辱门楣，还望伯通兄在姜董事长面前多多美言。”

仲伯通随机切入正题说："老弟的那份礼仪已然供奉了邵鸿运，还拿什么晋见姜董事长呀？"

"伯通兄一百个放心，关于筑路的事体，慕新一点口风都没有撒给邵鸿运。"见仲伯通面带不屑，忙接着说，"慕新明日将所有桥梁涵洞的图纸送到公司，一应工程由贵公司随意挑选。"

"慕新老弟，姜董事长比不得邵鸿运，根本不把区区工程放在眼里，他要的是那张道路总平面图——怕不是那张图还在邱载慧手里吧。"仲伯通用手指点着李慕新的胸脯说。

"笑话，"李慕新不屑地说，"那张图纸日前刚刚上报局长签批，也就是三两天就能批下来。"

仲伯通哈哈一笑说："老弟，你我也就是说说笑话而已，吃饭，吃饭。"

李慕新急得打脸跌足道："伯通兄，你这样说不是拿刀子往慕新心窝里扎吗？"随即对仲伯通说了实话：那天在大客厅从邱载慧的图案上揭走那张图时，图纸还没有完成，坐标、高程十缺八九，若是急需用其施工亦无不可，但局长沈怡说这是工务局主持的头一项大工程，攸关市政府的颜面，不可稍有闪失，要李慕新拿回去详加补充。

仲伯通心想，董事长要的是在新筑道路两侧土地上占得先机，图纸周全不周全无关紧要。于是说："既然你有这份晋见礼，小兄帮你在姜董事长面前周旋，至于那小姑娘愿意不愿意，还要看老弟的运气。"仲伯通故意把话说在两可之间，再吊吊李慕新的胃口。李慕新此时满脑子全是顾阿娇的一颦一笑，听了仲伯通的话连连打躬作揖地说："伯通兄就不要再折磨小弟了，不要了……"

仲伯通送走李慕新，上楼来到小客厅。顾阿娇正靠在沙发里闭目养神。

"忧悠小姐对这位李处长的印象如何呀？"仲伯通轻声问道。

"说有用的，"顾阿娇半阖着眼说，"我把那张图从他手里拿过来是板定的事。"

"那是，小姐是何等魅力、法力。"

"图纸到了我的手里，先生拿什么来交换呀？"顾阿娇此时睁开眼睛说，"先生是晓得的，在地产业我可不止先生一位朋友。"

“依小姐的，依小姐的。”仲伯通随口应道。

顾阿娇坐直身子，目光炯炯地看着仲伯通说：“依我的？好说，这笔生意成交了。”说着站起身来。

“小姐的意思是？”仲伯通迷惘地看着顾阿娇问道。

“带着这所房子的房契，随我到工部局，把这所房子过户到我的名下。”顾阿娇边说，边向门口走去。

仲伯通跟在顾阿娇身后诚惶诚恐地说：“这所房子是董事长的基业呀，怕是……”

“怕是什么？”顾阿娇停下来，斜过身子对仲伯通说，“这事不止先生一家求我，再说，本小姐还等着寻个知冷知热知情知爱的贴心人出阁呢，何苦让这么个半截子僵尸毁我。”说罢，大声招呼随从说：“娘娘，午后有什么安排？”姨娘说：“昨日接了香港欧阳先生的请柬，在理查德饭店……”仲伯通立刻拦过话说：“算了，理查德饭店还得过河，还是伯通陪小姐去工部局吧。”

独钓寒江雪

邵建业、姜立颖启程去江西采访前一天的晚上，邵建业向母亲问安后，告诉阿妈自己要去江南采访，时间会稍稍长一点。儿子到外地出公事是常有的事情，邵妈妈照例嘱咐了几句，不外乎行路车船注意，宿店饮食小心。

第二天清晨，邵建业来向阿妈辞行，临出门时笑着对邵琉锦说："锦儿，不送送哥哥？"

这一阵子邵琉锦专注侍奉阿妈，还没有出过门。邵妈妈当即替女儿答应下来，说："快去吧，我本没有什么大不了的病，今天更是清爽，锦儿，快送送你哥去。"

邵琉锦觉得有点突兀——从前哥哥出门从来没有要自己送过，再细看哥哥的眼神，猜出哥哥有话要对自己说，于是"唉"了一声说："我去换件衣服。"这时候，邵妈妈喊来林阿贵吩咐道："再找辆车随他们去，开船后赶紧随锦小姐回家。"

因为怕邵琉锦沉不住气走漏了风声，邵建业一直没有把自己与姜立颖的安排告诉妹妹，没有想到阿妈又把林阿贵安插进来，一时没有办法，只得见机行事了。

邵建业和姜立颖搭乘的是公茂轮船公司去湖州的客船，他领着妹妹来到苏州河新闸桥附近的码头时，姜立颖还没有到。

"锦儿，先等等，我还有个同伴。"

"是李总编吗？"妹妹问道。

哥哥笑而不答。妹妹更觉好奇，忙问："锦儿认识吗？"

此时姜立颖已经朝这边走来。邵建业说："喏，你转过身看看就晓得了。"

邵琉锦转过身随哥哥手指看去，立刻迎了上去和姜立颖拥抱在一起。

“锦儿想姐姐吗？”

“想，想……”邵琉锦高兴得闪起泪花。

“锦儿，你先留着点高兴，还有你更想的人呢。”姜立颖在邵琉锦耳边说道，并推起她的身子。

当邵琉锦转眼看时，出现在眼前的竟然是邱载慧。

“我还在梦中？”邵琉锦心想——清晨时分她刚与邱载慧在梦中相遇，此刻会不会是梦境的延续？

“载慧，我和建业可是如约把锦儿交给你了。”

随着姜立颖的话音，邵琉锦觉得自己的手从温软的手中转移到一个阔大有力的手掌中，一双略带顽皮的笑眼和微微向上弯起的嘴角清晰地显现在自己眼前。在人们的注目下，邵琉锦羞涩地低下头。

“锦儿，我同你杏姐姐要多去几天，你一个人留在家里哥哥不放心，还是随载慧去几天，哥哥回来再接你回家。”

邵琉锦以疑问的眼神看着哥哥——因为一路有林阿贵在，邵建业没有对妹妹说明原委。邵建业刚要解释，姜立颖拦过话说：“锦儿，听建业哥哥和杏姐姐的话，随载慧去吧，他会告诉你一切。”

林阿贵见邱载慧、姜立颖都来了，猜出了事情的原委，想过来行个见面礼。一直注目林阿贵行踪的邵建业立刻上前拦住说：“阿贵，邱先生是我们兄妹的朋友，难得见面，你自己先回去，他会送小姐回家的。”姜立颖晓得邵建业误会了，忙说：“锦儿的事情还是阿贵告诉我们的呢。”

邵建业听后稍一愣怔，伸出手臂揽过林阿贵的肩背，另一只手臂不住地拍打林阿贵的肩头说道：“阿贵，我邵建业是有眼不识金镶玉了，谢谢你，谢谢你，往后照顾阿妈和锦儿的事，建业就托付给阿贵了，我的好兄弟。”说到这里，眼泪禁不住夺眶而出。林阿贵语带颤声地说：“小先生，放心，阿贵会尽力的，会尽力——”

轮船响起了笛声，一个船工跳上岸来，利索地解开了锚索，看这边有人，立刻朝这边大声喊道：“是乘船的吗？赶紧，赶紧。”邵建业拉起姜立颖飞快朝客船跑去，他们刚踏上船舷，客船轰隆隆起碇开航了。

螺旋桨搅起的水雾随着阵风朝岸上扑来，邵琉锦打了个寒战，紧紧地倚在邱载慧身前。客船渐行渐远，邵建业、姜立颖的身影渐渐模糊，只看得清一抹飘动的红色，那是姜立颖挥舞的围巾。

客船完全消失在弯曲的河道，邱载慧走到林阿贵面前，伸出手说："谢谢阿贵，你先回去告诉邵伯伯，就说我过些天登门谢罪去。"

林阿贵赶紧握住邱载慧手说："邱先生太客气了，有什么罪可谢的。"

林阿贵走后，邵琉锦上了邱载慧的汽车，汽车路过公家花园，邱载慧把车停在路边说："你先在车里等一下，晓花多半在这里看托尼排练呢。"

邵琉锦看着邱载慧，笑而不语。

"不愿意等？"

"等是可以，不过不要再让我登寻人启事寻你。"说完，嘻嘻笑了起来。邱载慧说了声"调皮"，侧过身子在邵琉锦腮上亲了一口。

邱载慧下车不久，"笃笃笃"，有人轻轻敲击车窗。邵琉锦侧过脸，看见一对圆圆的眼睛隔着眼镜片向里张望，齐额垂有一排漆黑的刘海儿。

"小姐有什么事？"邵琉锦摇下车窗问道。

"小妹妹，晓得市政府工务局在哪里吗？"

邵琉锦颇觉不快，心想："哪个是小妹妹呀？"但还是手指黄浦江上游方向说："我没有去过，说不太准，往里去老远老远的。"

问路的小姐道了谢，转过身离去时，邵琉锦看清楚她穿一身裁剪不尽合体的藏蓝皮袍，胳膊肘上还挽着一个鼓鼓的皮包，看样子是初到上海的外地人。

邵琉锦下了车，朝她喊道："小姐，进车里来暖和暖和吧，外边江风太大。"

"不冷，不冷，外边找车方便。"

邵琉锦说："不用客气，开车的人也在工务局上班，可以让他送你去。"听了邵琉锦的话，那位小姐转身回来，一边道谢，一边随着邵琉锦打开车门，坐进车里。

"小妹妹，司机师傅不会不高兴吧？"

“不会的。”

“司机师傅姓什么？我该怎么称呼他？”

“叫他邱师傅好了。”邵琉锦说完，自己也笑了。

“邱——师傅？真巧，我那位在工务局的朋友也姓邱。”

“哦，也许就是他。”邵琉锦信口说道。

小姐摇摇头说：“不会的，我那位朋友是美国留学生，我们坐同一列火车从俄罗斯回国的，在沈阳分的手。”

“姐姐姓芦？”邵琉锦听邱载慧提起过芦毓琴还有陈北章。

“嗯——等等，我猜你是琴儿，载慧的小表妹，对不对？”

邵琉锦抿住嘴，摇了摇头。

“哦，晓得了，晓得了，妹妹原来是载慧的girl friend（女朋友）。”

邵琉锦没有把话听完已经脸色绯红，不由自主地把脸转了过去。

芦毓琴目不转睛地看着邵琉锦，在一番“啧啧”有声的赞叹后说：“我们在火车上没有少同载慧开玩笑，说他那么的英俊乖巧，难得找到一位美艳伶俐的新娘同他般配，今天看到妹妹，我的天，何止是般配，简直就是天造地设的呢。”

邱载慧、沈晓花出了公家花园，从后车窗朝里看见一个短发女人的背影。

“不是锦儿呀，是不是阿娇呀？”沈晓花纳罕地说。

邵琉锦从后车窗看见了邱载慧和沈晓花，立刻下车朝他们走去，一边说着：“载慧，你快来猜猜……”邵琉锦的话没有说完，芦毓琴也下了车。

“毓琴！”

“载慧！”

两个人同时朝对方喊道。

邱载慧问道：“你们是来上海度蜜月吧，北章呢？”芦毓琴说：“还在武汉，我们办了个轮渡公司，忙得不可开交，哪有心思度什么蜜月呀。”

阵阵江风扑来令人瑟瑟发抖，沈晓花打断邱载慧和芦毓琴热烈的叙旧说：“芦小姐还是上车吧，我们邱处长常年在这里吹号，喝江风喝惯了，一般人受不了。”芦毓琴说：“这位小姐真幽默。”邱载慧说：“我忘记介绍了，这位沈晓花小姐是安妮的 Elder brother’s wife（嫂嫂）。”沈晓花把锦儿推向前来说：“这位小姐怎么介绍呀?”芦毓琴揽过邵琉锦的肩头说：“不用介绍了，我们锦儿脸皮薄。”

上车后，邱载慧问芦毓琴：“去哪里?”沈晓花说：“哪有主人问客人的，就去英国总会吧，那里方便。”芦毓琴忙说：“下次，下次，我们公司在上海买了条船，我是来提船的，没有几天就要赶回武汉，还是到船上看看。”邱载慧兴奋异常地说：“毓琴，我当时在火车上说过实业兴国是正途吧，这刚几天呀，你和北章已经成绩斐然了。”芦毓琴说：“什么成绩斐然，不过是‘大事争先，小事不拒’中的小事而已。载慧，我有一点不明白，你不是打死不进衙门吗？怎么去工务局做官了呢?”

邱载慧苦笑一声说：“说来话长呀，同你们在沈阳分手后回到上海，就在刚才你等我的公家花园，我偶遇坐在你身边的沈小姐，从此，我就朝公务员亦步亦趋了，再此，我就陷入水深火热之中了。”说罢，从反光镜里看了看沈晓花。

沈晓花叹了口气说：“毓琴，跟你实话实说，我现在真后悔把他推上这条路了，死到头来，找个垫背的，真不够仁义。”

从邱载慧沈晓花的话里，听出他们都十分不得意，芦毓琴难免关心地问上几句。邱载慧不愿多谈。沈晓花却耐不住，与芦毓琴你问我答，把开始大上海计划以来的遭遇和现在的处境说了个透彻。

芦毓琴听后惊讶不已地说：“没有想到发生在我们那个小小武汉的怪事，在你们大上海居然也是如出一辙。”邱载慧诧异地问：“你都来提船了，还怕航线开不通?”芦毓琴笑笑说：“我要是全部说出来，比晓花刚才讲的故事只长不短，不过，按北章的总结，可以用十六个字概括之：‘愚民反对，政府勒索，同业倾轧，好事难成’。”

邱载慧哈哈笑道：“今日上海报刊有评论我们修路的文章，与北章这十六个字有异曲同工之妙。毓琴，你问晓花，她已经可以琅琅上口了。”沈晓花紧闭双目，一字一句吟咏道：“年来振兴中华之声不绝于耳，然除几介书生三两武夫外，举国上下人人众众，心所欲耳所闻目所视手所事，或蝇头小利，或一夜暴富，或蜗居一隅，或称雄一方，乃至区区一条小路，经朝换代，几议不成，岂不悲呼岂不闹耶?! 邱载慧，我背诵的如何?”邱载慧点头说:“一字不差,连那文中揶揄调侃之情也传递无遗。”

说话之间,汽车已经沿黄浦江往下,来到和丰船坞。顺着芦毓琴所指远远望去,江心停泊着一艘两层客轮,上下船舷均用五色旗帜装饰。

芦毓琴唤来舢板,四个人渡江上船。迎面扑来的是新鲜的油漆味道,映入眼帘的是锃光瓦亮的木地板和熠熠生辉的金属栏杆,最显眼的当数悬挂在驾驶舱前的那幅山水画——细浪层叠的江水携手龟蛇二山,儿女情怀跃然,恢弘气势不减。

芦毓琴指着画说:“按照我和北章的预想,这条船将来就穿行在此间,把汉口和武昌连接起来,这样,武汉三镇的来往比现时方便得多,当然只是预想而已。”

邱载慧说:“怎么会仅只是预想?毓琴,美利坚立国,不就源于英国清教徒所乘五月花号吗?这就是你们实现宏图大志的良好的开端。”芦毓琴说:“借你的吉言,但愿如此吧。”

邱载慧芦毓琴说话时,沈晓花正和邵琉锦站到船头观望浦江两岸的景色,此时也转过身来说:“我同锦儿正在议论,水是财气,风是运气,这里水风皆充沛,你们的船绝对是借水借风行万里,是不,锦儿。”

“是的,我学画时,老师说山是画之骨,水是画之肌,风是画之魂,骨肌魂三者皆备则是画中上品。姐姐那里有龟蛇二山相峙,有长江汉水相汇,更有东北信风长年光临,自然是上品中之精品。”邵琉锦本是说话就红脸,此刻激情四溢更是色如胭脂。

芦毓琴拍手称好道:“我的好妹妹,你真是不言则罢,一诺千金呀!”

大家各处转过看过,登上二楼甲板,凭风而立,只见屋宇鳞次栉比,田野阡陌纵横,浦江波涛澎湃,苍穹气象万千,人人心中无不顿时涌起乘风破浪般的豪迈之感。

“毓琴,我真妒忌你呀。”邱载慧羡慕万千地说。

“说什么妒忌,你要用,留下就是了。”芦毓琴回答得干脆利落。

邱载慧不解地望着芦毓琴。沈晓花惋惜地说:“毓琴,你要在上海有几间房子就功德无量了。”芦毓琴反问道:“这艘船不胜过几间房子?舱房之内耳听涛声绘图,甲板之上面迎朝晖练操,不比那弄堂窄屋来得浪漫有趣?”邱载慧喜形于色说:“其实我一上船就萌生了这样的想法,所以才有妒忌之说,没有想到你竟是如此慷慨大方。”

邱载慧说话时邵琉锦一直朝他递眼色,芦毓琴问道:“锦妹妹有什么话要说吗?”邵琉锦看了邱载慧一眼,讷讷地说:“我是说他太反客为主了,耽误姐姐的事。”芦毓琴笑道:“姐妹兄弟同谊,相帮相衬嘛,还谈什么主客。”邱载慧忙说:“话虽这么说,哪能耽误你们开航呢,房子总是能找到的。”

芦毓琴叹了口气说:“北章那边已经传来消息,航线能否开通还很难说,这条船的命运未卜,或搁置生锈,或替他人做了嫁衣都有可能,不如先留在这里发挥点作用吧,不过有个条件,你们要为它取个名字。”

邱载慧立刻推辞说:“不敢,在我们中国,起名可是事关重大,字体架构、行声走韵严格之极不说,你还得讲究笔画与生辰八字的匹配……”邱载慧的话没有说完,沈晓花已经哈哈大笑,说:“亏你也是留洋回来的,怎么也相信起这些迂腐之言。”芦毓琴忙说:“载慧讲得很实在,我同北章也是拘泥在这上面,所以起名的事一直拖了下来,船厂老板还催得紧哩,说是没有名号的船是决不可开航的。”

邵琉锦的脸微微一红说:“我们每完成一幅画题名时,也有过这样的困惑,总想刻意追求声、形、意的完美,以求用一个响亮的画名取胜。法国画家夏斯里奥作有一幅平常人家姐妹的肖像画,画成后,先是题名《皇后姐妹》,因名实相去甚远,无人喝彩。后改为《两姐妹》,又失之于平淡无隙,在想象上没有足够的留白,反响依然平平。最后题为《出嫁之前》则一鸣惊人,流传至今。画姐妹不用姐妹为名,而代以出嫁之前,既不违背本体身份,更给人留下无尽的想象空间,儿时的乐趣,成长的烦恼,相聚的喜悦,离别的哀伤……尽在其中,所以起名当以平实吻合本体特质为好,富有丰富的想象力为佳,其它都无关紧要。”

邵琉锦的一席话,博得大家一致赞许。邱载慧眉目传情,不便溢于言表。芦毓琴说:“登船后锦妹妹已经有两度精辟论述,令姐姐佩服得五体投地,载慧,也替你解了起名的难处。”

接下来大家你一句我一句:邱载慧建议,取芦毓琴陈北章末尾一字,冠以“琴章”,以显示是儒生所为;沈晓花则以为用“琴章”不如用“枕戈”,后者更具强势,是经商必不可少的;芦毓琴思索良久,描述了她与陈北章夜晚游蛇山黄鹤楼的感受，觉得最令人神往的是当空皓月，因此想以“皓月”命名。邱载慧沈晓花尽说不好，特别是沈晓花极力反对说：“月与水相连难免生发出‘镜中花，水中月’的联想，使不得，使不得。”

三人正莫衷一是。芦毓琴示意邱载慧、沈晓花静静，原来邵琉锦正倚在船舷栏杆上陷入沉思。

“锦妹妹今天才思泉涌，又有什么灵感附体了?”芦毓琴把声音放得低低的，怕惊扰邵琉锦的思绪。邵琉锦回过身来，见大家正众目睽睽于自己，忙说：“锦儿一边听，一边想，想来想去，锦儿觉得我们是在舍近求远，其实身边就有现成的。”

邱载慧望望停靠附近的船舶，多是些“亨通”、“鸿盛”、“祥生”，俗不可耐，又把询问的目光转回邵琉锦。沈晓花、芦毓琴思索有时，也都回以迷茫的眼神。邵琉锦眸光闪闪地说：“刚才载慧说，美利坚立国，源于英国清教徒所乘五月花号，我们何不借此发端呢。”

听了邵琉锦所说，邱载慧、沈晓花、芦毓琴禁不住欢呼雀跃。芦毓琴连说三个太：“太贴切，太美妙，太鼓舞人心了。”沈晓花则连呼三声“结棍，扎劲，好来西!”邱载慧更是感触良多，“‘五月花’本是一种追求的理念，没有想到这么快就脚踏实地了。”

大家不再商议，当即确定下来。芦毓琴要人取来笔墨，执意请邵琉锦题写船名。邵琉锦急急地推辞说：“锦儿毛丫头一个，不过因循大家的思路才得以移花接木，万不敢再放肆了。”说着，躲到邱载慧身后。

芦毓琴、沈晓花异口同声劝说不停。邱载慧也转身对邵琉锦说：“锦儿虽算是毛丫头，但你看我们三人，我同晓花出身工程，你毓琴姐姐专习机械，哪个有你那样的书画功底，从起名已经看出我们的劣势了，你忍心再看我们出丑不成?”

邵琉锦被说无奈，只得说：“锦儿试试吧。”话虽是怯生生的，但展纸提笔后全然是另一副模样：脚站马步，悬举右臂，双目微合，凝神屏息。沈晓花悄悄地说：“你们看，锦儿虽一副练武架势，但妩媚有余，刚气不足。”邱载慧说：“晓花，你真是百事皆通，连这个也有研究。”在一旁压纸研磨的芦毓琴屡屡示意不要出声。沈晓花并未注意，依然评论，“我是练器械体操的，教练常说器械看的是阳刚之美，不是阴柔之媚，举臂抬腿讲究气走筋骨，肢体见棱见角，你看锦儿，架势是有了，却显不出棱角，依然是一副女儿体态。”邱载慧说：“写字与器械体操完全不是一回事，我看你是在歪批。”说到这里，邵琉锦扑哧一笑，说：“我们的书法教习也说我力气不足，我真的没有信心了。”沈晓花赶紧说：“你写你的，我们看江景去了。”

邵琉锦重新屏息运笔，转眼间写就“五月花”三个大字。芦毓琴待墨迹稍干，小心翼翼地将横幅从案上揭起，唤邱载慧沈晓花过来观看。

“我本想用隶书，听晓花姐姐一说，就改用魏碑了，不晓得好不好？”邵琉锦问道，嘴角微微翘起，眼睛睁得圆圆的，等待大家品头论足。

邱载慧稍稍看过，说：“魏碑字体清丽，笔画洒脱，远远望去清晰可辨，用在船上倒也合适，不过我觉得不如隶书圆润饱满，更有厚重感。”沈晓花当即唱起了反调说：“不好，不好，正是为了要这样的字体，我才歪批了一通锦儿的架势呢。你们看，这五月花三个字个个架构遒劲，笔笔尽显张扬，正是我们所需要的特质，如若换了隶书，圆润饱满倒也不差，可是犹如几个脑满肠肥的胖子挤在船舷上，晓得的说我们商运亨通，不晓得的还以为来了个耍狗熊的马戏团。”

沈晓花的话引爆了其余三人的笑囊，邱载慧双手抓住栏杆，笑得前仰后合。邵琉锦转身伏在案上，笑得泪水不断。芦毓琴最苦，笑得肚子阵阵扭疼，又不敢撒手横幅，只得双臂高高举起，将身子蹲向甲板。沈晓花忙走了过去，把芦毓琴扶起，并说：“快唤人送去船厂，赶紧拓印起来，我们该在这里择日开张了。”

邵琉锦听说真的要拓印在船上，急急地阻拦道：“锦儿是写来给姐姐们开心的，千万不可当真。”芦毓琴说：“我们看着都好，不当真怎么可以，等妹妹用印后，还要裱糊起来悬挂在驾驶舱内呢。”邱载慧也说：“自家人写自家字，笔锋常带感情，比在外面请个不沾边的冬烘先生强多了。”

不几天之后，五月花号以货轮的名义注册，行驶于浦东陆家嘴至东沟一线，并雇有船工装卸货物。客船载货收入不抵煤炭钱，大家只得自掏腰包维持。

在千帆竞渡的黄浦江上，小小的五月花号极不显眼，没有人会想到大上海计划的规划组就蛰伏在这里，夜以继日地描绘上海的未来。邱载慧们本想举办一次甲板 party 以资庆祝，为掩人耳目也放弃了。

上船前，大家本以为耳听涛声绘图，面迎朝晖练操是件十分浪漫的事，等真正上船开航，才晓得苦不堪言。大家和《夜泊枫桥》韵，草成一首打油诗：

> 晨起烧火机轮转，江风不及浓煤烟，案头颠簸墨难置，夜半瑟瑟不成眠。

作为写照，当初邱载慧、姜立聪在巴黎所联词章中曾有“大事争先，小事不拒，趣成填海志”一句，不想在这里平添一趣。

圆房子里的童趣

五月花号上苦中作乐，大家倒也舒心，唯独姜立聪忧思不解，常一个人站在甲板上发呆——自从随妹妹到过张家坟山后，他总觉得那里的忧悠或许就是阿娇。

一天夜晚，阿娇再度入梦，虽然倩影迷离，可是凝视自己的目光分明散漫着无限的哀怨。第二天清晨，姜立聪穿上咔叽布工装直奔金神父路，他要找仲伯通问个究竟。

隔着花园的栅栏，姜立聪看见一个童子正在廊下玩耍，心里想着“这是哪家的孩童呢?”脚下已经走进了花园。

那童子见来了人，立刻朝屋里喊道：“小娘，电灯公司的师傅来了。”

姜立聪越发觉得奇怪，心想：“小娘是何等人呀?”

“清儿，请他到厨房吧——算了，还是我带他去吧，你不晓得哪里坏了。”

假如说“童子”、“小娘”在姜立聪脑子里引起的是狐疑，那么这一声却是晴天霹雳带来的震惊——这分明是阿娇的声音!

姜立聪在门廊处愣住了，走出来的果然是顾阿娇，那鹅卵形的脸庞、那灵动的双眸、那带笑的眉梢依然和自己发出赞叹“占断春光是此花”时毫无二致。

两人四目对视后，姜立聪木然站在那里不知进退。顾阿娇说了一声“是立聪哥哥吧”，随即走过来，拉起姜立聪的手说：“快进屋里，外面冷着哩。”

“立聪哥哥不是在土地局吗，怎么又去了电灯公司?”顾阿娇歪着头好奇地问。姜立聪支吾其词地说：“哪里都一样。”顾阿娇调皮地学着姜立聪的腔调说："哪里都一样——还是那么慢条斯理的，一点都没有变。"

与其说是顾阿娇带领姜立聪来到厨房，不如说顾阿娇随着姜立聪进了厨房。对这里的一切姜立聪都十分熟悉，他打开电闸箱，更换了保险丝，电灯果然亮了。姜立聪自小喜爱机电，每次电灯公司来人他都跟在后面，久而久之，家中一应电气纰漏大都由他越俎代庖了。

"阿娇，我还得检查一下电线，未准哪里有破损的地方。"说着，姜立聪沿电闸箱开始察看。顾阿娇递过毛巾说："哎哟，认什么真，快擦擦手，上楼说话去。"

刚出厨房门，清儿带领一个着工装的人走来说："小娘，电灯公司又来了一位师傅。"

顾阿娇先看了一眼新来的工人，目光又落在姜立聪脸上说："立聪哥哥，你不是电灯公司的吗？"

"我说过我是电灯公司的吗？"姜立聪讷讷地说。

新来的工人赧然一笑说："小姐，你看我穿的这身工装，麻袋片一般；再看看这位先生穿的，大英帝国来的咔叽布，工程师才有资格穿呢。"

顾阿娇咯咯笑得弯下腰。那边姜立聪对电灯公司来人说："保险丝已经换过了，请查查电线有没有破损的。"

工人应声进了厨房，清儿搀起顾阿娇说："小娘，勿要笑了，笑断了肠子，吃饭也不香了。"

顾阿娇在姜立聪和清儿的搀扶下直起腰来，吩咐清儿说："去告诉娘娘，要她烧好咖啡送到楼上圆房子去。"

姜立聪不禁纳闷，楼上哪有什么圆房子？再一想，阿娇说的圆房子一定是那间儿童室。儿童室在二楼尽端，是一个弧形房间，姜立聪和姜立颖的卧室环列两边，李菁来时，姜立聪搬到客房居住，把卧室让给李菁居住。

顾阿娇进住后觉得房间的形状别致，通长的弧状玻璃窗十分透亮，把这里作为起居场所，她自己住到右手边的房间，对面一间给了清儿居住，儿童室的大门一关，这里就成为母子两人的小天地。

姜立聪进来后环顾四周，见墙壁涂的还是玫瑰红色油漆，只是褪了不少色；右边墙壁的下方有一条油漆剥落，露出了白色石灰，是冬季在室内骑儿童自行车撞击的；最有意思的是，在右侧门框处的墙壁上，依稀可见蓝色长短不齐的笔画，它们记录的是三个小人的身高，笔画长的是身量最高的姜立聪，依次是姜立颖和李菁，随着年龄增长，笔画也不断上升，久而久之，好像一只立在门旁的米突尺。

顾阿娇让姜立聪在弧形玻璃窗前的沙发上坐，自己坐到一侧的木椅上。

姜立聪在沙发上坐下，内心颇有感慨——原先这里也有一把椅子，每逢三个人发生纷争，不是母亲就是父亲坐在这里发威，多数的结果是立聪和立颖被罚，到儿童室门的两侧，各站一个壁角。

"阿娇，你怎么住在这里?"姜立聪终于问道。

"我们就应当把自己当儿童，要不明天就老了似的，多可怕。"顾阿娇笑呵呵地回答，她以为姜立聪在问她为什么住在儿童室里。

姜立聪刚要再问，娘姨送来咖啡，朝姜立聪躬了躬身说："先生请用。"然后站到一边向顾阿娇请示道："欧阳先生送来的家具已经到了，小姐要过过目吗?"顾阿娇随口说："先随便找个地方放着吧，哪天有时间了再看看。"

娘姨走后，顾阿娇坐到姜立聪身边，端起杯子递在姜立聪手里说："人家送的，说是叫什么糊涂撕开。"姜立聪品了一口说："是华图司科，从墨西哥来的，是咖啡中的上品，阿娇，你的日子过得不错呀。"

顾阿娇嫣然一笑，说："一般般吧。"

"阿娇，你怎么住到这院子里来了?"姜立聪继续问道。

"你猜呢?"

"我猜?"姜立聪想来想去想不出答案，只得说，"猜不出来，我一向是笨笨的。"

"看把脸都憋红了，阿娇陪哥哥跳一曲舞吧。"说着，顾阿娇打开留声机，随手把姜立聪拉到圆房间的中央。

留声机中传出快节奏的《波利斯舞曲》，二人随着 4/4 的节拍，跳起了时下流行的快狐步舞。

李菁这些天总是听到姑母和姑丈谈到金神父路宅院的事情，时不时地还争论几句，自己问起时却又都是王顾左右而言他。李菁越觉十分好奇，于是拉着近来闲来无事的阿珍一同去旧宅看个究竟。

“是杏姑娘吧，不在北平读书了？”老花匠颤颤巍巍地迎过来问好。

“哪来的杏姑娘，是菁小姐，什么眼神？”阿珍笑着纠正道。

“哎哟，菁小姐这么高了，也越发漂亮了，怪不得认不出来了，那阵呀，菁小姐才这么高，比立聪少爷矮了一头还多呢。”老花匠边说边用手比画。

“花爷爷又翻老皇历，如今菁小姐是少夫人了。”阿珍大声说道。

“啊，是立聪少爷的夫人了，”老花匠乐不可支地说，“我那阵就猜到了，立聪少爷最是疼爱菁小姐的。”

李菁朝老花匠说：“花爷爷，我就向姑丈把这园子要过来，往后天天看你收拾花草。”老花匠听后，受宠若惊连声说好。

李菁在这里住了五六年，记忆最深的是玫瑰圃和儿童室。她领着阿珍先来到玫瑰园，因时值隆冬，玫瑰枝条已被修剪疏落，根处培上厚厚的黄土。李菁告诉阿珍说：“被玫瑰叶子绒刺扎了就难办了，后来立聪想了个办法，找花爷爷拿来蜂胶，把刺一点点粘出来，有时粘疼了，我还拿脚踢立聪。”说着李菁自己先笑了。阿珍感叹道：“立聪少爷对菁小姐真好。”李菁脸红红地说：“都怪我脾气不好，没少欺负他。”阿珍扑哧一笑说：“不怪菁小姐，是立聪少爷把菁小姐惯的，也是立聪少爷甘愿的。”李菁瞟了一眼阿珍说：“你不枉跟杏姐姐一场，这么会说话。”

围着玫瑰圃看了一圈，两人进入门厅，楼上传来了乐曲声。李菁讶异地问：“哟，哪来的舞曲声？”

李菁带着阿珍循声来到儿童室前，从大门上镶嵌着五彩玻璃砖看见里面人影憧憧，看不清面貌衣着。阿珍轻轻敲了敲门，没有应声，轻轻一推，门是虚掩着的，再推开些，看见姜立聪正和一个女子翩翩起舞，看那双目微合的神情和旋转自如的体态，显见他们已经沉浸于曼妙的舞曲之中。阿珍急忙关上门，往后退了一步。

“什么人？”李菁问道。

“不……认识……多半是仲伯通请来的……”

看阿珍期期艾艾支吾其词，李菁走上前去，把门推开了半扇。

“立聪？”李菁站在门前，不敢相信自己的眼睛。当姜立聪旋转到面对自己，李菁确信眼前这对两相拥抱的舞者之一正是自己的未婚夫，顷刻间怒火中烧，三步两步走到留声机前，把针筒摘下扔到一边。

姜立聪和顾阿娇停下舞步，以惊讶的目光看着这位不速之客，身体的接触还没有分开。这时李菁看清楚了，依偎在姜立聪胸前的女子正是在 party 被自己骂跑的那个女人—— 一身居家装扮，头发蓬松，略施薄粉，显得十分的慵懒娇艳。

"你们在做什么？"李菁恨恨地问道。

姜立聪推开顾阿娇，朝李菁摊开手臂，打算作出解释。顾阿娇微微一笑，抢到了前面说："我们跳跳舞，娱乐一下，有什么问题吗？"

"跳舞，你晓得这是什么地方？"李菁怒目而视，咄咄逼人。

"你说这是什么地方？"顾阿娇转身坐到沙发上，眼睛看着窗外。

"李菁，你听我说……"

李菁拦住姜立聪的话，大声吼道："你不用对我说，你对那个女人说，这是什么地方！"姜立聪言语讷讷，不晓得说什么好。李菁走到门边，指着记录身高的"米突尺"对顾阿娇说："你看看这是什么？这里记的是我们幼时的身长，你晓得'我们'都有哪个吗？我告诉你，有我，有他，还有我和他的妹妹姜立颖，根本就没有你这么一个女人！"

顾阿娇愣怔了一下，立刻悟到，仲伯通屡屡提到的董事长原来就是立聪哥哥和杏姐姐的父亲，这里曾是姜家的产业。想到这里，顾阿娇感叹世事轮回，于是凄然一笑说："过去如何无关紧要，我只晓得此刻这里是我顾阿娇的家。"

"你的家？"李菁冷笑道，"我早就对你说过，你的家在江北，此刻我再告诉你，你的家在青楼！"

李菁短短一句勾起了顾阿娇跑出姜家花园以来的伤心事，一时间心里五味杂陈，翻江倒海……她猛地站起身来，手指李菁刚要发作，看到一边的姜立聪正以祈求的目光看着自己，只得把怒气死死压下，用带着颤音的柔声说道："顾阿娇多谢菁小姐了，要不是菁小姐的指教提携，我顾阿娇凭什么成了花榜首领，又凭什么大摇大摆地糟践菁小姐幼时的小窝……"

阿珍见顾阿娇泪光闪闪，怕她越说越气，急忙搀住顾阿娇说："阿娇，我是阿珍，我们出去说说心里话。"

“不用，我不正跟菁小姐说心里话吗?”顾阿娇嘴里这么说，脚还是随着阿珍移动，到了门边，突然站住，扭转身来对李菁吼道：“我再对菁小姐说句心里话，赶紧从我家出去，要不我找巡捕房问你个擅闯民宅!”

李菁哭诉到姑母那里，说姜立聪在金神父路宅院召妓，被自己拿住，要姑母替自己做主。李晴钊将信将疑，好言安慰李菁后，把阿珍唤来询问。阿珍把所见所闻说了一遍。李晴钊追问道：“是你先看见的还是菁小姐看见在先?”阿珍说：“我先推开的门，见立聪少爷正和阿娇在跳舞，怕菁小姐多心，赶紧把门带上了，还是没有逃过菁小姐的眼睛。”

“那种女人你怎么认识?”李晴钊惊诧地问道。

“哪种女人呀?”阿珍撅着嘴说，“跟立聪少爷跳舞的是阿娇，夫人忘记了？那次 party 上被菁小姐气走的那个顾阿娇，小姐一直在找她呢。”

李晴钊算是明白了来龙去脉，叹了口气不再言语。阿珍站了一会儿，看看李晴钊气色平和下来，于是问道：“夫人，那阿娇口口声声说那是她的家，这里面……”李晴钊拦过话说：“下去吧，我都管不了的事情，你就勿要操心了。”阿珍背过脸伸了一下舌头，赶紧躬身退下。

李晴钊这一腔怨气自然倾泻在姜亨飞头上。姜亨飞浅浅一笑说：“这算什么大事，看把你急成这样。”李晴钊瞪圆眼珠说：“一所宅院白白送了人不说，又闹得家里鸡犬不宁还不是大事，非要倾家荡产，家毁人亡才是大事?”姜亨飞急着呸了几声，又连说了两声乌鸦嘴后，吩咐家人把姜立聪和李菁唤来。

当着父母的面，姜立聪把当日为什么去金神父路宅院，顾阿娇怎样误以为自己是电灯公司的修理工，到了儿童室同顾阿娇谈了些什么，做了些什么原原本本讲了出来。姜立聪从没有说过假话，讲话时平和的神情流畅的语调更令人无可置疑，讲到被误认为电灯公司的修理工时，李晴钊、姜亨飞不禁解颐，李菁则捂住嘴免得笑出声来。

姜立聪说罢，李晴钊温和地教训李菁说：“那个阿娇你也是认识的，在我们家的 party 上还是被你气走的嘛，都是朋友，跳跳舞没有什么，不许再疑神疑鬼的了。”

"是菁儿不好，菁儿错怪哥哥了，可是那个阿娇口口声声说那是她的家，菁儿才生气的。"李菁低着头讷讷地说。

"胡说，是你先生的气，还把留声机的针筒扔了。"姜立聪当即反驳道。

"你们那么亲昵地搂在一起我能不生气吗?"

"我们是在跳舞，不是打网球，能各占一边吗?"

"跳舞，那是跳舞的地方吗？她还是一身刚起床的打扮!"

"胡搅蛮缠，"姜立聪声音发颤了，"你没有同我在那里跳过舞？你是穿着晚礼服的?"

"既然你记得那是我们幼时玩耍的地方，她一口一声'她的家'时，你怎么一句话不说?"李菁更是咄咄逼人。

"我，我说什么?"姜立聪无言以对了，这对他来说也是一个疑团。

事情到了这一步，姜亨飞无法再作壁上观，于是说："那个忧悠——我今天才晓得她是阿娇，是李慕新看上的一个青楼女子，一心要娶她做填房。我们呢，为一笔生意，有求于李慕新，因此就把那所宅院给了忧悠，就是你们说的阿娇——生意嘛，各有所图。"

"爹爹，阿娇是我们的朋友，怎么能这样做。"姜立聪语带怨怒。

"我们没有做什么，这是阿娇自己提出来的条件。"姜亨飞平和地回答了儿子的质疑，接着颇有感慨地说，"阿娇从我们家出走没有多长时间吧，居然有这般发展，不得不令人佩服。"

当晚，姜立聪更是彻夜不眠，他无法容忍阿娇如此堕落下去。好容易盼到了拂晓，姜立聪匆匆起身洗漱，奔金神父路宅院而来。花园栅栏门还没有开，萧索的园子里老花匠伛偻着腰在清扫落叶枯枝。

姜立聪帮老花匠打开沉重的栅栏门，进门时问道："屋里的人起来了吗?"老花匠摇摇头说："说不准，不晓得是起来了呢，还是没有睡。"老花匠的回答令姜立聪一时摸不着头脑，细想一下才咂摸出意思，这里大概是彻夜有人声有响动，正是不夜城的一角。

汽车清脆的鸣笛声打断了姜立聪的思绪，一辆汽车停在栅栏门外，是一辆银色宾利——在英国上市也不久。车门打开，顾阿娇跨下车来，迪米尔细羊绒大衣把身子裹得严严实实，朝车里挥了挥手，说了声"欧阳先生再会"，向栅栏门走来。

“立聪哥哥，又来修理电灯?”顾阿娇开着玩笑，拉过姜立聪的手说，“快进屋里，冷死了。”

顾阿娇领着姜立聪进了圆房子，把大衣脱下扔在沙发上，抬脚踢掉两只高跟鞋，转身抱住姜立聪，浑身瑟瑟发抖。姜立聪被顾阿娇这突如其来的举动弄得无所适从，挣脱不是，不挣脱又十分不自在，不禁也跟着战栗不止。

“抱住我，哥。”顾阿娇喃喃地说。

姜立聪被动地抬起双臂，放在顾阿娇腰际。顾阿娇扭动了一下说：“紧点，紧点嘛。”姜立聪刚刚收紧双臂，娘姨推门进来了。

“哟，有客人，我再去烧一杯来。”

“不用，我不要。”顾阿娇闷声闷气地说，她的脸依旧贴在姜立聪胸前。

娘姨并不急于出去，她一边收拾顾阿娇胡乱扔掉的大衣、高跟鞋，一边说：“小姐沙发上坐吧，脚踩在地毯上也凉。”顾阿娇嗯了一声，慢慢松开手臂，朝姜立聪莞尔一笑说：“我去换件衣服就来。”姜立聪这时才注意到顾阿娇穿的是一件薄如蝉翼的银灰色旗袍，粉红色的亵衣隐隐可见。

“先生坐吧。”娘姨把姜立聪让到沙发上，自己站在一边说，“小姐从外边回来，也时不时抱着我喊冷。”

看她忧心忡忡的样子，姜立聪觉得她不是在遮掩自己的尴尬，于是问道：“不会是什么病吧?”姜立聪听说过癫痫病有类似的症状。

“我也是怕，”娘姨说，“我还问过好些老人，都说不像。”

“没有看过医生?”

“看过，也没有说出什么名堂，我看呀，多半是小姐缺个知冷知热的男人。”娘姨说话时不断朝姜立聪看，她从来没有看见过小姐抱过别的男人。

“还是找个名医看看放心。”姜立聪避开娘姨的目光，实心实意地说。

“你们两个说我什么坏话哩?”

顾阿娇从一侧房间里出来，身穿一身大红团花棉袄棉裤，衣服做得很可身，不仅不显臃肿，反而越觉婀娜多姿。娘姨扑哧一笑说：“小姐这身打扮像个村姑似的，不怕姜先生笑话。”顾阿娇坐到姜立聪身边，头靠姜立聪的肩头，笑嘻嘻地说：“娘娘，你看我像新媳妇吗？”娘姨眉开眼笑地说：“像像，不光像，简直就是。”

娘姨说着笑着走了。顾阿娇依旧靠在姜立聪肩头上说：“立聪哥哥，菁小姐没有再为难你吧。”姜立聪说：“没有，只是爹爹把事情的前后都告诉了我。”顾阿娇只是平平淡淡地嗯了一声，把头从姜立聪的肩上移开。

“阿娇，你不要再接近李慕新了。”姜立聪抓住顾阿娇的手说，目光焦灼地看着顾阿娇。

“你爹爹的生意不要做了？”顾阿娇讶异地问。

“生意不能这样做。”

“依哥哥生意应该怎么做？”顾阿娇直起身来看着姜立聪问道。

“我一时说不清楚，”姜立聪回答说，“我只能说，这样做你付出的代价太大，太大！”

顾阿娇笑笑说：“做生意不分代价大小，只看值不值。”

“什么意思？”

“我一个黄花女做了李慕新的填房好像是亏了，可是我已经得了这么大的一所花园洋房呀。”

“这——”姜立聪看着顾阿娇似带得意的神情一时不晓得怎么回答好，脸被憋得通红，好一会儿才迸出一句话来，“这是堕落！”

“我早已经堕落了，还怕什么堕落？”顾阿娇说得似乎很平静，但凄然的神色明显的挂在脸上，并转过身去，避开姜立聪的目光。

“阿娇，你不能这样自暴自弃，不能。”姜立聪扳过顾阿娇的身子，要她面对自己，然后用祈求的眼神看着她说，“阿娇，你这样做，我、我们会很心痛的——自你出走后，我们无时无刻不在苦苦思念你，寻找你，建业登过寻人启事，锦儿到六三园找你，险些跌入日本浪人的虎口，你杏姐姐听到你的消息，特地从北平回到上海，载慧更是奔走公安局、巡捕房打听你的行踪……阿娇，我们盼望着你回来，你回来了我们就不能再失去你，我们会尽全力帮助你阿娇，你听明白了吗？”

顾阿娇神色落寞地听着，不时轻轻抽泣一下，却没有泪水流下，最后完全变成一张死一般的脸，连眼珠也呆滞不动了。

“阿娇，你怎么啦，怎么啦?”姜立聪感到一阵恐惧袭来，颤抖的双手用力地摇晃顾阿娇的身体。

顾阿娇愣愣地看了一阵姜立聪，扑倒在姜立聪怀里说：“立聪，同阿娇入一回洞房吧。”

这突如其来的要求震惊了姜立聪，挣扎着想站起来。顾阿娇死死地抱住姜立聪的腰说：“阿娇求哥哥了，就一回，阿娇也心安了，哥哥也由阿娇去吧——”

姜立聪疯也似的掰开顾阿娇的手，站起身朝顾阿娇吼道：“李慕新在骗你，他手里那些图纸毫无用处!”

“哥哥诓我呢?”顾阿娇的一双泪眼变得十分惊讶。

“我从不诓人，图纸我们还没有做完呢，我们，晓得吗?载慧，晓花还有锦儿。”

姜立聪的语气斩钉截铁，但话一出口，立刻觉得自己急不择言铸成了大错，看着顾阿娇将信将疑的眼神，慌里慌张地说：“不信也罢，我只是说说罢了。”顾阿娇还没有来得及起身，姜立聪已经匆匆跑出去了。

物非人亦非

“立聪，你也不必太自责了，在那种情形下急不择言是人之常情。”

邱载慧一边同姜立聪练习推手一边交谈，五月花号甲板上寒风凛冽，稍一站下就浑身瑟瑟发抖。

“总得想法子挽回吧。”

“阿娇未必会说出去。”邱载慧觉得对手十分僵硬，于是说，“立聪，你放松点好不好，道堤教我们的要领你忘记了——‘进攻引化始终要手臂松柔，用意不用力，才能灵活无滞’。”

“嗨，我哪有心思去记什么要领。”姜立聪说着索性停了下来。

芦毓琴觉得邱载慧、姜立聪出舱有一阵子了，就走上甲板去看看，映入眼帘的是一幅奇特的画面：二人敞开大衣迎风而立，面色严峻，目不斜视，耳轮和鼻尖冻得通红。

“二位不是上来练推手吗？怎么又练起喝风桩来了？”芦毓琴颇觉奇怪，走上前轻声问道。

邱载慧被她的“喝风桩”逗笑了，转过身来说：“毓琴，你来得正好，你帮着出出主意，免得我和立聪把风喝光了，到了夏天再没有风凉了。”姜立聪苦笑道：“载慧真会苦中作乐，毓琴，你走南闯北，阅历比我多，帮我解解这道难题。”接着将实情原委说了一遍。

芦毓琴听完姜立聪的叙述，想了想说：“问题不那么简单呀——这里冷死人了，不能进舱房里说吗？也好听听她们的意见。”

三人回到舱房。沈晓花伏在图桌上没有抬头，只是说：“二位这么用功，不是要当上海的霍元甲吧。”

“晓花，先停停，有件事同大家商量商量。”邱载慧敲了敲沈晓花的图桌说。沈晓花放下笔，伸展了一下身子说：“多谢长官开恩，这一阵子把我这三根手指头累得快麻木了。”

姜立聪叙说时，沈晓花不停地活动中指、拇指和食指，待姜立聪讲完，她颓然靠在椅背上说：“这家伙，又白忙一场!”邱载慧瞪了沈晓花一眼说：“就你蝎蝎蜇蜇的，这不是在想补救的办法吗?!”

沈晓花自知言语有失，忙安慰姜立聪说：“立聪大哥，用不着忧心忡忡的，阿娇是自家人，不会塌台的。”邵琉锦则不那么乐观，说：“阿娇有时过于要强，就怕她只顾及自己的面子干出糊涂事来。”

听了邵琉锦的话，姜立聪更是坐立不安，说：“锦儿同阿娇情同姐妹，话一定是错不了的，看来又要劳苦大家另修栈道了，罪过，罪过。”

邱载慧此时也有些六神无主，看看芦毓琴说：“毓琴，旁观者清，你谈谈高见。”

芦毓琴若有所思地说：“顾阿娇看来已经熟谙生意之道，要她放弃这笔生意谈何容易。”邱载慧说：“不是在危言耸听吧。”沈晓花也说：“不至于吧，她原本是那样本色，而且是带着乡土色彩的本色，应该算是洁白无瑕吧。”芦毓琴叹了口气说：“诸位真是‘不识庐山真面目，只缘身在此山中’，你们大上海的印染业是何等的发达，何等的了得呀。”芦毓琴带有揶揄的笑语大家都听出来了，但却怎么也笑不出来。

“对不起，我这话有点伤众，”芦毓琴先抱了歉，随后直截了当地说，“顾阿娇反正不那么天真烂漫了——至于什么原因还是让那些社会学家讨论去吧，我们呢，就事论事，找找自己的出路。”

“毓琴，你没有看见，我们实在是黔驴技穷了!”邱载慧哭丧着脸说。

“做大众的事却躲躲藏藏，做贼的一般——我真替你们揪心!”芦毓琴紧蹙眉头在舱内来回踱步。

舱房一阵沉默后，姜立聪面带难色说：“毓琴，不是我们躲躲藏藏，若是走漏了风声，道路所经土地必然被人占去牟取暴利——爹爹不就是为了探得一点风声，送了阿娇一个园子吗?”

芦毓琴摇摇头说：“也真难为你们了，可是，你们今天踏勘，明天测量的，这么大的动静能掩饰得了多久?”沈晓花说：“邱载慧深谙狡兔三窟之道，要我们多踏几个点，多测几条线，至今还没有被识破——只是苦了我们下属。”

“狡兔十窟早晚也有被识破的一天，”邱载慧沉闷了一阵说，“即便没有发生阿娇的事情，我们也得另谋出路。”

芦毓琴想了想说：“我和北章在德累斯顿读书时，常在附近一片荒芜的树林里散步，后来经当地议会通过，在该处建设一个公共体育中心，而且予以公告。一时间建筑商纷至沓来，热闹了大约一年，不仅体育中心落成，而且周边商铺林立。据说该体育中心的土地成本为零——市政府没有在土地上花纳税人的一分钱。说来惭愧，我当时满脑子的齿轮连杆，对此只觉好奇，没有深究。载慧、立聪，你们在英美不会没有遇到过吧！”

邱载慧听后高兴得一蹦三尺，连连说：“怎么没有，怎么没有，我曾参与过一个费城常春藤社区老年人游乐场的设计，也碰到与我们类似的难题，最后援引了一个叫做‘a bird in the hand is worth two the bush’的规则，直译过来就是‘一鸟在手，胜似二鸟在林’，虽然名词令人匪夷所思，可是问题迎刃而解，效果与毓琴所说大体相同。”

“在英国也通行类似的规则，名称也很奇怪——the wagon must go whiter the horses draw it。”姜立聪说罢自己也笑了。

“‘马拉到哪里，车就得跟到哪里’，”邱载慧在翻译中悟及个中含义，笑了笑说，“妙，拿我们中国话说，就是我们要牵住那些商人的牛鼻子。”

“意思不错，”姜立聪接着说，“因为在英伦还属于公序良俗，并没有立法，我分析了十几个个案，为它起了个名字，叫做‘代替征用公共用土地’。”

“立聪大哥，你的意思是哪位商家想染指这里的土地，对不起，你一并把修路用地也买下来，对吗?”沈晓花瞪圆眼珠看着姜立聪问道。

“载慧，我发现晓花真的是聪明过人。”姜立聪说，一向不苟言笑的他此刻也风趣起来。

“先不忙夸我，”沈晓花说，“若是地产商买了修路用土地再高价——哦，明白了，还有‘代替征用’四个字限制他，也就是说修路用地是他代替我们买的。”

“沈晓花，我真想拥抱你，从你那里接点仙气。”邱载慧说着同沈晓花拥抱了一下，接着一一拥抱了大家，嘴里还一边说，“有了这点仙气，我们真是一通百通了。”

借着激发起来的灵感，大家很快商议出实施办法：凡欲购买道路两侧土地者，必须同时购买相应道路用地，并于该道路动工前，无偿提供政府使用。为避免购地者届时不依约提供修路用地，芦毓琴建议在与政府立约同时，缴纳三倍于地价的所谓“保证金”，该“保证金”于道路竣工后无息退回。

大家一致同意后，邱载慧颇有感触地说：“其实，我们修路的目的，不仅仅是连通南北两市，阻遏洋人外扩，以修路带动发展也是应有之义，有了这个办法就三全其美了！——办法已定，我马上去向局长报告，诸位各司其职，把相关数据核实准确了；毓琴，你既是这次大动作的始作俑者，又有同各路神仙打交道的经验，起草字据的大任就天降于斯了。”

邱载慧去后不久就春风满面地回来了，进门便说：“毓琴，我们局长要见你呢，说你这一招不亚于观音菩萨施与孙悟空的紧箍咒。”

芦毓琴忙推辞说：“算了，我最怕见官，在汉口，同官场的一应酬酢全是北章的事情。”沈晓花笑笑说：“你以为我们局长是老气横秋的官老爷，其实比你我大不了两三岁，对了，他也是在德累斯顿大学获得的学位，你们是校友，未准一见面还认识呢。”姜立聪补充说：“他回国第一份工作就在汉口，是工务局的设计科长。”芦毓琴听后来了兴致，说：“载慧约哪天见面吧，汉口那边有点事搁浅在工务局了，北章正说找熟人去通关节呢。”

几天后，姜立聪、芦毓琴到金神父路姜家宅院如今的“顾公馆”造访顾阿娇。——昨晚在五月花号的舱房里进行了几乎彻夜的讨论，最后确定采用邀请参与的方式遴选立字据的对方，主要目的是避免张扬，招致洋人的抗衡。顾阿娇也在邀请之列，而且是头一宗——这一阵子在她的石榴裙下麇集了不少趋之若鹜者。

清儿见是姜立聪，朝楼上喊道：“小娘，电灯公司的先生又来了。”

“是穿麻袋片的，还是穿咔叽布的？”楼上立刻传来顾阿娇清脆的声音。

“是穿咔叽布的。”

“啊，是立聪哥哥来了，快请圆房子坐。”楼上立刻传来顾阿娇清脆的声音。

“小娘，同来的还有位小姐呢。”

“哦，那——请他们到客厅，我这就下去。”

随着清儿走进客厅，迎面飘来中药的味道。

“清儿，你家小娘生病了？”姜立聪关切地问道。

清儿仰起头说：“小娘好好的，没有生病。”

芦毓琴特意嗅了嗅说：“哪来中药的气味呢？”

清儿听后“咯咯”笑了，指着客厅里那一堂崭新的木制家具说：“那天搬来时，气味还重呢，小娘说‘往后肚子痛不用吃药，趴在这上边闻闻就好了’。”

经清儿提醒，姜立聪、芦毓琴才注意到那堂家具磷光熠熠，纹理或隐或现，极其有趣，有的像麦穗，有的像蟹爪，还有的像不知其名的图腾。

姜立聪用手指敲了敲，听到清脆犹如金属般的响声，于是说：“晓得了，是黄花梨的家具，发出的香味类似中药的降香。”芦毓琴听后笑着对清儿说：“你小娘说得对，这降香专治脘腹疼痛，还治跌打损伤。”

“立聪，这堂家具价值不菲吧？”

姜立聪没有听清楚芦毓琴问什么，他正在看胡乱粘贴的几张仕女画片和《挂名的夫妻》的电影海报，那里的墙壁上原先是一幅临摹柯罗代表作《蒙特枫丹的回忆》的画，画面一侧，是采摘蘑菇的农妇和女孩，虽然她们被描绘得动感十足，但抵不过清澈如镜的湖面，连绵起伏的山峦，占据大部分画面的葳蕤大树和与之呼应的枯木，从而使得整幅画弥散着忧伤的宁静……少时，姜立聪一人常伫立于此，体味着哀愁的滋味。此情此景，他不禁感叹道：“都说物是人非，现在是物非人也非了。”

“立聪，听说这个电影是根据包笑天的《一缕麻》改编的，是吗？”芦毓琴问道，为了岔开姜立聪触景生情的思绪。

“应该不错，立颖看过，我听她对包笑天为指腹为婚的旧俗唱赞歌大加挞伐，连导演郑正秋也被说得一无是处。”

芦毓琴说：“我同立颖的感受一样，女主人公史妙文既不堪守节的痛苦，却对形同枯槁的傻丈夫产生爱情，简直是莫名其妙。”姜立聪笑笑说：“你同立颖都是嫉恶如仇，些许瑕疵都逃不过你们如炬的目光，不过立颖对扮演史妙文的阮玲玉却优礼有加，说她是天生的悲剧演员——或许一代名伶就此诞生呢。”芦毓琴说：“立颖看好的一定不会错，当年梅兰芳不也改编过《一缕麻》吗?”

两人边看边谈，清儿一直随在身后。芦毓琴见清儿伶俐可爱，搂住清儿的肩头问道：“小哥是小娘的什么人?”清儿仰头看着芦毓琴回答说：“你这位小姐真奇怪，我当然是小娘的儿子了。”芦毓琴反问道：“我奇怪吗？你既是小娘的儿子，为什么不唤娘呢?”清儿被问住了，眨着眼说：“从来没有人这样问过，小姐真是个怪人。”

“清儿，跟啥人说话哩，这么没有礼貌?”楼上传来顾阿娇的声音。清儿回答道：“清儿跟求见小娘的小姐说话哩。”

随着“笃笃”的高跟鞋的声音，顾阿娇款款走下楼梯，她鬈发垂肩，身穿一袭纯白色丝光缎面旗袍，胸前是丝绣盘条的红杏图案，嫣红的花朵正好落在乳峰上，格外醒目；旗袍的衩口开到股际，肉色玻璃丝袜透出腿白皙柔滑的肤色；高跟鞋是银白色的，鞋口滚着染成红色的皮革边。若不是新近见过面，姜立聪绝不会认出眼前这位时髦女郎就是顾阿娇。芦毓琴则为自己得以在听其声闻其香的近处看到如此美艳的画中人而叹为观止。

“小姐请坐。”

顾阿娇先是以哀怨的目光看了姜立聪一眼，然后将芦毓琴让到茶几一侧的椅子坐下，故意让姜立聪尴尬了片刻，才说：“立聪哥哥不是客人，随便坐吧。”说着，自己拢着旗袍的后摆坐到正中条案旁的椅子上。姜立聪左右看了看，坐到与芦毓琴隔茶几相对的椅子上。

“这位小姐怎么称呼?”顾阿娇朝姜立聪问道。

“阿娇，这位是芦毓琴小姐，是位船东，也称船老板。”姜立聪作了见面介绍。

顾阿娇欠了欠身说：“芦小姐定是精明过人，阿娇佩服。”芦毓琴谦虚道：“哪里抵得上顾小姐，立聪、载慧堪称人杰，对顾小姐无不交口称赞，所以今天特地随立聪来拜访。”顾阿娇听后，用手绢捂住嘴开心地笑了起来。

娘姨送上茶水，清儿从托盘上端下茶杯，一一往客人手里送。芦毓琴忙起身接过茶杯，拍了拍清儿红润的脸蛋，问顾阿娇，“清儿可是顾小姐的弟弟?”

顾阿娇笑笑说，“是我半夜从街上撞得的，本想认个干弟弟，他却死活要叫娘。”

芦毓琴“哦”了一声，说：“晓得了，长姊若母，一定是顾小姐待他绝好，娘字才叫得出口，是吧，清儿?”清儿伶俐地连连点头。

顾阿娇笑笑说：“猛地听他叫娘，心里不自在着哩，我年纪轻轻的，算怎么回事呀，听听也就惯了，女人左不过要做娘的。”说着，就势把倚在身边的清儿揽在怀里，用腮亲昵地蹭着清儿的额。

芦毓琴不禁感叹道：“顾小姐真是菩萨心肠呀。”

顾阿娇连连摆手说：“芦小姐快莫说菩萨，菩萨最是惨的，有人想到了，去烧几炷香，没有人想到，就要遭受冷落……”说到这里，顾阿娇有意无意地朝姜立聪看看，声音也有些哽咽。清儿忙伸出手来，抚摩着顾阿娇的脸说：“清儿时时刻刻想着小娘的……”

姜立聪怕顾阿娇失态，把话说长了，误了大事，待娘姨上来添水换盏后，向顾阿娇说明了来意。芦毓琴随着取出一沓纸对顾阿娇说：“这是拟好的字据，顾小姐先过过目，看可行不可行。”说着起身要把字据交给顾阿娇。

顾阿娇忙说：“立聪哥哥晓得，我最怕这些劳什子，我随立聪哥哥和芦小姐就是了，其它一应事体呢，包在阿娇身上了，不晓得立聪哥哥和芦小姐放不放心?”

芦毓琴忙说：“顾小姐这般热心肠我和你立聪哥哥哪能不放心呢。”——芦毓琴听顾阿娇口口声声的“立聪哥哥”，身上觉得麻酥酥的。

芦毓琴随后和顾阿娇约定，给顾阿娇留下五份字据，商家由顾阿娇负责联络，三天以后芦毓琴再来这里看进展情况。

“立聪哥哥，我这营生在地产这一行里是叫掮客吧?”顾阿娇接过字据时，突然问道，声音有些怯生生的。

“掮客怎么啦，哈同原先就是掮客……”姜立聪随口答道，只是把“爹爹也是掮客出身”省略了。

从顾阿娇凝视姜立聪的目光中，芦毓琴看出了顾阿娇的心思，于是对姜立聪说：“看来顾小姐还有一些环节要和你探讨，你是这方面的内行，就留下来吧，我先走一步。”说罢和顾阿娇告辞。顾阿娇也不挽留，只说了声“辛苦芦小姐了”，就往外送客。

姜立聪走也不是，不走也不是，慌乱之间说：“阿娇，载慧还有锦儿想来看看你。”顾阿娇看着满脸通红的姜立聪扑哧一笑说：“我哪有这么大的谱呀，等这件事体有了眉目，在这园子里办一次派对，阿娇来当女主人，这样大家都见面了，你们看好吗？”

“忧悠，派对定在什么时候呀，千万莫忘记欧阳。”随着声音，房后转出一个身量不高的瘦弱男人来，两只手不断地拍打身上的泥土。

“欧阳先生跑哪里淘气去了，弄了一身土？”顾阿娇笑着问道。

“送了几株火芙蓉的树苗来，老花匠已经栽上了，啊——”被顾阿娇称为欧阳的先生突然指着姜立聪说，“这位不是立聪吗？”

这时姜立聪才认出来这位欧阳先生是李菁的表舅欧阳硕，他们在广东惠州见过面。

欧阳硕拍打了自己手上的泥土，拉住姜立聪的手说：“几个月不见越发文质彬彬了，如今在哪个衙门任职呀？”

“原来是欧阳表舅，恕我眼拙，恕我眼拙——立聪在土地局，还是爹爹谋的那个差事。”

“年轻有为。”欧阳硕拍着姜立聪的肩头说，“菁儿好吧，有苗苗了吗？这里。”

姜立聪见欧阳硕指了指肚子，意会到了，脸一下子涨得通红，讷讷地说：“我同李菁还没有结婚呢。”

此时顾阿娇也拉起姜立聪的另一只手对欧阳硕说：“显见你们是亲戚了，我们之间的关系也不薄——立聪，坐我旁边。”

从客厅的窗户看出去，见园子里停着地上飞，姜立聪晓得欧阳硕就是那天清晨送顾阿娇回来的人，于是忙推辞说：“我们先走一步，回去还有公务。”

欧阳硕毫不客气，松开手说：“回去问表姐表姐夫好，改日我去拜见。”

姜立聪、芦毓琴还没有走出园子栅栏门，又听顾阿娇喊道：“二位请留步——我忘记了，欧阳先生也是地产业的一个大户呢，在我这里做成这头一宗买卖也是你们两家给我顾阿娇面子。”

芦毓琴正要停步。姜立聪扯了她一把说：“他是做猪鬃生意的，怎么忽然间又成地产大户了，我们走吧！”芦毓琴却说：“商人的本性就是趋利，行业对商人来说无关紧要，宁当有这么回事吧。”

二人还没有商量好，顾阿娇已经匆匆走来，一手牵一个，牵回了客厅。

重新回到客厅后，芦毓琴简要地介绍了情况。欧阳硕兴致勃然地说：“太好了，也太巧了，鄙人从省港来此的初衷即是投身大上海的建设，北伐初成，百废待兴，匹夫有责，舍我其谁？芦小姐、立聪，这件事你我一拍即合，就这么定了。”

欧阳硕如此爽快，芦毓琴反而有些犹豫，拿出一份字据递给欧阳硕，并把字据中规定的限制性条款向欧阳硕作了详细的阐明。欧阳硕仔细看过听过，略作思索后说：“条件确实有些苛刻，可不可以——”

顾阿娇生怕头一宗生意没有了着落，忙说：“欧阳先生，他们二位还有他们的上司都是我多年的朋友，这个台型先生扎也得扎，不扎也得扎。”姜立聪悄悄告诉芦毓琴说：“扎台型是上海话，捧场、给面子的意思。”

欧阳硕笑笑说：“商场无父子，在商言商咯。”

顾阿娇真是着了急，从欧阳硕手里拿过字据，拍在欧阳硕面前的茶几上，又朝客厅外喊道：“清儿，要娘娘搬两个板凳来。”不一会儿板凳搬来。顾阿娇吩咐摆在茶几两边，然后对欧阳硕说：“先生若是不签这个字，我陪先生在硬板凳上坐它三天三夜。”说罢坐在板凳上。

欧阳硕忙把顾阿娇扶到椅子上，低声说：“说句笑话，你倒恼了。”随后对芦毓琴、姜立聪说：“当年犹太人哈同为了提升地价，借钱从印度运来铁栗木铺修南京路，致使南京路地价飙升，如今政府修路，商家得利，我们何乐而不为呢？只不过三倍于地价的保证金于我们的先期投入委实太高，盼望政府体恤下情略作削减。”芦毓琴故作难色道：“我们也是不得已而为之，我国商界的诚信实在堪虑。”

欧阳硕不再言语，拿起字据聚精会神地逐句逐字看过，赞叹道：“这样严谨的字据真是天衣无缝，天衣无缝。”姜立聪追问道：“欧阳表舅意下如何?”欧阳硕点头说:“我认同,什么时候签约呀?”

芦毓琴起身收回欧阳硕看过的字据,坐回座位后郑重其事地说:“请欧阳先生于三日内备齐公司执照和银行资信等相关文书报送我们,经审核无误后即可签约。”欧阳硕连说:“必须的,必须的,有诸位这样的人才精华,上海的建设一定是蒸蒸日上,一日千里。”

第一宗交易谈成,顾阿娇十分高兴,她一边挽着芦毓琴,另一边挽着姜立聪,送他们出门。

“阿娇,我这位欧阳表舅是做猪鬃生意的,怎么……”姜立聪不无担心地问——欣喜之余总觉得来得太轻易了。

“哎哟,你这个人什么都好,就是太过本分,我顾阿娇原先什么全不是,不也做起掮客来了——还是几万十几万的买卖!”顾阿娇嘻嘻哈哈地说,脸色绯红如胭脂。芦毓琴也说:“看他斤斤计较的样子,看来是真心想把这笔交易做成。”姜立聪这才说:“那我就放心了。”

在回去的路上,芦毓琴问道:“立聪,你感觉到了吗,那位顾小姐挺钟情你的。”

“你怎么看出来的?”

芦毓琴咯咯笑着说:“原来你已经觉察到了——不会是心有灵犀一点通吧。”姜立聪十分窘迫,讷讷地说:“所以我特别担心因为我把事情弄糟了。”芦毓琴忙说:“事情都是大家商量定的,即便出了差错也不能怪你呀——当然,还是谨慎些好。”

玻璃窗上的心

因为地产业界普遍看好上海建设的前景，事情进展得十分顺利，经过遴选，有包括欧阳硕、姜亨飞和邵鸿运在内的不下十几家公司人选并签约。

在金神父路姜家宅院——如今挂上了“顾公馆”的标识——举行的party真可谓风光无限，顾阿娇请来当红明星王汉伦和郑小秋为司仪，串场词是范烟桥撰写，情景交融，精妙绝伦：

大上海，大上海，你是一只夜明珠，
在这里，会聚了，各路英武。
女主人，百媚生，多姿犹如莺燕舞，
众来宾，此良辰，万莫辜负。
酒香醉人人不醉，
只为了明朝那锦绣前途。

——过了多少年，范烟桥或许有感于顾阿娇的命运，谱写了脍炙人口的《夜上海》，留唱后世，虽改朝换代终不衰微。

party虽极尽奢华，但在聘用乐队时，顾阿娇却看中了上海贫儿院乐队。这支由曾志忞在本世纪初创建的乐队虽已过了鼎盛时期，如今人员不整，顾阿娇还是把他们请来，还特地为他们定制了演出服装。

邱载慧几个人悉数出现在客厅时，顾阿娇走过来把手轻轻地放在邱载慧手掌里，又浅浅地一笑，没有说话，随即和小姐妹们笑语交谈起来。邵琉锦在顾阿娇耳边悄悄说：“载慧谢谢你帮忙呢。”顾阿娇脸色微红，说：“我算什么，亏得邱先生赏阿娇这笔生意——等一下我陪邱先生跳一曲，锦姐姐可不要吃醋。”

同在姜家花园的那次 party 一样，心里最为遏塞的依旧是李菁。姜亨飞怕李菁多心，本不想把顾阿娇在旧宅举行 party 的事告诉李菁，但被李晴钊说漏了嘴，虽多经劝阻，李菁口头答应说：“眼不见心不烦，我才不去凑那个热闹呢。”可是闲坐在家实在是郁闷难耐，还是喊来阿珍，从车行要来汽车，奔了金神父路的宅院。

车离宅院不远，车灯的光束正好照射在镶嵌在栅栏门柱上的铜牌上，“顾公馆”三个字赫然入目。李菁顿时怒火中烧，吩咐司机打转。阿珍忙劝慰道：“少夫人何苦呢，既然来了，看看热闹也好。”

此时，从大厅里传来了节奏明快的《波利斯舞曲》，李菁顿时一惊，心想：“被我撞见时，他们跳的正是这个，莫非又是他们两个？”想到这里，李菁迅即下车，疾步走进大厅。舞池里唯一的一对舞者果真是姜立聪和顾阿娇，此刻的顾阿娇是那么从容，那么轻盈，像随风摇摆的垂柳，每一次起伏，每一次转身，每一次跳跃，都恰到好处而又风格优雅，与姜立聪配合得天衣无缝，犹如一人。宾客们屏神静息，倾倒于他们高超的舞技。

李菁心里明白，此时此地再没有自己发威的份儿，只得扭转身子，急急退出。

“是哪个冒失鬼！”被李菁撞了个满怀的欧阳硕发着怨气。

李菁抬头看了看，愣怔了一下，认出是表舅欧阳硕，眼泪如泉水般地顷刻而出。

欧阳硕把李菁扶到小客厅，要侍者送来毛巾热水，亲自为李菁揩拭泪痕，随后问及缘由，待李菁抽抽搭搭地叙说完毕，欧阳硕哈哈大笑道：“小菁呀小菁，生意场的事情你何苦这么认真呢。”李菁撅着嘴说：“我就是看不得那个女人张狂。”

说话间，大厅里响起了《爱恋之神》的伦巴舞曲，从小客厅半开的门看出去，邱载慧和顾阿娇双双进入舞池，二人相对而立，款摆胯部，随着懒洋洋的音乐，开始了一曲缠绵浪漫的演绎。顾阿娇舞态柔媚，步法婀娜，对舞伴若即若离的挑逗，更是令宾客叹为观止。

李菁站起身来，恨恨地把门关上，“舅舅你看，邱载慧还有立聪他们简直是众星捧月来了。”

“Who laughs last is who laughs best（笑到最后才算笑）。”

李菁没有听懂欧阳硕在说什么，只是纠缠着欧阳硕说：“我随舅舅回广东吧，上海我是一天也待不下去了！”欧阳硕抚慰道：“走就走吧，立聪也实在是太憨了——不过，让我们看完热闹再走不迟。”

欧阳硕和李菁在大厅里刚刚坐下，舞曲终结了。顾阿娇拉着邱载慧过来，向欧阳硕作了介绍。邱载慧同欧阳硕寒暄的时候，顾阿娇朝李菁浅浅一笑，说：“欢迎李小姐光临舍下。”李菁眨了眨眼算是回答。

乐声再起时，欧阳硕牵着顾阿娇的手跳舞去了。邱载慧见李菁面色难看，忙说：“菁小姐，载慧陪你跳一曲好吗？”李菁想起欧阳硕看热闹的话，嘴角微微含笑说：“此刻没有跳舞的心情，你陪我坐坐，一会儿有热闹好看。”

邱载慧正在猜测李菁话里的意思，姜立聪匆匆而来，把邱载慧拉到一边，说：“马丁来了。”邱载慧一愣，随即向外走去，刚到门厅，见马丁从一辆格雷青姆牌小汽车里下来。

“你好，邱先生。”马丁远远地朝邱载慧挥了挥手。

邱载慧立刻迎上前去说：“别来无恙，马丁先生。”

马丁握住邱载慧的手高傲地说：“马丁有言在先，不会同邱先生make your enemy your frend（化敌为友）的。”

邱载慧浅浅一笑，说：“我也说过，悉——听——尊——便。”

姜立聪察觉马丁此行不善，急忙告诉清儿说：“快去告诉你小娘，有一个叫马丁的洋人来了。”

顾阿娇迎了出来，一手拉住邱载慧，另一手拉住马丁回到大厅，顷刻响起了一片啧啧声—— 一个人高马大，一个气宇轩昂，一个气势逼人，一个泰然自若，莫非是女主人的一对针尖对麦芒的情敌？跟着，掌声笑声夹着吆喝声叫好声此起彼伏。

“大家静静，”顾阿娇举起双臂安抚宾客，待嘈杂声稍减，她接着说，“马丁先生晚到了，大家说怎么罚他？”

随着顾阿娇的话音，大厅又是一片嘈杂，其间不乏猥亵言辞。欧阳硕此刻站起身来大声建议，“罚马丁陪顾小姐跳一曲伦巴，马丁在伦敦有伦巴之王的美誉。”

刚才邱载慧与女主人的一曲伦巴已经令宾客们大饱眼福，此刻又出来一位具有情敌身份的竞争者，宾客们躁动到几近疯狂。不过马丁扫了大家的兴，他不紧不慢地从皮包里拿出一个纸卷说道：“今晚马丁实在无心于歌舞，马丁是来向邱处长请教的。”说着，把纸卷当众展开。

“这是马丁准备建设的《西部山庄》，请邱处长批示。”说话间，马丁把图纸转向邱载慧。

图纸展现的是一个西式庄园，林木疏落，绿草如茵。邱载慧觉得似曾相识，再细看那幢建筑，外貌十分简朴，除了老虎窗外，屋顶几乎就是平直线条的组合，原来是十七世纪英国人韦伯的兰帕尔特府邸。邱载慧想：“是为了显现他的手笔不俗？还是把租界内的项目拿来显现他们才是主人？”于是不卑不亢地说：“请马丁先生呈报到上海特别市政府工务局设计处，会有专员告知先生应该做什么。”

马丁装出一副谦恭的模样说：“经哈珀先生提醒，此事事关重大，不是一般专员敢于处理的，因此不揣冒昧，特意请邱处长予以指正。”

邱载慧哈哈一笑，说：“马丁先生，很抱歉，我实在没有哈珀先生公私不分的习惯。”

哈珀是公共租界工部局公务处的处长，常借公务谋私。邱载慧出此言有讥笑之意，在座的大都是业内人士，听后不禁哄堂大笑。

马丁急于出手，没有想到却失了一招，白皙的面皮微微有些发红。他很快稳住阵脚，翻过一张图纸，口气依然谦恭地说：“邱处长可以看看这张图纸，它或许会改变您的习惯。”

邱载慧没有用正眼去看，但余光扫过，不禁大吃一惊——那是一张建设项目位置图，代表所谓《西部庄园》的红色圆圈不偏不倚，正压在修筑道路的中线上。

姜立聪立刻凑到邱载慧耳边报出了有关数据：“所占系九号地块，计三十八亩十七分，其中修路用地六亩，所占路长九十六米，是占路最长的地块。”芦毓琴接着补充说：“是中恒公司所签，代表是广东惠阳籍人欧阳硕。”

“就是那块‘马褂木’。”姜立聪又补了一句。

邱载慧不禁“哦”了一声，他终于想了起来，在那宗土地上有一株数人合围不拢的巨树，巨树茂密交叉的枝杈上挂满黄绿色的树叶，树叶的上部左右各生出一个杈，极像两只衣袖，自衣袖的腋下起，渐下渐宽，犹如马褂的下摆，到了秋季，树叶变黄，树上满是黄色马褂，摇摇摆摆酷似颟顸行走的官僚，因树得名，所在村落被称为“马褂木”。当地的百姓说：“但凡遇到此木，做官者官运亨通，经商者财路广开。”邱载慧他们也曾向马褂木焚香顶礼，求的是道路顺利开通，越走越宽，没有想到却在这马褂木前遭遇到马丁的阻击。

沈晓花正和托尼还有叶菲姆、柳芭围坐在一起谈三说四，听说邱载慧受窘，忙拉了托尼走到邱载慧身旁，气呼呼地说：“明白告诉他，这是修路用地，根本不允许建什么庄园。”托尼附和道：“你忘记了他的犟头倔脑，不必同他客气。”邱载慧笑着说：“你们真以为马丁要把两百多年前的英国府邸搬到上海来，他是特意别苗头来了！”托尼哑然而立。沈晓花说：“别苗头就是争风头——邱载慧，你不好讲我讲，不能助了他的威风。”

邱载慧拦阻了沈晓花，在事情的来龙去脉没有弄明白之前还是装糊涂，就事论事为好。

“马丁先生，这幅图画临摹得十分逼真，使得我有幸再度欣赏贵国十七世纪天才建筑师韦伯的旷世之作，仅此而已，我无法多加评论。”邱载慧双臂抱在胸前，不紧不慢地说。

马丁的图纸一展开，宾客们就明白这个洋人是来别苗头的。有人等着看热闹，有人借机出出怨气，这些人听了邱载慧的话自然鼓动马丁不依不饶；座上也有为邱载慧捏了一把汗的，他们自然为马丁呼了倒好，一时间大厅里人声鼎沸。

马丁本想借此激怒邱载慧，就此与邱载慧发生正面冲突，煽动在座的业内人士纷纷效法自己，以达到搅局的目的。没有想到邱载慧王顾左右不接招，而且当众揭破自己以临摹画充数的招数，一时不禁尴尬地呆站在那里不知所措。

“马丁先生真是个急性子，舞场上还忘记不了什么庄园，跳舞，跳舞。”欧阳硕出面救驾，三下两下把图纸塞进皮包。顾阿娇翩然而来，对邱载慧和马丁说：“康塔塔是最消气败火的，我陪两位先生跳一曲。”同时向邱载慧和马丁伸出了手掌。

康塔塔是两男一女的三人舞，源自意大利南方，充满激情与野性，舞蹈动作节奏快幅度大，场面非常闹猛。邱载慧在宾州大学时稍有尝试，远谈不上熟悉，但还是不假思索地把手伸了过去，接住顾阿娇的手掌。马丁迟疑了一下，也斜着眼睛看了邱载慧一眼，依然傲慢的神情中带有些许犹豫，伸出的手覆盖在顾阿娇的手心上。

从马丁慌乱的动作中，邱载慧猜测马丁是赶鸭子上架。果然，马丁在第一轮旋转动作中错了方向，眼见极速旋转着的邱载慧滑行过来，马丁急于改变方向，却被自己的裤脚绊倒。多亏滑行中邱载慧眼疾脚快，借用轮滑过栏的动作，一个旱地拔葱越过横躺在地的马丁。

乐声不但没有停止，节奏似乎更快了，马丁好一阵手忙脚乱才勉强赶上脚步。

康塔塔舞中的两男本有模拟情敌的意蕴，男女舞者都可以即兴发挥，变幻出一些异常的动作，或考验对方的机敏，或展示自家的灵活；如果跟不上音乐的节奏，或是自己乱了方寸，则自认落败，做出一些取悦观众的滑稽可笑的动作为场上的舞者捧场；或者鞠躬下场，这叫落荒而逃。马丁当然不愿意落荒而去，但自己已经乱了方寸，只得自认落败，为邱载慧、顾阿娇捧场——直到康塔塔曲终，马丁也为自己赚来不少笑声。

party 结束时，顾阿娇的欢快绽放到了极致，一批批大佬明星们谦恭地向她告别，让她觉得，自己已经登上辉煌人生的巅峰。宾客刚刚散去，顾阿娇匆忙回到客厅，见姜立聪独自伫立在那里。

“立聪，我晓得你在等我，客人没有送出门就回来了。”顾阿娇说着拉起姜立聪就走。

进了圆房子，顾阿娇踢掉脚上的高跟鞋，摘下头饰首饰，跑进一侧的房间。姜立聪还没有坐稳，顾阿娇穿着大红团花棉袄棉裤从房间里出来，像猫咪般的纵身一跳，就蜷缩在姜立聪所坐沙发的另一角，双目忽闪忽闪地看着姜立聪问：“快告诉我，今晚开心吗？”

姜立聪下意识地朝收拾东西的娘姨看了一眼。顾阿娇立刻说：“娘娘，先忙去吧。”娘姨离开圆房子轻轻关上房门时，顾阿娇又隔着门吩咐道：“娘娘，要清儿今晚睡在你那里吧。”

顾阿娇向姜立聪挪动了挪动，拿起姜立聪的手说：“你还没有回答我开心不开心哪？”姜立聪闷声闷气地说了声“不开心”，抽出被顾阿娇握住的手，起身坐到另一个沙发上。

“你是怎么啦?”顾阿娇也跟了过去，侧过脸，用讶异的目光注视着姜立聪。姜立聪不着声地起身坐回原来的地方。

顾阿娇无声地看着姜立聪，歇了一歇，讷讷地说：“立聪哥哥，马丁的事情阿娇事先一些些都不晓得。”

“我不信，”姜立聪很干脆地说，“我问你，‘马褂木’明明在欧阳硕名下，怎么到了马丁手里?”

“阿娇真的不晓得，信不信由哥哥。”顾阿娇转过脸去，用手指抹去流到腮上的眼泪。

“你和马丁那么熟会不晓得?”姜立聪不放松地诘问道。

“是欧阳先生介绍的，在汇中饭店的舞厅见过两次，生意上的事体谈都没有谈过。”顾阿娇撅着嘴，似有满腹哀怨，见姜立聪还在虎视眈眈地看着自己，低下头讷讷道，“说不定马丁和邱先生有什么过节儿呢，哥哥却一股脑儿怪阿娇。”说罢眼泪禁不住扑簌簌流下来。

圆房子里顾阿娇轻微的啜泣声在万籁寂静的深夜如空山回声，激荡着姜立聪的心弦，自责、悔恨、无奈、恐惧交织在一起，形成了愈来愈激烈的共振……

姜立聪悄悄地站起身来，蹑手蹑脚地朝房门走去，刚走到房门，就被顾阿娇从后面抱住。

“阿娇不许哥哥走，”顾阿娇把脸贴在姜立聪背上说，“阿娇明天就去见欧阳先生，求他想法子把‘马褂木’从马丁手里要回来，首饰、家具、钱……阿娇尽数还他，再不可以，这所园子阿娇也给了他……阿娇什么都可以不要，阿娇只求哥哥原谅，只求哥哥不要嫌弃阿娇……”

背部传来的震颤一波一波地撞击着姜立聪的心房，越来越难以耐受，他轻声说道：“阿娇，你也没有必要为此付出这么许多，我们会有办法克服障碍的。”

“立聪哥哥，阿娇求你转过身来。”

顾阿娇连说了两遍，姜立聪才勉强地转过身去，但身子僵直，眼睛平视，两条手臂紧贴着裤缝，如同操场上的立正。顾阿娇双臂搭上姜立聪的肩上，稍稍踮起脚尖，火热的嘴唇紧紧地压向姜立聪嘴唇。经过瞬间的惊恐，姜立聪觉得浑身酸软，脑际泛起阵阵昏眩，不得不抬起双臂放在顾阿娇的腰际，向自己身体揽过来。此刻，姜立聪觉得自己正同眼前那一团红红的火焰向一处融合，炽热但不烧灼……

过了不晓得多久，顾阿娇的身体渐渐向下滑坠，她俯在姜立聪胸前呢喃道："立聪哥哥，快抱住我。"姜立聪俯身横着抱起顾阿娇，和自己对视的是一双蒙胧媚眼，嘴角在微微掀动，像一只等待爱抚的猫咪。

"阿娇，你想说什么？"姜立聪轻柔地问。

"阿娇累了，想到屋里去。"

姜立聪站在原地不动也没有说话。

"阿娇不是坏女人，阿娇从没有和男人亲热过。"顾阿娇在姜立聪怀里蠕动了一下说。

姜立聪低下头，看着顾阿娇说："阿娇又想差了，我是怕载慧、晓花、锦儿还有毓琴他们等我一夜。"

姜立聪不许顾阿娇送自己出去。顾阿娇在圆房子门前轻轻地吻了一下姜立聪，充满深情的眼睛凝视着姜立聪说："立聪哥哥，阿娇不是报复菁小姐，阿娇真的是喜欢哥哥，爱哥哥。"

第二天一早，顾阿娇到汇中饭店去见欧阳硕。

"顾小姐真是好精神，一晚的操劳，还是这样的容光焕发，美艳迷人。"欧阳硕身穿睡衣站在房门后迎接。

"欧阳先生，阿娇特来请教先生一件事情——这生意场上最讲究的是什么？"顾阿娇并不宽衣，落座便问。欧阳硕先在烟灰缸里把雪茄熄灭后，站到顾阿娇座位后说："现在房间里没有浊气了，顾小姐宽衣后再细细的谈不好吗，要不我欧阳硕真是无地自容了。"

"没有关系，阿娇陪欧阳先生站着说话。"顾阿娇起身站到欧阳硕对面。欧阳硕笑了笑，不假思索地说："当然是赚钱咯。"顾阿娇浅浅一笑说："昧良心的钱也好赚？"

欧阳硕重新点燃雪茄，站到窗口往玻璃上吐了一口烟，烟气所到的玻璃蒙上一片圆形迷雾。欧阳硕举起食指在迷雾上画了一个心形。

"顾小姐请看，"欧阳硕转身对顾阿娇说，"心本是虚无缥缈的，这一时你看得真真的，可是过一时就烟消云散了。"欧阳硕的话刚说完，窗玻璃上的心形图案果真不见了。欧阳硕接着说："就这笔生意而言，顾小姐为欧阳硕牵线搭桥，同邱载慧签了字据，我们诚心诚意各得其利。后来马丁看中了，我们又做了一笔生意，也是诚心诚意的。"说着，欧阳硕如法炮制，窗玻璃上又出现一个心形图案。

“顾小姐明白了吧，心是随时出现，又随时消失的，只有钱是实实在在的。”欧阳硕结束了谆谆善诱，再次把雪茄熄灭掉了。

“欧阳先生，阿娇再同先生做一笔生意怎么样?”顾阿娇坐到沙发上，随手点燃一支香烟。

“哦，欧阳洗耳恭听，只要有钱好赚，欧阳一向是来者不拒的。”欧阳硕拿起一只精致的镀金烟灰缸放在顾阿娇手边。

“我想要马丁手中的那块‘马褂木’，欧阳先生付拨阿娇的佣金，阿娇全数退还先生，外加一成的利息。”顾阿娇仰身靠在沙发上，朝空中一连吐出几个烟圈，随后又吐出一根细长的烟索，那烟索不偏不倚把烟圈一一串在一起。欧阳硕在顾阿娇身后踱了两遭，转到顾阿娇身前说：“哎呀，欧阳当然乐观其成，只是太亏欠顾小姐了，欧阳于心不忍。”

“正如先生所说，心本是时有时无的，哪里谈得上忍与不忍的——若是先生嫌佣金太低，容先生讨价还价。”说着，顾阿娇把香烟扔进烟灰缸，任袅袅青烟在房间里飘荡。

“欧阳硕哪里敢在顾小姐面前论高低，”欧阳硕谦恭地说，“只是马丁那边不好办。”

顾阿娇淡然一笑，说：“那有何难，我把那所园子送拨他—— 一个流浪汉不正求之不得吗?”

“豪爽，大气……”欧阳硕竖起拇指说。

此时，响起了笃笃的敲门声。随着欧阳硕的请进声，李菁推开房门，立在门外——她身穿雪白小羊羔皮大衣，戴着围巾与帽子合一的风雪披肩，银狐裘皮质地，长过腰际，把一张脸映衬得红扑扑的。

“表舅，怎么还没有换衣服?”李菁站在门外问，没有进来的意思。

“来得及，来得及。”欧阳硕急忙过去，接过李菁手中的旅行提箱，把李菁让进房间里。

“是顾小姐……”李菁满脸惊讶地站在那里。

先到为主，顾阿娇不失风度地说：“菁小姐请坐。”

李菁并没有坐下，她随手摘下披肩，扔在顾阿娇对面的沙发上，双手撑住沙发靠背，隔着沙发对顾阿娇说：“没有想到在这里又见到了顾小姐。”顾阿娇眨眨眼说：“我也是，不过，我一个风尘女子，在哪里出没都不奇怪，若是大家闺秀就有些刺眼了。”

李菁一时语迟，但心有不甘，于是随想随说：“我同姑母、姑夫——也就是立聪的令尊、令堂，在你们江北唤作什么阿爸阿妈，达成谅解，他们已经同意我到香港住一段时间，因此呢我把立聪交给顾小姐替我多加照看。”李菁或许站累了，或许认为自己占了上风，她绕到沙发前坐下，看着顾阿娇，目不转睛。

“立聪哥哥同我是至爱密友，互相照看全是分内的事情，菁小姐尽可以放心地去。”顾阿娇丝毫不回避李菁的锐目，语气也不作虚骄之态。

“真是笑话，”李菁乜斜了顾阿娇一眼说，“立聪他们有‘声色犬马远避’之约，顾小姐不觉得自己应该在远避之列吗?”

“立聪哥哥饱有学识，为人敦厚，他避哪个，亲哪个，是不会错的。”顾阿娇不动声色地说。

正在这时，饭店使役带领脚行的伙计来搬运行李。欧阳硕换好衣服从里间出来，吩咐伙计将十余个大小箱笼搬出房间，临出门时转过身来对顾阿娇说：“顾小姐，实在不好意思，我要陪菁小姐出趟远门，‘马褂木’那笔生意待欧阳回来时一定诚心诚意地去做，还是那句话：只要有钱好赚，我欧阳硕是来者不拒的。”

马褂木下

那晚 party 曲终人散，回到五月花号已是深夜，大家毫无睡意，“马褂木”那块地被马丁握在手心里，无异于被扼住咽喉。尤其令大家沮丧的是，马丁在哪个环节上钻了空子，到现在还是云里雾里似的。

邱载慧想起 party 上李菁说的“有热闹看”的话，于是说：“签约‘马褂木’的不是欧阳硕的‘中恒’吗？看看它的背景资料。”

芦毓琴去到隔壁，不一会儿捧着一大叠资料颤巍巍地进来，还没等放下就撒在地上。大家忙去捡拾，一共不下三四十册，每册中有文书有照片，装订得整整齐齐。

“毓琴姐姐，你真下了大工夫。”邵琉锦称赞道。

“就这样还出了纰漏呢。”芦毓琴沮丧地说。

姜立聪找出“中恒”的本册，仔细翻检后说：“‘中恒’的股东和董事中根本没有哈里·马丁这个人——甚至没有姓氏以 H 和 M 开头的。”

邱载慧依然不放心，说：“不兴欧阳硕将‘中恒’一并转让了？”

芦毓琴摇摇头说：“我们与‘中恒’的字据是一周前签字的，我就不信，‘中恒’的转让手续——包括股东大会决议——能在一周之内办理完毕！”

大家议论纷纷莫衷一是。邱载慧说：“这样吧，明天一早兵分两路，立聪去阿娇那里，看看与欧阳硕的交涉如何；沈晓花，你请上托尼，一同去工部局执照科查查有没有‘中恒’变更事项。”沈晓花说：“执照科那个苏菲最是看中男人的相貌，马丁正是凭他一表人才换得一个拉黄包车的执照的。”邱载慧随口说：“你们托尼也不差呀。”沈晓花登时红云满面说：“邱载慧，兹事体大，开不得玩笑，还是你亲自出马有把握。”

第二天一早，邱载慧来到工部局，在去执照科的走廊上发现一樘落地穿衣镜。邱载慧想：“有意思，是不是在提醒来此办事者应当注意仪容？”心里这么想着，朝镜子里端详了一下自己，觉得无懈可击。

为了顺利通过苏菲这一关，邱载慧身穿黑色礼服呢长衫，头戴褐色海狸鼠皮王爷帽，脚下更有讲究，是出自北平内联升的“福履”，也就是千层底布鞋，通体显得既尊贵又儒雅——凭这一身装束，他曾在宾州大学的晚会上夺了当红影星范朋克、璧克馥的风头。

邱载慧敲了敲穿衣镜对面执照科的门，在一声“请进”声中推门而入。

“苏菲小姐，”邱载慧用轻柔的声音说，“我来查验中恒公司登记变更的记录。”

“可以，请出示涉案律师或经办法官的有效证件。”苏菲说话时并不抬头。

“糟糕，净顾打扮了，大事反倒忘记了。”邱载慧这样责备自己，但转念一想，与“中恒”远谈不上诉讼，哪来的“案”？此刻的关键是要苏菲哪怕是瞥自己一眼。

“先生若是没有所告知的证件就请回吧。”苏菲要来人打道回府时依旧埋头案上文书，看也不看一眼。

邱载慧没有想到苏菲有宁死不抬头的气概，一时没有了招数，只得怏怏而退。转身走出门时，穿衣镜映出了一个翩翩公子的镜像，邱载慧禁不住顾影自怜道：“徒有其表，枉费心机。”想到这里，邱载慧觉得自己就这样回去，不仅给沈晓花留下够嚼用几年的把柄，一旦修路这件大事停摆，大上海计划的时钟的重新启动必将遥遥无期。

“既来之，则取之，岂可自甘败退？”

趁着心血来潮，邱载慧重新敲门入室，张口便说：“苏菲小姐，我有个问题可以问吗？”

“当然，只要不是必须呈验有效证件的。”苏菲依然没有抬头。

“我是想问，为什么门的对面装有穿衣镜？”

“哦，是这样。”苏菲从未被问过这样的问题，不禁抬起头来，但由于抬头过猛，眼镜脱落了。邱载慧情急之下眼疾手快，将落下的眼镜接住。

苏菲从邱载慧手里接过眼镜，刚一戴上就惊讶地问："怎么是你?"

"是我……"邱载慧没有想到自己曾被她看见过。

"真是匪夷所思，一个如此穿戴的中国人，竟然把海顿的小号曲演绎得那样的精彩绝伦。"说着，苏菲哼起了降E大调小号协奏曲的主旋律。邱载慧才意识到自己荣幸地有这么一位听众。

"真是匪夷所思，"苏菲再度感叹道，"先生在穿着上也能同吹小号一样做到了极致——苏菲再也不相信西装是男人在着装上的最佳选择。"

"先生刚才有什么问题呢?"兴奋的苏菲主动问道。

"嗯，是穿衣镜……"

"不，这不涉及有效证件。"

"哦，是关于'中恒'……"

"明白。"

苏菲忙碌起来——打开档案柜，翻找本册，嘴里不停地依照小号协奏曲的旋律哼着"中恒"两个字，直到寻找到所需。

"哦，我怕帮不了先生，"苏菲抱歉地说，"'中恒'的新任执行董事是哈里·马丁，你们是情敌，我必须保守中立。"

邱载慧轻轻地吻了苏菲说："谢谢你苏菲，足够了。"

回到五月花号，邱载慧看着一个个期许的目光，预感到问题的严重，忙问："欧阳走掉了?"

"回广东去了。"姜立聪恹恹地回答。

邱载慧在舱房里走了两遭，突然摘下头上的海狸鼠皮帽子，掼在地上，随手脱掉礼服呢长衫，胡乱扔掉，即便剩下薄薄的紧身毛衣，他额头上的汗珠依然不减。

"怎么样?"芦毓琴问道。

"他们做得无懈可击，"邱载慧恨恨地说，"看来这是事先设下的一个圈套。"

"我太蠢了，太蠢了。"姜立聪用手捶着自己的额头说。芦毓琴忙说："立聪曾提醒说欧阳硕是做猪鬃生意的，怪我没有深究。"

沈晓花惨淡一笑说："不是有句俗语吗？不是我们蠢，是狐狸太狡猾了。"

邱载慧自我解嘲道："这不奇怪——我们初出茅庐，又没有诸葛孔明的智慧。"说到这里，邱载慧满地寻找什么，一边还说："我的礼服礼帽呢？那还是借用舅舅的呢。"沈晓花说："锦儿早收拾起来了——我还以为你准备杀身成仁呢。"

"用不着，"邱载慧淡然一笑说，"胆怯的是他们，上海开埠以来，他们向来为所欲为，何曾遮掩迂回过？所以，我们不必气馁。"

"有具体的想法了？"姜立聪急着问道。

"还没有，"邱载慧说，"你们三位女将按照原计划各司其职，我同立聪到'马褂木'看看。"

二人骑车穿过市区，远远望见马褂木梢，来到近处，见小巷的路上堆满瓦砾木头，难以通行。二人正四处张望寻找可行之路，随着阵阵嘈杂声，一群蓬头跣足的妇孺尾随着几个黑衣男子从小路涌了出来。二人驻足听了一会儿，无法明白事情的原委，此刻有人呼唤"邱先生"，转身看去，原来是林阿贵。

林阿贵倚在墙角告诉说："新近有个什么山庄要落地这里，通知住在这里的老百姓，屋要拆，人要走。"邱载慧见他语音嘶哑断断续续，问他是否生病。阿贵摇摇头说："我一年四季难得有病，同他们争了几句，被他们打折了肋条骨。"说话间还朝黑衣汉子那边指了指。

不一会儿，黑衣男子们扬长而去，妇孺们涌回巷子。人将灭顶，草芥也被看作椽子，林阿贵稍作了一点介绍，邱载慧、姜立聪这两个穿着光鲜者就成了救命菩萨，被前簇后拥着请进陋巷去体察民情。

林阿贵领着二人来到一座瓦屋前，一位发须皆白的老汉迎了出来，吩咐家人摆好方桌圆凳，并拿出几个鲜莲蓬。邱载慧看看这保留尚好的一廊三屋，猜想老汉是当地族长或地保。

老汉招呼来人坐下，刚要开口说话，突然指着邱载慧说："这位先生有些面熟，好像在哪里见过。"林阿贵颇为得意地介绍说："这二位先生是留洋回来的，如今在市政府工务局任处长，四处看看，八方巡查是自然的，碰上几个黎民百姓那还不是家常便饭一般。"林阿贵说到这里，见一个妇人端来茶水，连忙招呼围在四周的人让路。

"慢着，"老汉朝端来茶水的妇人大喝一声，然后虎视眈眈地看着邱载慧说，"我想起了，有一天在'马褂木'下，你带着几个人在丈量土地，我问是不是要建屋修路，你当时支支吾吾，不肯直说，有没有这回事？”

邱载慧仔细端详了一阵老汉后问道：“那天老伯是不是娶亲的吹鼓手，玩的一把好唢呐？”老汉语气严厉地说：“算你好记性。”邱载慧苦笑道：“老伯那天吹的是《秦琼倒铜旗》，好家伙，那个阵仗，险些把我耳膜震穿了孔，我还不有点记性。”

围在四周的人听见邱载慧居然听懂他们的乡土老玩意儿，而且话也有趣，禁不住发出笑声。

“你们还笑呢！”老汉朝大家喊过，接着说，“那个叫马丁的洋人许你们六百元一亩，可是拨个三五十块就要赶人拆屋，你们气吧？你们恨吧？你们晓不晓得，这几个就是引狼入室的秦桧、洪承畴、吴三桂……自前清往后，没有官家不向着洋人的！”

人们被激怒了。林阿贵怕有差池，连忙出面说好话。老汉上去一掌，将林阿贵推了个趔趄，幸亏姜立聪扶住才没有摔倒。那老汉还不依不饶地指着林阿贵说：“好你个奸细，跑这里施展你的苦肉计来了，看我再敲断你几根骨头。”

邱载慧、姜立聪有口难辩，面对众怒只得领着林阿贵仓皇离开“马褂木”。回到五月花号，大家都来慰问。邱载慧抹了把汗笑嘻嘻地说：“马褂木的原住民如此同仇敌忾，马丁笃定又要败在我们手下。”

马丁借欧阳硕之手拿到了“马褂木”得意非常，那晚本想当众出邱载慧的丑，没有想到自己先失了一招。为了重振士气与邱载慧一搏，只得找工部局哈珀问计。

“老同学，‘马褂木’已经到手，怎么还是愁眉不展呀？”哈珀问道。

马丁二话不说，把图纸展示开来。哈珀看过，面有难色地说：“这块‘马褂木’只有三分之一在我们的管界之内，邱载慧决不放松管辖权，包括多年前越界筑路范围内建设，邱载慧也要多方干预，这样的事已经不是一宗两宗了。”

马丁领教过邱载慧数次，晓得邱载慧确实难以对付，他不再难为哈珀，而是说：“真没有办法了，我不信，比如法律的或者其它什么的。”

说话间，马丁朝哈珀举了举拳头。哈珀说：“这事不是我哈珀做得了主的，你同爱德华不是颇有交情吗？还不找找他去。”马丁赧颜道：“前次因办理拉黄包车的执照，已经求过爱德华，再见他真是有些不好意思。”哈珀说：“这事我可以帮忙，我以工务事项上报，他自然就要接见你了。”

爱德华因患感冒住进了仁济医院，哈珀好说歹说，爱德华才答应给马丁一刻钟时间。

“邱载慧这个人我认识，是个出色的小号手，为人谦和，马丁呀，你可不要出于嫉恨——至于他们修路的事，我们也不必过于紧张。”爱德华半倚在病榻上，说话时不时地咳嗽。

马丁是个认理不认官的人，当下反驳道：“爱德华，你大错特错了。”哈珀害怕惹祸，忙出面拦马丁的话。爱德华说：“倾听是美德，你让他说下去，不过我们有约在先，不超过一刻钟。”马丁立刻说：“要扣除哈珀耽误的这一分钟。”爱德华笑着点头同意。

马丁从大衣口袋里拿出一个揉皱的纸团，展开后交给爱德华，纸上交叉着许多用铅笔勾画的曲线。

“这是从哪张羊皮卷上临摹下来的？”爱德华打趣道。

“这是从托尼家垃圾箱里捡拾到的。”马丁郑重其事地回答。

“啊，是邱载慧藏匿安妮的迷宫？”爱德华依然面带微笑地说。

“爱德华，马丁首先是大英帝国的忠实臣民，其次才是一个失恋的男子。”马丁大呼其冤后，从爱德华手中拿过那张从托尼家垃圾箱里捡拾到的纸，边指点边说：“你看他们打算修的路像不像一把弓？”

“弓？”爱德华循着马丁的手指，看到一条弯曲有些像弓臂的曲线，沿沪西南北走向，自龙华起，跨苏州河，直达闸北地区。

“这个弓臂就是他们现在要修筑的道路，弓臂两端——在弓的构造上被称为‘策’的地方，一端是南市，另一端是他们规划中的上海新城。”马丁头头是道地解释道。

“这倒是奇思妙想。”爱德华若有所思地说。

“爱德华，邱载慧他们的奇思妙想，就是用这张弓来向我们发射箭镞，置我们于死地！”马丁的语调慷慨激昂起来。

“就凭从托尼家垃圾箱里捡拾到的纸？太危言耸听了吧，老同学。”

哈珀觉得马丁又在异想天开。

马丁一阵摇头叹息后，在无奈中爆发了，大声说道："我参加过大伦敦的规划，我有足够的敏锐性——你们恐怕还不知道，邱载慧他们就是躲在托尼家的大客厅里策划着这一切。但是，他们没有想到，这一切被马丁识破了，马丁拿到的'马褂木'正位居弓臂中央的弓把处，马丁要在这里折断邱载慧的这张弓，折断!"

爱德华被感动了，以祈望的目光望着哈珀，想从哈珀那里得到帮助马丁的办法。哈珀耸了耸肩，苦笑道："从工务层次上真的无计可施，至于法律乃至武力的……"马丁耐不住地鼓动道："爱德华，已经到了不惜一切的时候了!"

"爱德华，接待时间已经超过三分钟了，亲爱的，你禁不起疲惫，禁不起。"头发花白的护士长进来，不客气地把马丁和哈珀推开，扶着爱德华，帮他躺下。爱德华躺下后，微笑着向护士长举起三个手指说："亲爱的玛丽，请再宽限他们三分钟。"护士长爱抚地笑笑，转身对马丁和哈珀伸出食指以示威胁。

"马丁，你记得发生在我国的the Wars of the Roses吗?"护士长出门后，爱德华问道。

"玫瑰战争，当然记得，我有约克家族的血缘——不过，我看不出与'马褂木'有什么关联。"马丁有些莫名其妙。

"那场战事持续了三十年，而他们刚刚开始。"

爱德华的话音刚落，哈珀问道："说的可是发生在不久前的北伐军和工人纠察队的交火?"爱德华点点头接着说："那仅仅是开始，我预计这场中国式的玫瑰战争——恰好他们也是以红白两色为特征，不会比我国的玫瑰战争短暂，也就是说，在此期间他们无暇向我们发射马丁所想象的箭镞——他们要忙于他们之间的互射。"在一阵轻微的咳嗽后，爱德华示意马丁让自己先说完。

"马丁，如果我们此刻急于主动出击，反而会激发他们一致对外，我们要汲取汉口和九江租界被他们收回的教训。"爱德华喝了口水压住咳嗽继续说，"至于安妮的事，我可以找梅百器帮你周旋周旋，他同邱载慧是好朋友。"

"爱德华，在病床上还不忘记我，真使我感动。"随着话音进来的正是工部局乐队指挥梅百器。

“你真应了中国的格言：说曹操曹操就到。”爱德华说。

“确切地说，那是中国的俗语。”马丁认真纠正道。

“马丁，我喜欢你的个性。”爱德华哈哈笑过，把梅百器进门前的话说了一遍。梅百器显得有些无奈说：“邱载慧这个家伙对女孩子太有吸引力了，我怕是……马丁，还有其它需要效劳的吗？”哈珀立刻插话说：“太好了，马丁，不如请我们的乐队在‘马褂木’演出一场，先把声势营造起来如何？”

马丁没有料到，他带领的管弦乐队在马褂木下摆开阵势时，邱载慧率领的演出团在马褂木的另一侧也拉出地摊。——从“马褂木”回来的第二天，邱载慧又重新返回，在与老汉推心置腹的交谈后，决定当众宣讲政府修路的初衷，以唤起民众群起抵制。为了营造气氛，准备了余兴节目，邱载慧还邀请老汉与自己同台吹奏《秦琼倒铜旗》，老汉当即抱拳应允。

马褂木前渐渐积聚起观众，乐队的这边，前两排的椅子上坐着清一色的金发碧眼，他们安静地坐在那里，间或低声地交谈几句。这边地摊前的观众稀稀落落，有站立的，有坐在树桩草墩上的，他们高谈阔论，旁若无人。

马丁走到乐队前面，向观众席鞠躬后，先是用英语，后用汉语说了一段开场白：“女士们、先生们，在《西部山庄》即将问世之际，我衷心感激上天赐予我如此美妙绝伦的土地，并向土地上的原住民致意。今天特敦请工部局乐队带来天籁之音与大家共赏，感谢乐队指挥，尊敬的拉尔森子爵先生。”

乐队演奏了几曲像勃拉姆斯的《降E小调诙谐曲》、德沃夏克的《诙谐曲·随想曲》这样的轻快乐曲，还间有当红流行歌曲《毛毛雨》。音乐是无国界的，特别是轻快和熟悉的旋律，很快，马褂木前人群向乐队前拥集，口里不断地随着乐曲哼唱起来：“小亲亲不要你的金，小亲亲不要你的银，奴奴呀只要你的心哎哟哟你的心。”

那边开了头，这边也不落后。先是陈道堤带领大家演练了“霍氏八极”，虽是清一色的书生，但拳脚生风，特别是那几声“霍氏八极，绳锯木断，水滴石穿，坚持不懈”气势如虹，颇有点震撼力。随后活报剧

《地皮虫》登场。

锣声响起，钟奇发登台，他身着黑色燕尾服，头戴桶状高帽，套了一件戏剧中兵勇穿的马甲，前胸贴有一个“虫”字，后背则是“洋”字。

> 小铛锣一敲哧唧唧，听我把地皮虫的恶事说端详：一亩说定六百块，他三十五十就把土地抢。寒冬腊月里把我的屋来拆，八旬老母也要吃他几棍棒。小女被逼走上四马路，我老汉也风里雨里卖起这梨膏糖。喂呀呀，盼得天公吹大风，把他们统统吹到黄浦江，管叫这些黑心的白脸狼，插完蜡烛喂鱼肠。呜呀呜里哐呀，呜呀呜里哐！

钟奇发念罢，在喝好声中下场，邵琉锦做惊恐状碎步登场，口里念道：“小女今年一十八，房子遭拆没有了家，嫂嫂被逼寻了短见，哥哥铤而走险遭羁押，父母双双卧床头，命悬一线……喂呀呀，小女无奈出门把饭要，不想又遭遇了他。”

邵琉锦话音刚落，后面响起了钟奇发的呼喊声：“小美人，往哪里去！”

邵琉锦哀怨的神情，悲戚的语调，已经感人至深，当钟奇发扮演的西人地产商纠缠欺凌少女时，观众响起了吼叫，钟奇发不幸被袭来的鸡蛋击中，他手捂黄白开花的脸，来了一番即兴发挥：“小人今朝起来晏，老婆发怒不给做早餐，多谢再把面包投几片，让我把辘辘饥肠填一填。”钟奇发的插科打诨把人们的热情调动到极致，笑语不断，喊声不绝，“不要上洋人的当”、“我们的地不卖给洋人”听得最是清楚。

马丁见势不妙，催促指挥拉尔森以势压人。拉尔森不负所望，眉头一耸，棒梢一点，团团蜂鸣声跃然涌出，刹那间黄蜂飞舞于天，着实令人心惊不已。邱载慧听是里姆斯基·柯萨科夫的《野蜂飞舞》，当下请出老汉，一人一把唢呐吹起了《秦琼倒铜旗》。

《秦琼倒铜旗》是个热闹玩意儿，说的是瓦岗军大将秦琼、罗成大破隋军铜旗阵的故事，有比武誓师，有双将叫阵，有火并铜旗，有擂鼓得胜……其间的人喊、马嘶、鼓响、锣鸣以及大将相见的吼叫、兵器碰击的铿锵、风卷军旗的猎猎、人头落地的咕咚……都要靠唢呐高遏云端的犀利、绕指不断的柔韧、青竹爆裂的清脆和潜游海底的深沉历历表现出来，那火爆、那热烈、那诙谐爽朗、那荡气回肠，犹如突然从高空扑杀而下的鹞鹰，把个蜂群搅得七零八落……

此时，“马褂木”的原住民群情激奋，把马丁团团围住，高喊：“‘马褂木’回家，‘马褂木’回家!”有人还把一把把铜钱掷向马丁。马丁自认晦气，当场同意与邱载慧解除字据。芦毓琴客气地对马丁说：“马丁先生，我们评估了你对修路造成的实际损失，你所缴纳的土地保证金可以退还二分之一。”马丁轻蔑一笑，说：“不必了，马丁不会同他make your enemy your frend（化敌为友）的，不会。”说罢，扬长而去。

大家回到五月花号顾不得庆贺，一个个猝然倒向床板，霎时间已经悄然无声了。唯一例外的是姜立聪，虽然倒身床板但睡意全无，他悄悄起身，下船渡江往顾公馆去了。

老花匠打开栅栏门，把一个信封交给了姜立聪。信封上“姜立聪亲启”几个字笔势遒劲，姜立聪有些纳罕，抽出信笺，只有短短的两行字：

> 立聪，我带着清儿走了，回到秦南仓去了，那里才是我的家。这所园子留给你，馈赠书连同园子的房契都在雷律师那里，他会找你的。
>
> 顾阿娇口述
>
> 雷阳升谨记

老花匠说：“房子里没有人了，昨晚走的。”姜立聪嗯了一声，转过身去，不禁潸然泪下。

玫瑰花语

早春三月，上海已是莺飞草长的季节，遇上风和日丽的日子，阳光明而不热，晒在身上暖洋洋的，在冬季蛰伏中烦不堪言的人们纷纷走到室外尽享春日的温柔。

筑路开工典礼刚刚结束，邱载慧迫不及待地招呼大家上路。沈晓花说："邱载慧，市长讲话中三次褒扬了我们，等一下的宴会上你肯定坐主宾席。"邱载慧手指在和煦的春风中猎猎飘舞的标语：建筑中山路，是实行上海大计划的初步！说："看见没有，我们的路已经定名中山路了，南京来了那许多人，局长已经排在前二十名之后，有多大的席面等着我，还是我们自得其乐去吧。"

大家在五月花号上已经约定，典礼后沿路走一遭，因为此前多是纸上谈兵，并没有身临其境，特别是典礼时筑路军民振臂三呼，更令他们洋洋自得，心动不已，不在"大路"上先奔为快，不足以发泄胸臆中的怦然剧动。

自行车队刚刚上路，蒲瑶琴气喘吁吁地跑来，"小哥太不讲义气了，昨晚说好带我来参加典礼的……"邱载慧停下来说："我出门的时候小姐还在梦乡里呢。"蒲瑶琴抓住邱载慧的自行车把，撅起嘴说："琴儿随哥哥姐姐们去。"陈道堤替邱载慧解围说："琴姑娘过来，我带着你，我的车后配有货架。"蒲瑶琴犹豫不决。沈晓花说："琴儿，道堤的骑车技艺是一流的，我常借他的光。"

一群俊男靓女，招来筑路军民驻足观看。再往前去，远远地见一对战士列队整齐地候在那里。姜立聪说："我们下车吧，哪里受得起这样的礼仪。"钟奇发说："立聪，你怕是自作多情吧。"沈晓花朝身后看看，没有看到有其它车队过来，忙说："邱载慧，还是下车好，免得尴尬。"

芦毓琴则说："大可不必，你们受的那些苦我是晓得的，当之无愧，当之无愧。"

说话间，自行车队已经临近，站在队列首位的士官大吼一声："立正，敬礼！国民革命军第三十二军第三师第三团所辖工兵连集合完毕，请长官检阅指导。"

大家被突如其来的敬礼弄得手足无措，邱载慧急忙跳下车来，朝队列走去。队首的士官上前一步，立正敬礼后朗声报告："国民革命军第三十二军第三师第三团所辖工兵连连长邢维民报告表少爷，我部奉命前来上海筑路，所辖路段零公里至三公里，请表少爷及诸位技师光临指导。"

邱载慧听舅舅说，有自己的旧部参加筑路，没有想到在这里见到了，忙握住邢维民的手说："谢谢大家了，谢谢大家了。"随后把陈道堤和沈晓花唤到前面，对列队的军士们说："这是我们上海特别市政府工务局的哼哈二将，大家在工程上碰到什么难处，尽管烧他们的香！"

队列里发出了笑声，大家也不再拘束，胆子大些的军士还握住沈晓花伸出的手，嘻嘻地笑个不停。邢维民大喊一声："莫净顾傻笑了，一排长、二排长，陪同二位哼哈——技师去检验材料器械。"邢维民的话不啻是一剂发笑剂，大家笑得前仰后合，从此陈道堤和沈晓花有了尊称佳号，被大家唤了许多日子。

笑归笑，陈道堤、沈晓花还是在排长的陪同下认真检视一遍。陈道堤回来说："各项准备十分不错，需要注意的是，对两个小水塘的处理必须认真，分层夯实是必不可少的，千万不可因为赶工，打马虎眼。"

军士们听后有些懵懵懂懂，邱载慧忙问邢维民道："邢连长，连里头哪个地方的人多？"邢维民说："湖南的。"邱载慧指着芦毓琴说："湖北同湖南是邻省，你解释解释'马虎眼'的意思。"芦毓琴想了想说："'马虎眼'是'绵'的意思吧，'我们俩缴伙去到你堂客那里，绵几石钱来咪一餐吵'。"说罢，芦毓琴自己笑不成声。邢维民说："我们明白了，不得欺心，不可骗人，是不是？"随着邢维民的话音，军士们齐声回答："不得欺心，不可骗人！"

沈晓花扶着托尼把自己鞋里的黄土倒出来，然后提醒说："邢连长，道路的中心线放好后，勿要忘记同下一路段接上榫再破土，跑偏大了，往我庙里烧多少香，我也超度不得你们。”军士们这次没有等待长官的指挥，而是异口同声地朝沈晓花喊道：“是啰，菩萨，是啰，菩萨！”

在邢维民和军士们的感谢声中，大家离开了所遇的第一支筑路队伍，还没有骑上自行车，后面又传来咿咿呀呀的喊声。

大家刚一站下，一个黧黑干瘦的老兵跑过来，二话没有说，扑通一声跪倒在邱载慧面前，头不停地往土地上磕着。邱载慧一时不知所措，急忙弯下腰去，想把老人扶起来，没有想到的是，那老人竟然是力大无比，搀扶不动。

邢维民走来说：“表少爷，由他磕头去吧。”说到这里，邢维民的话音有些哽咽，停了停接着又说，“邱团长牺牲那仗，他是团部的警卫班长，下来就责怪自己没有尽到责任，哭喊了三天三夜，把嗓子哭喊坏了。这次来上海修路本没有他，他晓得后不依不饶，正好连里司务长病了，他就顶了缺。队伍一到上海，他一天不停地要找夫人和表少爷磕头谢罪。”

“他可姓彭？”

“是的，彭水声。”

邱载慧一听是彭水声，急忙跪倒在地，连连说：“水声伯，水声伯，我是载慧，我自小就听舅舅说，水声伯少说也救了爹爹三次命，没有水声伯，这世上如今也没有我邱载慧呀，水声伯快起身，快起身，载慧担当不起，担当不起……”

在邱载慧和邢维民的搀扶下彭水声终于站起身来。邱载慧接过邵琉锦递过来的手绢，轻轻地擦拭彭水声的额头，看见擦去泥垢后的额头显现出点点血痕。彭水声注目邱载慧，端详良久后终于露出笑容，有几分宽心，有几分自豪，他拉住邱载慧的手咿呀了许久。大家无不为之动容。

和队伍分手后悲壮的气氛一直延续着，直到马褂木远远出现时，大家才兴奋起来。

马褂木前里三层外三层的围着许多人，有的原住民认出了钟奇发，走过来搭讪道：“虫先生，今朝要不要吃鸡蛋呀？”当天参加演出的人会心地笑了起来。林碧珠、芦毓琴、蒲瑶琴当日不在场，此时就懵懵懂懂不晓得所以。钟奇发搂住林碧珠的肩头即兴发挥道：“小人今朝起来晏，老婆陪伴在身边，多谢再把面包投几片，让我们回家痛痛快快吃一餐。”在人们的哄笑声中，林碧珠满面通红，把钟奇发从身边推开。

大家笑过，陈道堤问在场原住民说：“是不是又在争夺马褂木呢？”一个下颏飘着三绺胡须的老人说：“今朝天蒙蒙亮的辰光，阿拉出门撒尿，哟，两边的人就摆开阵势了，乌压压的是人，亮闪闪的是刀，这边喊，‘留下马褂木饶侬一死’，那边呼‘啥人敢动马褂木死无葬身’，啊呀，吓煞人，吓煞人。”

老人正绘声绘影，从包围圈中挤出一个人来，手中还提着一根碗口粗的木棍。陈道堤眼疾手快赶紧迎了上去，注目一看，原来是鸿运营造的张有财。

此时芦毓琴解释说：“这块地皮不是马丁退回来的吗？来不及同其它人签约，我们就征用了，马褂木呢也卖了人家。”

“一百个大洋，我亲手交拨芦小姐的。”张有财理直气壮地说。

正说话时，仲伯通来了，口里一边说着：“恶人先告状，恶人先告状……”

“仲先生难得一见，又发福了。”邱载慧原地不动地朝仲伯通挥了挥手，说了句玩笑话。

“哎哟，我哪有心思发福呀，”仲伯通苦眉苦眼地说，“邱处长还有众位都是晓得的，我们亨飞地产为了修这条路付出了多么大的牺牲，一棵小小的马褂木算得了什么？”张有财横眉立目的回击道：“算得了什么你们还抢，喊！”仲伯通理直气壮地回话说：“哪是抢？是买！——邱处长，众位评评理，他们说是二百块大洋买来的，非五百大洋不卖，我二话没有说，应了他们的出价，嘿，转眼他们就不认了，你是游戏我们还是奚落我们？告诉你，为了这条路，我们送出去一所园子都无所谓，还在乎你这三百五百的。”

负责这一标段修路的是修建南京中山陵的承包商，他们向来以信誉为重并热心公益，为建中山陵赔了万两白银也在所不惜，他们来上海筑路，看中的也是这条路的意义，没有想到被马褂木的争议所阻，十分着急，自然前来诉苦。

邱载慧没有想到，纰漏又出在这马褂木上，更没有想到相争的竟是这两家，令邱载慧哭笑不得，一时也拿不出好办法。沈晓花粗中有细的机敏此时就表现了出来。

“张主管，你家买了这马褂木去为了什么？”沈晓花问道。

“我家大先生说，马褂木是件吉利的对象，想移回到门店前做个招牌。”张有财回答说。

“仲先生，你家董事长呢？”沈晓花转问仲伯通。

仲伯通不屑地看了看张有财，说：“我们在十层楼上办公，用不着幌子，董事长的意思是把马褂木移植到我们建造的《吉利明苑》去，为的是讨个彩头。”

沈晓花说：“说来说去都是为了讨彩头，那好，我给你们出个主意：要么张主管回去对大先生说，儿媳妇娘家要马褂木讨彩头，在下张有财没有办法不送；要么仲总管回去对董事长说，姑爷家要马褂木讨彩头，在下仲伯通没有办法硬讨——怎么样，你们哪个说？”

张有财年轻反应快，仲伯通还在愣怔时，他已经应承道：“好了好了，我们鸿运的人马全部撤退，仲先生，你家制备嫁妆时，千万莫忘记搭上马褂木。”仲伯通也利索地回口说：“小三子你听好了，我家《吉利明苑》正是为上门女婿准备的呢。”

邱载慧郑重其事地说：“你们回去应该说的是，人家修这段路的公司在南京建中山陵时自己搭了好几万两银子，这次修路，不仅自带材料，连军士一人一天一角五分钱的补贴都不要。”

张有财、仲伯通怏怏地走了。林碧珠悄悄问邵琉锦道：“锦儿，建业真的与立颖结亲了？”邵琉锦说：“我只晓得杏姐姐和哥哥一同出外采访去了。”沈晓花说：“碧珠姐，我可不是乱点鸳鸯谱，不信问《新闻报》李主编去。”蒲瑶琴急急地说：“晓花姐姐，先透露一点不行吗？一点点。”邱载慧笑着呵斥道：“你一个小人，勿打听这些。”

在邱载慧的催促下大家上了路，不久见远处一垄垄丛生的花草把路隔断了。

“立聪，那是哪家公司呀？”邱载慧关心地问。

姜立聪看看周边的环境说：“这里是一对爱尔兰老夫妇经营的花圃，我同毓琴去过。”说着唤来芦毓琴问道：“毓琴，温室不是答应迁移了吗？”芦毓琴有些讶异地说：“是呀，莫不是又有什么差池？”

邱载慧不便埋怨什么，只是把队伍集合起来说："前边或许会遇到麻烦，托尼，你有爱尔兰血统，先去探听虚实。"

托尼和沈晓花前行刚走近花丛，就被冲上来的人群包围了。邱载慧喊了声不好，率领队伍急驶而去，待走到近处才发现是一群身穿各色花衣花裤的女孩子，人人怀里抱着大捆大捆的玫瑰花。

"先生，平日一元一朵的今天一元十朵，快买去送心上人吧，祝愿你们相守一生一世。"一个女孩跑过来向邱载慧招揽生意。另一个女孩抢先一步，把一束玫瑰送到邵琉锦手中，对邱载慧说："这是三十朵，我只收先生两块钱，两块钱买了一辈子的缘分呢。"

邱载慧放心不下花圃迁移的事，对女孩子们说："我们先到花垄那边看看再买。"女孩子们拦住不让走，七嘴八舌地说："都是现采的，何必费事。"

邱载慧进退维谷。托尼陪着一位外国老妇人走来。托尼说："这里的三座三千平方英尺的温室已经拆除了，此刻是想贱卖些花，多少减少些损失。"芦毓琴跑过去和老妇人拥抱，连连说："谢谢你，谢谢你，艾米莉。"邱载慧见状也迎上去虔诚地道谢。

当晓得邱载慧身份后，艾米莉激动地说："应该谢谢的是你，是你。原来这里一年四季，多是泥泞遍地，排水也十分不畅，既不利于花卉的生长，也影响了花卉的买卖，你们看见那条小路了吗？不足十英尺宽，我和奥康纳一锄一锄修了三年才修成——听说你修的路有九十英尺宽，啊，我们的花店要开到大马路去了！"

邱载慧回了一番感激话准备告辞时，艾米莉执意要馈赠一畦康乃馨。艾米莉说："康乃馨是圣母玛利亚的泪水所养育的，是不朽母爱的象征，你们必须带回去，把艾米莉的祝福献给你们的妈妈。"

大家深为感动，但是康乃馨太多了，他们无法尽数带走。邱载慧建议道："艾米莉，看看我们脚下这黄棕色的土壤，她不正是我们的大地母亲吗？这么多来往修路的人，不正是在为我们的大地母亲装扮吗？把康乃馨送给他们，不也是感恩大地母亲吗？"艾米莉听后老泪纵横，她伸出粗糙的双手，一只托住邱载慧的手掌，一只不停地在手掌上拍打说："你的话太让我感动了，感动了，我怎么没有想到呢。"说罢，艾米莉立刻吩咐女孩子们把花给修路的人送去，而且一再嘱咐："颜色一定要纯净的，杂色，有斑纹的必须挑出来埋进泥土里。”

大家临走时也尽可能多地带上康乃馨，他们沿路行来，一朵朵送到修路人的手中，祝福他们，感谢他们……不晓得过了几个施工点，姜立聪突然说：“等等，道堤和琴儿怎么不见了。”

邱载慧招呼车队停下，大家朝身后看去，陈道堤正载着蒲瑶琴慢慢悠悠地骑行。走到近处，邵琉锦见蒲瑶琴手里握着一束红玫瑰，待二人走近，邵琉锦出其不意，把红玫瑰抢在手里。

“几朵？快数数！”沈晓花凑过去说。

“七朵，”邵琉锦说罢又数了一遍说，“不错，是七朵。”

大家你一言我一语计算起玫瑰花语：一朵是我心中只有你，两朵是世界只有我们，三朵是我真心爱你，四朵是至死不渝……

“七朵是什么呀？”钟奇发等不及地问。

林碧珠边想边说，“我晓得六朵是互敬互爱，八朵是感谢你的关怀与扶持，九朵是长长久久，十朵是十全十美……”

“从五朵的由衷欣赏，到六朵的互敬互爱，这七朵……”邱载慧苦思冥想了一阵，突然拉住陈道堤的手说，“道堤，你好大的胆子——我偷偷地爱着你！”

蒲瑶琴涨红着脸要把花束还给陈道堤。陈道堤接不是，不接也不是。邵琉锦拿过花束放在蒲瑶琴手里说：“人家偷偷地爱你还不许呀。”

大家重新上路，很快走到了尽头，那是一片开阔的草地，青青的枝杈上生长着白色的花，好像铺砌在洒遍阳光的山坡上的地毯，厚厚的、绵绵的，似乎在迎接一路劳累的人们。

“三叶草——我们找到了幸福！”

不知道谁喊了一声，大家一拥而上，有的栽倒在草丛里，有的匍匐在草地上，有的深深地弯下腰，轻轻地吸上一口草气花香。

春日的阳光晒在身上发酵了人们的思绪，大家都有一种微醺的感觉，脚下自然也就软绵绵的了，他们就地而坐，或双臂支撑着向后仰去的身子，或互相比肩依靠，闭上眼睛，不言不语，甚至头不摇，手不动，任凭蜂蝶在耳边嗡鸣。

“载慧兄弟。”不知道过了多久，钟奇发唤道。

“什么事？钟大哥请说。”邱载慧答话时并没有睁开眼睛。

"在涅瓦河之夜说的话你还记得吗?"

"喝咖啡时说的是吧,我多半记不得。"邱载慧依然昏昏欲睡般喃喃道。

钟奇发不耐烦地推了邱载慧一把,邱载慧顺势倒下,将倚在肩头的邵琉锦也带倒在地。

林碧珠连忙伸过手去把邵琉锦拉起来,指着钟奇发说:"你这个人真够烦人的,好好歇息歇息多好。"

"现在哪有工夫歇息,"钟奇发提高话音说,"载慧说好双喜临门的,再说路上送了那么些玫瑰花,说明大家缘分已就,有情人终成眷属已是水到渠成了。"

邱载慧站起身来,活动着身子说:"我想起来了,坐八台大轿的事——说办就办,钟大哥,你请吹鼓手,我请轿夫,日子就定在这个礼拜日,怎么样?"

林碧珠摇摇头说:"来不及。"并悄悄指了指姜立聪。邱载慧会意,忙改口说:"其实,开工只是小喜,不如借竣工的大喜吧。"沈晓花明白二人的用意,也附和说:"北章还有立颖和建业都在外地,哪能扔下他们,邱载慧,我们这就去'陌路'歇脚,顺便打听打听立颖和建业的行迹。"

正午时分的望平街人头攒动,多是采访回来的记者,他们头戴礼帽身穿风衣,肩上挎着照相机,邱载慧一行被认出来,一些收获不丰的记者纷纷举起照相机对准了他们。

或许是急于避开记者的镜头,不得左顾右盼,从南京路口直到广东路口也没有找到"陌路"的招牌。大家被迫调转自行车,这一来更引起记者的好奇。邱载慧不得不伸出手掌遮住镜头说:"请高抬贵手,我们只不过是想去陌路饱腹的。"记者听后惶惶然,"陌路,啥个陌路?"另一位借机拍了个特写说:"也不早说,'陌路'嘛就是现在的'大路',刚刚改过的。"

来到"大路"时,厅堂已是座无虚席,钟奇发走到侍者前,朝里间指了指说:"小哥,通融一下,小费先付。"说着把一块钱拍在侍者手里。侍者为难地说:"那是对面报馆李主编留的,哪个敢通融。"正在这时,老板黄亦诚从里面走了出来,忙把大家往里间请。

“这不是李主编留的吗?”邱载慧问。

“管他呢，你们是贵客。”

众人正在懵懂之中，随着一声“他们在雾达弄撒里（你们在那里干什么哩)”，李浩然出现在门前。

沈晓花急忙起身出门，把李主编拉进门来，又把他按在自己的座位上说:“李主编，是我们太放肆，鹊占了鸠巢。”

“啊呀，沈小姐是好女子，我们好像年四个见过（去年见过)。”

“贵人多忘事，我上个礼拜才来问过建业和立颖的事情呢，”沈晓花埋怨说，“我说李主编，西安虽是十三朝故都，可是除我之外，他们都听不懂陕西方言。”

李浩然听后哈哈大笑，说:“是我不好，是我不好——前些天我遇到一个姓丁的地质学家，他说根据他新近获得的古生物切片，说明陕西在黄河流域的发展中并不占先，看他那副模样，扎式（摆架子)，麻米儿（不讲理)!”

“不会是丁文江吧?”邱载慧问道。

“管他丁文江还是丁文河，自那天起，我再不说官话。”言语之中李浩然依然怒气未消。

黄亦诚安抚道:“浩然，即便是丁文江也没有什么了不得的，他那个大上海计划曾闹得轰轰烈烈，终不过是纸上谈兵。再看看我们这几位小兄弟、小妹妹的本事——”

听到这里，李浩然忙起身拱手说:“只顾同那个小丁生气了，竟然怠慢了我们的开路先锋，失敬，失敬。黄老板，浩然就借你宝号为小兄弟、小妹妹们庆功了。”

黄亦诚忙说:“惭愧，惭愧，我这爿小店哪里容得下这般隆重的庆典。”

邱载慧真的诚惶诚恐地说:“二位前辈，不是这里容不得，实在是我们当不得。”

“当得的，当得的，”李浩然挥手要邱载慧坐下，“黄老板原先的宝号是陌路，陌路者，前途迷茫，不知所向;如今改为大路，蕴含的意思就是，陌路变成了康庄大道，这当然是借诸位修路之功了。黄老板，我没有杜撰吧。”

大家觥筹交错间，沈晓花问起邵建业和姜立颖的近况。李主编说："这次我是在江西婺源车站碰到了他们二位，当时我是北去，他们是南行，行色匆匆，没有交谈几句。"

"他们当时是这样，还是这样?"钟奇发同站在一旁的柳芭做了个挽臂和不挽臂的动作。

"是前者。"李浩然回答得十分肯定。

"对了嘛，这不就说明他们热络了嘛。"沈晓花说得一本正经。

"不过，"李浩然若有所思地说："那天婺源下雨，他们将一把雨伞给了我，只好两个人打一把雨伞。"钟奇发忙说："共伞也是缘分。"林碧珠随性唱了起来："棚儿滴滴轻击，心儿却生生跳得急，素手相系，臂缠腰际，怕的是罗裙湿雨。"钟奇发接着唱道："呀，那答儿她腮嫣口香嘘，这答儿我心猿意马急，只愿得风儿不住，雨儿不息，答滴，答滴，答滴……"

江南行·“万物并育而不相害”

姜立颖和邵建业是从江西进贤启程返回上海的。为了快捷和旅途舒服些，他们同一位女客合租了一辆小汽车。可是头天晚上他们从军山湖畔回旅社的路上，一个男子等在那里，说他的妻子怀有身孕，想搭他们的小汽车去上海分娩，求好心大哥开恩。邵建业慨然允诺。姜立颖也要把座位让给那位心疼妻子的丈夫。他说万万不可，并说：“要是这样只得委屈他们母子了。”

回到旅社，邵建业说：“早点歇息吧，你明天一大早就要起来赶路。”

“你呢?”

“车子若是不方便，我就等几天吧。”

“不行，你等我也等。”姜立颖固执地说，并一定要邵建业即刻去车站落实明天的汽车。

到了车站，正在餐馆吃饭的小汽车司机听说邵建业要让座，立刻把一筷子刚要塞进嘴巴里的菜苔扔在饭碗里说：“要不得，如今兵荒马乱的，错过一趟车，下一趟晓得你还走得成不!”

“行行方便，我们已经答应了人家，”邵建业请求道，“再说，人家还是孕妇。”

姜立颖接着说：“车里再挤一个人未必不可以，是吧，师傅?”

“当然不可以，”司机斩钉截铁地说，“你们没有看我那车，刚跑完一千七八百里山路，回去就要进大修厂——唉，那个孕妇若是足月了，我还真的不敢答应。”

邵建业怕言多有失，忙说：“好好，不挤了，不挤了。”

两人刚要离开，一辆道奇帆布篷车“轰隆隆”驶进车站。司机下车直奔餐馆。

“哪里来的?”小汽车司机问道。

“宜黄。”

“够远——太平不?”

“这日子哪里太平?”

邵建业插话问道:“师傅,明天去哪里?”

道奇司机咽下一口水说:“天不下雨就去上海。”

“搭人吧?”姜立颖抱着一线希望问。

“女客不搭,”道奇司机干脆地说,“到处阴湿湿的,尿水多,女客不方便。”

小汽车司机指着邵建业说:“把男客搭上——原本搭我的车,人家心好,让给一个孕妇了。”道奇司机爽快地答说:“那好,明天中午开车,莫忘记时间。”

第二天天蒙蒙亮,小汽车临开车时,邵建业跑来把一个小巧的铜质汤婆子放在姜立颖手里,“路上要走几天,遇上阴雨很冷的。”姜立颖捧着温温的汤婆子“嗯”了一声,说:“我还是跟你一同走吧,你一个人不也很冷吗?”

“小姐放心,我们车里头不冷,”道奇司机正和助手擦拭车辆,听见姜立颖的话,朝这边说,“这位先生见多识广,我走南闯北这些年,头一回碰见,容我们路上多请教请教。”

姜立颖讶异地问:“什么时候又好为人师去了?”

邵建业支吾地说:“我怕车子不落实,晚上同他们喝了点酒,喝了酒自然话就多点。”

姜立颖嗔怪道:“本性不改,可不要忘乎所以哦。”

小汽车发动了,姜立颖蓦地觉得一阵心酸,急忙把头埋到胸前,不敢再看站在路边朝她挥手的邵建业。邵建业在车外看见姜立颖的样子,轻轻地敲了敲车窗。姜立颖打开车窗,伸出手去和邵建业的手握在一起,两个人互相凝视着对方的眼睛。小汽车颠簸了一下,像青蛙一般往前跳动,跳动的节律正好和他们的心跳吻合着……

“手打开了,加油咯。”司机喊了一声,小汽车猛地向前窜去,姜立颖的手才从邵建业的手掌中脱落出来。

“姜小姐的命真好，修了个男人那么体贴人，心疼人。”孕妇摸了摸温温的汤婆子羡慕不已。

“你男人不也很体贴你，很心疼你吗?”姜立颖说罢，自己先脸热了。孕妇已经察觉到姜立颖脸色的变化，悄悄说：“你还小，哪里晓得这些，女人一定得怀了孕，才体验得到男人的体贴，才需要男人心疼自己。”

坐在司机旁边的那个中年女子转过脸来，不屑地说：“我说你这个人呀真傻，世间根本没有体贴女人心疼女人的男人，他们体贴心疼的只不过是你那张溜光水滑的脸蛋。不信等你肚子里的娃出来在你脸上画上横竖几道流水沟，他们就不送你们汤婆子了，干脆扔个火红的炭坨坨给你，怕烧不死人。如今世上的男人呀，找不出好东西喽。”中年女子说罢，转对旁边的司机说：“小兄弟，你还是琉璃少年玻璃心，离龌龊男人还有路程呢，千万不要在意。”司机哈哈一笑说：“大姐真的口下留情，其实哪个不晓得：车、船、店、脚、牙，无罪也该杀。我这车夫呀，是天字第一号的坏人，比蒋介石还坏呢。”

“蒋介石有多坏呀？是不是又娶小老婆了?”中年女子问道，语气带着戏谑。司机一手松开方向盘，抓挠着自己的后脑勺说：“说不清楚，我也是从路两边的标语看来的。”

汽车正驶经一个小镇，司机减低了车速，两侧店铺的门板上还留有标语的痕迹，依稀可以看到“捉拿蒋介石”、“打倒军阀”、“誓死杀敌”的字样。

姜立颖没有往车窗外看，随同邵建业采访以来，这样的标语她看了许多，她弄不清这些会给刚刚复苏的中国带来什么——这些日子以来，她一直在惶惑中度过。

“看来这宋三小姐是够厉害的，男人娶个小老婆就喊拿喊杀的。”中年女子发起了感慨说，“话又说回来了，对男人不下狠手，我们女人只有遭殃的份儿。”

司机做出一副悲悯的样子逗趣说：“这位大姐也在男人的水深火热之中吧?”

“他找死，”中年女子喊了一声，转过脸对姜立颖说，“姜小姐，你们上海哪条马路最热闹，人最多?”

“当然是老西门了。”司机立刻代为作答，因为他的汽车停在火车南站，最远只到过那里。

姜立颖没有留意他们的对话，只听清楚了中年女子的问话，于是对司机的回答补充说：“老西门也算热闹，比较而言，还是南京路一带人多些。”那中年女子听后来了精神，说：“好，到了上海，我把那一对狗男女抓到南京路，打一记耳光骂一声‘奸夫’，打一记耳光骂一声‘淫妇’……”司机在一旁不住地煽风点火说：“劲道差得嘞，还是学学人家三小姐，在老西门，不，南京路上一枪干掉一个，看天下哪个男人再敢讨小老婆。”

本就正襟危坐的孕妇突然哀求道：“大姐、大哥，我求你们了，我怕的就是枪呀炮的，男人才要我躲到上海去生宝宝，千万千万莫再弄那些响动，我求你们了。”

就在这时，汽车伴着一声凄厉的嘶鸣，骤然停了下来。接着是“哗啦”一声，中年女子往前冲去的额头撞破了汽车的挡风玻璃。姜立颖下意识捂住头部，胳膊肘重重地撞上前边座位的靠背。当她直起身子揉弄疼痛的手臂时，发现孕妇已经瘫软在座位上。中年女子听到姜立颖的惊呼声急忙下车打开后面的车门，伸出手指掐住孕妇上口唇的人中穴。不久孕妇苏醒过来，中年女子说：“受了点惊吓，于宝宝不要紧的。”

汽车前几步的公路上站着几个荷枪实弹的军士。一个佩带短枪的士官朝汽车走来。

“想闯关不成。”

“哪里，只顾说笑话去了。”司机赔笑说。

“有多少乘客，让他们全部下车！”士官命令道。

乘客下车时，士官一眼看见中年女子额头上的血痕，朝后喊道：“张超，来为这位妇女包扎。”中年女子苦笑道：“不用，不用，也就是碰破点皮。”

“从哪里来，到哪里去？”士官问道，语气一板一眼。

“从乐安来，到上海去。”

“做什么去？”

中年女子环指大家说：“他们晓得，找我那没有良心的男人算账去，那对奸夫、淫妇，我饶不了他们。”提着野战药箱的军士说：“那更要包扎了，你要是破了相人家才称心呢。”

“张超，严肃点。”士官喝住军士，又转向孕妇。孕妇照例作了回答。此时中年女子的包扎已经完毕，那个叫张超的军士朝孕妇看了看说：“不是怕被人共了产吧。”

士官被军士的轻佻激怒了，大喝道：“张超，立正，向后转，齐步走，入列！”

“这位是记者吧？”士官最后问到姜立颖，语气还带着刚才的余愠。

“学生。”

“学生？”士官疑惑地说，“据我所知，现在正是学期之中吧。”

“对，是学期之中，不过据我所知，学生的学习不必拘泥于课堂。”

“有过，但是据我所知，那应该是孔孟为师的时代。”士官觉得抓住了破绽。

姜立颖本想再辩驳，转念想到这里是兵荒马乱的是非之地，何苦自寻麻烦，于是实事求是地说：“我是北京大学法科四年级的学生，来这里……”

“收集毕业论文的资料。”士官不等姜立颖说完先行作了回答，然后话锋一转说，“千里迢迢只身来此，胆量超人呀。”

“惭愧，同几个朋友结伴而来的。”话一出口姜立颖就后悔了——士官一见面就说自己是记者，显然记者是他盘查的目标，于是随机应变说，“他们循粤汉路北上了，可是我家在上海，思乡心切，只得绕道这里。”

“明白，明白。”士官点头称是，眼神中尚存疑惑，但再也找不出可疑之处。

“长官辛苦，请抽香烟。”司机见话已问完，急忙过来，毕恭毕敬地递上香烟。士官伸手挡了回去说：“有什么事快说。”士官说话时眼睛看着远处，那里又有车辆向这边驶来。司机忙说：“求长官开恩，用长官的汽车把我这辆车拖到前边常山，其实我倒没有什么，只是这一车的女客经不得一路风吹。”

此时远处的汽车已经驶近，士官迎上去之前对司机说：“你们先到路边等着吧。”

来的是两辆卡车，车厢用雨布蒙得严严实实的。司机丧气地说：

"就这两辆车，不检查到摸黑才怪，哪个等得了。"可是事出意外，士官只是接过卡车司机从车窗里递出来的证件草草一看，挥手放了行。大家眼睁睁地看着卡车冒着黑烟一路扬尘而去。

士官返回来说："你们愿意等可以，不过大约要等六个小时，我们那时候才换岗。"

大家听后都说还是上路吧，不就是没有了挡风玻璃，只当是坐了一路敞篷汽车。士官看了看汽车损坏的情况，又唤来张超吩咐道："鉴于你刚才言语失当，你想办法把挡风的问题解决了。"并告诉女客们可以到路边的帐篷里休息。

这时候又有来往车辆经过。姜立颖发现，凡是运货的多半放行顺利，若载有旅客，则都仔细盘查。想到这里，她隐隐为邵建业担心。

"怎么没有到帐篷里休息?"士官走到姜立颖身边问道，随即又说，"里边也没有靠椅板凳，只能是席地而坐，不习惯的人也许会更累。"

士官虽然全副戎装，盘查的语气也是严肃有加，可是总脱不了斯文气质——不仅皮肤白皙，举手投足也带有几分优柔，最令姜立颖感到有趣的是，他那副身板连一副武装带都充实不起来。

"据我所知中国人曾经是席地而坐。"

士官听出姜立颖的话带出了自己的口头语，白皙的面孔泛起微微的红晕。

"你的观察力十分敏锐，据我所知——对不起，惯性难以抗拒，观察力是做法官或者律师的第一品质，凭了这个，这一路一定是收获颇丰吧?"

"走马观花而已。"姜立颖随口说。

"走马观花也有心情吧，是振奋，是低沉，是惶惑，还是惊恐?"

"他到底想要问什么?"姜立颖想道，是从心情窥视行为，还是先在心理上施以压力，使对方在错乱中泄露真实?

姜立颖正在紧张地分析形势，士官又发问道："你们北京大学的校歌是怎么唱的?"

从神情到语气，姜立颖看不出这个问题有字面以外的含义，于是照实说："多少年前，曾传颂过一曲纪念歌，我只记得一句'朴棫乐英材，诚语同侪，追想逊清时创立此堂斋'。据说因词中有'喜此时幸遇先生蔡'之句，所以没有被采纳为校歌。"

士官不禁感叹道："蔡元培先生虚怀若谷，自是不会采纳，不过也为北大留下旷古遗憾——她那无以伦比的前行思想是靠什么阐释的？她那奔放豪迈的激荡情怀是靠什么宣示呢？"说着说着，士官禁不住引吭高歌。

姜立颖断断续续地听到他的歌词，"莘莘学子，亲爱精诚……革命英雄，国民先锋……同学同道，乐遵教导……以血洒花，以校做家……"

"黄埔军校校歌。"姜立颖说。

"你听出来了？"

"这些日子常听到。"

"什么心情？"

"说不出，有振奋，但更多的是惶惑，间或也有低沉和惊恐。"姜立颖率直回答，再没有过多考虑。

"怎么同我一样？"

"你也惶惑？为什么？"

士官脸上的两条细眉蹙在一起，忧郁地说："为什么不惶惑？当你怀抱着主持人间公道，裁撤世上不平的梦想，踏出北大的校门，等待你的不是法庭，而是兵荒马乱的荒芜之地，你会处之泰然吗？"

"可是，你有士兵，你有岗位，你可以威武地发出口令：立正，向后转，齐步走，入列！"姜立颖并无揶揄之意，她确实难以理解士官眼下的精神状态。

"我还可以盘查行人——从哪里来，到哪里去。"士官嘴角掠过一丝苦笑，接着说，"但是，这些实在是有悖我们当初为兵之道呀——你听到我所唱的了，'三民主义，是我革命先声。再接再厉，继续先烈成功。终始生死，毋忘今日本校。卧薪尝胆，努力建设中华。'可是我如今在做什么？"

士官心烦意乱地来回踱步，最后在姜立颖面前站定，发问道："你这一行不会没有看到什么，听到什么，他们为什么这样？对峙的双方中许多人都是出自黄埔，他们也曾誓言'同学同道'、'亲爱精诚'，为什么转眼间就势不两立以兵戎相见？"

姜立颖终于明白了，这些日子盘桓在心间，萦绕在脑际不正是这些困惑吗?

“你在北大读的书比我多，与哲人智士更是比肩而立，可以略施教诲吗?”士官见姜立颖久不言语，诚心诚意地恳求道。

“我不懂为兵之道，说不出什么有针对性的话，就我所学而言，令人不解的是，为什么国人在选择行事原则的顺序上，法律原则或者协商原则，总落在杀戮原则之后?”姜立颖边想边说。

“或许是传统使然。”

“不尽然。”姜立颖说，“《中庸》即有‘万物并育而不相害，道并行而不相悖……此天地之所以为大也。’”

“对呀，孔子有云：‘君子和而不同，小人同而不和。’”士官眉眼带笑显得轻松了许多。

此时张超前来报告汽车的风挡已经解决——玻璃破碎处镶了一块雨布。大家围过来看，觉得遮风挡雨尚属可以，但开行起来必定噗噗作响，噪声闹人。别的办法没有，只得将就着上路了。

临行前，姜立颖特地向士官告别，并感谢他的关照。士官则说：“你回到上海一定要去看看修路壮举——横贯南北，非同小可。”姜立颖意识到正是邱载慧他们拟议的，于是问道：“你怎么知道的?”站在一边的张超说：“小姐快不要提了，免得又搅了我们连副一肚子苦水，伤感。”

中年女子插话说：“莫非长官由此打脱了婚姻大事?不要紧的，姻缘本是前世定，去来无处有情人。”说话时不停把目光朝姜立颖瞟去。

士官白皙的脸又涨红了，忙解释说：“我们的部队本来开往上海修路的，临开拔时，这边战事吃紧，指令我们工兵连派一个排来这一带替代步兵设岗。你们到修路的地方打听工兵连长邢维民——山东大汉，膀大腰圆，定准是无人不知，无人不晓。”

姜立颖当即告诉士官说，主持修路的全是自己的朋友，这条路仅仅是开始，整个大上海计划不仅要修路，还要建设新城，不怕你们工兵没有用武之地。

士官听后喜出望外，笑得像小孩子般的灿烂，并且恳求姜立颖说：“看在我们荒野相遇的缘分上，一定要你的朋友点我们工兵连的将，我们历来是招必至，至必战，战必胜。”

检查站又有汽车和行人来。士官只得朝姜立颖耸了耸肩，无奈地办他的例行公事去了。

小汽车司机朝每个轮胎踢了两脚，个个硬邦邦的，他放心地上了车，说了声“大姐小妹们坐稳了”，汽车跟着轰隆隆、轰隆隆发动起来……

此时姜立颖突然想起来，应该同士官打个招呼，说自己的一个朋友在后面的车上——免得邵建业一时性急，发生不必要争执，于是请求司机稍缓一下。

中年女子劝说道：“小姐呀，铁打的营盘流水的兵，哪个晓得他哪日哪月又流到哪里去了，何苦自寻烦恼。”司机更是煞有介事地说：“能流来流去倒好了，这场仗若是照眼下这个打法，说不定就流过奈何桥，进鬼门关去了。”

姜立颖十分生气，率性打开车门下去了。

“忘记什么事了吗？”士官主动问道。

“是这样，有位朋友在后面的道奇上，请多关照。”

“你的朋友不是循粤汉路北上了吗？”士官笑着问道。

姜立颖顺口解嘲道：“兵荒马乱的，该遗忘时就忘了呗。”

士官听后苦笑了一下说：“悲哀呀，为什么路人相见，最先想到的总是对立和防卫而不是包容和谅解？这不禁让我想起你们北大的那位蔡元培先生对教授辜鸿铭所持的态度：‘复辟主义，民国所排斥也，本校教员中，有拖长辫持复辟论者，以其所授为英国文学，与政治无涉，则听之。’何等的宽宏大量，这才是兴邦之论呀！”

说到母校，姜立颖来了兴致，接着士官的话说：“你或许知道罗家伦吧。”士官说：“不仅知道，而且久慕其名——‘五四’旗手，激进的民主派。”姜立颖说：“就是这个罗家伦曾向校方力陈辜鸿铭的‘成绩’——实则是‘劣迹’，其中揶揄其讲授英国诗时，常以这是‘外国大雅’，这是‘外国离骚’来搪塞。可是在他后来撰写的《回忆辜鸿铭先生》一文中，对辜鸿铭的评价相当客观，说辜‘善于运用中国的观点来批评西洋的社会和文化，能够搔着人家的痒处，这是辜先生能够得到西洋文艺界赞美佩服的一个理由’。”

士官感叹道："是呀，我们如今需要的正是这样兼容并包的宽宏大量。"

小汽车司机不耐烦了，又不敢得罪士官，于是要中年女子去叫。中年女子想了想，立刻下车，走到姜立颖身后，拉了拉姜立颖的衣角说："要不你坐他的车走，还有好几个小时好谈呢。"

姜立颖想起汽车还等着哩，立刻告别士官，随中年妇女走了。

汽车于黄昏时分抵达了常山。司机安排好大家的住处，叮嘱说："明天早五点开车，莫误了。"

江南行·心中的蓝天

坐了一天的车，姜立颖浑身酸痛，晚饭后草草洗了把脸，倒在床上就酣睡如泥了，直到被敲门声惊醒。

“哪个?”姜立颖半支起身子问道。

“是我，司机，邵先生有封信，要我到了常山交给小姐，我赶着修车去，把这事忘记了——我把信塞进去了，小姐收好。”

就着昏暗的灯光，姜立颖看出确实是邵建业的笔迹——烦交，姜立颖小姐。

“为什么要给我写信呢?”姜立颖想着就要撕开信封，可是当手触及信封边缘，她又住手了，她用手掌夹着信封，心里想着他为什么会写信?写的又会是什么内容?这些日子两个人朝夕相处，有多少心思不得交流，为什么要用笔来表达?越想越觉得有趣，觉得蹊跷，于是决定在看到信笺上的字迹前，猜测出它所表达的内容。

想来想去，想到邵建业唯一想说而又不好出口的就是求爱。想到这里，姜立颖决定开个玩笑折磨一下这个口若悬河却又金口难开的家伙：退回原信，再加上个眉批：“看与不看均相宜。”

姜立颖得了妙招十分得意，伸手去摸自来水笔，想就着残存的一点点灯油把字写上，可是遍摸衣服口袋，没有找到自来水笔。想了一阵才想起来，自来水笔被邵建业借去了。

“明天再说吧。”

姜立颖伸手熄灭了油灯，可是睡意却没有了，思绪不禁回到了军山湖。

出发回上海前一天的傍晚，姜立颖、邵建业信步走出旅馆，沿着一条铺满铁红色沙粒的小路散步。当他们转过一片香樟林，从缓缓的山坡那边传来汩汩的水声，间或还有几声鹭鸶的鸣叫，他们紧走几步上了山坡。

“建业，你快看，我们来到人间仙境了！”姜立颖抓住邵建业的手臂，突然展现在眼前的景色令她炫目。

青黛色的远山横卧在地平线，上方悬挂着一轮青白耀眼的落日。落日的光辉在气与水的交相辉映下，在远山前撑起一道橙红色的半透明的天幕，使得远山若隐若现，扑朔迷离。与天幕下缘相接的水面已不再碧澄，而变得色彩斑斓，若不是随着微微的波涌发出的汩汩水声，一定以为是从天而降的赤橙黄绿青蓝紫等各色叶片和花朵铺就了这一望无际的花的原野。目所能及的原野上游动着几条渔船，渔船惊起了几只鹭鸶，船和鹭鸶也失去了原先的色泽，变幻成橙红天幕上移动着的剪影，令人遐想无限。

“这是什么地方？建业。”

“问我，还是问问他们吧。”

两个渔翁模样的人朝这边走来，挑在肩上的鱼篓轻飘飘的，显然是收获不丰；但他们一路说笑，全无丧气的神情。

“军山湖。”留有胡须的一位说。

“日月湖。”白净面皮的另一位答。

两人说法不一，而且各不相让。白净面皮的那位一只手拉住邵建业，用另外一只手的食指指向远处说：“看见那两座小山了吗？”见邵建业迟疑不答，他又招呼姜立颖说：“小姐或许比先生的眼光好些，过来帮先生看看。”姜立颖顺着那人的手指看去，似乎有两团模糊的光影。姜立颖虽然未置是否的“嗯”了一声，那人立刻解释道：“那两座山，东边为日，西边为月，日月湖由此而来，少说也有数百年。”

“那是哪年的事？”留有胡须的一位不紧不慢地说，“自从朱元璋与陈友谅争夺天下，大战鄱阳湖十八载，朱元璋在这里生擒陈友谅，坐上大明王朝的龙椅，御笔亲批，你那日月湖就改称军山湖了。”

说到这里，两个人似乎对湖的称谓失去了兴趣，而争论起朱元璋与陈友谅谁胜谁败，谁是英雄谁是鼠辈，谁为人宽厚谁为人奸诈等等历史旧账来。邵建业、姜立颖对那一段历史并不陌生，赶紧好言相劝，把二位请走了。

“真扫兴。”姜立颖撅起嘴嘟囔了一句。

“为什么？——哦，明白了，凡是仙境不得有名，有名即有垠，有垠即局限，一切朦胧与神秘荡然无存。”

“瞎说。”

“怎么是瞎说，你记得我们在北平游西山大觉寺，你对乾隆御笔匾额无去来处倍加赞赏，说它旷达无垠，超脱极致。——对了，管它日月湖还是军山湖，你另命其名不就得了，比如‘无垠洼’或者‘水天无际’什么的。”

“哪有那个心思，我们还是走走吧。”

“不可，不把被扫走的兴扫回来，我是脚如坠铅，寸步难行。”

“真拿你没有办法。”姜立颖叹了口气说，“你看，朱元璋出身农家做过游僧，陈友谅是渔人之子，用现在的话说都是平民，仅仅是为了位达人极，不惜大动干戈。虽说鄱阳湖大战远没有十八年，可是时间之长，规模之大，战斗之激烈，在中国古代水战史上都是空前的。建业，你想想，在这花团锦簇之地，数十万兵勇出没厮杀，会是一幕多么惨烈的场景？会有一个多么血腥的气氛？”说到这里，姜立颖竟连连干呕起来。

“立颖，你的心情可以理解。”待姜立颖心情稍稍平复，邵建业阐释道，“但是，人类总要前进，社会总得进步，这些或许就是历史的必然了。”

“以生命枯竭换去进步实在是太残酷了——最可怕的是，生命的这种枯竭是周而复始的，似乎总无尽头。”姜立颖感叹道。

“你太悲观了。”

“怎么是我太悲观？在这一次轮回中，大战鄱阳湖十八年揭开了朱元璋登基的序幕；下一个轮回中，又是‘扬州十日’、‘嘉定三屠’开始了满清的统治；而再下的轮回，则是你我亲历的军阀混战。原本以为北伐的成功，这种历史的轮回将会从此绝迹，可是事与愿违，怎么说呢，这一次，是旧的轮回的延续，还是新的轮回已经开始？”

邵建业想了想，语气激昂地说：“立颖，我唯愿是新的轮回的开始——假如这种轮回存在，就有理由相信，这个新的轮回必将为你所定义的轮回画上一个历史性的句号。”

邵建业的激情感染了姜立颖，她闪动着的眸子露出祈望的光辉说：“你是说，这将是发生在中华大地上的一次光荣革命或者独立战争，可与攻占巴士底狱相媲美？是吗，建业？”

“你太激动了。”邵建业笑着说。

“你说是，还是不是。”姜立颖说话时把两只手合拢在一起，放在下巴上，目不转睛地凝视着邵建业。

姜立颖的这种表情邵建业十分熟悉，她是在急切地等待肯定的答复，有时会急切得战战兢兢。邵建业不忍拂逆，只得大而化之地说：“你刚才所说都是这次轮回的应有之义，但就其深度与广度而言，两者完全不可同日而语——光荣革命只不过是在贵族、资产阶级这些统治者之间达成了对平民统治的规则，避免统治者之间的纷争，稳固了对平民的统治，美国的独立战争、法国的大革命与此大同小异。而刚刚揭幕的这场——姑且也代之以轮回吧，则是破天荒地让平民登上统治者的宝座。”

姜立颖的目光弥散了，湖水把霓虹的倒影反射到她的脸上，她的眉眼和神情看起来漂浮不定。

“立颖，你在想什么？”

“我觉得十分迷茫，”姜立颖眯起眼睛望着远山若有所思地说，“朱元璋这个淮右布衣的讨元战斗口号是‘立刚陈纪，救济斯民’，可是他建立的依然是封建王朝。二百七十六年后，攻陷京城的李自成所高擎的旗帜上也是八个字：‘剿兵安民，三年不征’。建业，你有没有发现，这前后八个字在含义上几乎是不差毫厘？历史的诘问就在于，为什么如此这般的轮回却从来没有出现过像你所祈望的结局？”

“不愧你是北大法科的高才生，提出这么个世纪难题，岂是我可以说得清楚的。”邵建业避开姜立颖的目光，边笑边摇头，随后面对姜立颖，转过话锋说，“不过，我们不是已经开始探索了吗？——立颖，既然有这样的疑问，我们何不再多走几个地方。”姜立颖未置可否地说：“让我想想。”

渐渐挨近山头的落日变成了橙红色。远山黑压压的令人望而生畏。湖面上泛起青白色的水汽，把丝丝凉意送到岸上。

“天凉了，往回走吧。”邵建业止下步来，挽过姜立颖的手臂。

在往回走的路上，他们静静地走着，只有姜立颖偶尔被脚下跳过的青蛙吓着了，轻轻地发出一声“啊”。

“你同意留下了，我们快走几步，去把租好的汽车退掉。”邵建业提醒说。

“不忙，”姜立颖停下脚步说，“这浩瀚的湖水——管它是日月湖还是军山湖，触发了我一个想法。”

“哦，快说来听听，一定很有意思。”

“是这样，我那篇关于上海会审公廨的论文几乎已经被我淡忘了。”

“那不是坏事。”

“是的，我觉得我有了更好的题目。”姜立颖兴奋起来，抓住邵建业的手，转过身，往湖边走去。

眼前黑魆魆的一片，分不清哪是苍穹哪是湖面，只听风声自上而下，把湖水的波涌声送进耳蜗，邵建业打了个寒噤，止住脚步，紧紧地把姜立颖拉住，怕她失脚。

“建业，你听听我这个新题目，”姜立颖话音中带着明显的兴奋说，“《论历史轮回中法律规则的缺失》——响不响亮？”

“响不响亮无关紧要，你想说的是什么？”邵建业有些摸不着头脑。

“你看见湖面了吗？”

“看不见，假如你不是目光炯炯，我甚至感觉不到你的存在。”邵建业的话中带着戏谑。

“不许取笑，”姜立颖嗔怪了一句，接着说，“你姑且想象一下，当年朱元璋、陈友谅起事时，他们反元扶汉、惩腐安民的诉求并无差别，假如当时有一个可资运用的法律规则用于他们之间的协商协调，他们何苦去诉诸成者为王败为寇的杀戮规则呢？建业，湖面上那场血腥的梦魇本是可以避免，他们所建立的本不该是上一个封建王朝的翻版。”

“立颖，人类铸就了历史，但历史却不容我们雕琢。”

“《战国策》有曰：‘前世之不忘，后事之师。’历史的经验教训总是应该总结的——你不会认为我太过狂妄吧？”

“狂妄倒不狂妄——‘仰天大笑出门去，我辈岂是蓬蒿人’，只是‘童孙未解供耕织，也傍桑阴学种瓜’，有些太过天真了。”

姜立颖在邵建业手背上恨恨地敲了一击，说：“我最恨被人说成天真，好像我始终长不大似的。”

邵建业窃笑有声，又被姜立颖捉住了，只得说：“我并没有特意笑你，我是想起来你们那个‘大事争先，小事不拒，趣成填海志’了。在我的心目中，你们全是可爱而天真的一群。”

姜立颖突然站住，把手从邵建业的臂弯里抽出来，侧过身子，面对邵建业说：“建业，不论你说什么了，我都想努力去做，哪怕试试也好，时间有的是，反正我还没有长大。”说罢，咯咯笑着，拉起邵建业一路小跑起来。

“你停停，你不同我留下来了？”邵建业边跑边问。

“你同我回上海，然、然后再同我去北平。”

“我、我去、去北平？”邵建业不胜惊讶地问。

“我要你同、同我一起做这、这件大事。”

“我、我同你、你一起做？”

两个人都跑不动了，停了下来还气喘不止。

“杏儿，你是在开玩笑吧？”

“我是认真的，杏儿想得到你的帮助，你能答应吗？”

借着露出云层的月色，邵建业看见姜立颖正以企盼的眼神凝视着自己。

想到这里，姜立颖摸索着点燃油灯，火苗在灯芯上跳动了两下，熄灭了——灯油耗尽了。此时月光乘虚而入，姜立颖迫不及待地抽出信笺，就着清白色的月光轻声读着：

> 杏儿，你看到这封信时应该已经到了常山。至于我此时在哪里，我只能说，我往我追寻的地方去了，我自己也不晓得我具体的所在。
>
> 我不能同你去北平了，不是不情愿——同你日日相守正是我的所求。你做的那个论历史轮回的题目是个大题目，比起载慧他们的修路建城真的是“大事争先”了。
>
> 杏儿，你不是一个柔弱的女子，你不应被已经成为历史陈迹的血痕所惊吓，怕是军山湖的绚丽多姿，触发了你的浪漫情

怀，忽地生出这么许多悲天悯人之慨吧。

我感佩你的慈悲胸怀，亦为你的率真为你的勇气所倾倒；我担心的是，坐而论道，以书斋中所研习法律规则来结束这一幕幕重复上演的历史悲剧，怕是会挫伤你的自尊心的。

杏儿，我们不是听说过吗？在我们的北方邻国，人人都可以当总统；这些日子里，那些在报刊杂志上屡有的传闻得以证实，人们为开创新的历史的奋斗已经如火如荼。

逐本求末者冤也，舍近求远者累也——聪明的杏儿呀，你可不要去实践智者千虑必有一失的格言，又授我以柄，笑话你长不大。你我是带立方的挚友了，我才敢说以上这些话。

杏儿，自来水笔来不及还你了，我自作主张，当是你给予的馈赠。蓝色的墨水真好，那么淡雅明洁，又那么清澈开朗，庆幸今生与蓝色相伴——你永远是我心中的一片蓝天。

我等待着我们的重逢，带着我们各自追寻来的心得和固有的理念。尽管你的那些题目我不敢苟同，但只要你用心去写，定是一篇充满缜密推理和睿智思辨的好文章，我期待着。

又及：代我向李主编说几句好话。阿爸阿妈和锦儿那里，你会巧言相告的。

“这个自负的家伙。”姜立颖恨恨地抱怨道，随手把信笺压在枕头下。

从窗户望出去，苍穹月明星耀。

日月安属？列星安陈？
出自汤谷，次于蒙汜。
自明及晦，所行几里？
夜光何德，死则又育？

不知道什么时候，屈原《天问》中的日月之问浮现在姜立颖的脑际，而且周而复始，直到她蒙眬入睡。

第二天清晨，姜立颖对汽车司机说自己有事要在常山待几天，并把汤婆子送给孕妇。孕妇连连多谢后求司机稍等，她要把自己的男人喊来，原来他们乘的汽车在半夜里到了常山。

送走了汽车，姜立颖赶紧奔汽车站，准备搭乘第一班汽车返回进贤。她不能独自离邵建业而去。

车站的小屋已经关闭，昨晚停在车站的汽车也不见了踪影。姜立颖看看腕表，时间还不到五点半钟。此时两个肩挑箩筐的男人一路小跑而来，见车站空荡荡的，立刻惊慌失措起来。

"娘的，车哩，汽车哩?"一个惊慌地问。

"幺老表，幺老表，娘的撞丧去了?"另一个大声喊了起来。

"吼，吼，屎尿也不让人拉痛快了，娘的!"

随着嘶哑的埋怨声，从茅房里转出一个人来，当着众人抖了抖宽松的裤子，又抻下搁在肩头上的裤腰带，凌空一甩，裤腰带盘腰而过，他伸手抓住另一头，麻利地在肚脐眼处打了个结。

"喊你们早，早，你们不听，怪鬼——南边战事吃紧，天蒙蒙亮，车子一辆接一辆，开走咯。"那人边埋怨边走进小屋，放在卖票窗口外的木板也被拿开了。

姜立颖眼尖，快步跑了过去，"要一张去进贤的，越早越好。"

没有等里面回话，旁边的男子搭话说："进贤去不得了，不说大炮，机枪声听得清清楚楚——哒哒哒，哒哒，哒哒哒哒哒，吓死人的。"另一个说："到路边等军车去，十拿九稳搭你。"

说话间果然有军车过往。姜立颖毅然站到路边去了。

过往的军车并不多，而且全是呼啸而过，直等到日上三竿才有一辆车停下。姜立颖以为是自己的招手起了作用，急忙迎上前去。从车上下来七八个军人径直涌向茅房，并无一人理会她。

姜立颖想了想，硬着头皮敲起了车门说："我是三十二军军部的。"司机伸了个懒腰，有气无力地说："军部？我们是工兵连，差了十万八千里呢。"姜立颖随口说："你们连长是邢维民吧?"

听了这话司机来了精神，随即开门跳下车来，跑到后面车厢，边捶边喊："连长，军部有人找。"

姜立颖本想诈辆车乘坐，没有想到遇到了真神，一时有点心慌意乱。这时，一个威猛身材的军人跳下车厢，转过身去，整理好军装才转身朝姜立颖走来。

“邢连长，你不是在上海修路吗?”姜立颖抢先问道。

邢维民依照军纪立正敬礼后才说：“是呀，谁想得到这边更热闹了呢。”

“前边那个卡不是你们连的吗？那位秀才……”姜立颖凭印象给连副起了个绰号，没有想到歪打正着。

邢维民听后哈哈大笑说：“你看见我们的马连副了，我这个武夫就是来换他的——我叫他秀才，他唤我武夫。前边动了真家伙，怕他不顶劲，反正他也一门心思在修路上。嗨，又有谁愿意放下正事，跑到这里来火拼呢？——话又说多了，你这是……”姜立颖忙说：“我想去进贤，只是睡过了头。”邢维民痛快地说：“上车，我们正好同路。”并吩咐司机道：“要小李子到车厢来，你也把好方向盘，少胡乱搭讪。”

车重新上路后司机一直正襟危坐。姜立颖想到邢维民的嘱咐心里暗自好笑，于是打破沉默，说东说西，司机或眨几下眼皮，或抿嘴笑笑。

“小同志，你们连一文一武真难得。”

姜立颖话转到首领身上引得司机说了话：“他们不仅一文一武，而且亲如兄弟，这不，听说设卡的队伍上了火线，连长怕连副有闪失，火急火急地要来替换。”姜立颖忙问：“战事有这么吃紧吗?”司机斜睨了姜立颖一眼说：“你们军部还不晓得，天天有死有伤呢。”司机的话令姜立颖的心也收紧了，驾驶室又恢复了沉寂。

沿路少有人车来往，哨卡也不见了，大路荒野一片寂然，令人心焦。西下的太阳把山头上的天空抹得血红血红，太阳越往下落，这血红色变得越发浓重。

车到岔路口，竖立在路边的一块嶙峋怪石上刻有“河潭埠”三个红字。司机犹豫了一下，从岔路驶来的军车抢了上来。司机刚要朝对方发狠，突然叫了一声“张超，怎么是你?”

从两个人的神色看，姜立颖知道事情不妙，也跳下车去。此时司机急火火朝车厢喊道：“连长，马连副出事了!”

姜立颖等不得邢维民下车，在张超的帮助下攀上来车的车厢，见当日那位士官身着戎装，静卧在绿色军毯上，一只手臂呈九十度放在胸前，白皙的脸被照射进来的夕阳抹上淡淡的红色，显得宁静而安详。姜立颖俯身下去，轻轻地唤了一声，“马连副，秀才——”

没有得到回答，姜立颖伸出手去想握握马连副的手，可是刚一触及，姜立颖差点尖叫起来——马启明的手冰冰凉，手下捂住的是一片黑紫色的血渍。这时，车下传来邢维民和张超的对话：

“牺牲在什么时候?”

“今日凌晨一点三十二分。”

“什么地点?”

“浒湾。”

邢维民一纵身跳进车厢，转身吩咐张超说：“快扶小姐下去。”

几分钟后，邢维民从车上下来，郑重其事地接受了张超交来的马启明的遗物：一张写在香烟盒背面的遗嘱和一支自来水笔。

> 武夫，对不起，我怕是要长眠了。把我葬在中山路的一旁，权当了却我“以血洒花，建设中华”的心愿。
>
> 秀才

邢维民把遗物收进自己的挎包后，姜立颖突然问张超，“那支自来水笔是从哪里来的?”张超说：“那时没有纸笔，我掏出了香烟盒，一位先生拿出了那支笔。秀才写完后说了一句‘这支笔真好’就离世走了。人家也只得奉送了。”姜立颖接着问：“你认识那人吗?”张超说：“不认识，只晓得他姓邵，是上海的记者——好像是要到那边去的。”

山歌乱嚼勿脱韵脚

战事吃紧军队的调防对于修路来说，不啻是釜底抽薪——不仅没有了兵工，本来就捉襟见肘的资金更是不敷应用，全路基本处于停工状态。邱载慧几次找到局长沈怡，又求表兄蒲天枢直接报告到市长那里，结果都如泥牛入海杳无音信。邱载慧整日里带领着姜立聪、陈道堤、沈晓花沿路逡巡，把仅有的民工尽可能安排得合理些，把仅有的钱用在紧要关节的工程上；有时着了急，几个人也跟着修路工一把水一把泥地干上一阵。

当大家情绪低落之际，陈北章发来电报称：“开航条件大体具备，若不再需，五月花号可来汉。”大家欢呼雀跃，决定为五月花号举行起碇典礼，既鼓舞这边士气，又壮那边声威。

起碇那日天公作美，一早起来，万里无云，江面上百舸竞渡，汽笛声交织鸣响好不壮观。

五月花号盛装待发，甲板上的乐队一遍遍地演奏着《拉德斯基进行曲》，那明快而充满自信的旋律，使得大家恢复了欢快，站在船舷边频频向投来致意的船只挥手答礼。

笛鸣三声，船将解锚起碇时，水手来报，有一老者请求上船。邱载慧往岸边看去，见是大路咖啡厅老板黄亦诚，赶紧吩咐水手迎上甲板。

黄亦诚踏上甲板停下脚步，待气喘稍定，把邱载慧拉到人少处，将一份英文报纸从怀里抽了出来。

“初生牛犊不怕虎”，邱载慧看见报纸上的标题“fools rush in where angels fear to tread”，随口翻译出来，接着边看边说，“啊，说到我们修的路——黄老，你是特意带来鼓励我们的吧。”

黄亦诚听了邱载慧的话，脸色白一阵红一阵，说：“你再往下读。”

邱载慧再看几行，脸色也同黄亦诚一般了，拿着报纸的手微微发抖，禁不住带着颤音读出声来：

> “初生牛犊不怕虎”是中国人对不经事的少年鼓励褒奖的词语，实则是撺掇一些不怕“虎”的“牛”，逞一时之勇，蛮干乱行。古时中国哪吒即一例，下桀父母，上傲天庭，致使天下大乱，本人亦遭失却肉身之痛。今又有此类“牛”，自不量力，修路筑城，企图染指我租界繁茂之地，然其悲剧下场已露端倪。
>
> 该词语在我们大英帝国尚有另解谓：“智者避之，愚者趋之”，此乃警人之语，善劝那些逞一时之勇的“牛”，明辨事理，认清形势；改弦更张尚可为智者，一意孤行必沦为愚者。然而前述修路筑城之牛，分不清卵与石孰轻孰重，误以为他们“牛力”冲天，所向披靡，然其财物之力早已捉襟见肘矣。
>
> 在我们大英帝国，亦称此类人等为“不堪帮助者”，用中文来说即为“烂泥扶不上墙”也！自“牛”们修路以来，我等“洋人”毫发未予干预，所谓列强觊觎之说实为子虚乌有，但其修路壮举终因更大的壮举——自相残杀——而终止，留下一个流水不够深，养鱼嫌太浅的遗址，作为中国人终是烂泥扶不上墙的佐证。

沈晓花越听越气，邱载慧读罢，她拿过报纸，气呼呼地说：“是哪家不长眼的，先泼他几桶大粪，封住他那张臭嘴再说！”

“算了，说气话有什么用！”邱载慧面孔煞白，从牙缝处迸出这么一句话来——他不知道心里这股气应该找谁出。

大家沉默了，乐队也停止了演奏，轮机声越发嘈杂恼人。黄亦诚终于沉不住气了，用颤巍巍的声音对邱载慧说：“我行将老矣，没有什么可企盼的了，但愿有生之年不要把我的‘大路’再改回‘陌路’就好了。”

五月花号不知不觉中已经驶过外滩，很快，外白渡桥也被抛在后面……

“风雨来了，下棚紧绳，人员进舱！”

随着水手的喊声，雨点从空中洒落下来。芦毓琴匆匆跑来说：“载慧，船已经靠岸了，招呼大家下船吧。”

“到哪里了？”看了看迷雾蒸腾的江面，邱载慧问道。

“若是没得雾呀，看得到吴淞炮台咯。”水手回答道。

邱载慧指挥乐队再演奏了一遍《拉德斯基进行曲》，然后悄然离船。芦毓琴站在上岸的跳板处和大家一一拥抱告别。

五月花号的汽笛长鸣一声，驶向江心，很快消失在莽莽苍苍的雨幕中。

修路告停，大家闲来无事，邱载慧放了大家一周假，为弥补一下此前没日没夜的辛苦。邱载慧打算带着邵琉锦到川沙老宅去看望母亲。由于是首次晋见夫人，邵琉锦一路上心情都十分紧张，不停地问邱载慧自己的穿着是不是得体，自己该说什么不该说什么。邱载慧煞有介事地说：“穿戴什么母亲最不计较，可是说什么规矩可就大了。”邵琉锦讷讷地说：“你怎么不早说，我一些准备都没有。”邱载慧洒笑道：“想说什么就说什么，不造作就是母亲的规矩。”

说话间已经看到老宅的院墙，一个中年妇人正推门进去。邱载慧对邵琉锦说这是奶娘赵妈，随即高喊一声：“姆妈，我回来了。”

“是载慧，怎么也不先说一声。”赵妈说话时不住打量着邵琉锦问，“这位是锦姑娘吧？”

“她就是锦儿，姆妈眼力真好——姆妈，母亲在家吗？”

“一早就到菜园去了，你们先进屋喝茶，姆妈这就去告诉夫人。”

邱载慧忙拦住赵妈说：“不用劳累姆妈了，还是我同锦儿去吧。”

赵妈说：“还是姆妈去吧，田埂又窄又滑，小心掉水田里。”邱载慧笑着说：“不怕，我们正想下田捉泥鳅呢。”赵妈指着邱载慧说：“还那么淘气，锦姑娘说着载慧点。”邵琉锦爽快地应了声“唉”，和邱载慧手拉手走了。

绕过青白色的院墙，穿过宅院后面的小树林，面前展现出碧波起伏的水田，不远处有一条小溪流过，小溪的对岸生长着一排茂密的树木，树干粗壮遒劲，满枝满桠飘着青白色的三角形叶片。

“啊，是三角枫——终于被我找到了！”邵琉锦高兴地喊出声来。

“哦，”邱载慧跟着讶异起来，“这里好像还有什么典故。”

“慧，你哪里晓得，”邵琉锦兴致勃勃地娓娓而谈，“我们曾经临摹过两张以树干为主体构图的画，一幅是张渥的《雪夜访戴图》，另一幅是梵·高的《树干与树根》，在临摹上我一直是快手，加之这两幅画的构图也不复杂，我几乎是一挥而就。”

邱载慧打趣道：“我晓得了，这个典故就是，快手邵单骑夺冠。”邵琉锦苦笑道：“什么单骑夺冠，全军覆没还差不多——济远师点评时说：‘这堂课的目的，是训练同学们在不同的画法中表现色彩的能力，看来差强人意呀——这样吧，你们找棵三角枫好好揣摩揣摩，再来交卷。’”

“真巧了，这些三角枫是父亲从九华山移植过来，而其父亲看中的正是三角枫的树干，”邱载慧神采飞扬地说，“父亲说三角枫鳞片斑驳的树干，犹如斗士受伤的肢体，虽伤痕累累，依然遒劲有力；父亲也喜爱三角枫白绿相间的树叶，说它们极似引领潮流的旗帜，在万物萧索的晚秋时节依然红艳无比，传递着热量与光明。当年父亲、舅舅、母亲还有小姨妈曾竟日在这里以茶代酒，坐以论道，慷而慨之，起而行之……当然，那日的三角枫与那日的我一般，还是不足三尺的小 baby。”

邵琉锦再不紧张了，她觉得这里的花草树木分外亲切，她伸出双臂围住邱载慧的脖颈，细语喃喃：“慧，我相信了，我们的相伴是早已安排好的，从我们是小 baby 开始。”

两人正在温存之中，从小溪一头传来断续的山歌声：

正月梅花开到梢，
老鼠眼睛像胡椒……

听来歌者并不谙此道，声音虽高，但力气不济，拖腔处时有时无，吐字也显得没有把握，每每要咂摸数次，比如“梅花”的梅字，恨不得把平上去入四声都试遍了，才接着往下唱。

“好像是田山歌，”邵琉锦说，“我也会唱几句，不信你听。”说罢，邵琉锦开口唱起来：“正月新年贺新春，种田人逢熟吃熟最称心……”刚唱了个开头就戛然而止，说：“真不该唱，好像故意跟人家比试似的。”

果然歌声停止了，很快一条小船从芦苇丛后转了出来。行船的是一个女子，头戴斗笠，遮住了上额和眼睛。

“莫不是来跟你比赛的吧——肯定不是你的对手。”

邱载慧说话间，那女船娘轻点两下竹篙，小船已经到了他们所站的岸边。

“啊，是你们!”船娘一声轻轻的惊呼，从船上轻盈地跳上岸来，伸手摘下斗笠，扔在草地上。

“安妮，是你!”

邱载慧、邵琉锦异口同声地喊了出来。堇色的柔发白皙的面皮和往常一样，碧蓝的眼珠与身上所穿蓝底白花裤褂虽然有些靠色，却给人以舒适和亲切。

“你们怎么到这里来了?”互相问候亲昵后，安妮问道。

“应该我问你才对，”邱载慧反问道，“你忘记了，我是在这里土生土长的呀。”

安妮“啊”了一声，笑着说：“我是四海为家，自然也是这里的主人。”邵琉锦称赞说：“安妮，你的中国话越说越好了——刚才还唱起了田山歌，真令人佩服你。”

邵琉锦的话勾起了安妮学唱的热情，立刻要邵琉锦传授要领。邵琉锦说自己也是听来就唱，不过是自娱自乐，哪有授人的本领。最后还是禁不住安妮的苦苦祈求，只得答应两个人共同切磋。邱载慧挥了挥手，说：“算了，算了，你们两个唱起来荒腔走板，全无调式，这样切磋下去，岂不以讹传讹了。”

邵琉锦和安妮同时瞪圆了眼睛看着邱载慧。安妮说：“正腔正板，应该是什么样子?”邵琉锦问：“宫、商、角、徵、羽，我们缺了哪一调，哪一式?”

邱载慧依旧大言不惭地说：“你们哪里晓得，这田山歌一句就要唱它好几分钟，讲究的是腔高韵长，行云流水，恐怕你们学起来比较困难。”

此话一出，安妮和邵琉锦更是不依不饶，一定要邱载慧做个示范。邱载慧被逼无奈，只得说：“说好了，我只把安妮所唱《十二生肖》中的老鼠唱一遍。”

正月梅花开到梢，
老鼠眼睛像胡椒，
偷油咬物真讨厌，
叮嘱家家多养猫。

邱载慧唱来与安妮、邵琉锦确实不同——尾音丰富而且拖得很长，歌声高亢悠扬，在田野久久回荡。

“邱……”

邱载慧不等安妮说完，拦过话说：“说好只唱一段的，不许耍赖。”安妮说：“啥人耍赖了？我是想问我这个属兔的是怎么唱的？”邱载慧随口回答：“四月蔷薇花开多，兔子双双来做窠，一月生一窠小兔子，崽子多来劳碌多。”邵琉锦笑着说：“真好玩，安妮，这一段你一定要学会。”安妮止住笑说：“我可不敢再学什么了——这么多小兔子已经够我劳累一生的了。”邱载慧随口说：“不要紧，我们帮你来养呀。”

三人一阵嬉笑后，邵琉锦问道：“我这只羊又是什么唱词呢？”邱载慧觉得这段唱词悲情太过，于是说：“我还是唱吧。”

八月中秋木樨香，
性情温顺是胡羊，
心善常被人来欺，
一生到头不安详。

为了使语意含混，邱载慧唱时尽可能运用了花哨的技巧，譬如叠调、串字、拖音、回龙等等，但泄露出来的情绪还是营造起忧郁的气氛。邵琉锦和安妮只是默默地听着，不再言笑。

邱载慧收住拖腔，一边捶打着自己唱得僵直的脖颈一边说：“我们这里一向有‘山歌乱嚼，勿脱韵脚’之说，所唱所吟都是信手拈来，万万不可当真。”随即对安妮说：“嗓子都唱干了，一同到寒舍去喝杯茶吧。”

“在拜访尊府之前，我可以邀请二位见见我的妈妈吗？”安妮诚心诚意地提出请求。

“你妈妈？”邵琉锦十分讶异，随后拉起安妮的手，催促说，“当然，快走吧。”邱载慧则将信将疑地说：“托尼怎么没有提起过？还有沈晓花，她向来是口无遮拦的呀。”安妮笑笑说：“你要不相信，我同锦儿去了，你一个人留在这里乱嚼山歌吧。”

安妮拉着邵琉锦上了船。邱载慧也跟着跳了上去，拿起竹篙问道：“朝哪边走？”安妮说：“看你是要远行，妈妈就在对岸呢。”

到了对岸，安妮和邵琉锦边走边说。邱载慧满怀狐疑地跟在后面。绕过三角枫，就是自家的菜园，三间瓦屋依然，但菜畦里的景色则都换了模样：鲜红的西红柿、嫩绿的芦笋、鹅黄的椰菜和淡紫的甘蓝代替了往年应季的清一色的绿色——鸡毛菜。邱载慧想：“把个地道的美国菜园搬到上海了——莫非她妈妈真的远涉重洋从故乡来了。”

“妈妈，我来了。”

邱载慧正费力猜测这个变化的由来，安妮已经大声呼唤起来。

“安妮，可把你等来了——顺便摘一个西红柿拿进来。”

邱载慧越加匪夷所思了——瓦屋里传出来的分明是母亲蒲欣莲的声音。

“妈妈，是要带黄斑的吗？”

“是的，妈妈正在寻找西红柿的病因呢。”

安妮挑了一个西红柿摘下，但并没有进屋，而是大声说：“妈妈，我带来了两个朋友，可以进来吗？”

“哎呀，你陪他们在外面等等吧，这屋里已经没有下脚的地方了。”

话音落下不久，蒲欣莲从瓦屋走出来，鼻梁上还架着金丝边眼镜，睡眼蒙胧似的四处观望。

“妈妈，眼镜还没有摘呢。”说着，安妮跑上去，取下蒲欣莲的眼镜，指着邱载慧和邵琉锦说，“邱和锦儿，都是我的好朋友。”

“妈妈原先见过吗？”见蒲欣莲笑而不语，安妮问道。

蒲欣莲笑嘻嘻地说：“傻孩子，怎么没有见过，邱是我的儿子……”

安妮听后先是愣怔，紧接着白皙的面庞因兴奋变得嫣红，禁不住惊喜地高呼：“我的天，太令人陶醉了，我同邱竟然有同一个妈妈！”说罢，把邱载慧拉到蒲欣莲身边，将自己的脸靠在邱载慧肩头上，调皮地问蒲欣莲，“妈妈，你看我们有些相像吗?”蒲欣莲随口答道：“像，怎么不像——你们的调皮如出一辙。”

“妈妈，‘如出一辙’是什么意思?”

“不用问妈妈，还是留着考考你哥哥托尼吧。”邱载慧插话说。

此时轮到蒲欣莲讶异了，忙问：“托尼原来是安妮的哥哥，是吗?”邱载慧笑道：“那还有假，安妮在巴黎认出我是托尼的朋友，才随我来上海的。”蒲欣莲格外开心，把安妮和邱载慧搂在自己两边，笑着说：“原来是这样，这么说，我这个女儿是儿子给妈妈带来的。”

蒲欣莲说的虽是一句笑话，邵琉锦却觉得备受冷落。蒲欣莲察觉到邵琉锦表情细微的变化，忙牵过邵琉锦的手问：“锦儿，真高兴，又见到你了。”

“我也是，夫人。”邵琉锦微微一笑，回答道。

“锦儿，你那日的演出十分精彩，”蒲欣莲爱意盎然地说，“慧儿的舅舅也夸奖不止，还说当年我和慧儿的小姨妈在舞台上，都不及你潇洒自如。”

“锦儿不敢当。”邵琉锦说罢，低下头去。

邱载慧也感觉到邵琉锦情绪低落，此时忙借火烧柴说：“那是当然——艺术是相同的，锦儿是美专的高才生呢。”蒲欣莲接着说：“那也是锦儿本身的天赋所在。”

“谢谢夫人夸奖。”

在邱载慧特别是安妮一声声“妈妈，妈妈”，而且说得那么自如、那么亲昵、那么爱意融融时，自己却百无聊赖，只能回上一声冷漠而生分的“夫人”，邵琉锦内心真的是五味杂陈，觉得自己成了这场亲情剧的旁观者；心里这样想着，表情也因为无所措手足而变得僵冷。

邱载慧此时挽起母亲的手臂说：“我同锦儿特意看妈妈来了，没想到在河边碰见了安妮，我们还以为她是我们川沙的船娘呢。”

站在蒲欣莲另一侧的安妮歪着头问蒲欣莲道：“妈妈，我真的像川沙的船娘吗?”蒲欣莲拍着安妮的手说：“妈妈要不晓得安妮是天恩堂的义工，也会当你是船娘呢。”

“是城厢那个天恩堂吧——安妮，这真是‘士三日不见当刮目相看'呀。"想到安妮的变化，邱载慧实实在在地被感动了。

大家说了些话，蒲欣莲说："天气还凉，不可总站在园子里。"接着吩咐道："安妮，我们先走近路回家，你把屋里的东西收拾好，也驾船回去——西红柿的病害我们明天再谈。"

安妮应了一声进了瓦屋，但没有等蒲欣莲领着邱载慧、邵琉锦走出菜园，就出来喊道："妈妈，我还没有去过家里呢，在哪里靠岸呀?"蒲欣莲笑道："看我急糊涂了，慧儿，你留下等安妮，我同锦儿先走——船小，坐不下我们几个人。"

蒲欣莲手挽邵琉锦一路走回老宅，这本是一个极好的往复交流机会，而且话题也极多，仅邱载慧一个话题就足以把两个女人的心拉近到毫无间隙。可是邵琉锦一时难以摆脱自己是旁观者这一心理拘束，不仅言谈十分拘谨，口齿也笨拙了许多，以至灵气尽失，只能以短而干涩的回答应付蒲欣莲的问话。

"锦儿，你和慧儿相识真是戏剧性十足。"

"夫人这么认为——或许是吧。"

"你登了个寻人启事，是吗?"

"夫人也晓得。"

"我是听说，我只看到了漫画《富哥拖车》。"

"那是姜家杏姐姐拟的题目。"

蒲欣莲最是讲究分寸的，见邵琉锦并无热情，本来浓密的问话很快也稀疏了，只是随便谈谈家事，问候问候家人。邵琉锦生性敏感，习画后尤甚，蒲欣莲言语的冷却，又加重了她的疑虑。这样互为影响，两人走到后半程，几乎没有了话说。

两人绕过院墙来到大门时，对面而来的阿鱼手提鱼篓，快走几步迎了过来问好："夫人好。"接着对邵琉锦说："赵妈妈说来了客人，原来是锦姐姐——事也巧了，今天打的杨柳叶特别好，锦姐姐好有口福。"

邵琉锦囿于蒲欣莲在场，只对阿鱼淡淡一笑，说："你也在这里。"蒲欣莲也没有表现出过多的惊异，只说了声"你们也认识"，就吩咐赵妈招待客人。

当天在老宅不期而遇的聚会热闹非常，话题多落在安妮这个异乡女子如何立足于此。阿鱼是见证人，把安妮的遭遇一件一件细细说来，有初到时生活习惯上的隐忍，有随自己推独轮车维持生计的艰辛，有在天恩堂专司照拂伤残平民的劳苦，更多的是她的善行与乐天性格在大众中唤起的欢欣……桩桩件件，令大家时而惊叹，时而惋惜，时而愕然，时而庆幸。在这样的气氛下，邱载慧都觉得自己和锦儿成了今晚的客人。

邱载慧和邵琉锦要赶末班渡船过江，不等大家尽兴，就告别了。蒲欣莲、安妮和阿鱼送到大门口。蒲欣莲慈爱地对邵琉锦说："锦儿，以后常来。"

告别了大家，邱载慧和邵琉锦手牵手走了，他们不时地回头招手。安妮倚在蒲欣莲的身边也朝这边挥手。就在这一刹那，邵琉锦感觉自己已经被送别了，以后只能作为客人"常来"。

"真糟糕，我们的事情还没有向母亲提起呢。"邱载慧情急地说——他说的是自己和邵琉锦的婚事。

"不要紧，下回再提不迟。"

邵琉锦平静地说到"下回"时，心里突然泛起阵阵凄惶，极想回身看看那青白色的院墙，但是映入眼帘的是一丛苦楝树，挂满淡紫色的花，发散着淡雅的芳香——他们不知不觉已经走远了。

"怎么啦，你？"邱载慧讶异地看着邵琉锦问道。

"我们快走几步，我觉得身上冷飕飕的，怕是要下雨了。"

邱载慧笑着说："你抬头看看，日头老高的，我们是走在树阴底下呢。"

凡根未尽

邱载慧送邵琉锦到弄堂口时，叶小君正走出邵家大门。邱载慧忙把车停下。

“原来是你们，我还以为你们在老宅过夜呢。”叶小君迎过来笑嘻嘻地说。

邵琉锦蓦地红了脸，“瞎说什么你。”叶小君做了个怪模样，对邱载慧说：“邱先生，久不见了，不进去坐坐？”邱载慧说：“跑了一天，锦儿也累了，我就不坐了。”叶小君打趣说：“也是，以后相对的时间长着哩。”

邵琉锦进家，先到阿妈屋里问了安，回到自己屋里，恹恹地走到床前，一声不吭就躺下了。

“和他生气了？”叶小君坐到床沿，细声问道。

“真烦人，你。”邵琉锦咕哝一句，翻身朝里去了。

叶小君站起身来说：“喂，有气应该向他撒呀——把他让你受的气往朋友身上撒，可太不仗义了。”

邵琉锦坐起身来说：“没有哪个人给我气受，我是在生我自己的气呢。”见邵琉锦眼泪汪汪的，叶小君忙坐到邵琉锦身边，搂着朋友的肩关心地问：“怎么啦？”邵琉锦说：“没有什么，我不是常这样吗？莫名其妙地自怨自艾。”叶小君叹了口气说：“你的艺术气质太浓烈了。”邵琉锦笑笑说：“你看，不是好了，说说你的来意吧。”

“丘堤——眼睛大大的那个福建妮子，喜气洋洋地宣布，她已经决定去日本了，周末的船。”叶小君绘声绘影地说。

“这么说纹藏也要走了。”

“纹藏？你没有决定，他能走吗——人家等着你哩。”叶小君说得神乎其神。

“纹藏也约了你，你为什么不去?”

“你又不是不晓得，我哥嫂怕我嫁不出去死赖在家里，逼着我嫁人呢，哪容我出去。”叶小君黯然地说，“再者，纹藏约我去只不过是掩人耳目而已，嗨，你就不用管我了，你同载慧谈过了吗?”

“没有来得及。”邵琉锦说。

“你真沉得住气，”叶小君埋怨道，“纹藏还要听你的准信呢，我可怎么回复?”

“不是我沉得住气，”邵琉锦无奈地说：“今天是第一次见夫人，安妮也在场，我怎么能再提留学的事情。”

“你说什么，安妮也在场，”叶小君讶异地问，“安妮怎么也去了那里?”

“不晓得。”邵琉锦摇摇头说。

叶小君被邵琉锦的不紧不慢弄急了，急赤白脸地说：“你把话说透亮了好不好，你要急死我呀!”

“我真的不晓得，”邵琉锦依然不紧不慢地说，“她好像就在那里，她还与夫人以母女相称呢。”

叶小君长长地出了口气，满脸颓丧地说：“完了，你必须回绝纹藏——学画事小，婚姻事大。”

“危言耸听。”

“我危言耸听，”叶小君急火火地说，“你想想，安妮弃船不归，只身流落异地他乡为的是什么？她吃大劳苦，受大艰辛又为的是什么？你还勿要说，上天真的不负有心人，她不仅登堂入室……”

“不对，安妮并没有登堂入室，”邵琉锦纠正道，“她也是第一次进载慧家的老宅。”

“第一次，已经情同母女了还第一次，”叶小君无奈地摇着头说，“这是你的事情，我多说了好像我是恶人似的，干脆，我怎样给纹藏回话？我可等不及了——回家晚了嫂嫂有一车的闲话拨你听。”

这时，外边有开门的声音。邵琉锦出去问了阿爸的安，对林阿贵说：“阿贵，你去趟叶府，说小君今晚被我留下了。”林阿贵回答说：“君小姐尽管同我们锦小姐玩耍，阿贵一定把话带到。”

“既然你把我留下，我不能不把话说透彻了，”叶小君厉言正色地说，“我不好说安妮居心叵测，但是——‘随风潜入夜，润物细无声’，她已然……”

邵琉锦打断叶小君的话，信心十足地说：“不管怎么说，反正我对载慧是有信心的。”

“迂腐！”

“迂腐？什么意思？”

“我的好姐姐，你没有画过西女模特？你承不承认，那婀娜丰腴的西洋女体对于男人的诱惑力远胜于我们这些纤细无华的东方娇娃。”

邵琉锦啐了叶小君一口说：“死妮子，越说越不像话，不理你了。”

两个人沉默了一阵，邵琉锦平静地说：“其实，即便不出去学画，我也要离开一些日子，我想，应该给载慧和安妮一个机会。”

“你是疯了，还是傻了？”叶小君情不自禁地大声质问起来。接着，响起阿妈的声音：“快歇息吧，迟睡晏起要肿眼泡的。”

叶小君应了一声“大阿妈，晓得了”。然后压低声音对邵琉锦说：“琉锦，此刻不是比量清高，讲究大量的时候，你千万要想好了。要不这样，走之前要邱载慧同你把婚定了——不信，好，你会后悔一辈子的！”见邵琉锦不为所动，叶小君站起身来急火火地说：“你要是不听劝，我这就禀告大阿妈去。”

邵琉锦把叶小君拉住，说：“哪个不听劝，不听劝留你下来做什么？”说着说着，邵琉锦的眼圈就红了。叶小君也意识到挚友心中的难。

接着，两个贴心女子叽咕了一夜，叹息了一宿……

第二天清晨吃早饭时，阿妈看看这个又看看那个，满意地说：“还是听阿妈的话好吧，眼睛都这么水灵灵的好看。”邵琉锦和叶小君相视一笑—— 一夜没有阖眼，哪来的晚睡晏起肿眼泡呢。

分别时，邵琉锦说：“就这么告诉纹藏，船期尽早吧。”

“晓得。”

叶小君走了几步又转回来说：“琉锦，你真是圣人，但愿你的那个他也是。”邵琉锦没有说话，叶小君从眼神中看出她的落寞，叶小君下意识地朝天空看了看，那里晴空万里，她默默地祈祷：“千万成全他们，老天爷。”

放假后大家陆续上班，姜立聪最为准时。第二天从苏州老家回来的沈晓花问姜立聪这几天是不是到秦南仓看阿娇去了。姜立聪说：“我本想去的，可是那所园子的手续我一直没有办，我不晓得怎么对阿娇说，弄得我六神无主，只好在家里睡了几天觉。”

第三天，陈道堤从天津访友回来，带了一堆特产，其中最有意思的是彩塑泥人，各人一对，虽人人皆着古装，但眉眼极似本人。姜立聪捧在手里把玩后说：“要是早几天拿来，我就有理由去秦南仓了，阿娇一定高兴。”沈晓花则说：“托尼穿汉服确实别有一番风韵，立聪大哥，上海有做古装的老店吗？”姜立聪说：“这事要问杏儿，我只晓得西服店。”陈道堤说：“去什么老店，随便哪个戏园子就会做。”

到了第四天，邱载慧的写字台上还摆放着他和锦儿的彩塑。沈晓花不禁猜测说：“这两位偷偷旅行结婚去了吧。”陈道堤说：“说不准，不过听琴儿说，她小哥领着锦儿到川沙老宅见姑母去了。”沈晓花当即说：“这就对了，夫人一点头，两个人不就飞也似的上路了。”姜立聪笑了笑说：“晓花，你可真能渲染，载慧不会那样没有谱，我猜呀，他一准是去高山峻岭吹他的号去了——这些日子他够憋闷的了！”

三个人正在议论邱载慧的去向，门房来报，说门外有一女子求见邱处长。

沈晓花忙问：“长得什么模样？”

门房说：“没精打采的，衣服也不大整洁……模样嘛倒是蛮好掰。”

沈晓花脱口而出：“是锦儿？——这乱子又闹大了。”

这时传来门房的声音：“侬晓得不，这里是政府，哪能自家进来了的，侬，侬哪能不讲道理……”

姜立聪急忙打开门迎出去，没有想到与姜立颖撞了个满怀。

“杏儿，怎么是你？”

“立颖，怎么啦，建业他……”沈晓花惊恐失色地说。

“他好好的，载慧呢？”

“我们正等着邱处长呢，”陈道堤拉过一张椅子说，“杏姑娘快坐。”

姜立颖没有坐，接过沈晓花递过来的茶水一饮而尽，接着又问：“载慧呢，往市政府开会去了？”

姜立聪把连日来的事情简要说了一遍。姜立颖着急地说："我还有要紧事找他呢，这么办吧，哥，你同晓花去静庐；我去锦儿家，顺便把建业的话带去；道堤就留守这里，载慧要是回来就别让他走了。"

姜立颖离开毛家弄直奔平凉路邵家，路上想着如何说，才能打消老人们对邵建业的担心——自从在河潭埠握过马启明冰凉的手后，自己心里一直为邵建业忐忑不安。

姜立颖乘坐的出租汽车经过外白渡桥时，看见人行道上走着一个女学生，背影极似锦儿，忙吩咐司机把汽车靠边停下，自己朝外喊了一声"锦儿"。

女学生停下步子，侧转身来。姜立颖发现自己认错人了，忙抱歉说："对不起，我以为是锦儿呢。"

"小姐说的锦儿是邵琉锦吗？"

"哦，你认识邵琉锦？"

"我们是同班同学，我叫叶小君。"

"听锦儿提起过，"姜立颖说着打开车门，"上车吧，我正好去锦儿家。"

"她不在，"叶小君说，"她去日本留学了，一周前走的。"

姜立颖大吃一惊，忙付了车资，走到叶小君身边问道："载慧一同去了？"

从姜立颖所问和那种错愕的神色，叶小君看出来她定然谙熟邵琉锦与邱载慧的关系，于是悲天悯人说："没有，琉锦都没有让人家送行。"

"载慧不晓得她走？"

"晓得，是我通知的，在开船之后。"叶小君说话时脸上是一种既无奈又神圣的表情。

"这是怎么回事呀，这是，"姜立颖烦躁地自言自语，又觉得在人前有点失态，于是解释说，"我叫姜立颖，他们两个都是我的好朋友。"

"哎哟，我的杏姐姐，你怎么刚回来！"叶小君跌足捶胸地说。

"快说，出什么事啦？"

叶小君说了邵琉锦随邱载慧去老宅见到安妮与夫人母女相称后的心情以及去日本留学的决定，随后说："我当时觉得唯有杏姐姐能让她回心转意——每次提到杏姐姐，我那位学姐都是敬慕有加，可是我从姜家花园跑到新闻报馆，全不晓得杏姐姐确实的行止。”

姜立颖挽起叶小君的手臂说：“我正要去锦儿家，我们边走边说，这里众目睽睽的，不是说话的地方。”

“小君，你是怎样对载慧说的?”姜立颖边走边问。

“我在工务局门前等到了载慧，我迎上去没有打招呼就说：‘刘校长要我通知你，我校决定推荐邵琉锦去日本习画，已于昨天乘船离开。’”叶小君一字一句地说，“这是琉锦同我事先想好的词。”

“载慧当时的反应如何?”

“‘好事呀，祝福她’……还有……‘要在那边待两三年吧’……”叶小君边想边说，“好像就是这些。”

“表情呢?”

“我觉得……除了有些语迟……好像挺平静的，反正不如刚才姐姐那么错愕。”紧接着，叶小君又补充说，“其实，我说这些话时，离开船还有三个小时，假如邱载慧听后不说泪流满面捶胸顿足，即便是悲怅叹息或者掩面而泣，我绝对立刻心软……可是……杏姐姐，莫非琉锦给了他机会，邱载慧居然不吝照收了!”

“不用担那份心，”姜立颖浅浅一笑说，“其实载慧这样的举止是本色的表现，是真心的流露，你想呢，他能不愿意锦儿获得这样的机会吗?”

“可是，对琉锦的不辞而别他似乎无所谓似的，这真令人大惑不解。”

“载慧内心或许稍有不解，所以他才有你所说的语迟，”姜立颖娓娓分析道，“但他们知之甚深，载慧很快就会理解，若两人面对，锦儿能下得了数年分别的决心吗?”

“杏姐姐，我真佩服了，”叶小君说，“若是当初姐姐在……”

姜立颖一笑说：“我在也同样帮不了忙，这样的事情是局外人无法说三道四的。”

二人说着走着，觉得人声愈益嘈杂，一抬头，到了公家花园的门前，原来只顾说话，把方向弄错了。

“既然到了这里，我就不走回头路了，”姜立颖说，“大家还等着听载慧的消息呢。”

“听姐姐说，载慧没有上班？”

姜立颖怅然一叹说：“天涯地角有穷时，只有相思无尽处。个中滋味够他体验一阵子的了。”

姜立颖告别叶小君，回到工务局时，屋子里已经坐满了人。听了姜立颖所说，大家分析邱载慧一准追随邵琉锦去了日本。

“载慧离家时确实说要出去旅行，”蒲天枢若有所思地说，“可是刚才立聪和我到载慧居室看过，平日出门用的提包、出门常穿的猎装原封不动。而且他那个蛇皮编制的钱包也躺在抽屉里，这年月不带钱出门是寸步难行，能往哪里去呀？”

蒲天枢的话一出口，更是众说纷纭，觉得邱载慧事业遭受阻遏，爱情遭遇波折，多么刚毅的人在心底也难免有懈怠的片刻，从而走上异样的人生之路，包括还能说得出口的出家，和不愿说出口的……

随着这些想法，大家首先想到寺庙，经过分析，认为龙华寺、静安寺、留云禅寺在市区之内，不足以为邱载慧所选；远离喧嚣的如嘉定的云翔禅寺、松江的西林禅寺、奉贤的万佛阁等等皆有可能，难以一一访查。

大家正在无奈之际，蒲天枢说：“幼时我同载慧常去崇明采桑葚，那边有一所寿安寺，大雄宝殿的那副楹联我还记得：‘无我无人无众生，寿者皆以无为法。如露如电如梦幻，泡影应作如是观。’因为载慧最是喜爱，回家抄写后贴在我家门口，出门进门要我随他吟咏三遍。后来爹爹回来，呵斥我们说：‘小小年纪，哪懂得参禅悟道，妄自移情别性，快去撕了下来！’”

姜立颖说：“估计就在那里，蒲大哥，我们追去看看吧。”

二人赶到大达码头，去往崇明的朝阳轮已经点火待航。船东王清穆正在甲板上招呼船员接待旅客，一眼看见蒲天枢，忙迎上来打躬作揖说：“难得蒲秘书光临小艇，不甚欢迎之至！”

蒲天枢一时认不出来人，只得“嗯、啊”的随便应承。王清穆自我介绍说：“我是王清穆呀，你和你那小兄弟哪年不搭几次我这朝阳轮呀。”蒲天枢这才记起，眼前这位已显龙钟老态的人竟是当年潇洒倜傥的王少东——朝阳轮首航的乘客中就有蒲天枢和邱载慧。

王清穆一边往舱房里让蒲天枢和姜立颖，一边问道：“这时去崇明为了什么，不是采摘桑葚吧？”

“早过了季节，”蒲天枢说，“还不是为了寻我那淘气的小兄弟。”王清穆不禁笑道：“看蒲秘书说的，孩童时的邱兄弟确实机灵过人，听说留洋归来才智出众——唉，你们兄弟两人不是同府为官吗？怎么……”

“不为官倒也罢了，”蒲天枢无奈一笑说，“如今官福一丝一毫没有享到，却被一条欲修无钱，欲罢不能的路缠绕不过，这不，去寿安寺做和尚去了。”姜立颖忙补充说：“也是大家的猜测，我和蒲大哥只是去看看。”

此时正在侍奉茶水的船员说：“先生、小姐放心，邱先生做不成和尚了。”王清穆忙问：“你怎么晓得的？”船员说：“前些天邱先生上船后，向大副打听寿安寺的状况，什么僧众多少，香火如何。大副问他说：‘你莫非要出家？’他回问：‘有何不好？’大副于是把世间花红人中繁锦说了一大阵，他却随口答道：‘如露如电如梦幻，泡影应作如是观。’”

“小兄弟，这不明明做成和尚了吗？”蒲天枢急急地问。船员回答说：“没有做成——第二天，我们的船离开南门港往回转时，他又上船了。大副问他：‘寿安寺僧众满园了？’他摇摇头说：‘没有，住持说我凡根未尽。’”

姜立颖喜不自禁地说了句“住持够英明”。随后又问：“邱先生在哪里下的船？”船员想了想说：“大概是东沟，那里还有什么和尚庙吗？”姜立颖笑道：“有，法昌寺——谢谢小哥，我们两个也在东沟下船了。”蒲天枢疑惑地说：“法昌寺早年已经烧毁了呀。”姜立颖说：“他不会再到寺庙去碰钉子，一准上宝山老城墙了。”

果然，还没有看见宝山城垣，已经听到悠扬的小号声，姜立颖要汽车司机加快车速。司机转过脸来说：“满是砂石粒，车子跑快了要抛锚的。”姜立颖心急，要司机停车，自己下车去辨识方位后对蒲天枢说：“天枢大哥，我们弃车走近路吧。”

循着号声走了一程，号音停止了，好在城垣已经显现在不远的地平线上。两人你拉我扯，走出沙窝地，来到往日野营的地方。四处望去并没有邱载慧的身影。

“快看，城垣上有顶帐篷。”姜立颖喊了一声。

帐篷里除了一条毯子和丢在毯子上的一把小号、一本英文版的《汤姆索亚历险记》外别无其它——食物、水，甚至一支蜡烛也看不见。

“这家伙，茹毛饮血来了。”蒲天枢苦笑道。

两人等了好一阵不见邱载慧出现，又交替着喊了一阵，还是没有人应声。此时夕阳已经失去热度，从海面吹来的阵风令人感到寒冷。

有几颗石子落在城垣上，又沿着城墙扑簌簌滚落下去。姜立颖顺着石子滚落的方向望去。

“是他，在那里呢。”姜立颖指着正沿着倒塌的城墙向上攀爬的人对姜立聪说。

邱载慧手脚并用攀到顶端，蒲天枢俯身拉了一把，两个人一同滚倒在地。

“我的天，你怎么成这样了？”姜立颖把他们扶起后惊讶地问。

邱载慧双手捂住自己的双腮——那里冒出了密密的胡碴——咧开嘴笑着。

“你怎么到这里来了？”蒲天枢接着问道。

邱载慧张口想说什么，但嗓音嘶哑得无法令人听清。邱载慧想了想，跑进帐篷，拿来那本《汤姆索亚历险记》，翻来翻去，指给蒲天枢和姜立颖看。

看过几页后，姜立颖悟出了玄机，说：“你是要寻找马克·吐温那个麦克杜格尔山洞，看看乔的百宝箱还在不在？”

邱载慧听后开心地笑了，说：“那不过是画饼充饥，实在的在这里。”说着，变魔术似的从腰间取出两个圆圆的面饼，大口大口吃起来。一个面饼快要吃完时，只见邱载慧鼓起的两腮不停地蠕动，但食物已经难以下咽。邱载慧捂住嘴，飞快地从城垣倾塌处跑下去，钻进了芦苇丛。不一会儿，邱载慧又钻了出来，拿着两个鸡蛋状的禽卵回到城垣上，熟练地敲碎蛋壳，对着嘴把蛋液吸吮进去。

“实在是饿极了。”邱载慧抹去遗留在嘴角的黄色蛋液自嘲地说——或许是蛋液滋润了喉咙，邱载慧的言语大为清晰。

“你准备在这里长此以往地待下去？”蒲天枢问时几乎想发笑。

“可能是吧，”姜立颖与蒲天枢唱和道，“反正这里没有人计较凡根的净与未净呀。”

从姜立颖的话里，邱载慧听出来他们已经晓得了自己在寿安寺碰壁的事，不觉有点耳热，但还是把风餐露宿的体验侃侃谈来：

“凡根不是人生固有，而是后天所染，襁褓婴儿几口奶水足矣，三岁五岁小仔，半碗羹汤果腹即觉惬意，此时凡根不过毫发粗细，若得膏粱厚味浇灌，则粗壮无比，再难了断。

“人生一世，皆因丰衣足食，妄自生出许多奢侈，物质之外，更有许许多多虚无缥缈，世间乱象，从此而生。人们于混沌中自觉清高爽利，此时凡根已不见于形，实则已近膏肓。

“当一个人回到我们的始祖的境界——以维系生命为己任——他将获得最大的解脱，一切虚饰、欲念、不忿、痴心妄想都不复存在，这些将拯救他于迷茫，凡根或将了断。”

“……”

姜立颖对蒲天枢耳语了几句。两个人不再听邱载慧胡言乱语，而是随手拔出帐篷纤绳，将帐篷拉倒在地，三卷两卷，再顺势往城垣下推去。邱载慧正目瞪口呆之际，蒲天枢一把拉住邱载慧，顺着倒塌处的斜坡，跌跌撞撞走下城垣。

在赶来接应的汽车司机的帮助下，三个人不由分说把邱载慧连拉带推地塞进了汽车。

“载慧，你一定要随我们回去，”姜立颖堵在车门边说，“有一场葬礼必须你参加。”说罢，随手把小号、书本和一个面饼扔在邱载慧的怀里。

以血洒花

老兵彭水声本已积劳成疾，在秀才马启明的尸体运到上海的那天晚上，他积悲在心，独自一个人坐在路边的小石礅上自斟自饮，喝了一夜的酒。第二天清晨，邢维民发现了彭水声侧卧在地，已是气息奄奄。邢维民急忙唤人把彭水声抬上汽车，送往医院。由于受到颠簸，彭水声喉咙里咕噜了两声，吐出一团浓痰，呼吸也顺畅了些。

“水声，水声，坚持住，革命尚未成功，同志仍须努力！”邢维民扶稳彭水声的肩背，不停地呼唤着。

“革命尚未成功，同志仍须努力。”彭水声轻声回应道。

此前已经两次，邢维民是用这种方式帮助彭水声战胜了死亡。但这一次有些异乎寻常，呼唤与回应虽然持续了许久，可是回应声渐趋微弱，最后成了断断续续的单音：“革、命……尚、未、成——功，同、同志……仍、仍须……努力——”直到再无声息。

彭水声没有亲人，在世时也没有指定身后安葬的处所。邢维民想了很久，说：“水声生前最大的愿望，就是到上海拜见邱夫人……我看，就让他和启明做个伴吧。”

老兵彭水声和秀才马启明的坟茔，就在龙华塔旁的荒草地上，新建的中山路正是从这里开始迤逦西去。

彭水声的墓碑上，是蒲欣莲题写的墓志铭：“革命尚未成功，同志仍须努力——老兵彭水声之墓。”马启明坟茔前的石碑上镌刻着“以血洒花，建设中华—— 一个出身黄埔的秀才”。作为他自撰的墓志铭。坟茔四周堆满了邱载慧和同事们从沿路采集来的菊花、玫瑰、康乃馨、三叶草，黄白相间，安详静谧。

蒲欣莲为彭水声送来一个花圈，缎带上书写着：“水声兄弟千古——蒲欣莲携子邱载慧敬挽。”姜立颖也为马启明送上一捧白百合，丝带上的字用蓝色墨水写成：“萍水相逢，堪为知己。”

葬礼简单而肃穆，没有扬幡打旗哭号震耳的送葬队伍，没有歌功颂德备至哀思的悼词；人们环墓肃立，屈腰敬礼，倍尽哀思；邱载慧受母亲之命，在彭水声墓前行了跪拜礼。

礼毕。在邢维民的口令下，十名军士朝天鸣枪十响。枪声划破晴空，火药燃烧出的白色烟圈也随风扶摇直上……邱载慧手握小号，仰天长鸣，吹奏了一曲黄埔军校校歌。在姜立颖的带领下，大家也和军士一起同声高歌，当唱到“以血洒花，以校做家，卧薪尝胆，努力建设中华”时，大家禁不住抛下感动的热泪。

葬礼结束后，邢维民指挥军士上了汽车，自己走到邱载慧面前，立正敬礼说：“报告表少爷，邢维民率队走了。”虽然架势还是军人的架势，但没有了初见时那种威猛的军人气概。

“谢谢大家，谢谢大家。”邱载慧紧紧地握住邢维民的手说，“盼望你们很快回来。”

邢维民朝他们原本负责的路段看了看，那里的路基已经初现，不远的一处桥涵也开挖完毕，两边的土坡上堆着砂石。路的一侧，一条横幅在风中猎猎飘摇：建筑中山路，是实行上海大计划的初步！

邢维民没有再说什么，双手握住邱载慧的手用力地上下晃动了几下，松开手，低着头走向汽车。临上车前，他突然想起秀才留下的自来水笔还在自己这里，忙从上衣口袋里掏出来，回到姜立颖面前说：“秀才没有亲人，这支笔还给姜小姐吧，放在我这里再也派不上用场了。”姜立颖觉得邢维民话语不吉利，忙要拒绝。邢维民已经把自来水笔搁在姜立颖的手里，转身走了。

军车掀起一阵尘土，转眼消失在道路尽头。

军士走后，大家正要离开，可是找不到邱载慧了。沈晓花忙问：“立颖，你不是说要他回来参加葬礼吗？会不会参加完又跑回宝山城垣了？”姜立颖说：“不会吧，葬礼对他一点触动都没有。”沈晓花说：“难说，他如今是公私两头尽皆碰壁呀。”姜立聪也忧心忡忡地说：“就这么几天，载慧不仅人清瘦了许多，好像言语也迟钝了不少。”

说话间，陈道堤一溜小跑而来，见邱载慧并未在此，着急地问：

“邱处长呢?”姜立颖说:“我们也在找他,有什么急事吗?”陈道堤说:“事倒不是急事——我刚到就近的几个标段看了看,军工撤尽了不用说,民工也停了十之八九,这雨季一到,路基桥涵就有被冲毁的危险。”沈晓花急赤白脸地说:“眼看就要前功尽弃,这还不急呀,我们分头找邱载慧去!”

大家正商议如何去找邱载慧,只见远处黑压压一群人朝这边走来,到了近处才看清走在前面的是林阿贵,身后约莫有二三十人。

“阿贵有事?”姜立颖走到队伍面前问道。

“这全是‘马褂木’的居民,”林阿贵指着身后的人们说,“为了修路,原先的房屋都拆了,临时住在棚户里,一家老小也成了修路的义工。可前些天说路不修了,大家心里一下子就乱了营……”说到这里,林阿贵不停地咳嗽起来。另一个汉子接过话说:“听说今天这里有个什么典礼,大家就聚起来找邱处长给我们讲个实情。”

“什么典礼,是两个当兵的葬礼,”陈道堤丧气地说,为的也是化解来人的怨气,“邱处长不知道躲到哪里伤心去了,我们还在找他呢!”

陈道堤的话音刚落,龙华塔上传来了小号声——婉转低回。大家循着声音望去,邱载慧正站在龙华塔五层的围栏后,朝半空举起小号,被他擦拭得锃光瓦亮的号身在阳光的照射下熠熠生辉。

“真有闲情逸致,”沈晓花愤愤地说,“立颖,走,我们去把他叫下来!”姜立聪拦阻说:“不忙,先听听他的心思。”见大家疑惑不已,姜立聪接着说:“常说‘乐发心中’——出殡时也吹唢呐,没有它烘托不出刺心的悲怆;到了娶亲,欢快喜庆的溢发,不也靠唢呐来引领吗?”

姜立聪的话深得来人的认同,林阿贵急急地问:“姜先生,快说说邱先生此刻的心情,我们都晓得邱先生是好人,一定有他的苦衷。”

姜立聪听了一会儿,娓娓说道:“邱先生此刻演奏的是胡梅尔的《E大调小号协奏曲》,曲调委婉低回,多用以抒发胸中的积郁或对故旧的怀念,这么些年来——怕有二百多年了吧,人们觉得这样优美的乐曲却局限于此,实在是太可惜了,于是后来每每演奏时,都习惯于提高半个音,为的是曲调更明亮欢快些,可是载慧却按原调演奏。我听过他多次了,从来没有过的。”说到这里,姜立聪神色黯然,眼眶中竟是泪光闪闪。

“好嘛，那更得上去叫他了——那里足有十丈高呢!”陈道堤战战兢兢地说。

林阿贵听了姜立聪和陈道堤的话，同来人商议后，对姜立聪说：“请姜先生转告邱先生，要他莫太为难了，我们还能挺一阵。”

林阿贵简单的一句话令大家大为感动，姜立聪拉着林阿贵的手对来人说：“大家放心，你们为修路作了这么多的牺牲，你们的住宅我们一定如期为你们建起来!”

来人听了姜立聪的话一时欢呼雷动，他们和眼前这些人已经打了不少交道，他们深信这些人不会说假话骗人。

“立聪大哥，”来人走后，沈晓花一把抓住姜立聪的手，好久说不出话来，直到憋红了脸才憋出后半句，“这事体开不得玩笑。”——在她心目中姜立聪在他们中间是最最稳健的了。

姜立颖虽略微晓得一些哥哥的心思——打算把顾阿娇赠予的那所宅院卖掉，为“马褂木”被拆的居民建屋，但觉得此时时局动荡之际，上海楼市有价无市。再说，那所宅院虽是顾阿娇所赠，可真的买卖起来，难免不枝蔓横生……为了不伤哥哥的自尊和大家的心气，姜立颖不无戏谑地说：“我哥是你们的账房先生，他心里有数你们还担的什么心。”陈道堤笑着说：“立聪从不说假话，偶尔说上一句半句也是情有可原——那么多人，你怎么打发呀。”

大家正围绕着姜立聪的话在议论，一时把在龙华塔上吹号的邱载慧忘记了。此时，一段大家早已耳熟能详的旋律高亢明快，响彻云霄。

“海顿的降E大调。”沈晓花喊道。

“而且是第三乐章。”姜立颖欣喜地补充了一句。

大家朝塔上望去，邱载慧已经攀上七层，双手把持着小号斜向天空，从肩及腰，从腰及胯，随着音乐的节奏不停地摆动。

《海顿的降E大调小号协奏曲》的第三乐章堪称留存于世的典范珍品，海顿充分利用了小号音色的强烈、明亮、锐利和极富光辉感，以两个主题回旋奏鸣的形式，递演递进，在听众耳不暇接时，由主奏小号轻松地吹奏出欢快乐观的第一主题——它壮丽优雅，欢快明丽，数百年来不知有多少人为之倾倒，又有多少人耳熟能详，几乎在每一部古典音乐旋律辞典里都能轻易见到它。

由于在主奏小号的乐句上有着各种高难度的技巧，邱载慧平日演奏时也是小心翼翼，此时此刻，他却全无往日的拘谨，似乎进入了得心应手出神入化的境界，把欢快奋进的旋律演绎得淋漓尽致。

“摇头摆尾去心火，”陈道堤挥起臂膀说，“看来邱处长已经从逆火攻心中解脱出来!”姜立聪接着说：“我看是他有了新的主意。”

说话间，见邱载慧下了龙华塔，跑到墓地前，深深地鞠了一躬，似乎犹豫了一下，随后跪倒尘埃，着实地磕了三个头，起身后，一手提着小号，一手拍打着膝上尘土，朝这边走来。

“对不起，让大家久等了。”邱载慧歉然地说。

“难得欣赏到如此高超的演奏，实在是不枉一等。”姜立颖打趣说。沈晓花则说：“看你满面春风的模样，说说心情吧。”

“心情先不说了，要紧的是说说我的决定。”

邱载慧的语气与神色充满了自信与决断，大家洗耳恭听不再多问。

“晓花，所修路面原系双度柏油，现在一律改为煤屑；在排水通畅的路段，连天窗百脚沟尽可以取消；道堤，除吴淞江大桥仍用钢骨水泥，其它河浜一律改为木桥，其中能以涵洞代替者则改用涵洞；立聪，你那边再审视一下大宗用料的渠道，看能不能找到更低的……”

“打住，打住，”沈晓花早已听得不耐烦了，此时急赤白脸地说，“邱载慧，我们是在修环城大路，还是在修乡间小径?”

“小径怎么啦，小径不是路?”邱载慧淡然一笑，反问道。

“小径是路——回你们川沙修去，在这里修……丢不起这个人……”说到动情之处，沈晓花声音哽咽了。

一阵难耐的寂静后，邱载慧低眉低声地说：“晓花，这个决心我也是难得下的，可是这样做，我们毕竟还是修了一条路，而不至于陷入洋人所挖苦的流水不够深，养鱼嫌太浅的窘境，让他们抓住中国人是烂泥扶不上墙的把柄。我想，水声大伯和马秀才睡在这里也会稍稍安稳些……”说到这里，邱载慧再也按捺不住自己的悲情，竟然落下眼泪，继而竟然痛哭起来……

一个大男人，特别是邱载慧这样一个一向不服输的大男人竟然不顾女士在场就大放悲声，姜立颖和沈晓花无不为之怅然，晓得他是伤心已极，她们背过脸去，朝前走了几步，怕她们自己也把持不住。

“你们不忙走。”

身后传来邱载慧的声音，似乎已经平静了许多，姜立颖、沈晓花转回来，站在邱载慧面前。

“我、立聪还有晓花捐出三年的俸禄，”邱载慧胡乱抹了把眼泪，以不容商量的语气说，“我去报告局里，请他们一次支付。这期间请自己回家解决衣食，若是脸皮够厚，就再要个零花钱，若是拉不下脸，只好当几年清教徒，也算是修炼。”

沈晓花见姜立聪点头应承了，自己着了急，说：“唉，我家在苏州，整日里奔波那三餐也来不及呀！”姜立颖拉了沈晓花一把，悄声说：“杞人忧天，托尼巴不得奉养你呢。”沈晓花涨红了脸，不再言语。

“邱处长，我……”陈道堤讷讷地说，“我若是搬到林阿贵的棚屋，可以捐出一半……”邱载慧微微一笑说：“算了，你量力而行吧，若是答应他们的住宅不能如期建成，你还不是送上门的人质。”

“载慧，你是想法可嘉，”姜立颖认真地说，“可这几年的薪资于修路而言岂不是杯水车薪！”

“看见那辆沃斯摩皮了吗？”邱载慧随手一指自己的座驾说，“我决定把它卖掉，至于诸位……”

不等邱载慧把话说完，姜立聪兴冲冲地说：“载慧，我也决定卖掉金神父路上那所宅院。”

邱载慧张开双臂搂过姜立聪，感慨万端地说：“我的老兄唉，你我果真是心有灵犀一点通，我正羞于启齿求你，你倒先慷慨陈词了。”邱载慧说罢，松开臂膀认真地看着姜立聪说：“不过有一条，阿娇虽然已经把那所宅院赠送你了，可若是卖掉，必须事先征得阿娇的同意。钱多钱少于我们都好领受，可是阿娇对你的那份情意我们一些些都不敢伤害呀！”

姜立颖禁不住大发感慨说：“上小学的时候老师就说过斋僧布施，盖寺建塔，修桥补路，惜孤念寡，敬老怜贫是世间五大善事，诸位如此壮举我看一定会感动上苍和世人的！”

邱载慧说：“我也是这么想，可是人心不古，也难说，走着看吧。”说罢朝大家一挥手，“上车，大家再最后一次享用我亲爱的沃斯摩皮吧。”

正在这时，一辆汽车扬着尘土迎面驶来，连着鸣了几声喇叭，又从车窗中伸出手来朝这边晃动。从对面车里走出来的是工务局营造处的安仲。

“听说你们在这里参加葬礼?”安仲开口问道，“我也晓得个大概，真够感动人的。”

“要我带你去祭奠一番?”邱载慧问。

“等大路修成再一并祭奠吧。”安仲回了一句，接着认真地问，“载慧，你们修路还差多少钱?”

“提起这事我就头痛，还是问立聪吧。”邱载慧举起双手捂住自己的头说。

姜立聪说：“若按照原先计划，资金缺口总有四五百万之巨，修改建造标准之后我们还没有细算，预计也不会少于三百五六十万。”陈道堤补充说：“立聪说的数目八九不离十，我那里若是多几处桥梁改涵洞或许还能省几个。”

安仲听后突然双手触地，当众竖起了蜻蜓，随后又以手当脚，向前走了几步，才蜷曲双腿，重新站立起来。大家被安仲的动作惊呆了，目不斜视地望着他。

“为什么这样看着我?”

由于倒立的缘故，安仲满脸充血，太阳穴上的青筋怒张，模样显得有些吓人，他却兴奋不已地说：“我是高兴的，没有想到我们的那点雕虫小技居然能派上这么重要的用场!”

安仲的话更令大家匪夷所思，他们甚至怀疑这个平日里高傲寡朋的康乃尔留学生是来隔岸观火甚至落井下石的。

“载慧，你们听我说，”安仲似乎也感觉到大家的情绪，忙解释道，“我们的 AC 基金，足可以承担你们二分之一所需。”

邱载慧确实感到被戏耍的羞辱，他双臂抱在胸前，乜斜着眼睛看着安仲说：“AC 基金?——安仲，据说你家祖上只不过是在青浦开了一家油坊，你在康乃尔那阵，用的也是清华的公费，你此刻居然敢大言不惭承担我们二分之一的所需……你让我说你什么好……”陈道堤侧目道：“大家同朝为官，为人要厚道!”

安仲此时着了急，双手挥舞一时不晓得从何解释起。姜立聪走到安仲身边问道："安仲，AC 基金的 A、C，怕不是你姓名的缩写吧?"

安仲听后拉住姜立聪的手说："我安仲何德何能，哪里敢以自己的姓名命名基金，那是 Anti－Corruption 的缩写。"

"反贪污?"邱载慧似乎觉察到什么，但更多的依然是疑惑。

安仲浅浅一笑说："我们营造处虽然无缘你们所为的大事，但一应菜市场、公共商场等的兴建和修缮的批准，建筑电机设备、卫生设备、工厂设备合格执照的核发全归我们管辖。"

安仲说到这里，陈道堤插话说："怪不得去你们处办事的工商人士穿梭来往如过江之鲫。"邱载慧终于悟出个中道理，他接着陈道堤的话说："这其中难免有无良之人取巧谋私，拿出惯用的手法，对你们这些年轻官吏私相授予。面对这样的局面，你们往往无所适从：照单收纳，于心不安；严词拒绝，又碍于情面；于是你们急中生智，凡婉言亦难以拒绝者，于收纳后交到 AC 基金，然后捐赠于公益事业。"

安仲听后，在邱载慧胸前捶了两拳，说："既然你这么明白，还连挖苦带损的，好像我成了落井下石之人。"

邱载慧忙说："我不是刚悟出来的嘛。"说罢招呼大家说："还站着做什么，赶紧敬敬我们的财神呀!"

邱载慧一声呐喊，和姜立聪、陈道堤连同沈晓花、姜立颖一齐动手，抓住安仲的肩背腿脚，随着阵阵欢呼，安仲被连连抛向空中，最后一次大家也没有了力量，在接住落下的安仲后也纷纷胡乱倒在地上……

陈道堤毕竟是练家，第一个站起身来，一一把大家拉了起来，又替安仲拍打身上的尘土。

"安仲你们可够自私的，"沈晓花一边抹着额角的汗珠一边说，"若是早些传授给我们，我们何苦东躲西藏，担惊受怕的。"安仲歉然一笑说："说实在的，我们这种做法于法无据，所以不敢张扬。对了，这些钱可以随时拨付你们使用，但不是以'AC 基金'的名义，而是以原商号的名义捐赠——你们要以适当的方式向公众宣布。"

"太绝妙了，太绝妙了，"邱载慧发自内心地感叹不已，"拿了你的钱还得告诉你，我们没有因此出卖公共利益，你们也应该以此为戒，改邪归正——安仲呀安仲，你让我说你什么好呢，凭你这才思，你绝对应当到南京出任司法总长或者检察总长。"

“安仲，你们那本记录一定蛮有意思，包罗万象吧？”沈晓花兴致盎然地问。安仲说：“我车上有一本近半年来的记录，估计有你们熟悉的面孔。”

沈晓花拿过安仲的记录，刚看一行，已经笑喷了口，手指邱载慧说：“你看看，这第三名就是鸿运营造。”邱载慧淡然笑笑说：“我早就想到了，所以我也不看——你还是找找有没有新大陆洋行吧。”没有等沈晓花翻篇，陈道堤说：“介是嘛，看来洋人也入乡随俗了。”姜立颖本以为亨飞地产肯定榜上有名，可从头看到尾却没有发现亨飞地产的字样。姜立聪说：“你看看有没有仲仰甫的名字，那是仲伯通的号。”姜立颖再看过，朝哥哥点了点头，微微苦笑了一下，默默地把记录本交回安仲。

“大家也莫垂头丧气了，都像安仲他们那样心底无私就好了。”邱载慧振奋了一下大家，接着说，“虽然有了 AC 基金的支持，但依旧存在资金缺口，我们刚才所说的事仍然有效，大家抓紧去办，我去新闻报馆找李主编发一条消息，顺便告诉一声‘大路’的黄老板。”

和大家分别后，邱载慧开车来到望平街。“大路”门前人头攒动，写有“大路”的匾额正在被拆下，立在一边的新匾额上是两个花体俄文：“Дарыбога”，带有一个英文注脚：“God Begot（上帝赐予）”。

邱载慧探头往里看去，壁上的水墨山水换成俄罗斯的田园风光，侍者的衣着也一改中式裤褂，换为白色绣花衬衫和灯笼裤。邱载慧转身离开时，心里伤感地想：“真对不起老人家。”

“不是载慧吗？怎么看看就走呀？”

邱载慧转身见是柳芭，忙问：“柳芭，你离开‘涅瓦河之夜’了？”

“没有，这里是那边的分号，”柳芭喜形于色地说，“那天我来这里闲逛，看见了黄老伯出让店面的告示，我们两个人一拍即合；因为得来这么偶然，我就起了个‘上帝赐予’的新店名。”

“真的物是人非呀。”

柳芭见邱载慧情绪低落，以为是对厅堂的凌乱不快，一边抱歉说刚刚搬过来，一切还没有就绪，一边唤来侍者收拾出一张台子，把新腌渍的萝扎送来，并说今天的萝扎是用自己亲自采摘的上海鲜花腌渍的。

邱载慧忍不住内心伤怀，还是把“陌路”和“大路”的原委和今日的来意说了。柳芭听后哈哈一笑，说：“你先品尝萝扎，我去去就来。”

不一会儿，柳芭回来了，一个工匠模样的汉子跟在柳芭身后急火火地说：“老板娘，阿拉做的生活顶呱呱，哪能说拆就拆——侬冷陌生头喊这么一声，阿拉钞票把侬喊脱了。”柳芭也不相让，“啥人把你钞票喊脱了，莫名其妙。”那汉子急得发不出声来，好一阵才憋出一句话，“侬、侬丢了上帝又不拨钱，错上连错。”柳芭撇撇嘴说：“侬狗捉老虫管闲事。”

邱载慧一时没有听明白，问过那汉子，才晓得柳芭是要工匠把已经装好的新匾额拆下，重新换上“大路”，工匠误以为柳芭不满意他们的工作，担心拿不到钱。

“柳芭，你的心意我们领了，”邱载慧扶着柳芭的肩头说，“真的不必换来换去了，God Begot——上帝赐予不也是祝福吗?”柳芭笑着说：“可以把上帝请到厅里来呀!”

“谢谢你啦，柳芭。”邱载慧拥抱着柳芭，心底里感到无尽的温馨。

神气六国的男人

在往秦南仓的路上，姜立聪一直忐忑不安，耳边总是响着上次分别时阿娇幽幽的声音："姜先生，回去吧，用不着惦记我，我这里不是很好吗？你看，屋前有荷塘，屋后是稻田，足够阿娇丰衣足食的了；还有清儿陪伴在我身边，清晨我们一起跑到后坡上听鸟叫，采青蒺藜；夜里我们坐在屋前看月亮，闻荷香；姜先生，回去吧，不要再来了，你们在上海有正事、大事要做，耽误不得，不要为这里分心，不值得……"

冥想中，汽车已经驶过了荷塘。姜立聪急忙招呼司机把车停下。

"秦南仓还远哩。"司机大声喊道。

"我就到那片荷塘边。"

一位乘客好意劝道："秦南仓五里八村遍是荷塘，我们本乡本土的一时也认不出来呢。"姜立聪说："我看清楚了，那起翘的屋檐上落有一个风筝。"

"这位说的定准是顾家三姑娘，"坐在后排的乘客搭话说，"好一张小标脸，奶头子蓬蓬的，哎哟——"汽车突然剧烈地颠簸起来，搭话人的头结结实实地撞在顶棚上。

"嘴尖毛长，现世报。"一位老者不屑地说。

一片哄笑声里，有人说："听说她到上海滩找人家去了。"跟着有人答："笆门对笆门，板门对板门，小鸡子难进凤凰窝——这不，带了个伢子，萎头耷颈地回来了。"

姜立聪再听不下去了，朝司机连喊两声"停车"。司机忙把汽车停到路边，转过脸来说："抱歉，听闲话去了，忘了先生的事情，先生坐稳了，我往后倒几步。"姜立聪没好气地说了声"不用"，径直拉开车门，下车去了。

走了没有几步，车上传来老妇人的话音：“先生不忙走，我昨个上街瞎逛，看到她牵了伢子，跟在男人后头——那男人呀，穿了一身洋服，神气六国的。”

姜立聪头也不回，快步走了。

沿着荷塘边的小径，绕过一片茎高过人的荷叶丛，三间瓦屋映入眼帘，屋前的平坝静悄悄的。

姜立聪走近瓦屋，连接门环的是一把铜锁。他把提包放在门边，转身做了几个活动四肢的动作，汽车上半日的颠簸使他全身酸痛而且僵直。一阵微风拂过，从荷塘飘来阵阵幽香。姜立聪想起阿娇“看月亮，闻荷香”的话，不觉仰头看着天空：视线所及，尽是瓦蓝瓦蓝的清澄，随着视线往下移动，那清澄的瓦蓝色也游弋自如，像一匹透亮的，没有一点点褶皱、一丝丝瑕疵的丝绸一泻而下，直落到地平线上的荷塘——那碧绿与红粉相间的荷丛恰似天工为它织就的花边。

姜立聪找了个大树墩坐下，双脚踏在树墩的边沿，把臂折叠在胸前，用手掌支撑着下巴，仰向天空，尽情地欣赏眼前的景致。有生以来，他的视野几乎没有跨出过邻家的屋檐，何曾见过这般自然天成的奇观异景，浑然一体的磅礴大气，那份新奇、那份激动简直难以按捺，不知不觉地吟唱起来：

> Are you going to Scarborough Fair（你要去斯卡布罗吗）？Parsely sage rosemary and thyme（鼠尾草、迷迭香、百里香还有香荽）。Remember me to one who lives there（代我向那里的她问候）。She once was a true love of mine（我们曾誓言相随）。

这首古老的苏格兰歌谣，是姜立聪留洋时耳濡目染来的，他并不深知或深究歌词的含义，往往是每逢心中泛起淡淡的乡愁、浅浅的哀伤、薄薄的思恋时，它婉转悠扬的旋律总是情不自禁地从心底涌到唇边。

“小娘，快来，电灯公司的先生在这里呢。”

“又胡说，看我不打你。”

清儿清脆的喊声和顾阿娇嗔怪的斥责打断了姜立聪在苏格兰旋律中的悠游，忙从树墩上跳下，朝声音传来的方向看去。清儿手提一个蓝布包，蹦跳着跑了过来。等了一会儿，顾阿娇也转过荷丛，她身穿碧绿色裤褂，镶着宽宽的粉红色滚边，犹如一棵亭亭玉立的荷花。

“姜先生今天来这里有什么事吗?”顾阿娇趁开门锁的时候背对着姜立聪问道。

“我想把金神父路那所宅院卖了，载慧他们说，卖那宅院之前，必须同你商量，取得你的同意。”姜立聪不善酬酢，直截了当说明了自己的来意，没有顾及嘘寒问暖。

清儿不等大人说话，拉住姜立聪的手央求道：“小娘，我要这个先生，不要那个先生，好不好——小娘答应清儿，答应清儿。”清儿提到了“那个先生”，顾阿娇随即向姜立聪解释说，清儿一天天大了，要找个先生教他认字读书。随后又指着姜立聪对清儿说：“这位先生远在上海，你能天天跟他学吗?”清儿不说话，只是把嘴巴撅得高高的，一味地点头。

说话间，从荷塘那边传来汽车“嘀嘀”的鸣笛声。清儿突然着了魔似的，飞快地朝通往公路的荷塘小径飞跑去。顾阿娇连喊两声，清儿头也不回。

“清儿，”顾阿娇厉声喊起来，“再不回来，小娘真的生气了!”

清儿站住脚，转过身，抹着眼泪，一步步朝这边挪动脚步。顾阿娇上前拉起清儿的手。

“小娘，清儿不要那个先生，不要。”清儿说着竟号啕痛哭起来。

顾阿娇把清儿搂在胸前，掏出手绢，替清儿擦拭泪水，一边细声细语地说：“大人的事情清儿莫管，小娘不是说了嘛，无论到哪里，到什么时候，小娘都要把清儿带在身边，好好待清儿。”

清儿止住哭泣，怯生生地望着那荷塘小径。不一会儿，果然从荷丛后转出两个人来。身着洋服的男子气宇轩昂地走在前面，后面跟着一位中年女子。

顾阿娇待两人走近，站在原处朝那男子说：“高先生来的正是时候，这位姜先生是我的朋友，在上海有一处宅院要卖。”

高先生哈哈一笑，回身对中年女子说：“姑婆，人说好事多磨，我就说呀，那是中国人的陈腐观念，你看，这不得到了印证——顾小姐喜欢上海的宅院，oh god，老天爷立刻送上门来了!”他不等姑婆说话，又转身朝姜立聪伸出手掌，“姜先生幸会，在下高德林，刚从 Sheffield 回国。国人有曰：男人贵在立德，立功，立言。德林则以为，第一位者应该是立家，所谓治家，立国，平天下者也。可惜的是，‘佳人有约’也不是哪个男子都可幸运求得的。”说罢，将一柱炽热的目光投向顾阿娇。

姜立聪想起了车上老妇人所说的那个神气六国的男人，再看看他身着的服装，确实是在英国已经盛行几百年的 burberry 牌，只不过系领带的手法有点问题——肯定打了个死结。

姜立聪没有来得及说话，高德林接着继续他的话语：“姜先生的那所宅院里，有诸如 electric lamp、telephone、coalgas、running water（电灯、电话、煤气、自来水）这些现代化设备吗？这些绝对是缺一不可的，价钱嘛，那是其次的。”

“一应俱全，”姜立聪回答说，“而且还带有一个 garden。”

高德林忙对顾阿娇解释道：“顾小姐，garden 就是花园的意思，那将是无比浪漫与惬意的处所，very splendid（太美妙了）。”说着转对姜立聪问道：“姜先生，什么时候可以签合同？”

“随时可以。”

“何时交割？”

高德林不问价钱就谈交割，姜立聪觉得有些不靠谱，于是把条件说得苛刻些，“现在是空屋以待，先生若是在签约后三日内把全部房款一十五万汇入上海工务局账户，即可交割。”

“为什么是工务局？”高德林问。

“实不相瞒，”姜立聪侃侃回答道，“这所宅院我本想以义卖的方式，将全部所得捐助给工务局，用于修路。既然高先生有意，我也不再他求。”

高德林“噢”了一声，说：“即是这样，德林也不在价钱上说什么了。”说着侧身让出了路，对姜立聪说：“姜先生走吧，我们回上海签合同去。”随后又对顾阿娇说：“顾小姐一定要同去看看，只有顾小姐满意，德林才敢在合同上落笔呀。”

顾阿娇笑着说：“高先生真是急性子，姜先生还没有进屋坐坐呢，高先生先走一步吧。”高德林痛快地说：“也好。”随即对中年女子说：“姑婆，我们到车里去等。”

高德林临走时，抚摩了一下清儿的头发，朝姜立聪做了个告别的手势，就走上小径。姜立聪看见他跳动的背影，听到甜润的歌声《罗蒙湖畔》：

By yon bonnie banks and by yon bonnie braes（在你美丽的湖畔，在你美丽的山坡），Where the sun shines bright on Loch Lomond（阳光明媚的照在罗蒙湖上），Where me and my true love were ever wont to gae（我和我心爱的姑娘久久不愿离去），On the bonnie，bonnie banks o'Loch Lomond（在那美丽，美丽的罗蒙湖畔）。

姑婆待高德林走远，忙对顾阿娇说："阿娇，这回心里踏实了吧。"顾阿娇笑笑说："我心里本来就没有不踏实过。"听了顾阿娇含混不清的回答，姑婆心里不踏实了，瞪大眼睛看着顾阿娇说："像高先生这样的人家是打着灯笼也难找的，阿娇你千万……"姑婆的话没有说完，倚在顾阿娇身边的清儿猛地朝她冲了过去，姑婆险些被撞倒。顾阿娇急忙拉住清儿，随手在清儿屁股上拍了一巴掌，说："清儿，不许这样——姑婆，你快去吧，高先生等着呢。"

姑婆嘴里嘟囔着走后，顾阿娇对姜立聪说："我们这里有句古话：'八八钱，八八货，八八生意八八做'，你若是真的把宅院卖了，可不要沦落街头了？"

姜立聪把来前的安排如实地告诉顾阿娇，"不要紧的，道堤已经为我寻到一处一楼一底的石库门，房子狭窄些，勉强够住了——只是没有抽水马桶，不太习惯。"

"那要住多久呀？"顾阿娇发问时一副凝神屏息的模样。

"等有了宅院再说吧，"姜立聪若无其事地说，随即苦笑道，"不过照载慧他们的说法，我们这些人俸禄菲薄又自恃清高，怕是一辈子也买不起呢。"

"那所宅院真的就这么卖掉了？"顾阿娇语气认真了许多。

"高先生出的价钱确实不错，我看他人也实在。"姜立聪认真地回答。

“现在就回上海签合同？”

“修路等着用钱，越快越好——阿娇，还有什么事吗？让人家等久了不好。”

听了姜立聪的话，顾阿娇故意沉吟起来，把个姜立聪急得来回踱步，不晓得如何是好。

“来的时候你说过什么？”顾阿娇慢条斯理地问。

姜立聪站住，看着顾阿娇，想了想说：“说过卖宅院的事……还说过……白天出月亮……”

顾阿娇听后哭笑不得，恨恨地看了姜立聪一眼，说：“没有说过同我商量，取得我同意的事？”

姜立聪呆若木鸡地站了一阵，然后说：“说过，是说过，可现在是不言而喻了，不言而喻了呀！”

“什么是‘不言而喻’？”顾阿娇泪眼婆娑地说，“你不晓得我不识文墨，不能说明白点呀！”

从在汽车上听到的“神气六国大男人”到高德林的出现，从姑婆的“高先生这样的人家是打着灯笼也难找”到高德林的“只有顾小姐满意，德林才敢在合同上落笔”，姜立聪早已愤懑难耐，不是为了修路筹款，或许已然拂袖而去，此时听到顾阿娇的话，回答起来自然再没有好腔软调。

“有什么不明白的，你马上就是那所宅院的女主人了，这不是‘不言而喻’是什么呀?!”

顾阿娇从来没有见过姜立聪对自己露出如此生硬冷漠的眼神，怯生生地不敢回答，看了姜立聪两眼，俯在案上痛哭起来。

姜立聪没有了主意，想着高德林还等在那里，急得敲了敲案面问道：“你哭什么，说句痛快话——同意卖，还是不同意卖？”

听了姜立聪的问话，顾阿娇直起身来一连地说：“不同意，一千个不同意，一万个不同意……”

那边高德林急等着签合同，这边顾阿娇却硬生生地反悔无余，一时间姜立聪七窍生烟，真想一头朝那门柱上撞去。

顾阿娇看到姜立聪舞臂挥拳的模样，不忍心再和他赌气下去，就抹了抹眼泪，柔声说道：“高德林要买也可以，必须附加一个不得撤销的条件……”

“条件，还不得撤销?”姜立聪心里想着口上不禁说，“话说得这么严谨，想必是深思熟虑过的，说出来听听，能答应我一定答应。”

话到这里，顾阿娇真想冲上去，恨恨地打上姜立聪几拳，想了想还是止住了，只是故意咬文嚼字地说：“买方高德林不得以顾氏阿娇是否为本宅院的女主人为购买本宅院的条件。”

姜立聪一时弄不明白这句话的含义，一脸辛苦地看着顾阿娇，想问又不敢问。顾阿娇俏皮地一笑，说：“有什么不明白的，就是说我顾阿娇不同意做他高德林的老婆!”

姜立聪实实在在听明白了这句话，可是为刚才所听所见羁绊，脸上依旧显出茫然。顾阿娇晓得姜立聪是个实心肠的人，于是明明白白地说：“他们所说所想，全是他们的一厢情愿，我从来只是把高德林看成清儿的教书先生。”

姜立聪此时是亦喜亦愁，喜的是顾阿娇情思依旧，愁的是到手的钱看来是没有了指望。顾阿娇看出姜立聪的心思，说：“刚才我说的只不过是表明我的心迹，写不写进合同无关紧要，甚至于说与不说都无所谓。”姜立聪立刻说：“我看高德林也是个实在人，我们还是实情相告吧，买卖不成仁义在嘛。”

姜立聪来到高德林汽车前时，姑婆一脸的不高兴，埋怨说：“高先生是客人，哪有这样怠慢的。”姜立聪堆着笑脸抱歉后，对高德林说：“实不相瞒，这所宅院原本是顾小姐送拨我的……”高德林听后满面惊讶，不等姜立聪把话说完忙问：“这是怎么回事?”姜立聪说：“此事说来话长，我们以后再谈——宅院虽已馈赠，我想出卖前也应该征询一下顾小姐的意思，所以话说长了些，让二位久等了。”高德林哈哈一笑说：“姜先生也是仁义之人，德林等等何妨。”姑婆更是感叹有加，“这不就是缘分吗?绕了一个大圈子，这宅院又绕回了阿娇，天意呀，天意!”

姑婆的话使得姜立聪更张不开口了，脸憋得通红。高德林察觉到姜立聪心中有话，忙问道：“姜先生有话尽管说，合同没有签字之前，都是谈判阶段——是不是在价格上……”

被问之下，姜立聪转弯抹角地说：“不，不是，是顾小姐不想再去看那所宅院……”

高德林痛快地说："那是自然，自己的东西早已了如指掌了。"

"其实，顾小姐还有一层意思……"

姑婆沉不住气了，急急地说："这个阿娇，左一层意思，右一层意思，她怎么自己不来说，你们等着，我去唤她。"

"姑婆不忙，"高德林拦住姑婆，看着姜立聪语气平和地说，"姜先生说也是一样的。"

高德林的不急不躁对姜立聪无疑是鼓励，就坦然地说："阿娇要我转告高先生，希望高先生不要把她作为高先生的妻子才购买这所宅院，阿娇只是把高先生作为清儿的教书先生，别无他想。"

姑婆把眼睛盯着高德林，看他如何发作，想着自己怎样应对。高德林本是炯炯有神的目光突然暗淡下来，犹如云翳已至夜幕降临，但很快又回复了原状，他若有所思地看着姜立聪说："我明白了，德林从心里佩服姜先生和顾小姐——天涯何处无芳草！"说罢，高德林转身朝汽车走去。姑婆紧随其后，一边说："高先生，不要把我一个人丢在这里呀。"

"姑婆放心，我还要同姜先生去上海签合同呢。"高德林站在汽车旁说。

"高先生的意思是？"姜立聪讷讷地问。

"君子一言，驷马难追，"高德林爽快地说，"既然我已经说了要买，岂可随意反悔，当然，若是姜先生和顾小姐另有所想，只有另当别论了。"姜立聪忙说："我们没有其它意思，只是我得去告诉她一声。"姑婆此时拉着长声说："去吧，告诉阿娇，没有人强求她——有了梧桐树不怕招不来金凤凰！"

姜立聪回到屋里，把高德林的意思说了。顾阿娇一时间笑得弯下腰。姜立聪站在一边开玩笑说："看把你高兴的，我从此真的成了穷光蛋了。"

顾阿娇直起了身子，满眼笑意地看着姜立聪说："姜立聪，你终于成了穷光蛋了，和顾阿娇一样的穷光蛋了，阿娇好高兴，高兴……我的立聪终于回到阿娇身边了……"说着说着，顾阿娇突然泪眼婆娑地扑向姜立聪，双臂环在他的肩头，在他耳边喁喁而语，"立聪，道堤不是为我们寻得一处没有抽水马桶的石库门吗？阿娇陪你去住，陪你去住，住一辈子……阿娇一定让马桶比抽水马桶还干净……”

姜立聪带领高德林先到金神父路看了宅院，高德林啧啧称赞说：“不错，不错，完全超出我的想象，而且在这个地段，过些年，我怕是有一笔好赚头。”说着，高德林话锋一转，问道：“姜先生，顾小姐怎么得来这么一所好宅院——假如不涉及个人隐私，姜先生可以透露一二吗？”姜立聪灵机一动说：“个人隐私倒也谈不上，只是有些商业秘密……”高德林立刻说：“抱歉了，德林明白。”

看过宅院，姜立聪领着高德林来到工务局设计处，刚一进门，坐在写字台后的邱载慧跃身而起，口里大声说道：“高德林，你怎么飞来了！”姜立聪说：“这就是买家，一十五万。”邱载慧握住高德林的手摇了三摇说：“原来上钩的是你，不过对你这个苏北大户来说，九牛一毛而已！”

邱载慧告诉在座的沈晓花、陈道堤和姜立聪说，在宾州大学读书时，自己和梁思成、林徽因收集了江南园林的一些图片资料，包括苏州的沧浪亭、狮子林、拙政园和留园，无锡的寄畅园、蠡园，还有上海的豫园，搞了一个汇展。开幕的第三天，这位高德林从英轮远渡重洋而来，声称要将汇展带往英伦以商业运作的方式展出，所需费用由他承担，所获商业利益百分之百留给我们，作为中国园林研究基金。殊不知，在费城试展三天，门可罗雀，白白付出三百美金的场资。临走时，以五千美金代价收购了汇展图片资料的复制品，说是带回英伦做学术展出。

高德林说了声“惭愧”，拉着邱载慧的手说：“老弟不是誓不与官宦为伍吗？怎么堂而皇之地做起工务局的处长来了？”邱载慧也回了一声“惭愧”，然后自我解嘲道：“还不是梁思成、林徽因抢了我在东北大学的差事，我才沦落于此的。”沈晓花听后，把高德林拉到一边，边笑边说，历数邱载慧做官以来的丰功伟绩，证明他之为官，纯系自愿。并以他为了筹措修路资金，逼迫部属捐俸禄，卖宅院，以说明他为官已经到了死心塌地的地步……

高德林听后哈哈大笑，说：“我刚才对姜先生说，过几年在那所宅院上有一笔不小的赚头，没有想到我立刻就名利双收——即落了个捐助善款的好名声，又得了这么一所好宅院。”

说到这里，邱载慧要陈道堤准备好文房四宝，趁热打铁地与高德林把合同签了。高德林并不再看合同，心不在焉地就签下自己的大名，然后迫不及待地把邱载慧拉到一边说起悄悄话了。

沈晓花烧来咖啡，朝邱载慧、高德林努努嘴。姜立聪、陈道堤摇手表示不晓得他们在交谈什么。

“阿娇?”突然邱载慧提高声音说，“阿娇没有同意?”

高德林脸色红扑扑地又是点头，又是摇头。姜立聪见邱载慧把目光转向自己，于是说：“事有凑巧，高先生本是为阿娇买的。”邱载慧先是愣怔了一下，随后抱住高德林说：“这里面悲欢离合的故事已经太多了，你就高抬贵脚吧!”

喝咖啡时，邱载慧诚意有加地对高德林说：“眼下大上海计划已进入新城建筑设计，你在英国谢菲尔德大学饱学建筑，不得袖手旁观哦!”高德林淡然一笑说：“你是晓得的，我是个散淡惯了的人，至于‘饱学’，连应付家中那几亩田产也捉襟见肘，你还是放我一马吧，哈——”

屋漏又逢连夜雨

修路有了大的进展，新城建设也开始实施，沈晓花催促邱载慧去日本看望锦儿。邱载慧说此刻“再造一个外滩”的论调甚嚣尘上，我们“塑造一个中国城”的设想面临严峻挑战，我岂能临阵脱逃。沈晓花则说家事国事天下事，事事重要，事事不可偏废。邱载慧从沈晓花的喋喋不休中意识到什么，忙问：“是不是锦儿在那边遇到什么麻烦？”沈晓花的闪烁其词更使得邱载慧追问不已。沈晓花只得以实相告，说邵琉锦被卷入一场官司，不过有纹藏相助，想来亦无大的麻烦。

“莫非是与枝子有关？”

邱载慧不禁想起邵琉锦来的一封信：

慧，你常要我以画代书，既传达了所思所想，又精湛了画艺。其实我晓得，我时不时出现的错别字，令你左右为难，不说吧，你又有那么点好为人师；直说吧，你又顾及我薄薄的面皮；我也想借此藏拙，可是我此刻的情怀实在是没有办法以画来表达，除非我施以铁划银钩，挥就一幅枯笔山水，可是，在我们美专女生中，枯笔山水被视为“失恋之笔”，岂可为我的慧所用！

昨天清晨，房东欧芭桑养的猫咪蹲踞在画案的一角。一缕阳光照射在它那张小脸上，琥珀黄的眼珠澄澈无比，几乎可以照出人影。此时忽然一缕灵感袭来，我提笔画下猫咪的头像，三笔五笔在它的眼球处勾勒下一个人的面孔，算是猫咪的两个瞳孔，并随手题下：“谁说我目中无人？”下午纹藏君来访，一眼就认出是你，说：“载慧君没有这么高傲吧？”嘻——他哪里晓得这里说的是我的心境。

不过，这幅画已经无法带给你了，它被房东欧芭桑的侄女枝子“掠夺”去了。她是同房东欧芭桑同时看到猫咪头像的，但反应却大相径庭：欧芭桑捧画在手，左一句“美妙绝伦”，右一句“可爱之极”，当即要我相赠；枝子却只淡淡地说了句日本话——从表情看，约莫相当于我们的“雕虫小技”。可是，过了几天，在房东欧芭桑的客厅里，枝子当着我的面把猫咪头像精心包裹后带走了——她向她的姑母道了谢，只给了我自得的一瞥。当时涌上心头的第一感觉就是“被掠夺”。

枝子到过上海，当她说到她乘坐的千岛丸号驶入长江口那一刻，眉飞色舞地惊呼：“水天浩茫——绝无仅有的气势恢弘！”但紧接着话锋一转，又对我表示起同情来：“邵小姐，真是遗憾之极，那里太空旷无际了，以致那么的单调乏味，若是有我们信浓川的秀丽那该多好，多么的完美，可惜的是山川是不可以移植的。”其实，她那条信浓川长不过四百公里，仅仅是长江的十五分之一；除琵琶湖——相当于四分之一的太湖——尚可一睹外，像长江那样绚丽多姿的山川峡谷之美一概皆无！

在枝子的上海游中，脑海里仿佛只留下了浑浊的饮水，里弄的马桶，卑微的官吏和鸦片鬼，可是她却在那里盘桓了十几天，而且颇有些乐不思蜀的意味。她还向我出示了许多小物件，有折扇、徽墨、湖笔、珊瑚珠等等，并谈了如何以笔带舌和店家讨价还价的趣事——此时她是那么的天真烂漫。

一天，枝子跑来问我，“槎头”和“粥面”是什么？我望文生义地作了回答。她却掩口而笑，说“槎头”是一种鳊鱼，而“粥面”竟是茶或酒。说着，她捧来从四马路买到的两函《佩文韵府》，当着我的面寻出渊源。我这边正自汗颜。她感叹一番中国文字的精奥难解后，自鸣得意起来，问我说：“邵小姐，你看我去你们那里教授汉学如何？”

我说了太多枝子。这些天来，我终日萦怀于此，倒不是仅仅因为我的画被“掠夺”，是我觉得枝子的言谈作为实在是令人无法忍受：她把对我们国度的“美艳”和“嫌厌”那么自如的糅合在一起，而且，在这里远不止枝子一人如此。更为令人厌恶的是，他们公然以拯救者自居，大言不惭地说：“唯万世一系的大和神道方可强健华汉。”我亦曾以此就教于纹藏君，他赧颜答道：“惭愧，惭愧。”这岂不印证了我的萦怀并非庸人自扰！

我冒着错别字连篇的风险一下子写了这么多，心情终于舒缓了好多，即便被你横挑鼻子竖挑眼也值得了。

爱你的锦儿

去与不去，邱载慧十分为难。姜立聪说：“眼下‘再造一个外滩’风头正猛，你作为‘塑造一个中国城’的主将回避一下也有好处。”陈道堤补充说：“这叫以柔克刚，最不济也可以拖延些时日，主将不在场，自然无法决战——就怕局长不准你假。”沈晓花忙说：“放心，沈局长同我们是一个心眼。”

邱载慧的请假果然获准，立刻预定船票，随后即到邵家告知自己的行程。邱载慧来到平凉路口，迎面见姜立颖低着头走过来。

“啊，杏姑娘。”邱载慧轻轻喊了一声。

“哟，是你，来拜见岳父母？”姜立颖笑着说。

“你不是在清华任教吗？怎么……”

“罗家伦到清华当校长后开招了女生，邀我去助阵，学长所请岂敢拒绝。”姜立颖随即苦笑了一下说，“也是他急功近利，又是军训，又是裁撤教授，不出两年就为师生所不容，我这个罗氏喽啰也不好赖在清华园里了。”邱载慧哂笑一声说：“清华是自由王国，向来有赶校长之风，你那位罗大学长又系党国所派，不触霉头才怪呢。这样也好，终于把你盼回了上海，同我们一起来大事争先，小事不拒。”

“消停几天吧，我还先得办建业的事情呢。”姜立颖随即说了邵建业被羁押在上海某军部的消息，说是李主编打电报通知她的。

姜立颖说罢匆匆告辞，没走两步又回身嘱咐邱载慧见到邵建业父母，只说邵建业平安无事就好。邱载慧见姜立颖神色不安，疑她心中还有事情，一把拉住姜立颖说：“建业的事情好办，请舅舅知会一下军部就解决了。”姜立颖说：“建业的事没有大碍，我晓得；是阿娇的事情——我前日回来的，昨日听阿珍说，仲伯通派人把阿娇在西门外桃花巷的居所砸了个乱七八糟，我得去看看她。”

屋漏又遭连夜雨，邱载慧只得安慰姜立颖，要她不必过于着急，再不敢提锦儿的事了。

第二天邱载慧来到办公室，立刻把姜立聪拉到一边，询问他顾阿娇的事情，并责怪姜立聪不该对大家保守秘密。姜立聪面色呆滞地说：“我觉得没有什么可说的，也不晓得怎么说好。”

沈晓花和陈道堤围拢过来，听邱载慧复述了从姜立颖那里听来的情况。沈晓花气不过地说：“立聪大哥，你也太好欺负了——道堤，走，找仲伯通算账去！”

姜立聪拦住沈晓花说：“事情都过去了，不必再计较了，再说，这样的事今后也不会再发生了。”

大家面面相觑，不敢设想姜立聪这话的意思。

姜立聪苦笑道：“你们不要往坏里想，我是说我同阿娇已经决定了，我们一起去秦南仓，惹不起还躲得起，只是大事小事都有劳大家了。”

大家正要出言相劝，只见姜立颖进门便说：“哥哥终于迈出这一步，我举双手赞成，求大家也不要拦阻。”姜立聪忙问：“杏儿，你没有把这些事情告诉爹爹和妈咪吧？”

姜立颖扬起眉毛说：“为什么不说？长痛不如短痛，我昨晚就把哥和阿娇的决定一五一十地告诉了爹爹——当然，事先我安排阿珍陪妈咪看电影去了。”

姜立聪听说妈咪不在场，稍稍松了口气，问：“爹爹一定得火冒三丈吧？”姜立颖说：“这阵火早晚是要冒出来的。”沈晓花插话道：“姜伯伯没有打算阻拦立聪大哥他们？”姜立颖说：“怎么没有，爹爹听后的第一个反应就是要打电话报警，说青楼女子拐带良家子弟。我说阿娇误入青楼是谁之过？是我们姜家！况且，虽说阿娇一度身陷青楼，可是她的善心仁心不泯：路边拾来的清儿，阿娇视同亲子；偌大的宅院，阿娇察觉有些许不义，当即舍去……这些哪桩哪件不足以令我们这些大家之人汗颜？有这么一个女子陪伴我哥，该是我们姜家的大幸才对！爹爹听了我的这些忤逆之言再没有说话，直到楼下响起门铃，爹爹才说：‘休息去吧，先不要告诉你妈咪。’——爹爹总算默许了你们。”

大家听后连说“扎劲”。姜立颖对姜立聪说：“哥，我看你们还是趁热打铁，赶紧离开，爹爹啥时候都可能变卦。”说罢，姜立颖就要告辞，说要去办邵建业的事情。

说到邵建业，大家难免又是一番议论。邱载慧说：“不是说好请舅舅帮忙吗？”姜立颖说：“军部的番号还不知道，怎么好烦你舅去，还是我自己先跑跑吧。”

姜立颖说罢匆匆走了，可是很快又匆匆返了回来，手里拿着一封电报，一边说：“真是越忙越乱，我刚才在门房代你们取了封电报，随手就放包里了——但愿没有耽误你们的大事。”

邱载慧接过电报，说：“武汉来的，准是北章他们。”沈晓花拉住姜立颖说：“你不忙走，毓琴日前来电说五月花号快开航了，到时候邀请我们去出席首航仪式呢。”

邱载慧看后没有搭话，骤变的脸色，把大家的心一下子提到了喉咙。姜立颖拿过电报低声念道：

> 北章积劳成疾，病情日重，已住天主堂梅神父纪念医院。入院以来，几度昏迷，唯念“大事争先，小事不拒，趣成填海志”，尚可精神片刻。轮渡即通，北章已无憾事，唯祈见载慧、安妮一面。
>
> 毓琴顿首

室内寂然无声……渐渐有人啜泣起来……

想到陈北章、芦毓琴的实干实为，想到他们的斐然成绩，想到他们的慷慨相助，想到五月花号上不倦砥砺的日日夜夜，大家伤痛不已。邱载慧面对窗外蓝天，泪水纵横；姜立聪、陈道堤垂头抹泪；沈晓花俯身案上，痛哭失声；姜立颖手持电报，一遍遍读来，感同身受，唏嘘不止，但尚保持得几分克制。

待大家伤情稍定，姜立颖说：“时间急迫，载慧快准备吧——看看谁接安妮去？”

姜立聪随即与妹妹耳语几句，说了邵琉锦在日本身陷官司的事。姜立颖当机立断地说："我说个安排，大家觉得行就做：去日本接锦儿和去汉口看北章都是刻不容缓的，权其轻重，我看接锦儿为重，因此，载慧按原计划成行；汉口那边晓花或者我同安妮一起去，我虽然没有同毓琴、北章见过面，想必他们对我也不生疏。"沈晓花立刻附和道："这个主意好，立颖最会抚慰人，这样也两不耽误。"

邱载慧思来想去，脑海里满是陈北章的音容笑貌：掷币择路时的天真，谈古说今时的博学，棋盘论道时的执拗，逢难化吉时的机敏……他无法不在陈北章病体危重之时，面对面地给予慰藉，更不可在陈北章也许是弥留之际，不守候在他身旁。

"此时此刻，我不能不在北章身边，还有毓琴也需要支撑，正像当时我们需要他们一样。"邱载慧毅然说道。

"载慧，锦儿那边的事情万不可轻视，"姜立颖力求说服邱载慧，语气十分坚定，"至于北章，他若能听得明白，自会理解，若是……只得听天由命，你我都无力回天。但你于锦儿那边绝对是不可或缺的。"大家也同声同气地劝导邱载慧依了姜立颖的说法。

邱载慧思想良久，以诚挚的目光看着沈晓花说："晓花，要不你替我跑一趟日本吧，那边的情况你比我更熟悉，只是太辛苦你了。"

"我去！"沈晓花面有难色地说，"辛不辛苦我不在乎，只是……这事我可替代不了你——立颖，你说呢？"

听了邱载慧的想法，姜立颖觉得是个两全的办法，于是说："载慧是北章、毓琴指名所邀，不去确实不近人情；晓花，你熟悉日本那边的事情，这个差事只能归你了。"陈道堤竖起拇指说："晓花文武兼备，我看行！"

邱载慧从皮包里取出船票，交到沈晓花手里，又轻轻拥抱沈晓花说："代我向托尼抱歉，没有事先跟他说一声。"沈晓花说："我是你的手下，他晓不晓得不重要……行啦，快去接安妮吧，莫又英雄气短了。"

邱载慧临走时，嘱咐陈道堤说："道堤，烦你给毓琴回个电报，明早与安妮即刻启程，愿北章吉人天相，否极泰来。电报末尾一定附上七个字：'坚持，坚持，再坚持'。"

送走邱载慧沈晓花，姜立聪回头嘱咐妹妹赶紧办建业的事情。陈道堤提醒说："杏姑娘，千万不可久拖，如今战事正酣，部队随时可能开拔，介事交到地方就麻烦了。”姜立聪接着说：“上海驻军众多，你哪里找去，还是去找蒲大哥，他交际的人多面广。”一会儿的时间来了这么多烦心的事情，姜立颖只得点头说是了。

姜立颖出毛家弄走上外马路，准备拦辆出租车去枫林桥市政府，正在路边等车的时候，一个背着背包的人一瘸一拐地走过来。

“小姐，请问城隍庙咋走法?”

“城隍庙?”姜立颖一时说不清楚，于是先问，“你是在十六铺下船的吗?”

“俺是。”

“你先回到下船的地方，再打听就好走了。”

“中，谢谢恁啦。”

姜立颖觉得那人的话音有些耳熟，看着他的背影，回忆在哪里见过。那人走了几步也站下了，又一瘸一拐地走了回来。

“恁是姜小姐?”

“你是张超！我从你口音想起来的，”姜立颖端详了片刻再问，“怎么……有工夫逛城隍庙了？——是许愿还是还愿呀?”

张超说：“受了点伤，解甲归田了，回家前绕道来上海，为的是看看马连副和邢连长修的那条路，顺便逛逛城隍庙，不为许什么愿，看看早晚要去的地府是个什么模样。哈——”

张超的通达乐观感染了姜立颖，立刻说：“正好我也闲着没事干，跟你一起去看看。”

两人逛完城隍庙时间已过正午。姜立颖尽地主之谊，就近在春风得意楼请张超喝茶吃点心，临走还拣张超爱吃的包上一包，好带回家去给家人尝尝上海城隍庙的口味。

从春风得意楼出来，姜立颖领着张超出西门坐出租车去了龙华，在那里拜谒了马启明和彭水声的墓地。姜立颖本想安排出租车送张超去火车站，半路把自己放在枫林桥。可是拜谒一完，张超突然问道：“姜小姐，俺对恁说过一位上海记者，姓邵，恁还记得吗?”

“记得呀——马连副的遗嘱不就是借他的钢笔写的吗?”

“他是俺的救命恩人呢。”

“他救过你的命，在哪儿?”

“就是我受伤的那次战斗，两边为争夺一个山口，打了三天三夜——呼啦啦，我们打过去，哗啦啦，他们又杀过来，一来二去，枪红了膛，人红了眼，打死一个够本，杀死两个有赚……到了第四天清晨，你猜怎么着，一排长一点数，耶，我们一连人剩下不到三十人了。一排长掰开连长的手，拿起盒子炮朝天连开三枪，呼啦啦又是一阵，这回连伙夫、马夫、卫生兵，捡杆枪就跟了上去。

“今年的雨特别的多，一时紧，一时稀，三天来就没有停过。我们这回冲锋一打响，你猜怎么着，那雨呀顿时如瓢泼的一般，前边开阔地蒙在一片雾中，只听一排长在喊：‘兄弟冲呀，老天爷助俺一臂之力来了！’大家也胡乱嚷嚷着：‘洪福齐天，胜利在前’，过了开阔地，到了对面的半山腰。就在这时，那边的反冲锋打响了，子弹吱吱地飞了过来。

“两边正在混战，你猜怎么着，忽然响起了轰隆声，跟大炮声差不离，不一会儿的工夫就轰隆隆连成了片，俺心想：‘大炮只有我们有呀。’可还没来得及高兴，心兜底凉了个透——原来是暴发的山洪正排山倒海般地涌进开阔地。一排长赶紧下达后撤的命令，兄弟们转身猫腰跑向开阔地。这回也该轮到我了，刚一转身的工夫，觉得腿肚子一阵钻心剧痛，我被撂倒在山坡上。

“俺随手包扎了一下，就地一骨碌，朝山下滚去，这时候山洪已经翻滚下来，腾起的水浪劈头盖脸拍打着我，就在我被卷走的那一刻，你猜怎么着，山坡上跑来一人，一下子匍匐在地，向俺伸出手臂喊：‘兄弟，抓紧了。’俺伸出两只手，和他手腕扣手腕连在一起，他的两腿向后伸直，弯起的两个脚面扣在一棵树上。水从我的脚踝到了膝盖，又从膝盖到了腰窝……

“俺是最怕水的人，水到俺胸口，俺就出不来气了，俺把手松开，俺不能临死拉个垫背的，可我觉得出，他越发用劲抓住我，死不松手……你猜怎么着，直到山洪把我们俩卷进水里，把我们冲到十里开外的河滩，我们俩睁开眼睛，俺看恁，恁看俺，两个人四只手还握在一起。也就是在这个时候，俺才认出来，他就是借给马连副钢笔的上海记者。”

姜立颖跟着张超出了一口长气，问道：“后来你们怎么样了？”张超一听就笑了起来，随着是一阵咳嗽，好容易止住了才说："你猜怎么着，那河滩正是五军八十七师的阵地，俺进了野战医院，还给俺记了一功，为的是俺抓了个俘虏，我咋说他不是俘虏，是俺的救命恩人，可那些孬种没有一个人理睬俺！"

姜立颖当下告诉张超说："你那个俘虏羁押在这里的军部，我正设法保释他呢。"张超看着姜立颖似信非信地问："恁和他熟识?"姜立颖笑笑说："他借给马连副的那支钢笔还是我给他的呢。"张超听后当胸捶了自己三拳，说："娘耶，俺原以为俺这块心病要带到城隍庙去了，没有想到还有报答的日子。"

张超很快从路过的军车那里打听到军部在闸北天通庵一带。姜立颖招呼出租车沿新修的路急驶而去。

"娘耶，这路溜光溜光，美的！"看着车轮下宽阔的马路，张超不禁赞叹不已。

"多亏你们开了头。"

"耶，我们算啥。"张超面带羞涩地说。

"何止是开头，"姜立颖认真地说，"马连副还有彭水声对修路的人是多大的鼓舞呀。"

张超叹了口气，面色凝重地说："是呀，马连副还有那么些兄弟牺牲得可惜呀，要不得修多少路呢。"

两人一路再无语言，直到远远地望见军营的铁丝网。汽车在接近铁丝网处停下，司机抱歉说："军营前不许停车，委屈二位走几步了。"

姜立颖、张超下车，沿铁丝网往大门走，从铁丝网看进去，球场上正进行篮球比赛，场上场下人声鼎沸。到了大门，张超仰头阔步径直往里走。卫兵举臂拦截，张超挥手推开，说："娘耶，哪家鸡窝没关严，小鸡子钻出来啄人了。"看得出卫兵是个不经事的新兵，登时满脸羞红。姜立颖忙上去向卫兵说明来意，这边又把张超稳住。

不一会儿，一个上尉衔军官走来，问明要保释的姓氏，随即吩咐跟在身后的军士："去把邵先生请到我办公室去。"军士面有难色地说："今天是师部对二十八团呢。"军官不耐烦地说："木脑壳，你不晓得告诉王参谋临时换个人，就一下下时间嘛。"

在去办公室的路上，张超很是发了一顿牢骚。军官听后哈哈一笑，说："你这个人也是木脑壳，你抓了俘虏立功，上头也立功噻——与人方便，自家方便嘛。"

三人刚进办公室，邵建业也来了，穿着一身滚着金边的红色背心裤衩，前胸是蓝色贴绒大字"87 师部"，后背上是一个阿拉伯数字 13。

"娘耶，"张超惊呼道，"恁真个高升了——俺就说嘛，恁哪能是俘虏呢。"

邵建业笑笑说："俘虏还是俘虏——不过总理有过教导：'人尽其才，地尽其利，物尽其用，货畅其流。'因此呢，暂尽其才吧。"

说完这句话，邵建业才瞥见站在一边的姜立颖，立刻走到身前说道："原来是你，我以为你还在北平的象牙塔里修炼呢。"邵建业的即兴调侃令姜立颖感到委屈，要是四顾无人，她会恨恨地捶上他几拳，然后匍匐在他胸前痛哭起来——此时，她只能哀怨地看了他一眼说："是李主编要我来的。"

此时军官已经在座位上坐好，从卷宗里拿出一张表格摊在面前，宣读有关邵建业的记录："邵建业，男性，上海《新闻报》记者，无党派。"读到这里，军官抬头看着邵建业问道："邵先生原来不是共产党员，在这方面今后有什么打算？"见邵建业平视不语，军官自我解嘲地说："其实这个事情我们也管不到，我随便问问。"接着转向姜立颖问道：

"这位女士怎么称呼？"

"姜立颖。"

"供职机关、职务。"

"市政府，职员。"

"与被保释人关系。"

姜立颖语迟。

军官痛快地说："没得关系，落笔为准。"说罢，将表格递给姜立颖，并声明道："保释人必须是被保释人的直系亲属——父母、子女包括配偶，其它任何人不得行——这是上峰知照，请姜女士谅解。"

姜立颖接过表格，未加思索就在保释人系被保释人何人一栏内签下"妻子"两个字。

东瀛被困

沈晓花到了京都，按图索骥找到邵琉锦的住所。从篱笆望进去，房东欧芭桑正坐在小院子里晒太阳，脚下蜷缩着一只猫咪。沈晓花轻轻叩了两下木栅。房东欧芭桑并不睁眼，只是用喉音说道："门开着哩。"

沈晓花推开木栅门，猫咪蹿跳到沈晓花脚边，把身子依偎在沈晓花的脚边，"喵喵"叫个不停。

"琥珀，又是个漂亮女人?"房东欧芭桑说着睁开双目，看着沈晓花，说，"琥珀的眼光从来错不了。"

沈晓花说明来意。房东欧芭桑把沈晓花领进客厅，又转身出去。沈晓花晓得日本人习惯以茶道待客，讲究慢条斯理的"和、敬、清、寂"，于是忙说："欧芭桑，我坐不住，我想立刻见到邵小姐。"房东欧芭桑转过身来，看着墙壁上的挂钟说："一早就被法院传去了，不到十二点怕是回不来的。"随着沈晓花惊讶的疑问，房东欧芭桑把邵琉锦因为个人画展引发的事端告诉了沈晓花：

邵琉锦赴日以来，画艺有了长足进展。纹藏建议邵琉锦举行一次个人画展，一来总结归纳自己的心得，二来也可以从各界评论中得益。展会一应大小事务有纹藏张罗办理，甚至拟好了画展的题名——《日之见》。邵琉锦觉得这是一次难得的检阅自我的机会，就欣然同意了。不想展出中有人出面指认画展中有的画系剽窃得来，随后将邵琉锦告上法庭。

"您晓得原告是哪个吗?"

"好像叫吉野，到过你们中国。"

"吉野?"沈晓花想起来，致使邵琉锦在六三园险些被辱的日本人不就是吉野吗？于是急忙询问详情。欧芭桑抱歉道："我实在说不清楚，枝子回来你问她——枝子是我的侄女。”

沈晓花无法再问，就说：“我可以看看邵小姐的居室吗？”

说话间，琥珀从房东欧芭桑怀里一跃而起，三跳两蹦，钻进走廊尽头的房间。房东欧芭桑笑笑说：“琥珀已经带路了，沈小姐跟它去吧。”

房间十分狭窄，一张画案占去了近半间，没有了放置榻榻米的地方，正好随了邵琉锦的习惯，在房角落塞了两个接在一起的木柜，权作卧床兼供储物之用——沈晓花叹了口气，心想比自己当年寒酸多了——临近窗户的小桌上，一条水晶石压着厚厚一沓信封，看得出是邱载慧寄过来的。沈晓花坐在小桌旁的椅子上，想着邵琉锦正是坐在这里，一遍遍在字里行间感受温馨，排遣孤独。

“姑母，枝子回来了！”

突然，沈晓花听到熟悉的声音。

“姑母，那间房子好像有人。”

沈晓花睁开眼睛，从开启的门看出去，果然是自己的日本朋友良子。沈晓花立刻迎了出去。

“良子，怎么是你？”

“沈晓花！”枝子扑了过来，紧紧地和沈晓花拥抱。

“让我看看，”沈晓花把朋友推开，审视一番后问道，“怎么，功夫没有丢下？”

“没有，不信你看。”说着向后退了两步，两只脚轮番向上踢起，次次膝盖紧贴额头，脚尖垂直向上。

“不错，不错。”沈晓花夸赞了一句，马上问道，“你怎么来了京都，好像还改名换姓了，为什么？”

“继母对我不好你是知道的，自你回国后，她更变本加厉地虐待我，我只得来投奔姑母。枝子是我原先的名字，可是继母说不好听，不吉利，她逼迫……”说到这里，枝子已是声泪俱下。沈晓花抚摩着枝子的肩头说：“你不已经是枝子了吗？不要再想那些事情了。”

房东欧芭桑听见客厅里的响动，从厨房里出来看看，见枝子正在哭泣，客人在一边安慰，心中很是讶异，禁不住问道：“你们这是……”枝子抹了一把眼泪对姑母说：“她就是沈晓花，你怎么忘记了，那次我从器械上掉下来摔坏了腿，你到东京来看我，我正住在晓花那里呢。”

房东欧芭桑立刻朝沈晓花仔细看了一阵，说："我真是老眼昏花了，不过，也是沈小姐越来越漂亮了。"沈晓花回答说："是欧芭桑越活越年轻了，要不，我怎么也没有认出来。"

"晓花，我还没有问你呢，你怎么找到姑母家来了？"

"沈小姐是来见邵小姐的。"房东欧芭桑随口作了回答。

"邵小姐——"枝子愣怔了一下，立刻岔开话题说，"晓花，太巧了，我昨晚还梦见你了呢。"随后又揽过沈晓花左看看，右看看，把嘴凑到沈晓花耳边悄悄地问，"眉眼更光鲜了，看得出，有男人了？"沈晓花推开枝子，微红着脸说："还没有把自己嫁出去？"房东欧芭桑接过话说："谁敢娶她？——生猛海鲜！"

枝子听后，抱住姑母，扭动着身子撒了一会儿娇，接着眉头一扬，对沈晓花说："晓花，晚上我带你参加一个party，一色的士官学校的小男生，你帮我选一个——姑母，我三个月内一定征服他。"

三人笑过。沈晓花问枝子道："你晓得邵小姐的事情了？"枝子听后看了一眼姑母，讷讷地说："听说过一点，不太清楚。"

沈晓花拉住枝子的手急切地说："欧芭桑说邵小姐卷进一场官司，你可晓得，邵小姐是我的好朋友，她的未婚夫是我的顶头上司，我就是为了邵小姐的事情才从上海跑来京都的——良子，你一定得帮我厘清这桩事情。"

枝子此时脸色突然变得煞白，从沈晓花手中抽出自己的手，无所适从地搓着。

"怎么啦，枝子？"沈晓花和房东欧芭桑几乎同时开口。

"没什么，我忘记了一件事情，我去去就来。"说罢，急匆匆走了。

枝子走后不久，木栅门外响起了汽车停靠的声音。沈晓花和房东欧芭桑以为是枝子回来了，立刻朝外望去。从车里走出来的是邵琉锦和纹藏。

沈晓花迎到门外，邵琉锦穿过庭院跑上台阶，和沈晓花相拥而泣。站在一旁的房东欧芭桑跟着抹了不少眼泪才把这一对泪人劝进房间里，随后捧来清水，要她们净面。

"晓花，邵小姐来日本习画和办个人画展纹藏全是始作俑者，更怨我照顾不周才惹来这场祸事，纹藏向你也向载慧君致歉。"待沈晓花从邵琉锦的居室回到客厅，纹藏站起身来，毕恭毕敬地赔礼致歉。

沈晓花虽然觉得纹藏多事，但埋怨于事无补，于是说：“纹藏，你做的这些都是好事，也没有人抱怨你，还是说说怎么办吧——邱载慧交付我的责任就是把一个身心完好的邵琉锦给他带回上海。”

“从今天法庭的情况看于邵小姐十分不利，”纹藏嗽了嗽喉咙说，“虽然展板明明是被人偷换了，可是我们提不出有力的证据证明是他人所为。”

“展场没有责任吗?”沈晓花问。

“根据惯例，展场只提供场地，一应布置、维护的责任都归参展人，除非事先与展场另有约定。我原以为邵小姐并非名流，不至于有人加害——这一点的确是我的疏失。”说到这里，纹藏叹了口气接着说，“眼下的关键是，难以让法官相信他人加害是符合情理的，是真实的，而这种加害又的确是真实的!”纹藏无奈到近乎激动，以致无法安坐，起身踱来踱去，把年久失修的地板踩得“吱扭”作响。

“原告吉野不是有企图加害锦儿的前科吗?”沈晓花提醒说。纹藏无奈地说：“可惜那桩事情唯一的证人就是我——此次画展的经办人——即便法官同情我们一方，根据律例也难以采信。”

两人眼睁睁地陷入了困境，隔壁房间里传来邵琉锦嘤嘤的啜泣声搅得沈晓花坐立不安。突然，沈晓花问道：“你还记得在东京同我一起练器械的枝子吗?”纹藏说：“记得，她好像是这家房东的亲戚。”

“枝子此人不可小觑。”沈晓花睁大眼睛说。

沈晓花的话音刚落，邵琉锦从房间里出来问道：“你们是在说枝子吗?”

“邵小姐，法庭上太累了，你快去休息吧——我们在说闲话呢。”纹藏立刻站起身来关心地说。

“怎么是闲话?”沈晓花不满地看了一眼纹藏说，“枝子虽然无名无分，但三教九流结交颇广，中国有句俗话：‘鱼有鱼路，虾有虾路’，请枝子出来应对这无头无脑的案子反而对路。”

“晓花姐，千万使不得，使不得!”邵琉锦急火火地说，额角不禁渗出细细的一层汗珠。

见邵琉锦急成这样，沈晓花和纹藏面面相觑，大谬不解。邵琉锦稳定了一下情绪，把自己对枝子的怀疑前后说了个详细。

“你的推断绝对正确，为什么不早说？”纹藏急急地问。邵琉锦黯然回答：“我只是猜想，也没有任何证据。”

沈晓花沉吟了一下说：“枝子是个犟头倔脑的人，若是误入歧途，三头牛也拉她不回头，但也有仗义的一面，说对了路，两肋插刀也在所不辞。——这样吧，枝子交拨我，既然邱载慧打发我来了，锦儿你放心，不管有什么难事，姐姐一定为你排解，包你快快活活地回到上海。”

第二天，沈晓花约上枝子，要她陪自己到健身馆练练。枝子见沈晓花不再提官司的事，痛快地答应了，并自告奋勇，在高低杠上先练了一套，一路动作纯熟，只是下落没有站稳，跌坐在垫子上。沈晓花随手拉起枝子，说：“好姐妹，没有忘记过去，看我的。”

沈晓花上得杠来，不停地辗转腾挪，上下翻飞。眼花缭乱的枝子警告道：“你这是什么套路，危险！”沈晓花屏住气说：“枝子，我晓得你有事瞒着我。你想说了，喊我一声，不想说，尽管看我翻腾，我翻腾不动了，摔断胳臂腿，抑或摔死也不用你管！”

开始枝子尚能绷住劲，待沈晓花出气声越来越粗，有一次险些脱手时，枝子再也耐不住了，连忙喊道：“晓花，下来，我说，我说。”

枝子是画展所在展场的职员，邵琉锦在此地举办个人画展，她已经觉得有辱门楣，况且还有一位儒雅高贵的日本男人谦恭地随侍左右，使得她由嫉生恨，由恨生仇。枝子把自己一腔的幽怨愤懑告诉了友人吉野，求他设法把邵琉锦的这次画展化为泡影。

吉野刚从中国上海回来赋闲在家，听说有这样的事，立刻随枝子来到展场。等他看到举办画展的画家竟是邵琉锦时，既惊讶又兴奋，几乎禁不住喊出声来——原来这个吉野正是借寻阿娇事诓骗邵琉锦到“六三园”的两个恶棍之一。吉野当即答应弄来两幅署名“吉野”的画，伺机偷梁换柱，嫁祸于邵琉锦，条件是随后的诉讼以及所获利益均归他吉野享有。

“枝子，你要是还认我们是姐妹，你就到法庭上去主持一次正义！”沈晓花目不转睛地看着枝子说。

枝子避开沈晓花的注目说：“我们要不是姐妹，我怎么能不顾及我对吉野发的恶誓，把这一切说出来？可是，吉野也是枝子的挚友，我也不能加害于他，况且，他是因为我才这样做的，晓花，我已经想好了一个两全的办法，你允许枝子说出来吗?”

沈晓花看着枝子的眼睛，那里闪烁的是祈望而不是狡黠，于是点点头说：“我信了——你的真诚，说吧。”

“我可以承认是我无意中弄错了画幅，求吉野撤销诉讼，除此之外，枝子不可能再做得更多，晓花，枝子恳求你的包涵。”枝子说话间，泪水在眼眶里打转。

“枝子，你令我很失望，”沈晓花疾言厉色地说，“我们练器械的，虽与中国功夫无法比拟，可是信义仁恕的精神是不可弃的，你因嫉而生恨，因恨而生恶，进而颠倒黑白，把一个弱女子推入身败名裂的境地，你不是良心丧尽又是什么?”

枝子双膝跪倒在垫子上，头低至胸前，一动也不动。

沈晓花深知枝子犟头倔脑的性格，念及自己和锦儿身在异国他乡，求个体面退场，也不失为一个办法，虽不那么尽兴，总比无休止地纠缠下去更实际更稳妥。

“起来吧，明日法庭见!”沈晓花说罢径自走出健身馆，任枝子呼唤，她头也不回。

枝子没有食言，在法庭上承认了自己的过失，并请求原被告饶恕。

邵琉锦事先得到沈晓花的预告时，尚且义愤填膺，可是听了枝子的低腔软语，看到枝子顺眉耷眼可怜兮兮的模样，心立刻软了，当法官询问她对过失人有何赔偿请求时，她摇了摇头，随便说了一句：“人非圣贤，孰能无过。”

原告吉野显然不满意这样的结局，当法官询问他对过失人有何赔偿请求时，所答非所问地说：“保留对被告追诉的权利。”随即起身而去，不等法官宣布闭庭。临近走出法庭时，吉野朝坐在被告席上的邵琉锦投去一瞥，那是猛兽对脱逃的猎物的一瞥，充满了遗憾的渴望——没有能在此地将邵琉锦玩于股掌之上，是他刻骨铭心的痛!

官司了结后，沈晓花请纹藏立刻办理回上海的船票。纹藏说你在东京读书时就向往京都的风景名胜，邵小姐因专心画艺，也很少涉足其间，你们何不就此游览游览。沈晓花虽有此意，可是鉴于任务在身，不敢滞留；邵琉锦经过这一场飞来横祸，也没有了游山玩水的心境。纹藏不好勉强，亲自为她们买得了美国邮轮林肯总统号的船票。

在邵琉锦即将离开的这两天里，房东欧芭桑几乎终日以泪洗面，她舍不得这个与她朝夕相处两年的小姑娘，她是那么的温顺淑雅，又是那样的灵动乖巧。猫咪琥珀似乎也有感应，总是依偎在邵琉锦的怀里，发出“喵呜，喵呜”的叫声，琥珀黄黄的眼珠闪烁着依依不舍的目光，不停地徘徊在邵琉锦的脸上。

热心的枝子——这些天总是跑前跑后采购鱼肉果蔬，帮邵琉锦打点行囊——央求邵琉锦多留几日。遇到邵琉锦勉为其难的目光后，又转求沈晓花，说冷不丁都走了，姑姑会因忧郁生病的。盛情难却，沈晓花只得暂时留下。

沈晓花送邵琉锦上船时特意嘱咐说：“我陪不了你了，自己多多注意，不要和不认识的人特别是男人搭讪，甲板上人多，索性不要去了，忍忍吧，也就两三天的辰光。再有，舱房里的另一个寝位我并没有退，不要让任何人进去住，行吗？你要是胆小，我就辞了枝子陪你。”邵琉锦感激不尽地说：“晓花姐，这一趟够辛苦姐姐的了，放心玩玩去吧，锦儿从三岁起就一个人住了，姐姐不用担心。”

林肯总统号的起始港是美国西雅图，是一艘万吨巨轮，乘客连同船员总有千人之多。邵琉锦自清晨上船，就把自己禁锢在舱房里，翻翻画册，看看照片，要不就躺在床上仰望天花板遐想和邱载慧的久别重逢。肚子饿了，邵琉锦就吃一点京都脆饼——是房东欧芭桑执意要她带上的，欧芭桑说：“哎呀，你哪里知道，如今日本航船上也只有西餐，真的是难以下咽。”

当晚，两位船员邀请邵琉锦参加舞会，他们很敲了一阵舱房门并表明是船员时，邵琉锦才把门打开。

“邵小姐，”有着火一般头发的女船员操着蹩脚的日本话说，“我们奉本船船长约翰·格里菲斯之命，并代表全船乘客及船员前来恭请邵小姐参加今晚的舞会。”

女船员好容易把话说完。邵琉锦懒洋洋地回答：“很抱歉，我是中国人。”

男船员十分机敏，立刻上前用中文说道：“邵小姐误会了，因为爱丽丝只会说日语，其实我们早就看出来邵小姐是中国人，日本女子除了皮肤有些接近中国人外，其它……”说到这里男船员用了一个鄙视的表情。女船员接着声情并茂地用英语说了一阵。男船员代为翻译说：“爱丽丝说，今晨邵小姐一登船，约翰船长就兴高采烈地对她说：‘爱丽丝，看，今晚舞会的女皇！’”

邵琉锦淡然一笑说：“谢谢船长先生，我实在是很疲倦……”

“疲倦，在这个魔窟般的地方，疲倦早已让位给恐惧了……”

三人正说话，从走廊一端传来女子的话语声。邵琉锦顺着声音看去，见一个中国女子模样的人朝这边走来，身穿一身蓝色旗袍，旗袍的袖子长到肘关节，下摆遮住了脚面。

“恐惧，从夜晚来临，清晨也不离去，像一个不知疲倦的幽灵，在这个魔窟中到处徘徊……”

“玛丽小姐，请回到你自己的舱房去。”男船员迎过去，表情谦恭，但语气坚决。

玛丽旁若无人地朝前走，一眼看见邵琉锦，立刻原地站住，身子往后仰去，“啊哟，我终于看见了天使！”说着疾步走向邵琉锦。

“玛丽小姐，你不可以这样，邵小姐是船长邀请的舞会女皇！”男船员急火火地提高了声音。

“舞会？——勾肩搭背，物欲横流……让你们船长的舞会见鬼去吧，我们的天使不会与你们同流合污！”

船员们手足无措，只得怏怏离去，临走时，男船员朝邵琉锦做了个手势，意思是：注意精神病患者！

玛丽虽然背对船员但也感觉到他们要说什么，于是潇洒自如地朝邵琉锦一笑说道：“我是精神病？我若是精神病，世间还有一个清醒的人吗？”

船员走后，玛丽小姐告诉邵琉锦自己姓王，山西太原人，前年“随大流”，到了美国南加州的贝尔学院攻读法政。不幸的是，王玛丽与当地的人文理念、生活习惯格格不入不算，还罹患了一种腕关节肿痛的怪病，久治不愈，痛苦难耐。后来找到一位老华侨，说此病是由于当地的湿热所致，必须驱热散湿，并授予一偏方：用点燃的酒精涂擦患处。玛丽一试果然见效。这次决心辍学回山西老家前，老华侨特意给她带上酒精，嘱咐说漂洋过海湿气更甚，火疗不可间断。可是同舱房的人没有一个可以忍受这种颇为毛骨悚然的操作。疼痛难耐时只好在舱房外进行，不仅船员干涉，围观的人还把她当“东洋景”来看。说到伤心处，王玛丽禁不住垂泪不已。

邵琉锦动了恻隐之心，主动要王玛丽留下。王玛丽的火疗确实新奇，把酒精倒在碟子里，用火柴点燃，随手将蓝莹莹的火苗抓起来敷在患处，并不断摩擦。头一次看时，邵琉锦蜷缩在睡榻上不敢睁眼，熟悉后虽然稍好，但依然不忍瞩目那蓝莹莹的火苗与王玛丽细腻的皮肤亲密接触，每逢这时，邵琉锦总是不动声色地避了出去。

第二天上午，邵琉锦为避开王玛丽的火疗，第一次来到甲板上，邵琉锦禁不住做了几个深呼吸，极目远眺，在水天一色的尽头出现了大陆的影子。邵琉锦惊讶地想：“这么快就到了？”

“邵小姐，真巧，在这里又见面了。”

邵琉锦正在疑惑那出现的大陆是不是家乡，身后突然传来颤悠悠的人声。邵琉锦周身禁不住打了个冷战——那是吉野的声音。邵琉锦不敢回头，下意识地用双手紧紧地抓住船舷的栏杆，她想，只要吉野靠近，自己就大声呼喊……

吉野本不同意依照枝子的方式了结与邵琉锦的官司，他要借官司逼邵琉锦就范。当枝子提出来时，他曾大为光火，并威胁要揭穿枝子是这场栽赃诬陷的始作俑者；枝子则摆出破罐破摔的架势，说自己仅仅是出于女人的嫉妒，公诸于众也没有什么大不了的，你吉野偷梁换柱的伎俩，则是实实在在的犯罪。两人争执不下，吉野提出条件：枝子必须告知邵琉锦回中国的船期，并将陪同沈晓花留下。枝子觉得与其两败俱伤，不如依了，但在留下沈晓花这一点上留了个活话：尽可能。

吉野上了林肯总统号后一直未见邵琉锦踪影，向船方询问，得到的答复是肯定的，但问到具体舱房时被船方拒绝了。吉野无法，只得在甲板、餐厅、咖啡厅等公共场所守候，舱房走廊虽也去走走，但怕站在一端的船员生疑，只是匆匆而过，因此难有所获。今日竟然相遇在光天化日之下，真的是大喜过望。

“邵小姐思乡心切了吧？不过那是济州岛，还算是日本国的版图。”吉野脸上拂过一丝得意，接着说，“济州岛的阳光是会灼伤皮肤的，邵小姐，要不要把那边的遮阳伞搬过来。”

“不必了，我已经在甲板上待得太久了。”

邵琉锦说罢起步走向楼梯。吉野好容易发现猎物的踪迹自然不甘得而复失，抢先站到楼梯口，占据了多半个通道说：“邵小姐，吉野实在是有一肚子衷肠要对邵小姐吐诉，望邵小姐赐给吉野一个机会，这里不方便，吉野随时愿意到邵小姐的舱房听候。”

“过去的事情已经了结，没有这个必要了。”邵琉锦说话时眼睛看着别处。

这时，王玛丽从楼梯往上走，并没有注意到旁边有人，径直对邵琉锦说：“邵小姐，我的火疗完毕了，你看，我的手腕又转动自如了，来，我们回舱房去。”

绝处逢生

邱载慧和安妮到了汉口，径直赶往天主堂梅神父纪念医院。时值清晨，护士小姐睡眼惺忪地说：“陈北章？在三床——时间还早，你们去外边花园呼吸呼吸新鲜空气，也免得打扰病人。”邱载慧问道：“病人情况怎么样?”护士小姐打了个哈欠说：“住在我们这里的一般都是重症，要不放心，你们到病房门口看看——不许进门。”说着，朝走廊尽头指了指。

邱载慧和安妮按照护士小姐所指，急匆匆走到病房门前。病房的门沿竖向镶有一窄条透明玻璃，从这里看进去，病房的各个角落一目了然：晨曦透过白色窗帘变成柔和的散漫光，白色的墙壁，白色的地板，白色的病床，白色的沙发，只有摆在白色的床头柜上的舰船模型增添了一点色彩。

“北章是在这里吗?”安妮迟疑地问。

“笃定，你看那模型不正是五月花号吗?”

“可……怎么没有一点声息呀?”

“也许正在安睡……”邱载慧嘴里这么说，手已经扭转门把，推门而入了。

紧接着赶来的护士小姐刚要呵斥，立刻把话憋住了——被掀起被单的病床上并无病人。

“也许在我接班前三床已经过世了，”护士小姐抱歉地说，“对不起，你们要不去太平间看看……”

一路赶来还是没有同朋友见上这最后的一面，邱载慧难以抑制内心的痛楚，禁不住和安妮相拥悲泣。

“他得的是什么病，这么快就……”情绪稍定，邱载慧问道。

“呼吸窘迫，”护士小姐一边整理病房一边说，“三床是积劳太甚，成疾后又没有及时调治，要不也不至于这么年轻就……”护士小姐说着，把悬在床栏上的卡片取下收好，又手指五月花号模型对邱载慧说：“求先生费力，帮我把这个木船搬到保管室去，这是三床的宝贝——嗨，莫得它呀，三床或许不至于……话又说回来了，莫得它，去一趟武昌可就劳神费力了，就凭这个，我们满病房的护士都喊三床‘三哥’……”说着，护士小姐不禁也抹起泪水来。

邱载慧临走时，护士小姐赶出来告诉说：“看到三哥的家属，要他们来医院去取木船哦。”

出了病房，邱载慧问安妮道：“先去太平间看看北章，你怕吗？”安妮说：“不怕，我现在的日常事务有一多半是照顾病残人，难免有离世的，其实，他们并不可怕，他们离世后的面容，往往比平时的面容平和、安详，因为他们已经远离了内心的痛楚和纷争，此时在他们的面容上，顶多残留一点点……说是牵挂也好，说是遗憾也行——就像我现在这样。”

安妮把脸正对邱载慧，双目微闭，面部肌肉自然放松，只在眉心处有一丝不易察觉的皱褶，两个嘴角微微向内合拢，显得嘴唇似乎在翕动。

一丝苦涩掠过邱载慧的心头——这张苍白了许多的面孔曾是多么的灵动，时刻反映着内心的激情、快乐、开心或者抑郁……此刻的平和安详，在邱载慧心中所感觉到的无异于呆滞。他伸手爱抚般地把安妮垂到腮边的一绺堇色的发丝掠到耳后，装出愉快的声音说：“安妮什么时候修炼得这么超凡脱俗了？”

安妮睁开眼睛，故作惊讶地问道：“我的这些事妈妈没有告诉过你吗？”

“没有呀，当然是安妮要母亲瞒着我的。”邱载慧答道——这一瞬间，他感觉到安妮又恢复了往日的灵性。

“又被你猜中了，”安妮说道，脸上浮起一丝笑意，很开心，很直白，没有一丝的做作和遮掩，“我是想直接感觉一下你的反应——当我面对你的时候。”

“满意吗，对我的反应？”

“满意，”安妮回答道，“‘安妮什么时候修炼得这么超凡脱俗了?’——你的声音是愉快的。”

这一刹那，邱载慧觉得酸楚直逼鼻翼，急忙转过话题说：“既然你不怕，我们快去看看北章吧。”

邱载慧和安妮来到医院太平间时，一个老者正握着一根橡胶管往屋顶浇水，连接橡胶管的水泵把附近河沟里的水源源不断地抽上来。由于水泵的噪音，邱载慧朝老者喊了三声也没有得到回应。还是安妮的手势奏效，但回答却令人沮丧：

“你们没看见我在浇水吗？冷气机坏了，家属把遗体全领走了，只有一具是刚送来的，身子怕还没有冷透……今年汉口热得邪怪，清早死了的人晚上不入土，哎呀，臭不可闻!”

听了老者的话邱载慧不禁打了个冷战，忙拉着安妮往回走。就在这时，芦毓琴找了过来。

三人见面拥抱后，邱载慧见芦毓琴比在上海时消瘦了许多，不禁深怀敬意说：“毓琴，真难为你了。”

“事总是要人办的——还是那句话，没得过不去的火焰山。”芦毓琴声音略带嘶哑，但情绪倒还乐观。

邱载慧听后神色越发黯然，刚要说话安慰，安妮赶先说道：“毓琴姐姐，你有这样心境真让我们佩服，北章哥哥一定也高兴。”

“北章是个急性子，急于求成，事必躬亲，所以……”说到这里芦毓琴哽咽了一下，接着说，“我们莫站在这里说话了，北章还等着你们哩。”

芦毓琴领着二人上了停在病房门前的汽车，对司机说了声“回去”。汽车开出医院，拐了两个弯来到江边。船只鳞次栉比，笛声交织一片，繁忙景象毫不亚于上海外滩。不久，汽车在一个正在修建的码头前停下，顺着正在铺砌的石阶看下去，漂浮在江面上的正是五月花号。邱载慧想起太平间那个老者“今年汉口热得邪怪”的话，不禁内心感到阵阵刺痛。

“北章，我们来了，载慧和安妮来了。”芦毓琴跨上五月花号就大声喊起来。一路默默无语的邱载慧和安妮此时按捺不住，登时泪如泉涌。芦毓琴并未回头，只顾把他们带上第二层甲板。

顺着楼梯往上踏了几阶邱载慧突然止步了，跟在后面的安妮挤上来和邱载慧站在一起，他们看到斜卧在躺椅上的陈北章正挥着手，但眼神迷离，招手时断时续，似乎也是下意识的。

“昨晚北章觉得不好，一定要回来，说这口气要咽，也要咽在五月花号上。”芦毓琴站在楼梯口向他们解释。

邱载慧和安妮迅速站到躺椅两侧，一人握住陈北章的一只手，火车上那个精干健谈的陈北章已经消瘦得脱了形。

“北章哥哥，我们来看你来了，”邱载慧只顾叹息，安妮先开了口，“我是安妮，他是载慧，邱、载、慧，你感觉到我们正握着你的手吗?”

陈北章的眼皮在颤动，颤动……终于没有睁开，喉咙里发出“咕噜噜，咕噜噜”的声音，安妮把陈北章稍稍扶起，用手掌轻轻地叩击背部，终于吐出短短的一口气。

“毓琴，让北章尽可能安详地离开吧。”邱载慧把芦毓琴拉到一边，悄悄地说。

“北章哥哥，你在向我们招手，我们看见了，也听见你问我们好，”安妮俯身在陈北章耳边说，“北章哥哥，你同我们在柏林第一次见面时一模一样……你记得柏林吧，记得在菩提树大街边扔袁大头指路吧，载慧高高扔起一个袁大头，袁大头落在地上滴溜溜地转，你喊‘大头，大头’，姐姐喊‘一圆，一圆’，‘大头，大头’，‘一圆，一圆’；‘大头，大头’，‘一圆，一圆’……”

随着安妮轻声的呼喊，陈北章也不断翕动嘴唇，渐渐，身子也随着微微颤抖……突然，陈北章吐出一声拉长的“大——”紧接着吸进一大口气，又翕动起嘴唇来……第二声“大”没有吐出来，随着从胸腔喷出的气体，一股带有深紫色血块的浓痰不断涌出……陈北章再没有力气强撑，浑身瘫在躺椅上，只剩下一丝微弱的鼻息……

大家清理好秽物，把躺椅放平，默默地守候在一旁。邱载慧埋怨安妮太过鲁莽。芦毓琴欲哭无泪，慢慢地说：“这样好，北章是带着愉快的回忆离开的，我们对他的记忆也凝结在愉快的那一瞬间。”

“要移进舱房吗?”邱载慧问。

“不必，”芦毓琴举臂挥了挥说，“吹来这里的风总是暖暖的。”

稍停一会儿，芦毓琴接着说：“其实，自从五月花号来后，北章几乎没有在舱房里睡过，他说睡在这里心里敞亮——右边翻身面对汉口，左边翻身看见武昌了。”

三人守候到黄昏，陈北章呼吸依然微弱，但却平稳，像睡着了一般。邱载慧要芦毓琴和安妮回舱房，自己留下守夜。

满月当空，月光如银，沐浴在月色中的陈北章，面孔越发显得苍白。邱载慧想起在柏林请袁世凯“指路”那时，大家对即将的回归都充满着憧憬，一路行来，不断谈论着如何的“大事争先，小事不拒，趣成填海志”，不断的是笑语欢歌。可是星移斗转，数载过去，事成者寥寥。想到这里，邱载慧不禁惺惺相惜，潸然泪下，大有兔死狐悲之感。

“水，水……”

邱载慧听见人声屏住呼吸，目光聚焦在陈北章脸上，又伸出手指，试了试陈北章的鼻息——微弱却也均匀。邱载慧站起身，四处看看，耳目相接的只有水中摇曳的月影和细浪相戏的轻鸣。

“水，水……”

声音再度响起。邱载慧当下判断是陈北章所发——他不经意的一瞥正好落在陈北章翕动的嘴唇上。邱载慧弯腰握住陈北章的手，温润和被握紧的感觉倏地从指尖传至脑际——他还能活下去!

邱载慧轻轻地抽出手，迅速跑到舱房，唤起芦毓琴和安妮。

“北章，喝点水。”芦毓琴轻声唤道，把一汤匙温水送到陈北章嘴边。

“不要水!”陈北章把汤匙拨到一边，声音有些不耐烦。

安妮坐到陈北章身边，抚摩着陈北章的额头说：“我们听清楚了，你放心，水一点也没有了。”

陈北章的嘴角往上翘起，脸上很快露出笑模样，断断续续地说：“这样……好，好——水太大了，要冲垮我们的码头……”

“北章又在做噩梦，”芦毓琴担忧地说，“今年洪水特别大，码头被淹没了两次，通往江中的石阶全部被冲垮了。”

“不要紧，能够做梦的人，就一定能够醒过来。”安妮松了口气说，是安慰别人，也是安慰自己。

不久，陈北章果然醒过来了，睁开双目环顾四周，虽然此时月色已经朦胧，但他看清了每一张面孔。

“谢谢你，安妮，我听见你在喊‘大头’、‘一圆’，‘大头’、‘一圆’，我想，我们刚刚上路，我不能这样偷偷地走掉，虽然我很累很累……”陈北章声音虽还微弱，但思维清晰吐字准确，他甚至一手拉着安妮，一手拉着邱载慧说起了笑话：“我在莫斯科就在你们之间搭起了鹊桥，你们什么时候过银河呀？”

陈北章日渐康复，在邱载慧的帮助下，完善了码头的建筑，调整了石阶的坡度和构造，使之禁得住洪水的冲刷和浸泡。轮渡开航的日期比预期提前了，一时“神灵相助，死而复生”在武汉三镇传为佳话，人们对天堑得通有了更多的企盼。

为了感谢安妮的救命之恩和邱载慧的鼎力相助，陈北章邀请邱载慧、安妮担当五月花号首航的正副舵手。芦毓琴担心安妮不能胜任。陈北章说凭安妮聪慧的禀性，没有不能的事情。经过几次实地演练，安妮果然掌握了航行要领，即便是穿过长江汉水交汇处的波涌，五月花号也可以平稳渡过。

“毓琴，”陈北章站在船头回望驾驶台说，“你看，那是多么美妙的一幅图画。”

芦毓琴随着陈北章的目光看去，驾驶台的玻璃窗后显出安妮和邱载慧的身影，他们并肩而立，眺望远方，不时对视一眼，脸上立刻露出会意的微笑。迎面飘来的水滴撞在窗玻璃上渐渐弥漫开来，犹如玻璃窗上罩上一层透明的窗纱，使得内里的景象越发迷离诱人。

“北章，又想到搭设鹊桥的事情了？——人生难得十全十美。”芦毓琴感叹道。陈北章并没有理会，而是接着说：“毓琴，记住了，开航那天一定请摄影记者在这个角度给他们拍一张相片。”芦毓琴不满地说：“你是怎么的了——载慧已经有了锦儿，我们就不要多此一举了。”

陈北章遗憾地叹了口气，随后说：“相片照拍——市街不是传吼了我有神灵相助吗？我要让大家看看相助我的神灵！”

经风水先生反复斟酌，开航定在己巳时，大约是上午九点。天刚亮，陈北章再也睡不着了，起身督促水手把各个岗位再检查一遍，确保开航万无一失。自己拿出今日宾客名单，重温一遍如何应对。名单没有看完，司舵的水手拿来一封信，说是在驾驶台上捡到的。

陈北章接过来，打开一看，是安妮所写：

北章哥哥、毓琴姐姐：偶闻有英轮去重庆，船期也在明日，安妮素性顽劣，决意随其一游，因怕难舍哥哥姐姐的盛情，所以不辞而别了，望恕安妮不敬。请转告载慧，我一时不再回上海。

安妮敬启

“这个安妮，玩心忒大了。”陈北章把信拿给芦毓琴看时，顺便抱怨道。芦毓琴看过感叹道：“你以为安妮真的游山玩水去了——安妮的心胸已不同昔日了。”

五月花号在震耳欲聋的鞭炮声中按时从王家巷码头启航，向对江的汉阳门驶去。邱载慧气宇轩昂地站在舵轮前，操纵自如，得心应手——五月花号推波逐浪开始了她的处女航。

“呜——呜——呜——”

一阵汽笛声从江心传来。邱载慧想：“一定是安妮。”他随手拿起望远镜朝左前方的一艘悬挂米字旗的轮船看去，果然看见安妮站在船舷朝这边挥手。邱载慧以笛声作了回复，那艘船减低航速，直到五月花号从它的前方越过江心驶向彼岸。

五月花号开航后的第二天，邱载慧启程回上海，急切等待邵琉锦的消息。

吉野知道邵琉锦与王玛丽在同一间舱房，于是王玛丽也成了他追逐的对象。与邵琉锦相遇的当日晚上，吉野终于在餐厅等来了王玛丽，立刻过去和她搭讪。王玛丽见是白天与邵小姐面对面地站在楼梯口的那位先生，也就有意无意和吉野说起话来。言谈中，吉野流露出对火疗的极大兴趣，说自己是日本人，与中国人同文同种，对中国的传统医学奉若神明，远不像那些孤陋寡闻的西洋人，并说自己脚腕痛风已久，累累听说有火疗一法，但一直无缘得见。

王玛丽终于遇到知己，忙说：“吉野先生若是相信我的技艺，我倒可以给吉野先生疗上一两次试试。”吉野听后感激涕零般说：“吉野已欣赏过王小姐高超的手法，哪有不信的道理，我明日笃定把舱房打扫干净，恭迎王小姐驾临。”王玛丽爽快地说：“何必明天，那痛风之苦晚间最盛，干脆这样，烦请先生到我舱房把酒精、瓦碟取来，我们就在这里疗治一番，好让那些西洋人瞠目结舌！”说着，取出舱房的钥匙放在餐桌上。

吉野看见那把亮澄澄的长把钥匙，心猛地七上八下起来，战战兢兢地伸出手去又缩了回来，他怕王玛丽已经看透他的心思故而欲擒故纵，试探试探。

王玛丽看着吉野的猥琐模样以为是怕自己手艺不精到，爽朗笑笑说：“吉野先生不必担心，我先以自身演练，先生觉得没有把握，只当再围观一次东洋景而已。”吉野不再多言，一把将钥匙抓在手里，转身而去，他怕王玛丽看出他周身已经开始颤抖。当王玛丽想起了嘱咐说：“先敲门，邵小姐不在舱房再用钥匙。”吉野已经消失了。

吉野按照钥匙上的号码，找到邵琉锦的舱房，伸向锁孔时，手禁不住哆嗦起来。

邵琉锦正静坐在舱房里，望着舷窗外皓月下激荡的海水，心中酝酿着一幅表现归去之情的构图：先是想到李商隐《夜雨寄北》的意境：

君问归期未有期，巴山夜雨涨秋池。
何当共剪西窗烛，却话巴山夜雨时。

邵琉锦觉得过于伤感，而且自己明明已在归去的路上，何来“君问归期未有期”的感慨？不过，用“巴山夜雨涨秋池”来形容自己在日本的遭遇倒也贴切；值得庆幸的是，自己已然脱离了那黑夜迷茫、大雨滂沱的厄境。

雨景刚过，杜甫《月夜》图画又进入胸臆：

今夜鄜州月，闺中只独看。
遥怜小儿女，未解忆长安。
香雾云鬟湿，清辉玉臂寒。
何时依虚幌，双照泪痕干。

邵琉锦刚刚咏过，灵感悠然而至，一幅工笔人物的构图也浮现眼前：一对小夫妻依偎在掀起的帷幔里，云鬓散脱，玉臂缠腰，香腮相接……

“小女子，不害羞！”

邵琉锦低声地骂了自己一句，然后手托双腮，仰望苍穹，高悬的明月，没有一丝丝云翳遮掩，清明剔透的光辉穿过舷窗尽洒在窗下的案上。——刚才那一幅令自己神往，又使得自己心跳脸红的景象又出现了。邵琉锦再也按捺不住自己如泉涌般的思绪，她起身站在案前，抚平画纸，一手握笔在调色盘里调锋运气……

这时，门外响起嘁嚓声。

邵琉锦觉得有人推门进来，她没有回头。王玛丽话多，一句搭话，一个眼神，都可能引来她的长篇大论；面对沉默，她也就拿起遗忘的东西，默默地去了，或倒身榻上，默然睡去。

邵琉锦没有想到，进来的人是吉野。

吉野进得舱房，一眼瞥见邵琉锦站在窗下案前。在月色和灯光的映衬下，邵琉锦呈剪影状：曼妙的身材，柔媚的线条令吉野浑身打了一个颤，为了稳定一下情绪，他下意识地点燃了香烟。

“王小姐，你怎么能抽烟，”邵琉锦厌恶地说，并警告道，“我的颜料和你的酒精都是易燃品，你不怕……”

就在邵琉锦放下笔刚要回头之际，吉野内心的欲火已经喷涌而出，他扔掉香烟，猛地朝邵琉锦扑去，嘴里还不停地念叨“不信我这一身的烈火燃不起你的激情……”

邵琉锦的双臂被吉野从后面紧紧箍住，一丝不能动弹，脑际经过刹那间被惊吓产生的空白后，意识到面临的危境，她双手摸索着攥住了桌案的边沿，死死地不松手。

吉野一时无法扳转邵琉锦的身体，急不可耐地想伸手去抚弄邵琉锦的胸脯。邵琉锦感觉到吉野的胳膊稍有松动，立刻松开一只手抓起钢笔朝吉野的手背狠狠扎去。吉野猛然觉得一阵剧痛，低头一看，一支钢笔插在手背上，忙用另一只手去拔。邵琉锦趁机转过身，猛地将吉野推开。

吉野趔趄着往后退，张开的手臂把酒精瓶子打倒在地。酒精从细小的瓶口慢慢流出，被吉野扔在地上的烟头点燃，蓝莹莹的火苗顺着细流烧向源头……扭扯在一起的邵琉锦和吉野都没有觉察到，直至酒精瓶嘭地炸裂，火花四溅……

邵琉锦随手拿起砚台，猛地砸向舷窗，海风大股大股涌了进来，风助火势，舱内的纸张、颜料、布幔毕毕剥剥地燃烧起来，很快舱房里成了一片火海，突如其来的火让邵琉锦刹那间感到从天而降的凤凰涅槃般的感觉！

吉野见势不妙，仓皇开门逃窜。火苗在海风的推涌下，很快窜出舱房向走廊蔓延……

王玛丽在餐厅等得不耐烦了，突然想起来，这个日本人是不是盗窃舱房的钥匙，图谋不轨？再想到同房邵琉锦的姿色绝艳，立刻肯定了自己的想法，急火火地站起身来朝舱房奔去。就在此时，林肯总统号邮轮响起火警的警报！

邮轮两日后的凌晨抵达上海，十六铺码头早已被接港的亲属、采访的记者、围观的大众挤得水泄不通；几辆响着凄厉汽笛的救护车也不得驶近，直到警察的到来，才在警棍的帮助下，打开一条通道。

甲板放下了，侥幸者相跟而下。邱载慧选了个高处，眼睁睁地望着自船舷往下流动的人流，心脏跳得怦怦有声，每走过一个年龄相仿的女子，就七上八下乱跳一阵……就这样一直看得两眼酸涩，邱载慧急忙追随救护车到了仁济医院。

在所有伤者中没有见到邵琉锦的踪影；另外三具遗体已直接送往医院太平间，但已经被烧得面目全非，根本无法辨认。邱载慧在林碧珠的扶持下走出太平间，一跤摔倒在冥王哈德斯雕像的脚下……

光艳依旧

邱载慧摔倒时，额角受伤，伤口缝了七针。随后的几天里，邱载慧一直昏昏沉沉地躺在床上。

“载慧，下来，锦儿找到了。”

邱载慧一骨碌爬了起来，站在回廊朝天井看去，蒲天枢正仰首朝他挥手。

“载慧，听马叔叔说，邮轮走脱了一个受伤的人，还是女的——我猜，一准是锦儿。”

这些天来，蒲天枢总有令人宽心的消息带来，但最后还是失望，邱载慧没有认真听，说了声“哥，谢了——”就转身回房，可是这次他没有颓丧地躺下，而是一个急转身又回到回廊，跑下楼梯往蒲天枢房里而去。

“哥，你再说一遍，是锦儿找到了吗?”

蒲天枢正在喝茶，赵筱凤代替回答说：“马叔叔正安排警察四处寻找呢——不过，也不晓得是不是锦儿。”赵筱凤怕乐极生悲更于兄弟不利。

“一准是。”邱载慧回答得极其肯定，多日以来紧蹙的眉心也展开了。

“载慧先坐下。”赵筱凤招呼邱载慧坐到自己的椅子上，想借机开导开导他。

邱载慧说：“没时间了，我这就接锦儿去。”

蒲天枢、赵筱凤两个人都没有拦住，邱载慧三步两步走出了房间。蒲天枢急忙喊门房把大门关好。

蒲天枢的粗声大气惊动了静庐，一家上下都聚集到天井四周；门房李安正好声好气地对邱载慧又拦又劝。

“慧儿，这是为什么呀?”蒲从周这些天被邵琉锦的事弄得心神不定，一连几个晚上失眠，这时刚刚入睡，又被吵醒了。

赵筱凤怕邱载慧说出去接锦儿的胡话，忙接过话说：“今早天枢听公安局的人说，邮轮上一个受伤的女人走脱了，慧兄弟忙着去找马叔叔打听是不是锦儿呢。”

“什么是不是？一准就是。”邱载慧立刻回了一句。

“将心比心，慧儿这么想也是应当的，”林倩云说着宽解的话，“慧儿，你的事情，你马叔叔还能不尽心找呀——就在家等着听喜讯吧。”

“不行，走遍上海也找不到!”

大家觉得这依然是胡话，唯独蒲从周另有看法——他是久经沙场的人，他相信直觉在克敌制胜上的作用，这种直觉产生于烂熟于胸的知己知彼；慧儿之于锦儿心心相印已久，彼此深知深觉，此时此刻，锦儿的去处慧儿必然有所感知。

“慧儿，依你说，锦儿会在哪里?”蒲从周从容地问。

“秦南仓——锦儿的老家。”

听了邱载慧所说，林倩云想起“人死灵魂回乡”的老话，脸色一下子变得煞白。蒲从周看在眼里但并不为之所动，而是当下作出决断，要蒲天枢陪同外甥去秦南仓。

邱载慧真的说对了。自舱房骤然间成了火海，邵琉锦就沉溺在凤凰涅槃的幻觉中，当她获救醒来，她觉得已经是在另一个世界中飞翔了。邮轮到了上海，回到她熟悉的地方，她想起了阿妈讲过，人死了，她的灵魂是要回到家乡去的。

凭借着对家乡的向往，邵琉锦终于来到荷塘旁的屋宇，门环上横着一把铜锁。邵琉锦绕到屋后，来到柴房前，青砖黑瓦，毛竹编制的栅栏门——保留着少小离家时的原样。

邵琉锦推门进去，一头栽倒在稻草堆上，长吁了一口气，想道：“终于保全了自己，再没有什么对不起我的慧了……慧，你的锦儿永远是你的!”

清儿发现了柴房里的邵琉锦，当他把顾阿娇和姜立聪引来时，邵琉锦半个脸部缠满了绷带，鼻翼连些许掀动也看不到。顾阿娇禁不住泪流满面地对姜立聪说："怕是不行了，怎么办，怎么办？"姜立聪一时束手无策，只是急急地说："快搬到前边屋里再说吧。"

邵琉锦迷离中听见话声夹着哭声，微微睁开眼皮，看见的是顾阿娇朦胧的身影，她阖上眼皮，两颗泪珠立刻从眼角渗出。

"小娘看，她流眼泪呢，人还活着。"清儿喊了起来。

随着小孩子的声音，邵琉锦感觉到有人接近自己，立刻警告说："阿娇，是姐姐的魂，你离开远些！"

"锦姐姐，这不是躲猫猫，你勿要吓唬阿娇了。"

邵琉锦觉得有人触摸自己，一哆嗦坐起身来，蜷缩到墙角，用颤抖的声音说："还不快走，你没有听阿妈说过，鬼魂要把活人拉过奈何桥的。"

"锦儿，我是立聪，"姜立聪站到稻草垫前，俯下身子说，"我和阿娇两个人一起拉你，还怕拉你不回来？"清儿此时也站了过来说："还有我呢。"顾阿娇趁势说："清儿，快上去拉大姨妈——你姑婆说过，童子是不怕鬼的。"

大小三只手臂同时伸了过来，邵琉锦看了看，胆怯地伸出手指碰了碰，柔软温润，再看看他们的眼神，也是那样的灵动，那样的爱意盎然，完全不像看人家做安魂道场时的那些恶鬼—— 一个个冷若冰霜、面目狰狞……

"难道我还留在人间？"

邵琉锦心里想着，慢慢地向前挪动身子，和俯身过去的阿娇拥抱在一起。

相拥而泣后，邵琉锦抬头疑惑地问："你们怎么到了这里？"

顾阿娇一时语迟，邵琉锦两眼立刻又呆滞了。姜立聪意识到邵琉锦心中的幻觉又要浮现，忙对顾阿娇耳语两句。顾阿娇立刻对邵琉锦眉开眼笑地说："我同立聪结婚了。"说罢，面色绯红地靠在姜立聪的胸前。

邵琉锦开心地笑了，说："我早对载慧说过，你们总要走到一起的，真为你们高兴！"

在顾阿娇和姜立聪的搀扶下，邵琉锦来到屋里，在梳妆台的镜子里，她在遇祸后第一次看见自己的脸：从额头正中斜着向下直到耳垂缠着绷带，右侧的眉眼全部看不见了；左腮到嘴角贴了一块厚厚的纱布，四条胶布组成一个大大的井字；只有左眼尚存，但昔日纤长的睫毛有的蜷曲有的秃缺。

顾阿娇扶住几近晕眩的邵琉锦，轻轻安慰道："表姐心好，老天爷都舍不得表姐——那船上死了三个人呢。"

"怎么不是我?"邵琉锦木然了片刻，突然问道，"阿娇，怎么不是我，不是我!"

随着话音，邵琉锦举起双手撕扯绷带。顾阿娇一把将邵琉锦紧紧抱住，说："表姐，你这是为什么呀?"

邵琉锦看着镜子里自己的面貌，觉得那不仅是丑陋，简直就是狰狞，于是使劲左歪右扭，要挣脱顾阿娇的羁绊。顾阿娇死抱不松手，说："表姐，你不为自己着想，也该为载慧想想呀!"

"我这正是为载慧想呀。"

"我晓得，世上的男人都喜欢女人的漂亮脸蛋，"顾阿娇颇带世故地说，"可是，男人跟男人不同：有的男人只拿眼睛看你，就看见漂亮脸蛋，只要稍稍不那么可人，要不干脆就是他们看厌了，他们立马拍屁股走路，连招呼都不打。也有的男人，他们是拿心看你，从你的漂亮脸蛋看到你心里。看不透，他们不搭理你，只要搭理你了，他的心就拨你了，什么脸蛋呀、从哪里来呀、走哪条路呀……他们都不在意了。这样的好男人世上难得——载慧、立聪就是这样的男人，我们姐妹命好、前世积德，就这么两个都归了我们姐妹!"

顾阿娇的一席话令邵琉锦深有同感，她心怀感激地说："阿娇，你的话说到我心里去了，载慧正是那样的男人：即便我烧成炭，载慧也会拿这炭去暖他的心，在公家花园我们看了头一眼，我心里就笃定这样想。我是学画的，看人眼毒，什么样的眼神我分辨不出来?——你不要打断我的话，听我往下说：可是载慧不是一个人，他有母亲、舅舅、兄弟姐妹，还有朋友，有同僚，有上司，载慧要应酬他们，要体体面面地应酬他们。"

"表姐，我们姐妹怎么不体面了?"顾阿娇不服气地说，"凭我们这两张脸，即便在上海滩争王称后，我们也能争出个名分来。"

“纵使如此，我也配不上载慧。”邵琉锦固执地说，“那日在川沙老宅，安妮那么自如地唤夫人‘妈妈’时，我没有妒忌，只有羞愧。我远走东洋，就是想还载慧一个和美的家。阿娇，你松开我吧，我实在喘不过气来了。”

“表姐，你可不许做傻事。”顾阿娇声音有些颤抖。

“不会的，”邵琉锦语气平和地说，“我听你的话，既然你把我从奈何桥边拉了回来，我也不忍心再过去了，只是我要求阿娇一件事情……”

“我们姐妹不许说求——阿娇这里先答应姐姐了。”说罢，松开了双臂。

“好，”邵琉锦握住顾阿娇的手说，“我来这里的事情不要告诉载慧，我也不再同载慧见面了——我不能对不起夫人，对不起我在心里唤过多少次的‘爹爹’的在天之灵。载慧绝不会忘记我，我要让我的慧留下对他的锦儿的最完美的记忆；我也要走得远远的，独自去咀嚼昨日的美好。”

邵琉锦说完，顾阿娇已经泣不成声。邵琉锦此时冷静异常，起身取来手巾，轻轻地替顾阿娇揩拭眉眼两腮，一边说起顾阿娇受了表哥邵建业的委屈后到表姐前哭诉的往事，一两声笑语，冲淡了弥漫在屋里的凝重悲怆的气氛。

姐妹两个人的情绪松懈下来，邵琉锦正襟危坐在梳妆台前看着镜子说：“阿娇，帮姐姐揭开这层面纱吧，我真的很难受，是不是已经感染病菌了？——我们姐妹还这么年轻呢。”

邵琉锦略带戏谑的语气让顾阿娇安下心来，她端来一盆清水，又找出一条新毛巾，先把邵琉锦露在纱布外的脸膛擦拭干净，又用毛巾的一角浸入换过的清水，然后用毛巾的一角把粘贴在邵琉锦脸上的胶布浸湿。

“表姐，你不会是吓唬人吧？”顾阿娇一边浸水一边问道。她们小的时候，常用手掌捂住脸，说自己这里流血了，那里破皮了，等对方俯身过来看时，就突然打开手掌吓唬对方。邵琉锦叹了口气说：“但愿是这样吧。”

嘴角的纱布几乎是在轻松的情绪中被揭开的，一层厚厚的结痂从嘴角延伸到腮边，结痂的颜色是灰黑色，间有一些呈浸润状的红色，显然是渗出了的血水。顾阿娇用手指轻轻触摸了一下，感觉硬硬的。

“痛吗?”

邵琉锦摇摇头。

“那就是快好了。”

邵琉锦“唔”了一声，说：“解开绷带吧。”

顾阿娇在邵琉锦脑后找到绷带的结，又拿来剪刀把结剪开，然后一层层地解开缠绕的绷带，一边说：“表姐，老天爷保佑，我看没有我们想的那么严重。”邵琉锦说：“那天的大火你是没有看见……算了，听天由命吧。”

绷带解到最后一两层时，透过纱布隐约可见灰黑色的结痂几乎掩盖了整只右眼，并且向斜上方直到发际。顾阿娇的手不由自主地停下。与此同时，邵琉锦也伸手抓住顾阿娇的手，眼睁睁地看着镜子里面自己的面容。

在纱布和绷带没有解开时，仅仅是脸部被遮盖了一部分，熟悉的人从看到的裸露部分，自然而然地还原了邵琉锦往日的秀美面部形象，因此并不觉得十分突兀。可是，当那粉嫩的肌肤上出现两大块黑糊糊的结痂时，曾经是秀美匀称的构图破碎了，凌乱了，魔化了；曾经是一颦一笑百媚生，令人爱不转睛的面孔，此时已是不忍注目，不敢一瞥了。至于结痂的下面所掩盖的，她们既不敢想，又不能不想：那传情的嘴角是不是被僵硬的瘢痕锁定，缠绵细语再也不能？那达意的眉梢是不是被高高吊起，再不能拨动心灵之湖泛起款款秋波？或许，那曾经清澈无比的湖水已经被火焰蒸发，在残缺不全的湖岸包围中只剩下一个令人毛骨悚然的黑洼洼……

邵琉锦终究是绝望了。顾阿娇从邵琉锦仅存的左眼看到了，再触摸一下邵琉锦的手，在微微地颤抖。很快这种颤抖波及到手臂、全身……突然间，邵琉锦举起两只手。顾阿娇晓得她要去抓挠脸上的结痂，立刻张开双臂再次把邵琉锦紧紧抱住。邵琉锦奋力挣扎，几乎挣脱顾阿娇的搂抱。顾阿娇迫于无奈大声喊道：“立聪，快来！”

姜立聪闻声赶来，帮助顾阿娇拉住邵琉锦的双手说：“千万不能这样，伤口若是感染了，后果会很严重的。”

邵琉锦此时完全听不进去任何劝告，只是一味地挣扎。顾阿娇明显地感觉到邵琉锦急促的呼吸声渐渐地变得上气不接下气，她心痛但又不敢松懈。

正在僵持之中，房门被轻轻地推开，清儿伸进头了，朝姜立聪招手，口里还轻声喊道："爹爹，过来，清儿有话跟爹爹说。"

"清儿，捣什么乱？"顾阿娇生气地朝清儿喊道，"有话在这里说！"

"没有什么事……"清儿低头嗫嚅道，"也有点子事……外边有人来了。"

"哪个？"姜立聪扭头问道，抓住邵琉锦的手并没有放松。

"没有看见人，只看见一辆小汽车开过来了，红颜色的，好漂亮的。"

"肯定是载慧！"邵琉锦慌忙地喊道，"我不要见他，不要——"

"立聪快去，"顾阿娇急急地说，"若是载慧，先把他拦住——就说锦姐姐不在这里。"

姜立聪犹豫了一下，示意顾阿娇看好邵琉锦，才走出门去。此时，门外传来汽车急速刹车的声音，很快，人声已经传来：

"立聪，锦儿好吗？"邱载慧急促地问。

"锦儿？锦儿到这里来了吗？"姜立聪支吾其词。

声音稍停，又听到邱载慧的声音："荷塘、瓦屋，还有青砖小瓦马头墙……对呀，难——道这里不是锦儿的老家？"

"是倒是，"姜立聪不善说谎，"不过——"

"立聪，载慧也是想象。"

蒲天枢的话立刻招了邱载慧的反驳："什么是想象，是载慧心底里的感知，锦儿最爱这样的景色，载慧正是来这里陪伴……"

屋里，顾阿娇抹去邵琉锦腮边的泪水，细声劝说道："表姐，还是见见吧，听载慧……可怜的……"

邵琉锦迟疑了片刻，泪水婆娑地摇了摇头。

屋门是姜立聪推开的，他实在不忍心眼睁睁地看着劳燕分飞。

"锦儿，终于见到你了，今早听天枢哥哥说，有人从邮船走脱了，我就一路追了过来，果不出我所料。——哥，不是我的想象吧？"说到这里，话音里又出现了邱载慧惯常的自得，显见他此时心情的轻松。

"载慧，你不要过来。"

从顾阿娇身后传出邵琉锦的话，而且语气坚定，令邱载慧戛然止步，看看大家，有些不知所措。

“载慧，”邵琉锦接着说，“你回去吧，我已经不是过去的锦儿了，你熟悉的，和你相爱的锦儿已经在火海中涅槃了，你在心底里保有那个锦儿就好了，除此之外都是多余的——这些话，是那个锦儿要我告诉你的。”

房间里的人都屏住呼吸，只有顾阿娇轻微的抽泣声拨动着人们的心弦……

经过片刻难耐的沉寂，邱载慧开口了：

“锦儿，说句不该说的话，即便你真的变成了炭，世上也只有它能暖和我的身心，支撑着我去做那些我们想过要去做的事情，直到炭烧久成灰的那一天，我也支撑不住，轰然倒地成灰了，那时，我们也就快快活活地掺合成一体了——其实，这些话不用我说，我晓得，你心底里也曾这样想过。

“锦儿，在公家花园我第一次见到你——那真称得上是世纪性的惊鸿一瞥，犹如一幅旷世画作，你的容貌气质被我永远珍藏在心底里，自此，怎样的蜚短流长，任何的雨雪风霜，都无法有损于她丝毫；茫茫的世事沧桑，漫漫的时光长河也不能消磨于她些许。”

“载慧，你不要说了，你的心意我没有不了解的。”邵琉锦哽咽道。

邱载慧并没有停止：

“锦儿，邱家蒲家虽是大家，但不是豪门，先辈们还曾经引领过时代的潮流，他们关注儿女的人生伴侣，是以挚爱和善良为前提的，全然没有门第鸿沟。这么久以来，母亲、舅舅何曾对你表示过拒绝？你在《第十二夜》中出演的薇奥拉，在他们心扉上留下的是完全的美好的记忆。”

“载——慧，你真的不、不要说了，它只能令我惭……”话尾的“愧”字淹没在邵琉锦的哭泣声中。

“锦儿，听我说下去，我们的相爱滋生于惊鸿一瞥的两相愉悦，又在世事交往中长大成熟。《点石斋画报》的临摹，五月花号的题写，中山路大量枯燥无味图纸的描绘，乃至远在东洋，你也不忘传递异地的建筑艺术取向，宽阔我们打造城市脊梁的思维……你不以为我们的相爱已经超越出闺阁内帷的私情?”

“载、载慧——”

趁着邵琉锦泣不成声，邱载慧加快了语速，他要把想过多少遍的话全都说出来。

“锦儿，人生苦短，我们有多少甜蜜要享受，有多少趣事要经历，有多少小事要完成，有多少大事要争取，我们万不可耽搁一分一秒；人生坎坷，跌跤乃至坠崖在所难免，只要我们在任何情况下不离不弃，天下有什么力量能够阻止我们奔向幸福的彼岸？锦儿——”

“载慧，你不要逼我了，”邵琉锦突然发出斩钉截铁般的声音，“你何苦非要记住我这狰狞的面孔!”

话音未落，邵琉锦举起双手，飞快地连纱布带结痂从脸上扯落下来，然后面对邱载慧，头向前倾，把一张面孔全无遮拦地展现出来。

大家刹那间目瞪口呆了，接着把头扭向两边，看看他人的表情，当确信他人的惊异与自己如出一辙时，还是怀疑自己的眼睛罹患了视像扭曲症。

太令人不可思议了！——当纱布和结痂脱落后，映入大家眼帘的却是一张粉扑扑的脸，光滑润泽，五官端正，活脱脱就是原先的锦儿，只有细看，才能发现鬓角处有一绺发丝有被火燎的痕迹。

邵琉锦直瞪瞪地看着大家，她甚至不敢用眼角的余光去看一眼镜子，怕那张不堪入目的脸令自己不能自持，她要在邱载慧面前表现出最后一刻的从容，但是她立刻疑惑了——大家表情所流露出来的似乎与痛心、悲楚、恐惧都不相干，似乎是那种因不期而至甚至绝处逢生之喜引起的惊悸。

邵琉锦忍不住瞥了一眼镜子，一阵晕眩袭来——在姣好面孔出现的一瞬间，大火骤起，黑烟滚滚，一个衣衫不整的女子紧捂着面孔从镜子里狂奔而出……邱载慧急忙跑了过去，把摇摇欲坠的邵琉锦抱住。

“我在哪里?”过了许久，邵琉锦翕动了一下眼皮问道。

“我的怀抱……”邱载慧轻声回答。

邵琉锦艰难地睁开眼皮，与邱载慧四目对视后又阖上，两粒珍珠般的泪珠从眼角滚出，口里呢喃道：“慧，勿要动……锦儿想睡一会儿……”

赤橙黄绿青蓝紫

先是死里逃生，随后又是光艳依旧，这样超越任何想象的幸运使得邵琉锦从震撼的惊讶、战栗的激动转为摧心的委屈和胆战的后怕……渐渐地她心中又萌生了迷惘——难以相信这一切竟然发生在自己身上。当她在邱载慧怀抱里微微开启眼皮时，那凝视自己的目光是那样的温存那样的柔美，她耳边又响起了邱载慧的声音：

“锦儿，即便你真的变成了炭，世上只有它能暖和我的身心，支撑着我去做那些我们想过要去做的事情，直到炭烧久成灰的那一天，我也支撑不住，轰然倒地成灰了，那时，我们也就快快活活地掺合成一体了……”

邵琉锦突然觉得自己已经不是那个与载慧邂逅于公家花园的“锦儿”了，自己是上天眷顾载慧，免得他“轰然倒地”赐予他的另一个锦儿。

“锦儿，你要困就再睡吧，不要做那些高兴得流泪的梦了。”邱载慧此时又恢复了幽默。

邵琉锦听到邱载慧戏谑的声音，感觉到他正低下头来，用腮轻轻地拭去自己滚落在腮边的泪水。

“慧，我会像锦儿一样，会……”

“锦儿，你说什么呢，你就是锦儿呀。”

听见屋里的声音，顾阿娇和姜立聪不放心，轻轻地敲了敲门，不等回音就推门进去了。

“你们这是怎么了——我不像锦儿吗？”邵琉锦问道，目光中充满了讶异的神色。

回到上海后，邱载慧陪同邵琉锦到仁济医院看精神科医生——事先告诉她只是长途旅行后的例行身体检查。

“邵小姐，认识这位女士吗?”医生指着站在一边的林碧珠问道。

“碧珠姐姐呀，”邵琉锦嫣然一笑说，“钟大哥好吗，许久不见了。”

“邵小姐新近是在日本京都学画吗?”医生再问。

邵琉锦眨了眨眼，说：“容我想想——”随后用祈求的目光看着邱载慧。

邱载慧拉住邵琉锦的手，温和地启发说：“那只琥珀黄眼珠的猫咪……想起来了?”

邵琉锦点了点头，对医生说：“我没有学过画，可是我天生会画画——那只猫咪真的很可爱，一身绒毛雪白雪白的，脊背上却有一小丛、一小丛的闪着毫光的黑色毛束；琥珀黄的眼珠更是澄澈无比，几乎可以照出人影……”

几天后，林碧珠告诉邱载慧说，医生对邵琉锦病况的诊断是：obsessive compulsive neurosis（强迫症）。起于对极度不解经历的思虑，渐渐发展为强迫回忆、强迫联想、强迫疑虑、强迫对立思维和强迫性穷思竭虑。大家虽听不大懂这些医学术语，可是锦儿罹患了精神疾患是确定无疑的了。

“有治疗的药物或者方法吗?”邱载慧急切地问。林碧珠沉吟了片刻，无奈地摇摇头说：“药物是无能为力了，只能徒增对脑神经实质性的伤害；事情过于蹊跷了，除非能解开患者死而复生和伤而忽愈的谜——这些都是医生要我转达的。”

大家沉默了片刻，姜立聪幽幽地说：“那天我同阿娇、清儿在柴房里与她相见时，锦儿一开始总说自己的鬼魂，说什么也不许阿娇碰她——说是会把阿娇带过奈何桥去。”

姜立聪的话令人不寒而栗。林碧珠也唏嘘有声地说：“是呀，在林肯总统号上的那场火灾中有三人罹难，可是锦儿却……真是令人匪夷所思。”

一边的陈道堤和沈晓花低声议论着，“晓花，锦儿怕不是练有内功，相传苏北沈拱山有这样的功夫——刀枪不入，水火不得近身。”沈晓花却说：“邱载慧平日那么仁义，这个锦儿或许真的是上天所赐……”

“晓花，勿要再说了，再说——我真的有些相信了。”邱载慧哭丧着脸说。

姜立聪充满怜惜地看着日渐消瘦的邱载慧说：“阿娇说想锦姐姐了，打算接锦儿到秦南仓住些日子，你也好将息几天——眼看路就要修完了，你还得忙上一阵。”

“谢谢阿娇了，表嫂的一位远房堂姐日夜陪伴着锦儿，就住在我的隔壁——我放心，锦儿也安心。”邱载慧面色疲惫，说话的声音也比平日低缓了许多。——昨晚子夜时分，堂姐敲开邱载慧的房门。邱载慧随堂姐来到邵琉锦住的房里时，正襟危坐在床边的邵琉锦立刻站起身来拉住邱载慧的手说：“载慧，请快给我弄一个条案来，还要一些纸笔颜料，锦儿精于书画，我也要画一些拨你——我到这里来一直没有动笔呢！”邵琉锦的话语声中充满了诚惶诚恐般的祈求。邱载慧好言相劝，说夜已深沉，明朝笃定弄来。邵琉锦才开心地笑笑，悠然睡去。

中山路竣工在即，通车典礼的庆典也开始准备，正如姜立聪所说，邱载慧整日价忙忙碌碌，神情虽也振奋，但眉眼间总带着几分忧郁与疲惫。沈晓花、陈道堤看在眼里急在心中但又苦于找不到安慰的话语，只能抢着分担一些工作，或者说些诸如“锦儿年轻，身体底子好，恢复不成问题”、“锦儿是艺术气质型，过于敏锐，闲散些日子就好了”这样的宽心话。

一天，邱载慧要沈晓花联络大家晚间到涅瓦河之夜。大家早早地就到了，趁邱载慧未来，纷纷向姜立颖和邵建业询问邵琉锦的近况。

“我们不时去静庐看望过，还算……”姜立颖的话刚开始，就因为哽咽难以为继。邵建业接着说：“我看没有大碍，只是记忆尚差，一次锦儿说，皴山勾树本是作画的基本，可是我却皴染起树干来了，全无画艺功，真的学不来锦儿那般画艺。其实锦儿最为推崇五代赵干的《江行初雪图》，那里的树干就是以干笔皴染，而山丘却以淡墨涂抹并无皴纹。”

林碧珠惊呼一声：“糟糕，这在医学上称为Ⅲ－condition careless and sloppy（三度病态散漫），是 hysteria（歇斯底里）的前兆。”

人们慌乱了，悲泣了，愤慨了……他们无法将娟秀文静的锦儿和一个披头散发口吐妄言的歇斯底里患者并列在一起。

姜立颖靠在邵建业的肩头啜泣。沈晓花哭倒在托尼胸前。柳芭扶住叶菲姆深深弯下腰去，背脊明显地抽动……林碧珠后悔自己急不择言，此时只得一个个去安慰，去疏解，说歇斯底里仅仅是病情发展的一个可能，而不是必然……

“大家该伤心的快伤心，千万不要让载慧看见！”

钟奇发敲着桌子的一声警告，大家的悲泣声几乎戛然而止。邵建业接着钟奇发的话说：“载慧也许是来通报锦儿的病况的，也许……”

邵建业的话未说完，邱载慧和陈道堤双双来到，浑身上下沾有尘土煤屑。

“这是从哪里来呀？怕不是又要开新路吧。”邵建业特意把语气放轻松了。

“土木之工真是不可擅动，你们看，临收尾了，还把我们两个弄成土人一般，不过总算了结了一件事——大事小事就不去理论了。”邱载慧清瘦的脸上露出了笑容，看来还算轻松。——刚才他们铺就了中山路的最后一段路面。

“介当然是大事了，”陈道堤边用手绢擦拭脸上尘土边说，“好嘛，这罪受的，先是七躲八藏，后是独钓寒江，紧接着又是勒紧裤带——劳心劳力不说，还遭了不老少的讽刺中伤！”

陈道堤一段天津快板书似的话语，引起大家多少艰辛的回忆，你一言我一语，一时议论纷纷。钟奇发建议说：“载慧，我们约上天枢，再拉上些票友为你们这些功臣唱一出《龙凤呈祥》怎么样？”林碧珠紧接着说：“好主意，恰巧梅兰芳梅老板正在天蟾舞台演出新排的《抗金兵》，求他屈尊扮演孙尚香，那就是顶级的了——环城大马路是多大阵仗，这个面子梅老板笃定给的。”

“唱戏的事交给我哥去撮合，我们在座的除道堤之外，还有自己的事体要紧着办呢。”

大家正在猜测邱载慧所说。陈道堤带着祈求的口气说：“邱处长，小哥，我没有功劳也有苦劳，把我们也捎带进去吧。”邱载慧无奈地说：“这不是捎带的事，琴儿出洋留学是你鼓捣去的，随便回来行结婚典礼，行吗？再说赤橙黄绿青蓝紫，也没有你们的颜色呀！”

邱载慧的前半句大家听明白了，可是后半句大家又懵懂了。邱载慧察觉大家的讶异表情，于是直截了当地说："如今环城马路已经建成，践诺了我们的'大事争先，小事不拒'。在修路最困难的时候，我们在这间屋子里有过双喜临门的祈望——大家先勿要激动，让我一口气说完，刚才往这里来的路上，我一直在琢磨：我们当时定的是吹喇叭坐轿子，若是各着洋装就不伦不类了，可若是尽穿华服，大红大紫又过于单调，禁不住我偶发奇想：我们不正好七对新人吗？是不是？"

听了邱载慧的问话，大家你指我、我指你算了起来，加上不在场的姜立聪顾阿娇、陈北章芦毓琴果然是七对。

邱载慧接着说："太阳不也正是七色吗？正好，赤橙黄绿青蓝紫，我们以各两个人年岁之和排序，分享这七种颜色来打点我们的结婚礼服。"

大家听后觉得既新鲜又有趣，纷纷举手应和。钟奇发和林碧珠嘀咕了一阵，举起手臂说："载慧的主意没得说了，只是这个红色我们两个担当不起——我们是徒有岁月，却没有功劳，我们建议把这'赤'色赋予载慧和锦儿，也只有他们俩担当得起！"

"不可，不可，"邱载慧当即说，"颜色不分轻重先后，没有七色就没有阳光；同样，没有大家的功劳，无论大小事我们都干不成。钟大哥，你们就领受了吧。"

此时邵建业举手说："载慧，我和立颖觉得，双喜临门不必拘泥于道路的竣工典礼，上海新城的事体或许更大，况且立聪和北章那边也要联络，此事先放放再说吧。"

大家听出邵建业的话是顾及锦儿的病情，怕影响了邱载慧和他的家庭，深觉他们的善意与真诚，于是都同声附和起来。邱载慧以感激的目光看着大家说："谢谢大家的好意，锦儿的病情很稳定，只不过思绪稍有些散漫，她日前还问起此事，说'大事办好了，那个锦儿与你的小事怎么样了'？"

从邱载慧转述邵琉锦的话，大家担心她一时走不出阴霾，纷纷劝说邱载慧不妨等到林肯总统号火灾的调查水落石出，其实没有人相信有那一天，只不过是推迟时间，看看有什么转机——锦儿已经这样了，不可再拖累邱载慧。邱载慧极为执拗，说水落石出于他和锦儿都不重要，重要的是彼此得以温情传递，以丝丝的热去溶化冻结在锦儿心中的寒冰。大家无法说服邱载慧，只得应了。

回到静庐，邱载慧把集体婚礼和撮合唱戏的事情先告诉了蒲天枢。蒲天枢看了一眼身边的赵筱凤，“你听明白了？”赵筱凤拉起邱载慧的手说：“载慧，接锦儿来家将养已经是仁至义尽了，千万不可再往深里下脚！”蒲天枢伸出手推了一下邱载慧的肩头，“兄弟，歇斯底里，我们一起查的医书，你应该明白——那时候静庐就不是静庐，是乱庐、是闹庐了，那罪过你能忍受，哥哥我也不忍心呀！”

“哥，这事兄弟只有求哥了。”邱载慧双目含泪地恳求道。

蒲天枢斜睨了表弟一眼，看他那祈求的眼色中透着坚毅，叹了一口气说：“载慧，这事我最多只能在爹爹和姑母面前装哑巴，要我为你求情我真是下不了这个狠心。”赵筱凤问道：“载慧，你是不是想以此冲冲喜？”邱载慧仰头叹息道：“嫂嫂，我还不至于那样迂腐，是锦儿和我都需要温情、温情。”

蒲天枢挡不住邱载慧的缠磨，即刻禀告上去。蒲从周、蒲欣莲、林倩云还有马钟晓正在客堂里谈大上海计划的事，对自家孩儿的作为自是津津乐道。

“天枢，你看这事该怎么办？”听了蒲天枢所禀，蒲从周神色肃穆地问。

“兹事体大，没有天枢说话的份儿。”蒲天枢回答时有些战战兢兢。

“那就筱凤说，”林倩云瞪了蒲天枢一眼，转向坐在身边的赵筱凤，“我们楼都不大上，哪里晓得锦儿的病情。”

蒲天枢怕赵筱凤说出“歇斯底里”来，忙接过林倩云的话说：“医生说锦儿的病起于对极度不解经历的思虑，待事情水落石出后，锦儿的病或许就不治而愈了。”

客堂肃静了好一阵，突然蒲欣莲说：“此事也怪我。”

大家正自不解，蒲欣莲把邱载慧偕同邵琉锦头次到老宅看望的事讲述了一遍，末尾语调沉重地说：“或许是习画所至，锦儿敏锐易感，安妮同我以母女相称，又是那样的亲切，况且，安妮对慧儿的依恋之情锦儿也必定有所闻——这或许就是锦儿去日本学画的缘由。”

“姑母真是料事如神，”赵筱凤说，“载慧说过，锦儿是要给他和安妮一个机会。”

“看来锦儿还是有点心胸的，怎么就——”蒲从周叹息道。

“不奇怪，”马钟晓双眉紧蹙说，“我到船上看过，多半层的舱房烧得只剩下铁架子。不用说是未经大事的女孩儿，即便是我这个爬过死人堆的老爷们儿从那里活着脱身，也只能相信是老天爷给了一条命！”

客堂里又沉默了。林倩云看看蒲从周再看看蒲欣莲，试探着问道：“这事是答应还是回绝，或者等等再说——老天爷既然给了命，还舍不得再给个水落石出？”

蒲从周苦笑道：“难说呀，不是有福不双至的说法吗？”

“其实，这些已经不那么重要了，”蒲欣莲语气平和地说，“我担心的是……天枢，去把载慧唤来吧。”

邱载慧随蒲天枢来到客堂，一一问过好，站到一边。马钟晓拉了邱载慧一把，让他坐到自己身边，悄声对他说：“今天不许你犟嘴。”蒲从周接着说：“慧儿，你同锦儿结婚的事我们没有答应，也没有回绝，你要好好听你母亲的教诲。”邱载慧回禀了一句：“载慧明白。”

“慧儿，正如你舅所说，我们还没有作出决断，可与不可全看你自己的所思所想所作所为——我们蒲邱两家，历来是伉俪和谐的，况且锦儿是个病人。”

“母亲放心，”邱载慧急忙起身回禀，“自公家花园与锦儿一见，载慧即已誓志终身，愿与锦儿诚相厮守。”

“那有何难，”林倩云浅浅一笑说，“那时的锦儿貌美伶俐，哪个少年不想与她厮守！”

“你舅母说得极是，”蒲欣莲怜爱地看着儿子说，“像母亲与你舅母一样，锦儿终有老态龙钟的那一天，而且，因为病的厮磨，这一天或许会到的更早些……”

“母亲，”邱载慧心急，起身打断了母亲的话，“载慧虽顽劣，但谨守母亲二十余载之耳提面命，人已一视还是做得到的，何况锦儿是载慧挚爱。”

蒲天枢想起邱载慧缠磨时的哀情执意，觉得应襄助表弟一把，于是说：“姑母，锦儿之病不过是暂时的，待真相大白之日，就不治而愈了。”

殊不知蒲欣莲听后脸色骤变，神情严肃地说：“我担心的正是这个：那‘真相大白’是可遇不可求的，若是寄托于此，岂不失望更大——看来此事还得三思。”

想不到表兄帮了倒忙，使得邱载慧着了慌，忙说：“天枢哥哥是为载慧好，兄弟自当感谢，其实，载慧早不在乎其真相，更不祈求其大白！”

蒲欣莲听后虽觉欣慰，但终担心系年轻人的浮躁而非远虑。蒲从周、林倩云、马钟晓自也做如是想。

邱载慧见长辈均面带疑色，不晓得作何解说，一时急得脸红筋涨。马钟晓从旁安慰道：“慧儿，此系终身大事，急不得的——回去好好想想吧。”

邱载慧见长辈们有起身的意思，情急之中，将这些日子所思所想的精锐之处说了出来：

“载慧读《论语》时，见有‘人而无恒，不可以做巫医’之说，既好奇，又不解——夫子教人从医之道不成？回家后，载慧求教于父亲。父亲说此处与从医并无关系，而是教诲做人须一生一世讲究德行，并指着后边的‘不占而已矣’告诫载慧：我儿若一生有德，自必有大吉相伴，否则，即便逢凶，也只能怨自己无德了，因此，修德养性决定着人的吉凶，何必去寻巫求卜呢！”

听到这里，客堂里唏嘘有声。邱载慧抹去滚落在腮边的泪水接着说：“载慧晓事以来，秉承慈亲教诲，谨慎修德，自有信心与锦儿好合一生，善始善终——犯不着寄希望于真相如何！”

邱载慧的一番话着实使在座的长辈十分惊异，他们没有想到平日里颇有些桀骜不驯的后生竟然有如此深邃的内省。

“慧儿，你能秉承父教，认真地思前想后，舅舅深觉欣慰，”蒲从周手抚鬓发慨叹道，“不过，锦儿毕竟罹有疾患，辛苦之长久尚不可知，舅舅也深感不安。”马钟晓手臂一挥说：“慧儿虽不在乎真相，叔叔分内之事岂能不问——就凭子光的那一番至理名言，真相必将大白，子孙后代受不了委屈——嫂嫂，我看就依了慧儿吧。”

蒲欣莲既喜亦悲，微微点头，算是认可了邱载慧和邵琉锦的亲事。

中山路通车典礼的当日，七对新人在典礼现场举行了集体结婚仪式。仪式简洁，但在新人穿着上却别开生面，分别用了赤橙黄绿青蓝紫。当日艳阳高照，天上的七色光与地上的七色光交相辉映十分热烈。

在参加仪式的来宾中有马丁和纹藏，他们是来参加大上海新城设计投标的。他们远远地朝邱载慧做出招呼的手势。马丁举臂握拳，还是不服输——他的设计方案晋级第二轮。纹藏则双手合十，举过头顶，展示内心的惭愧。

仪式最令人感动的是证婚人沈怡的感言：“中山路的建成，是大上海计划梦想的开端，姑且称之为‘国梦’；新人们的结合，是各家庭幸福梦想的开始，自然应该是‘家梦’；沈怡怀上海公务界同仁之愿，衷心嘱咐新人们两梦齐圆！”

数年后，新人们“家梦”先圆：

林碧珠辞去仁济医院的职务，随钟奇发到北平拜师学艺，正值梅兰芳从美国载誉而归，经孟小冬牵线，请出修养在家的余叔岩成立了《北平国剧学会》，于是二人分别投在梅兰芳、余叔岩门下。后来《北平国剧学会》组班来上海演出，钟奇发、林碧珠常在打炮戏中露面，颇得好评，特别是林碧珠，常以假乱真孟小冬。

邵建业回《新闻报》重操旧业，文风犀利如旧，但少了几分激情。姜立颖戏言道：“你过去使用的是扎枪，如今换成了板斧，锋利不如，可杀伤力有增无减。”姜立颖接受上海沪江大学新任校长刘湛恩的邀请，出任文学院讲师兼夜校主任，如了夫妻二人热心社会教育的愿望。

结婚仪式的次日，五月花号的姊妹艇栀子花号载七对新人溯江而上，到武汉三镇做蜜月旅行，随后投入轮渡航班中。再过一年，另一艘汉申号又在申江船厂下水。遗憾的是，芦毓琴只能袖手旁观——两次意外流产后，被家人“紧锁深闺”，直到小儿呱呱坠地，才被允许到江边作岸上观。

托尼所在的新大陆洋行在上海新建博物馆机电设备投标中，施展“海底枪笆”的舞弊手段，虽则与托尼并无直接关系，托尼、沈晓花都觉得有愧，提出到印度孟买“流放”三年。当他们回到上海时，沈晓花判若两人，身着水红色莎丽，脸如满月，一手牵了一个小崽。男孩胆大，见人就抬起小脸问好：“侬好辣伐?”

顾阿娇生子满月时，姜立颖陪同母亲前往秦南仓看望。李晴钊把婴儿抱在怀里喜极而泣，并唤道：“雄飞，听见阿公取的名字了吗？”此时清儿也来问“阿婆好”。李晴钊将清儿搂过来说：“我也给清儿取了个大名，雄翔。”此后两个孙辈常去姜家花园玩耍，姜立聪推说自己在镇上学校兼课，和顾阿娇很少随去。

柳芭坐了八抬大轿后越发深爱上海。但老叶菲姆的兄弟被遣苏俄远东，老叶菲姆执意要儿子儿媳同去照应。为此事叶菲姆和柳芭闹得几乎分手。姜立颖出主意要他们迁往哈尔滨，既留在中国，又可兼顾两边。柳芭勉强同意，但不愿出手“大路”。正好黄亦诚见上海有欣欣向荣之势，故而卷土重来，柳芭也就乐意“物归原主”了。

邱载慧的“家梦”尚称圆满：邵琉锦生下一对龙凤胎，长子取名天赐，次女取名婶好，谐音神予。

天赐、婶好出生次日，蒲天枢求上门来，要求过继天赐。几经商讨，蒲从周抱歉说：“做娘的白辛苦了，婶好往后也孤单。”邱载慧说：“不要紧，我们已从母亲那里又讨来名字：锦慧。”果然，两年后锦慧报到邱门，婶好有了小弟相伴。

脊梁挺如蓬

对于邵琉锦的遭际最有负罪感的是沈晓花，即便远在印度，那次火灾的前前后后依旧萦绕于怀。一天在《孟买时报》上看到林肯总统号船长约翰的一篇独家报道，当即要托尼买船票回上海。

船到上海正值清晨，沈晓花直奔平凉路邵家。——邵鸿运为迎娶姜家小姐，在麦根路买下一幢洋房，不幸毁于“一·二八”战火。开门的正是姜立颖。两人自是一阵拥抱问候。

到了房里，沈晓花手指姜立颖的肚腹问道：“怎么，那里还没有动静？——每回你都是半推半就吧？”姜立颖脸微微红起来说：“先前是这样，后来我想到你说的‘上天给予众生的眷顾莫过于此’，心想，还是莫糟蹋了上天的眷顾，自己也莫枉做一世女人。”沈晓花笑笑说：“这就对了，有成效吧？”姜立颖刚回答“三个月了”，就指着沈晓花说：“你这妮子，不是来传经送道的吧！”沈晓花当即从皮包里取出那张《孟买时报》。

邱载慧赶来时，与买菜回家的邵妈妈相遇。邵妈妈一紧张，把菜篮子掉在地上。邱载慧捡起说：“阿妈，锦儿好好的，我是来看晓花的。”沈晓花姜立颖闻讯出来，邱载慧读到了约翰船长的谈话录：

> 当我接到报告，知道火灾起于A层103舱房时，我的心立刻收紧了。那里住的是一位在神户上船的中国籍女士，我们曾特意邀请她参加舞会，并相信她是林肯总统号的又一位当之无愧的女皇，但是她委婉地拒绝了。
>
> 我来到医疗室时，她平躺在护理台上，被烧成漆黑的面孔与盖在身上的耀眼的白色被单形成鲜明的对比，令在场的人无

不心碎。我内心充满后悔与自责——若是我们的邀请更虔诚更执著，或许这场劫难是可以避免的。

接着发生的奇迹只有上天可解释：杰克逊医师亲自为她清创后，烟尘油污遮掩下的面孔竟然完好如初——在迎接乘客登船时，这张面孔曾引起我极大的注意，假如说有什么变化，似乎更显现出中国女性的安详与矜持。

我们断定，是从破碎的舷窗吹进来的海风把舱房里的大火推向舱房门，随着加害者打开舱房门仓皇逃离，大火在海风的推波助澜下涌向走廊，从而给她留下了逃生的方舟——是她的机智救了她自己，我们钦佩她处于危难时的镇静。

我与杰克逊医师商议后决定封锁这个消息，并为她做了特殊的包扎，我们想，这是保护她的最佳办法。我们无法征得她的同意，她一直昏迷不醒。为这样的包扎带来的不舒服、不方便，我和杰克逊医师向她深致歉意。

我们配合警方作了周密的调查，遗憾的是，我们却无能为警方缉拿加害者提供充分有力的证据。不过我们相信，为非作歹者必将受到应得的惩罚。我们更加诚挚祝愿美丽永远与她相随，我们相信会是这样的。

邱载慧再也按捺不住涌动于胸的兴奋，把报纸高高抛向空中，连连高呼："锦儿，锦儿……"

蒙蔽于心目中的火险阴霾终于散去，邵琉锦恢复了往日的灵动。邵琉锦一刻也闲不住了，要即刻投入上海新城的画展。邱载慧劝说道："画展事小，身体事大，将养些日子再说吧，不忙。"邵琉锦撅起嘴蛮不高兴地说："不行，'大事争先，小事不拒'是你说的——你又不拿我当在公家花园被你捉住的锦儿了？"邱载慧无奈，只得答应了。

为了让邵琉锦方便作画，蒲从周着人把静庐后厅腾了出来，并从古货店买来据说是董其昌所用画案。画案用鸡翅木做成，肌理十分致密，紫褐色深浅不一，自然形成禽鸟颈翅般光辉闪耀的纹理。

邵琉锦看后连连说："这么古朴，我哪里用得来。"邱载慧早已看出她的兴奋与喜爱，装出不屑的模样说："也是，这样无颜少色的东西，哪是我们闺阁画师用得的，我这就去换张粉红色的。”

“你敢，”邵琉锦“啪”地打了一下邱载慧的手说，“我的话还没有说完呢——这张画案遵明制，以简约为美，有‘不着一字，尽得风流’的风骨，在这上面作画，必定可以接得灵气。不过嘛，得有个条件。”

“什么条件，不会是必须我为你磨墨洗笔吧?”

邵琉锦哧哧笑道：“正是。”

“哼，又是你的奇思妙想。”

“怎么是我的奇思妙想，”邵琉锦把头仰起，眯着眼睛看着邱载慧问道，“我问你，你可晓得制作画案的鸡翅木的正名吗?”

“我只听说鸡翅木有新老之分，哪有什么正名别称，怕不是你杜撰吧。”

“孤陋寡闻，”邵琉锦摇摇头说，“清人屈大均在其《广东新语》有说：‘曰相思木，似槐似铁梨……有黄紫之分，亦曰鸡翅木。’”

邱载慧是何等灵性的人，此时却假装懵懂说：“明白了，既然‘似槐似铁梨’，一定极其沉重，当然需要我这个身高力壮的汉子替你搬动了；你直说就好，何必绕个圈子——磨墨洗笔!”

“不懂风情，”邵琉锦撅起嘴，朝邱载慧眨了眨眼，“你听好了，我说的是相——思——木!”

邱载慧哈哈一笑说：“我何尝不懂——若没有我在一边磨墨洗笔，我那红粉佳人不成了单——相——思了。”邵琉锦伸出拳头朝邱载慧示威，被邱载慧抓住，顺势一拉，将邵琉锦揽入怀中。

自此，邵琉锦撒起了欢，邱载慧下班回来，两个人常常挑灯夜战。一天邵琉锦告诉邱载慧，为了表现上海新城的中国气派，自己设想把三个主体建筑，即市府大楼、图书馆和博物馆汇于一幅画中，而且题名为《中国脊梁》。邱载慧当即说好。

说起“中国脊梁”还得补上一段佳话：在“塑造一个中国城”与“再造一个外滩”的辩论抗衡中，正是邱载慧的这段演讲词博得大众的认同与赞许，使得“塑造一个中国城”成了现实。

人生在世，是靠脊梁支撑着的，人的二十六块脊椎骨，可以支撑一个人数十年，假如其中灌注了不朽的思维，则可以永生，如我们的先哲们。一个都市也是靠脊梁支撑起来的，这条脊梁也是由许许多多脊椎骨所组成。就伦敦而言，它们就是西敏寺、白金汉宫、国会大厦；是大英博物馆、伦敦桥和大本钟！由于这一块块脊椎骨不仅灌注了精准无比的结构力学原理，而且浸润了克尔特人独特无双的审美观念，因此，它们所支撑起来的伦敦城才是不朽的，永存的！假如我们的上海新城依旧是另一个外滩的模样，那么，我们将架构不起业已存在七百年的上海的脊梁，我们的子孙继续寄人篱下；我们亦将被后人唾骂为历史的懦夫与罪人！

表达"脊梁"恢弘刚毅的气势，邵琉锦决定用界画的手法，既如油画的设色浓丽，易收金碧辉煌之效；又具工笔的精细入微，凸显绣窗雕栏之美。

"界画？"邱载慧睁大眼珠看着邵琉锦，"要用直尺界笔，那可是我们工匠所为。"邵琉锦得意地笑道："你终于孤陋寡闻了吧，《历代名画记》对界画就有'触物留情，备皆妙绝'，'楼生人物，旷绝古今'的评语，最适合勾画建筑物。"邱载慧说："没见你用过界尺呀。"邵琉锦满怀信心地说："唐人曾评吴道子曰：不用界笔直尺而能弯弧挺刃，植柱构梁，是守其神专其一，合造化之功。"邱载慧听后鼓励道："你向来是心有灵犀一点通，赶紧试试吧，一定不亚于小君。"

邵琉锦心有灵犀，邱载慧精于建筑，两人相互切磋，画起来倒也得心应手，虽然如此，也足足耗去他们许多个日日夜夜。

画展很快揭幕，题名《中国脊梁》，展场设在落成不久的上海市图书馆的右翼大厅里。

展览的图画约五十幅，开篇是描绘开工典礼的《龙华颂》，画中猎猎飘舞的标语"建筑中山路，是实行上海大计划的初步！"唤起人们许多忧伤——初步后的下一步什么时候才能迈出？此时此刻，这样的回顾性画展难免不为悲情所笼罩，不过画者明快开朗的笔触，依然给人以更多的欢快和鼓舞。

令人生出荡气回肠之感的，是主题画《中国脊梁》。这幅画的横边超过四米，直边也近一米，悬于大厅深处正对入口的墙面，远远望去，犹如一座云蒸霞蔚的城郭。

画幅中央是市府大楼，图书馆、博物馆两相拱卫，市立医院、飞机楼与江湾体育场东西遥遥相望，构成了城市的中心，两端更有市街商港相辅，再远处，雾霭中的云间九峰左侧起手，海涌边的宝山老城右端收笔——通篇浩渺百十里，陆海呼应，山水层叠，云霭蒸腾，楼阁比邻，飞檐相击，勾栏牵连，车马行人，士农工商……令人荡气回肠，陡升自豪。最令人叹为观止的是，画者尽释高阔雄奇，水天一览这等大气概的同时，对建筑物的描绘一丝不苟，正所谓“毫分缕析，左右高下，俯仰曲折，方圆平直”。飞檐大顶，琉璃彩瓦，梁柱斗拱，玉砌雕栏自不必说。那墙壁上的吉祥图示，富贵云纹也历历在目。至于门楣窗棂更是精细入微到以假乱真——“门可提足，窗可手扶”。

观者驻足画前，久久不忍离开，这幅长卷寄托了人们太多的希冀，太深的惆怅——经过“一·二八”战火的洗礼，这副中国脊梁已然挺立于上海滩，这已经是奇迹！

画展最后一幅画，是《上海市政府新厦落成纪念碑》，画工极其精致，千余字的碑文是邱载慧临摹，惟妙惟肖，历历在目。观众每逢读到“此举也，实所以挽回沪市九十年来太阿倒持之局，使之大上海计划，操之自我，非寻常之廨舍废置所得而比拟，宜将上海邑乘所宜大书特书，倘亦他日修国史者所重视也欤?”或会心一笑，或颔首称是，或细加品味，或彼此击掌欢跃。

画展在上海引起轰动，政要名流、富商大贾、文人墨客、将官军士、平民百姓、洋商异客纷纷前来观看。青年学子更是闻风而动，他们整班整班前来，将这里当作教室课堂。

展出的第一天，马丁和纹藏相约而来，看后分别写下留言：

马丁：“Luck，Chinese！（中国，好运！）”

纹藏：“生当如画者，脊梁挺如巄。至今思旧事，无颜过江东。”留言后有一小注：擅改易安居士《夏日绝句》，惭愧，见笑。

画展成功，邱载慧、托尼在公家花园音乐厅举行一次音乐会以示庆贺。会后大家随意在江边游览。

“载慧，你还记得我们在埃菲尔铁塔上关于塞纳河与黄浦江流向的那番议论吗?”姜立聪望着滚滚北去的黄浦江问道。

“记得，”邱载慧笑着说，“正如令妹所说，那纯粹是妄谈。”姜立聪摇摇头说：“杏儿还不是听了关大姨的‘之玄水’、‘乙字水’之说，也不可尽信。”邱载慧接着说：“不过关于此处为‘上吉之地’的说法确有道理——我们‘大事争先，小事不拒’才十年，大言不惭地说，成绩斐然；再拨我们十年，到那时候，上海新城连同吴淞商业港已经建成，我们将真正迈开向巴黎、伦敦、纽约……向世界大都会前进的脚步！”

“邱，我不是不相信你的豪言壮语，”托尼将信将疑地说，“只不过……是不是过于乐观了，伦敦走过了一百年才初具规模。”

“这一点已经没有人怀疑，”邱载慧自信地说，“上个月十七日，伦敦的《泰晤士报》在头版刊登了 Nissen & Parker 地图社绘制的大上海地图，上面准确地标注出新城和海港的位置。《泰晤士报》的特约评论员马丁预言：‘十年，我相信十年已经足够了，因为那些中国人已经将他们的光荣与梦想凝聚在这片土地上了，由此焕发出来的热情与力量足以让他们创造奇迹，而且奇迹已经在被他们创造。我们只能怀着兴奋或许还有些忐忑不安的心情去迎接这个必定要崛起的 Chinese Civic Center（中国的城市中心）’感谢马丁的善意和洞察力，不过我要修正一下他的用语——不是 Chinese Civic Center，应该是 Civic Center，因为到那时已经是华界一统，没有了租界！”

“这个马丁，看来他已经被你征服了！”托尼颇为欣慰地说。

“不是被我，是被我们！”邱载慧兴奋地说，“托尼，我同立聪在巴黎附庸了一次风雅，此时此景，你也来参加一次如何，也算上是对你的中文考试。”

“愿意奉陪，”托尼高兴地说，“不过你们那个‘悉意汇习西技’实在拗口，学不来。”

“这家伙也学会揭短了，好，拨你个不拗口的——眼望母亲河，心绪也婆娑。”邱载慧出口成章。

“托尼，你接吧。”姜立聪谦让道。托尼手抚下巴说：“让我一句，我先酝酿酝酿。”

“十年一瞬间，日月曾蹉跎。”

邱载慧朝托尼做了个手势，意思是让他先接。托尼摆摆手，说了声

“pass（过去）！”

“大事与小情，实为我践诺。”邱载慧随口接上。托尼急急地说：“我正想怎么将‘大事争先，小事不拒’押了韵，不想被你争了先。”邱载慧说：“托尼，我们这是即兴发挥，也就是‘打油诗’、‘竹枝词’而已，比不了李杜——韵脚有限，不可不抢。”姜立聪安慰说：“这五歌韵算是多的，放平心态自会有佳句。”

托尼不再斟酌，手臂一挥接上一句：“西街筑环路，北地建城郭。——怎么样，勉强可以吧？”

邱载慧也鼓励道：“岂止是勉强可以，真的是佳句了——不过你得感谢姜老师。”

沈晓花见这边热闹，推了推邵琉锦说：“过去看他们在做什么。”邵琉锦说：“还不是高谈阔论——怕不是想着怎么样让黄浦江倒流吧。”

“我们岂有那般妄想，只不过是——为得佳人意，再作十年搏而已。”邱载慧觉得自己偶得佳句，不免喜形于色。

托尼正沉吟中，沈晓花爽快地说：“我替你接上吧：再接且再厉，诚为子孙祚。”邱载慧夸赞道：“前半句虽说有凑数之嫌，可后半句意境非凡——你们想想，我们的儿辈孙辈们驰骋在宽街大道之上，流连于华亭高楼之间，那是何等自娱自得豪气盎然！”

大家跟着慨叹过。姜立聪说：“我想起了建业‘锅之不存，米将焉下’的警句，必得有所接应：南北成一统，再无国中国。”

“精彩！”大家不约而同地说。

邵琉锦受到感染，也跃跃欲试。托尼看在眼里，忙说：“邱夫人请慢，我这句必须接在立聪后面。”邵琉锦这么一打岔，托尼忘记自己所想，又朝姜立聪问道：“立聪，你刚才接的是……”沈晓花随口代答道：“南北成一统，再无国中国。”

“想起来了，”托尼拍拍自己的额头接道，“华洋和睦处，相安求生活——如何，载慧？”

邱载慧拍了一下托尼的肩膀说：“你也太胆小了，老朋友啦，这点面子还是要拨你的。”

邵琉锦此时随口道来：“日头将拔直，不禁腹中饿。”托尼开口要接。沈晓花拦住说：“罢了，邱载慧是有名的‘烂词筐’，来了兴趣就没了日夜。”邱载慧说：“我诗兴正酣，不如同去杏姑娘那里，她也深谙此道。”

五个人两辆汽车往平凉路去，车到东百老汇路海茂路口，开头车的邱载慧一眼瞥见海茂路过来一辆黄包车，坐在车上的人很像邵建业，立刻把车停在靶子路边。

坐在黄包车上的果然是邵建业，他斜坐在车上，双眼微合，浑身上下污渍斑斑，额头和腮边还有浅浅的血痕。邱载慧和姜立聪把邵建业从黄包车上扶下，坐在汽车后座上。

邵建业睁开眼睛环顾四周，讶异地问：“是你们接我下的火车？”坐在一边的邵琉锦扶住邵建业的肩头说：“是的，我们一路来了四五个人呢。”姜立聪转过脸来问：“建业，你这是从哪里……”姜立聪的话没有说完，邵建业已经靠在邵琉锦肩上睡着了。

回到家里，邵建业才醒过来，他一边拍打身上的土，一边还朝大家摇头苦笑。邵妈妈一迭声说：“你先到房里洗洗脸，当着这么多人的面，也不怕人笑话。”邵建业说：“全是亲朋好友，没有人笑话。”说话间，邵建业随手抹了抹脸，再看手上一层煤烟似的污渍，自己也笑了。

“哥，你这模样好像是逃荒的。”邵琉锦拿来毛巾为邵建业擦拭时说。

“我不是逃荒，我是逃难。”邵建业苦笑道。

姜立颖拿来一大玻璃盏果子露递给邵建业。沈晓花对姜立颖说：“建业是记者，你不是有辱斯文吗?”邵建业接过来先喝了一大口，说：“我一向牛饮惯了，当然，比起载慧喝可口可乐的功夫还是小巫见大巫。”

邵建业一口气喝了半盏果子露开始了他的叙说：

“预定从北平返回上海的头一天晚上，西安秦腔剧团易俗社邀我看戏，他们是应二十九军宋哲元将军之邀来鼓舞士气的——二十九军有许多陕西人。剧目是新编历史剧《山河破碎》、《还我河山》，热情地讴歌了岳飞、韩世忠、梁红玉等爱国英雄，无情地鞭笞了秦桧、张邦昌等卖国贼的投降罪恶，以唤起国人奋起抵御外辱的激情。

“演出扣人心弦，引起士兵观众的极大共鸣，欢呼声、口号声此起彼伏。演出的场所哈尔飞戏院紧邻奉天会馆，是‘东北民众抗日救国会’所在地，流亡异地的东北同胞听到响动后纷纷涌入戏院，一时台上台下交相呼应，‘东北沦陷了，山河破碎了，还我河山！打回东北去！’的口号响成一片。

“易俗社副社长耿古澄是李主编的朋友，我就随他去写新闻稿，在随后的几天里，我随同易俗社在北平的东西南北城演出，并逐渐扩展到城外，西苑、南苑一带。杏儿晓得，我是个冷血质的人，可是那些日子，我几乎每日以泪洗面，嗓子总是嘶哑的，那些天来发出去的新闻稿无不血泪斑斑。

“十天前，我们去平西大瓦窑村鼓舞前沿百姓，《京报》记者范锦儿随行——不仅名字一见如故，模样也与锦儿有几分相像。当晚，我们在台后商量第二天见报的稿件，突然响起枪声，驻屯在东新庄和五里店的日军突然出动。我们虽已准备遭遇干扰，但没有想到他们的目的就是要铲除这支抗日的号角。

“在我身边第一个倒地的是范锦儿，子弹穿过颈动脉，血流如注，一张曾是红润的脸很快变得煞白煞白……不久，驻守在卢沟桥的三十七师二一九团驰援而来，范锦儿被抬上担架后朝我举了举手——不晓得那张煞白的脸能不能再度红润。第二天下午，我和古社长在长辛店被护送上南下的火车。

“北平的四周已遍布日军，我们在西苑、南苑演出时，时紧时密的枪声不断，常有嘶鸣着的炮弹从上空呼啸飞过，在不远处轰然爆炸——这是日军的所谓例行演习，许多百姓死于日军演习的枪炮，一些炮弹甚至落在我守军前沿阵地，造成守军士兵的伤害，从眼下的形势看，北平岌岌可危……”

邵建业话未说完，凄厉的“呜——呜——”从天而降！人人一时目瞪口呆。

“是预警空袭警报！”邱载慧轻声喊道。

“这么快?”邵建业难以置信。

“或许是又一个‘一·二八’！”姜立聪推测道。

邵妈妈听说“一·二八”立刻着了慌——正是“一·二八”中，儿子儿媳的新房毁于日本人的轰炸，她急忙地楼上楼下招呼孩童们。邵琉锦忙说：“阿妈，勿要惊慌，事情还没有弄清楚呢。”

大家纷纷猜测中，门被推开，林阿贵跑了进来，手中挥舞着一张报纸，“号外，号外……”

邱载慧一把拿过来念道：“日军炮击宛平城，北平保卫战拉开序幕——”

“形势难料呀，”邵建业深叹一口气说，“若卢沟桥再度失守，宛平就难以抵御日军的火炮了。”

“你们看这里——事情远比我们想象的严重！”姜立聪指着报纸上的另一则“本报又信”读道：“本报信：据接近我上层核心幕僚之人士称，卢沟桥事变的推演，是关系中国国家整个的问题……我们固然是一个弱国，但不能不保持我们民族的生命，不能不负起祖宗先民所遗留给我们历史上的责任，假如放弃尺寸土地与主权，便是中华民族的千古罪人……假如战端一开，那就地无分南北，年无分老幼，无论何人，皆有守土抗战之责任，皆应抱定牺牲一切之决心。”

天井顿时陷入寂然……

“呜——”

有人在哭泣——是最能自持的姜立颖。这个生在广东、长在上海的小女子在北平度过了四年的成人期。北平啊，那肃穆的城郭，那巍峨的殿庑，那汩汩的清流和那深幽的胡同见证过八国联军的耻辱，戊戌变法的希望，封建王朝的覆灭和五四运动的振聋发聩，中国人走向现代化的追求曾经在这里开始啊……日本铁蹄践踏的已经不仅仅是中国的领土，而是中国人神圣的国之灵魂！

尾声·远去的船

“七七事变”后的第三天，日本上海驻军要求展方撤销题为《中国脊梁》的展出，理由是：“内中文字多有妨碍日中友好者。”其所指，即《上海市政府新厦落成纪念碑》中这样的记述：

> ……东北沦陷之后，民气勃发，未几尚有日本人突犯淞沪之役，我军守三旬，不支退舍。敌焰所及，邑无完聚，积年经营，几毁于一旦……日本阴绘图觊觎，至有辟上海市作“自由市”之议。

展方未予理会。展场当晚即遭袭击，所展画幅多被烧毁，《中国脊梁》被斩断成三截后弃之于地。带头的正是吉野，他还悻悻然扬言誓报林肯总统号上被焚之仇。

八月正是上海最炎热的伏天，而且一九三七年的伏天上海雨水很少——多是下到华北一带滋润逃难的民众去了——清晨站在五月花号甲板上，就像被炙烤一般，迎面扑来的江风也是热腾腾的。

“载慧，十年前我们回国也是这个季节吧?”陈北章问道，他是来上海接船的——五月花号在这里大修一新。

“不错，”邱载慧看着驶过的外滩说，“那时汇丰银行刚建成不久，沙逊大厦还没有拆脚手架，中国银行的所在，依旧是梦幻般的德国总会。”

“载慧，你还记得我们在菩提树大街扔袁头币指路的事吧?”陈北章洒然一笑说，“不晓得我们这十年走得如何?”

“大言不惭地说一句，成绩斐然……”

邱载慧的话戛然而止，抬手指向苏州河口说：“北章你看，那条日本军舰有些不一般。”

顺着邱载慧所指看过去，是一艘双桅三烟囱的军舰，舰身上有“出云丸”三个汉字，甲板上的火炮在阳光照射下闪着瓦蓝的光。

“听造船厂的人说，出云丸是日本第三舰队的旗舰——来者不善呀。”陈北章恨恨地说。

随着五月花号的航行，邱载慧、陈北章眼望浦江北岸默默地数着，自苏州河口迤逦向东，沿汇山码头、公大纱厂一带，停靠着不下三十艘日本军舰，其中不乏载有战机的航空母舰。

“一副人不离枪，马不离鞍的样子，不会出什么事吧？”陈北章忧心忡忡地问。

“今天是阳历……”

“八月十三呀。”陈北章随口回答说。

“还是星期五，是不？”不等陈北章回答，邱载慧苦笑道，“超级不祥的日子呀。”

邱载慧答话后二人不再言语，直到五月花号停靠在东沟码头。邵琉锦带着锦慧和婶好等在那里，他们要随船去汉口躲避一时。

邵琉锦、赵筱凤一人手中牵着一个，把锦慧和婶好带上船来。蒲天枢招呼着挑夫将五六个箱笼搬上甲板。蒲瑶琴也远远地跑来，不等人问，就气喘吁吁地说：“爹爹和姑母不放心，要我陪嫂嫂去汉口。”邱载慧忙问：“道堤晓得了吗？”蒲瑶琴说：“北洋的同学约他去四川修成渝铁路，我正好在汉口等他。”蒲天枢不以为然地说：“勿要人心惶惶的，未必会出什么大事。”

“轰隆隆……”

随着蒲天枢的话音，响起了一声大炮的轰鸣，紧接着又一声，而且越来越密，甲板微微颤动起来，股股刺鼻的硝烟自西南方向弥漫而来……

“从日本军舰上开的炮！”攀在船桅上的水手喊道，“闸北那边满是烟雾。”

大家顿时慌乱起来，邵琉锦看着邱载慧说：“我们还是先回老宅吧。”

邱载慧想了想，说：“既然已经准备好了，你和琴儿带着锦慧和妕好还是先去汉口，平津已经失陷，京沪必有一场大战——这样也好，干脆和日本搏上十年，到时候我们也好轻装上阵，打造我们的中国脊梁!”

五月花号在隆隆的大炮轰鸣声中启航了，邱载慧朝坐在邵琉锦和蒲瑶琴肩头上的锦慧和妕好频频挥手，泪水不由得从眼角滚落在地……

改定于二〇一〇年清明节

谨以此献给亲爱的娘和爸爸

这部书稿渗透着对你们无尽的思念

图书在版编目（CIP）数据

心城/王铁藩著. －北京:作家出版社，2010. 8
ISBN 978－7－5063－5461－5

Ⅰ.①心… Ⅱ.①王… Ⅲ.①长篇小说－中国－当代
Ⅳ.①I247.5

中国版本图书馆 CIP 数据核字（2010）第126949号

心　城

作者：王铁藩
责任编辑：秦　悦
装帧设计：棱角视觉
总策划：王　钢
出版发行：作家出版社
社　址：北京农展馆南里10号　邮码：100125
电话传真：86－10－65930756（出版发行部）
86－10－65004079（总编室）
86－10－65015116（邮购部）
E－mail：zuojia@zuojia.net.cn
http://www.zuojia.net.cn
印刷：三河市北燕印装有限公司
成品尺寸：152×230
字数：400千
印张：25.75
版次：2010年8月第1版
印次：2010年8月第1次印刷
ISBN 978－7－5063－5461－5
定价：33.00元